Franz Loquai (Hrsg.)

Licht über dem Fjord

Buch

Die nordischen Länder (Dänemark, Schweden, Finnland, Norwegen, Island, Färöer) faszinieren mehr denn je als Inbegriff von Freiheit und Natürlichkeit, fernab jeder Hektik und Enge. Für Abenteurer und Reisende aus dem Süden dient der Norden als Traumkulisse für eine Flucht in die Regionen des Eises und der Finsternis, aber auch als Sehnsuchtsland für das Lebensgefühl unter der Mitternachtssonne. Der Entdeckung des Südens im 18. Jahrhundert folgte seit den letzten Jahrzehnten des 20. Jahrhunderts die Faszination für den Norden. Der weltweite Erfolg der neuen skandinavischen Literatur hat das Interesse an diesen Ländern immens verstärkt und sie näher an Europa herangerückt.

Das Lesebuch stellt ›Skandinavien‹ als literarische Landschaft vor und versucht einen Bogen zu schlagen von den Seen Finnlands zu Norwegens Fjorden, von den Dünen Dänemarks zu den Weiten Schwedens, von Island zu anderen Inseln.

Der Band versammelt in sieben literarischen Reisen Texte klassischer und moderner Autoren (darunter zahlreiche Nobelpreisträger) – von Andersen und Lagerlöf über Hamsun, Strindberg und Laxness bis zu Enquist und Ekman, Nesser und Mankell – und ist somit der ideale Begleiter für eine Reise in den Hohen Norden.

Herausgeber

Professor Dr. Franz Loquai lehrt Neuere deutsche und Vergleichende Literaturwissenschaft an der Universität Heidelberg. Er ist Herausgeber zahlreicher Goldmann-Klassiker, zuletzt erschienen die Anthologien »Die Alpen. Ein Lesebuch« (btb 72590), »Land des Lichts. Ein Provence-Lesebuch« (7736), »Das Licht von San Marco. Ein Venedig-Lesebuch« (7740) und »Licht über blauen Wassern. Ein Mittelmeer-Lesebuch« (7745).

Franz Loquai
(Hrsg.)

Licht über dem Fjord

Ein Skandinavien-Lesebuch

Goldmann

Es war dem Verlag leider nicht möglich,
sämtliche Quellen zu ermitteln.
Eventuelle Rechteinhaber
wenden sich bitte an den Verlag.

Umwelthinweis:
Alle bedruckten Materialien dieses Taschenbuches
sind chlorfrei und umweltschonend.

1. Auflage
Originalausgabe August 2004

Umschlaggestaltung: Design Team München
Umschlagfoto: CORBIS / Julius Rose
Satz: IBV Satz- und Datentechnik GmbH, Berlin
Druck: GGP Media, Pößneck
Titelnummer: 7700
BH · Herstellung: Sebastian Strohmaier
Made in Germany
ISBN 3-442-07700-1
www.goldmann-verlag.de

Inhalt

DRITTE REISE:
IM KALTEN LICHT DES NORDENS

Vierte Reise: Island und andere Inseln

Fünfte Reise: Licht über dem Fjord

SECHSTE REISE: IM LAND DER MITTERNACHTSSONNE

Siebte Reise: Heimkehr nach Süden

Erste Reise:
Annäherung an den Norden

NORWEGEN
0
50 km
N
SCHWEDEN
Skagerrak
PETTERSON
Skagen
Frederiks-
havn
Göteborg
KIELLAND
Thisted
Ålborg
JENSEN
Himmerland
Kattegat
Herning
Århus
DÄNEMARK
Helsingör
Helsingborg
Skane
TUCHOLSKY
Kopenhagen
HØEG
Malmö
Ystad
Esbjerg
KARAMSIN
Bornholm
Møn
Falster
Flensburg
Kiel
TUCHOLSKY
Warne-
münde
Rostock
Travemünde
DEUTSCHLAND
Hamburg

Kurt Tucholsky

Auf dem Weg nach Gripsholm

Wir wandelten an Bord.

Schiffslänge – backbord – steuerbord ... ganz leise arbeiteten die Maschinen. Warnemünde blieb zurück, unmerklich lösten wir uns vom Lande. Vorbei an der Mole – da lag die Küste.

Da lag Deutschland. Man sah nur einen flachen, bewaldeten Uferstreifen und Häuser, Hotels, die immer kleiner wurden, immer mehr zurückrückten, und den Strand ... War dies eine ganz leise, winzige, eine kaum merkbare Schaukelbewegung? [...]

Die Fähre schaukelte nicht grade – sie deutete das nur an. Auch ich deutete etwas an, und die Prinzessin befahl mich in den Speiseraum. Da saßen sie und aßen, und mir wurde gar nicht gut, als ich das sah – denn sie essen viel Fettes in Dänemark, und dieses war eine dänische Fähre. Die Herrschaften aßen zur Zeit: Spickaal und Hering, Heringsfilet, eingemachten Hering, dann etwas, was sie »sild« nannten, ferner vom Baum gefallenen Hering und Hering schlechthin. Auf festem Land eins immer besser als das andre. Und dazu tranken sie jenen herrlichen Schnaps, für den die nordischen Völker, wie sie da sind, ins Himmelreich kommen werden. Die Prinzessin geruhte zu speisen. Ich sah ehrfürchtig zu; sie war eßfest. »Du nimmst gar nichts?« fragte sie zwischen zwei Heringen. Ich sah die beiden Heringe an, die beiden Heringe sahen mich an, wir schwiegen alle drei. Erst als die Fähre landete, lebte ich wieder auf. Und die Prinzessin strich mir leise übers Knie und sagte ehrfürchtig: »Du bischa meinen kleinen Klaus Störtebecker!«, und ich schämte mich sehr.

Und dann ruckelten wir durch Laaland, das dalag, flach wie ein Eierkuchen, und wir kramten in unsern Zeitungen, und dann spielten wir das Bücherspiel: jeder las dem andern abwechselnd einen Satz aus seinem Buch vor, und die Sätze fügten sich gar schön ineinander. Die Prinzessin blätterte die Seiten um, ich sah auf ihre Hände ... sie hatte so zuverlässige Hände. Einmal stand sie im Gang und sah zum Fenster hinaus, und dann ging sie fort, und ich sah sie nicht mehr. Ich tastete nach ihrem Täschchen, es war noch warm von ihrer Hand. Ich streichelte die Wärme. Und dann setzten sie uns wieder über ein Meerwasser, und dann rollten wir weiter, und dann – endlich! endlich! – waren wir in Kopenhagen.

[...]

Ja, Kopenhagen.

»Soll ich dir das Fischrestaurant zeigen, in dem Ludendorff immer zu Mittag gegessen hat, als er noch eine Denkmalsfigur war?« – »Zeig es mir ... nein, gehen wir lieber auf Lange Linie!« – Wir sahen uns alles an: den Tivolipark und das schöne Rathaus und das Thorwaldsen-Museum, in dem alles so aussieht, wie wenn es aus Gips wäre. [...]

Stadt und Straßen ... der große Tiergarten, der dem König gehört und in dem die wilden zahmen Hirsche herumlaufen und sich, wenn es ihnen grade paßt, am Hals krauen lassen, und so hohe, alte Bäume ...

Abfahrt. »Wie wird das eigentlich mit der Sprache?« fragte die Prinzessin, als wir im Zug nach Helsingör saßen. »Du warst doch schon mal da. Sprichst du denn nun gut schwedisch?« – »Ich mache das so«, sagte ich. »Erst spreche ich deutsch, und wenn sie das nicht verstehn, englisch, und wenn sie das nicht verstehn, platt – und wenn das alles nichts hilft, dann hänge ich an die deutschen Wörter die Endung as an, und diese Sprechas verstehas sie ganz gut.« Das hatte grade noch gefehlt. Es gefiel ihr ungemein, und sie nahm es gleich in ihren Sprachschatz auf. »Ja – also nun kommt Schweden. Ob wir etwas in Schweden erlebas? Was meinst du?« – »Ja, was sollten wir wohl auf einem Urlaub erleben ...? Ich dich. Hoffentlich.« [...]

Helsingör. Wir telegraphierten an Tichauer. Wir stiegen auf die kleine Fähre.

Unten im Schiffsrestaurant saßen drei Österreicher; offenbar waren es altadlige Herren, einer hatte eine ganz abreagierte Stimme. Er kniff grade die Augen so merkwürdig zu, wie das einer tut, der mit der Zigarre im Mund zahlen muß. Und dann hörte ich ihn murmeln: »Ein g'schäiter Buuursch (mit drei langen u) – aber etwas medioker ...« Ich bin gegen den Anschluß.

Oben standen wir dann am Schiffsgeländer, atmeten die reine Luft und blickten auf die beiden Küsten – die dänische, die zurückblieb, und die schwedische, der wir uns näherten. Ich sah die Prinzessin von der Seite an. Manchmal war sie wie eine fremde Frau, und in diese fremde Frau verliebte ich mich immer aufs neue und mußte sie immer aufs neue erobern. Wie weit ist es von einem Manne zu einer Frau! Aber das ist schön, in eine Frau wie in ein Meer zu tauchen. Nicht denken ... Viele von ihnen haben Brillen auf, sie haben es im eigentlichen Sinne des Wortes verlernt, Frau zu sein – und haben nur noch den dünnen Charme. Hol ihn der Teufel. Ja, wir wollen wohl ein bißchen viel: kluge Gespräche und Logik und gutes Aussehen und ein bißchen Treue und dann dieser nie zu unterdrückende Wunsch, von der Frau wie ein Beefsteak gefressen zu werden, daß die Kinnbacken krachen ... »Hast du schwedischen Geldes?« fragte die Prinzessin träumerisch. Sie führte gern einen gebildeten Genitiv spazieren und war demzufolge sehr stolz darauf, immer »Rats« zu wissen. »Ja, ich habe schwedische Kronen«, sagte ich. »Das ist ein hübsches Geld – und deshalb werden wir es auch nur vorsichtig ausgeben.« – »Geizvettel«, sagte die Prinzessin. Wir besaßen eine gemeinsame Reisekasse, an der hatten wir sechs Monate herumgerechnet. Und nun waren wir in Schweden.

Der Zoll zollte. Die Schweden sprechen anders deutsch als die Dänen: Die Dänen hauchen es, es klingt bei ihnen federleicht, und die Konsonanten liegen etwa einen halben Meter vor dem Mund und vergehen in der Luft, wie ein Gezirp. Bei den Schweden wohnt die Sprache weiter hinten, und dann singen sie so schön dabei ... Ich protzte furchtbar mit meinen zehn schwedischen Wörtern, aber sie wurden nicht verstanden. Die Leute hielten mich sicherlich für einen ganz besonders vertrackten Ausländer. Kleines Frühstück. »Die Bouillon«, sagte die Prinzessin, »sieht aus wie Wasser in Halbtrauer!« »So schmeckt sie auch.« Und dann fuhren wir gen Stockholm.

[...]

... da tauchten die ersten Häuser der großen Stadt auf. Weichen knackten, der Zug schepperte über eine niedrige Brücke, hielt. Komm raus! Die Koffer. Der Träger. Ein Wagen. Hotel. Guten Tag. Stockholm.

»Was machen wir nun?« fragte ich, als wir uns gewaschen hatten. Der Himmel lag blau über vier Schornsteinen – das war es, was wir zunächst von Stockholm sehen konnten. »Ich meine so«, sagte die Prinzessin, »wir nehmen uns erst mal einen Dolmetscher – denn du sprichst ja sehr schön schwedisch, sehr schön... aber es muß altschwedisch sein, und die Leute sind hier so ungebildet. Wir nehmen uns einen Dolmetscher und mit dem fahren wir über Land und suchen uns eine ganz billige Hütte, und da sitzen wir still, und dann will ich nie wieder einen Kilometer reisen.«

Wir spazierten durch Stockholm.

Sie haben ein schönes Rathaus und hübsche neue Häuser, eine Stadt mit Wasser ist immer schön. Auf einem Platz gurrten die Tauben. Der Hafen roch nicht genug nach Teer. Wunderschöne junge Frauen gingen durch die Straßen ... von einem gradezu lockenden Blond. Und Schnaps gab es nur zu bestimmten Stunden, wodurch wir unbändig gereizt wurden, welchen zu trinken – er war klar und rein und tat keinem etwas, solange man nüchtern blieb. Und wenn man ihn getrunken hatte, nahm der Kellner das Gläschen rasch wieder fort, wie wenn er etwas Unpassendes begünstigt hätte. In einem Schaufenster der Vasagatan lag eine schwedische Übersetzung des letzten Berliner Schlagers. Eh – und sonst haben Sie nichts von Stockholm gesehn? Was? Der Nationalcharakter … wie? […]

Der Dolmetscher! Die Prinzessin wußte Rats, und wir gingen zum Bureau einer Touristen-Vereinigung. Ja, einen Dolmetscher hätten sie. Vielleicht. Doch. Ja.

Bedächtig geht das in Schweden zu – sehr bedächtig. In Schweden gibt es zwei Völkerstämme: den gefälligen Schweden, einen freundlichen, stillen Mann – und den ungefälligen. Das ist ein gar stolzer Herr, man kann ihm seinen Eigensinn mit kleinen Hämmern in den Schädel schlagen: er merkt es gar nicht. Wir waren an den gefälligen Typus gekommen. Einen Dolmetscher, den hätten sie also, und sie würden ihn morgen früh ins Hotel schicken. Und dann gingen wir essen.

Die Prinzessin verstand viel vom Essen, und hier in Schweden aßen sie gut, solange es bei den kalten Vorgerichten blieb – dem Smörgåsbrot. Unübertrefflich. Ihre warme Küche war durchschnittlich, und vom Rotwein verstanden sie gar nichts, was mir vielen Kummer machte. Die Prinzessin trank wenig Rotwein. Dagegen liebte sie – als einzige Frau, die ich je getroffen habe – Whisky, von dem die Frauen sonst sagen, er schmecke nach Zahnarzt. Er schmeckt aber, wenn er gut ist, nach Rauch.

Am nächsten Morgen kam der Dolmetscher.

Es erschien ein dicker Mann, ein Berg von einem Mann – und der hieß Bengtsson. Er konnte spanisch sprechen und sehr gut englisch und auch deutsch. Das heißt: ich horchte einmal … ich horchte zweimal … dieses Deutsch mußte er wohl in Emerrika gelernt haben, denn es hatte den allerschönsten, den allerfarbigsten, den allerlustigsten amerikanischen Akzent. Er sprach deutsch wie ein Zirkus-Clown. Aber er war das, was die Berliner »richtig« nennen – er verstand sofort, was wir wollten, er versank in Karten, Fahrplänen und Prospekten, und am Nachmittag trollten wir von dannen.

Wir fuhren nach Dalarne. Wir fuhren in die Umgebung Stockholms. Wir warteten auf Zuganschlüsse und rumpelten über staubige Landwege in die abgelegensten Dörfer. Wir sahen verdrossene Fichten und dumme Kiefern und herrliche, alte Laubbäume und einen blauen Sommerhimmel mit vielen weißen Wattewolken, aber was wir suchten, das fanden wir nicht. Was wir denn wollten? Wir wollten ein ganz stilles, ein ganz kleines Häuschen, abgelegen, bequem, friedlich, mit einem kleinen Gärtchen … wir hatten uns da so etwas Schönes ausgedacht. Vielleicht gab es das gar nicht?

Der Dicke war unermüdlich. Während wir herumfuhren und suchten, fragten wir ihn des nähern nach seinem Beruf. Ja, er führte also die Fremden durch Schweden. Ob er denn alles wüßte, was er ihnen so erzählte. Keine Spur – er hatte lange in Amerika gelebt und kannte seine Amerikaner. Zahlen! Er nannte ihnen vor allem einmal Zahlen: Jahreszahlen und Größenangaben und Preise und Zahlen, Zahlen, Zahlen … Falsch konnten sie sein. Mit uns sprach er von Tag zu Tag fließender deutsch, aber es wurde immer amerikanischer. »Fourteen days ago« hieß eben »Virrzehn Tage zerrick«, und so war alles. »Drei Wochen zerrick«, sagte er, als wir gerade wieder von einer ergebnislosen Expedition zurückgekommen waren und zu Abend aßen, »drei Wochen zerrick – da war eine amerikanische Familie in Stockholm. Ich habe zu ihnen gesagt, wenn man nur einmal in Emerrika gewesen ist, dann meint man, die ganze andre Welt ist eine Kolonie von Emerrika. Ja. Danach haben mich die Leute s e h r gähn gehabt. Prost!« – Prost? Wir waren hier in Schweden, der Mann hatte »Skål« zu sagen. Und »Skål«, das ist eigentlich »Schale«. Und weil die Prinzessin eine arme

Ausländerin war, die uns Schweden nicht so verstand, so sagte ich »Schale auf Ihnen!«, und das verstanden wir alle drei. Der Dicke bestellte sich noch einen kleinen Schnaps. Träumerisch sah er ins Glas. »In Göteborg wohnt ein Mann, der hat einen großen Keller – da hat er es alles drin: Whisky und Branntwein und Cognac und Rotwein und Weißwein und Sekt. Und das trinkt der Mann nicht aus – das bewahrt sich der Mann alles auf! Ich finde das ganz grroßartig –!« Sprachs und kippte den seinigen.

Aber nun verging ein Tag nach dem andern, und wir hatten viele Gespräche mitangehört, hatten unzählige Male vernommen, wie die Leute sagten, was die Schweden immer sagen, in allen Lagen des menschlichen Lebens: »Jasso ...«, und auch ihr »Nedo« und was man so spricht, wenn man nichts zu sagen hat. Und der Dicke hatte uns in viele schöne Gegenden geführt, durch wundervolle, satte Wälder – »Hier sind schöne Läube!« sagte er, und das war die Mehrzahl von »Laub« – und nun fing die Prinzessin an, aufzumucken. »He lacht sik 'n Stremel«, sagte sie. »Meinen lieben guten Daddy! Wi sünd doch keine Rockefellers! Nu ornier doch endlich mal enägisch ne Dispositschon an, daßn weiß, woanz un woso!«

Was nun –? Der Dicke ging nachdenklich, aber mit der Welt soweit ganz zufrieden, vor uns hin; er stapfte mit seinem Stock auf das Pflaster und dachte emsig nach; man konnte an seinem breiten Rücken sehen, wie er dachte. Dann brummte er, denn er hatte etwas gefunden. »Wir fahren nach Mariefred«, sagte er. »Das ist ein kleiner Ort ... das ist all right! Morgen fahren wir.« Die Prinzessin sah mich unheilverkündend an. »Wenn wir da nichts finden, Daddy, dann stech ich dir inne Kleinkinnerbiewohranstalt und kutschier bei mein Alten nach Abbazia. Dor kannst du man upp aff!«

Aber am nächsten Tag sahen wir etwas.

Mariefred ist eine klitzekleine Stadt am Mälarsee. Es war eine stille und friedliche Natur, Baum und Wiese, Feld und

Wald – niemand aber hätte von diesem Ort Notiz genommen, wenn hier nicht eines der ältesten Schlösser Schwedens wäre: das Schloß Gripsholm.

Es war ein strahlend heller Tag. Das Schloß, aus roten Ziegeln erbaut, stand leuchtend da, seine runden Kuppeln knallten in den blauen Himmel – dieses Bauwerk war dick, seigneural, eine bedächtige Festung. Bengtsson winkte dem Führer ab, Führer war er selber. Und wir gingen in das Schloß.

Viele schöne Gemälde hingen da. Mir sagten sie nichts. Ich kann nicht sehn. Es gibt Augenmenschen, und es gibt Ohrenmenschen; ich kann nur hören. Eine Achtelschwingung im Ton einer Unterhaltung: das weiß ich noch nach vier Jahren. Ein Gemälde? Das ist bunt. Ich weiß nichts vom Stil dieses Schlosses – ich weiß nur: wenn ich mir eins baute, so eins baute ich mir.

Herr Bengtsson erklärte uns das Schloß, wie er es seinen Amerikanern erklärt hätte, der Spiritus sang aus ihm, und nach jeder Jahreszahl sagte er: »Aber so genau weiß ich das nicht«, und dann sahen wir im Baedeker nach, und es war alles, alles falsch – und wir freuten uns mächtig. Ein Kerker war da, in dem Gustav der Verstopfte Adolf den Unrasierten jahrelang eingesperrt hatte, und so dicke Mauern hatte das Schloß, und einen runden Käfig für die Gefangenen gab es und ein schauerliches Burgloch oder eine Art Brunnen ... Menschen haben immer Menschen gequält, heute sieht das nur anders aus. Aber am allerschönsten war das Theater. Sie hatten in der Burg ein kleines Theater – vielleicht damit sie sich während der Belagerungen nicht so langweilen mußten. Ich setzte mich auf eines der Bänkchen im Zuschauerraum und führte mir eine Schäferkomödie auf, in der geliebt und gestochen, geschmachtet und zierlich gesoffen wurde – und nun wurde die Prinzessin sehr energisch. »Jetzt oder nie!« sagte sie. »Herr Bengtsson – also!«

Wie alle gutmütigen Männer hatte der Dicke Angst vor Frauen – er beugte seine Seele, wie der Wanderer den Rücken unter den Regenschauern beugt, und er strengte sich gewaltig an und ging gar sehr ins Zeug. Er telephonierte lange und verschwand.

Nach dem Mittagessen kam er fröhlich an, sein Fett wogte vor Zufriedenheit. »Kommen Sie mit!« sagte er. Das Schloß hatte einen Anbau – auf eine Frage hätte der Dicke sicherlich gesagt: aus dem einundzwanzigsten Jahrhundert … es war ein neuerer Bau, langgestreckt, glatt in der Fassade, hübsch. Wir gingen hinein. Drinnen empfing uns eine sehr freundliche alte Dame. Es ergab sich, daß hier in diesem Schloßanbau zwei Zimmer und dazu noch ein kleineres zu vermieten waren. Hier im Schloß? Zweifelnd sah ich Herrn Bengtsson an. Hier im Schloß. Und bekochen wollte sie uns auch. Aber würden uns denn nicht die zahllosen Touristen stören, die da kommen und die Gemälde und die Folterkammer sehen mußten? Sie kämen nur Sonntags, und sie kämen überhaupt nicht hierher, sondern sie gingen dortherum …

Wir besichtigen die Zimmer. Sie waren groß und schön; alte Einrichtungsstücke des Schlosses standen darin, in einem schweren behaglichen Stil; ich sah keine Einzelheiten mit meinen blinden Augen – aber es sprach zu mir. Und es sagte: Ja.

Aus einem Fenster blickte man auf das Wasser, aus einem andern in einen stillen kleinen Park. Die Prinzessin, die die Vernunft ihres Geschlechts hatte, sah sich inzwischen an, wo man sich waschen konnte und wie es mit den Lokalitäten bestellt wäre … und kam zufrieden zurück. Der Preis war erstaunlich billig. »Wie kommt das?« fragte ich den Dicken; wir sind selbst dem Glück gegenüber so argwöhnisch. Die Dame im Schloß täte es aus Freundlichkeit für ihn, denn sie kannte ihn, auch kamen selten Leute hierher, die lange bleiben wollten. Mariefred war als kleiner Ausflugsort bekannt; man weiß, wie solche Bezeichnungen den Plätzen anhaften. Da mieteten wir.

Und als wir gemietet hatten, sprach ich die goldenen Worte meines Lebens: »Wir hätten sollen …« und bekam von der

Prinzessin einen Backenstreich: »Oll Krittelkopp!« Und dann begossen wir die Mietung mit je einem großen Branntwein, wir alle drei.

Peter Høeg

Respekt vor dem dänischen Winter

Wir wohnen im Weißen Schnitt.

Auf einem Grundstück, das man der Wohnungsbaugesellschaft geschenkt hat, hat sie ein paar vorfabrizierte Schachteln aus weißem Beton aufeinandergestapelt, für die sie vom Verein zur Verschönerung der Hauptstadt eine Prämie erhalten hat.

Das Ganze, einschließlich Prämie, macht einen billigen und notdürftigen Eindruck; die Mieten allerdings haben nichts Kleinliches, sie sind so hoch, daß hier nur Leute wohnen können wie Juliane, für die der Staat aufkommt, oder wie der Mechaniker, der nehmen mußte, was er kriegen konnte, oder die eher marginalen Existenzen wie zum Beispiel ich.

Die Leute haben offenbar sehr gut begriffen, was Leukotomie ist. So ist der Spitzname für uns, die hier wohnen; das ist zwar verletzend, im großen und ganzen aber korrekt.

Es gibt Gründe dafür, hier einzuziehen, und Gründe, hier auch wohnen zu bleiben. Mit der Zeit ist das Wasser für mich wichtig geworden. Der Weiße Schnitt liegt direkt am Kopenhagener Hafen. In diesem Winter konnte ich sehen, wie sich das Eis bildete.

Der Frost setzte im November ein. Ich habe Respekt vor dem dänischen Winter. Die Kälte – nicht die meßbare, die auf dem Thermometer, sondern die erlebte – hängt mehr von der Windstärke und vom Feuchtigkeitsgrad der Luft ab als davon, wie kalt es ist. Ich habe in Dänemark mehr gefroren als je in

Thule. Sobald die ersten klammen Regenschauer mir und dem November ein nasses Handtuch ins Gesicht peitschen, begegne ich ihnen mit pelzgefütterten Capucines, schwarzen Alpakaleggings, langem Schottenrock, Pullover und einem Cape aus schwarzem Goretex.

Dann fällt die Temperatur allmählich. Irgendwann hat die Meeresoberfläche minus 1,8 Grad Celsius, die ersten Kristalle bilden sich, eine kurzlebige Haut, die der Wind und die Wellen zu *frazil* Eis zerschlagen, das zu dem seifigen Mus verknetet wird, das man Breieis, *grease ice,* nennt; es bildet allmählich freitreibende Platten, *pancake ice,* das dann an einem Sonntag in einer kalten Mittagsstunde zu einer zusammenhängenden Schicht gefriert.

Es wird kälter, und ich freue mich, denn ich weiß, daß der Frost jetzt zugelegt hat, das Eis bleibt liegen, und die Kristalle haben Brücken gebildet und das Salzwasser in Hohlräumen eingekapselt, die eine Struktur haben wie die Adern eines Baumes, durch die langsam die Flüssigkeit hindurchsickert; daran denkt kaum jemand, der zur Marineinsel Holmen hinüberschaut, es ist aber ein Argument für die Ansicht, daß Eis und Leben auf mehrfache Weise zusammenhängen.

Wenn ich auf die Knippelsbrücke komme, ist das Eis normalerweise das erste, wonach ich Ausschau halte. An diesem Tag im Dezember aber sehe ich etwas anderes. Ich sehe das Licht.

Es ist gelb, wie das meiste Licht in einer Winterstadt; es hat geschneit, und deshalb hat es, auch wenn es nur ein zartes Licht ist, einen starken Widerschein. Es scheint unten bei einem der Packhäuser, den Speichern, die sie, als sie unsere Wohnblocks bauten, in einem schwachen Moment beschlossen haben stehenzulassen. Auf der Giebelseite, zur Strandgade und nach Christianshavn zu, rotiert das Blaulicht eines Streifenwagens. Ich sehe einen Polizisten. Die provisorische Absperrung aus weiß-roten Plastikbändern. Das, was dort abgesperrt ist, kann ich als kleinen dunklen Schatten auf dem Schnee ausmachen.

Weil ich renne und es erst gut fünf Uhr und der Nachmittagsverkehr noch nicht vorbei ist, schaffe ich es, einige Minuten vor dem Krankenwagen dort zu sein.

Jesaja liegt mit angezogenen Beinen da, das Gesicht im Schnee und die Hände um den Kopf, als wollte er sich gegen den kleinen Scheinwerfer, der ihn beleuchtet, abschirmen, als sei der Schnee ein Fenster, durch das er tief unter der Erde etwas gesehen hat.

Der Polizist müßte mich sicher fragen, wer ich bin, meinen Namen und meine Adresse aufnehmen und überhaupt die Arbeit der Kollegen vorbereiten, die jetzt bald von Haus zu Haus gehen und klingeln müssen. Aber er ist ein junger Mann mit einem kranken Ausdruck in den Augen. Er vermeidet es, Jesaja direkt anzuschauen. Als er sich vergewissert hat, daß ich sein Absperrband nicht übertrete, läßt er mich stehen.

Er hätte ein größeres Stück absperren können. Doch das hätte keinen Unterschied gemacht. Die Packhäuser werden teilweise umgebaut. Menschen und Maschinen haben den Schnee hartgetrampelt wie einen Terrazzoboden.

Selbst im Tod hat Jesaja etwas Abgewandtes, als wollte er von Mitleid nichts wissen.

Hoch oben, außerhalb des Scheinwerferlichts, ahnt man einen Dachfirst. Das Packhaus ist hoch, sicher so hoch wie ein sieben- oder achtstöckiges Wohnhaus. Das angrenzende Haus wird umgebaut. An der Giebelseite, die auf die Strandgade hinausgeht, steht ein Gerüst. Dort gehe ich hin, während sich der Krankenwagen über die Brücke arbeitet und dann zwischen den Gebäuden durchwindet.

Das Gerüst deckt die Giebelseite bis zum Dach hinauf ein. Die untere Leiter ist heruntergeklappt. Die Konstruktion scheint immer zerbrechlicher zu werden, je höher man kommt.

Sie bauen ein neues Dach. Über mir türmen sich die dreieckigen Dachsparren. Sie sind mit einer Persenning zugedeckt, die über die halbe Gebäudelänge reicht. Die andere Hälfte, auf der

Hafenseite, ist eine verschneite Fläche. Darauf sind die Spuren von Jesaja.

An der Schneekante hockt ein Mann, der seine Knie umklammert hält und sich hin und her wiegt. Selbst zusammengekauert wirkt der Mechaniker noch groß, und noch in dieser Haltung totaler Resignation wirkt er zurückhaltend.

Es ist so hell. Vor einigen Jahren hat man das Licht bei Siorapaluk gemessen. Von Dezember bis Februar, drei Monate, in denen die Sonne weg ist. Man stellt sich immer eine ewige Nacht vor, aber es sind Mond und Sterne da, und ab und zu das Nordlicht. Und der Schnee. Man registrierte dieselbe Anzahl Lux wie außerhalb von Skanderborg in Jütland. Genau so erinnere ich meine Kindheit. Daß wir immer draußen spielten, und daß es immer hell war. Damals war das Licht eine Selbstverständlichkeit. So viele Dinge sind für ein Kind selbstverständlich. Mit der Zeit fängt man dann an, sich zu wundern.

Jedenfalls fällt mir auf, wie hell das Dach vor mir ist. Als sei es die ganze Zeit über der in einer vielleicht zehn Zentimeter dicken Schicht liegende Schnee gewesen, der das Licht dieses Wintertages geschaffen hat, und als glühe es in punktweisem Glitzern wie kleine, graue, leuchtende Perlen immer noch nach.

Am Boden schmilzt der Schnee ein bißchen, selbst bei schwerem Frost, wegen der Wärme der Stadt. Hier oben jedoch liegt er locker, so wie er gefallen ist. Nur Jesaja hat ihn betreten.

Selbst wenn keine Wärme da ist, kein neuer Schnee, kein Wind, selbst dann verändert sich der Schnee. Als würde er atmen, als würde er sich verdichten, sich heben und senken und sich zersetzen.

Jesaja hat Turnschuhe getragen, auch im Winter, und es ist seine Spur, die abgetretene Sohle seiner Basketballstiefel mit der gerade noch sichtbaren Zeichnung konzentrischer Kreise unter der Wölbung der Fußsohle, um die sich der Spieler drehen muß.

Er ist dort, wo wir stehen, in den Schnee hinausgetreten. Die Spuren laufen schräg auf die Dachkante zu und führen daran entlang weiter, vielleicht zehn Meter. Dann halten sie an. Um sich dann zur Ecke und zur Giebelseite hin fortzusetzen. Wo sie der Dachkante in einem Abstand von ungefähr einem halben Meter bis an die Ecke zum angrenzenden Packhaus hin folgen. Von dort aus ist er vielleicht drei Meter zur Mitte zurückgelaufen, um Anlauf zu nehmen. Dann führt die Spur direkt zur Kante, wo er gesprungen ist.

Das andere Dach besteht aus glasierten schwarzen Ziegeln, die zur Dachrinne hin in so steilem Winkel abfallen, daß der Schnee nicht liegengeblieben ist. Es gab nichts zum Festhalten. So gesehen hätte er ebensogut direkt in den leeren Raum springen können.

Außer Jesajas Spuren gibt es keine anderen. Auf der Schneefläche ist außer ihm niemand gewesen.

»Ich habe ihn gefunden«, stellt der Mechaniker fest.

Es wird für mich nie leicht sein, Männer weinen zu sehen. Vielleicht, weil ich weiß, wie fatal das Weinen für ihre Selbstachtung ist. Vielleicht, weil es für sie so ungewohnt ist, daß es sie immer in ihre Kindheit zurückverfrachtet. Der Mechaniker ist in dem Stadium, wo er es aufgegeben hat, sich die Augen zu trocknen, sein Gesicht ist eine Maske aus Schleim.

»Putz dir die Nase«, sage ich. »Es kommen Leute.«

Die beiden Männer, die aufs Dach kommen, sind über unseren Anblick nicht sonderlich erfreut.

Der eine schleppt die Fotoausrüstung und ist außer Atem. Der andere erinnert ein wenig an einen verwachsenen Nagel. Flach und hart und voll ungeduldiger Gereiztheit.

»Wer sind Sie?«

»Die Nachbarin von oben«, sage ich. »Und der Herr ist der Mann von unten.«

»Gehen Sie bitte runter.«

Dann sieht er die Spuren und ignoriert uns.

Der Fotograf macht die ersten Bilder, mit Blitz und einer großen Polaroidkamera.

»Nur die Spuren des Verstorbenen«, sagt der Nagel. Er redet, als fertige er im Kopf bereits seinen Bericht an. »Die Mutter betrunken. Da hat er halt hier oben gespielt.«

Dann fällt sein Blick erneut auf uns.

»Gehen Sie jetzt bitte runter.«

Zu diesem Zeitpunkt sehe ich nichts klar, es geht alles durcheinander. Das allerdings so sehr, daß ich davon abgeben kann. Ich bleibe also stehen.

»Komische Art zu spielen, nicht wahr?«

Manche Leute meinen vielleicht, ich sei eitel. Das will ich eigentlich nicht abstreiten. Ich kann ja auch Gründe dafür haben.

Jedenfalls ist es meine Kleidung, die ihn jetzt zuhören läßt. Der Kaschmir, die Pelzmütze, die Handschuhe. Er hat zwar Lust und auch das Recht, mich hinunterzuschicken. Aber er sieht, daß ich aussehe wie eine Dame. Auf den Dächern von Kopenhagen begegnet man nicht so vielen Damen.

Einen Augenblick lang zögert er also.

»Wieso?«

»Als Sie in dem Alter waren«, sage ich, »und Vater und Mutter noch nicht aus dem Kohlenbergwerk zurück waren und Sie allein auf dem Dach der Obdachlosenbaracke gespielt haben, sind Sie da in gerader Linie die Dachkante entlanggelaufen?«

Daran kaut er ein wenig.

»Ich bin in Jütland aufgewachsen«, sagt er dann. Doch sein Blick läßt mich nicht los, während er das sagt.

Dann dreht er sich zu seinem Kollegen um.

»Wir brauchen Lampen hier oben. Und wenn du gleich noch die Dame und den Herrn runterbringen würdest.«

Mir geht es mit der Einsamkeit wie anderen mit dem Segen der Kirche. Sie ist für mich ein Gnadenlicht. Ich mache nie hinter mir die Tür zu, ohne mir bewußt zu sein, daß ich damit für mich eine Tat der Barmherzigkeit vollbringe. Cantor veranschaulichte seinen Schülern den Unendlichkeitsbegriff, indem er erzählte, es sei einmal ein Mann gewesen, der ein Hotel mit einer unendlichen Zahl von Zimmern gehabt habe, und das Hotel sei voll belegt gewesen. Dann sei noch ein Gast gekommen. Der Wirt habe den Gast von Zimmer Nummer eins nach Nummer zwei, den von Nummer zwei nach Nummer drei, den von drei nach vier verlegt, und so fort. Damit sei das Zimmer Nummer eins für den neuen Gast frei geworden. Was mich an dieser Geschichte freut, ist die Tatsache, daß alle Beteiligten, die Gäste und der Wirt, es ganz in Ordnung finden, eine unendliche Anzahl von Operationen durchführen zu müssen, damit ein einzelner Gast in einem Zimmer für sich Ruhe und Frieden finden kann. Das ist eine große Verbeugung vor der Einsamkeit.

Im übrigen weiß ich, daß ich meine Wohnung wie ein Hotelzimmer eingerichtet habe. Ohne den Eindruck vermeiden zu können, daß diejenige, die hier wohnt, sich auf der Durchreise befindet. Wenn ich mir das zuweilen selbst erklären muß, dann denke ich daran, daß die Familie meiner Mutter und auch sie selbst eine Art Nomaden waren. Als Entschuldigung ist das eine fadenscheinige Erklärung.

Aber ich habe zwei große Fenster zum Wasser hin. Ich sehe die Holmenskirche, das Gebäude der Seeassekuranz und die Nationalbank, deren Marmorfassade heute abend die gleiche Farbe hat wie das Eis im Hafen.

Ich habe mir gedacht, daß ich trauern will. Ich habe mit den Polizisten geredet, Juliane eine Schulter hingehalten und sie zu Bekannten begleitet, dann bin ich zurückgekommen, und die ganze Zeit über habe ich die Trauer mit der linken Hand weggehalten. Jetzt muß ich wohl an der Reihe sein, jetzt muß ich unglücklich sein dürfen.

Doch es ist noch nicht soweit. Die Trauer ist ein Geschenk, etwas, um das man sich verdient machen muß. Ich habe mir eine Tasse Pfefferminztee gemacht und mich ans Fenster gestellt. Aber es stellt sich nichts ein. Vielleicht, weil noch eine Winzigkeit zu tun bleibt, weil noch etwas unfertig ist und den Gefühlsprozeß bremsen kann.

Ich trinke also meinen Tee, während der Verkehr auf der Knippelsbrücke spärlicher und zu vereinzelten roten Lichterstrichen in der Nacht wird. Allmählich überkommt mich eine Art Ruhe. Schließlich reicht es zum Einschlafen.

[...]

Es gibt Morgen, an denen man wie durch ein Schlammbad an die Oberfläche steigt. Die Füße fest in einen Sonnenschirmfuß zementiert. Wo man weiß, daß man im Laufe der Nacht seine Seele ausgehaucht hat. Und sich nur noch darüber freuen kann, daß man von selber gestorben ist und sie die entseelten Organe nicht transplantieren können.

So sind sechs von sieben Morgen.

Heute ist der siebte Tag. Ich wache auf und bin kristallklar. Ich steige aus dem Bett, als hätte ich etwas, wofür sich das Aufstehen lohnt.

Ich mache die vier Yogaübungen, die ich gerade gelernt hatte, bevor ich den x-ten Mahnzettel von der Bibliothek bekam, sie einen Boten schickten und ich eine Strafgebühr bezahlen mußte, die so hoch war, daß ich das Buch genausogut hätte kaufen können.

Ich dusche unter eiskaltem Wasser. Ziehe Leggings an, einen dicken Pullover, graue Stiefel und eine Pelzmütze von Jane Eberlein. Die ist in einer Art grönländischem Stil gemacht.

Meine kulturelle Identität habe ich für immer verloren, das sage ich mir oft. Und wenn ich es oft genug gesagt habe, wache ich, wie heute morgen, mit einer sicheren Identität auf. Smilla Jaspersen – die Luxusgrönländerin.

Es ist sieben Uhr. Ich gehe zum Hafen hinunter und auf das Eis hinaus.

Das Eis im Kopenhagener Hafen empfiehlt sich nicht unbedingt, wenn Eltern ihre kleinen Kinder zum Spielen schicken wollen, nicht einmal bei so strengem Frost wie jetzt. Selbst ich muß vorsichtig sein, wenn ich da draußen herumlaufe.

Etwa vierzig Meter weit draußen bleibe ich stehen. Hier wird die Eisoberfläche eine Spur dunkler. Ein Schritt weiter, und ich würde einbrechen. Ich stehe und schaukele. Meereseis ist porös und elastisch, das Wasser dringt nach oben und bildet um meine Stiefel zwei Spiegelflächen, die das diffuse Licht in der Dunkelheit reflektieren.

Auf den Wellenbrechern steht ein Mann. Eine schwarze Silhouette vor den weißen Hausmauern. Die Angst schlägt aus wie ein vibrierender Ton. Die Robbe in Lebensgefahr, wenn sie auf dem Eis liegt. So empfindlich, so sichtbar, so unbeweglich. Dann erstirbt der Ton. Es ist der Mechaniker, vornübergebeugt, vierschrötig, wie ein großer Stein.

Man ist so daran gewöhnt, die Stadt aus bestimmten Winkeln zu sehen, daß sie von hier aus wie eine fremde, nie gesehene Hauptstadt wirkt. Wie Venedig. Oder Atlantis. Eine Stadt, die, in Schnee und Nacht eingehüllt, aus Marmor sein könnte. Ich gehe zum Kai zurück.

Er könnte ein anderer sein. Ich könnte eine andere sein. Wir hätten ein junges Liebespaar sein können. Statt eines stotternden Legasthenikers und eines verbitterten Drachens, die einander halbe Wahrheiten erzählen und sich auf einer zweifelhaften Fährte begleiten.

Als ich vor ihm stehe, packt er mich an den Schultern.

»Das ist lebensgefährlich!«

Wenn ich es nicht besser wüßte, hätte ich schwören können, daß seine Stimme etwas fast Flehendes hat.

Ich mache mich los.

»Ich habe ein gutes Verhältnis zum Eis.«

Johannes V. Jensen

Kirstens letzte Reise

Kurz nach Neujahr wurde in der ganzen Gegend bekannt, daß Kirsten Smed tot sei. Diese Nachricht rief bei den Leuten eine eigenartige Reaktion hervor; Kirsten war während der letzten zehn Jahre völlig in Vergessenheit geraten, und doch wurde der Gedanke, daß sie tot sein sollte, als unnatürlich empfunden. Kirstens Neffe hatte die Papiere erhalten – sie war in der Aalborger Anstalt gestorben –, und nun mußte Christen Sørensen als nächster Familienangehöriger über ihre Beerdigung entscheiden.

Es kam nichts anderes in Frage, als daß man Kirsten holen und auf demselben Friedhof begraben würde, auf dem Anders Smed und auch alle Kinder Kirstens ruhten; denn das war, gewissermaßen aus Familientradition, Kirstens ausschließlicher Wille gewesen, als sie noch bei Verstand war. Christen Sørensen brachte seinen Wagen in Ordnung und fuhr mit seinem Knecht los, um die Tante zu holen. Sie hatten acht Meilen bis Aalborg. An jenem Dienstag, an dem sie vom Hof aufbrachen, herrschte frostklares Wetter, und es stand fest, daß sie am nächsten Tag, auf den die Beerdigung festgesetzt war, zurück sein würden.

Aber am selben Abend kam, begleitet von Südoststurm und Schneegestöber, ein gottserbärmliches Wetter auf, das anhielt. Ein dreitägiges Schneetreiben setzte ein, mit schneidender Kälte, heftigem Sturm und so dichtem Schneefall, daß Himmel und Erde ein einziger Dunst waren. Mittwochmittag klärte sich das

Wetter ein wenig auf, und wer ins Freie ging, konnte bereits mannshohe Schneeverwehungen entdecken. Rauh und eiskalt blies der Sturm, die ganze Welt lag in einem heulenden Gestöber.

Der Pfarrer mühte sich redlich ab, gegen zwei Uhr die Kirche zu erreichen, und fand etwa ein Dutzend durchgefrorene Gemeindemitglieder vor, die – halb geblendet von Schnee und Kälte – in einer Ecke der Vorhalle zusammengekrochen waren. Die Leiche war nicht da. Der Geistliche schloß sich dem Leichengefolge an, und man besprach die Lage. Alle standen auf einem Haufen unter dem Turm, einer konnte den anderen kaum sehen. In haushohen Wirbeln jagte der Schnee über den öden Friedhof, hier und dort ragte ein kahles Eisenkreuz etwas aus einer Schneewehe hervor.

»Nie und nimmer glaub' ich, daß die durchkommen«, rief Jørgen Pors.

»Nee, is' unmöglich«, schrie der Kaufmann hinter seinem nassen Taschentuch, »da is' weder Weg noch Steg. Nich' zu machen!«

Der Schnee pfiff ihnen um die Köpfe. Hoch droben im Turm stieß der Wind dumpf in die Schallöcher, und wenn er am Glockenrand vorbeisauste, gab die Glocke ab und zu einen fast unhörbaren, schrillen Ton von sich, der ganz jämmerlich und bedrückt klang.

Der Pfarrer ertrug alles mit Fassung, er war alt und geduldig. Als kurz darauf der Küster zu ihnen stieß, schnaufend und atemlos vom Durchwaten der Schneewehen, schloß man die Vorhalle ab, und alle warteten frierend eine geschlagene Stunde. Jørgen Pors, der das Grab ausgehoben hatte, war hinausgegangen, um wieder den Schnee wegzuräumen. Einer wurde zu Christen Sørensen geschickt, damit man Bescheid erhielt. Es begann schon dunkel zu werden, und die paar Menschen in der dämmrigen Vorhalle spähten mit scharfem Blick durch den Türspalt. Draußen stürmte fein und eiskalt der Schnee. Der

Friedhof war in einen wütenden Schneewirbel gehüllt, und die Dunkelheit wurde immer bedrohlicher. Die Kälte ließ die Menschen förmlich zusammenschrumpfen.

»Das kann doch nich' wahr sein!« sagte einer kleinmütig vor sich hin. Die Männer schnauften durch die Nase, traten von einem Fuß auf den andern und schüttelten leise den Kopf.

»So was is' mir noch nie vorgekommen!«

»Ach du lieber Gott, was da runterfällt!«

Endlich kam der Bote zurück. Bei Christen Sørensen war kein Leichenzug eingetroffen, und von ihm selbst hatte man nicht das geringste gehört. Darauf verschob der Pfarrer die Beerdigung. Der Küster schloß die Kirchentür, und jeder der Anwesenden schlug äußerst verwundert die heimatliche Richtung ein, um wieder nach Hause zu gehen.

Mittwoch herrschte die ganze Nacht hindurch ein gewaltiges Unwetter. Bei Christen Sørensen war alles wach, aber der Hausherr kam nicht. Am Donnerstag legte sich das Unwetter ein wenig; es schneite nicht mehr ganz so stark, aber nach wie vor fegten Sturm und Schneewirbel über den Erdboden. Die Schneewehen im Dorf waren so hoch wie Scheunen, und alles, was einmal Weg hieß, war verschwunden. Der Schneevogt schickte seine Leute aus, um den Weg durch Strohwische zu markieren, was übrigens Unsinn war, da bei diesem Wetter niemand die Landstraße benutzte. Auch Donnerstagnacht wachte man auf Christen Sørensens Hof. Der Leichenschmaus stand auf dem Tisch. Die Hausfrau war kopflos. Kein Fuhrwerk kam.

Am Freitag wurde das Wetter so fürchterlich, wie es noch niemand erlebt hatte. Ein Orkan kam auf, und die Luft hing derart voller Schnee, daß die Tageshelle das Schneegewölk nicht zu durchdringen vermochte. Die Leute saßen in ihren Stuben fast im Dunkeln. Des Schnees wegen konnte man nicht zur Tür hinaus, sondern mußte über Bodenräume und Scheunen klettern, wenn man zu den Stallungen gelangen und das Vieh versorgen wollte. Seit zwei Tagen war der gesamte Verkehr unterbrochen, das heißt, jede Kultur hatte aufgehört.

Obwohl nun jedes einzelne Haus völlig abgeschnitten war, wußte man doch überall, daß Kirsten sich auf dem Weg zum Dorf befand. Das beschäftigte die Gemüter. Man stellte sich vor, wie jetzt dort draußen auf der Aalborger Landstraße, mitten im Schneegestöber, der Wagen mit dem Sarg stand oder fuhr. Am Donnerstag kam ein einziger Kunde zum Kaufmann, und der war der Erschöpfung nahe. Am Freitag kam niemand. Dorf und Gemeinde waren an diesem Tage geradezu verödet.

Am Freitag trafen sich zwei Menschen in einer Schneewehe, in der sie bis zum Halse steckten.

»Ahoi! Wer da?« rief der eine.

»Ich bin's!«

»Ach, sind Sie das etwa, Doktorchen? Bleibt Ihnen nich' die Puste weg? Hahaha!«

Das eine dieser zwei Lebewesen war Doktor Eriksen, das andere Niels Liv. Niels Liv saß im Schnee und kreischte vor Wonne. Er war neunundsechzig Jahre, liebte aber noch immer Schneetreiben und Strapazen mehr als mancher Junge. Er lachte schallend, schimpfte über seine augenblickliche Lage, aber Doktor Eriksen konnte ihn überhaupt nicht sehen.

»Es schneet für 'n Sechser!« jauchzte Niels Liv. »Merken Sie's? Hahaha! Ich sage, das schneet, Doktorchen! Was glauben denn Sie, wo Kirsten landet? Das hab' ich Christen Sørensen vorher gesagt, wir kriegen Schnee, hab' ich gesagt, nimm den Schlitten, hab' ich gesagt, aber er mußte ja mit dem Wagen fahr'n, denn Niels Liv ist ja ein alter Quatschkopp! Hahaha! Sehen Sie, Doktorchen, wir beide, wir müssen bei jedem Wetter 'raus! Na, denn in Gottes Namen!«

Niels Liv lachte herzhaft und war im Schnee verschwunden. Er hatte unter jedem Arm ein großes Schwarzbrot und wollte zu einer Kate, denn ihm war eingefallen, daß die armen Racker dort vielleicht nichts zu beißen hatten.

Montagfrüh war ruhiges, klares Wetter, völlige Windstille und Sonnenschein. Als die Leute ins Freie gingen und auf die

Schneewehen stiegen, erkannten sie ihr Dorf und die Landschaft kaum wieder. Die Schneewehen waren bis zu zwanzig Ellen hoch, und es war ein merkwürdiges Gefühl, wenn man sich von ihrer Spitze aus umsah. Mehrere Häuser waren bis über den Dachfirst zugeweht.

Die Gegend selbst war nicht wiederzuerkennen. Der Schnee hatte die Höhen und Bodenwellen, die man immer sah, eingeebnet und dafür an anderen Stellen des Geländes bisher unbekannte Erhebungen gebildet. Der Gesichtskreis war ein anderer. Von Südosten her zog sich eine einzige gewaltige Schneelandschaft in Falten- und Wellenbildungen dahin, als ob sie in wilder Eile und unter schweren Kämpfen hereingebrochen wäre; wie weiße, umgesunkene Kolosse streckten sich die Schneewehen aus. Über diesem großartigen, auf der Flucht erstarrten Bilde schien die Sonne. Eine halbe Meile entfernt konnte man einen Menschen erkennen, der sich in der blendenden Wüstenei wie eine schwarze Ameise vorwärtsbewegte.

Frühmorgens versammelten sich die Schneeschipper am Gasthof. Heute gab es Arbeit für sie! Fast die gesamte Dorfmannschaft war »aufgeboten« worden. Auch Niels Liv kam in Holzschuhen, die Schaufel über der Schulter, feurig wie ein Fohlen angestiefelt; er hüpfte, war im siebenten Himmel. Schneeschippen war seit seiner Jugendzeit der herrlichste Jux, den ein Mensch mitmachen konnte.

Inzwischen wurde bekannt, daß Christen Sørensen sich jetzt endlich mit der Leiche dem Dorfe näherte. Er war noch eine Meile von der Flejsborger Gastwirtschaft entfernt, aber da fast die ganze Strecke vor ihm erst freigeschaufelt werden mußte, konnte er nicht vor dem frühen Nachmittag im Dorf eintreffen.

In den drei Tagen und Nächten, die man auf Christen Sørensen gewartet hatte, war er zu einer legendären Gestalt geworden. Es waren lange Tage und Nächte gewesen mit nur spärlichen Nachrichten. Das Gerücht, daß Christen Sørensen mit der Leiche unterwegs war, hatte sich mit Windeseile fortgepflanzt. Wer die Neuigkeit an diesem Morgen mitgebracht hatte, wußte niemand, dennoch war sie durchgedrungen. Wie gesagt es verlautete nichts weiter, als daß sich Christen Sørensen eine Meile vom Dorf entfernt mit der Leiche näherte. Ihm voran ein Stab von Schneeschippern.

Das war die große Nachricht! Die Erwartung des Einzuges nahm übernatürliche, nicht mehr durchschaubare Formen an. Das gesamte Dorf war auf den Beinen, man strömte aus dem Kirchspiel herbei, alle wollten, wenn Christen Sørensen mit Kirsten eintraf, am Begräbnis teilnehmen. Den ganzen Samstagvormittag herrschte im Dorf eine gespannte Atmosphäre. Die Schneeschipper, die sich in nördlicher Richtung zum Dorf hinausarbeiteten, verschwanden in den ausgehobenen tiefen Gräben, und nur die Schneeklumpen, die wie aus eigener Kraft an den Seiten emporflogen, verrieten die Stelle, an der sie sich gerade befanden und emsig abmühten.

Es wurde gemeldet, daß Christen Sørensen den Hügel bei Per Allerups Anwesen überquert habe und nun nördlich des Dorfes ins Tal hinunterfahre.

Mitten in diesem Tal, in dessen Tiefe die Landstraße verschwindet, steht ein Meilenstein mit der Aufschrift: Aalborg acht Meilen. Und hier trafen die Schneeschipper aus dem Dorf mit dem Leichenzug zusammen. Einschließlich der Leute, die Christen Sørensen durch das Dorf Hornum hindurchgegraben hatten, waren es über fünfzig Mann, die, auf ihre Schaufeln gestützt, zu beiden Seiten den Weg säumten, den Christen Sørensen, nach rechts und links grüßend, entlangfuhr. Nun war Christen Sørensen endlich wieder inmitten der Seinen. Er hielt an und gab so vielen die Hand, wie er nur konnte. Man scharte sich um ihn.

»Das is' doch nich' dein Wagen, Christen!«

Nein, das war er in der Tat nicht. Der stand mit gebrochener Achse in Nibe. Diesen hatte Christen Sørensen geliehen. Es war ein langer gefederter Arbeitswagen. Die Leute gingen um den Wagen herum und sahen ihn sich an. Die Räder steckten bis zur Nabe im hartgefrorenen Schnee, das ganze Unterteil war schneeverkrustet, er glich einem Schneewagen. Auch der schwarze Sarg oben auf dem Wagen wirkte fahl durch den Eisschnee, der fest am Holz backte. Christen Sørensens Gaul hing zwar etwas schlapp in den Sielen, schien aber sonst einigermaßen davongekommen zu sein. Christen Sørensen selbst war jedoch nicht wiederzuerkennen. Er hatte ein aufgedunsenes Gesicht und eine ganz andere Stimme. Er war geschwätzig geworden, schwafelte ununterbrochen und klopfte sich dabei die Hände warm oder machte Kniebeugen. Er sprach mit keinem Bestimmten und war geradezu geistesabwesend. Man konnte nicht behaupten, daß Christen Sørensen betrunken war, obwohl er meilenweit nach Schnaps roch. Rings um ihn wurde es unheimlich still. Er aber faselte in einem fort wie aufgezogen, ohne eine Spur von Gemütsbewegung. Alle mußten unwillkürlich auf das krebsrote Gesicht und die stieren Augen schauen. Er hatte sich an ein Vorderrad des Wagens gestellt und beeilte sich, alles an den Mann zu bringen, wollte es ihnen zu Gefallen tun, obgleich er von Trunk und Müdigkeit erschöpft und vor Kälte von Sinnen war. Seine geschwollenen, kraftlosen Finger hielten die Zügel ..., und als er gerade so dastand, blinzelte er ein paarmal müde, seine Sprache sank zu einem gedämpften Lallen herab, sein Kopf fiel nach vorn, und er war eingenickt.

»Meinst du nich', wir sollten uns langsam verdrücken?« fragte Anders Nielsen und sah ihn fest an. »Hat doch kein'n Sinn, hier noch länger rumzustehen, Christen!«

Christen Sørensen fuhr ruckartig in die Höhe und trieb, noch ganz vom Schlaf betäubt, die Pferde an. Der Zug setzte sich in Bewegung. Christen Sørensen lief nebenher und begann wieder zu schwafeln. Als sie den Hügel erreichten, auf dem der Schmied wohnte, und das Dorf vor sich sahen, kamen ihnen eine Menge Leute in Trauerkleidung entgegen, und da es jetzt um Christen Sørensen so lebendig wurde, erhob er seine Stimme und erzählte die lange, lange Reise noch einmal von vorn. Der Knecht ging hinterher und erzählte es einem anderen Haufen. Auch er war zu einem Schatten seiner selbst geworden und schwankte mit merkwürdig leerem, verweintem Gesichtsausdruck vorwärts. Trotzdem wollte er von Herzen gern über alles Rede und Antwort stehen und gab einen Bericht, als würde er als Zeuge verhört. Seine Stimme klang heiser. Aber für all das konnte er nichts. Jetzt war die Not ja auch überstanden, und sie waren wieder zu Hause angelangt.

Durch den Bericht der zwei arg mitgenommenen Männer gewannen die Leute eine Vorstellung von der Reise. Christen Sørensen war Dienstagnachmittag nach Aalborg gekommen, gerade als der Schneesturm einsetzte. Am nächsten Morgen fuhr er mit der Leiche ab, obgleich man bei diesem Unwetter gerade noch die Ohren der Pferde erkennen konnte. In der ersten Gaststätte, die sie erreichten, mußten sie haltmachen, und als es sich ein bißchen aufzuklären schien, fuhren sie weiter. Und so ging es ihnen auf der ganzen Strecke: langsam zogen sie von Wirtschaft zu Wirtschaft. Christen Sørensen war nicht dem Trunk verfallen, aber hier gab es keinen anderen Ausweg. Viel Widerwärtiges begegnete ihnen. Sie verirrten sich, verloren jede Orientierung und waren sich schließlich weder über Ort noch Zeit im klaren. Oftmals saßen sie völlig fest und mußten erst Leute herbeiholen, um sich freischippen zu lassen. Dies alles hielt sie bei der rasenden Kälte wenigstens wach, aber an weite Strecken des Weges konnten sie sich überhaupt nicht mehr entsinnen; da waren sie wie ausgesprochene Schlafwandler gefahren. Am Donnerstag wären sie beinahe umgekommen, da kein Mensch zu sehen war und sie sich mitten in den wüsten Feldern festgefahren hatten. Ein Stückchen südlich von Nibe stürzten sie in einen Graben, so daß der Wagen entzweibrach, der Sarg auseinanderging und die Leiche in den Schnee fiel. Da glaubten sie fast, sie müßten sich verloren geben. Aber auch diesmal erhielten sie Hilfe und konnten sich aus Nibe einen anderen Wagen beschaffen.

»Und so haben wir uns eben in den Suff gerettet«, bekannte Christen Sørensen klagend, aber ohne Reue. »Die Sache hier mußte doch erledigt werden. Allerdings gab's Stunden, da hätten wir uns gleich langmachen und abkratzen können, wenn wir die Schnapspulle nicht gehabt hätten. Bei mir ging's noch, aber was mein Knecht Anton is', der is' oft so fest eingepennt, daß ich nur mit einer Hand kutschieren konnte und mit der andern ihn rütteln mußte, sonst wär' der hingewesen.«

Der Zug bewegte sich direkt auf den Friedhof zu. Man hatte den Pfarrer benachrichtigt, der die Beisetzung sofort vornehmen wollte. Niemand konnte sich erinnern, jemals so viel Menschen, wie hier zusammengekommen waren, bei einer Beerdigung gesehen zu haben. Zum Teil war das darauf zurückzuführen, daß sehr viele Kirsten Smed gekannt hatten, zum anderen hatte das Gerücht ihrer beschwerlichen Reise viele angelockt.

Der Sarg wurde in die Kirche getragen und vor dem Altar abgesetzt. Die Frauen aus dem Dorfe gingen still nach vorn, um ihre Kränze abzuliefern, die Christen Sørensen lärmend entgegennahm und an den Sargwänden aufstellte. Jetzt wurde Christen Sørensen, weil er sich unter Dach und Fach befand, sehr heiß. Sein Glatzkopf dampfte förmlich, und seine Augen wollten scheinbar aus den Höhlen treten. Er war kaum bei sich. Während alle anderen in der Kirche flüsterten oder schwiegen, krakeelte er ununterbrochen, als ob er an irgendeinem beliebigen profanen Ort wäre.

»Besten Dank!« sagte er zu einer alten Frau, die einen Kranz brachte. »Bist 'ne treue Seele, denkst auch an Kirstchen. Ja, sie war die Ehre wert. Danke schön, besten Dank!«

Es dauerte ein Weilchen, bis der Pfarrer kam. In der Zwischenzeit warteten so viele in der Kirche, wie das kleine Schiff mit den schiefen Bänken und vereisten Mauern fassen konnte. Der Fußboden war kalt, man trat von einem Fuß auf den anderen und schlug leise die Stiefel aneinander, nur um zu spüren, ob die Füße noch dran wären.

»Wollt ihr die Leiche sehen?« fragte Christen Sørensen plötzlich lebhaft. »Ihr könnt sie euch gern ankucken!«

Christen Sørensen drehte die kleinen kreuzförmigen Schrauben los und hob den Sargdeckel hoch; ein nicht versiegender Strom höchst einfältiger Äußerungen begleitete seine Bemühungen.

»Seht ihr, sie liegt da, wie sich's gehört.«

Christen Sørensen lehnte den aufgerichteten Sargdeckel an seinen Körper und schwieg eine Minute, während die anderen das kleine gelbliche Gesicht im Sarg anblickten. Die allerältesten der Anwesenden, Mitglieder jener alten Familien, die in Kirstens Tagen Leben und Schicksal mit ihr geteilt hatten, sahen zwar Kirstens Leiche, dachten aber an ein großes zwanzigjähriges Mädchen mit blondem Haar und sehr sanften Augen. Diejenigen, die nicht mehr zur Jugend zählten, blickten sie an und dachten an die starke Witwe, die immer zur Stelle war, wenn Hilfe not tat. Es waren auch einige Kinder in der Kirche, und ihre großen Augen sahen nur ein zusammengeschrumpftes Etwas in weißen Totenkleidern.

Als Christen Sørensen meinte, er hätte den Leuten genug Zeit zum Betrachten gelassen, streckte er die Hand aus und legte sie behutsam auf das Antlitz der Verstorbenen.

»Kirsten ihre Nase hat einen kleinen Knacks abgekriegt«, erklärte er gefühlvoll verhalten, »wie sie uns umgekippt is'. Seht ihr, auf der einen Seite is' sie schief.«

Behutsam versuchte er, den Fehler ein wenig zu beheben, und pusselte vorsichtig und sacht an dem Leichnam herum, den er unter Aufbietung der letzten Kraftreserven seiner harten Natur durch Winterstürme und schneidende Kälte über weglose Felder nach Hause gebracht hatte, einzig und allein geleitet von der Liebe zu ihr, die nicht mehr war. Währenddessen schwafelte er weiter, wobei er auch noch ununterbrochen durch seine wunde Nase schnüffelte und schnaubte und mit den geschwollenen Augenlidern zwinkerte.

»Aber sonst erkennt ihr sie bestimmt. Is' doch genau die Kirsten, die wir noch vor uns haben, nur ich für mein Teil finde, sie is' mächtig vom Fleisch gefallen. Ach, sie hat gar kein Gewicht mehr – komm ruhig 'ran, Mette Marie, und kuck sie dir an, nur keine Angst; der Sarg is' auch die kleinste Nummer, die man für Erwachsene kriegen kann. Ja, sie is' mächtig vom Fleisch gefallen. Aber sie liegt schön da. Soll ich ihr ein paar Kränze mit 'reinlegen?«

Christen hörte nicht auf, bis der Pfarrer kam. Den Leuten war es peinlich, ihm zuzuhören. Normalerweise war Christen Sørensen ein Mann, der auf Formen hielt und seiner Umgebung gegenüber genauso empfindlich reagierte wie andere im allgemeinen auch; noch nie hatte er auf einer Versammlung derart viel zusammengeredet. Aber die Überanstrengung und die Kälte dieser drei Tage hatten ihn so mitgenommen. Seine Bekannten schienen eine stille Übereinkunft getroffen zu haben, die ihm gestattete, sich selbst derart bloßzustellen.

Das Begräbnis nahm seinen Lauf, Kirsten wurde in die gefrorene Erde gelegt, die bereits alle die Ihrigen barg. Ein frisches schwarzes Hügelchen ragte aus dem tiefen Schnee hervor.

Nun ruhte auch sie hier, Kirsten die Barmherzige und Starke, nun war sie zu ihren Verstorbenen hinabgesenkt worden. Nun war sie von anderen getragen worden, sie, die immer getragen hatte, die Hilfreiche, die das Leben gekannt und gleichermaßen trostspendend am Wochenbett wie am Sterbelager gestanden hatte. Nun lag sie, die immer Aufrechtstehende, die immer Hoffnungsvolle, die ihre Lieben hatte zurücksinken sehen, hilflos die jammervollen Augen auf die ihren gerichtet.

All die unvergleichbare Wärme, die aus Kirstens zerfurchtem Antlitz geleuchtet hatte, war jetzt in den Augen derer, die sich ihrer entsinnen konnten, nur ein armseliger Widerschein.

Die Schätze an Demut, Prüfungen und Weisheit im Hinblick auf menschliche Belange, die tief in Kirstens Herzen verborgen lagen, riefen jetzt nur schwache Bilder in der Erinnerung der Hinterbliebenen hervor.

Kirsten war nun bei den Getreuen, den alten Bauerngestalten, die nie wieder aufstehen werden, bei diesen alten, freundlichen Leuten, die sich für immer hatten entschuldigen lassen und denen die Holzkreuze nichts weiter nachrühmen, als daß sie in Graabølle geboren und gestorben sind. Auch für Kirsten war nun die große Frage gelöst, die die Alten beängstigt hatte, die Frage, die letztlich Kirstens Geist umnachtete. Kirsten war hinabgesenkt worden, das Fragen hatte aufgehört. Sie, die zuletzt nicht mehr glauben konnte und sich durch das viele Grübeln um den Verstand brachte, nur um herauszubekommen, *was eigentlich ihre Lebensaufgabe sei,* sie hatte nun völlig und endgültig vergessen, daß sie irgendeine Sendung gehabt hatte. Nun hatte man sie beerdigt, über ihr gebetet, den letzten Choral gesungen.

Aber Christen Sørensen war bereits vor diesem Abschluß gegangen. Anders Nielsen hatte still seinen Arm ergriffen und ihn mitgenommen, und Christen ließ sich willenlos führen.

Als sie ein Stückchen gelaufen waren, fingen Christen Sørensens Beine zu schlottern an, Anders Nielsen mußte ihn so gut wie tragen. Christen Sørensen redete wirr durcheinander, gähnte wie ein Löwe und kämpfte gegen den Schlaf an. Als beide auf seinem Hof ankamen, hing er wie ein Bleigewicht in Anders Nielsens Arm, aber seine Beine bewegten sich trotzdem weiter. Er erkannte seinen Torweg, als sie hindurchschritten, gab einen leisen Klagelaut von sich und sank Anders Nielsen schlafend vor die Füße.

Seine Züge entspannten sich augenblicklich, etwas sehr Sanftes breitete sich über ihm aus.

Alexander Kielland

Karen

Da war einmal ein Mädchen in Krarup-Krug, das hieß Karen.

Sie mußte allein die Bedienung besorgen, denn die Frau des Gastwirts lief meistens herum und suchte ihre Schlüssel. Und es war viel Betrieb in Krarup-Krug; sowohl Leute aus der Umgegend trafen sich dort, wenn es an den Herbstabenden schummrig wurde, saßen in der Gaststube und tranken Kaffeepunsch, so ganz allgemein, ohne besonderen Grund, aber auch Reisende und Leute auf der Durchfahrt, die hereingepoltert kamen – blau und durchgepustet, um etwas Warmes zu sich zu nehmen, was die Lebensgeister wachhalten konnte bis zum nächsten Gasthaus.

Aber Karen konnte doch mit allem klarkommen, obwohl sie ganz ruhig blieb und niemals Eile zu haben schien.

Sie war klein und zierlich – ganz jung, ernst und wortkarg, an ihr fanden die Handelsreisenden also wenig Vergnügen. Aber anständige Leute, die ernsthaft zum Krug gingen und denen daran lag, daß der Kaffee schnell serviert wurde und kochendheiß, die hielten desto mehr von Karen. Und wenn sie sich zwischen den Gästen hindurchschlängelte mit ihrem Tablett, wichen die schweren Lodenleiber mit ungewöhnlicher Eile zur Seite, man machte ihr Platz, und die Unterhaltung verstummte für einen Augenblick, alle mußten ihr nachblicken, sie war zu niedlich.

Karens Augen gehörten zu den großen grauen, die gleichzeitig zu sehen und weit, weit vorbeizusehen schienen; und ihre Augenbrauen waren hochgewölbt wie vor Verwunderung.

Darum glaubten Fremde, sie verstünde nicht, um was sie baten. Aber sie verstand es wohl und irrte sich nicht. Es war aber doch etwas Wunderliches an ihr – als blicke sie nach etwas Fernem aus – oder als horche – oder als warte sie auf etwas – oder als träume sie.

Der Wind kam von Westen über niedriges, flaches Land. Er hatte lange, schwere Wogen über die Nordsee gewälzt; salzig und naß von Schaum und Gischt hatte er sich auf die Küste geworfen. Aber in den hohen Dünen mit dem langen Strandhafer war er trocken und voller Sand und etwas müde geworden, und als er endlich Krarup-Krug erreichte, war es schon so weit mit ihm gekommen, daß er gerade noch die Türflügel zum Ausspann aufschlagen konnte.

Aber auf flogen sie, und der Wind füllte den großen Baum und drang durch die Küchentür, die nur angelehnt war. Und schließlich wurde der Luftdruck so stark, daß auch am andern Ende des Stalles das Tor aufsprang; und nun jagte der Westwind triumphierend hindurch, ließ die Laterne pendeln, die vom Dach herabhing, riß dem Pferdeknecht die Mütze herunter und wirbelte sie hinaus ins Dunkel, wehte den Pferden die Decken über die Köpfe, blies eine weiße Henne von der Stange und in den Wassertrog. Und der Hahn brach in ein fürchterliches Gezeter aus, und der Knecht fluchte, und die Hühner gackerten, und in der Küche erstickte man im Rauch, und die Pferde wurden unruhig und schlugen Funken aus den Steinen; sogar die Enten, die dicht zusammengedrängt unter den Krippen saßen, um die ersten zu sein bei den verschütteten Körnern, fingen an zu schnattern, und der Wind fegte dazwischen mit höllischem Lärm, bis ein paar Mann aus der Gaststube erschienen, die Schultern gegen die Torflügel stemmten und sie wieder zusammenpreßten, während ihnen die Funken aus den großen Tabakspfeifen in den Bart flogen.

Nach diesen Heldentaten warf sich der Wind auf die Heide, lief die tiefen Gräben entlang und schüttelte die Postkutsche ordentlich durch, die er eine halbe Meile vor dem Krug traf.

»Ewig das verfluchte Gejage, immer wenn er nach Krarup-Krug muß«, brummte Anders Postillon und gab den verschwitzten Pferden einen Klaps.

Denn es geschah wohl zum zwanzigsten Mal, daß der Postmeister das Fenster heruntergelassen hatte, um ihm dies oder jenes zuzurufen. Zuerst war es eine freundschaftliche Einladung zum Kaffeepunsch im Krug; aber allmählich schwand die Freundschaftlichkeit dahin, und das Fenster sauste mit einem Knall nieder, und heraus prasselten ein paar kurzgefaßte Bemerkungen über die Pferde und den Kutscher, die anzuhören Anders jedenfalls ganz und gar nicht geneigt war.

Inzwischen strich der Wind dicht über dem Erdboden hin und seufzte so langgezogen und sonderbar in den trockenen Heidebüscheln. Es war Vollmond, aber dicht bewölkt, so daß nur ein weißlich-diesiger Schein durch die Nacht drang.

Hinter Krarup-Krug lag düster das Torfmoor mit schwarzen Torfstapeln und tiefen, gefährlichen Löchern. Und zwischen den Heidebüscheln schlängelte sich ein Grasstreifen dahin, als wäre es ein Weg; aber das war kein Weg, denn er endete direkt an der Kante eines Torfstichs, der größer war als die andern und auch tiefer.

In dem Grasstreifen aber lag der Fuchs ganz flach und lauerte, und der Hase hoppelte leichten Fußes über die Heide.

Der Fuchs konnte sich leicht ausrechnen, daß der Hase so spät am Abend keinen weiten Bogen laufen würde. Vorsichtig reckte er den spitzen Fang in die Höhe und machte einen Überschlag; und während er mit dem Wind zurückschlich, um einen guten Platz zu finden, an dem er beobachten konnte, wo der Hase den Ring schließen und sich hinkuscheln würde, dachte er selbstgefällig darüber nach, wie doch die Füchse ständig klüger werden und die Hasen ständig dümmer und dümmer.

Im Krug herrschte ungewöhnlicher Betrieb, denn ein paar Handelsreisende hatten Hasenbraten bestellt; außerdem war der Wirt zur Auktion in Thisted, und die Madam hatte nie etwas anderes gelernt, als in der Küche zu wirtschaften. Jetzt aber traf es sich so unglücklich, daß der Rechtsanwalt den Gastwirt sprechen wollte, und weil der nicht zu Haus war, mußte die Madam einen langen Bescheid entgegennehmen und einen äußerst wichtigen Brief, was sie völlig durcheinanderbrachte.

Am Ofen stand ein fremder Mann in Ölzeug und wartete auf eine Flasche Brause; zwei Fischaufkäufer hatten schon dreimal Kognak zum Kaffee bestellt; der Hausknecht stand mit einer leeren Laterne da und wartete auf eine Kerze, und ein langer dürrer Bauer folgte Karen ängstlich mit den Blicken: Er sollte dreiundsechzig Öre auf eine Krone herausbekommen.

Aber Karen kam und ging, ohne sich zu übereilen und ohne sich aus der Ruhe bringen zu lassen. Man sollte kaum glauben, daß sie mit allem fertig wurde. Die großen Augen und die verwunderten Augenbrauen drückten gewissermaßen gespannte Erwartung aus; den schmalen, feinen Kopf hielt sie still und steif – als wolle sie nicht gestört werden bei allem, was sie zu bedenken hatte. Ihr blaues Beiderwandkleid war ihr zu eng geworden, so daß der Saum hinten am Hals etwas einschnitt und eine kleine Falte in der Haut bildete, direkt unter dem Haar.

»Diese Bauernmädchen haben so weiße Haut«, erklärte der eine von den Fischaufkäufern; es waren junge Leute, und sie redeten über Karen als Kenner.

Drüben am Fenster saß ein Mann, der auf die Uhr sah und sagte: »Die Post kommt früh heute abend.«

Draußen rumpelte es über das Kopfpflaster; das Tor zum Ausspann flog auf, und der Wind rüttelte wieder an allen Türen und ließ die Öfen qualmen.

Karen schlüpfte in die Küche im gleichen Augenblick, als die Tür zur Gaststube geöffnet wurde. Der Postmeister trat ein und sagte guten Abend.

Der war ein großer, hübscher Mann mit dunklen Augen, schwarzem krausem Bart und kurzgelocktem Kopf. Der lange rauhe Mantel aus dem prächtigen roten Tuch des Königs von Dänemark wurde von einem breiten Kragen aus krausem Hundepelz geschmückt, der bis über die Schultern ging.

Das kümmerliche bißchen Licht von den beiden Petroleumlampen, die über dem großen Tisch hingen, schien sich verliebt auf die rote Farbe zu stürzen, die so kräftig abstach gegen all das Graue und Schwarze im Raum. Und die hohe Gestalt mit dem kurzgelockten Haupt, dem breiten Kragen und den langen purpurroten Falten ward – während sie durch die niedrige verräucherte Gaststube schritt – zu einem Wunder an Schönheit und Pracht.

Karen kam mit ihrem Tablett schnell aus der Küche zurück; sie senkte den Kopf, so daß man ihr Gesicht nicht sehen konnte, während sie von Gast zu Gast lief.

Den Hasenbraten setzte sie mitten vor die beiden Fischaufkäufer, worauf sie eine Flasche Brause zu den beiden Handelsreisenden brachte, die im Nebenzimmer saßen. Dann überreichte sie dem bekümmerten Bauern ein Talglicht, und als sie wieder hinauseilte, drückt sie dem Fremden neben dem Ofen dreiundsechzig Öre in die Hand.

Die Frau des Gastwirts war völlig verzweifelt; allerdings hatte sie ganz unvermutet ihre Schlüssel gefunden; gleich darauf aber vermißte sie den Brief des Rechtsanwalts, und nun befand sich der ganze Krug in fürchterlichem Aufruhr: Niemand hatte bekommen, was er haben wollte, alle riefen wild durcheinander; die Handelsreisenden läuteten unablässig mit der Tischglocke, die Fischaufkäufer wollten sich halbtot lachen über den Hasen, der duftend vor ihnen auf der Platte lag, der bekümmerte Bauer aber tippte der Madam mit seinem Talglicht auf die Schulter, er zitterte um seine dreiundsechzig Öre. Und in all diesem hoffnungslosen Durcheinander war Karen spurlos verschwunden.

Anders Postillon saß auf dem Bock; der Junge des Wirts stand bereit, um das Tor zu öffnen; die beiden Reisenden im Innern des Wagens wurden ungeduldig, die Pferde auch – obwohl es nichts gab, worauf sie sich hätten freuen können, und der Wind rumorte und heulte durch den Stall.

Endlich erschien der Postmeister, auf den sie warteten. Er trug seinen großen Mantel über dem Arm, als er an den Wagen trat und eine kleine Entschuldigung vorbrachte, weil man hätte warten müssen. Die Laterne beleuchtete sein Gesicht; er sah aus, als ob ihm sehr warm wäre, und das sagte er auch mit einem Lächeln, indem er den Mantel anzog und zum Kutscher hinaufstieg.

Das Tor öffnete sich, und die Postkutsche rumpelte davon. Anders ließ die Pferde im Schritt gehen, jetzt hatten sie ja keine Eile mehr. Ab und zu warf er dem Postmeister neben sich einen heimlichen Blick zu; der saß immer noch da und lächelte vor sich hin und ließ sein Haar vom Wind zerzausen.

Anders Postillon lächelte dazu auf seine Weise; ihm ging allmählich ein Licht auf.

Der Wind folgte dem Wagen bis zur nächsten Wegbiegung, warf sich dann wieder auf das flache Land und heulte und seufzte so langgezogen und sonderbar in den trockenen Heidebüscheln. Der Fuchs lag auf seinem Posten, alles war genauestens berechnet; bald mußte der Hase dasein.

Drinnen im Krug war Karen endlich wieder aufgetaucht, und die Verwirrung legte sich allmählich. Der bekümmerte Bauer wurde sein Licht los und erhielt seine dreiundsechzig Öre, und die Handelsreisenden hatten sich über den Braten hergemacht. Die Madam jammerte vor sich hin; aber sie schalt Karen niemals aus; es gab keinen Menschen auf der Welt, der Karen hätte ausschelten können.

Still und ohne sich zu übereilen, ging sie ein und aus, und die behagliche Ruhe, die sie immer ausstrahlte, verbreitete sich wieder in der warmen, halbdunklen Gaststube. Die beiden

Fischaufkäufer, die nicht nur einen, sondern mehrere Kognaks zum Kaffee getrunken hatten, waren ganz hingerissen von ihr. Ihre Wangen zeigten Farbe und den kleinen, halbversteckten Schimmer eines Lächelns, und wenn sie ausnahmsweise einmal die Augen erhob, ging es ihnen durch und durch. Weil sie aber fühlte, daß sie ihr mit den Blicken folgten, ging sie in das Zimmer, wo die Handelsreisenden saßen und aßen, und machte sich daran, ein paar Teelöffel drüben an der Anrichte zu putzen.

»Haben Sie sich den Postmeister angesehen?« fragte der eine von den Reisenden.

»Nein, ich erwischte nur einen Schimmer von ihm; er ging wohl gleich wieder hinaus«, antwortete der andere mit vollem Munde.

»Verdammt hübscher Bursche! Ich hab' übrigens auf seiner Hochzeit getanzt.«

»So – ist der verheiratet?«

»Na klar! – Seine Frau wohnt in Leinvig; die haben wohl zwei Kinder. Sie war die Tochter des Gastwirts in Ulstrup, und ich kam gerade am Hochzeitsabend dort an. Es war eine lustige Nacht – das können Sie mir glauben!«

Karen ließ die Teelöffel fallen und ging hinaus. Sie hörte nicht, was man ihr in der Schankstube zurief; sie ging über den Hof zu ihrer Kammer, schloß die Tür und begann halb gedankenlos ihr Bett zu machen. Ihre Augen starrten regungslos ins Dunkel, sie griff sich an den Kopf, sie griff sich an die Brust – sie seufzte, sie verstand nicht – sie verstand nicht –

Aber als sie die Madam so jämmerlich rufen hörte: »Karen! – Karenchen!«, da fuhr sie zusammen, lief aus dem Hof, hinten um das Haus herum, weiter – weiter in die Heide.

Im Zwielicht schlängelte sich der schmale Grasstreifen durch die Heide, als wäre es ein Weg; aber das war kein Weg, niemand sollte sich einbilden, daß dies ein Weg sei, denn der führte direkt bis an die Kante des großen Torfstichs.

Der Hase machte Männchen, er hatte es platschen hören. Er

sauste davon, als wäre er verrückt, in langen Sätzen; bald zusammengekrümmt, die Beine unter sich, mit gebogenem Rücken, bald gestreckt, unglaublich lang – wie eine fliegende Ziehharmonika –, flog er davon durch die Heide.

Der Fuchs reckte den spitzen Fang in die Luft und starrte dem Hasen erstaunt nach. Er hatte nichts platschen hören. Denn er war nach allen Regeln der Kunst auf dem Grund eines tiefen Grabens angeschlichen gekommen; und da er sich keines Fehlers bewußt war, konnte er sich das Benehmen des Hasen nicht recht zusammenreimen.

Lange stand er mit erhobenem Kopf, den Körper geduckt, die große buschige Rute im Heidekraut verborgen, und fing an, sich darüber Gedanken zu machen, ob denn die Hasen klüger oder die Füchse dümmer würden.

Nachdem der Westwind aber eine lange Strecke gerannt war, wurde er zum Nordwind, dann zum Ostwind, danach zum Südwind, und schließlich kam er wieder über das Meer als Westwind, warf sich in die Dünen und seufzte so langgezogen und sonderbar in den trockenen Heidebüscheln. Aber da fehlten zwei verwunderte graue Augen in Krarup-Krug und ein blaues Beiderwandkleid, das zu eng geworden war. Und die Gastwirtsfrau jammerte mehr denn je; sie konnte das nicht begreifen, niemand konnte das begreifen, außer Anders Postillon – und noch einem. –

Wenn aber alte Leute der Jugend eine recht ernste Warnung erteilen wollten, pflegten sie gern so anzufangen: »Da war einmal ein Mädchen in Krarup-Krug, das hieß Karen –«

Nikolai Karamsin

Die Insel Bornholm

Freunde! Vergangen ist der schöne Sommer, verblichen der goldne Herbst, das Grün verwelkt, die Bäume stehen ohne Früchte und Blätter, der neblige Himmel wogt wie das finstere Meer, winterliche Daunen fallen auf die kalte Erde – verabschieden wir uns von der Natur bis zum frohen Wiedersehen im Frühling, verstecken wir uns vor Schneesturm und Schneegestöber, verkriechen wir uns in unser stilles Kabinett! Die Zeit braucht uns nicht zur Last zu werden: wir kennen eine Medizin gegen die Langeweile. Freunde! Eichen- und Birkenscheite glühen in unserem Kamin – mag der Sturm draußen toben und die Fenster mit weißem Schnee zudecken! Wir setzen uns um das rote Feuer und erzählen einander Märchen, Geschichten und allerlei wahre Begebenheiten. Ihr wißt, daß ich durch fremde Länder reiste, fern, fern von meinem Vaterlande, fern von euch, die ihr meinem Herzen nahesteht; viel Wunderliches sah ich, hörte viel Erstaunliches, vieles habe ich euch bereits erzählt, aber ich konnte noch nicht alles berichten, was mir widerfahren ist. So hört denn zu – ich erzähle euch die Wahrheit und nichts Erdachtes.

England war das entfernteste Ziel meiner Reise. Dort sagte ich mir: »Das Vaterland und deine Freunde erwarten dich; es ist Zeit, in ihren Armen auszuruhen, Zeit, deinen Wanderstab dem Sohne Majas* zu weihen, Zeit, ihn an den dichtesten

* In der Antike weihten die Wanderer, die in ihre Heimat zurückkehrten, ihren Wanderstab dem Merkurius (N. K.).

Zweig des Baumes zu hängen, unter dem du in deinen jungen Jahren spieltest«, so sprach ich und ging in London an Bord des Schiffes »Britannia«, um in mein geliebtes Rußland zurückzukehren.

Schnell fuhren wir unter weißen Segeln an den blühenden Ufern der erhabenen Themse entlang. Schon öffnete sich vor uns das blaue, endlose Meer, schon hörten wir den Lärm seiner Wogen – da plötzlich drehte der Wind, und unser Schiff mußte gegenüber der Ortschaft Gravesend ankern, um auf günstigeres Wetter zu warten.

Gemeinsam mit dem Kapitän ging ich an Land, spazierte ruhigen Herzens über grüne Wiesen, die durch Natur und menschlichen Fleiß geschmückt waren – seltene und malerische Plätze; schließlich, ermüdet durch die Sonnenhitze, legte ich mich ins Gras, unter eine hundertjährige Ulme, nahe dem Ufer des Meeres, und schaute auf die Wasserfläche, die schäumenden Wogen, die in zahllosen Reihen aus der finsteren Weite kamen und mit betäubendem Gebrüll an die Insel schlugen. Dieser trostlose Lärm und der Anblick der unübersehbaren Wasser begannen mich in jenen Dämmerzustand zu versetzen, jene süße Untätigkeit der Seele, in der alle Gedanken und Gefühle innehalten und erstarren, gleich der plötzlich gefrierenden Quelle, die das treffendste und poetischste Bild des Todes ist; doch plötzlich bewegten sich die Zweige über meinem Kopf … Ich schaute hoch und erblickte – einen jungen Mann, mager, bleichverträumt, eher ein Gespenst als ein Mensch. In der einen Hand hielt er eine Gitarre, mit der anderen zupfte er Blätter vom Baume und schaute auf das blaue Meer mit seinen schwarzen, unbewegten Augen, in denen der letzte Strahl erlöschenden Lebens leuchtete. Mein Blick konnte den seinen nicht treffen: sein Gefühl für die Außenwelt war erstorben; er stand nur zwei Schritte von mir entfernt, doch sah er nichts und hörte nichts. – Du unglücklicher junger Mann! dachte ich. Das Schicksal hat dich vernichtet. Ich kenne weder deinen Namen noch deine Herkunft, doch ich weiß, daß du unglücklich bist!

Er seufzte, hob die Augen gen Himmel und ließ sie wieder auf die Meereswogen sinken; dann trat er hinter dem Baum hervor, setzte sich ins Gras und spielte auf seiner Gitarre ein trauriges Präludium. Während er unablässig aufs Meer sah, stimmte er mit leiser Stimme folgendes Lied an (in dänischer Sprache, welche mich in Genf mein Bekannter, der Doktor N. N., lehrte):

Verurteiln auch Gesetze
Der Liebe Gegenstand;
So kann, o Herz, ich doch
Dir Widerstand nicht leisten!

Denn welch Gesetz ist heil'ger
Als angeborn' Gefühl?
Und welche Macht ist stärker
Als Liebe, Schönheit hier?

Ich liebe, werde lieben.
Verflucht die Leidenschaft,
Erbarmungslose Seelen,
Mit eurem harten Herz!

Geheiligte Natur!
Dein zärtlich Freund und Sohn
Ist unschuldig vor dir.
Du gabst mir doch mein Herz;

Und Deine güt'gen Gaben
Verschönten sie. – Natur!
Du wolltest doch erreichen,
Daß Lila so geliebt!

Dein Donner dröhnte laut,
Doch konnt' uns nicht besiegen,
Als wir uns einst ergötzt
umarmt in unsrer Liebe. –

Bornholm, Bornholm, geliebtes!
Stets strebe ich zu dir,
Getrieben von der Seele;
Vergeblich weint mein Herz,

Ich quäle mich und seufze!
Auf ewig doch verbannt
Von heimatlichen Ufern
Durch elterlichen Fluch!

Gibt es dich noch, o Lila!
Lebst in der Sehnsucht du?
Hast du in Meereswogen
Dein Leben selbst beend't?

Erschein vor mir, erscheine,
Du Schatten, vielgeliebt!
In schäumend wilden Wogen
Begrab ich mich mit dir.

Hier wollte ich mich, aus einem unwillkürlichen inneren Drang, auf den Unbekannten stürzen und ihn an mein Herz drücken, doch mein Kapitän nahm mich in eben diesem Augenblick bei der Hand und sagte, daß ein günstiger Wind unsere Segel blähe und wir keine Zeit verlieren dürften. Wir segelten los. Der junge Mann hatte die Gitarre fallen lassen und seine Hände gefaltet; er blickte uns nach – auf das blaue Meer. –

Die Wellen schäumten unter dem Ruder unseres Schiffes, die

Küste von Gravesend entschwand in der Ferne, auf der anderen Seite entzogen sich die nördlichen Regionen Englands langsam unseren Blicken – schließlich war alles verschwunden, und die Vögel, die lange über uns gekreist hatten, kehrten ans Ufer zurück, als ob sie vor der unübersehbaren Weite des Meeres zurückschreckten. Das Wogen der tosenden Wasser und der neblige Himmel blieben als einziges – erhaben und schrecklich – vor unseren Augen. – Meine Freunde! Um die ganze Kühnheit des menschlichen Geistes lebhaft zu empfinden, muß man auf dem offenen Meere sein, *wo nur ein dünnes Brett,* wie Wieland sagt, *uns von dem feuchten Tode trennt*, wo der geschickte Seefahrer die Segel hißt, dahinfliegt und in seinen Gedanken schon den Glanz des Goldes sieht, mit dem in einem anderen Erdteil sein mutiger Unternehmungsgeist belohnt wird: »Nihil mortalibus arduum est«, den Sterblichen ist nichts unmöglich, dachte ich mit Horaz, und mein Blick verlor sich im unendlichen Reiche Neptuns.

Doch bald ließ ein grausamer Anfall von Seekrankheit meine Sinne schwinden. Sechs Tage lang konnte ich meine Augen nicht öffnen, und das schmachtende Herz schlug nur schwach in meiner Brust, bespritzt vom Schaum der stürmischen Wogen. Am siebten Tage erwachte ich wieder und trat, wenn auch blaß, so doch mit froher Miene an Deck. Die Sonne stand schon am klaren lasurblauen Gewölbe im Westen, das Meer brauste, beschienen von goldenen Strahlen; das Schiff jagte unter vollen Segeln durch die brechenden Wogen, die sich vergeblich mühten, uns zu überholen. Ringsumher tauchten in unterschiedlicher Entfernung weiße, blaue und rosa Flaggen auf, und auf der rechten Seite zeichnete sich etwas wie Land ab.

»Wo sind wir?« fragte ich den Kapitän. »Unsere Fahrt gestaltete sich günstig«, sagte er, »wir haben bereits den Sund passiert; die Küste Schwedens entzog sich unseren Blicken. Auf der rechten Seite seht Ihr die dänische Insel Bornholm, ein gefährlicher Ort für die Schiffahrt; Sandbänke und Klippen verbergen sich auf dem Meeresgrund. Wenn die Nacht hereinbricht, werfen wir Anker.«

Die Insel Bornholm, die Insel Bornholm! wiederholte ich in Gedanken, und die Gestalt des jungen Unbekannten von Gravesend tauchte erneut in meiner Seele auf. Die traurigen Klänge und Worte seines Liedes ertönten in meinem Ohr. Sie bergen in sich das Geheimnis seines Herzens, dachte ich, doch wer ist er? Welche Gesetze verurteilen die Liebe des Unglücklichen? Welcher Fluch verbannte ihn von den geliebten Gestaden Bornholms? Werde ich jemals seine Geschichte erfahren?

Inzwischen hatte uns ein kräftiger Wind geradewegs an die Insel herangetragen. Schon öffneten sich vor uns die drohenden Felsen, von denen sich mit Getöse und Gischt schäumende Bäche in die Meerestiefe stürzten. Die Insel schien von allen Seiten unzugänglich, von allen Seiten geschützt durch die Hand der erhabenen Natur; auf diesen grauen Klippen konnte man sich nur Schreckliches vorstellen. Mit Entsetzen sah ich dort das Bild einer kalten, stummen Ewigkeit, das Bild des unerbittlichen Todes und seine unbeschreibliche Macht, vor der alles Sterbliche erzittern muß.

Die Sonne versank in den Wellen, und wir warfen Anker. Der Wind verstummte, und das Meer bewegte sich kaum noch. Ich blickte zur Insel, die mich mit unaussprechlicher Kraft an ihr Ufer zog; eine dunkle Vorahnung sagte mir: »Dort kannst du deine Neugierde stillen, und Bornholm wird auf ewig in deiner Erinnerung bleiben!« – Schließlich, nachdem ich erfahren hatte, daß unweit des Ufers Fischerhütten standen, entschloß ich mich, vom Kapitän eine Schaluppe mit zwei oder drei Matrosen zu erbitten, um zur Insel überzusetzen. Er warnte mich vor den Gefahren, den unsichtbaren Klippen, doch als er die Entschlossenheit seines Passagiers sah, willigte er ein – unter der Bedingung, daß ich am folgenden Tage frühmorgens zum Schiff zurückkehre.

Wir fuhren los und gelangten wohlbehalten ans Ufer einer

kleinen, stillen Bucht. Dort begegneten uns einige Fischer, grobe und wilde Menschen, aufgewachsen mit dem kalten Element, unter dem Brausen der Meereswogen, ohne das Lächeln freundschaftlicher Begrüßung jemals kennengelernt zu haben; im übrigen aber weder hinterlistige noch schlechte Leute. Als sie hörten, daß wir die Insel besichtigen und in ihren Hütten übernachten wollten, vertäuten sie unser Boot und führten uns über den zerfallenen Berg zu ihren Hütten. Nach einer halben Stunde traten wir auf eine weite, grüne Ebene hinaus, wo, wie in den Alpentälern, niedrige Holzhäuser, Wäldchen und gewaltige Felsen verstreut lagen. Hier ließ ich die Matrosen zurück; ich selbst aber ging weiter, um mich noch einige Zeit an der Anmut des Abends zu ergötzen; ein Junge von ungefähr dreizehn Jahren war mein Führer.

Das purpurne Abendrot war noch nicht vom Himmel verschwunden, sein roter Schein ergoß sich auf die weißen Steine und beleuchtete in der Ferne, auf einem hohen Hügel, die spitzen Türme eines alten Schlosses. Der Junge konnte mir nicht sagen, wem das Schloß gehörte. »Wir gehen niemals dorthin«, sagte er, »und Gott allein weiß, was dort geschieht!« – Ich verdoppelte meine Schritte und näherte mich bald einem großen gotischen Gebäude, umgeben von einem tiefen Graben und einer hohen Mauer. Stille herrschte überall, nur in der Ferne rauschte das Meer, der letzte Strahl des Abendlichtes beschien die kupfernen Spitzen der Türme.

Ich umrundete das Schloß – die Tore waren verschlossen, die Brücken hochgezogen. Mein Führer fürchtete sich, ohne zu wissen, wovor, und bat mich, zu den Hütten zurückzukehren. Doch kann ein neugieriger Mensch solch einer Bitte nachkommen?

Die Nacht brach herein, und plötzlich ertönte eine Stimme – ihr Echo hallte, und wieder war es still. Der Junge umfaßte mich voll Furcht mit beiden Armen und zitterte wie ein Verbrecher in der Stunde der Hinrichtung. Nach einer Minute ertönte die Stimme erneut – man fragte: »Wer ist dort?« – »Ein Fremdling«, antwortete ich, »den Neugierde auf diese Insel führte, und wenn Gastfreundschaft hinter den Mauern eures Schlosses als Tugend gilt, so gewährt dem Fremden Aufnahme für die Dauer der dunklen Nacht.« Es kam keine Antwort, aber nach einigen Minuten wurde vom Turm polternd eine Zugbrücke herabgelassen, krachend öffnete sich das Tor – ein großer Mann in einem langen schwarzen Gewand empfing mich, nahm mich bei der Hand und führte mich in das Schloß. Ich wandte mich um, doch der Junge, der mich begleitet hatte, war verschwunden.

Das Tor schlug hinter uns zu, die Zugbrücke wurde polternd hochgezogen. Über einen weiten Hof, der mit Büschen, Brennesseln und Wermut bewachsen war, gelangten wir zu einem gewaltigen Haus, in welchem Licht brannte. Ein hohes Peristyl in altertümlichem Stil führte zu einer eisernen Treppe, deren Stufen unter unseren Füßen hallten. Überall war es finster und öde. Im ersten Saal, der von einer gotischen Kolonnade umsäumt war, hing ein Öllämpchen, das seinen fahlen Schein auf Reihen vergoldeter Säulen ergoß, die vor Altersschwäche bereits zu zerfallen begannen; in einer Ecke lagen Gesimsteile, in der anderen Stücke von Pilastern, in der dritten ganze umgestürzte Säulen. Mein Führer betrachtete mich einige Male mit durchdringenden Augen, doch sprach kein einziges Wort.

All dies hinterließ in meinem Herzen einen seltsamen Eindruck, eine Mischung aus Schrecken und geheimnisvollem, unerklärlichem Vergnügen oder, besser gesagt, der angenehmen Erwartung von etwas Außergewöhnlichem.

Wir durchquerten noch ein oder zwei Säle, die dem ersten ähnelten und durch ebensolche Lämpchen beleuchtet wurden. Dann öffnete sich eine Tür nach rechts – in der Ecke eines kleinen Zimmers saß ein ehrwürdiger, grauhaariger Alter, der sich mit seinen Ellenbogen auf einen Tisch stützte, auf dem zwei weiße Wachskerzen brannten. Er hob den Kopf, schaute mich mit einer seltsam traurigen Güte an, reichte mir seine schwache Hand und sprach mit leiser, angenehmer Stimme: »Wenn auch ewiges Leid in den Mauern dieses Schlosses wohnt, so findet doch immer der Fremde, der um Aufnahme bittet, hier Frieden und Zuflucht. Fremdling! Ich kenne dich nicht, doch du bist ein Mensch – in meinem sterbenden Herzen ist die Liebe zu den Menschen noch lebendig – mein Haus und meine Umarmungen stehen dir offen.« – Er umarmte mich, ließ mich Platz nehmen und bemühte sich, seinen finsteren Blick aufzuheitern und ihn dem klaren, jedoch kalten Herbsttage anzupassen, der eher an den leidvollen Winter als an den fröhlichen Sommer erinnerte. Er wollte zuvorkommend sein – wollte mir mit einem Lächeln Vertrauen und die angenehmen Gefühle der Freundschaft einflößen, doch die Zeichen der Herzenstrauer, die sich in seinem Gesicht eingegraben hatten, konnten nicht sogleich verschwinden.

»Du, junger Mann«, sagte er, »sollst mich unterrichten über das Geschehen in der Welt, die ich verlassen, doch nicht völlig vergessen habe. Lange schon lebe ich in der Einsamkeit, lange schon habe ich nichts vom Schicksal der Menschen gehört. Sage mir, herrscht Liebe auf dem Erdball? Opfert man Weihrauch auf den Altären der Tugend? Leben die Völker in den Ländern, die du gesehen hast, in Wohlstand?« – »Das Licht der Wissenschaften«, antwortete ich, »verbreitet sich mehr und mehr, doch noch wird auf der Erde Menschenblut vergossen, fließen die Tränen der Unglücklichen, lobt man den Namen der Tugend und streitet gleichzeitig über ihre Existenz.« – Der Alte seufzte und zuckte die Achseln. Als er erfuhr, daß ich Russe bin, sprach er: »Wir stammen von einem Volke ab. Die Ureinwohner der Inseln Rügen und Bornholm waren Slawen. Doch ihr wurdet vor uns von dem Lichte des Christentums erleuchtet. In euren Landen strebten bereits majestätische Kathedralen, dem alleinigen Gotte geweiht, gen Himmel, als wir noch, in der Finsternis des Heidentums, den gefühllosen Götzen blutige Opfer darbrachten. Ihr rühmtet schon in feierlichen Hymnen den mächtigen Schöpfer des Weltalls, als wir noch, vom Irrtum geblendet, mit unharmonischen Liedern die Götzen des Mythos priesen.« – Der Alte sprach mit mir über die Geschichte der nordischen Völker, über Geschehnisse der fernen Vergangenheit und neuerer Zeiten; er sprach so, daß ich über seinen Geist, sein Wissen und sogar seine Redekunst staunen mußte.

Nach einer halben Stunde erhob er sich und wünschte mir eine gute Nacht. Der Diener in dem schwarzen Gewand nahm eine Kerze vom Tisch und führte mich durch lange, enge Gänge – schließlich kamen wir in einen großen Raum, behangen mit alten Waffen, Schwertern, Lanzen, Harnischen und Helmen. In der Ecke, unter einem goldenen Baldachin, stand ein hohes Bett, das mit Schnitzereien und alten Basreliefs verziert war.

Ich wollte diesem Menschen noch eine ganze Reihe Fragen stellen, doch er verbeugte sich und verschwand, ohne mir hierzu Gelegenheit zu geben; die eiserne Tür schlug zu – ihr Dröhnen hallte schrecklich von den leeren Wänden wider – dann war alles still. Ich legte mich ins Bett, schaute auf die alten Waffen, die durch ein kleines Fenster vom schwachen Schein des Mondes beschienen wurden, und dachte an meinen Gastgeber, an seine ersten Worte: »Hier wohnt ewiges Leid«; ich verfiel ins Träumen, träumte von vergangenen Zeiten, von jenen Ereignissen, deren Zeuge das alte Schloß gewesen war, träumte, gleich einem Menschen, der zwischen Särgen und Grabsteinen auf die Asche der Verstorbenen schaut und sie in seiner Vorstellung wieder zum Leben erweckt. – Schließlich erschien vor mir das Bild des traurigen Unbekannten von Gravesend, und ich schlief ein.

Doch mein Schlaf war unruhig. Mir schien, daß alle Rüstungen, die an der Wand hingen, sich in Ritter verwandelten, daß diese Ritter sich mir mit gezückten Schwertern näherten und mit zornigen Mienen drohten: »Unglücklicher! Wie konntest du es wagen, auf unsere Insel zu kommen? Erbleichen nicht die Schwimmer beim Anblick unserer granitenen Ufer? Wie konntest du dich erkühnen, das schreckliche Heiligtum des Schlosses zu betreten? Ist nicht sein Schrecken in der ganzen Umgebung verbreitet? Weicht der Fremde nicht vor den drohenden Türmen zurück? Verwegener! Stirb für diese verhängnisvolle Neugier!« – Die Schwerter klirrten über mir, die Schläge fielen auf meine Brust – doch plötzlich war alles verschwunden, ich erwachte, und kurze Zeit später versank ich wieder in Schlaf. Jetzt erregte ein neuer Traum meine Seele. Mir schien, daß ein schrecklicher Lärm im Schlosse ertönte, eiserne Türen schlugen, Fenster klapperten, der Boden schwankte, und ein fürchterliches geflügeltes Ungeheuer, das ich nicht zu beschreiben vermag, flog mit Heulen und Pfeifen auf mein Bett. Der Traum verschwand, doch ich konnte nicht mehr schlafen, dürstete nach frischer Luft, und als ich ans Fenster trat, erblickte ich daneben eine kleine Tür; ich öffnete sie und gelangte über eine steile Treppe in den Garten. Die Nacht war klar, das Licht des Vollmonds versilberte das dunkle Grün der alten Eichen und Ulmen, die eine dichte, lange Allee bildeten. Der Lärm der Meereswogen vereinte sich mit dem Rauschen der Blätter, die vom Wind geschüttelt wurden. In der Ferne leuchtete das Weiß der Berge, die wie eine gezahnte Mauer die Insel Bornholm umgaben; zwischen ihnen und den Mauern des Schlosses war auf der einen Seite ein großer Wald sichtbar, auf der anderen öffnete sich eine Ebene mit kleineren Wäldchen.

Mein Herz klopfte immer noch von den schrecklichen Träumen, und mein Blut hörte nicht auf zu wallen. Ich trat in die dunkle Allee, unter das Dach der brausenden Eichen, und mit einer gewissen Ehrfurcht tauchte ich in ihre Dunkelheit ein. Der Gedanke an die Druiden regte sich in meiner Seele – und mir schien, daß ich mich jenem Heiligtum näherte, wo alle Geheimnisse und alle Schrecken ihres Kultes bewahrt waren.

Schließlich führte mich diese lange Allee zu Rosmarinbüschen, hinter denen sich ein Sandhügel erhob. Es drängte mich, ihn zu besteigen, um von dort aus beim Lichte des hellen Mondes das Bild des Meeres und der Insel zu betrachten, doch plötzlich tat sich vor meinen Augen eine Öffnung in das Innere des Hügels auf; ein Mensch konnte nur mit Mühe hineingelangen. Eine unwiderstehliche Neugier zog mich in diese Höhle, die mehr einem Werk von Menschenhand ähnelte als einer Schöpfung der wilden Natur. Ich trat hinein – fühlte Feuchtigkeit und Kälte, entschied mich aber weiterzugehen, und nach ungefähr zehn Schritten erblickte ich einige Stufen, die in die Tiefe führten, und eine breite Eisentür; zu meiner Verwunderung war sie nicht verschlossen. Gleichsam willenlos öffnete meine Hand sie – hier, hinter einem eisernen Gitter, an dem ein großes Schloß hing, brannte ein Lämpchen, das am Gewölbe befestigt war, und in der Ecke lag auf einem Strohbett eine bleiche schwarzgekleidete junge Frau. Sie schlief; hellbraune Haare, in die sich gelbe Strohhalme geflochten hatten, bedeckten ihre hohe Brust, die kaum atmete; eine weiße, aber ausgezehrte Hand lag auf dem Boden, und auf der anderen ruhte der Kopf der Schlafenden. Wenn ein Maler das schmachtende, unendliche, ewige Leid darstellen wollte, bestreut von des Morpheus Mohnblumen, so könnte ihm diese Frau als wundervolles Modell für seinen Pinsel dienen.

Meine Freunde! Wen rührt nicht der Anblick eines Unglücklichen! Doch der Anblick einer jungen Frau, die in einem unterirdischen Verlies leidet, der Anblick des schwächsten und lieblichsten aller Wesen, vom Schicksal geknechtet, könnte selbst einem leblosen Stein Gefühl einflößen. Bekümmert schaute ich auf sie und dachte bei mir: Welche barbarische Hand hat dich des Tageslichts beraubt? War dein Vergehen wirklich so schwer? Dein liebliches Antlitz, die ruhige Bewegung deiner Brust und mein eigenes Herz überzeugen mich von deiner Unschuld!

In eben diesem Augenblick erwachte sie, schaute zum Gitter, erblickte mich, wunderte sich und hob den Kopf. Sie stand auf, näherte sich, schlug die Augen zu Boden, als ob sie ihre Gedanken sammelte, richtete den Blick erneut auf mich, wollte etwas sagen – doch blieb stumm.

»Wenn das Mitgefühl des Wanderers«, sagte ich nach einigen Minuten des Schweigens, »den die Hand des Schicksals in dieses Schloß und diese Höhle geführt hat, dein Los erleichtern, wenn sein aufrichtiges Mitleid deine Zuversicht stärken kann, so fordere seine Hilfe!« – Sie schaute mich an, mit unbewegten Augen, in denen Verwunderung, eine gewisse Neugier, Unentschlossenheit und Zweifel zu sehen waren. Schließlich, nach heftiger innerer Bewegung, die wie ein elektrischer Schlag ihre Brust erschütterte, antwortete sie mit fester Stimme: »Wer du auch immer bist, was dich auch immer hierhergeführt hat, Fremder, nichts als Mitleid kann ich von dir verlangen. Es liegt nicht in deinen Kräften, mein Schicksal zu ändern. Ich küsse die Hand, die mich bestraft.« – »Aber dein Herz ist unschuldig?« sagte ich. »Es hat gewiß eine solch harte Strafe nicht verdient?« – »Mein Herz«, antwortete sie, »war wohl im Irrtum. Gott wird der Schwachen vergeben. Ich hoffe, daß mein Leben bald endet. Verlasse mich, Unbekannter!« – Hierbei trat sie ans Gitter, schaute mich zärtlich an und wiederholte mit leiser Stimme: »Um Gottes willen, verlasse mich! ... Wenn er selbst dich geschickt hat – jener, dessen schrecklicher Fluch immer in meinen Ohren dröhnt –, so sage ihm, daß ich leide, leide Tag und Nacht, daß mein Herz vor Kummer vertrocknet, daß Tränen meine Sehnsucht nicht mehr lindern können. Sag ihm, daß ich ohne Murren, ohne Klagen mein Ende ertrage, daß ich sterben werde als seine zärtliche, unglückliche ...« – Plötzlich verstummte sie, versank in Nachdenken, trat vom Gitter zurück, kniete nieder und bedeckte ihr Gesicht mit den Händen; kurz darauf blickte sie mich wieder an, senkte erneut die Augen und sagte mit zärtlicher Schüchternheit: »Vielleicht kennst du meine Geschichte; doch wenn du sie nicht kennst, so frage mich nicht – um Gottes willen, frage nicht! ... Fremder, leb wohl!« – Ich wollte gehen, nachdem ich ihr noch einige Worte, die geradewegs aus meiner Seele strömten, gesagt hatte, doch mein Blick traf erneut den ihren – und mir schien, daß ihr Herz etwas Wichtiges von mir erfahren wollte. Ich verharrte, wartete auf die Frage, doch diese erstarb nach einem tiefen Seufzer auf ihren blassen Lippen. Wir trennten uns.

Als ich aus der Höhle kam, wollte ich die eiserne Tür nicht verschließen, um frische, reine Luft durch das Gitter in das Verlies zu lassen und der Unglücklichen das Atmen zu erleichtern. Die Morgenröte schimmerte am Himmel, die Vöglein erwachten, ein leichter Wind wehte den Tau von Sträuchern und Blumen, die rings um den Sandhügel wuchsen. – Mein Gott! dachte ich. Mein Gott! Wie traurig ist es, ausgeschlossen zu sein aus der Gemeinschaft der lebendigen, freien, frohen Geschöpfe, die überall die unübersehbare Natur bevölkern! Im hohen Norden, zwischen hohen, bemoosten Felsen, die schrecklich anzuschauen sind, ist die Schöpfung Deiner Hand wundervoll – sie entzückt Geist und Herz. Auch hier, wo schäumende Wogen vom Anbeginn der Welt mit den granitenen Klippen kämpfen – auch hier schuf Deine rechte Hand lebendige Zeichen Deiner Liebe und Güte, auch hier erblühen zur Morgenstunde Rosen am lasurblauen Himmel, auch hier verströmen zarte Zephire Wohlgerüche, auch hier erstrecken sich grüne Teppiche wie weicher Samt unter der Menschen Fuß, auch hier singen Vöglein – singen fröhlich für den Fröhlichen, traurig für den Traurigen, lieblich für einen jeden, auch hier kann das leidende Herz in den Umarmungen der empfindsamen Natur Linderung finden für die Last seines Kummers! Doch – die Arme, im finsteren Kerker Eingesperrte findet nicht diesen Trost: der Morgentau erquickt nicht ihr leidendes Herz, der Windhauch erfrischt nicht ihre kranke Brust, die Strahlen der Sonne erleuchten nicht ihre getrübten Augen, die stillen, heilenden Wirkungen des Mondes nähren ihre Seele nicht mit flüchtigen Erscheinungen und angenehmen Träumen. Mein Schöpfer! Warum gabst Du den Menschen die verderbliche Macht, einander und sich selbst unglücklich zu machen? – Meine Kräfte schwanden, und unter den Zweigen einer hohen Eiche, auf weichem Grün, fielen meine Augen zu.

Mein Schlaf dauerte ungefähr zwei Stunden.

»Die Tür war geöffnet; der Fremdling war in der Höhle« – diese Worte hörte ich, als ich erwachte. Ich öffnete die Augen und erblickte den Alten, meinen Hausherrn; nachdenklich saß er auf einer Rasenbank, ungefähr fünf Schritte von mir entfernt; bei ihm stand jener Mann, der mich in das Schloß geführt hatte. Ich ging zu ihnen. Der Alte betrachtete mich mit einer gewissen Strenge, erhob sich, ergriff meine Hand – und sein Blick wurde zärtlicher. Gemeinsam betraten wir die dichte Allee, ohne ein Wort zu sagen. Es schien, als ob er innerlich schwanke und unentschlossen sei, doch plötzlich blieb er stehen und fragte, nachdem er einen durchdringenden, flammenden Blick auf mich geworfen hatte, mit fester Stimme: »Hast du sie gesehen?« – »Ja«, antwortete ich, »ich sah sie, ohne zu wissen, wer sie ist und wofür sie im Verlies leidet.« – »Du wirst es erfahren«, sagte er, »du wirst es erfahren, junger Mann, und dir wird das Herz bluten. Dann frage dich selbst: wofür hat der Himmel den ganzen Kelch seines Zornes auf diesen schwachen, ergrauten Alten ergossen, auf jenen Alten, der die Tugend liebte und ihre heiligen Gesetze achtete?« – Wir setzten uns unter einen Baum, und der Alte erzählte mir die schrecklichste Geschichte – eine Geschichte, die ihr, meine Freunde, jetzt nicht hören werdet; ich hebe sie für später auf. Dieses Mal werde ich euch nur das eine sagen, daß ich das Geheimnis des Unbekannten von Gravesend erfahren habe – ein schreckliches Geheimnis! –

Die Matrosen erwarteten mich am Tor des Schlosses. Wir kehrten auf das Schiff zurück, setzten die Segel, und Bornholm entzog sich unseren Blicken.

Das Meer toste. Bekümmert und nachdenklich stand ich an Deck, mein Arm umklammerte den Mast. Seufzer beengten meine Brust – schließlich schaute ich zum Himmel –, und der Wind wehte meine Träne ins Meer.

Per Petterson

Sehnsucht nach Sibirien

Damals war die Stadt, in der wir wohnten, ein Provinzstädtchen hoch im Norden des Landes, fast so weit, wie man von Kopenhagen aus kommen und noch auf Straßen gehen konnte. Aber wir hatten seit Tordenskjold eine Schanze, eine Schiffswerft mit mehreren hundert Arbeitern und eine Mittagssirene, die um zwölf Uhr in der ganzen Stadt zu hören war. Wir hatten einen Hafen mit Fischerbooten, die Fischkutter tuckerten unablässig herein und hinaus, und es kamen Schiffe aus der Hauptstadt, aus Schweden und Norwegen. Wenn man von der Mühle aus die gewundene Holztreppe zum Pikkerbakken hinaufging und sich ganz oben auf den Ausguck stellte, sah das Meer aus wie ein riesiges Gemälde, auf dem die großen Schiffe beidrehten und auf die zwei Leuchttürme der Mole zuhielten. Vom höchsten Punkt des Pikkerbakkens aus sah das Meer nicht aus, als läge es, sondern als *hinge* es da.

Ich erinnere mich, daß wir auf dem Kai standen und zusahen, wie die feinen Leute die Landetreppe der Kopenhagener Schiffe herunterkamen. Sie waren erster Klasse gereist und wollten nun zum Badesanatorium Frydenstrand oder weiter mit dem Zug nach Skagen, wo sie den Sommer über ein Haus mieten oder im Hotel wohnen würden. Die Männer hatten Strohhüte auf, und die Frauen trugen Kleider, die in der Sonne glänzten. Die Oberschicht Kopenhagens hatte gerade Skagen entdeckt, und es gab ein eigenes Gleis, um sie vom Hafen zum Bahnhof zu befördern, obwohl er nur ein paar Häuserblocks weiter oben lag. Ich stand da und schaute zu, wie Männer in Uniform ihre Koffer zum Zug trugen, und dachte, es sei vielleicht ein Ziel im Leben, seine Koffer nicht mehr selbst tragen zu müssen.

Wenn die Schiffe hereinkamen, konnten wir sie von weit draußen vor der Mole tuten hören, dann zog mein Vater seinen Schreinerkittel aus, hängte ihn an einen Nagel hinter der Werkstattür und ging die Straßen hinunter zum Hafen, um sie einlaufen zu sehen. Er ging im gleichen Tempo wie immer und beeilte sich nicht, er wußte genau, wie lange er brauchte. Einige Meter vor der Kaimauer blieb er stehen und stand dann da in dem langen Mantel, den er immer trug, wenn es windig war, die Hände auf dem Rücken und die braune Baskenmütze auf dem Kopf, aber es war unmöglich zu sehen, was er dachte, denn sein Gesicht war ganz ruhig, und er stand nur da beim Einlaufen der Schiffe, niemals beim Auslaufen, ausgenommen die paar Male, wenn jemand an Bord war, den er kannte, und das war nur selten der Fall.

Wenn ich nicht in der Schule war, standen wir beide dort. Ich hatte ebenfalls die Hände auf dem Rücken, und der Wind fuhr in seinen Mantel, und der Wind fuhr in meine Haare und wirbelte sie durch die Luft, so daß sie ihm wie mir Peitschenhiebe versetzten. Die Haare waren lang und braun mit Schlangenlocken, die mir auf den Rücken schlugen, wenn ich rannte. Es gab viele in der Stadt, die behaupteten, sie seien schön, ja sogar chic, aber ich fand, daß sie vor allem im Weg waren, und wenn ich vorschlug, sie abzuschneiden, sagte meine Mutter nein, »denn sie sind das beste, was du hast«, sagte sie, »und ohne sie würdest du wie ein Eskimo aussehen mit deinem runden Gesicht.« Laut meiner Mutter waren die Eskimos ein Volk, das am Nordpol wohnte, an Götter aus Speck und Knochen glaubte und leider zu Dänemark gehörte. Aber jeder hat sein Kreuz zu tragen, und ich besaß damals nicht die Macht, mich ihr zu widersetzen, und deshalb zog ich die Haare gewöhnlich mit einem Gummiband streng im Nacken zusammen, so daß ich Jesper bei allem begleiten konnte, was er unternahm. Die Großen Entdeckungen waren das letzte. Er hielt sich mit Freunden auf der Straße und in den nahegelegenen Wäldern auf, und am Abend saßen sie in einem Keller hinter den Grünanlagen, wo einer von ihnen wohnte, und heckten Pläne aus für Die Große Reise. Als einziges Mädchen durfte ich gelegentlich mit dabei sein.

Aber ich mochte es, wenn der Wind durch meine Haare fuhr, und ich wußte, daß mein Vater es gerne sah, wenn sie heftig im Wind flatterten, sobald wir am Kai standen und die Schiffe einlaufen sahen, und trotz allem waren sie mein einziger Stolz.

Hinter unserem Rücken wartete der Zug, es keuchte und zischte in den Ventilen, und obwohl die Fahrt nach Skagen nur eine Stunde dauerte, war ich noch nie dort gewesen.

»Können wir nicht einmal nach Skagen fahren«, fragte ich. Zusammen mit Jesper und seinen Freunden war mir klar geworden, daß die Welt viel größer war als die Stadt, in der ich wohnte, und die Wiesen drum herum, und ich würde gerne losziehen und sie mir ansehen.

»In Skagen gibt es nichts als Sand«, sagte mein Vater, »dorthin wird es dich nicht ziehen, mein Kind.« Und da Sonntag war und er selten *mein Kind* sagte, holte er vergnügt eine Zigarre aus der Westentasche, zündete sie an und blies den Rauch in den Wind. Der Rauch schlug uns ins Gesicht, daß es brannte, aber ich tat so, als merkte ich es nicht, und er tat das auch. Mit schmerzenden Augen sahen wir, wie sich das Passagierschiff *Melchior* mit Volldampf der Hafeneinfahrt näherte, die Tränen rannen, und ich kniff die Augen zu schmalen Schlitzen zusammen. Auf der einen Seite des langen Schiffes hingen die Passagiere über der Reling und winkten mit Taschentüchern, die *Melchior* bekam Schlagseite und verlangsamte das Tempo, und der Schlepper war da und nahm die Trossen an Bord, fing an zu dröhnen, und die Trossen knallten, als sie aus dem Wasser gerissen wurden, die Gischt spritzte auf, und die Tropfen blinkten in der Sonne. Das große Schiff drehte langsam bei Richtung Kai, wo die Leute in Grüppchen zusammenstanden und warteten, und einer von ihnen rief:

»Seid ihr seekrank geworden?«

»JAAA!« rief die ganze Reihe im Chor.

Als alle Passagiere draußen waren und die, die mit dem Zug weiterwollten, ihre Plätze eingenommen hatten und der Zug abgefahren war, drehten wir dem Wind den Rücken zu, trockneten uns das Gesicht ab und gingen hinauf in die Stadt. Wir gingen schräg über den gepflasterten Kai zum *Hotel Cimbria,* um das Hotel herum zur Lodsgade mit dem Haus von Konsul Broch auf der rechten Seite und dem *Fährkrug* auf der linken und weiter durch die ganze Danmarksgade bis zu der Ecke, an der unsere Straße abbog, die Asylgade. Dort blieben wir stehen, und er sagte:

»Das war's für uns zwei. Geh jetzt heim zu deiner Mutter.« Er achtete sehr darauf, daß es nicht zuviel wurde, auch wenn er wußte, daß ich lieber mit ihm gegangen wäre. Aber ich mußte nach Hause und mir anhören, wie der Pfarrer heute gewesen war und wie der ganze Gottesdienst verlaufen war, während er weiterging zum *Abendstern,* um, wenn Sonntag war, mit seinen Freunden Billard zu spielen.

Als wir zum ersten Mal nach Skagen fuhren, das erste Mal in meiner Erinnerung jedenfalls, war es Herbst. Großvater auf Vrangbæk war gerade fünfundsechzig geworden, und alle waren auf den Hof gekommen, die ganze Familie, Onkel und Tanten und einige Bewohner der Nachbarhöfe. Die Sonne schien durch die Fenster, die Zimmer waren voller Leute, und es waren Menschen im Hof und zwischen den Büschen im chinesischen Garten, und trotzdem war es ein Tag voll klirrender Stille und steifer Nacken. Großmutter hatte zum ersten Mal seit vierzig Jahren die weiße Schürze um, sie servierte Gläser auf einem Tablett und lächelte auf eine Art, die Großvater an seinen

Stuhl fesselte und meinen Vater dazu zwang, den ganzen Tag über zu stehen, und nicht ein einziges Mal sahen sie sich an. Die Stimme meiner Mutter floß gleichmäßiger als sonst, und obwohl so viele Gäste da waren, hörte ich sie am deutlichsten.

Doch in Skagen waren die Touristen für dieses Jahr schon nach Kopenhagen zurückgekehrt. Kein einziges feines Kleid war in der Hauptstraße zu sehen, kein Strohhut oder Sonnenschirm, und wenngleich ich wußte, daß wir diese Fahrt mir zuliebe unternommen hatten, war ich enttäuscht. Mein Vater hatte recht, es gab nicht viel mehr als Sand. Der Wind wirbelte flach zwischen den niedrigen gelben Häusern hindurch, und die meisten blieben drinnen hinter verschlossenen Türen, meine Mutter hielt ihren Hut fest, und Jesper ging ganz schief mit dem Rücken gegen den Wind, und es blies so stark auf Grenen, daß wir nicht, wie wir es geplant hatten, mit dem Pferd hinauskonnten, um zu sehen, wie die Meere sich treffen, und Sand und Salz setzten sich in den Haaren fest, in den Kleidern, im Mund, wenn ich etwas sagen wollte, und es war kaum möglich zu gehen, ohne daß es zwischen den Oberschenkeln brannte.

Was mir gefiel, war die Zugfahrt. Sie dauerte eine Stunde, und das war lange genug, um sich im Sitz mit geschlossenen Augen zurückzulehnen, zu spüren, wie die Schienenstöße durch den Körper gingen, und gelegentlich blinzelnd aus dem Fenster zu schauen, windgepeitschte Heidelandschaften zu sehen und zu denken, es sei die Transsibirische Eisenbahn, mit der ich fuhr. Ich hatte von ihr gelesen, Bilder in einem Buch gesehen und beschlossen, daß ich irgendwann einmal, egal wie auch immer mein Leben verlaufen würde, mit diesem Zug von Moskau nach Wladiwostok reisen würde, und ich übte schon mal die Namen: Omsk, Tomsk, Nowosibirsk, Irkutsk, sie waren allesamt schwer auszusprechen mit harten Konsonanten, aber angefangen von der Fahrt nach Skagen waren alle Zugreisen, die ich unternahm, der mögliche Beginn meiner eigenen großen Reise.

Jesper wollte nach Marokko. Das wäre mir zu warm. Ich wollte einen offenen Himmel haben, kalt und klar, wo man leicht atmen und weit blicken konnte, doch seine Bilder waren mystisch und verlockend in Schwarzweiß mit nackten Felsen in weiter Ferne und sonnenverbrannten Gesichtern und sonnenverbrannten Städten hinter gezackten Mauern und wehenden Gewändern und Palmen, die plötzlich aus dem Nichts auftauchten.

»Ich komme nach Marokko, wenn ich es will«, sagte Jesper. »Und ich will.« Er schaute sich die Bilder und Karten in dem Buch an und las laut:

»Marrakesch, Fes, Meknes, Kasba.« Er legte den Mund um die Vokale und hielt sie fest, und sie wurden zu Zauberformeln in seinem Mund, und wir gelobten einander, daß wir es schaffen würden. Er holte sein Messer hervor, und wir ritzten uns die Handflächen auf, vermischten unser Blut, das früher schon vermischt worden war, doch jetzt würde es sich zu einem Kreis schließen, sagte Jesper.

Wir standen im Schuppen hinter dem Haus und hielten uns gegenseitig die Hände, es wurde fast zu feierlich. Jesper lachte nicht wie sonst, die Handfläche brannte, und ich konnte auf dem Wellblechdach und in den Bäumen weiter weg den Regen hören, und hinter dem Regen herrschte eine Stille, so groß, daß sie ganz Dänemark erfüllte.

Aber in Skagen hörten wir den Wind, und er schlug gegen alles, was sich draußen auf der Straße befand, als wir vorbeigingen, dichtgedrängt wie eine Familie in einem Zeitungsbericht auf der Flucht vor Kanonen. Wir hatten alle Gaststätten abgeklappert, aber keine war offen gewesen. Die Kioske waren aufgrund des schlechten Wetters geschlossen, die Cafés waren sonntags nie geöffnet, und am Hafen schlugen die Wellen weit ins Land. Und dann fing es an zu regnen. Der Regen kam von überall her, mit voller Kraft, nicht von *oben,* sondern von *vorn,* mit dem Wind direkt ins Gesicht, wir versuchten, uns umzudrehen, seitwärts zu gehen, um nicht zu ertrinken, und Jesper gab auf und lief mitten auf die Straße und fing an, mit erhobenen Armen zu tanzen.

»Kommt und seht! Kommt und seht! Das himmlische Volk ist gekommen, um die neue Welt zu erobern. Kommt und seht! Kommt und seht!« rief er und lachte laut. Seine Haare tropften, und an mehreren Fenstern wurden die Gardinen zur Seite gezogen, und die Einheimischen standen da und starrten nach draußen, bewegten dabei die Lippen zu denen, die im Schatten dahinter standen, und schüttelten die Köpfe.

»Kommt und seht euch eure Bezwinger an!« rief Jesper. »Wir haben Perlen aus Glas und Schwerter aus Stahl!«

»Halt jetzt deinen Mund, Junge!« brüllte mein Vater, »mach, daß du herkommst!« Er hatte Wasser in den Augen und Wasser in der Stimme, und Jesper antwortete:

»Wuff, wuff«, hechelte wie ein Hund und reihte sich wieder ein in die Menge, und wir gingen weiter die Straße hinunter zum Bahnhof. Wir taumelten völlig durchfroren ins Bahnhofsgebäude, wo uns der Schalterbeamte erzählte, daß der Zug nach Hause erst in drei Stunden fahren würde. Er sah uns unter seiner Mütze schief an und war feinere Leute gewöhnt. Der ganze Ausflug fiel wie ein Kartenhaus in sich zusammen. Wir kauerten uns unter das Dach auf dem Bahnsteig, mein Vater preßte die Kiefer aufeinander, bis die Knochen hervortraten, starrte in die Luft und hatte nichts zu sagen. Er hatte alles geplant, doch es verlief nicht so, wie er es sich vorgestellt hatte, und jetzt waren wir hier gefangen. Meine Mutter zog den Schal dichter um die Schultern, und ich dachte, daß es gar nichts machte, wenn ich enttäuscht war. Das einzige, was an der Reise nicht stimmte, war sowieso nur, daß sie zu kurz war.

Zweite Reise:
Zum Polarkreis und ins Land der Finsternis

Nordkap
Nordkinn-
halvøya
Hammerfest
Alta
Utsjoki
Kirkenes
Finnmark
NORWEGEN
Karigasneimi
KÖPF
Ivalo
RUSSLAND
NIEMI
ANDERSSON
Pajala
Jokkmokk
Rovaniemi
Boden
Norrbotten
Tornio
Luleå
Suomussalmi
Piteå
Oulu
SCHWEDEN
Bottnischer
Oulu-See
Burträsk
Skellefteå
KIANTO
Kajaani
Västerbotten
Bureå
ENQUIST
FINNLAND
Lestigärvi
LANDER
Umeå
Kuopio
Outokumpu
Vaasa
PAASILINNA
Joensuu
KIANTO
Meerbusen
Seinäjoki
Tampere
Savonlinna
Sundsvall
Imatra
SEUME
PAASILINNA
Ladoga-
see
KÖPF
Hämeenlinna
SNELLMAN
Vyborg
KIVI
Porvoo
Nurmijärvi
LANDER
Turku
Helsinki
Åland
St.-
Petersburg
SEUME
Kastelholm
Tallinn
Stockholm
ESTLAND
N
MANKELL
LETT-
LAND
0
150 km
Gotland
Riga

Henning Mankell

Wo Schweden anfängt und aufhört

Schließlich nahm er seine Jacke, stand auf und ging. Seine Reisetasche hatte er schon in den Kofferraum gestellt. Das Mobiltelefon nahm er mit. Doch er legte es auf die Rückbank und kontrollierte noch einmal, ob es auch ausgeschaltet war.

Es war zehn Minuten nach zehn, als er aus Ystad hinausfuhr. Er fuhr nach Kristianstad und von da weiter nach Kalmar.

Um zwei Uhr am Nachmittag hielt er vor dem Rasthaus außerhalb von Västervik. Er wußte, daß es während des Winterhalbjahres geschlossen war. Dennoch hatte er die vage Hoffnung, sie könne da sein. Im Verlauf des Herbstes hatte er viele Male daran gedacht, sie anzurufen. Aber es war nicht dazu gekommen. Er hatte nie ganz verstanden, was er eigentlich von ihr wollte. Er stieg aus. Der Wind und der Regen waren ihm von Schonen hier herauf gefolgt. Das Herbstlaub klebte am Boden. Alles war verbarrikadiert. Er ging um das Haus herum auf die Rückseite, zu dem Zimmer, in dem er auf dem Rückweg von Bärnsö geschlafen hatte. Obwohl es erst ein paar Monate zurücklag, kam es ihm beinah unwirklich vor.

Das verbarrikadierte Haus beunruhigte ihn.

Er ging zu seinem Wagen zurück und fuhr weiter. Dem Ziel seiner Reise entgegen. Er war noch immer nicht überzeugt, die richtige Wahl getroffen zu haben.

In Valdemarsvik hielt er und kaufte eine Flasche Whisky.

Anschließend trank er Kaffee in einer Konditorei und aß ein

paar belegte Brote. Er bestellte die Brote ohne Margarine. Als es fünf Uhr wurde und die Dunkelheit schon angebrochen war, fuhr er auf der kurvenreichen Straße an der Valdemarsvik entlang hinaus nach Gryt und Fyrudden.

Lennart Westin hatte ihn Anfang September überraschend angerufen. Als alles vorüber war, Larstam hinter Gittern, die Ermittlungsunterlagen eingetütet und an Thurnberg übergeben. An einem Nachmittag, als Wallander ein Verhör mit einem jungen Mann führte, der seinen Vater mißhandelt hatte. Es war ein zähes und trostloses Gespräch gewesen. Wallander hatte nicht klären können, was eigentlich passiert war. Schließlich hatte er es aufgegeben, und Hansson hatte weitergemacht. Als Wallander in sein Büro kam, klingelte das Telefon, und Westin meldete sich. Er hatte gefragt, wann Wallander vorhabe, sie in den Schären zu besuchen. Wallander hatte vergessen, daß Westin ihn bei einem früheren Telefongespräch eingeladen hatte. Er wollte eigentlich ablehnen. Aber in der Gewißheit, daß doch nichts daraus würde, hatte er zugesagt. Sie hatten sich auf einen Tag Ende Oktober geeinigt. Danach hatte Westin noch einmal angerufen und ihn erinnert. Und jetzt war er unterwegs.

Sie hatten verabredet, daß Wallander um sechs Uhr in Fyrudden sein solle. Dort würde Westin ihn abholen. Wallander sollte bis Sonntag bei ihnen bleiben.

Wallander war dankbar für das Angebot. Gleichzeitig fürchtete er sich. Er hatte selten oder noch nie in seinem Leben mit Menschen verkehrt, die er kaum kannte. Dieser Herbst war der schwerste, den er seit vielen Jahren erlebt hatte. Häufig dachte er an seine Gesundheit und fürchtete, er könne jederzeit von einem Schlaganfall getroffen werden, obwohl Dr. Göransson geduldig versuchte, ihn zu beruhigen. Er sei auf dem richtigen Weg. Die Zuckerwerte hätten sich stabilisiert, er habe abgenommen und seine Eßgewohnheiten verändert. Doch Wallander hatte oft das Gefühl, es sei bereits alles zu spät. Obwohl er noch keine fünfzig war, stellte er sich in seinen düsteren Stunden vor, er befinde sich bereits in der Nachspielzeit. Jeden Augenblick konnte der Abpfiff ertönen.

Er bog auf den Hafenplatz von Fyrudden ein. Ein stürmischer Wind wehte, und der Regen trommelte gegen die Scheiben des Wagens. Er parkte an der gleichen Stelle, an der er auch im Sommer gestanden hatte. Stellte den Motor aus und hörte die Wellen an den Kai schlagen. Kurz vor sechs sah er Positionslichter näher kommen. Es war Westin.

Wallander stieg aus dem Wagen, nahm seine Tasche und ging ihm entgegen.

Westin kam aus dem Steuerhaus. Wallander erkannte sein Lachen wieder.

»Willkommen!« rief Westin in den Wind. »Wir fahren sofort los. Das Essen wartet.«

Er nahm Wallander die Tasche ab. Wallander kletterte auf unsicheren Beinen an Bord. Er fror im Wind. Die Temperatur war gefallen.

»Na, da sind Sie endlich«, sagte Westin, als Wallander sich ins Steuerhaus drängte.

In diesem Moment verstand Wallander seine Zweifel nicht mehr. Er war froh, sich in Westins Boot zu befinden, auf dem Weg in die Dunkelheit und den stürmischen Wind.

Westin legte das Ruder herum, so daß das Boot krängte. Wallander hielt sich fest. Als sie aus dem Hafenbecken herauskamen, spürte er, wie die Wellen gegen die Planken schlugen.

»Haben Sie Angst auf See?« fragte Westin.

Seine Stimme verriet keinerlei Spott. Eher Fürsorge.

»Habe ich sicher«, gab Wallander zurück.

Westin nahm langsam Fahrt auf. Wallander merkte plötzlich, daß er es genoß. Er fragte sich, warum. Dann fiel ihm die Antwort ein.

Niemand wußte, wo er war. Keiner konnte ihn erreichen.

Zum erstenmal seit sehr langer Zeit hatte er ganz und gar seine Ruhe.

Am folgenden Tag erwachte Wallander schon um sechs Uhr. Er hatte Kopfschmerzen. Es waren ziemlich viele Gläser Whisky geworden am Abend zuvor. Wallander hatte sich bei Westins sofort wie zu Hause gefühlt. Zwei zurückhaltende Kinder, Westins Frau, die ihn sogleich als alten Freund betrachtet hatte. Ein Fischgericht, Kaffee und Whisky. Sie hatten ihm von ihrem Leben hier draußen in den Schären erzählt. Wallander hatte zugehört und dann und wann eine Frage eingeschoben. Die Kinder waren ins Bett gegangen, danach auch Westins Frau. Westin und er waren sitzen geblieben, bis die Flasche beinah leer war. Ein paarmal war Wallander hinausgegangen in den Sturm und hatte gepißt. Der Regen hatte aufgehört. Aber es war kälter geworden. Westin glaubte, daß der Wind gegen Morgen abflauen würde.

Wallander hatte in einer winterfesten Veranda geschlafen. Es war zwei geworden, bevor sie ins Bett gingen. Wallander hatte dagelegen und dem Wind gelauscht. Zu keinem Zeitpunkt hatte er an Larstam gedacht. Oder an das Polizeipräsidium. Oder auch nur an Ystad.

Obwohl er nur vier Stunden geschlafen hatte, fühlte er sich ausgeschlafen, als er erwachte. Er blieb im Bett liegen und blickte in die Dunkelheit. Erst um sieben stand er auf, zog sich an und ging nach draußen. Westin hatte recht gehabt. Der Wind war abgeflaut. Ein Thermometer neben dem Küchenfenster zeigte fast null Grad. Schwere Wolken hingen am Himmel. Er folgte dem Pfad zum Meer. Rasch war er zu den Klippen hinuntergekommen. Vor ihm erstreckte sich das offene Meer. Westins Boot lag seitlich in einer Bucht, die gegen nördliche und östliche Winde geschützt war. Er ging an den Klippen entlang und beobachtete, wie die Morgendämmerung langsam den Horizont hervortreten ließ. Plötzlich sah er Westin auf dem Pfad vom Haus auf sich zukommen.

»Danke für den schönen Abend«, sagte Wallander. »Ich kann mich nicht erinnern, wann ich zuletzt einen solchen Abend erlebt habe.«

»Ich habe gehört, daß du aufgestanden bist«, sagte Westin. »Ich dachte, wir könnten eine kleine Tour mit dem Boot machen. Ich will dir etwas zeigen. Nichts Besonderes. Aber trotzdem.«

»Was denn?«

»Eine Insel. Eine der äußeren Schären. Hammarskär.«

Westin hatte eine Plastiktüte bei sich.

»Hier ist Kaffee«, sagte er. »Den Whisky haben wir ausgetrunken.«

Sie gingen zum Bootshaus. Plötzlich war heller Morgen. Das Meer war bleigrau, und es war nahezu windstill. Westin setzte das Boot zurück und nahm Kurs aufs offene Meer. Sie ließen die baumbewachsenen Holme hinter sich und fuhren an Klippen vorbei, die immer weniger und kahler wurden. Westin zeigte auf eine Schäre, die einsam weit draußen im offenen Meer lag. Das Boot glitt weich über die heranrollende Dünung. Sie näherten sich der Schäre. Westin verringerte die Fahrt und steuerte die Südseite an.

»Ich dachte, du könntest da an Land springen«, sagte er. »Anlegen kann ich nicht. Ich halte das Boot so lange hier draußen. Aber mit dem Bug kann ich ganz nah herankommen. Schaffst du es, an Land zu springen?«

»Wenn ich reinfalle, mußt du mich eben rausziehen.«

»Wenn du nach Westen gehst, siehst du Überreste von alten Behausungen. Da haben früher Menschen gelebt. Wie sie da klarkamen, ist mir ein Rätsel. Vorfahren von mir haben Ende des achtzehnten Jahrhunderts hier gelebt. Ein junges Paar. Eines Tages im Oktober, fast wie jetzt, kam plötzlich ein Sturm aus Nordosten. Sie mußten raus, um die Netze zu bergen. Das Boot kenterte. Beide kamen um. Sie hatten kleine Kinder in der Hütte. Unter anderem einen Jungen, der später zu Pflegeeltern kam. Er hieß Lars Olsson. Einer seiner Enkel änderte den Namen in Westin. Ich stamme in direkter Linie von ihm ab.«

Westin hatte Kaffee in zwei Becher gegossen, während er sprach.

»Ich dachte, du könntest an Land gehen«, fuhr er fort. »Dort draußen fängt Schweden an. Und dort hört es auf. Je nachdem, von welcher Seite man es sehen will.«

Sie tranken den Kaffee, während das Boot sich in der Dünung wiegte. Dann setzte Westin den Bug vorsichtig gegen eine vorspringende Klippe, wo das Wasser tief genug war. Es gelang Wallander, an Land zu springen, ohne abzugleiten. Westin setzte das Boot zurück und kam aus dem Steuerhaus.

»Laß dir Zeit«, rief er. »Ich warte.«

Ein Heidekrautteppich breitete sich aus. In den Senken stand dichtes und verschlungenes Erlengestrüpp. Ansonsten waren die Klippen kahl. Skelettreste eines Vogels lagen in einer Spalte. Wallander wandte sich nach Westen. Er kletterte und rutschte über die nassen Klippen. Das Moos gab unter seinem Gewicht nach. Hinter dichtem Gestrüpp sah er eine Bucht, die sich ins Inselinnere erstreckte. Ein Naturhafen. Dort fand er auch die Hausreste, die Westin erwähnt hatte. Das Boot konnte er nicht mehr sehen. Es wurde von den Klippen verdeckt, über die er geklettert war. Alles war still. Nur das Meer, das heranrollte. Das Gefühl von Einsamkeit war grenzenlos. Aber ebenso das Gefühl, sich in einem Mittelpunkt zu befinden. Einem Platz, an dem sich der Blick weitete.

Hier fängt Schweden an, dachte Wallander. Genau wie er gesagt hat. Hier fängt es an, und hier hört es auf. Die Schäre, die sich noch immer, langsam und unmerklich, aus dem Meer erhebt. Der schwedische Fels.

Er spürte, daß er ergriffen war. Ohne genau zu wissen, wovon. Er versuchte, sich vorzustellen, wie es gewesen sein mußte, hier draußen zu leben. Am äußersten Rand des Meeres, in undichten Holzhäusern, in Armut und unter ständigen Entbehrungen.

Hier fing Schweden an, und hier hörte es auf. Hier befand er sich in der Mitte von etwas, was er nicht richtig fassen oder benennen konnte. Wenn die Geschichte eine Landschaft war, konnte er sich sowohl nach vorn als auch zurück wenden, alles zur gleichen Zeit.

Im Norden der Senke mit den Überresten von Hausgründen ragte eine Felshöhe auf, wohl der höchste Punkt der Schäre. Er suchte mit dem Blick nach einem Weg dort hinauf. Mehrmals glitt er aus, einmal rutschte er ab und riß sich ein Loch ins Hosenbein. Aber schließlich hatte er die Spitze erreicht. Das auf der Dünung wiegende Boot wirkte klein von hier oben. Wallander blickte um sich. Offenes Meer, Riffe und Untiefen nach Norden und Osten. Nach Süden und Westen zu verdichteten sich die Schären. Vögel stiegen und sanken mit den Aufwinden. Aber keine Schiffe, keine einsamen Segelboote, die zum Winter den Heimathäfen entgegenlenzten. Die Fahrwasser lagen verlassen, die Seezeichen standen auf unsichtbaren Gründen wie verlassene Statuen in einem Museum, das für die Saison geschlossen hat.

Wallander kam sich vor wie auf einem hohen Turm. Von hier aus konnte er eine Positionsbestimmung vornehmen. Die Schäre und der Ausblick aufs Meer erlaubten keine Ausflüchte.

Bald würde er fünfzig sein. Den größten Teil seines Lebens hatte er längst hinter sich. Er konnte nicht zurückgehen und von vorn beginnen. Einige Jahre zuvor hatte er sich lange mit dem Gedanken getragen, ob er bei der Polizei aufhören und sich ein neues Berufsfeld suchen sollte. Vielleicht als Sicherheitsbeauftragter bei einem Unternehmen? Er hatte Stellenanzeigen ausgeschnitten, er hatte sich fast entschieden und es dann doch nicht getan. Jetzt wußte er, daß daraus nichts mehr werden würde. Er war Polizist, und er blieb Polizist. Er würde Ystad nicht verlassen. Mindestens zehn Jahre würde er noch in seinem Büro im Polizeipräsidium sitzen. Dann würde er ein letztes Mal durch die Türen hinausgehen, als Pensionär.

Wie würde er bis dahin durchhalten? Er spähte aufs Meer hinaus, als hoffe er, dort eine Antwort zu finden. Aber da war nichts als die stumme Dünung.

Er dachte daran, daß es immer härter werden würde. Immer mehr ausrangierte Menschen, immer mehr Jugendliche, die nie etwas anderes erleben würden als das Gefühl, nicht gebraucht zu werden. Gitter und Sicherheitsschlösser würden die kommenden Jahre prägen.

Polizist zu sein bedeutete eigentlich nur eins, dachte er. Widerstand zu leisten. Allem zum Trotz gegen die destruktiven Kräfte und ihren Würgegriff anzukämpfen.

Aber er wußte, daß diese Antwort nicht ausreichte. Wenn überhaupt etwas Wahres daran war. Schwedische Politiker waren in aller Regel unbescholten, die Gewerkschaften weder von der Mafia noch von Seilschaften beherrscht. Schwedische Unternehmer trugen keine Waffen, streikende Arbeiter wurden selten mit Gummiknüppeln niedergeschlagen. Und doch weitete sich der Riß, der durch die Gesellschaft ging, unaufhörlich. Vielleicht erinnerte es an die Landhebung, die so langsam erfolgte, daß man sie erst im nachhinein bemerkte. Aber der Riß war da, und er ließ sich nicht wegdenken. Eine neue große Teilung des Volks ging im Land vor sich. In Menschen, die gebraucht wurden, und Menschen, die unnötig waren. In dieser Wirklichkeit Polizist zu sein würde immer schwierigere Wahlsituationen mit sich bringen. Sie würden weiterhin eine Oberfläche sauberhalten, obwohl die Fäulnis darunter weiterbestand, in der tragenden Konstruktion der Gesellschaft.

Alles würde härter werden. Er hatte Grund, den Jahren, die ihm noch blieben, mit Furcht und Beben entgegenzusehen.

Sein Blick fing Westins Boot ein.

Er konnte nicht länger hier oben bleiben. Westin hatte zwar gesagt, er habe Zeit. Aber er war nun schon lange fort.

Noch einen Augenblick nahm er alles in sich auf. Die Aussicht, den Überblick, das Gefühl, sich im eigenen Zentrum zu befinden.

Tastend und vorsichtig machte er sich an den Abstieg.

Unterwegs verweilte er noch einen Augenblick bei den alten Hausgründen. Hier und da lagen Steine, die vielleicht zum Fundament gehört hatten. Er bekam das Gefühl, daß sie langsam dahin zurückwanderten, woher sie einst geholt worden waren.

Als er an den Strand hinunterkam, hob er einen Gesteinssplitter auf und steckte ihn als Erinnerung in die Tasche. Dann ging er zurück zu dem Felsvorsprung, von dem aus er die Insel betreten hatte.

Westin hatte ihn kommen sehen und navigierte vorsichtig an die Klippen heran.

Als Wallander an Bord klettern wollte, begann es zu schneien.

Zunächst vereinzelte Flocken, danach immer dichter werdender Schneefall.

Das Unwetter kam aus Nordosten und zog mit großer Geschwindigkeit über die Schären am äußersten Rand des Meeres hinweg. Die Temperatur war jetzt unter Null gefallen.

Der Winter nahte.

Wallander kletterte an Bord. Das Boot wendete. Er blickte zurück und sah die Schäre langsam im dichten Schneetreiben entschwinden.

Am Tag danach, dem 27. Oktober, fuhr er zurück nach Ystad.

Es hatte aufgehört zu schneien.

In Schonen war noch Herbst.

Johann Gottfried Seume

Von Karelien bis Turku

Den andern Morgen wandelte ich nun guten Mutes, links bei der alten Schanze vorbei, immer die Straße fort nach Wiburg zu. Die drei Tage von Petersburg nach Wiburg, zwanzig Meilen, wurden mir sehr schwer, denn es war unerträglich heiß. Der Schweiß troff mir vom Schädel mehr als irgend jemals, als ich mit dem Bataillon mehrere Stunden unter dem Gewehr stand und nach der Trommel mit Händen und Füßen arbeitete. Das Newawasser wollte mir in Petersburg durchaus nicht behagen, ich mochte versuchen, soviel ich wollte. Es ist rein und hell wie Kristall, aber über alle Begriffe weich, und ich bin immer an hartes Wasser gewöhnt gewesen. Die feinern Biere sind zu stark und die übrigen fast alle mit schlechten Kräutern angemacht, vorzüglich mit wildem Rosmarin. Das Physikat sollte billig auf diesen Artikel der medizinischen Polizei mehr Aufmerksamkeit wenden. Meine Zuflucht waren also die verschiedenen Arten von Quas oder Wein zu Wasser, wo ich Quast oder Kißlestschie nicht haben konnte. Nun hatte ich mich auf das finnländische Wasser gefreut, denn ich wußte, Finnland sei gebirgig, und glaubte deswegen von vorn schließen zu können, wo Berge wären, müßte vieles und gutes Wasser sein. Da hatte ich mich nun aber sehr geirrt. Denn obgleich ganz Finnland fast nur eine große, fortlaufende Granitschicht ist, so ist doch das Wasser höchst selten. Ich habe die zwanzig Meilen von Petersburg bis Wiburg nur einen einzigen kleinen, guten Bach und nur einige Werste von der Stadt selbst einige sehr schönen, reichen Quellen gefunden. Die letzten waren für mich eine wahre Nektarschwelgerei. Die übrigen Flüsse kommen alle aus Sümpfen und haben rotes, faules, ekelerregendes Wasser. Der Granit ist vielleicht zu hart, um Regenwasser einzunehmen und es geläutert in Quellen weiterzufördern. Es läuft alles sogleich in die Moorgegend herab, wo es noch mehr verdirbt und fast ganz unbrauchbar wird. Ich habe zuweilen stundenlang geschwitzt und gearbeitet und lechzend gedurstet. Zuweilen mußte ich mich doch entschließen, ein Verbesserungsmittel bei dem blutroten Wasser anzubringen und sodann mit zugehaltener Nase zu trinken, ebenso wie ehemals auf den englischen Transportschiffen. Ich lief einmal wohl eine halbe Stunde in einer Bergschlucht lechzend herum, in der Voraussetzung, der Lokalität nach müsse hier durchaus Wasser sein, denn ein alter Wanderer kann, wie Moses und Alexander, so etwas sogleich aus der Lage sagen, ohne deswegen förmliche Ansprüche auf das Prophetenwesen zu machen. Endlich fand ich auch wirklich ein Quellchen unter einem hohlen Baumstamm und war froher, als ob mir der Vesuv alle seine frommen Tränen und Epernay alle seine Rebhühneraugen gegeben hätte.

In Wiburg zog ich, nachdem ich meine Polizeisachen abgemacht hatte, in dem italienischen Gasthause ein. Niemand war zu Hause als ein kleines Mädchen von ungefähr sechs Jahren, die mich erst furchtsam, dann ängstlich, dann schluchzend ansah und endlich laut zu weinen anfing. »Es ist niemand zu Hause«, sagte sie, »mein Vater ist in Petersburg, meine Mutter ist ausgegangen, Sie sollen nicht hier bleiben, Sie dürfen nicht hierbleiben.« Weiß der liebe Himmel, was ich für einen verdammten Gesichtswurf haben muß, es ist mir oft so begegnet, und je freundlicher ich hier das Mädchen anzusehen glaubte, desto heftiger weinte sie. Ich legte ruhig meinen Tornister ins Billardzimmer, gab dem Träger sein Trinkgeld und wartete, was kommen würde. Da kam denn auf das Weinen der Kleinen ein großes Mädchen, eine Art von Aufwärterin, die mir auf mein Anbringen ganz freundlich sogleich ein ziemlich gutes Zimmer anwies, welches mir nach einem dreitägigen Fußzug durch die Wüste Berseba, ohne alle Bequemlichkeit, bei schlechtem Wasser und schlechtem Brote, sehr gemütlich war. Von Pergola aus ist Krasnoe Selo, ein anderes als bei Petersburg auf der andern Seite, der einzige Ort, den man noch mit Ehren ein Dorf nennen kann, die andern sind meistens nur einzelne, zerstreute Hütten. In Krasnoe Selo, wo ich gegen Abend eintraf, war alles in Lärm und Aufruhr, nicht etwa wegen Revolution, sondern weil sich eben ein Bär in der Nähe hatte sehen lassen, und alles griff zur Flinte und Spieß und Stange, um den zottigen Gast zu bewillkommnen. Zwei Soldaten sangen mich auf, mit ihnen noch einige Werste bis Nowa Derebna (Neudorf) zu gehen. Hier war denn neben einer Kabacke auch ein Traiteur; das klang gar fein und ich fand wirklich auch ein Zimmer, das für Finnland hell und freundlich genug war. In Estland auf dem Lande wäre es ein Louvre gewesen. Nachdem ich die Soldaten mit Eierkuchen bewirtet und in die Kabacke abgefertigt hatte, legte ich mich ruhig schlafen, unter einen Schafpelz, der dort auf einer Matratze lag, wie ich glaubte, zu meinem Behuf. Zuschließen konnte ich nicht, denn man ist hier sehr patriarchalisch und hat kein Schloß vor den Türen. Ich mochte schon einige Stunden geschlafen haben, da zupfte mich ein Kerl, für einen Finnen freundlich genug, an dem Arm. »Was willst du, Freund?« fragte ich russisch. »Ich will hier schlafen«, war die Antwort. – »Aber ich schlafe schon.« – »Aber es ist mein Bett«, sagte der Kerl. Was war zu tun? Wir mußten wohl freundschaftlich teilen. Ich überließ ihm die Matratze, nahm den Schafpelz und quartierte mich in einem anderen Winkel fest auf den Boden, nachdem ich mir gegen die feindlichen Tarakanen gehörig die Ohren verbunden hatte. Die Tarakanen sind nämlich die nordischen Taranteln, eine Art von Insekt, vor dem man sich gewaltig fürchtet, nämlich die feine Welt, der gemeine Mann achtet es nicht sehr. Eine größere Spezies davon nennt man Prussaky, Preußen, und ist der festen

Meinung, diese seien erst im siebenjährigen Kriege mit der Armee von dort gekommen. Die Erzählungen davon sind abenteuerlich und unterhaltend genug. [...]

Wiburg, das ehemals meistens nur von Holz war, ist seit dem letzten Brande fast ohne Ausnahme von Stein wieder aufgebaut worden und hat eine ganz artige Lokalität. Es liegt von allen Seiten ziemlich angenehm, ist klein und nett und empfahl sich bei mir sogleich durch sein gutes Brunnenwasser. Der Eingang zur See durch die Schären bis in die Stadt muß nicht ohne Schwierigkeit sein, aber desto sicherer ist sodann der Hafen. Der Handel hat sehr abgenommen, seitdem die Krone das Holzfällen und Brettschneiden einschränkt. Diese Maßregel scheint aber auch ziemlich nötig zu sein, denn ich habe auf meinem ganzen Wege nur sehr wenig Baumstämme gesehen. Das jetzige Holz ist alles klein und schwach. [...]

Von hier aus machte ich eine kleine Ausflucht, den Wasserfall bei Imatra zu sehen, wo sich die Woxa über eine halbe Werste lang, hier und da furchtbar steil, durch ein enges Granitbett herabreißt. Die Erscheinung ist einzig in ihrer Art und machte ein betäubendes Geräusch, mehr als ich bei Schaffhausen und Terni gefunden habe, obgleich das Wasser jetzt noch sehr niedrig stand. Die Woxa hat hier an Wasser ungefähr so viel als die Elbe bei Außig, ob sie gleich etwas breiter ist. Die Saima, aus welcher sie und mehrere Abteilungen des Kymen kommen, ist ein Mittelding von See und Fluß, mit vielen Gruppen malerischer Inseln besäet, die besonders bei Wilmanstrand eine Aussicht machen, die einer Schweizergegend gar nichts nachgibt. Ihr Ursprung soll noch nicht gehörig bekannt sein, ganz oben wohnen Lappen, und sie soll aus den ganz nördlichen Gegenden von Norwegen herunterkommen. Ihr Wasser ist außerordentlich klar und rein, aber ganz weich, wie das Newawasser, kein Wunder, da es durch den Ladoga die Newa mit bilden hilft. Unten am Einfluß in den Ladoga sind noch einige Wasserfälle, aber nicht von Bedeutung, wie hier bei Imatra. [...]

Alle Städte hier im russischen Finnland sind Festungen, und das Land gewinnt dadurch überall ein ziemlich kriegerisches Ansehen, wohl mehr als gut ist. Die Finnen sind verhältnismäßig zu ihren Stammbrüdern, den Esten jenseits des Meerbusens, eine offene, feine, wackere Nation, deren Charakter aber freilich nicht ausgezeichnete Energie ist. Das Land hat durchaus seit der russischen Besitznehmung eher verloren als gewonnen, ein Phänomen, das sich leicht erklären läßt. Dessenungeachtet herrscht, in Vergleichung mit den Esten und Letten, hier noch ein Grad von Kultur und persönlichem Wohlstand, den man auf dem Lande an der Düna und der Embach vergebens sucht. Der Landmann wird wahrscheinlich dort durch alle wohltätig scheinenden und wirklich so gemeinten Verordnungen der Regierung wenig gewinnen, so wie er hier in Gefahr ist, täglich immer mehr zu verlieren. Von der Eigenmacht und der Bedrückung der kaiserlichen Beamten und der größeren Machthaber erzählt man auch hier überall empörende Beispiele, mit allen nötigen Belegen und Beweisen. Katharina die Zweite hatte die finnischen Bauern stets in Verdacht, daß sie heimlich schwedisch gesinnt wären. Da ist nun wohl kein Wunder, daß sie der willkürlichen Bedrückung so sehr preisgegeben werden. In Schweden herrscht Humanität, und es geht gut, hier will man mit der Peitsche treiben, und es geht schlecht. So wurde einem Bauer vor einiger Zeit ohne Schonung durchaus kein Aufschub der Fronarbeit gegeben, ob er gleich – nur seinen Vater begraben wollte. Ärger kann man wohl kaum die Menschlichkeit mit Füßen treten. So wenig vermag selbst ein Fürst, der ein Genius des Wohlwollens ist!

Hier in Sippola stehe ich auf einer Felsenspitze und überschaue unter mir im Tale vier kleine Seen, deren Ufer mit kleinen Dörfern und Wiesen und wogenden Fruchtfeldern umzogen sind.

Finnland ist eine ungeheure Granitschicht, zwischen welcher sich hier und da schöne, fruchtbare, bebaute Niederungen hinziehen. Das soll so fortgehen bis an den Bottnischen Meerbusen, nur sind die Schweden aus politischen und psychologischen Gründen ordentlicher und fleißiger. Das Land hier herum ist das Land der Beeren, deren es eine Menge bekannte und unbekannte hat. Unter die letzten gehören die Mamurami, eine Art kleiner rötlicher Beeren, die wegen ihrer aromatischen Natur berühmt sind, für die nordischen Ananas gelten und von den Schmeckern der Residenz häufig in Anspruch genommen werden. Sie wachsen nur erst wieder in Sibirien, und die Russen nennen sie vorzugsweise Knäschniky, Fürstenbeeren. Du begreifst also wohl, daß sie etwas mehr als gewöhnliche Brombeeren sind, zu denen sie übrigens gehören. [...]

Morgen pilgere ich über Friedrichsham nach dem neuen Kymengorod und so weiter über Aberforr nach Abo und Upsala, um doch wenigstens den Saal zu sehen, wo Linné lehrte.

[...]

Einige Werste vor der Festungsstadt Kymengorod macht ein starker Arm des Kymen einen schönen Wasserfall, wo der Fluß in einer schönen gruppierten Gegend, nicht weit von einer Kirche, durch drei Felsenengen viele Klaftern herabstürzt. Die Umgebungen sind sehr malerisch, und in der Schweiz würde der Ort berühmt genug sein. In Kymengorod sind die Schanzen und militärischen Arbeiten schon weit gediehen, aber die Stadt selbst hat doch wenig gewonnen, man kann so eben nur sagen, es ist ein Anfang gemacht. Jenseits des Wassers ist etwas mehr geschehen. Mir kommt die Lage der Festung doch etwas bedenklich vor, denn es ist nicht weit davon eine Felsenhöhe, von der man sie ziemlich wird ängstigen können; und diese Anhöhe selbst ist wegen der Umgebungen auch nicht sehr haltbar. Doch wenn die Stadt nur gedeiht, kann man die Festung leicht entbehren, und die besten Verteidigungen sind immer wackere Leute, die mit der Bajonettspitze draußen tapfer das Feld halten.

[...]

Die Sonne war dem Untergange nahe, als ich vor Kymengorod vorbei schlenderte. Die Kabacke sah dort traurig aus, und ich ging, in der Hoffnung eine bessere zu finden, immer vorwärts, hörte aber zu meiner nicht geringen Verlegenheit, daß das nächste Wirtshaus zwanzig Werste entfernt wäre. Ich war schon ziemlich spät aus Friedrichsham gegangen, war müde und ward natürlich immer müder. Der Wald ward dichter und die Gegend wilder, die Hitze war drückend gewesen, und meine Füße fingen an, mir den Dienst zu versagen. Hungrig war ich und der Proviant in meinem Tornister zu Ende, ich war schon froh, wenn ich von Zeit zu Zeit etwas leidliches Wasser fand. Da ich kein Haus erreichen konnte und mich nur mit Mühe weiter fortzog, ging ich etwas von der Straße rechts ab waldeinwärts und legte mich mit ruhiger Resignation auf einen Granitblock zum Schlafe nieder. Der Himmel war schön über mir, nur war es eben deswegen etwas kalt, denn dort oben kommt, wenigstens bei Nacht, die Kälte bald wieder, wenn die Kälte aufgehört hat. Dort oben im Norden reist man vor Menschen ohne Gefahr, es ist nicht wie in dem heiligen Lande Italien. Zu fürchten hatte ich also nichts als von den Wölfen, die doch auch wohl im Sommer zuweilen aus dem Dickicht herauswandeln und sich nach etwas umsehen. Indessen die Schlaflust war stärker als die Furcht vor den Wölfen, und ich schlief einige Stunden ganz ruhig, bis mich die Kälte erweckte. Nun setzte ich mich wieder in Bewegung auf der Straße fort, fand bald einen ehrlichen, wackern Finnen, der mich so gut mit Frühstück versorgte, als sein Haus erlaubte, und rückte rüstig nach Aberforr hinüber.

[…] Auf dem Zollhause traf ich einen russisch-finnländischen Geistlichen, der herüberfuhr und mich einlud, mich mit auf seine Droschke zu setzen. »Facundus comes in via pro vehiculo«, sagt irgendein Alter, und hier war beides: ich setzte mich also auf und fuhr mit ihm bis Lowisa, der ersten schwedischen Stadt. Ich hatte mir vorgenommen, recht genau den letzten

Werstpfosten zu beschauen, der als Monument des letzten Krieges da steht und gewaltig viel Kugeln haben soll. Die meisten sollen auf der schwedischen Seite sitzen, zum Beweis, daß die Schweden weit besser geschossen haben, da das Gefecht eben um den Werstpfahl am heißesten war. Im Gespräche hatte ich aber den Krieg und sein gebrechliches Monument vergessen. Der Kymen, oder vielmehr der Arm vom Kymen, hat dort wieder zwei Arme, zwischen welchen wieder eine Insel von einigen hundert Schritten liegt, welche die Markscheide beider Reiche macht. Die Brücke quaestionis ist also eine Doppelbrücke: die über den nördlichen Arm gehört den Russen und die über den südlichen den Schweden. Nun darf keiner seinen Posten über die Brücke hinaussetzen. Das taten denn die Schweden im letzten Zanke, der bald zum Kriege geworden wäre. Die Leute sind hier sehr glücklich in der Einbildung, daß hier in dem Kymen der beste Lachs in der ganzen Welt gefangen werde. Ich nahm mit dankbarem Herzen von Rußland Abschied, aber ich trat mit frohem Geiste nach Schweden. Alles gewinnt sogleich ein mehr heiteres, freundlicheres Ansehen, so wie man herüberkommt. Als Maßstab der Bildung eines Volkes nehme ich immer das Land, und nirgends wird man von dem äußern Anscheine sogleich schöner und wohltätiger angesprochen als in Schweden, zumal wenn man aus diesem Teile von Rußland kommt.

[...]

In Lowisa hört man nur Schwedisch und Finnisch. Mein Pastor brachte mich, da meine Zunge sich noch gar nicht recht schwedisch eingerichtet hatte, in ein ganz gutes Wirtshaus, wo man mich auf alle Weise recht gut und anständig und billig versorgte. [...]

Den folgenden Tag ging ich nach Ulby, wo ich sehr schlecht gespeist und sehr gut gebettet wurde. Wenn man nur immer eins mit dem andern kompensieren kann, hat es weiter nichts zu sagen.

Borgo gilt für eine ansehnliche Stadt in Schwedisch-Finnland, hat ein Gymnasium und treibt einigen Handel auf einem Flusse, der bis dahin für kleinere Schiffe fahrbar ist. Von da bis Helsingfors ward es mir unerträglich heiß, weit heißer, als es mir um den Ätna und in der Lombardei geworden ist. Die Wirtshäuser waren weit voneinander entfernt und eben noch nicht sehr gut. Sie sahen von außen schön und freundlich und einladend aus, aber gewöhnlich war nichts darin zu haben als sehr saures Bier und sehr grobes Brot und sehr schlechte Butter. Nun waren diese Gasthäuser auch zugleich die Posthäuser, und ich merkte, daß man doch nicht außerordentlich billig war und mich in der Rechnung das Postgeld mitbezahlen ließ. Denn die ehrlichen Schweden schienen sich einzubilden, daß ich ein milzsüchtiger Grillenfänger sei, dem man seine Phantasie mit einrechnen müsse. Die schwedischen Meilen sind bekanntlich verdammt groß, und das Postgeld ist nicht stark. Man fährt sehr schnell und nur mit einem einzigen Pferde, wenn man so leicht ist, wie ich bin. Ich setzte mich also auf eine Postkarriole und ließ mich weiter spedieren; erstlich, der Hitze zu entgehen, zweitens, um schneller fortzukommen, und drittens, weil es durchaus nicht mehr kostete, sondern vielleicht noch wohlfeiler war als das Fußwandeln. In Italien hätten die Gründe freilich nicht alle gegolten. In Helsingfors spricht der Postmeister Deutsch und hält ein sehr gutes Haus, und in Svensby hatte ich sogar einen Postillon, der Deutsch sprach und oft mit Schiffen in Reval gewesen war. Bei Mialbolsta sind einige sehr schönen Partien an einem See mit einigen Landhäusern.

Bei Sahlo öffnet sich das Tal, durch welches der Weg herunter geht, ziemlich weit und zeigt viele, zwar kleinen, aber niedlich gebauten Dörfer, und zum ersten Male wieder zwei Kirchen. Die Gerste wächst hier so hoch und üppig, daß ich sie nur bei Katanien am Ätna größer und stärker gesehen habe. Auch Weizen wuchs schon in solcher Vollkommenheit hoch über Abo oben, daß ich einige großen Ähren zum Andenken in mein Taschenbuch legte. Das Willkommenste waren mir aber Haselsträuche, die ich hier wieder zum ersten Male erblickte. Jeden Augenblick wuchs mein Vergnügen und meine hohe Meinung von der ökonomischen Gesellschaft in Abo. Arm sind die Schweden, sehr arm, man kann viele Meilen reisen, ohne nur ein Stückchen Kupfermünze zu sehen. Man findet nichts als Papier, sogar bis zu Zetteln von acht Schillingen oder ungefähr vier Groschen. Aber der Schwede scheint seine Armut nicht zu fühlen. Sein Haus ist groß und hell und bequem. Wenn man in Estland und Livland nur selten einen Schornstein sieht, so hat hier manches Bauergut vier bis sechs Schornsteine und viele schönen Nebengebäude. Der schwedische Finnländer ist heiter und munter und reinlich gekleidet und zeigt Kraft und Selbständigkeit. Die Weiber sind meistens groß und wohlgebildet und oft sehr schön, vorzüglich auf dem Lande, wo ihnen die leichte Nationaltracht eine fast griechische Erscheinung gibt. Kommt man in die reinlichen, netten, meistens rot angestrichenen Häuser, so findet man freilich des köstlichen Mundvorrats nicht viel, aber alle sind bei dem wenigen so froh und freundlich und teilen so gern und willig mit, daß eine sehr überfeinerte Seele dazu gehört, sich bei ihnen nicht wohl zu befinden.

[...]

Jeder Schwede hat hier um sein Haus seine eigene Pflanzung Tabak, und man sieht in der Gegend von Abo schon ganze Flächen mit diesem Giftkraute verdorben. Ich kann mir nicht helfen, ich empfinde jedesmal sehr unangenehm, wenn ich auch in meinem Vaterlande ganze große, schöne Felder damit bepflanzt sehe und mir der betäubende Giftdunst des stinkenden Unkrauts entgegen zieht. Eine seltene Verkehrtheit, der Gebrauch des Tabaks! Wenn wir dann Brotmangel haben und die Kornspeicher aufgetan werden sollen, findet man sie mit beizenden Blättern dieses Afterbetels angefüllt.

Abo soll, wie man mir versichert, zwölftausend Einwohner haben, welches ich auch nicht übertrieben finde. Die Universität ist ungefähr dreihundert stark. Da eben Ferien sind und wenige Professoren sich in der Stadt befinden, habe ich niemand hören können. Das neue akademische Gebäude, gleich hinter der Kathedralkirche, wird der Stadt Ehre machen, wenn es gleich nicht so prächtig wird, als die hiesigen Schweden es behaupten wollen. Denn wenn man sie hört, ist die Akademie in Petersburg eine Kabacke dagegen. Das Merkwürdigste davon ist, die Säulenschäfte aus Granit bestehen aus einem einzigen Stücke, sind von schöner Proportion und werden herrlich geschliffen. Sie kommen aber den Säulen in Petersburg am Sommergarten durchaus nicht bei, auch nicht einmal den Säulen an der neuen Bank, die Kaiser Paul hat bauen lassen. Die Bearbeitung des Granits auf diese Weise ist indessen den Schweden noch etwas Seltenes, in Rußland ist nichts gewöhnlicher, aber doch auch nur in Petersburg.

[...]

Anja Snellman
Geografie der Angst

Aura und Hilja, ich stand mit euch auf der Treppe. Ein strammes Band zog mir die Haare aus der Stirn. Blinzelnd stand ich zwischen euch und sah ihn direkt an. Wen? Daran kann ich mich absolut nicht mehr erinnern.

Vielleicht war er ein Nachbar von euch, den ich nicht kannte, vielleicht war es Vater, der unerwartet vorbeigekommen war, und seine kleine schwarze Imperial-Box. Jedenfalls lächelte ich diesen Fotografen nicht an, aber meine Haltung war ein wenig kokett, die Arme auf dem Rücken und die Hüfte schräg. Zu jener Zeit hatte ich oft eine ein wenig kokette Haltung, richtiger gesagt, eine komplizierte. Ich war krankhaft schüchtern, ich war menschenscheu und versuchte abwechselnd, unsichtbar zu sein und zu gefallen.

Wer die Aufnahme gemacht hat, weiß ich nicht. Hat er versucht, uns cheese sagen zu lassen? Ich lächle nicht. Liegt das an den Zähnen? Waren mir die Milchzähne schon ausgefallen? Nur einmal bestimmen die Zähne wirklich die Zeit: in der Kindheit. Aber dieses Bild verrät auch das nicht. Ich kann mich wirklich nicht erinnern. Der erste weiße Fleck.

Zu welchem Haus gehörte die Treppe? Ob das euer Haus ist, kann ich nicht sagen, da ich mich nur an kleine, scharf abgegrenzte Einzelheiten erinnere. Also keine Ahnung. Der zweite weiße Fleck. Und so weiter und so fort. Meine Kindheit.

An Stelle von Abendmärchen las Vater mir oft von den

Entdeckungsreisenden und den Forschungsexpeditionen der Royal Geographic Society vor. Vater erzählte von kühnen Männern, die ihre Familie und ihre Sippe verließen und, der Stimme des Blutes folgend, sich immer wieder in Wüsten und Urwälder begaben. Am liebsten hatte ich jene Engländer, die nach Jahren des Suchens, entstellt von Krankheiten, nahezu erblindet, halb taub und ohne Zeitgefühl endlich vor sich das große Wasser witterten, den Victoria-See, und von fern das Brausen der Wasserfälle vernahmen – und so wurde die Landkarte Afrikas wieder ein wenig vollständiger.

Aber bleiben wir bei euch, Aura und Hilja. Ihr seid ein Teil meiner nie endenden Geografieleidenschaft, meiner Entdeckungsreise, ihr seid ein Teil meiner Karte vom Heidenland.

Ich war einmal euer kleines Sommermädchen, euer bejammernswert dürres Sommermädchen in Janakkala, in einem Sommer Anfang der sechziger Jahre, nur in einem einzigen Sommer, so glaube ich, aber der ist unvergesslich. Ich träume immer noch von euch, die ihr euch niemals einen Mann aufgehalst habt, von euch und von dem Sommer, da ich aus irgendeinem Grund einige Zeit bei euch verbracht habe. Allein. Unerwartet. Seltsam. Ungewöhnlich. Warum?

Ihr wart Verwandte von Vater, oder? Auf welche Weise verwandt? Das ist mir nicht bekannt. Hatten Mutter und Vater damals gerade eine Ehekrise, so wie jeden Sommer während der großen Ferien? Oder erlebten sie die zweiten Flitterwochen? Versuchten sie, noch ein Geschwisterchen für mich zu produzieren, einen neuen Bruder an Stelle des verstorbenen? War ich aus dem Weg geräumt worden?

Wo war Mutter? Hab ich die Nächte hindurch geweint und ins Bett gemacht? Hab ich mein Essen wieder erbrochen? Hab ich bei euch in ewigen Bauchschmerzen geschwelgt? Alle meine Fragen sind so traurig.

Aura und Hilja, auch etwas Glückliches verbinde ich mit euch, neue Erlebnisse für mich, den Zögling eines städtischen

Fensterbretts, Strohduft, die Schafe mit ihren mechanisch mahlenden Kiefern hinter dem Stacheldraht, die schmale Tür des Hühnerstalls, aus dem ich frühmorgens in Hiljas rosa Flanellnachthaube einige Eier holen durfte.

Der trübe Hitzehimmel, der schmale Anleger, der See und die Insel und der Sägezahnrand des Inselwaldes, bei dessen Betrachten mich immer eine starke Gänsehaut überkam. Der morgendliche Ufersand, auf dem es keine anderen Spuren gab als die des Windes.

Und das dicke, knisternde Butterbrotpapier. In dem offenen Regal über eurem Herd, der mit Holz gefeuert wurde, lag hinter einem Leinenstoff die armdicke Rolle Butterbrotpapier. Und neben der Papierrolle eine runde Blechdose mit Rosenmuster voller Kristallpfefferkuchen; so stand es in schnörkeliger Schönschrift auf einem schmalen Papierstreifen, der auf die Seitenwand der Dose geklebt war: Kristallpfefferkuchen. Die waren wohl vom letzten Weihnachtsfest übrig geblieben oder von irgendeinem anderen, bei euch wusste man nie so genau. Es waren Pfefferkuchenfiguren und -schweinchen, die alle mit glitzernden Zuckerkristallen bestreut waren. Immer wenn ich auf dem Schemel stand und nach der Papierrolle langte, öffnete ich auch den Deckel der Dose und nahm mir einen Pfefferkuchen heraus. Einmal bemerktet ihr, dass ich nach der Dose sah, und erlaubtet mir, Pfefferkuchen zu nehmen. Und ich nahm, jedes Mal, wenn ich zeichnete, niemals sonst. Nur wenn ich zeichnete, nahm ich, und ich fand, das zarte Prasseln der Zuckerkristalle auf dem Papier klang so angenehm matt, so klein und schön.

Ein kräftiger Ruck am Butterbrotpapier und das scharfe Geräusch des Reißens, ein meterlanger Streifen schimmerndes Papier, das ich am Fußboden vor mir glättete. Und der Stift, ein großer, platter Bleistift, ein Zimmermannsbleistift, der einen dicken, weichen Strich machte und neben der Papierrolle auf dem Regal lag. Wer hatte ihn dort hinterlassen?

Die unebenen Dielen, über deren Ritzen der Bleistift sich durch das Papier drückte, auf dem Weg vom Brunnenpfad zum Komposthaufen hinter dem Schuppen. Den Trampelpfad zeichnete ich besonders sorgfältig, mit o markierte ich den alten Brunnen und mit x seine Lage zwischen Schuppen und Plumpsklo, den Himbeerabhang mit dem weichen Humusboden, wo man immer etwas Spannendes fand, wenn man danach grub.

Die Insel zeichnete ich oft, und gerade sie mit wachsender Vorliebe. Eine eigene Insel. Eine ebensolche wie die geheimnisvolle, mit hohen Fichten bewachsene, an eine Flugechse erinnernde, die man vom Ende des Anlegestegs her sah und auf der ich niemals gewesen bin.

Die Karten waren keine Schatzkarten, sondern Hauskarten, Karten von Privatgelände, die Insel wurde nur von mir bewohnt, von mir und den Tieren. Und wenn ich mein eigenes Haus und die Stallungen für die Tiere und die unterschiedlich hohen Einfriedungen und das kleine Blumenbeet gezeichnet und an den Kartenrändern entlang ein ausführliches Verzeichnis aller auf der Insel benötigten Gegenstände geschrieben hatte (die Liste erinnerte stark an das Verzeichnis der Gegenstände, die Robinson Crusoe aus dem zerschellten Schiff gerettet hatte), verspürte ich eine seltsam pulsierende Zufriedenheit, die ich als besonders angenehm irgendwo tief hinten im Becken empfand.

Die Landkarten auf Butterbrotpapier, Aura und Hilja, und irgendein ferner Sommer vor dreißig Jahren, ihr beiden altjüngferlichen Schwestern mit euern zerfurchten Gesichtern und euern schwieligen Fäusten, die kleine Küche und die rot karierten Vorhänge am Fenster, das tiefblaue Usambaraveilchen in dem schimmeligen Blumentopf aus roter Keramik, zwischen den Doppelfenstern einen Spaltbreit offen stehende Streichholzschachteln und leblos auf dem Rücken liegende Fliegen.

Abdichtungen aus vergilbter Watte, in der Lampe Spiralpapier, darauf ein Marienkäfer und ein aschgrauer Schmetterling mit nur einem Flügel.

Ein äußerst wichtiges Grunderlebnis meiner Kindheit, das mit euch zu tun hat, aber was für eins?

Die Mutterlosigkeit rund um die Uhr, das Schlafen allein? Eure eingefleischten Gewohnheiten und seltsamen Rituale, vor denen ich mich einerseits graulte und die mich andererseits faszinierten? Oder war es die ländliche Gegend, wo ich zum ersten Mal verstand, aus was für Dingen mein Leben in der Stadt eigentlich bestand?

Die schmalen Kieswege, auf denen die Schritte entschlossener klangen, als sie es eigentlich waren, der Wald, der seinen schwarzen Vorhang vor mir immer gleich überraschend unmittelbar nach dem Kartoffelacker zuzog? Und das wispernde Erlenwäldchen hinter dem Schuppen und die Espenwand, ein ganz und gar bebendes, grünes Mosaik, die wogende Landschaft des Waldrandes.

Dass wir hinter dem Schuppen nach Würmern gruben, zu keinem anderen Zweck, als um diese großen, fetten Regenwürmer zu bestaunen, und ich auch etwas fand, was ich nicht hätte finden sollen? Ist es Realität, dass ich den Zeigefinger eines Mannes ausgrub?

Einen Mann darf man niemals Wurm schimpfen, sagtet ihr mir, als ich etwas Dickes, Rosiges in der Hand anschleppte. Die Würmer sind gut und nützlich. Und mit dem Gewissen muss man sich regelmäßig unterhalten; sonst beginnt auch das sich zu winden, als wäre es an den Haken geraten.

Ist das wahr?

Und sonst? Habe ich schlecht gegessen? Mich übergeben? Litt ich schon damals an meinem allergischen Sommerschnupfen? An Enuresis nocturna? Ein Problem mit einem schönen Namen, war ich damals Bettnässerin?

Und habe ich tatsächlich bei euch das Schreckliche gelernt, von dem ich immer noch träume?

Ich legte mir einen großen, rotbraunen Oschi in den Mund, auf die Zunge, nachdem ich den größten Teil der Erde von ihm abgeschüttelt hatte, hielt die ganze Zeit den Mund offen, sodass man sehen konnte, wie er sich auf meiner Zunge rekelte und wand. In der Volksschule ging ich um die Ecke, um es zu tun, die Zuschauer durften einzeln kommen und mussten pro Minute eine Mark bezahlen. Wenn es klingelte, flog der Wurm in hohem Bogen heraus und das Erbrochene hinterher. Ich wurde angeraunzt, wenn ich als Letzte ins Haus wankte und nicht mit meiner Klasse in der Zweierreihe so wie die anderen.

Zu Hause steckte ich dann das verdiente Geld in den blau gefleckten Sparglobus, den ich in der Bank geschenkt bekommen hatte. Ist das wahr?

Was geschah sonst noch? Etwas, weswegen man mich ebenso plötzlich, wie ich gekommen war, wieder zurückschickte?

Mich eilig in den Zug packte und zurück nach Helsinki expedierte?

War der Grund dafür der alte Brunnen – dessen Deckel zugenagelt war, auf dessen morsch gewordenen Brettern ich tollkühn herumsprang und in dem es, wie ihr sagtet, nur nach verfaulten Schnecken und Fröschen stank?

Oder war es einfach nur die Trennung von Mutter? Die erste Trennung von Mutter? Meine bodenlose Sehnsucht?

Oder eure inbrünstige Religiosität, etwas, das man die alte Richtung nannte, und die anderen hießen die Gottlosen, besonders die Männer, Bestien in Menschengestalt, ewig auf Schnaps und Frauen aus?

Die kleinen fliegenden Blätter, die ihr mir, gleichsam verstohlen, ans Bett legtet? Ich konnte zwar schon lesen, aber die Sätze waren so fürchterlich lang und eigenartig. Am liebsten betrachtete ich die verschwommenen, gezeichneten Bilder von irgendwie aufgeregten Menschen mit flammenden Augen, und auf sehr vielen dieser Bilder ragte aus dem Himmel ein flammendes Schwert in Richtung Erde.

Abends, wenn ihr einen Psalm summtet, saßt ihr nebeneinander in euerm zweisitzigen Schaukelstuhl und schnittet euch mit der Schafschere nacheinander die Finger- und die Zehennägel. In einer Hand die Leier von Zion, die mit den hellbraunen Deckeln.

Aus der abgezogenen Rückenhaut des Sohnes von Haapoja, lächeltet ihr, wenn ich mit den Fingerspitzen über das weiche, rötliche Leder des Gesangbuchs strich, das Böse bekommt immer seinen Lohn.

Die Zähne, die langen gelben Zähne, von denen ihr noch zahllose hattet, die Parodontitis schon weit fortgeschritten, sicherlich wackelten sie, und die Zahnfleischtaschen waren empfindlich. Und die Dutts, die geflochtenen, dicken, platten Dutts an euerm Hinterkopf, gnubbelig wie Kalbsnieren.

Auch eure Haarnadeln, mit denen ihr morgens die Flechten zusammenstecktet, die ihr die Leblosen nanntet. Gab es an euch etwas, das ich nicht zitternd angesehen oder angehört hätte? Wer alte Geschichten aufwärmt, kriegt eins vor den Latz. Auch das hab ich von euch.

Vielleicht wurde ich aufs Land geschickt, damit ich kräftiger wurde, große, braune Eier, Roggenbrot und Kuhmilch – ich kann mir leicht den süßlichen Geruch, der mir fast die Besinnung nahm, vergegenwärtigen, weiß noch, wie es war, wenn die riesige Milchkanne geöffnet wurde und die Fliegen sie wie verrückt umsurrten. Eine grau getigerte Katze, so groß wie ein Hund, erschien aus dem Nichts und leckte sich die Lippen.

Die Kartoffeln werden im Mai gesetzt und im September geerntet. Im Juli blühen sie. Ihre weißen und blauroten Blüten zieren in langen Reihen die Furchen des Ackers wie Grabhügel, wie Heldengräber, aber es sind da nur Tüften, Tüften, sagtet ihr, als ich, meine Milchsuppe im Teller umrührend, aufs Feld hinausschaute.

Im Hinterzimmer auf der Kommode die zwei Bilder. Von Armi und Kyllikki. Von Kyllikki das Konfirmationsbild. Ich dachte, das seien irgendwelche Verwandten, ich fragte, und ihr lachtet. Die Bilder waren eher Beispiele, Mahnungen, warnende Beispiele.

Beides verschwundene Mädchen, verlorene Seelen, das eine von den irdischen Winden der Welt verweht, das andere in einem Sumpfloch verschwunden. So kann es den gottlosen Mädchen in dieser Welt ergehen.

Mich schauderte. Mein zweiter Vorname ist Kyllikki.

Die Jungen kehren zurück, die Mädchen niemals, sagtet ihr. In mir regte sich der Wunsch zu widersprechen, aber ich wusste nicht, wie.

Wie fürchtete ich mich doch vor eurer Kraft. Vor euerm allabendlichen Psalmengesang, dem fast Brechreiz erregend stark riechenden Roggenbrotteig in euern Händen. Morgens am Ufer zwischen Schmierseife und Waschbrett auf dem flachen, schwarzen Stein auch mein Höschenstapel. Ob ich euch zur Mühsal oder zur Freude gereichte, kann ich wirklich nicht sagen, jedenfalls kommt ihr, die große Milchkanne zwischen euch tragend, selbst in meine schönsten Träume gestapft, Aura und Hilja, flüstert mir mit eurer schrillen Stimme etwas ins Ohr, genau gleichzeitig, als wärt ihr ein und dieselbe Frau: prrrr, prrrrrr!

Einen Fernseher gab es bei euch nicht, aber in der Ecke des Schlafzimmers eine riesengroße, dunkelbraune Kantele, die richtig nach Mäusen stank, und wenn ich nachts auf alles mögliche Geraschel und Gepiepse in der Dunkelheit um mich herum horchte, dann versuchte ich mich an Zeichentrickfilme zu erinnern, die ich gesehen hatte.

Einer meiner Lieblingsfilme war der, wo ein Pinguin bibbernd auf einer Eisscholle hockt und sich nach der Wärme der Südsee sehnt. Nicht lange, und der Pinguin kommt tatsächlich ins Land seiner Träume, auf eine Insel mitten im warmen, blauen Wasser, wo die Palmen rauschen. Dort beginnt der Pinguin dann bald Bilder von der Antarktis an die Palmenstämme zu nageln, von eisig blauen Eisblöcken und Uferwassern, die von Eisnadeln gesäumt sind. Der Pinguin sehnt sich zuletzt so heftig nach seinem heimischen Eisfeld, dass er anfängt, ein Boot zu bauen, das ihn dorthin zurückbringen soll.

Ich hatte Angst vor dem Wasser, und besonders davor, in ein Boot zu steigen.

Am Saunaufer lag ein halb auf die dicken Kiefernwurzeln gezogenes Boot, oder ein Flachkahn, wie ihr sagtet. Vater ruderte damit das eine Mal zum gegenüberliegenden Ufer. Ich bin allein gekommen, sagte er. Mutter hat so schlimmes Asthma, sagte er, krempelte sich die Ärmel hoch und begann zu rudern, ruderte zu dem dunklen Wald hinüber. Ich winkte, bis mir das Handgelenk wehtat. Vater blickte beim Rudern so merkwürdig zur Seite, sein Rücken war schwarz vor Schweiß, und eine von euch beiden rief hinter mir mit heiserer Stimme, man dürfe das Ende des Anlegers nicht betreten, der Ruf schallte auf den See hinaus und kam von dort als vielfaches Echo zurück, ein Nähkränzchen von Echos, alle Frauen mit schriller Stimme waren derselben Meinung, und Vater war zu einem kleinen Punkt am gegenüberliegenden Ufer geworden, die Insel zog sich gerade die Dämmerung über wie ein blaues Nachthemd, Vater verschwand völlig aus meinem Gesichtskreis, und ich bekam plötzlich Sehnsucht nach Mutter.

[…]

Aura und Hilja, ich muss immer daran denken, was ihr hinter dem Schuppen von den Männern und den Würmern sagtet, wenn wir die Komposterde wendeten. Zum Ersten: Es lohnt sich für eine Frau nicht, in diesem Leben das Kreuz eines Mannes auf sich zu nehmen. Und zum Zweiten: Einen Mann darf man nie, nie Wurm nennen.

Ihr sagtet, Gott habe die Regenwürmer vom Anspruch der Schönheit und des Tötens befreit. Sie seien entlassen aus der Nutzlosigkeit und der Bosheit. Sie seien die teuersten, einzigartigsten unter den Tieren, sagtet ihr. Sie haben viele Herzen.

Als ich die Archive einiger Zeitungen, die Polizeiregister und die alten Protokolle des örtlichen Gemeindeamts durchging, fand ich euch endlich.

Euer Familienname sagt mir nichts, ihr wart Flüchtlinge, aber ihr seid mit meinem Vater nicht einmal über zehn Ecken verwandt, wie ich manchmal geargwöhnt hatte. Stattdessen hattet ihr einen Bruder, Toivo, ein Zimmermann, der verwundet aus dem Krieg heimkehrte, als veränderter, unruhiger Mann, wie es in den Papieren eines gewissenhaften Gemeindearztes hieß.

Als ich Vaters nachgelassene Fotos durchsah, fand ich ein Bild, auf dem eine Schar junger Leute im Waffenrock vor einem großen Gebäude in einer Reihe steht. Über den Kopf eines schmalgesichtigen, blonden Burschen hat jemand Toivo geschrieben und ein kleines schwarzes Kreuz gemalt. Der Jüngling ist sehr blond, sein strenges, knochiges Gesicht ähnelt euch. Neben ihm steht mein Vater mit aufgeräumter Miene.

In den Krieg sind sie niemals gezogen, mein Vater kam nach seinen eigenen Worten nicht dazu, auch nur einen einzigen Schuss abzufeuern. Aber mein Vater lernte Toivo kennen, einen anständigen Arbeiter. Von ihm erzählte Vater manchmal, da er keine anderen Kriegsgeschichten hatte.

Toivo gehörte zu den Männern, die schon in der Jugend tief ins Glas schauten. Zu den Männern, über denen man Psalmen sang und das räuberledergebundene Gesangbuch so in den Händen würgte, dass die Deckel zwei Knicks bekamen.

Nach seiner Rückkehr aus dem Krieg wohnte Toivo bei euch in dem Häuschen Janakkala, das man euch zugewiesen hatte als Entschädigung für das Haus in Laakkima, das hinter der Grenze zurückgeblieben war.

Und Toivo vertrank alles. Er fuhr auf einem selbst gebauten Moped nächtelang durch die Gegend, suchte die Speicher heim, prügelte sich in den Dörfern. Versuchte, den Gemeindesaal anzuzünden, und schlug dem Polizisten, der ihm eine Geldstrafe aufgebrummt hatte, die Fenster ein.

Sicherlich war Vater in seinen langen Sommerferien noch ein zweites Mal bei euch, um Toivo zu besuchen, jedoch kaum, um ihn zu beruhigen. In solchen Dingen war Vater nicht besonders gut.

Dann starb Toivo. Die Todesanzeige trägt das Datum des Vorabends von Johanni. Also ein Sonnenwendfeuer, Koskenkorva-Wodka, viele Flüche und ein See?

Aus den Papieren geht hervor, dass Toivos Leiche niemals gefunden wurde, obwohl man den kleinen See kreuz und quer abdraggte. Die Letzten, die ihn lebendig sahen, wart ihr, die großen Schwestern Aura und Hilja.

Ich habe in letzter Zeit die Landkarte von Janakkala studiert, sie in der Hand hin und her gedreht, versucht herauszufinden, auf welcher Seite von welchem See ich gewesen bin. Viele neue und fast neue Wege schlängeln sich an den Ufern vieler kleiner Seen entlang – aber an welcher Stelle mag euer kleines Haus in jenem Sommer in den sechziger Jahren, bevor ich zur Schule kam, gestanden haben? Denn dieser Sommer muss es gewesen sein, der letzte Kindheitssommer.

Die Faltstellen meiner Landkarte sind weiß, verschlissen und fusselig, die Ecken schon durchgestoßen, aber immer noch suche ich den See, oder war es doch nur ein Weiher, ein Gewässer, so klein, dass es gar nicht auf der Karte verzeichnet ist, am Ende eines langen, schmalen Stegs, vor über dreißig Jahren.

Ich zeichnete die Insel auf Butterbrotpapier und den Wald und die Tiere, mit denen ich den Rest meines Lebens glücklich verbringen würde. Ich wischte mir den dicken, sahnigen Milchbart von der Oberlippe, schnurpste mit Kristallzucker bestreute Pfefferkuchen, wischte die funkelnden Kristalle mit der Handkante vom Papier, leckte zuletzt meine süße Haut ab, und wenn sie nicht gestorben sind, dann leben sie noch heute.

Leena Lander

Der Wolf

Auf dem Heimweg sah ich einen Wolf. In seinem grauen Pelz funkelten gefrorene Wassertropfen, kleine Eiszapfen, die matt gegeneinanderklirrten, wenn das Tier sich bewegte. Es saß am Waldrand, ganz ruhig, obwohl es mich sah.

Es ist von irgendeiner anderen Insel oder vom Festland her über das Eis gekommen, dachte ich. Vielleicht war es in ein Eisloch gefallen und hatte sich dank seiner scharfen Krallen und seiner unglaublichen Kräfte wieder herausgearbeitet. Und jetzt war es so müde, daß es sich nicht mehr rühren konnte.

Der Schnee stiebte in kleinen Wirbeln zwischen mir und dem Wolf, aber das Tier blieb unter dem Wind, und das Pferd bekam keine Witterung von ihm. Träge wandte der Wolf den Kopf, die Eisglocken in seinem Pelz ließen den Anfang einer Melodie ertönen.

Ich hatte keine Angst. Trotzig dachte ich: Ich werde ihn erschießen! Dann würde ich den Kadaver den Ungläubigen vor die Füße werfen. Der Mann, der den Wolf getötet hat! Vielleicht hatte sich die Kunde davon, daß das Raubtier unterwegs war, schon verbreitet? Vielleicht hielten die Eltern schon in diesem Augenblick ihre Kinder aus Furcht vor dem Wolf hinter Schloß und Riegel im Hause? Welches Glück, daß ich allein war, denn dies war die Arbeit eines einzigen Mannes!

Der Wolf gähnte, als ich mich nach hinten beugte, um das Steinschloßgewehr unter dem Fell hervorzuziehen. Das Gähnen war ein Täuschungsmanöver, eine für den Wolf typische

Geste, um den Gegner zu demütigen. Das tiefe Gähnen ließ seine Kiefer erzittern, der graue Hals streckte sich lang, die Eiszapfen klirrten gegeneinander. Er hatte keine Angst vor mir und warf mir schläfrig-verwunderte Blicke zu: Warum gehst du nicht vorüber, solange du es noch kannst?

Nein. Ich dürstete nach Blut, ich wollte meine Kugel in seinen hochmütigen, silbrig glänzenden Pelz versenken. Er setzte sich. Es war, als hielten die Schneewirbel ihn an seinem Platz fest. Er hat keinerlei Chance, dachte ich.

Ich bekam die Waffe nicht zu fassen, sie lag weiter hinten. Das Pferd schnaubte, aber nicht vor Angst. Es wollte weiter, ihm war kalt, es spürte erregt die Nähe des Stalls. Ich hätte mich umdrehen müssen, um das Steinschloßgewehr in die Hand zu nehmen, aber die Unbekümmertheit des Raubtiers ärgerte mich. Ein Wolf ist nicht dumm, warum verhielt sich dieses Tier so unvernünftig?

Der Isegrim sah nicht mehr zu mir her, er wandte den Kopf, um etwas abzuschätzen, das sich auf der anderen Seite von uns befand. Noch mehr Wölfe! War das möglich? Natürlich war es das, sie bewegten sich im Rudel, und ich war die ganze Zeit Gegenstand ihrer Beobachtung gewesen. Ich war nicht der Jäger, sondern der Gejagte! Ich würde es nie und nimmer schaffen bis zum Steinschloßgewehr, bei der ersten unbedachten Bewegung würden sich die hinter mir im Schneesturm unsichtbar japsenden Tiere auf mich stürzen.

Klatschend zog ich dem Pferd die Peitsche über. Rasch, rasch, wir hatten eine geringe Chance zu überleben. Eine verschwindend geringe, aber wenn das Pferd nicht schlapp machte, waren wir gerettet. Die Wölfe waren im Rudel über das Eis gekommen, als eine graue, hungrige Front mitten in der Nacht, als niemand es sah. Das Tier, das ich gesehen hatte, war das Leittier; es war ins Wasser gefallen, was bedeutete, daß es vorangegangen war. Und wenn nun das ganze Rudel ins Wasser gefallen war und nur das Leittier überlebt hatte!? Aber das hieße ja ...!

Als ich mich umdrehte, stiebten hinter mir die Schneewirbel, am weißen Himmel zeichnete sich ein roter Fleck ab wie das einsame Auge eines Riesenalbinos. Keine Wolfsrachen, nur die Spuren von einem Schlitten und Pferdehufen im Schnee. Welche Erleichterung, welche Schande!

Als ich die Geschwindigkeit auf das normale Tempo drosselte, verspürte ich schneidende Leibschmerzen. Zuerst dachte ich, ich würde es bis nach Hause schaffen, aber das Rumoren in meinem Bauch wurde immer schlimmer. Ich mußte einen Entschluß fassen, bevor ich den Waldrand erreichte, auf der Dorfstraße würde es nicht mehr gehen! Der Wind hatte sich gelegt, es war, als habe er die Schneevorhänge vor dem sogleich beginnenden Schauspiel beiseite ziehen wollen.

Ich brachte das Pferd zum Stehen. Der Schreck von vorhin hielt mich davon ab, es an einen Baum zu binden und in den Wald zu gehen. So hielt ich die Zügel fest und hockte mich neben den Hinterbeinen des Pferdes hin. Ich klemmte den Umhang aus Otternfell unter die Achseln und ließ die Hosen herunter. Jetzt fehlte zu meiner Demütigung nur noch, daß jemand im Wald stand und mich sah, dachte ich. Der Kreisrichter mit Durchfall auf Dienstreise! Trotz der Schmerzen mußte ich lachen. Zum Glück ist der Knecht nicht mit, dies ist das Geschäft eines einzigen Mannes! sagte ich mir und lachte schallend in den stillen Abend hinein.

Zwischen den Beinen des Pferdes hindurch sah ich einen verschneiten Weiher, an dem ich viele Male vorbeigefahren war, ohne ihn zu bemerken. Aus dem Weiher ragten bereiftes Röhricht und Stöcker heraus, die die Kinder dort in den Schnee gesteckt hatten. Sie waren kaltblau und sehr schön. Ich hörte auf zu lachen, während ich sie bewunderte. Sie beruhigten mich. Ich spürte nicht den kalten Wind an meinem Hinterteil, und auch das Rumoren im Bauch ließ allmählich nach. Ich war beklagenswert. Selbst totes Gras hat mehr Würde als der Mensch!

Das Pferd wandte den Kopf und trat auf der Stelle.

Aus Mitgefühl ließ es dampfende Äpfel neben mir fallen, und mir blieb nichts anderes übrig, als die verblüffende Dehnung seines Afters und das gemächliche Fallen dessen, was es daraus hervorschob, zu beobachten. Ich schämte mich, die Stute nicht! Der Mensch tut so vieles gerade deshalb, weil er Sklave gemeiner Funktionen ist. Wenn in diesem Augenblick der Wolf gekommen wäre, falls er mich doch verfolgt haben sollte, hätte ich ihn eher seine Zähne in mein nacktes Hinterteil schlagen lassen, als daß ich mir die Hosen besudelt hätte, um mein Leben zu retten. In einer solchen Verfassung hätte ich nicht nach Hause gehen können; das Gelächter darüber hätte kein Ende genommen.

[…]

Das Schilf schwankte blaurot. Zufrieden seufzend stand ich auf. Ich schloß meine Hosen. Ich hatte mich also doch nicht besudelt.

Aleksis Kivi

Winterspiele am Impivaara

Endlich war das Blockhaus der Brüder fertig. Es war neun Meter lang und fünf Meter breit. Rechts befand sich eine große ofenartige Feuerstelle aus Feldsteinen, links war ein Winterstall für den Wallach Valko eingebaut. Von der Schwelle fast bis zur Mitte des Raums war der nackte Boden mit Tannenzweigen bedeckt, dahinter aber war ein prächtiger Fußboden aus breiten Dielenbalken zusammengefügt, und darüber erhob sich eine Pritsche zum Liegen. Die Brüder benutzten nämlich ihr neues Haus als Wohnstube und auch als Sauna. Etwa zwanzig Schritte vom Wohngebäude stand ihr Speicher, der aus locker verbundenen ungeschälten Fichtenstangen gefügt war.

So hatten die Brüder ein schützendes Dach gegen Regen, Sturm und Winterkälte und außerdem einen Vorratsschuppen für ihre Lebensmittel. Nun konnten sie sich mit allem Eifer der Jagd und dem Fang von allerlei Tieren widmen. Jetzt drohte Verderben den Auerhühnern, dem Birk- und Haselwild, den Hasen, Eichhörnchen und sturen Dachsen ebenso wie den Wildenten und Fischen vom Ilvesjärvi. Da hallten die Höhen und endlosen Fichtenwälder vom wütenden Kläffen der Hunde Killi und Kiiski und vom Knallen der Büchsen wider. Dann und wann streckten die Kugeln der Brüder auch einen zottelhaarigen Bären nieder; aber es war noch nicht die rechte Schußzeit für die Honigtatze gekommen.

Es nahte der nachtfrostreiche Herbst, und die Heuschrecken, Eidechsen und Frösche gingen ein oder flüchteten in ihre tiefen Verstecke, und es war Zeit, mit scharfen Schlagfallen Füchse zu fangen. Diese Kunst hatten die Brüder vom Vater gelernt. Jetzt mußte mancher flinkfüßige Reineke einen duftenden Bissen mit seinem feinen Fell bezahlen.

Wie man weiß, treten die Hasen im Wald auf ihren Wechseln Spuren in den weichen Schnee, und an diesen Wechseln legten die Brüder Hunderte von Messingdrahtschlingen aus, manchem weißen Hasenpelzchen zum Verderben. Außerdem hatten sie sich in der buschreichen Senke am Ostrand der Schwende ein ausgezeichnetes Fanggatter für Wölfe gebaut. Und ebenfalls für den Wolfsfang hatten sie ein Stück vom Haus entfernt in einem trockenen Sandgebiet noch eine mächtig tiefe Grube ausgehoben. Manchen hungrigen Wolf lockte ein Braten in die feste Einfriedung; und wenn die Brüder merkten, daß die Beute in der Klemme saß, dann hub in finsterer Herbstnacht im Gehege das Lärmen und Krachen an. Dann stand einer der Brüder mit der Büchse an der Umzäunung und streckte das rauhhaarige Raubtier mit einer Kugel nieder, während neben ihm ein anderer mit der flackernden Kienholzfackel leuchtete. Andere halfen Killi und Kiiski, die bösschnäuzigen, zähnefletschenden Bestien aus dem Dickicht zu scheuchen, indem sie Kienfackeln hin und her schwenkten. Es gab einen Heidenlärm – die Männer schrien, die Hunde tobten, die Büchsen knallten, und unaufhörlich dröhnten der Urwald und die zerklüftete Wand des Impivaara. Der Schnee wurde schmutzig bei dem Getümmel, rötete sich mehr und mehr, wurde nach tausend Seiten hin zerstampft, bis schließlich alle langgeschwänzten Gesellen in ihrem Blut lagen. Und nun mußten sich die Brüder wieder anstrengen und mühen, denn die Beute wollte ja noch abgezogen werden, doch diese Arbeit war ihnen außerordentlich angenehm. – Auch in die Grube am Westrand der Schwende im Wald stürzte das eine oder andere Schiefauge.

Eines Morgens in aller Frühe, als die anderen noch schliefen, ging Timo, um nach der zum Fang bereiten Grube zu sehen, deren halb eingedrückte Decke ihm schon von weitem Gutes verhieß. Am Grubenrand angelangt, entdeckten seine strahlenden Augen tief unten tatsächlich undeutlich ein Wesen; er sah einen stattlichen Wolf, der, die Schnauze auf den Boden gedrückt, unbeweglich dalag und den Mann oben anschielte.

Was nahm sich Timo jetzt wohl vor? Er gedachte den Wolf allein umzubringen und dann, zum großen Vergnügen der anderen, mit der zottigen Last auf dem Rücken in die Stube zu treten. Er machte sich ans Werk, holte die Leiter von der Hauswand, stellte sie vorsichtig in die Grube und stieg, mit einer Holzkeule bewaffnet, die Sprossen hinab, denn er wollte dem Raubtier den Schädel zerschmettern. Immer wieder schwang er seine Keule, biß die Zähne zusammen, doch er traf stets nur ins Leere. Blitzschnell wich der Wolf mit dem Kopf aus, sprang nach rechts und nach links, sobald der Mann mit seiner unhandlichen Waffe zuschlug. Schließlich rutschte ihm die Keule beim Zuschlagen aus der Hand, und er wußte sich nicht anders zu helfen, als hochzuklettern und heimzurennen und den anderen zu melden, was vorgefallen war.

Schnell versahen sich die Brüder mit Stangen, Stricken und Schnüren und eilten, um ihre Beute zu fangen. Aber als sie ankamen, war die Grube leer. Auf der Leiter, die Timo in der Grube gelassen hatte, war ihr Wolf hübsch hochgeklettert und ausgerissen, froh über sein Glück. Das sahen die Brüder sofort, und fluchend und zähneknirschend suchten ihre wütenden Blicke jetzt Timo; doch der war auch nicht mehr zu fassen. Er rannte schon zum Waldrand, wo ihn bald die Kiefern schützend aufnahmen. Er wußte, daß es nicht ratsam war, zu bleiben und die Sache näher zu erörtern. Die anderen aber schrien ihm mit erhobenen Fäusten nach, gelobten, ihn von oben bis unten zu Mus zu dreschen, falls er es wagen sollte, die Haustür aufzumachen. So drohten sie, verließen schmollend und grollend die Grube und wanderten zurück zum Haus. Der geflohene Timo aber irrte im Wald umher, und die Brüder begannen ihr Verhalten gegen ihn bald zu bereuen und sahen ein, daß der Reinfall eine Folge seines Unverstandes und kein böser Streich von ihm gewesen war. Darum stieg Juhani noch vor Abend auf den Kamm des Impivaara, schrie mit lauter Stimme nach allen Himmelsrichtungen, rief Timo an, beteuerte und beschwor, er brauche keine Angst zu haben, wenn er sofort heimkehre. So rief er, und bald darauf kam Timo heim, schielte mißtrauisch und machte wilde Augen. Ohne eine Silbe zu sprechen, entkleidete er sich, ließ sich auf sein Lager nieder und schnarchte bald in tiefem Schlaf.

Gekommen war auch die günstigste Zeit für die Bärenjagd. Jetzt nahmen die Brüder ihre Spieße, luden ihre Gewehre mit schweren Kugeln und machten sich auf, den Fürsten der Wildmark zu wecken, der schon in seinem dunklen Bau tief unter schneeschweren Tannen träumte. Und ihre Flinten brachten manchen großschnäuzigen Bären zur Strecke, wenn er grimmig aus seiner stillen Klause ausbrach. Dann entbrannte oft ein hitziger Kampf, der Schnee wirbelte weit umher und färbte sich blutigrot, denn Wunden gab es auf beiden Seiten. So tobte der Kampf, bis sich das rauhhaarige Ungeheuer nicht mehr regte. Waren die Brüder aber mit ihrer Beute fröhlich heimgekehrt, dann salbten sie ihre Wunden mit einem Balsam, der aus Branntwein, Salz, Schießpulver und Schwefelmehl zusammengerührt war. Damit rieben sie ihre Wunden ein und strichen gelbbraunen Teer darüber.

So holten sie sich ihre Nahrung aus der Wildmark und dem hügeligen Laubwalddickicht und füllten ihren Vorratsschuppen mit allerlei Wild, mit Vögeln, Hasen, Dachsen und Bärenfleisch. Auch für das Winterfutter des alten braunen Valko hatten sie gesorgt. Dort am Bruchrand sah man einen stattlichen Schober voll Heu, mit der Sichel gemäht und sauber geschichtet, der für den ganzen Winter reichen würde. Holz zum Heizen ihrer Stube war ebenfalls nicht vergessen worden. Am Speicher stand ein ansehnlicher Stapel Brennholz, und an der

Hauswand häuften sich noch Kienstubben wie Elchgeweihe, zu einem Berg, der bis an die Traufe reichte. So ausgerüstet, konnten sie dem reifbärtigen Winter getrost entgegensehen.

Ilmari Kianto

Der Verfolgte

Hundert Meilen nördlich von Petersburg, in der trostlosen Einöde Kareliens, in einem Gebiet mit Bären und Mooren, dort, wo das Volk seiner Herkunft nach weder russisch noch ausgesprochen finnisch ist, dort, wo Elias Lönnrot die stolzen Gesänge des Volksepos Kalevala fand – was für ein Hohn des Schicksals? –, selbst dort, in jenem abgeschiedenen Winkel der Natur, verfolgt zu sein, bewacht zu werden, »unter Polizeiaufsicht« zu leben!

Der trunksüchtige Pfarrer und der tückische Gendarm die einzigen, die deine Muttersprache verstehen – dieselbe Sprache, in der ein Leo Tolstoi und ein Maxim Gorki die warme Stimme der Menschlichkeit sprechen ließen …

Unerträglich! Fürchterlich! Seelenmordend!

Nein, nein! Davon muß sich der Mensch befreien! Los davon, fort – koste es, was es wolle!

Und er, der junge, schmächtige Student, besticht seine Wärter mit dem letzten Geld, mit dem einzigen Geld, das er tränenfeucht von seiner armen Mutter bekam – damals, als man ihn von der Universität fortjagte …

Und in einer stürmischen, stockfinsteren Herbstnacht beginnt er in Richtung auf die westliche Grenze zu fliehen, unbekannten Abenteuern entgegen, denn nach Südosten zu, nach Hause – das wäre Wahnsinn, das wäre das gleiche, als sich dem Raubtier geradewegs in den Rachen zu stürzen. Also nicht dahin, nicht dorthin! Nach Finnland, wo die Freiheit winkt, dorthin, ja dorthin! Dorthin hat sich der hochsinnige Kropotkin einmal gerettet, dort haben Tausende von Geistesverwandten die Freiheit gefunden.

Warum sollte es ihm nicht auch gelingen? Warum nicht auch ihm? Leb wohl, Vaterland, leb wohl, du widerspruchsvolles Land der Balalaika und der Kerker!

Er, der Flüchtling in der Herbstnacht, preßt erbittert die Hand an die Revolvertasche und eilt auf dem Waldweg einer siegverheißenden Zukunft entgegen. Und ihn schreckt nicht das Brummen der Bären in den Urwaldschluchten, nicht das schaurige Heulen des Sturmes in den Wipfeln der Sumpfföhren. Aber die Menschen, die Menschen, ja die versetzen ihn in Schrecken, und jeden Augenblick ist ihm so, als höre er hinter seinem Rücken Sporen im Galopp klirren. Gott, ach Gott!

Er eilt des Nachts, er läuft tagsüber, sinkt erschöpft in einer Waldsauna zum Schlaf nieder, rudert über unbekannte Gewässer mit einem Boot, das er manchmal unterwegs findet, verirrt sich und trifft wieder auf den Weg und wagt es, in einem karelischen Dorf um Essen zu betteln.

»Wo kommst du her, ehrbarer Bruder?« forschen die karelischen Weiber, aber er gibt keine Auskunft über seine Wanderung, und bald verbreitet sich das Gerücht, jemand sei ins Dorf gekommen, der nur seine fremde Muttersprache spräche, der nur den Mund aufmache und mit der Hand auf seinen Bauch zeige.

Da kommt schon mit lautem Getue der Dorfpolizist angestiefelt und bedrängt ihn von Amts wegen: »Paswoljte wasch pasport?«

Aber der Verfolgte zeigt seinen Paß nicht, sondern drückt dem Neugierigen seine Taschenuhr in die Hand, lächelt zur Antwort ein klägliches Lächeln, ißt den Breitopf bis auf den Grund leer wie ein hungriger Hund und findet – Gott sei Dank – von den freundlichen Frauen geleitet seinen Weg, dorthin, »wo es nach Schweden geht«.

Er kommt unangefochten über die Grenze, die als breiter Streifen seinen Weg kreuzt, nach Finnland. Nicht eine einzige Behausung sieht er im Grenzgebiet, und mit freudigen Gefühlen schreitet sein Fuß über die mit Heidekraut bewachsenen Lichtungen des Waldes, der wie zum Gruß dumpf unter seinen Füßen hallt.

»Gerettet!« ruft es in ihm, und mit klopfendem Herzen eilt er vorwärts. Dennoch traut er sich noch nicht in das erste Haus hinein, sondern schleicht um die Zäune, überläßt sich dem Kompaß und wandert etwa eine Meile weiter.

»Der finnische Bauer ist gebildeter als der russische«, er erinnert sich daran, das in irgendeinem Buch gelesen zu haben, »das finnische Volk ist ein ehrliches und sehr gastfreundliches Volk.« Also, nur keine Sorge, keine Angst!

Aber als er dann in ein finnisches Haus tritt, da beißt ihn ein finnischer Hund böse ins Bein, niemand heißt ihn willkommen, die Bäuerin wirft ihm einen abweisenden Blick zu und der Hausherr fährt hoch: »Verfluchter Russe!« Das versteht er, er begreift, daß dies Wort nichts Gutes bedeutet.

Er bekommt mißtrauische Führer, die ihm als Preis für ihr Geleit den Revolver rauben, den letzten Schutz, und ihn »Staatsverbrecher« und »Mörder« schimpfen.

So ausgeplündert, ohne einen Pfennig Geld, ohne eine Waffe zur Verteidigung, kommt er in das erste finnische Kirchdorf und hofft, dort gebildete Menschen zu finden, die ihn auch ein wenig verstehen.

Er wendet sich an den Pfarrer, der ihm als sprachkundig empfohlen war, schreibt seinen Namen auf ein Papier, schreibt mit deutlicher und ausgeschriebener Handschrift, erklärt …

Was bekommt er zur Antwort? Getuschel, verdrießliches Ächzen, argwöhnische Blicke! Nicht das geringste Interesse, nicht das kleinste Entgegenkommen erweckt dieser fremde Landstreicher bei dem Mann, der doch eine finnische Akademie besucht hat. Man begreift nichts und bringt es übers Herz, ihm, dem Christen, nicht einmal eine gewöhnliche Mahlzeit anzubieten.

Warum handelt der Pfarrer so? Vielleicht hat er in irgendeiner großen finnischen Zeitung von »ruchlosen Leuten« im heiligen russischen Reich gelesen und glaubt nun, daß hier solch ein infamer Aufrührer vor ihm im Staub herumkriecht. Hülfe man so einem, stünde man schließlich eines Tages selbst ohne Brot auf der Straße! Wie gut, daß man den Strolch wenigstens schon mit einem bedeutungsvollen Räuspern loswerden kann!

Der Flüchtling wendet sich an den feisten Kaufmann. Der ist gerade betrunken und empfängt den russischen Studenten mit rohen Worten, hält sich selbst für einen großen Herrn. »Straßenräuber! Staatsfeind!«

Oh, du dummstolze Hochnäsigkeit eines finnischen Bauern! Pfui, du Aufgeblasenheit, die du in unseren Volksliedern so sorgsam übergangen wirst!

Eine Tasse gesalzenen Kaffee läßt der Landkaufmann dem »Straßenräuber« immerhin in die Stube reichen, aber Bezahlung wollte er auch dafür haben.

Der Flüchtling ist niedergeschlagen, er hofft noch, hofft ...

Er wendet sich dem einsamen Posthaus zu, das im Wald stehen soll, um irgend jemand irgend etwas zu schreiben, sicher etwas sehr Wichtiges, wovon die Rettung seines Lebens abhängt.

Er ist schon dicht am Zaun seines Zieles, als die Postverwalterin selbst ihm entgegenkommt.

Der Flüchtling wiederholt seine Frage: »Wo hier Posthaus?«

Das Postfräulein, dem man das Gerücht von einem Straßenräuber gerade zugetragen hat, erschrickt über den fremden Fragesteller, dessen Augen ihr so seltsam entgegenflimmern, und weist ihn aus Furcht – in die entgegengesetzte Richtung. »Wot tuda!«

Zwar verspürt das Postfräulein heftige Gewissensbisse wegen dieser Lüge, aber der Flüchtling ist schon auf und davon, wandert eine Werst, eine zweite in ganz falscher Richtung – und wird niemals mehr das Posthaus finden.

Er schleicht in ein großes Herrenhaus, und da er begreift, daß er mit dem Posthaus irregeführt wurde, erkundigt er sich nach dem nächsten Weg in die Stadt. Der Knecht, der zufällig jenseits der Grenze gedient hat, beschreibt dem Fremden den Weg, hält es aber nicht für der Mühe wert, sicherheitshalber selbst ein Stück mitzugehen oder wenigstens hinauszugehen und ihm die Richtung zu zeigen.

Wieder gerät der Flüchtling auf einen falschen Weg und kommt an das Ufer eines großen Sees. Aus den Worten des Knechts hat er entnommen, daß man dort so lange warten muß, bis jemand mit einem Boot kommt und einen auf die andere Seite übersetzt. Aber es kommt niemand.

Der Herbstabend dunkelt schon, und eintönig schlagen die Wellen an das unwirtliche Ufer. Die Nacht bricht herein, niemand ist zu sehen! Der Wind heult in den Spitzen der flechtenbehangenen Tannen.

Der Flüchtling kriecht in einen stockdunklen Schuppen am Ufer und kauert sich in einer Ecke auf Segelfetzen zusammen – hungrig, innerlich zerbrochen. Dort liegt er zitternd die ganze Nacht über und kehrt am Morgen zurück, um noch einmal mit demselben Knecht zu sprechen.

Drinnen die Herrschaft weiß nichts von der Sache. Die Söhne, die mehrere Sprachen können, sind irgendwo in der Welt, und dem jungen Fräulein hat der liederliche Knecht nichts von einem Fremden gesagt. Sie würden vielleicht helfen, wenn sie etwas ahnten!

Schließlich bringt der Knecht den Flüchtling auf den rechten Weg, und über seine weiteren Erlebnisse vermag niemand etwas zu sagen.

Rettete er sich? Gelang es ihm nicht?

Aber nach zwei Wochen liest man in der Presse eine kleine Notiz, daß irgendwo im Wald am Ufergelände des riesigen

Oulusees die Leiche eines unbekannten Mannes gefunden wurde.

Und nun fragt der Menschenfreund: Was für schreckliche Dinge hat dieser junge Student in seinem Leben wohl verbrochen, daß er soviel leiden und vielleicht vor Hunger sterben mußte in dem Land, das in der Welt einen so ausgezeichneten Ruf besitzt?

Hat er vielleicht einmal in der Hauptstadt seines Landes auf die Polizei gepfiffen? Schwenkte er vielleicht ein feuerrotes Taschentuch im Überschwang der Jugend? Oder rief er vielleicht auf einem Platz inmitten einer großen Menschenmenge: »Nieder mit dem Zaren!« oder irgend etwas Ähnliches?

Wenn er so etwas tat – und gewiß nicht ohne Grund –, dann gehört es sich, daß wir fragen: Wieso läßt ein guter Gott es zu, daß die Dummheit auf dieser Welt so gewaltige Blüten treibt?

Arto Paasilinna

Der Sommer der lachenden Kühe

In Finnland hatte der Sommer Einzug gehalten, das ganze Land und das ganze Volk lebten auf. Die Wasser waren vom Eis befreit, die Menschen erwacht. Die Sonne schien, der Wind säuselte. Irgendwo in Lestijärvi buk eine Mutter Schnecken, irgendwo bei Kokkola verursachte ein betrunkener Autofahrer einen tödlichen Unfall. Eben das übliche frühsommerliche Treiben.

Der Taxifahrer Seppo Sorjonen hatte an diesem Tag einen Kunden aus dem Stadtzentrum von Helsinki nach Otaniemi gefahren. Er schwitzte, im Auto roch es muffig von den Fahrten der vergangenen Nacht.

[...]

Man fühlt sich ziemlich verlassen, wenn man nicht weiß, wer man ist, wo man herkommt und wo man hinwill.

So erging es Taavetti Rytkönen, achtundsechzig Jahre alt. Er war unterwegs, konnte jedoch nicht sagen, zu welchem Ziel, und auch nicht, wo sein Ausgangspunkt gewesen war.

Er hatte gerade das Tapiolaer Kontor der Nationalbank verlassen. Dort hatte er seine Brieftasche mit seinen Ausweispapieren liegen lassen, doch das Geld, das er am Schalter in Empfang genommen hatte, hatte er immerhin eingesteckt. Die Summe war durchaus nicht gering, es handelte sich um Tausendmarkscheine in einem Bündel, anderthalb Zentimeter dick und von einem Gummiband zusammengehalten. Zu welchem Zweck er eine so große Summe abgehoben hatte, wusste er nicht mehr und auch nicht, dass er soeben sein Konto abgeräumt hatte.

Rytkönen war auf den Straßen und Plätzen von Tapiola umhergeirrt und hatte versucht, sich zu erinnern, zu welchem Zweck er unterwegs war. Er war nervös geworden und hatte Angst bekommen. Er hatte seinen Schlips gelockert. Wusste er überhaupt noch seinen eigenen Namen? Taavetti … Taavetti Rytkönen, so hieß er! Gott sei Dank. Er war sehr erleichtert, dass ihm wenigstens sein Name wieder eingefallen war.

Der alte Mann hatte gemerkt, dass er auf einen großen Platz voller Autos gelangt war. Der Ort kam ihm bekannt vor. Der Schlips hatte ihm lose auf der Brust gebaumelt. Er hatte ihn ärgerlich abgenommen und war in Richtung Otsolahti losmarschiert. Bald hatte er bemerkt, dass er so nicht korrekt gekleidet war, und beschlossen, den Schlips wieder umzubinden. Doch das war gar nicht so einfach. Wie machte man das noch gleich? Wie mussten die Enden der Krawatte miteinander verschlungen werden, damit ein korrekter doppelter Knoten entstand? Rytkönen hatte krampfhaft versucht, sich zu erinnern.

Nun stand Taavetti Rytkönen also mitten auf der Fahrbahn und mühte sich mit seiner Krawatte ab. Mal wurde der Knoten zu dick, mal geriet er an die falsche Stelle. Rytkönen fragte sich wütend, welcher Idiot sich eigentlich den ganzen blöden Krawattenzwang ausgedacht hatte. Hunderte Millionen Männer mussten sich jeden Morgen einen nutzlosen Lappen um den Hals binden, ehe sie zur Arbeit gingen. Wenn einer keinen Schlips trug, schloss man daraus, dass er weniger Lohn bekam als jene, die sich dem Lappen fügten. Das Ding verursachte nur Mühe und Arbeit, und außerdem sah es lächerlich aus. Idiotisch. Genauso gut könnten die Männer eine Wetterfahne am Hut tragen. Aber ein Gentleman ging nicht ohne Krawatte aus dem Haus, so viel war klar.

Seppo Sorjonen bekam allmählich Bedenken wegen der Autoschlange, die sich hinter ihm gebildet hatte. Er stieg aus und trat zu dem grau gekleideten Herrn.

»Kann ich Ihnen vielleicht helfen?«

Taavetti Rytkönen war erfreut. Er legte den Kopf in den Nacken und ließ Sorjonen den Schlips zu Ende binden. Der Blick des alten Mannes war fügsam.

»Hier hat man keinen Spiegel, und ohne den klappt es nicht ... Man sieht seinen Hals einfach nicht.«

Taavetti Rytkönen, ein Mann vom alten Schlag, machte höflich Konversation. Als der Schlips endlich saß, ließ sich Rytkönen ohne Umschweife auf den Rücksitz des Taxis fallen. Erleichtert schloss er die Augen.

»Wo soll's hingehen?«, fragte Sorjonen.

»Egal, einfach vorwärts.«

Sie fuhren los. Der lange Stau löste sich auf. Sorjonen betrachtete seinen Fahrgast im Rückspiegel. Der Mann wirkte seriös, aber er hatte sich anscheinend noch nicht für ein Ziel entschieden. Mit dem psychologischen Gespür eines Taxifahrers beschloss Sorjonen, dass der Alte wohl ein wenig sonderbar war, ihn aber vermutlich nicht übers Ohr hauen wollte. Sorjonen wartete ab.

Taavetti Rytkönen konnte sich nicht recht entschließen, wohin er fahren sollte. Der Fahrer starrte ihn im Spiegel an, das machte ihn nervös.

[...]

Taavetti Rytkönen wurde ungehalten. Was, zum Teufel, ging es den Fahrer an, wohin er wollte. Er fand, ein freier finnischer Mann habe das Recht, mit dem Taxi bis in den hintersten Winkel des Landes zu fahren. Die Aufgabe des Chauffeurs war lediglich das Steuern des Fahrzeugs. Also sollte er gefälligst Vollgas geben, solange er vier Räder unter dem Hintern hatte und der Tank voll war. Und für den Fall, dass das Benzin ausgehen sollte, gab es schließlich Tankstellen.

Schweigend fuhren sie in nördliche Richtung. Taavetti Rytkönen war erleichtert. Jetzt war er unterwegs, es geschah etwas, er fühlte sich sicher. Vom gleichmäßigen Fahrgeräusch wurde er müde und schlief auf dem Rücksitz ein.

Seppo Sorjonen genoss die Fahrt über Land, es tat gut, die ewigen Helsinkier Staus einmal hinter sich zu lassen. Er fuhr seit einem Jahr Taxi, und die Arbeit gefiel ihm nicht besonders gut. Vor allem die Nachtschichten waren hart, die ordinären Huren und die kotzenden, zudringlichen Säufer waren unangenehme Fahrgäste. Besser waren allerdings auch jene nicht, die sich zum Flugplatz bringen ließen, Geschäftsleute, die es betont eilig hatten und vor lauter Reisefieber große Reden schwangen, so als hätten sie wer weiß wie viel von der Welt gesehen. Sorjonen war selbst häufig gereist, einmal sogar bis nach Neuseeland. Besonders gern erinnerte er sich an eine lange Reise, die er vor zwei Jahren gemacht hatte. Damals hatte er sich im Sommer einer merkwürdigen Selbstmordgruppe angeschlossen. Sie waren mit einem Luxusbus durch Finnland und dann quer durch Europa gefahren. Bis nach Portugal waren sie gekommen, dort war der Bus aus Versehen – oder weshalb auch immer – einen Abhang hinunter ins Meer gestürzt.

Der schlafende Alte auf dem Rücksitz machte einen ganz passablen Eindruck. Er schien so um die siebzig zu sein und hatte bestimmt eine Menge Kilometer auf dem Buckel. In gewisser Weise lässt sich ein Mensch, zumindest ein Mann, mit einem gebrauchten Auto vergleichen. Einem Menschen sieht man an, welches Baujahr er ist und welche Strecke er bereits zurückgelegt hat. Beim Mann erkennt der kundige Betrachter, ob die Stoßdämpfer noch in Ordnung sind, ob die Kupplung funktioniert, ob der Kolben festgefressen ist. Männer sind wie Lastwagen, die alten Männer sind alte Laster, die jungen Männer neuere. Natürlich gibt es auch Männer, die mehr an Mopeds oder Wasserskooter erinnern.

[…]

Bei diesen Gedanken passierte Sorjonen die Abzweigung nach Hyvinkää. Er war drauf und dran, seinen Fahrgast zu fragen, ob er hier abbiegen solle, doch da der Alte schlief, beschloss er, nach Hämeenlinna weiterzufahren. Sie kamen an Riihimäki vorbei. Sorjonen hatte Lust, das Eisenbahnmuseum zu besuchen, doch er wollte den schlummernden »Lastwagen« nicht wecken. Also weiter nach Hämeenlinna. Sorjonen beschloss, in die Stadt hineinzufahren, er hatte jetzt so viele Kilometer Autobahn hinter sich, dass er sich nach gemäßigterem Tempo sehnte.

Taavetti Rytkönen erwachte im Stadtzentrum vom häufigen Anhalten des Autos. Er rieb sich die Augen und fragte, wo man sich befinde.

»In Hämeenlinna. Wir sind gerade angekommen.«

»In Hämeenlinna? Wieso denn das?«, fragte Rytkönen.

Sorjonen erklärte, er sei nach eigenem Ermessen in nördliche Richtung gefahren und auf diese Weise hier gelandet. Sie hätten vereinbart, dass er fahren solle, egal, wohin. Hauptsache, man sei unterwegs.

»Tatsächlich? Und wohin fahren wir jetzt?«, fragte Rytkönen.

Sorjonen erwiderte, zumindest in seinem Auto beschließe üblicherweise der Kunde, wohin es gehe. Er selbst sei nur der Fahrer.

»Dann fahren wir doch einfach immer weiter«, entschied Rytkönen.

Sorjonen hielt am Straßenrand an und drehte sich zu seinem Fahrgast um. Rytkönen holte aus der Brusttasche seines Jacketts ein dickes Geldbündel und schwenkte es vor Sorjonens Augen. Der nickte. Jetzt war er bereit, die Fahrt fortzusetzen.

Sie kamen am Hotel *Aulanko* vorbei. Taavetti Rytkönen lebte auf, er erinnerte sich, dass er dort oft übernachtet hatte, so schien es ihm jedenfalls.

»Irgendwo hier im Wald müsste ein steinerner Turm sein. Kann man da mit dem Taxi hinfahren?«

Sorjonen fand den Weg. Er fuhr auf der kurvenreichen, schmalen Asphaltstraße in den Volkspark Aulanko. Später führte der Weg steil bergauf, seitlich schimmerten kleine Teiche, auf denen Schwäne schwammen. Der Wald war dicht und von gespenstischem Zauber, es gab viele Baumarten aus fernen Ländern, dazwischen kleine Bäche, die von üppigen exotischen Pflanzen umwuchert waren. Direkt an der Straße entdeckten sie bald ein Märchenschloss aus Stein und ein hübsches hölzernes Gartenhäuschen. Auf dem Gipfel des Berges erhob sich schließlich der massive Aussichtsturm aus Granit, und diesen erstiegen der Taxifahrer und sein Kunde.

Sorjonen entnahm der Informationstafel, dass die Anlage samt Lustschloss und Aussichtsturm um die Jahrhundertwende von dem exzentrischen Oberst und Großkaufmann Standertskjöld errichtet worden war, der durch den Verkauf von Gewehren und Bajonetten an die kaiserliche russische Armee großen Reichtum erworben hatte.

Von der obersten Plattform des Granitturms aus sah man weit ins prachtvolle Häme hinein. Taavetti Rytkönen ließ seinen Blick über das Land schweifen. Er äußerte ein wenig bedauernd, dass das Vermessen dieser Landschaft, wäre er ein junger Mann, eine wunderbare Aufgabe wäre. Hier hätte man Hügel, Seen mit vielen Buchten, dichte Wälder und Dörfer, alles nur Denkbare auf ein und derselben Karte.

Sorjonen fragte, ob sein Fahrgast in der Landvermessung tätig gewesen sei. Taavetti Rytkönen bejahte. Er erzählte, dass er im Sommer 1945 Mitglied in einem Vermessungstrupp gewesen sei, der die neue Staatsgrenze in Karelien abgesteckt habe, und zwar von Värtsilä bis in die Einöde nordöstlich von Ilomantsi. Man habe neue Linien in die finsteren Wälder geschlagen. Die Arbeit sei gemeinsam mit den Russen verrichtet worden. Das sei zuweilen nervenaufreibend gewesen, denn die Männer aus dem Nachbarstaat hatten sich bei der Grenzziehung als sehr eigensinnig erwiesen. Die Holzfäller, die den Einschlag machen sollten, seien ihnen gefolgt. Auch diese Arbeit habe ursprünglich gleichmäßig auf beide Nationen verteilt werden sollen, doch die Russen hätten nichts vom Bäumefällen verstanden. So hätten die Finnen die Sache übernommen. Wäre die Aufgabe in der Zuständigkeit der Russen geblieben, dann wäre man in zehn Jahren noch nicht mit der Grenze fertig gewesen. Hin und wieder hätten die finnischen und russischen Landvermesser zusammen gefeiert. Die Russen seien schreckliche Säufer gewesen, der Wodka sei in Strömen geflossen. Zu jener Zeit sei er, Taavetti Rytkönen, noch ein junger Mann gewesen, eben aus dem Krieg heimgekehrt, und er habe nicht viel Ahnung von Wodka gehabt, auch nicht besonders viel von den Russen.

»Wodka kann ich inzwischen vertragen, aber die Russen immer noch nicht.«

Rytkönen lehnte sich an den gezackten Rand der obersten Plattform und blickte wehmütig in die Ferne.

»An früher entsinne ich mich recht gut, am besten an die ganz alten Zeiten. Aber aus der Gegenwart kann ich mich an nichts erinnern, beim besten Willen nicht.«

Der alte Mann schluckte. Es machte ihn richtig wütend, dass ihn sein Gedächtnis so im Stich ließ. Auch von diesem Tag wusste er so gut wie nichts mehr, das musste er leider zugeben. Er wusste nicht, von wo aus er am Morgen gestartet war, in seinem Gehirn herrschte absolute Leere. Irgendwo wohnte er mit Sicherheit, nur wusste er nicht mehr, wo.

[…]

Rytkönen und Sorjonen beehrten das Restaurant des *Aulanko* bis spät in die Nacht mit ihrer Anwesenheit. Schließlich stützte Sorjonen den schwermütig singenden Rytkönen, führte ihn in sein Zimmer und versprach, ihn zum Frühstück zu wecken. Der Alte versicherte, dass er am nächsten Morgen garantiert nichts mehr von diesem Abend wüsste.

Sorjonen dagegen wusste noch alles. Gleich nach dem Frühstück bat er Rytkönen, die Hotelrechnung zu bezahlen, dann führte er den verkaterten Alten zum Auto. Rytkönen konnte sich nicht mehr recht an Sorjonen erinnern, geschweige denn an den vorigen Tag. Es dauerte eine Weile, bis er verstand, dass sie sich in Hämeenlinna befanden, dass er Taavetti Rytkönen war und dass sie jetzt nach Tampere fahren würden. Dort würden sie ein Auto mieten, sowie sie erst das Taxi am Flugplatz abgestellt hätten. Danach würden sie sich aufmachen, um seine alten Kriegskameraden zu besuchen.

[…]

Seinäjoki gehört nicht gerade zu den beliebtesten Touristenzentren Europas, das stellten Taavetti Rytkönen und Seppo Sorjonen sehr bald fest. Eine von Alvar Aalto entworfene Kirche, *Lakeuden Risti*, das Kreuz der Ebene, einige Verwaltungsgebäude, der Bahnhof – das war noch das Beste, was der Reisende in Seinäjoki finden konnte.

Das Kleinstadtmilieu minderte die Wiedersehensfreude. Die Männer kamen zu dem Schluss, dass sie weiterreisen sollten, egal wohin. Rytkönen erinnerte sich, dass hier in Osterbotten, am Oberlauf des Flusses Lestijoki, ein alter Kriegskamerad wohnte, der Landwirt und ehemalige Schreiber der Panzerkompanie, Heikki Mäkitalo. Er schlug vor, sie könnten den Veteranen besuchen und schauen, was er so trieb. Während des Krieges hatte Mäkitalo zu den besten Männern gehört.

Sorjonen packte die Koffer und vergaß dabei auch nicht die antike Kaffeemühle, die seit Tampere zu Rytkönens Ausrüstung gehörte. Am nächsten Morgen bezahlten sie die Hotelzimmer und fuhren zum Fluss Lestijoki. Dann ging die Fahrt weiter über Lapua, Alajärvi und Vimpeli nach Halsua, von dort gelangten sie ins Kirchdorf Lestijärvi. Sorjonen erkundigte sich auf dem Gemeindeamt nach der Adresse der Mäkitalos. Beim Amt für Steuerwesen bekam er eine genaue Auskunft.

Der unter die Liegenschaftssteuer fallende fragliche Steuerpflichtige wohne im Dorf Sykäräinen. Er sei bereits in Rente, betreibe aber dennoch Feldanbau, aus purem Eigensinn, obwohl das für einen Mann seines Alters auf keinen Fall mehr empfehlenswert sei. Auf dem Gemeindeamt war Mäkitalo bestens bekannt. Inoffiziell ließ man ihm durch die zwei Besucher ausrichten, er solle endlich aus den Sümpfen herauskommen und mit seiner Frau ins Altersheim ziehen, so wie es sich für anständige Rentner gehöre. Als Landwirt bringe er mehr Ärger als Nutzen. Er schlage ohne Genehmigung Bäume, bezahle keine Steuern, verklage unschuldige Menschen und veröffentliche in der Zeitung gemeine Hetzartikel über die Kommunalbeamten. Im letzten Winter habe eben dieser Heikki Mäkitalo eine Jagdhütte der Polizei im Kotkanneva-Moor zerstört. Er habe den Schornstein mit Dynamit voll gestopft, und als der explodiert sei, sei die ganze Hütte in die Luft geflogen und habe sich in unzähligen Einzelteilen über die Umgebung verteilt. Natürlich habe der Alte seine infame Tat nicht zugegeben, obwohl man ihn von offizieller Seite stark unter Druck gesetzt habe.

Zwischen den Mooren und den verkümmerten niedrigen Wäldern am Fluss Lestijoki entdeckten die Männer nach langem Suchen endlich Heikki Mäkitalos Frontsoldatenhof. Dieser befand sich am Ende einer schmalen Schotterstraße, auf einer Seite begrenzt von ödem Siedlungsland, auf der anderen von trostlosen Mooren. In dieser deprimierenden Landschaft hatte Frontsoldat Heikki Mäkitalo seinen Bauernhof angelegt, eine Sauna, ein Haus, einen Kuhstall und weitere notwendige Gebäude gebaut. Er hatte Gräben gezogen, Bäume gefällt, Sümpfe trockengelegt, Heu gemäht und Rinder gezüchtet.

Sie trafen den Hausherrn in der Stube an, wo er im Schaukelstuhl saß. Seine Frau Anna goss gerade die Blumen auf dem Fensterbrett. An der Wand hing eine Pendeluhr, die gemütlich tickte.

Die Kriegsveteranen polterten fröhlich durcheinander, während sie sich die Hände schüttelten.

»Menschenskinder, Rytkönen!«

»Mäkitalo, verflucht!«

Die Männer fragten sich gegenseitig aus, wie es ihnen ergangen sei. Mäkitalo erinnerte sich, dass sie zuletzt im Lapplandkrieg zusammen gewesen waren. Das war lange her. Man trank Kaffee. Die Hausfrau versprach, die Sauna zu heizen. Sorjonen erbot sich, Saunaholz und Wasser zu tragen. Rytkönen lobte Mäkitalos Frau, sie sei ein netter Mensch, außerdem recht jung im Vergleich zu ihrem Mann.

Als die Kriegsveteranen nackt auf der Schwitzbank saßen, sah Sorjonen mit Verwunderung die Narben auf ihrer Haut, unauslöschliche Folgen des Krieges. Mäkitalos älteste Narbe ging auf den Winterkrieg zurück, die übrigen auf die Kämpfe auf der Karelischen Landenge und den Lapplandkrieg. Sorjonen sagte, er habe sich bisher den Krieg nicht so schlimm vorgestellt, es sei furchtbar, dass die Männer seine grausamen Spuren ihr Leben lang auf ihren Körpern tragen müssten.

Doch die beiden Alten winkten ab: »Die paar Narben! Du hättest die Soldaten sehen sollen, die gefallen sind. Auf Finnlands Friedhöfen liegen die narbigsten toten Helden der ganzen Welt.«

[...]

Sorjonen hatte genug sauniert und ging ins Haus. Rytkönen erklärte seinem Gastgeber, dieser Sorjonen sei ein recht fähiger Doktor, wenn auch manchmal ein wenig sonderbar. Sorjonen sei seinetwegen extra nach Kokkola gefahren, obwohl er, Rytkönen, in Seinäjoki im Hotel gewohnt habe. Man brauche sich nicht weiter um ihn zu sorgen, er sei eben noch ein junger Mann.

»Aber wie geht es dir jetzt eigentlich?«, fragte er, als sie wieder zu zweit auf der Schwitzbank saßen.

»Nicht so besonders. Früher hieß es immer, glücklich der,

der Land bebaut. Das gilt aber nicht mehr, heutzutage ist es ein undankbarer Job. Je mehr du dich abmühst, desto mehr wirst du beschimpft.«

Mäkitalo hatte bald nach dem Krieg, wie viele andere Frontsoldaten auch, ein Stück Land bekommen, das er bebauen konnte. Das Schicksal hatte ihn hier in die Einöde von Lestijärvi verschlagen. Er war ein überzeugter Landwirt gewesen, hatte geheiratet und bis vor gar nicht allzu langer Zeit seinen Hof geführt. Er hatte seinen beiden Söhnen, von denen keiner den Hof weiterführen wollte, eine Ausbildung ermöglicht. Jetzt war er schon seit etwa zehn Jahren Rentner, bebaute aber trotzdem weiter sein Land. Das Milchvieh hatte er vor ein paar Jahren wegen des reduzierten Milchkontingents schlachten lassen, seitdem hatte er nur noch ein paar Rinder gehalten und Getreide angebaut. Doch in diesem Sommer hatte er auch damit aufgehört. Bei den heutigen Preisen für Getreide rentierte es sich nicht mehr.

Mäkitalo geriet richtig in Rage, als er von der Not der Landwirte erzählte. Den Bauern sei die Freiheit geraubt worden. Wollte man Wald schlagen, musste man unzählige Genehmigungen einholen und die Forstvereinigung über die Parzellen und die Anzeichnung entscheiden lassen. Die Holzkonzerne bestimmten zudem mit ihren Kartellen und Kaufverträgen die Preise. Ein fairer Wettbewerb kam überhaupt nicht zustande. Wenn ein Bauer seine eigenen Bäume fällte, wurde er wegen Waldfrevels verklagt. Die Sümpfe musste man mithilfe von Gräben trockenlegen und dort Wald anpflanzen, völlig idiotisch, wie sollte in einem schwarzen Sumpf eine Kiefer wachsen. Guter, trockener Waldboden wurde mit Grabenpflügen in eine Steinwüste verwandelt, wo die Schösslinge sofort nach dem Auspflanzen eingingen und man auch sonst nichts zuwege bringen konnte. Nicht mal auf die Elchjagd konnte man mehr gehen.

Der Staat hatte für die Bauernhöfe ein bestimmtes Milchkontingent festgelegt, produzierte man zu viel, wurde man bestraft. Felder hatte man stilllegen müssen, gutes Ackerland, und jetzt zum Schluss hatte es sogar noch die Auflage gegeben, Land brachliegen zu lassen. Fünfzehn Prozent der Felder musste man jährlich liegen und vom Unkraut überwuchern lassen, und befolgte man das nicht, musste man pro Hektar tausend Mark Strafe zahlen. Die Maschinen waren immer teurer geworden, aber für Getreide und Milch bekam man nicht Geld, sondern Geldstrafen. Der Dorfladen war im vorigen Sommer geschlossen worden, die Schule sogar schon früher.

Heikki Mäkitalo peitschte seinen Körper so wütend mit Birkenruten, dass sich fast die Haut ablöste.

Keine einzige der politischen Parteien verteidigte die Interessen der Neusiedler. Die Kommunisten sammelten bloß Stimmen, die Sozis hielten den Bauern für ihren schlimmsten Feind, die Konservativen standen aufseiten der Waldkonzerne, die Zentrumsleute hatten ihre Aktivitäten vom Land in die Stadt verlegt, die Grünen wachten mit Argusaugen über das kleinste Stückchen Natur, und die Vennamo-Partei hatte jetzt gerade erst für die Schließung der Post des Dorfes gesorgt. In den Leitartikeln der Zeitungen erntete man für seine Plackerei den Vorwurf, man schädige die Volkswirtschaft, und in den Leserbriefen wurden die Landwirte beschimpft, sie seien angeblich für die viel zu hohen Lebensmittelpreise verantwortlich. Und zu guter Letzt, als Finnlands Beitritt in die EU aktuell geworden war, hatte es geheißen, das einzige Hindernis seien die Bauern. Gäbe es keine Landwirte, wäre man schon lang Teil der europäischen Herrlichkeit. Aber wegen der Bauern würde es teuer werden, und womöglich würden die Finnen überhaupt nicht aufgenommen werden.

[…]

Die Organisation und Planung des Jagdausflugs war eine Aufgabe für richtige Männer. Seppo Sorjonen machte gemeinsam mit Taavetti Rytkönen und den beiden Gästen eine detaillierte

Aufstellung der benötigten Ausrüstungsgegenstände. Sie kauften Gummistiefel, Wanderkleidung, Zelte, Schlafsäcke, Kochtöpfe, Messer – lauter Gegenstände, die sie draußen in der Natur benötigen würden. In der Buchhandlung besorgten sie sich einige Karten der Gegend.

Als ein Kompass gekauft wurde, verlangte Taavetti Rytkönen, dass auch ein Theodolit angeschafft würde, damit würden sich die Winkel im Gelände messen lassen. Seppo Sorjonen versuchte ihm klar zu machen, dass es nicht darum gehe, die Moorgebiete Österbottens zu vermessen, sondern dass man Rinder jagen wolle. Rytkönen bestand jedoch darauf, da er sich nicht mehr an den eigentlichen Zweck des Ausflugs erinnerte. Das Gedächtnis des alten Mannes frischte mit großer Genauigkeit weit zurückliegende Dinge auf, speicherte aber kaum etwas vom aktuellen Geschehen.

Der Theodolit wurde letztendlich nicht gekauft. Im Übrigen hätte man in Seinäjoki auch gar keinen bekommen.

Als die gesamte Ausrüstung ins Auto geladen worden war, überlegte man, wie man am besten fahren sollte. Die Tiere wurden im Südwesten des Dorfes Sykäräinen vermutet. Dort befand sich das mehrere hundert Hektar große Kotkanneva-Moor und daran anschließend im Nordwesten die Dörfer Härkäneva und Lylyneva. Der Karte nach zu schließen, gab es dort stellenweise wässrige Sümpfe, aber mitten im Kotkanneva-Moor gab es auch trockenere Stellen mit Heideboden. Hinter diesen vereinzelten Heideinseln, ein paar Kilometer weiter südwestlich, lag der künstliche See des Venetjoki-Flusses. Es war ein flaches Regulierbecken, mehr als sieben Kilometer lang und am nordwestlichen Ende vier Kilometer breit, mit ein paar Inseln in der Mitte. Dieser See schränkte den Lebensraum der Herde auf das Kotkanneva-Moor und die anderen großen Moore im Nordwesten ein.

Taavetti Rytkönen war der Meinung, dass man am einfachsten auf die Weide gelangen könne, wenn man ans Nordwestufer des Sees fahre, wohin ein Forstweg führte. Dort könnte man sich ein Boot ausleihen und damit zu den Tieren rudern. Man könnte vom Boot aus den Sender des Leitbullen anpeilen und dann die entsprechende Richtung wählen. Sorjonen gab zu, dass der Plan vernünftig klang.

Vor der Abreise aus dem Hotel rief Seppo Sorjonen im Gesundheitszentrum Lestijärvi an und bat die Stationsschwester, Heikki Mäkitalo auszurichten, dass sich Taavetti Rytkönens Jagdgruppe auf den Weg gemacht habe. An Irmeli Loikkanen schickte er eine Ansichtskarte mit dem Eisenbahndenkmal, das auf dem Bahnhofsplatz von Seinäjoki stand.

Sie nahmen kaum Proviant mit, denn sie gingen davon aus, dass sie genug Fleisch haben würden, sowie sie den ersten Bullen getötet hätten. Stattdessen wurden Salz, Zwiebeln, Wurzelgemüse, Kartoffeln, Gewürze und Mehl eingekauft. Als Krönung wurden auf dem Autodach zehn ineinander gestapelte Behälter mit je fünfzig Liter Fassungsvermögen festgeschnallt; darin sollte das Fleisch eingesalzen werden, wenn man größere Mengen aufzubewahren hätte.

In aufgeräumter Stimmung fuhr man zunächst ins Dorf Sykäräinen, um nach Heikki Mäkitalos Anweisungen das Elchgewehr abzuholen. Taavetti Rytkönen las die Karte, die sein alter Kriegskamerad gezeichnet hatte, und dirigierte Seppo Sorjonen mit untrüglichem Instinkt direkt zu dem Ameisennest. Der Wald rauchte noch immer.

In dem Erdhügel lagen das Gewehr und hundert Patronen. Das Gewehr war in gutem Zustand, sorgfältig geölt, der Lauf wimmelte allerdings von Ameisen, die das Waffenöl angezogen hatte. Taavetti Rytkönen erklärte, er wolle die Waffe an sich nehmen – er sei der Einzige in der Gruppe, der ausreichend Erfahrung im Gebrauch von Feuerwaffen besitze. Die drei anderen Mitglieder der Jagdgemeinschaft waren einverstanden.

Nun ging es über die Dörfer Härkäneva und Lylyneva ans nordwestliche Ufer des künstlichen Sees. Dort lagen mehrere

Boote. Sie trafen auf ein paar Angler, die sich auf Bitten bereit erklärten, den Fremden zwei Ruderboote auszuleihen. In das eine kam die Ausrüstung, in das andere setzten sich die Jäger. Die beiden Männer vom Balkan konnten nicht rudern, sodass Seppo Sorjonen diese Aufgabe übernahm. Taavetti Rytkönen stellte den Empfänger auf den richtigen Kanal ein und horchte auf die vom Leitbullen ausgesendeten Funksignale. Die beiden Osteuropäer setzten sich nach hinten. Einer von ihnen hielt das Seil, an dem das Boot mit der Ausrüstung befestigt war. Es konnte losgehen.

Sorjonen ruderte auf den stillen See hinaus. Die Ufer waren flach und menschenleer. Über Ersteres wunderten sich die Gäste vom Balkan sehr. Nirgends waren Berge zu sehen, am ganzen weiten Horizont nicht. Das war für die Männer ein großes Wunder. Alles wirkte ruhig und friedlich, der Anblick tat dem von Gebirgen übersättigten Auge wohl. Die beiden Gäste fanden die Landschaft sehr exotisch.

Fern am nördlichen Horizont, hinter den Mooren, die an den künstlichen See grenzten, stieg Rauch auf, der sich mit den Schönwetterwolken vermischte. Aus der Karte war ersichtlich, dass es sich um Heikki Mäkitalos Hof handelte, wo der Torf noch immer hartnäckig vor sich hin schwelte. Wenn man ein Moor anzündet, dann brennt es den ganzen Sommer hindurch und erlischt erst, wenn eine dicke Schneedecke auf dem Boden liegt. Die Männer vom Balkan erzählten, bei ihnen zu Hause sehe man nie Schnee in den Niederungen.

Inmitten des Sees befand sich Rimmenmaa, ein Stückchen Moor, aus dem eine Insel geworden war, als der künstliche See entstanden war. Dorthin ruderte Seppo Sorjonen. Auf der Insel wurde Kaffee gekocht.

Taavetti Rytkönen lauschte am Empfänger auf die Signale des Senders. Unter Zuhilfenahme des Kompasses und der Karte konnte er die Richtung bestimmen, in der sich die Herde gerade aufhielt. Er notierte sich die Koordinaten am Rand der

Karte. Nachdem er einen Strich vom Ufer der Insel in die Richtung der Peilung gezogen hatte, konnte er mitteilen, dass sich die Tiere irgendwo entlang einer Linie befanden, die von Rimmenmaa in Richtung Nordosten führte. Dort befand sich das weite Kotkanneva-Moor. In einigen Kilometern Entfernung passierte die Linie die größte Insel am Nordende der Särkisengangas, ein Waldgebiet von etwa einem Kilometer Länge, führte dann weiter über das Pyörö-Moor entlang des Kotkanneva-Moores zur Koppelokangas, anschließend über ein paar Bäche bis zu Heikki Mäkitalos zerstörtem Hof und von dort um den ganzen Erdball, um aus der entgegengesetzten Richtung wieder zum Feuer auf der Insel Rimmenmaa zurückzukehren. Die gedachten Linien im Gelände sind nicht gerade, so wie es sich Laien vorstellen, sondern es sind Ringe, die nirgendwo beginnen und nirgendwo enden. In diesem Sinne gleichen sie Taavetti Rytkönens gedächtnislosem Dasein: Er kam nirgendwoher und ging nirgendwohin, auch wenn er noch so konsequent geradeaus gelaufen wäre.

Die Funkpeilung bewies zweifelsfrei, dass die Rinder höchstens neun Kilometer von der Insel Rimmenmaa entfernt waren. Sie konnten nicht weiter weg sein als Heikki Mäkitalos Hof und nicht dichter dran als das Ufer des künstlichen Sees. Für die Jagd hatten sie somit einen recht günstigen Standort. Es war zu hoffen, dass sie jetzt nicht weiterzogen. Vielleicht lagen sie ja irgendwo am Rand eines Sumpfes und käuten zufrieden wieder.

Nach der Kaffeepause brachen die Männer auf. Taavetti Rytkönen schlug vor, Sorjonen solle ans südöstliche Ende des Sees rudern, dort würde man eine erneute Peilung vornehmen.

Die ausländischen Gäste wollten helfen und auch ein Stückchen rudern. Sie fanden Sorjonens Art, mit dem Rücken in Fahrtrichtung zu sitzen, lächerlich. Sie behaupteten, an der Adriaküste habe man eine bessere Methode, dort rudere man im Stehen und mit dem Gesicht in Fahrtrichtung.

Als sie diese heimische Gepflogenheit auf finnische Verhältnisse anzuwenden versuchten, hatte das böse Folgen. Skutarin kippte dabei das Boot um und fiel selbst in den See. Er wäre beinahe ertrunken, denn er konnte nicht schwimmen. Zum Glück blieb das Lastenboot unbeeinträchtigt. Nach dem Zwischenfall waren die beiden Gäste gern bereit, nur als Passagiere im Boot zu sitzen. Seppo Sorjonen ruderte.

Bei der Fahrt ans südöstliche Ende des Sees kamen sie an einer alten Fähre vorbei. An ihrem Stahlgeländer hing ein verrostetes Blechschild, auf dem in großen schwarzen Lettern der Name *Rymättylä* stand. Wie in aller Welt war die Seilfähre aus den fernen Schären in diese gottverlassene Gegend Österbottens gelangt? Es wurde beschlossen, zunächst weiterzufahren und später zurückzukehren, um die Fähre näher zu untersuchen. Erst einmal sollte die neue Peilung vorgenommen werden.

Taavetti Rytkönen nahm sich der Sache wieder an. Er notierte sich die Zahlen und zeichnete eine neue Linie auf der Karte ein. Jetzt konnte man feststellen, dass sich die beiden Linien im Norden des Waldgebietes Metsolamminkangas kreuzten. Dort waren die Rinder! Ausgezeichnet, denn die Entfernung vom Seeufer zur Herde betrug nur viereinhalb Kilometer. Rytkönen strich über den Kolben des Elchgewehrs und konstatierte erfreut, dass es nun bald Fleisch geben werde.

Jetzt konnte man zu der Fähre zurückkehren. Die beiden Boote wurden am Geländer festgemacht, und die Männer stiegen hinauf, um das Fahrzeug näher zu untersuchen.

Die Fähre war in die flache Uferzone getrieben. Es war ein altes, handbetriebenes Modell. Die aufgerollten Stahltrossen hingen traurig am Geländer. Vorn und hinten befanden sich Schlagbäume, die verhindern sollten, dass die zu transportierenden Autos ins Wasser rollten. Die Fähre war sechs Meter breit und zehn Meter lang und bestand aus geteerten Balken. Die Bolzenköpfe wären verrostet, aber sonst schien alles in

Ordnung zu sein. Als sich die Männer alle zusammen in eine Ecke stellten und hüpften, begann sich die Fähre träge zu neigen. Das bewies, dass das Fahrzeug schwamm.

Die Bullenjäger beschlossen, die Fähre dicht ans Ufer zu schleppen und an Deck ihr Lager zu errichten. Auf stabilen Balken schläft es sich in jedem Fall angenehmer als auf feuchtem Sumpfboden. Einen besseren Platz für ein Zelt konnte man kaum finden.

Zehn wild gewordene Rinder galoppierten mit erhobenen Schwänzen, unter denen der Kot nur so spritzte, in Richtung Kotkanneva. Sie flohen in Panik. Der dicke Rauch des brennenden Waldes und das Donnern der Explosionen begleiteten Mäkitalos Vieh aus der Umzäunung des Unterfeldes in die Freiheit. An der Spitze der Herde bahnte sich Leitbulle Eemeli seinen Weg, am Hals den Sender, der Signale ins Weltall abgab.

Erst nach zwei Kilometern, in den Wäldern des Iso Viskonsalo, machten die Tiere Halt; sie waren durch die Schlucht Olkosenkuru gewatet, und vor ihnen breitete sich das endlose Kotkanneva-Moor aus. Die Rinder scharten sich zusammen und blickten ins Moor, dann drehten sie sich um und schauten zurück. Gedämpfte Explosionen waren noch zu hören. Taavetti Rytkönen legte gerade Telefonmasten um, doch das verstanden die Tiere natürlich nicht. Für sie war die Zerstörung des Mäkitalo-Hofes ein komplexes Ereignis. Dem Schlund des Krieges blieb man besser fern.

Ein leichter Sommerwind trieb den Rauch des Waldbrandes weit fort ins Moor. Die Rinder beruhigten sich. Es war nichts mehr zu befürchten, entschieden sie und probierten das frische Riedgras am Rand des Moores. Verglichen mit dem winterlichen Kraftfutter, schmeckte dies zur Abwechslung mal viel besser. Auf der Anhöhe des Iso Viskonsalo wuchs ebenfalls feines, leckeres Gras. Wasser tranken sie aus dem Bach, der durch das Moor floss.

In der ersten Nacht legten sie sich in einem brüderlichen Kreis unter die Fichten des Iso Viskonsalo nieder. Sie betrachteten einen Raben, der über das Moor flog. Der Rabe interessierte sich nun seinerseits für die Herde und zog über ihr seine Kreise. Die Tiere käuten wieder, und gegen Morgen schliefen sie. Einer der jüngeren Bullen träumte. Die Träume waren sehr einfach.

Ein, zwei Tage blieben die Rinder im Iso Viskonsalo. Dann entfernten sie sich noch weiter von Mäkitalos Hof, kamen in die Heidegebiete Koppelokangas und Metsolamminkangas. Der dortige Teich diente ihnen als Tränke. In dieser Gegend blieben sie mehrere Tage, vielleicht sogar eine ganze Woche. Rinder zählen die Tage nicht. Sie erinnerten sich nicht mehr an die Zerstörung ihres Heimathofes. In dieser Hinsicht ähnelten sie Taavetti Rytkönen, sie hatten ein sehr schlechtes Gedächtnis. Ihre Lebensphilosophie war untrennbar mit der Gegenwart verbunden, Fressen, Wiederkäuen, Saufen, faulem Herumliegen. Der Schwanz schlug nach Fliegen und Mücken, ohne dass groß darüber nachgedacht wurde, handelte reflexartig, so wie die Augenlider, die hin und wieder zuckten und das Glotzauge schmierten. Arbeit belastete diese Herde nicht, auch keine alten Erinnerungen oder Zukunftspläne. Sie waren frei wie der Wind.

In den weiten Mooren und üppigen Wäldern ließ es sich gut aushalten. Die Herde zog am Rand des Kotkanneva-Moores entlang bis zum künstlichen See am Venetjoki. Dort blickten sie in die Runde. Sie sahen eine alte Fähre auf dem Wasser treiben. Einer der Bullen öffnete das Maul und stieß ein erstauntes Gebrüll aus.

Zur Abwechslung suchten sie sich trockeneres Gelände. Irgendwo im Fichtenwald des Gebietes Särkisengangas stießen sie auf ein Lager mit Menschen, es waren ziemlich viele. Die Tiere betrachteten die Menschen, sie waren mager und wirkten irgendwie seltsam. Es waren französische Frauen, aber das wussten die Rinder nicht. Die Tiere waren auf der Hut, denn sie kannten das Verhalten der Menschen, dass sie zupacken, wenn man zu dicht an sie herangeht. Unversehens bekam man einen Strick um den Hals und wurde in einen Stall geführt.

Diese Menschen hatten jedoch Angst vor den Rindern. Sie zeigten auf die Herde und gestikulierten heftig. Die Tiere beobachteten die merkwürdigen Wesen ein paar Tage lang. Sie sahen zu, wie die Frauen Frösche aus dem Sumpf holten und diese in einem Kessel über dem Feuer kochten. An Gräben und Teichen rissen sie Tüpfelfarn und Wurzeln von Rohrkolben aus und aßen sie.

Einige Tage später gerieten die Rinder auf einem Abendspaziergang in das kleine Dorf Härkäneva, es war schon fast Nacht. Im Dunkeln trabten sie über die Dorfstraße, fraßen ein bisschen im Haferfeld, kackten das Gelände um den alten Milchbock voll und inspizierten die Weiden hinter einigen Häusern. Dort trafen sie auf eine Herde von Kühen mit dicken Eutern. Getrennt durch den Elektrozaun, verfolgten die Bullen die weibliche Herde. Irgendwie hatten sie das Gefühl, sie müssten bei den Kühen zur Sache kommen. Aber daraus wurde nichts, denn das Weibervolk interessierte sich nicht für die männlichen Gäste. Die Kühe waren nicht in Stimmung und taten gleichgültig. Die Bullen stießen im Chor ein Gebrüll aus und trabten davon, um den Urlaub unter ihresgleichen fortzusetzen.

So verflog der Sommer. Auch Johannis ging unbemerkt im Urlaub unter, aber Rinder feiern ja auch nicht das Mittsommerfest. In den Einödgegenden des Kotkanneva-Moores betrieben sie jungenhafte Sportarten. Sie stießen sich mit den Hörnern, dass die Stirnknochen dröhnten. Manchmal bestiegen sie sich gegenseitig und spielten, sie bestiegen Kühe. In der Hauptsache jedoch genossen sie das gute Fressen und die zaunlose Freiheit.

Hin und wieder trabten sie zum Fichtenwald, um nach den französischen Frauen zu sehen. Diese waren noch weiter abgemagert. Das war seltsam, denn an den Rändern der Sümpfe und den Ufern der Gräben wuchs reichlich köstliches Grünzeug: Die Rinder hielten diese seltsamen Menschen inzwischen für nette und unproblematische Bekannte. Von ihnen ging keine Gefahr aus, sie bildeten ihre eigene lärmende kleine Herde.

Manchmal, in kühlen Sommernächten, stieg aus den endlosen Mooren gespenstischer kalter Nebel auf und hüllte die Herde ein, die unter den Fichten lag. Dann rückten die Tiere enger zusammen, sie käuten nicht wieder, sondern lauschten und blickten ernst ins Moor, das drohend hinter den Fichtenzweigen lauerte. Dort ertönte dann und wann der wilde Ruf eines Kranichs oder der freche Schrei eines Raben, manchmal klang auch aus einem fernen Dorf das Heulen eines Hundes herüber. Die Rinder verhielten sich lautlos, sie waren auf der Hut, ihre Ohren bewegten sich und ergründeten die Geräusche der Nacht. Wenn dann die aufgehende Sonne den Wind weckte und der nächtliche Nebel sich auflöste, erhoben sich die Tiere und suchten sich eine Stelle zum Fressen. Mit der Sonne vergaßen sie die seltsamen nächtlichen Geräusche und trabten als sorglose Herde durch den heißen Dunst des Kotkanneva-Moores.

Eines Nachmittags durchbrach der laute Knall eines Schusses die sommerliche Idylle, und der jüngste Bulle der Herde sank zu Boden, getroffen von der Kugel eines Elchgewehrs. Die anderen glotzten verdutzt auf ihren unglücklichen Kameraden. Dann begriffen sie, dass es jetzt galt, in vollem Galopp zu fliehen, und das taten sie dann auch augenblicklich.

Vermessungsrat Taavetti Rytkönen und »Doktor« Seppo Sorjonen rannten zu dem erlegten Bullen, im Schlepptau zwei Ausländer, einen Albaner und einen Bosnier.

[...]

Mäkitalos erster Bulle fand sein trauriges Ende in der nordöstlichsten Ecke des Heidegebietes Metsolamminkangas, viereinhalb Kilometer vom Jagdlager entfernt, das sich auf der Fähre

Rymättylä befand. Taavetti Rytkönen schlitzte mit dem Dolch die Kehle des Tieres auf, das in Todeskrämpfen zuckte. Auch der albanische Architekt Georg Skutarin und der bosnische Taxifahrer Girill Jugrazar eilten mit blitzenden Messern herbei. Ohne Aufforderung machten sie sich über das Tier her, drehten es auf den Rücken und begannen es mit geübten Griffen zu häuten.

Seppo Sorjonen beteiligte sich nicht am Skalpieren, der Anblick von Blut verursachte ihm Übelkeit. Er hockte unter den Bäumen und drehte am Empfänger. Die Signale des Senders zeigten an, dass Mäkitalos Vieh in seiner Panik in westliche Richtung geflohen, aber ziemlich bald stehen geblieben war und jetzt an Ort und Stelle verharrte, und zwar etwa zwei Kilometer entfernt auf einer kleinen Waldinsel im Moor.

Die dunklen Männer vom Balkangebirge häuteten den Bullen innerhalb einer halben Stunde ab. Der Körper wurde sachkundig zerlegt, die Eingeweide sortiert, die Innereien kamen auf gesonderte Haufen. Der Pansen wurde in den Sumpf getreten, die Därme hoben sie jedoch auf. Als Rytkönen sich darüber wunderte, erklärten ihm die beiden, dass man die kostbare Wurstpelle nicht vergeuden dürfe. Sie wollten die Därme im Bach waschen und Wurst machen. Echte Balkanwürste ließen sich aus Rind nicht herstellen, dafür eignete sich besser Mulioder Pferdefleisch, versetzt mit Speck, doch auch aus Bullen könnten verschiedene delikate Sorten zubereitet werden. Girill Jugrazar erzählte, als junger Mann habe er als Hilfskoch in einem Restaurant in Sarajewo gearbeitet, einem der besten der ganzen Herzegowina; dort habe er die Zubereitung der verschiedensten Speisen erlernt, und besonders erfahren sei er im Umgang mit Fleisch. Nach Titos Tod – Gott habe ihn selig, den alten zottigen Partisanen – sei der Lebensstandard derart gesunken, dass man in den Restaurants keine Köche mit Fleischkenntnissen mehr brauche, sodass er, Girill, es für das Beste gehalten habe, nach Belgrad zu gehen und Taxifahrer zu werden.

Der ganze Abend und die dämmrige Sommernacht vergingen mit dem Transport des Fleisches. Die Männer vom Balkan waren bei dieser Arbeit besonders fleißig. Während ihrer Zeit im Hotel in Seinäjoki waren sie aufgrund ihres Geldmangels so ausgehungert, dass ihnen jetzt, da es Gelegenheit geben würde, sich den Bauch voll zu schlagen, keine Last auf ihren schiefen Schultern zu schwer war. Rytkönen wies den Weg zur Fähre, Sorjonen half beim Tragen. Viele Male mussten die Männer hin- und hergehen, ehe alles auf die Fähre geschafft war.

[...]

Das Lager auf der Fähre war vorbildlich eingerichtet. An jedem Ende des Decks stand ein Zelt. Die Ausrüstung war zu einem gut durchdachten Depot geordnet, das seinen Platz an der Reling gefunden hatte und mit einer Plane bedeckt war. Auf der Seeseite hatte Sorjonen aus Steinen und Kies eine Feuerstelle errichtet, über der er eine Hängevorrichtung für Töpfe angebracht und einen dreibeinigen Kessel aufgestellt hatte. Zum Ufer führte ein Steg aus gespaltenen Kiefernstämmen. Die Fleischzuber waren am Ufer aufgestapelt, außerdem stand dort ein zwei Meter langer stabiler Tisch aus Kiefernholz für die Bearbeitung des Fleisches, fürs Schneiden und Salzen, bereit.

Die Jäger waren todmüde, doch das tat ihrem Arbeitstempo keinen Abbruch. Viele Kilo Fleisch fanden ihren Weg in die Salzfässer. Girill Jugrazar schnitt die besten Stücke für die erste Mahlzeit zurecht: Er spießte die blutigen Würfel auf lange, geschnitzte Weidenstäbe und grillte sie über dem Feuer. Er bestrich die Würfel mit Öl und drehte sie fachkundig über den Flammen, wobei er aufpasste, dass das Fleisch nicht verkohlte oder durch zu große Hitze austrocknete. Sorjonen stellte die Pappteller zurecht, Skutarin garte in der Glut Zwiebeln und Paprika, Rytkönen förderte aus dem Depot unter der Plane eine Flasche Schnaps zutage. Zum Verdünnen wurde ein Krug klaren, kalten Wassers aus der Quelle geholt, die man in der Nähe entdeckt hatte.

Um Mitternacht war alles fertig, die Mahlzeit konnte beginnen. Das scharf gewürzte saftige Fleisch duftete lecker. Ein Schluck von dem klaren Schnaps stimmte den Magen auf das köstlichste Fleisch der Welt ein. Das Schaschlik auf Balkanart, hergestellt aus finnischem Zuchtbullen, schmeckte unglaublich gut.

Taavetti Rytkönen stimmte Lobeshymnen auf das köstliche Mahl an und auf diejenigen, die es zubereitet hatten. Er dankte Gott dafür, dass ihm das Glück beschieden war, solche Meisterköche zu treffen. Er versprach, die gesamte Bullenjagd in Osterbotten zu finanzieren. Falls Gewürze fehlten, so sollten sie auf seine Rechnung im Dorf eingekauft werden. Man brauchte keinesfalls zu knausern! Rytkönen hatte Geld, und er hatte Hunger.

Hunger hatte auch Seppo Sorjonen, doch am gierigsten schlugen die Männer vom Balkan ihre Zähne in das saftige Fleisch. Tränen stiegen ihnen in die Augen vor lauter Glück, und sie priesen nun ihrerseits ihre finnischen Freunde, dieses ruhige Flachland, die Fähre Rymättylä, ja ganz Finnland, dieses herrliche Paradies, das kennen zu lernen ihnen vergönnt war.

Gerhard Köpf
Die Reise zu den Forellen

Bärtige Birken, Felsen, Wasser, Sumpf. Sumpf, Wasser, Felsen, Birken. Felsen, Wasser, Sumpf, Birken. Stundenlang. Finnland kam mir unerträglich langweilig vor. Der Gesang meines Onkels steigerte die Monotonie. Immer wieder brummte er *seinen* Sinatra: ... *and through it all when there was doubt, I ate it up and spat it out* ... Ich konnte nichts dagegen tun, obwohl ich versuchte, meinem Onkel zu zeigen, was ich von dem blöden Song hielt.

Mein Onkel fuhr meist ziemlich langsam. Mitunter kroch er geradezu. Wir lehnten uns zurück, um den Geruch des ganz großen Abenteuers aufzusaugen. Links und rechts der Straße nichts als Birken. Stundenlang nichts als Birken. Birken oder Wasser, aus etwas anderem schien Finnland nicht zu bestehen. Manchmal stieg die Straße leicht an, aber nicht so wie im Gebirge. Immer wieder berührte sie einen See oder führte in weiten Bögen an seinem Ufer entlang. Hin und wieder schimmerte ein rot gestrichenes einsames Häuschen spielzeugklein durch die Bäume. Mein Onkel pries die Kunst des finnischen Straßenbaus und genoß es, daß sehr wenig Verkehr war. Kunststück: wir bewegten uns ausschließlich auf Nebenstraßen. Die Insekten schwärzten nach und nach die Windschutzscheibe, so daß mein Onkel den Scheibenwischer einschalten mußte, und ich hatte das sichere Gefühl, diese ewige Birkenstraße würde immer so weitergehen und führe bis ans Ende der Welt. Das Angelzeug auf dem Rücksitz ratterte. Sobald es dunkel wurde, stachen die Scheinwerfer des Volvo bolzengerade in die finnische Dämmerung, tasteten die gefleckten Birkenstämme und Wegmarkierungen ab, streiften Verkehrsschilder und Ortstafeln, die mein Onkel hartnäckig ignorierte, sobald ich auf der Karte nachsehen wollte. Er meinte, wir könnten sie doch nicht lesen, das Land sei ja wunderschön, aber die Sprache eine Katastrophe, eine Zumutung, kein Mensch – ausgenommen natürlich die Finnen selbst – sei imstande, diesen Buchstabensalat zu entziffern, außerdem spielten sie keine Rolle, weil wir immer in der Nähe von Turku blieben, der Stadt, in der Nurmi aufgewachsen war.

Mein Onkel fischte aus seiner Weste mit den hundert Taschen einen abgegriffenen Zettel mit den zehn wichtigsten finnischen Wörtern, die ich in folgender Reihenfolge lernen sollte: Bier: *olut,* Danke: *kiitos,* Guten Tag: *hyvää päivää,* Guten Morgen: *hyvää huomenta,* Guten Abend: *hyvää iltaa,* Gute Nacht: *hyvää yöta,* Auf Wiedersehen: *näkemiin …*

Schon nach dem ersten Lesen gab ich auf. Vielleicht, weil mich meine verdreckten Haare schrecklich juckten. Ich mußte dringend zum Friseur.

Bärtige Birken, Felsen, Wasser, Sumpf.
Sumpf, Wasser, Felsen, Birken.
Felsen, Wasser, Sumpf, Birken.
Stundenlang. Finnland war eine Wüste.

Für Abwechslung sorgte einzig der Gesang meines Onkels. Immer wieder brummte er *seinen* Sinatra. Dabei wurde ich immer unruhiger und unleidiger. Mein Onkel Nurmi meinte, das Herumirren sei der Sinn dieses Labyrinths aus Birken und Seen und einer unlernbaren Sprache. Der Mensch könne den Sinn eines Labyrinths aber nur dann ausfindig machen, wenn er versuche, die Ordnung des Labyrinths zu begreifen, die eben in nichts anderem als dem Herumirren bestehe. Dazu und zu nichts anderem sei ein Labyrinth angelegt. Der Sinn des Herumirrens sei das Herumirren selbst. Punktum! Man müsse mit Verstand verkehrt herum suchen. Mein Onkel meinte, man müsse sich seine Verirrungen eingestehen. *Ich verirre mich, also bin ich* laute die Devise. Am allerwenigsten lasse sich die menschliche Seele auf dem geraden Weg durchwandern; man könne sie bestenfalls *durchirren.* Der kürzeste Weg führe um die ganze Welt herum. [...]

»Kannst du mir verraten, warum wir hier eigentlich in diesem Scheiß-Finnland herumkurven?« fragte ich meinen Onkel voll Ungeduld.

»Man läuft nicht nur aus Angst davon, man kehrt manchmal auch aus Angst zurück«, war seine Antwort, die ich nicht verstand. Deshalb wandte ich mich von ihm ab und schaute zum Seitenfenster hinaus. Allmählich hatte ich genug von diesem Land.

Bärtige Birken, Felsen, Wasser, Sumpf. Sumpf, Wasser, Felsen, Birken. Felsen, Wasser, Sumpf, Birken. Stundenlang, mit der einzigen Ausnahme, daß die Birken weniger wurden und Felsen und Sümpfe dafür zunahmen.

Ein totes Land, dieses Finnland, öd und leer.

Dazu kam der Gesang meines Onkels. Immer wieder brummte er *seinen* blödsinnigen Sinatra. Diese Platte schien einen Sprung zu haben und nie enden zu wollen: *To think I did all that and may I say not in a shy way. Oh no, oh no not me, I did it my way. For what is a man, what has he got, if not himself then he has not to say the things he truly feels and not the words of one who kneels...*

Wir waren jetzt drei Tage unterwegs, und ich muß zugeben, daß wir erschöpft waren. Unsere Vorräte waren fast aufgebraucht. Ich kam mir vor, als wäre ich auf dem Weg von Alaska nach Feuerland. Urplötzlich überfiel mich eine schreckliche Angst davor, älter als dreißig Jahre zu werden. Mein Onkel brauchte sein Nickerchen und schlug deshalb vor, den Volvo in einem Feldweg zu parkieren, der dem Verkehrsschild zufolge zu einem Wasserreservoir führte. Mein Onkel schaltete den Motor ab, und die Stille der fremden Landschaft hüllte uns ein. Es war ein richtiger Galamorgen. Eine dünne Sonne hing tief über einigen verkrüppelten Birken. Die Luft war kalt. Wir futterten alles, was wir noch zusammenkratzen konnten, pulten mit unseren Taschenmessern in den Konservendosen, wischten die fettigen Finger an der Hose ab, tranken den Rest des Trinkbaren und nahmen uns vor, nach dem Schläfchen ein fischbares Stück des Flusses zu suchen, den wir ganz in der Nähe rauschen hörten. Ich schwärmte meinem Onkel von wunderbaren Forellen vor, und er meinte, wir seien zwei richtig verträumte romantische Arschgeigen. Da wir sehr müde waren, kam es zu keinem Wortwechsel, und über dem Schreien und Krächzen der Raben muß ich wohl noch vor meinem Onkel eingenickt sein, denn die Sache mit Sis, die mich für gewöhnlich vor dem Einschlafen quälte, hatte mittlerweile erheblich an Bedeutung verloren.

Als ich erwachte, verhandelte Onkel Nurmi bereits mit den beiden Polizisten, die mir nach dem ersten Augenaufschlag wie zwei rothaarige Riesen mit lächerlichen Käppis vorkamen. Einer der beiden hatte zusammengewachsene Augenbrauen.

Ich erinnere mich gut, daß mein Onkel immer wieder betonte, wir könnten nicht weit von Turku sein. In seinen Augen war eine seltsam graue Trauer, und mehrmals räusperte er sich einen Frosch aus dem Hals.

»Turku, verstehn? In Turku: Nurmi. Paavo Nurmi? Ja, Nurmi! Tur-ku, Nur-mi!« versuchte es mein Onkel immer wieder.

Die Polizisten verzogen keine Miene, schüttelten den Kopf, zuckten mit den Schultern. Dann ging einer um das Fahrzeug herum und notierte die Autonummer. Der andere wiederholte mehrfach den Namen Karigasniemi. Den Namen konnte ich mir gleich merken, weil er mich an Kaari erinnerte.

Zu mir gewandt sagte der Onkel: »Karigasniemi? Der Ort,

an dem man das letzte Vaterunser betet? Unmöglich! So weit oben in Finnland sollen wir gelandet sein? Nicht einmal Freund Linnäus ist hier gewesen. Es kann doch nicht sein, daß ich mich wieder einmal derart verfahren haben sollte.« »Das kommt davon, wenn man nicht auf die Verkehrsschilder und nicht auf die Landschaft achtet und immer nur Nebenwege fährt. Du hast immer nur erzählt und erzählt«, antwortete ich ein wenig ängstlich und auch verärgert.

»Habe ich wirklich immer nur geredet und dir nichts von Nurmis Landschaft gezeigt?«

Plötzlich begann mein Onkel, englisch zu sprechen, wie er das oft tat, wenn er besonders aufgeregt war. Begleitet wurde dies von einem unkontrollierten Kopfschütteln: *»Its hard to know when to give up something: A hope, a dream, a friendship, a love.«*

Die beiden Polizisten ließen nicht locker und befahlen uns mit unmißverständlichen Gesten, ihnen zu folgen. Ich mußte auf den Rücksitz des Volvos zwischen das Angelgerät, und mein Onkel wurde auf den Beifahrersitz verbannt. Einer der Polizisten ergriff das Steuer unseres Volvos, der andere fuhr mit dem Polizeiwagen voraus. Überflüssigerweise schaltete er auch noch Blaulicht und Sirene ein, obwohl uns bis zu diesem Nest nicht ein Auto entgegenkam. Wir hielten vor einer Art Krankenstation, wo bereits eine mütterlich wirkende Frau mit einem Schwesternhäubchen und ein junger Mann in einem weißen Kittel auf uns warteten. Der Arzt sprach gut Deutsch. Zuerst *mußten* wir uns waschen. Das Handtuch war hart wie ein Brett. Dann *mußten* wir essen. Zugegeben: wir haben ganz schön gespachtelt. Danach haben wir viel erzählt und viel gelacht. Der Arzt wollte wissen, wie in aller Welt es bloß möglich gewesen sei, sich derart zu verirren.

»Ganz einfach«, sagte mein Onkel und beugte sich über die Straßenkarte: »Erstens wollten wir und zweitens hören Sie sich doch einmal diese finnischen Ortsnamen an: Aijala, Brändö,

Eckerö, Fäkkälä, Geta, Hytti, Inari, Jämsä, Kotka, Lotlax, Moksi, Närpiö, Oitti, Pojo, Rumpu, Sammi, Tani, Uuro, Vuotso, Ylikylä. Das klingt doch verdammt nach japanischem Skiwachs!«

Der Arzt amüsierte sich über die falsche Aussprache und die gespielte Entrüstung des Onkels. »Das ist noch gar nichts«, sagte er, schlug eine Seite im Telefonbuch auf und ließ sich den Onkel daran versuchen: *Jäähdytyskoneasennuksia ...* Später stellte sich heraus, daß der finnische Arzt ebenfalls einiges vom Fischen verstand. Er schwärmte vom Lachsreichtum der beiden Grenzflüsse Inarijoki und Tenojoki. Zur nördlichsten Siedlung Finnlands, nach Utsjoki, seien es nur noch knapp fünfzig Kilometer. Aber wir hatten keine rechte Lust mehr.

Zum Abschied schenkte der Arzt meinem Onkel einen Kompaß, den er bei nächster Gelegenheit mit den Worten verschwinden ließ: »Ich halte nicht viel von solchen Vorschriften. Jeder sucht sich sowieso seinen eigenen Nordpol.«

Anderentags stand folgende Meldung in der Zeitung, die uns der freundliche Arzt ins Deutsche übersetzte:

Ein ›kleiner Ausflug‹ endete für einen 73 Jahre alten Deutschen und seinen minderjährigen Neffen nach einer fast 1000 Kilometer langen Irrfahrt am Polarkreis. Wie die Polizei am Dienstag berichtete, waren beide in der vergangenen Woche von Helsinki mit dem Wagen zu einem nur etwa 100 Kilometer entfernt gelegenen Fluß aufgebrochen, um zu fischen. Auf dem Heimweg verfuhr sich der ältere Mann nach eigenen Angaben ›ein bißchen‹ und landete mit seinem Neffen nach drei Tagen fast ununterbrochener Fahrt in Nordfinnland im Straßengraben. Die Polizei fand die beiden erschöpft, aber unverletzt vor. Der alte Mann glaubte noch immer, in der Nähe der südfinnischen Stadt Turku zu sein, und versicherte, er habe sich nicht an die Straßenkarte und die unlesbaren finnischen Namen halten können, weil diese alle gleich lauteten.

[...]

Die beiden lachenden Polizisten fotografierten uns vor unserem Volvo wie zwei exotische Spinner und begleiteten uns bis Ivalo, dem nördlichsten Flughafen Finnlands, wo wir den Wagen abgaben. Man behandelte uns respektvoll und zuvorkommend. Wahrscheinlich hatte ganz Finnland den Zeitungsartikel gelesen und nicht schlecht über unsere Leistung gestaunt.

LEENA LANDER

Der arktische Frühling

Olkikumpu, Mai 1936

Sean O'Briens dritter Frühling in Finnland, so viel Arbeit wie nie zuvor. In den Schacht muß er manchmal auch nachts, wenn dort in der Hoffnung auf neue Funde gebohrt wird. Schon sind Studenten zur Geländeerkundung eingetroffen. Als Gehilfen hieß es, aber sie fallen ihm eher zur Last, als daß sie ihm nützten; er muß sich an ihrer Ausbildung beteiligen und sie beaufsichtigen, ihnen das Bohren beibringen und die Ergebnisse ablesen und obendrein auch noch über jeden einzelnen einen Bericht schreiben.

Sie machen Exkursionen, mitunter bis in die Nähe der russischen Grenze. Die Kartierung des Gebietes bestätigt dem Mann seine frühere Auffassung, daß der Serpentinhorizont nach Osten hin auskeilt.

Die dioritischen und quarzdioritischen Gesteine scheinen relativ verbreitet zu sein, aber sie treten nicht als sehr umfangreiche, zusammenhängende Vorkommen auf. In die Karte trägt er sie nur als Granit ein. Er findet das schade, denn diese Diorite, die ihrer Farbe nach sturmwolkengrau, ein wenig dunkler als Granit sind, könnte man schleifen und als Grabsteine verwenden. Sogar für Denkmäler.

Aber die Gesellschaft ist natürlich nicht an anderen Verwendungszwecken der Steine interessiert, sie würde eine so detaillierte Kartierung für Zeitverschwendung halten.

Als Dolmetscher hat er jetzt Tepe Tirkkonen, den alten Bergmann mit Amerikaerfahrung. Mit dessen Englisch ist es nicht weit her, aber Sean O'Brien versucht, Finnisch zu lernen, wann immer es möglich ist. Die Exkursionen eignen sich dafür besonders gut, da gibt es immer Zeit, um sich hinzusetzen und zu plaudern.

»Wie würdest du auf finnisch sagen ›Mein Haus ist abgebrannt‹?« fragte er unglücklicherweise einmal Tepe Tirkkonen, während dieser ein Lagerfeuer machte.

»Dein Haus ist abgebrannt«, antwortet Tepe ohne zu zögern auf finnisch und schiebt den Hut auf den Hinterkopf.

So viel Finnisch versteht der Mann schon, daß er präzisieren kann:

»Nein, nein, sag nicht ›dein Haus‹. Ich möchte, daß du sagst ›Mein Haus ist abgebrannt‹.«

Tepe stiert ihn unheilverkündend an, kippt den Rest des Kaffees auf die Erde.

»Wenn du mein Haus meinst, das ich vom Fußboden bis zum Dach mit eigenen Händen erbaut habe, dann ist das, Teufel noch mal, nicht abgebrannt.«

»Jaa, aber es könnte doch passieren, daß es abbrennt. Wie würdest du mir dann sagen, daß dein Haus abgebrannt ist?«

Tepe zieht seinen Finnendolch aus der Scheide und erhebt sich drohend.

»Als ich mich auf den Weg zu dieser verdammten Exkursion gemacht habe, war mit meinem Haus alles in schönster Ordnung. Und jetzt kommst du Satansbraten und erzählst mir, daß es abgebrannt ist. Hast du es angezündet, oder was?«

Der Mann ist so perplex ob der Wende, die die Lektion genommen hat, daß er kein Wort herausbringt, nur auf den Dolch starrt und auf den langen, schwarzen Schnurrbart des Kumpels.

Die lastende Stille wird durch Tepe Tirkkonens plötzliches Gelächter beendet.

Er schleudert den Dolch so, daß er im gegenüberliegenden

Baumstamm steckenbleibt, drischt sich mit den Händen auf die Schenkel und lacht dröhnend, daß die Berge widerhallen.

»Der ist mir aber auf den Leim gegangen ...«

Die Praktikanten sehen den Geologen mitleidig lächelnd an, und er hört, wie der eine ihn flüsternd als bedauernswerten Engländer bezeichnet.

»Ich bin kein bedauernswerter Engländer«, sagt er niedergeschlagen. »Ich bin ein bedauernswerter Ire.«

Im Grunde aber ist er erfreut. Er findet den unerwarteten Temperamentsausbruch bei diesen mürrischen Menschen hinreißend, und er wundert sich immer noch darüber: Wie kann es in einem so kalten Land eine solche Aufwallung von Feuer und Schwefel geben? Jedes Mal überrascht es ihn. Wie ein Blitz aus heiterem Himmel, der hier mitten an einem strahlenden Sommertag einschlagen kann.

Welche Explosionsbereitschaft, welche Waldbrandgefahr unter all der Verschlossenheit! Nicht, daß das, für jedermann sichtbar, in ihnen lodert, o nein, es bricht nur dann aus ihnen heraus, wenn man es am wenigsten erwartet. So wie die blauen Flammen, die die Hirten in alter Zeit auf dem Gipfel des Olkikumpu sahen, wenn sie ihre Schafe suchten.

Deshalb wohl fühlen sie sich auch unter der Erde wie zu Hause. Hauen pfeifend das Gestein, vertiefen sich in ihre Arbeit mit systematischer, nie erlöschender Leidenschaft.

Der Ire fühlt sich unten im Bergwerk nicht wohl. Besonders nach dem Unglück. Wenn er einfahren und neue Funde untersuchen muß, versucht er immer, sich seiner Aufgabe so schnell wie möglich zu entledigen.

Diesmal ist er auf der dritten Sohle und klassifiziert an der Rolle neue Mineralien. Und diesmal ist ihm ein Malheur passiert. Eine Sache, die von einer kleinen Unachtsamkeit herrührte. In die Karbidlampe ist ein Wassertropfen eingedrungen, und sie ist erloschen. Oder vielleicht hat er sie absichtlich gelöscht, als er verstand: Jetzt ist es soweit.

Er hat schon von weitem gesehen, daß Eero Harjula dasteht, von einigen Männern umgeben, die ihm auf die Schultern klopfen und ihn lauthals beglückwünschen.

Aha. Es ist also geschehen.

Der Geologe betrachtet gegen seinen Willen die vor Stolz strahlenden Gesichtszüge des Obersteigers, die auch unter dem verschossenen Filzhut und dem schwarzen Steinstaub schön sind, versucht sogar zu lächeln:

»Herzlichen Glückwunsch! Mädchen oder Junge?«

Eero Harjula sieht kaum nach dem Iren hin. Ihn bewegt etwas anderes.

Es scheint, als platze er fast von den verwirrenden Empfindungen, die die Nachricht in seinem Innersten aufgewühlt hat. Er geht zum Förderhaken, hängt aber keine Last daran.

Nein, er ergreift den Haken mit einer Hand. Die Männer stehen da, die Thermosflaschen in der Faust, starren mucksmäuschenstill, mit angehaltenem Atem auf das, was da geschieht.

Er hält sich fest, gibt das Zeichen zum Hochholen.

Er wird runterfallen, denkt Sean O'Brien. Das schafft er nicht bis nach oben. Das schafft niemand. Und alle wissen, daß der Geologe das hätte verhindern können, aber nichts getan hat. Nur ein Wort, und Eero Harjula hätte gehorchen müssen. Eine grobe Verletzung der Sicherheitsbestimmungen. Geradezu kriminell. Aber der leitende Geologe hat nichts gesagt.

Er wird abstürzen, denkt er. Auf dem Grund des Schachts, auf dessen schwarzen Steinen vor ihrer aller Augen zerschmettert werden, und der Ire hat nichts getan, um es zu verhindern: Das will ich nicht, das nun doch nicht, daß Eero Harjula aufhört zu existieren.

Oder will ich es doch?

Da hängt er nun im Innern des Schachts, der Obersteiger Eero Harjula, baumelt an seinen Händen in der eiskalten, bläulichen Leere des Berges. Die Lichter der Karbidlampen auf der Stirn der Männer zerschneiden die Tiefe, die Sekunden ticken in die Leere, bald wird er als ein blutiger Klumpen vor ihnen liegen, der Puls des Berges pocht den sicheren Tod, so muß es geschehen, unausweichlich, jetzt, jetzt, jetzt.

Eero Harjula will es selbst. Der Schatten des Steins hat sich auf seine Seele gelegt.

In irgendeiner Nacht. Im Augenblick übermäßiger Erschöpfung hat der Hautlose seinen Weg in ihn gefunden.

So muß es sein.

Wenn ein Mann im Bergwerk stirbt, wird nur sein Körper fortgetragen. Der Geist aber bleibt zurück, ein hautloser Teufel wird daraus, der die Männer zur Nachtzeit quält. Ein Hautloser ist ewig, ist für immer lebenshungrig, er muß es schaffen, jemanden in Besitz zu nehmen, irgendein Mensch muß mit ihm eins werden.

Ein lebender Stein.

Der Hautlose wartet, zusammengekauert im finstersten Winkel, sein Atem kann stinken, wenn man recht zu schnüffeln versteht; den widerwärtigen Geruch der Zähne des Todes; er singt ein schwarzes Wiegenlied; er fährt in die Haut eines Mannes, wenn er zu müde ist, zu müde, um darüber nachzudenken, warum seine Frau ihn nicht mehr will, wenn der Mann im Stehen fast einschläft, nachdem er zu viele Nächte neben einer Frau wach gelegen hat, die kalt geworden ist …

Bald stürzt Eero Harjula, stürzt auf den Grund, in die Tiefe des Berges. Wird zerschmettert, stirbt ganz gewiß.

Alles hat sein Gesetz: Im freien Fall wirkt nur die Schwerkraft auf einen Körper, die Beschleunigung des Körpers ist dann die Beschleunigung der Schwerkraft, mit anderen Worten, die Geschwindigkeit nimmt jede Sekunde um neun Komma acht eins Meter pro Sekunde zu … Aus dieser Höhe bedeutet das …

Er fällt nicht.

Als Eero Harjula angekommen ist, hört man im Schacht aus den oberen Regionen ein triumphierendes Geheul:

»Ein Junge, Teufel auch! Jetzt hat Harjula einen Sohn!«

Die Männer lassen die Luft aus ihren Lungen, schütteln den Kopf, aber lachen schon. Pfeifen. Sie verstehen es.

»Was für ein Teufelskerl!«

Und auch Herr O'Brien begreift, daß dies eine Ausnahmesituation war, und er wird niemandem gegenüber ein unnötiges Wort über Eero Harjulas Possen verlieren, bestimmt nicht im Kontor, gegenüber diesen humorlosen Federfuchsern... schließlich muß ein Mann seinen ersten Sohn feiern, was denn sonst!

Bestimmt hat es auch ein wenig damit zu tun. So kann man die Sache auch sehen.

Na klar, genauso ist es, hol doch der Teufel diesen und jenen!

Vielleicht steigt dem Geologen auch der arktische Frühling, dessen unglaubliches Tempo, immer noch zu Kopf. Schon im Februar wurde der Tag um fünf Stunden länger, und jetzt sind wir dabei, in die weißen Nächte einzutauchen, in das vollkommene Fest von Licht und Sonne, und er, der Fremde, kann nicht umhin, sich stumm darüber zu wundern, wie die Seele dieser in Kälte und Finsternis erstarrten Menschen mitten im Auge eines solchen Lichtsturms rotiert, ohne das Gleichgewicht zu verlieren.

Ein aufwühlender Frühling. Als er die Frau in diesem Zustand erblickte. Furchtbar, weil er es nicht gewußt hatte. Weil er es nicht hatte wissen dürfen. Nicht hatte helfen, trösten, die Frau stützen dürfen.

Er mußte nur warten. Warten, warten, warten.

Als er eine Stunde später nach oben kommt, ist Eero Harjula immer noch im Umkleideraum, schon ganz schön beschwipst. Er bietet dem Geologen die Flasche an.

Der nimmt einen Schluck.

»Ich hab einen Jungen, verdammt!«

»Herzlichen Glückwunsch!«

Das ist alles. Er sagt kein Wort, während er seine Sachen auszieht, die schwarz sind vom Steinstaub. Auch Eero Harjula ist still, schüttelt nur für sich den Kopf, schenkt dem Geologen dann und wann ein verlegen gutwilliges Lächeln, nimmt beachtliche Schlucke aus seiner Flasche.

Eero Harjula ist an dem ausländischen Geologen nicht interessiert. Sie haben keine gemeinsame Sprache. Und was versteht er, der arme Kerl aus dem Ausland und ohne Familie, schon von den Freuden der Vaterschaft?

Der Mann betrachtet den betrunkenen Obersteiger, der sich dort hingefläzt hat, die breite, unbehaarte Brust nackt, und im grünen Licht der Sprossenfenster badet.

Schutzlos, vertrauensvoll, selig.

Sollte er ihn bemitleiden oder hassen? Daß Eero Harjula sich nicht scheut, so unerträglich glücklich zu wirken, so als wäre alles in schönster Ordnung, so als erwarte ihn tatsächlich eine verantwortungsvolle, aber lohnende Zukunft als Vater einer Großfamilie.

Das frische Glück hat schon Wurzeln in ihm geschlagen. Es wächst und wächst unter Sean O'Briens staunenden Augen, ein Mann, der einen Sohn hat, so lautet der Name dieses herzigen Tableaus, auf den künftigen Kameraden beim Fischen, prost, hei!

Der Geologe geht in die Dusche. Durch das angelehnte Fenster strömt der herbe Geruch frisch gepflügter Erde herein und vermischt sich mit dem Wasserdampf und dem Duft der Seife.

Aber die Frau hat es doch versprochen.

Sie hat im Brief versprochen, daß sie dann geht, wenn.

Versprochen. Geschworen. Dann bin ich dein, wenn.

Hinter dem Geplätscher des Wassers hört er, daß Eero Harjula angefangen hat zu reden. Er spricht Finnisch, mit Nachdruck, ohne Pausen.

Und hört nicht auf, als der Mann zurückkommt, als er sich

saubere Sachen anzieht. Auch der Obersteiger trägt jetzt ein weißes Hemd und Krawatte, und in den feuchten Haaren sieht man die regelmäßigen Furchen der Kammzinken.

Die Flasche ist zu mehr als der Hälfte geleert. An den Fensterscheiben surren die Fliegen, seine Rede strömt rhythmisch, beruhigend dahin, als wäre er ein Lehrer, der versucht, seinem Schüler eine Sache klarzumachen, die schwieriger ist als gewöhnlich.

Sie treten unmittelbar nacheinander aus der Tür, die große Hand legt sich dem Geologen fast zärtlich auf die Schulter. An der Ecke steht ein schwarzes Auto. Eero Harjula bedeutet dem Mann, dort einzusteigen.

»Nein«, sagt der Ire. »Ich habe noch zu tun.«

Irgend etwas stimmt nicht. Etwas hat sich verändert. Jetzt herrscht ein anderes Gesetz, ein neuer Rhythmus im Atem des Obersteigers.

Dafür also war der Schnaps nötig. Dafür.

Der Haß ist eine Höhle. Eine kalte und finstere Höhle, deren Eingang jemand verstopft hat. So beschaffen, daß man sich immer tiefer darin verirrt.

Eero Harjula öffnet die Tür zum Beifahrersitz, lächelt aufmunternd wie ein gastfreundlicher Hausherr, vor dem man sich vergeblich ziert, der Ausflüchte überhaupt nicht zur Kenntnis nimmt.

Aber die Augen. Zum ersten Mal blickt Sean O'Brien Eero Harjula direkt in die Augen.

Und sieht, daß der andere Bescheid weiß.

Mikael Niemi

Wir waren niemand
oder
Die Dickschädel

Mit der Zeit wurde uns klar, dass unsere Heimat eigentlich gar nicht zu Schweden gehörte. Wir waren sozusagen nur aus Zufall dazugekommen. Ein nördlicher Anhang, ein paar öde Sumpfgebiete, in denen kaum Menschen lebten, die es kaum schafften, Schweden zu sein. Wir waren anders, ein bisschen unterlegen, ein bisschen ungebildet, ein bisschen arm im Geist. Wir hatten keine Rehe oder Igel oder Nachtigallen. Wir hatten keine Berühmtheiten. Wir hatten keine Achterbahnen, keine Verkehrsampeln, kein Schloss und keinen Herrensitz. Wir hatten nur unendlich viele Mücken, tornedal-finnische Flüche und Kommunisten.

Das war ein Aufwachsen im Mangel. Nicht in einem Mangel materieller Art, in der Beziehung hatten wir genug, um zurechtzukommen, sondern identitätsmäßig. Wir waren niemand. Unsere Eltern waren niemand. Unsere Vorväter hatten keinerlei Bedeutung für die schwedische Geschichte gehabt. Unsere Nachnamen konnten von den wenigen Referendaren, die aus dem richtigen Schweden zu uns kamen, nicht buchstabiert und schon gar nicht ausgesprochen werden. Keiner von uns traute sich, an »Upp till tretton« zu schreiben, da Ulf Elfving glauben könnte, wir wären Finnen. Unsere Heimat war zu klein, um auf der Landkarte zu erscheinen. Wir schafften es ja kaum, uns selbst zu versorgen und nicht von der Sozialhilfe abhängig zu sein. Wir sahen, wie die bäuerlichen Familienbetriebe ausstarben und die Weiden von Unkraut überwuchert wurden, wir sahen die letzten Holzflöße auf dem Torneälv und dann keines mehr, wir sahen, wie vierzig kräftige Waldarbeiter von einem einzigen dieselstinkenden Scooter ersetzt wurden, wir sahen unsere Väter die Handschuhe an den Nagel hängen und fortreisen, für lange Wochen in die Gruben von Kiruna. Wir hatten die schlechtesten Ergebnisse im Standardtest im ganzen Reich. Wir hatten keine Tischsitten. Wir trugen auch im Haus Mützen. Wir suchten nie Pilze, vermieden Gemüse und aßen nie Krebsschnittchen. Wir konnten uns nicht ordentlich unterhalten, nicht deklamieren, keine Geschenke einwickeln oder eine Rede halten. Wir gingen mit den Füßen auswärts. Wir radebrechten auf Finnisch, ohne Finnen zu sein, wir radebrechten auf Schwedisch, ohne Schweden zu sein.

Wir waren nichts.

Es gab nur einen Ausweg. Eine einzige Möglichkeit, wenn man etwas werden wollte, und wenn es nur das Allergeringste war. Nämlich wegzuziehen. Wir lernten, uns darauf zu freuen, überzeugt, dass es die Chance unseres Lebens sei, und wir gehorchten. In Västerås würde man endlich ein richtiger Mensch werden. In Lund. In Södertälje. In Arvika. In Borås. Es kam zu einer riesigen Evakuierung. Einer Flüchtlingswelle, die unseren Ort leerte und merkwürdigerweise als vollkommen freiwillig angesehen wurde. Ein unsichtbarer Krieg.

Die Einzigen, die aus dem Süden zurückkehrten, waren die Toten. Verkehrsopfer. Selbstmörder. Und mit der Zeit auch die Aidstoten. Schwere Särge, die in den gefrorenen Boden zwischen den Birken des Pajala-Friedhofs gesenkt wurden. *Kotmaassa*.

[...]

Mein Vater war einer von der stillen Sorte. Er hatte drei Ziele in seinem Leben gehabt und sie alle erreicht, und manchmal strahlte er eine Selbstzufriedenheit aus, die mich reizte, je älter ich wurde. Erstens wollte er stark werden, und die Waldarbeit hatte ihm anschwellende Muskeln gegeben. Zweitens wollte er finanziell unabhängig sein. Und drittens eine Frau finden. Nachdem ihm all das gelungen war, war es jetzt meine Aufgabe, die Fackel weiterzutragen, und ich spürte, wie der Druck mit jedem Tag wuchs. Das Gitarrengeklimper stand jedenfalls nicht besonders hoch im Kurs. Dagegen übertrug er mir gern die Aufgabe, mit der stumpfsten Säge, die er finden konnte, Holz zu sägen, um so meine Oberkörpermuskeln zu kräftigen. Ab und zu überprüfte er, ob ich auch nicht schummelte, schob seinen kräftigen Unterkiefer vor, der einem Holzschuh ähnelte, und zupfte am Schirm seiner Mütze, die nur schwer auf seiner flachen, nach hinten fliehenden Stirn Halt fand. Er hatte nur einen schwachen Bartwuchs, was unter den Tornedalbewohnern ganz üblich ist, deshalb erschienen seine Wangen leicht dick und fast babyhaft, und mitten aus diesem Hefeteig ragte die Nase hervor. Sie sah aus wie ein Radieschen, das jemand geworfen hatte, sodass es etwas schräg gelandet war, und ich ertappte mich immer wieder dabei, dass ich am liebsten an ihr gezupft und sie gerichtet hätte.

Er stand da, ohne etwas zu sagen, während ich sägte und schwitzte. Schließlich streckte er die Hand vor und maß meine Oberarme zwischen Daumen und Zeigefinger und dachte dabei, dass ich doch lieber ein Mädchen geworden wäre.

Er selbst war breitschultrig, genau wie seine acht Brüder, die hatten alle die gleichen bulligen Muskelpakete auf den Schultern und den gleichen gedrungenen Stiernacken, der auf der Vorderseite des Körpers hervorzuragen schien, sodass alle leicht gebeugt erschienen. Es ist ein Jammer, dass ich selbst nicht mehr von ihnen geerbt habe, und sei es auch nur, um endlich die Kommentare der verdammten Kerle nicht mehr hören zu müssen, wenn sie sich an den Familienfeiertagen besaufen. Aber der größte Teil der Muskeln war wohl, genau wie bei meinem Vater, Ergebnis harter körperlicher Arbeit seit dem dreizehnten Lebensjahr. Alle hatten sie in diesem Alter angefangen, im Wald zu arbeiten. Die Winter hindurch gesägt und gehackt, um den Akkord zu erfüllen. Anschließend geflößt, wenn das Frühjahr kam, und dann Heuernte und Torfstechen, Grasschnitt im Moor oder Grabenpflege für ein paar Kronen vom Staat, und in ihrer Freizeit hatten sie für sich selbst ein Haus gebaut und die ganze Nacht hindurch die Bretter dafür mit der Hand gesägt. Das war ein Schuften, das sie widerstandsfähig machte wie das zu schmiedende Eisen von Kengis.

Mein jüngster Onkel Ville war immer Junggeselle geblieben, und viele glaubten, dass er das auch für alle Zeiten bleiben würde. Oft war er auf Freiersfüßen in Finnland gewesen, aber es hatte nie geklappt, und er verstand einfach nicht, was er falsch machte. Schließlich hatte ihm ein Nachbar den Rat gegeben:

»Du musst dir ein Auto kaufen.«

Ville folgte dem Rat und kaufte sich einen alten Volvo. Mit dem fuhr er wiederum nach Finnland und konnte sich dort gleich verloben – und wunderte sich, warum er nicht selbst schon viel früher auf so einleuchtende Dinge gekommen war.

Die Hochzeit fand im Sommer, mitten während der Ferien, statt, und das Rauchstubenhaus der Eltern füllte sich mit Verwandten. Ich sollte bald dreizehn werden und durfte zum ersten Mal mit am Erwachsenentisch sitzen. Eine Mauer schweigender Männer, Schulter an Schulter wie ein Felsblock, und dazwischen ab und zu eine ihrer hübschen Frauen aus Finnland wie Blumen an einer Felswand. Wie üblich in unserer Familie wurde kein Wort gesagt. Man wartete auf das Essen.

Die Mahlzeit begann mit Knäckebrotscheiben und Lachs. Jeder der Männer drehte das Brot um, damit die Löcher unten waren, bevor er es bestrich. Man wollte Butter sparen, wie sie es von den armen Eltern gelernt hatten. Und dann auf die frisch gestrichenen Scheiben der gebeizte, süßsalzige Lachs, heimlich mit dem Netz im Kardisgebiet gefischt. Eiskaltes Bier. Keine unnötigen Kommentare. Nur das Brautpaar, das an der Stirnseite saß, forderte alle auf, doch noch einmal zuzugreifen. Das Knäckebrotknacken mahlender Stierkiefer, breite, gebeugte Rücken, hochgezogene Augenbrauen und Konzentration. Die helfenden Frauen in der Küche schleppten Platten und Flaschen aus dem Vorratskeller herbei. Die Mutter der Braut, die aus dem finnischen Kolari stammte und deshalb die Sitten der Gegend kannte, sagte, dass sie noch nie erlebt hätte, dass gestandene Mannsleute so wenig aßen, worauf alle eine weitere Portion nahmen.

Dann kam der Topf mit der Fleischsuppe auf den Tisch, dampfend, als brenne er, mit mürben Rentierstückchen, die den Gaumen streichelten, goldenen Rübchen, kräutersüßen Karotten und buttergelben gewürfelten Mandelkartoffeln in einer kräftigen Brühe, die nach Schweiß und Waldboden schmeckte, auf der das Fett in Kreisen lag wie die Luftringe von Äschen in einer atemlosen Sommernacht. Daneben wurde ein Trog mit frisch gekochten Markknochen gestellt. Die Endstücke waren abgesägt, und Holzspieße lagen daneben, sodass man problemlos das fettgraue Innere herausziehen konnte, lange Markstränge, so zart, dass sie auf der Zunge zerschmolzen. Die Männer lachten zwar nicht, aber sie bekamen einen helleren Farbton im Gesicht und seufzten innerlich vor Erleichterung, weil das Essen war, das man kannte und schätzte, Essen, das den Bauch füllte und Saft und Kraft gab. Bei feierlichen Gelegenheiten wie gerade Hochzeiten konnten die zuverlässigsten und vernünftigsten Familienmitglieder ganz verrückte Ideen bekommen hinsichtlich der Ansicht, was etwas taugte und fein genug war, und dann Gras servieren, das als Salat bezeichnet wurde, und Soßen, die nach Seife schmeckten, und viel zu viele Gabeln neben den Teller legen und ein Getränk servieren, das Wein genannt wurde, so sauer und herb, dass die Lippen sich kräuselten und man sonst was für ein Glas Buttermilch gegeben hätte.

Man fing an zu schlürfen und zu schlingen. Das war ein Geschmatze, das die Köchinnen bis in ihre Seelen hinein erfreute. Man füllte die Mundhöhlen mit in Brühe gewürztem und im Wald gewachsenem Fleisch und Wurzelfrüchten, die in der heimatlichen Erde gewachsen und gereift waren, und spürte, wie das Fett vom Kinn tropfte. Die Helferinnen liefen mit Tellern herum, bis oben hin voll mit frisch gebackenen, ungesäuerten Brotlaiben, denen noch das Aroma von Birkenrauch vom Backofen anhing, ein Brot, noch so heiß, dass die Butterstückchen darauf schmolzen, gebacken aus Mehl aus norrländischem Getreide, das in Wind, Sonne und kräftigem Regen gereift war, ein kräftiges Brot, das ein Bauernmaul in reiner Glückseligkeit innehalten und die Augen nach oben wenden ließ, während die Frauen sich stolz gegenseitig kichernd zuzwinkerten und das Mehl von ihren Teighänden abklatschten.

Jetzt war der richtige Zeitpunkt für den ersten Schnaps gekommen. Die Flasche wurde sich leise vortastend von der Alten gebracht, die am wenigstens religiös war. Die Männer hielten inne, wiegten sich dann leicht von einer Seite zur anderen und hoben ihre Hintern, wischten sich die Essensreste vom Kinn und folgten der Reliquie mit den Augen. Gemäß den Instruktionen war sie immer noch versiegelt, aber jetzt wurde im Beisein aller der Korken herausgedreht, sodass die Flanschen knackend brachen und alle damit wussten, dass hier gekaufter Schnaps angeboten wurde und kein selbstgebrannter, hier hatte man also weder Kosten noch Mühe gescheut. Die Flasche beschlug, und die Tropfen klirrten unter andächtigem Schweigen wie Eisperlen ins Glas. Breite Daumen und Zeigefinger umfassten den kleinen, gefrorenen Schluck. Der Bräutigam erließ seinen Brüdern ihre Sünden, worauf alle sich nach hinten zurücklehnten und die kalte Speerspitze tief ins Fleischloch der Kehle kippen ließen. Ein Raunen ging durch die Gesellschaft, und die Plappermäuler unter den Männern sagten Amen. Die Frau mit der Flasche machte eine weitere Runde. Die Brautmutter drohte wütend mit ihrer Bassstimme, dass das ja wohl typisch sei, dass ausgerechnet ihre Tochter sich einen aus der beim Essen wählerischsten Familie auf der ganzen finnischsprechenden Erdmasse aussuchen musste und dass das Essen nun mal mit dem Maul gegessen werde, wenn das vielleicht jemand noch nicht begriffen habe, woraufhin die Küchenhilfen neue dampfende Fleischtöpfe und Knochenmarkplatten heranschleppten und alle noch eine Portion nahmen.

Die Männer prosteten sich ein zweites Mal zu und die Frauen auch, abgesehen von denen, die Auto fahren mussten. Mir gegenüber saß eine umwerfend schöne Finnin aus der Kolarigegend. Sie hatte braune, fast arabische Augen und rabenschwarzes Haar, sicher stammte sie aus einer Samenfamilie, trug sie doch eine große Silberbrosche am Halskragen. Sie lächelte mit spitzen, weißen Zähnen und schob ihr halb gefülltes Schnapsglas zu mir rüber. Kein Wort, nur ein verwegener, offener Blick, als drohe sie mir. Alle Männer bremsten ihre schwappenden Suppenlöffel. Im Augenwinkel sah ich, wie Vater warnen wollte, aber da hatte ich das Glas bereits zwischen den Fingern. Die Fingerspitzen der Frau strichen leicht wie ein Schmetterling über die Innenseite meines Handgelenks, das war so schön, dass ich fast den Schnaps verschüttet hätte.

Und endlich fingen die Männer an zu reden. Zum ersten Mal an diesem Tag begann etwas, das einer Konversation ähnelte. Das war wohl der Schnaps, der den gefrorenen Boden in den Zungen zum Schmelzen brachte, und das Erste, was diskutiert wurde, war, ob der arme Junge jetzt den Schnaps über die Tischdecke spucken oder husten würde, so schmächtig und zart, wie er aussah. Mein Vater wollte aufstehen und mich aufhalten, trotz der erwartungsvollen Blicke seiner Brüder, und ich wusste, dass ich mich beeilen musste.

Schnell warf ich den Kopf nach hinten und kippte alles in mich hinein, ungefähr wie Medizin. Und es fuhr in den Körper wie ein Pissestrahl in den Schnee, und die Männer lachten. Ich hustete nicht einmal, spürte nur ein schmelzendes Feuer im

Magen und eine Lust, mich zu erbrechen, die äußerlich nicht zu erkennen war. Und mein Vater sah böse aus, musste aber einsehen, dass es zu spät war, während seine Brüder erklärten, dass der Junge ja schließlich mit ihnen verwandt sei. Dann prahlten sie mit der ungemeinen Schnapsresistenz unserer Familie, was anschließend mit mehreren ausführlichen Berichten und Geschichten belegt wurde. Als das Thema erschöpfend behandelt war, was aber erst nach langer Zeit der Fall war, kam die Rede auf die unfassbare Saunaresistenz unserer Familie, was ebenso gründlich belegt wurde wie das vorherige Thema. Einer der Männer wurde rausgeschickt, um die Dampfsauna auf dem Hof ordentlich anzuheizen, und man diskutierte verwundert untereinander, warum eigentlich niemand schon vorher auf eine derart selbstverständliche Sache gekommen war. Anschließend kam das Gespräch auf die unglaubliche Fähigkeit unserer Familie für harte, physische Arbeit, die beidseits der Grenze berühmt war, und um zu beweisen, dass man nicht aufschnitt oder übertrieb, wurde eine ansehnliche Anzahl von Geschichten wiedergegeben, die über uns in den Hütten erzählt wurden.

Die Familie der Braut begann allmählich Zeichen einer leichten Ungeduld zu zeigen. Besonders einige der kräftiger gewachsenen Männer hatten offensichtlich Ambitionen, ihr Zungenband zu lösen. Schließlich öffnete der Redegewandteste seinen Schnabel zum ersten Mal an diesem Abend in anderer Absicht, als zu essen. Er hielt einen überraschend spöttischen Vortrag über Familien, die meinen, sie wären etwas Besonderes, und die ihre Mäuler im öffentlichen Rahmen ganz unnötig aufreißen. Vater und seine Brüder ließen diesen Einwand links liegen und vertieften sich stattdessen in die Geschichte, wie ein Urahn einen Fünfzigkilo-Mehlsack plus einen Eisenspeer und seine gichtgebeugte Frau vierzig Kilometer weit auf dem Rücken getragen hatte, ohne sein Gepäck auch nur bei den Pinkelpausen abzulegen.

Die Küchenhelferinnen kamen jetzt mit Riesenplatten voller selbst gebackener Leckereien. Da waren Weizenwecken, weich wie Mädchenwangen, knusprige Kuchen aus Kangos, saftiges Buttergebäck, knusprige Brezeln, eierzarte Zuckerkuchen, in Fett gebackene Ringe, Biskuitrollen mit himmlischer Brombeerfüllung, um nur einiges zu nennen. Außerdem kamen bis zum Rand gefüllte Schüsseln mit Schlagsahne und erwärmten eingelegten Multebeeren, die nach Gold und Sonne schmeckten. Porzellantassen klapperten in Mengen, und Kaffee wurde rußschwarz aus riesigen Kesseln ausgeschenkt, die jeder für sich eine größere Gemeinde hätten versorgen können. Goldene Tornedalsche Käselaibe, groß wie Winterreifen, wurden über den Tisch gerollt, mit der größten Finesse in all diesem süßen Überfluss, einem braunen, harten Stück getrocknetem Rentierfleisch. Man schnitt gesalzene Scheiben ab und legte sie in den Kaffee, das Ganze noch mit Käse gemischt, und schob sich weiße Zuckerstückchen zwischen die Zähne. Dann, mit zitternden Fingerspitzen, kippte man etwas auf die Untertasse und schlürfte das Himmelreich in sich hinein.

Sobald ich Kaffee bekam, war der Brechreiz verschwunden. Es schien mir, als würde alles klarer werden. Eine diesige Regenwolke erhob sich und enthüllte plötzlich die Schönheit der Landschaft. Meine Augen fühlten sich wie heiße Ballons an, und ich sah die runden Stierköpfe meiner Onkel zu einer gewaltigen Größe anschwellen. Der Kaffee veränderte seinen Geschmack im Mund, er wurde schwärzer und teeriger. Ich hatte eine unbändige Lust, einfach loszuschreien. Dann musste ich lachen, es nützte nichts, das kam von den Wurzeln hoch und musste heraus. Da kam mir die wunderschöne Finnin wieder vor Augen, und ich dachte an eine Fotze, das kam vollkommen unkontrolliert, und ihre Schönheit war fast traumhaft.

»*Mie uskon että poika an päissä.* Ich glaube, der Junge ist besoffen«, sagte sie auf Finnisch mit einer tiefen, leicht heiseren Stimme.

Alle lachten, auch ich, und das so sehr, dass ich fast vom Stuhl fiel. Dann kaute ich Trockenfleisch und Tornedalschen Käse und kleckerte vom Teller und dachte, ach ja, ach ja, jetzt ist man ein Rennfahrer. Die Brautmutter klagte über die vielen Spatzen am Tisch, die sich weigerten, etwas zu essen, es sei unbegreiflich, wie einer so wählerischen Familie überhaupt hatte gelingen können, sich fortzupflanzen, und dass sie noch nie von einer derartigen Bescheidenheit in der Tornedalschen Großzügigkeit gehört hätte, seit der schwedische König sich geweigert hatte, in Vojakkala Schnaps zu saufen. Alle griffen sofort noch einmal zu. Die Brautmutter rief aus, dass sie sich das Brot woanders reinstopfen könnten, wenn sie weiterhin so lächerlich wenig eintunken würden, auch ihre Geduld habe irgendwann ein Ende. Alle waren jetzt kurz vorm Platzen, die Gürtel wurden aufs letzte Loch gespannt, aber trotzdem wurde noch mehr zum Stippen genommen. Und Kaffeenachschlag und noch mal Kaffeenachschlag. Schließlich war es zu Ende, absolut zu Ende. Ganz unmöglich, auch nur noch einen Krümel runterzukriegen.

Da wurde mehr Cognac gereicht. Die meisten lehnten dankend ab, außer ein paar finnischen Frauen. Dagegen sagten mehrere zu weiteren Klaren nicht Nein, da doch *kirkasta* die merkwürdige Eigenschaft hatte, keinen Platz im Magen einzunehmen, sondern im Gegenteil die Verdauung und das Wohlbefinden förderte und die Trägheit vertrieb, die sich gern nach einer zufrieden stellenden Mahlzeit einstellte. Der Bräutigam nickte erneut der am wenigsten gläubigen Alten zu, worauf diese mit allen leeren Flaschen in die Küche ging. Als sie zurückkam, waren diese auf magische Weise wieder gefüllt, aber als ich mein Glas hinhielt, schlug mein Vater mir auf die Hand, dass es brannte.

Jemand erinnerte sich plötzlich an ein Gesprächsthema, das kurz gestreift worden war, und sofort waren alle Brüder wieder dabei. Erzählten von damals, als das Pferd des Großvaters auf dem Harschschnee zu Schaden kam und er anschließend selbst das Holzfuhrwerk nach Hause zog, das Pferd obendrauf festgespannt. Oder von dem Cousin, der bereits im Alter von acht Jahren den Flusskahn die neunzig Kilometer von Matarenki bis nach Kengis hochstakte. Oder von der Tante der Großmutter mütterlicherseits, die einem Bären im Beerenwald begegnete, ihn mit ihrer Holzaxt tötete und das Fleisch in zusammengeknoteten Tüchern auf ihrem Rücken nach Hause trug. Oder von den Zwillingsbrüdern, die man abends in den Waldarbeiterkojen hatte festbinden müssen, damit sie nicht ganz allein das gesamte Aareavaaragebiet kahl schlugen. Oder von dem Cousin, der als schwachsinnig angesehen und zum Flößen nur zum halben Lohn eingestellt wurde, der aber bereits in der ersten Nacht auf eigene Faust einen Hundertmeterholzstau bei Tronen löste. Ja, so war es nun mal mit unserer Familie, derartig kräftige, ausdauernde, starrköpfige, geduldige und vor allem bescheidene Arbeiter waren im gesamten finnischsprachigen Gebiet noch nie gefunden worden. Darauf stießen die Brüder lautstark an und erinnerten dann an die Findlinge, die versetzt wurden, die ausgedehnten Moorgebiete, die trockengelegt wurden, die schrecklichen Geduldsproben beim Militär, an den Lastwagen, der einen Motorschaden hatte und die dreißig Kilometer zwischen Pissiniemi und Ristimella mit der Hand geschoben werden musste, die unendlichen Weiden, die in Rekordzeit gemäht wurden, alle schrecklichen Prügeleien, die zu Gunsten der Familie ausgingen, an den 5-Zoll-Nagel, der mit der bloßen Faust eingeschlagen wurde, an den Skiläufer, der gegen den Eisenerzzug gewann, sowie alle anderen unübertroffenen Großtaten, die mit Axt, Hacke, Handpflug, Fuchsschwanz, Spaten, Fischspeer und Kartoffelforke ausgeführt worden waren.

Dann prostete man sich wieder zu. Nicht zu vergessen die Frauen der Familie und ihre Taten beim Handmelken, Butterkärnen, Beerenpflücken, Weben, ungesäuertes Brot Backen und Heurechen, die ebensolche unschlagbaren Rekorde auf dem Feld der Frauenarbeiten hervorriefen. Solche arbeitswilligen Weiber fand man außerhalb der Familie nicht. Die Kerle priesen darüber hinaus die eigene Klugheit, weil sie sich ihre Frauen aus Finnland holten, da sie dort zäh waren wie Weiden, geduldig wie Rentiere und schön wie Birkenstämme an blauen Seen, und außerdem hatten sie einen breiten Arsch, der oft und leicht wohlgeratene Kinder gebar.

Die männlichen Verwandten der Braut hatten währenddessen nach Art der Finnen schweigend dagesessen und waren immer wütender geworden. Der Breiteste und Glatzköpfigste von ihnen, Ismo, stand jetzt auf und sagte, dass er in dieser Gegend seit den Tagen des reaktionären Lappenaufstands nicht mehr solchen Blödsinn auf Finnisch gehört hätte. Mein Vater erklärte daraufhin auf eine herausfordernde Art, die ganz und gar nicht seinen Gewohnheiten entsprach, dass alles, was hier wiedergegeben worden war, allgemein belegten Tatsachen entsprach und dass er, falls andere Familien sich deshalb unterlegen fühlten oder neidisch wären, der Erste wäre, der das bedauere.

Ismo sagte verbissen, dass kein Mensch mehrere Quadratkilometer Wiese an einem einzigen Vormittag mähen konnte, niemand pflückte hundert Liter Multebeeren in drei Stunden, kein Wesen aus Fleisch und Blut könne einen Elchbullen mit der Faust töten, ihn dann häuten und den Körper mit dem Deckel einer Tabaksdose zerlegen. Onkel Einari, der Älteste der Brüder, sagte finster, dass alle zur Strecke gebrachten Elchbullen nichts waren im Vergleich zu den makellosen Taten, die von den Fäusten der Familie ausgerichtet worden waren, nicht zuletzt bei Hochzeiten, und nicht zuletzt gegenüber breitmäuligen Wichtigtuern, die mit der Behauptung kämen, man würde lügen. Er hätte noch mehr gesagt, gesprächig, wie er plötzlich wurde, wenn ihm seine Frau nicht einfach die Hand auf den Mund gedrückt hätte. Ismo legte seinen Unterarm auf die

Tischplatte. Er war massiv wie ein Telefonmast. Dann sagte er, dass Prügeleien schwierig und als Kräftemesser eher zufällig seien, dass aber Armdrücken immer ein schnelles, zuverlässiges Resultat brachte.

Eine Weile blieb es ganz still. Dann standen die Brüder wie ein einziger Mann auf, auch mein Vater, und alle drängten sich wie schnaubende Bärenmännchen vor. Endlich war Schluss mit dem Geplapper, endlich würde man seine Schwerarbeitermuskeln anspannen und erproben können. Als Erster war Einari dran, er zog sich sein Jackett aus, löste seinen Schlips und krempelte sich die Hemdsärmel hoch. Sein Unterarm war fast ebenso breit wie der seines Widersachers. Kaffeetassen und Schnapsgläser wurden eilig abgeräumt. Die beiden Männer packten einander, die Hände schlossen sich wie Zangen. Ein plötzlicher Ruck ging durch beide Körper, und das Blut stieg ihnen ins Gesicht. Der Kampf hatte begonnen.

Schon von Anfang an war zu erkennen, dass der Ausgang des Kampfes ungewiss war. Die Arme erhoben sich wie zwei Pythonschlangen mit zitternden Köpfen, fest ineinander verbissen. Ein leises, fast unmerkliches Zittern pflanzte sich durch den Küchentisch bis hinunter in den Holzfußboden fort. Die schrankähnlichen Rücken bogen sich im Krampf vor, die Achselmuskeln schwollen an wie Hefeteig, die Köpfe wurden blutrot mit hervortretenden dunklen Adern, der Schweiß drang heraus und begann von den Nasenspitzen zu tropfen. Die Brüder drängten sich heran, mit offenem Mund, und schrien. Es ging um die Ehre der Familie, ihren Ruhm, ihren Stolz, es ging darum, sich ein für alle Mal gegenüber der angeheirateten Horde Respekt zu verschaffen. Die Gegner schrien gleichzeitig. Ihre Fäuste bebten und begannen sich zu neigen. Alle hatten etwas an den anderen auszusetzen. Dann ein Gegendruck in die andere Richtung. Die Männer traten vor Eifer auf der Stelle, gaben gute Ratschläge, spannten ihre eigenen Muskeln an, in der Hoffnung, es könne helfen. Als deutlich wurde, dass der Kampf sich noch hinziehen würde, wurde die Ungeduld einfach zu groß. Die Hormone wurden nach oben gepumpt und wollten heraus, die Waldarbeiterkörper forderten eine Beschäftigung. Bald war die gesamte Tafel von einem Wald adriger Baumstämme bedeckt, die wie in einem kräftigen Wind hin und her wankten. Ab und zu fielen sie wie von einem gewaltigen Sturm um, prasselten herab, dass die Tischplatte sich bog. Der Sieger grinste zufrieden und wurde vom Nächsten herausgefordert. Auch die Frauen wurden von der Erregung gepackt, fingen an zu schreien und zu brüllen. Einige hatten schließlich auch Schnaps getrunken, und die anderen wurden von der testosterongetränkten Luft erregt. Bald fingen zwei der älteren finnischen Frauen unter altertümlichen, fast vergessenen Flüchen mit dem Fingerhakeln an. Sie hakten sich mit ihren Schnabelschuhen an den Fußbodenbohlen fest, stöhnten und knirschten mit ihrem Gebiss, und eine der Alten bepisste sich, machte aber trotzdem weiter, während es unter ihren weiten Röcken in eine Pfütze plätscherte. Die Finger waren braun gefleckt und runzlig, aber stark wie Kneifzangen. Die Braut behauptete, sie habe noch nie stärkere Haken gesehen, hier waren die Weiber, die Kühe und Kerle gemolken hatten, woraufhin ihre Mitschwestern mit einfielen und eifrig die Überlegenheit der Frauen gegenüber den Männern betonten, zumindest was Ausdauer, Fingerfertigkeit, Sturheit, Geduld, Sparsamkeit, Beerenpflücktechnik und Widerstandskraft gegen Krankheiten betraf, was alles zusammen sie allen Kerlen überlegen sein ließ. Die eine Alte, Hilma, gewann mit einem wütenden Ruck und setzte sich direkt auf ihren Hintern, jedoch ohne den Oberschenkelhals zu brechen, was alle für das reine Glück hielten. Aufgekratzt forderte sie anschließend die Männer heraus, gesetzt den Fall, dass es solche in der Nähe gäbe, was wohl zu bezweifeln wäre. Vater und die anderen waren inzwischen beschäftigt mit einer atemlosen, prestigeträchtigen Meisterschaft unter Brüdern mit einem verwirrenden System von Halbfinalen, bei dem bald alle die Ergebnisse durcheinander brachten und sich stritten. Inmitten dieses Männerhaufens saßen Einari und Ismo bei ihrem immer noch nicht entschiedenen Kampf. Onkel Hååkani bat die Alte, doch das Maul zu halten, was die Hauptaufgabe der Weiber in diesem Jammertal zu sein hatte, besonders in Anwesenheit von Männern. Hilma wurde dadurch nur noch wütender, schob ihre enorme Büste vor, dass Hååkani rückwärts stolperte und sagte, er würde gern an den Zitzen nuckeln, wenn er nicht was Besseres zu tun hätte. Die Frauen machten ordinäre Bemerkungen, und Hååkani wurde rot. Dann erklärte er, dass er nur Fingerhakeln würde, wenn die Alte vorher einen soff. Da sie christlich war, weigerte sie sich. Sie diskutierten hin und her. Schließlich, rasend vor Wut, packte Hilma ein großes Glas Selbstgebrannten, kippte es in sich hinein und streckte ihre langen Klauen vor. Alles verstummte und starrte auf die Alte. Laestadius drehte sich zweimal im Torf auf Pajalas Friedhof um. Hååkani schob überrascht seinen breiten Mittelfinger in ihren Haken, um zu zeigen, wer hier das Sagen hatte. Die kräftige, aber etwas kurz geratene Tante wurde wie ein Fausthandschuh vom Boden hochgehoben, hing aber weiterhin schaukelnd am Finger. Hååkani ließ sie herunter und begann stattdessen hin und her zu ziehen. Hilma fiel von einer Seite zur anderen, stieß gegen die Wände, ohne aber den Griff zu lockern. Wütend hielt Hååkani inne und dachte nach. Da warf sich die Alte plötzlich mit all ihrem Gewicht nach hinten, und mit einem Ruck riss sie Hååkanis Finger auf und plumpste wieder auf den Hintern. Die Frauen jubelten, dass die Wände erzitterten. Hilma blieb schweigend sitzen. Schließlich begann man beunruhigt zu überlegen, ob sie sich vielleicht diesmal den Oberschenkelhals gebrochen hätte, denn so schweigsam war die Alte nicht mehr gewesen, seit sie bei einer Kropfoperation betäubt worden war. Da drehte sie den Kopf zur Seite und spuckte den Schnaps in hohem Bogen aus. Unter ohrenbetäubendem Beifall versicherte sie, dass sie nicht einen einzigen Tropfen geschluckt habe.

Ich lief in dem Gewimmel herum und überlegte, wie ich noch etwas zu trinken bekommen könnte, ohne dass mein Vater es merken würde. Schließlich sah ich eine Flasche, in der ein Rest war, schnappte sie mir, noch ein paar leere Flaschen dazu, und tat, als würde ich den Frauen beim Aufräumen helfen. Dann schlüpfte ich hinaus in den Vorraum. Dort im Halbdunkel hielt ich mir die Nase zu und kippte alles in mich hinein.

Im gleichen Moment umschlangen kräftige Arme meinen Brustkorb. Ich ließ die Flasche fallen. Jemand stand dicht hinter mir und atmete mich an. Ängstlich wand ich mich, aber ich saß fest wie im Schraubstock.

»Lass mich los«, flehte ich, *»päästä minut!«*

Als Antwort wurde ich hochgehoben und wie ein Hundewelpe geschüttelt. Gleichzeitig kitzelte mich etwas im Gesicht. Haare. Lange, dunkle Haare. Dann ein Kichern, und ich wurde mit einem Plumps heruntergelassen.

Sie war es. Fellweich so aus der Nähe. Katzenhaft. Ich wartete auf die Zähne in meinem Nacken. Sie atmete tief ein und lachte mit glänzenden Lippen. Dann zog sie mein Hemd hoch und schob die Hand darunter. Das ging so schnell, dass ich mich nicht wehren konnte. Ich spürte ihre Hitze. Ihre schönen Streichelbewegungen, die sanften Fingerspitzen, die meine Brustwarze fanden.

»Wirst du geil, wenn du besoffen bist?«, fragte sie auf Reichsfinnisch und küsste mich, bevor ich antworten konnte. Sie duftete nach Parfum und frischem Achselschweiß, und ihre Zunge schmeckte nach *lenkkimakkara.* Reibend drückte sie mich an sich, und es war ganz unwirklich, dass eine Frau so stark sein konnte.

»Ich werde dich finden«, flüsterte sie, »und ich schlage dich tot, wenn du petzt!«

Dann öffnete sie meine Hose und zog meinen Steifen heraus,

schneller als ich atmen konnte. Ebenso schnell zog sie sich Rock und Unterhose aus. Ich half ihr, ihre Unterhose war ganz weich. Ihre Haut war glänzend weiß, die Schenkel waren lang wie bei einer Elchkuh mit einem schwarzen, wild wachsenden Busch. Ich wusste, dass er beißen würde, wenn ich mich bewegte. Sie streichelte mich und wollte mich gerade hineinlenken, aber da platzte es, da zerbarst die Welt und fiel in feuchten Flecken herab, wurde rot und empfindlich, und sie fluchte, ließ ihr Kleid herunter und ging schnell in die Küche.

Ich war noch so jung, dass keine Spermien kamen. Das Kribbeln ebbte ab, und zurück blieb die pochende Erinnerung, als hätte ich gegen einen elektrischen Zaun gepinkelt. Ich kniff meine Arschbacken zusammen und dachte, dass ich mich nie wieder in die Küche trauen würde.

Im nächsten Moment wurde die Tür aufgerissen, und die Männer füllten den Vorraum wie kämpfende Renböcke. Alle waren betrunken, stapften kreuz und quer und hielten sich an den Wänden fest. Als Letzte kamen Einari und Ismo, die widerstrebend zugeben mussten, dass es unentschieden ausgegangen war, und sie hatten so fest verkrampfte Arme, dass man sie hatte auseinander brechen müssen. Mein Vater rief mir zu, ich solle mitkommen, denn jetzt sollte der Held der Sauna erkoren werden. Die Haustür wurde aufgerissen, und alle stürzten ausgelassen die Treppe hinunter, und bald schwappte der Hofrasen unter Dutzenden lang anhaltenden Pissestrahlen fast über. Großvater schaffte es am längsten von allen und wurde eifrig von seinen Söhnen verhöhnt, die wissen wollten, ob das Rotz sei, was da so langsam tropfte, oder ob der Alte die Maul- und Klauenseuche habe, da er mit der Färse gebumst hätte, oder ob der letzte Schuss im Gewehrlauf stecken geblieben war, dann müsste man wohl mit einer Stricknadel ein Loch in den Lauf bohren. Der Alte erwiderte verbittert, dass man mit Alten seine Späße treiben dürfte, aber nicht mit Invaliden, und erklärte dann, dass er lieber seinen Schwanz in Teer und Federn tauchen würde, als noch einmal eine so beschissene Generation zu zeugen.

Die Sauna war aus Baumstämmen gezimmert, eines der alten Dampfmodelle, sie stand, wie es üblich war, ein wenig abseits, falls sie einmal in Feuer geraten würde. Über der Tür war die Wand schwarz vom Ruß. Es gab keinen Schornstein, der Rauch vom Steindepot musste sich durch Rauchlöcher in den Wänden seinen Weg ins Freie suchen. Die Männer hingen ihre Kleider an Nägel oder legten sie auf Holzbänke draußen, während die Mücken anfingen wie die Blöden zu stechen. Als Hausherr und Saunawirt ging Großvater als Erster hinein und schüttete die letzte Glut in einen Blecheimer. Dann kippte er mehrere Kellen Wasser auf das riesige Steindepot, um die Luft zu säubern. Der Dampf stieg in Wolken nach oben, band die stechenden Rauchteilchen und wogte weiter durch die Tür und die drei Rauchlöcher hinaus. Dann nahm er die Säcke von den Pritschen, die gegen den Ruß schützten, und verstopfte die Rauchlöcher mit Lappen.

Ich schlüpfte mit den anderen Männern hinein und wurde in die oberste Ecke gedrängt. Es duftete gut nach geteertem Holz, und wenn ich an den Wänden rieb, bekam ich schwarze Finger. Die Pritschen, die unteren wie die oberen, füllten sich bis zum Bersten mit schweren weißen Männerärschen. Einige fanden keinen Platz mehr und mussten auf dem Boden sitzen, wo sie sich darüber beschwerten, dass diese Strafe schlimmer sei, als nicht ins Paradies gelassen zu werden. Die Mücken hingen wie ein grauer Vorhang in der Türöffnung, trauten sich aber nicht herein. Der Letzte zog die Tür zum Sommerabend zu, und plötzlich wurde es dunkel. Und alle still, als wären sie von einer Andacht ergriffen.

Langsam gewöhnten sich die Augen an das Dunkel. Der Ofen glühte wie ein Altar. Die Hitze schien von einem großen, zusammengekauerten Tier auszustrahlen. Großvater ergriff die Holzschöpfkelle und murmelte etwas vor sich hin. Die

Kerle rückten sich zurecht, krümmten den Rücken wie vor Schlägen. Das Holz knackte unter dem Gewicht. Langsam tauchte der Alte die Kelle in das kalte Brunnenwasser und goss dann mit verblüffender Präzision neun schnelle Kellen über die aufgeschichteten Steine, eine in die Mitte, eine in jede Ecke und eine in die Mitte jeder Längs- und Breitseite. Ein lautes Zischen stieg zu uns empor, gefolgt von einer peitschenden Hitzewelle. Die Männer stöhnten genüsslich. Der Schweiß brach in den Achselhöhlen aus, auf den Schenkeln, am Geschlecht, auf den Glatzköpfen und tropfte salzig und kitzelnd herab. Birkenzweige wurden aus dem Eimer, in dem sie eingeweicht worden waren, geholt und jetzt auf die glühendheißen Steine gelegt. Ein Duft von Sonne und Sommer erfüllte die Sauna, und die Männer begannen heimlich zu lächeln und sehnsüchtig zu seufzen. Der Bräutigam ergriff die Rute und schlug sich damit unter Stöhnen über den ganzen Körper. Er versicherte mit zitternder Stimme, dass das schöner als der beste Fick sei, was die anderen dazu brachte, unruhig hin und her zu rutschen. Großvater goss neun weitere Kellen genau auf die Stellen, die beim ersten Durchgang ausgelassen worden waren. Die Hitze erfüllte die Sauna wie eine herrliche Tracht Prügel. Das Stöhnen und Schnauben nahm an Stärke zu, und mehrere baten jammernd um die Saunarute, bevor das Jucken ihre Haut vom Körper reißen würde. Widerwillig ließ der Bräutigam sie los und sagte, dass er gern die Küchenhelferinnen hier hätte, damit sie ihm den Rücken schlugen, weil doch niemand ein *vihta* so unbarmherzig schön benutzen könnte wie ein altes Weib. Der Reisig klatschte, und der Schweiß spritzte in Wogen. Großvater goss murmelnd immer wieder auf, der Dampf wogte wie ein Geisteswesen. Einige beklagten sich über die Kälte in der Sauna und behaupteten, eine kältere *löylyä* hätten sie noch nie erlebt, was, wie alle wussten, bedeutete, dass die Sauna langsam ihre Reifetemperatur erreichte. Die Aufgüsse kamen schonungslos wie eine laestadianische Predigt. Die Männer krümmten sich der Hitze entgegen und genossen sie. Der Gaumen schmeckte langsam nach Blut. Die Ohrläppchen brannten, der Puls donnerte wie eine Trommel. Näher konnte man diesseits des Grabes Eden wohl kaum kommen, stöhnte jemand.

Nachdem die ersten Gefühlsstürme verflogen waren, begann man die Saunamodelle zu diskutieren. Alle waren sich darin einig, dass die Dampfsauna sowohl holzgeheizten Eisenöfen als auch Elektroaggregaten in jeder Hinsicht überlegen war. Vor allem Letztere wurden dem Gespött und Hohn preisgegeben und als Toaster und Coupéheizung bezeichnet. Einige erinnerten sich mit Schaudern an die trockenen, staubigen Wärmeschränke, in denen sie bei einigen Besuchen im südlichen Schweden hatten sitzen müssen. Einer erzählte von seinem Saunabesuch im Jormliens Fjällhotell, wo der Elektroofen norwegisch war und aussah wie eine altmodische Wäscheschleuder. Der Steinstapel war von der Größe einer Teetasse gewesen, hatte nur Platz gelassen für zwei Steine – wenn einer davon hochkant stand. Ein anderer erzählte voller Abscheu von einem Baujob, den er drei Monate lang in Gotland gehabt hatte. Nicht ein einziges Mal hatte er dort der Hygiene nachkommen können, da die Saunakultur nicht bis dort unten durchgedrungen war. Stattdessen lag man da in einer so genannten Badewanne und schwamm in seinem eigenen Schmutzwasser.

Großvater machte eine Pause mit den Aufgüssen und wies darauf hin, dass mehrere seiner Söhne selbst elektrische Saunaaggregate beim Bau ihrer Eigenheime installiert hätten und dass die Tornedalsche Kultur damit zu ihrem baldigen Untergang verdammt sei. Die benannten Söhne protestierten und erklärten, dass sie die Aggregate in Finnland gekauft hätten, deshalb seien sie von unübertrefflicher Qualität, ganz und gar vergleichbar mit Holzfeuerkollegen, und dass sie in der finnischen Saunazeitschrift *Saunalehti* fünf Saunaruten als Prädikat bekommen hätten. Großvater erklärte daraufhin mürrisch, dass die Elektrizität die lächerlichste Erfindung von allen sei, die aus dem südlichen Schweden heraufgekommen seien, sie würde Mensch und Vieh verweichlichen, die Muskelmasse bei den Arbeitern und Frauen verringern sowie die Kälteverträglichkeit verringern, das Sehvermögen im Dunkel verschlechtern, den Kindern Ohrschäden bereiten und sie unfähig machen, verdorbenes Essen zu sich zu nehmen, und somit auf dem besten Wege sein, die Tornedalsche Zähigkeit und Geduld auszurotten, da nunmehr alles in rasender Geschwindigkeit von Maschinen ausgeführt würde. Binnen kurzem würde wohl auch der Geschlechtsverkehr durch Elektrizität ersetzt werden, da das doch eine schweißtreibende, anstrengende Angelegenheit sei und all so etwas bekanntermaßen heutzutage als altmodisch angesehen wurde.

Großvater machte einen neuen Aufguss, ohne auf die Beteuerungen seiner Söhne zu hören, sie würden ganz gewiss aus hartem, finnischem Holz bestehen. Stattdessen sprach er von Weichlingen, und das seien sie alle geworden, und davon, dass das Tornedal von *knapsut* und *ummikot* erobert worden sei und dass er vor allem bedauere, dass er sie nicht häufiger verprügelt habe, als sie noch klein waren. Aber jetzt war es zu spät. Niemand kannte mehr das Gefühl, wie es war, in einer Sauna zu sitzen, in der man selbst geboren worden war, in der der eigene Vater geboren worden war, der Vater seines Vaters, in der die Leichen der Familie gewaschen und gekleidet worden waren, in der der *kuppari* den Kranken Blut abzapfte, in denen die Kinder gezeugt wurden und sich eine Familiengeneration nach der anderen nach der Arbeitswoche reinigte.

Seine Stimme wurde brüchig, und er erzählte mit Tränen in den Augen, dass das Leben, meine Jungs, aus Kälte und Schmerzen, Betrug, Lügen und Geschwätz bestehe. Nehmt nur so eine Sache wie die Revolution, die er seit dem Streik 1931 erwartete, wann zum Teufel würde sie endlich kommen, war sie etwa in letzter Zeit in der Gegend gesichtet worden, he? Ein einziges Mal war seine Hoffnung geschürt worden, als er ins finnische Kolari gefahren war, um Lebensmittel einzukaufen, und im Kundengewimmel bei Valinta Friberg Josef Stalin mit einem Einkaufswagen voller Fleisch erspäht hatte. Aber da hatte dieser offenbar nicht vorgehabt, in dieser Beziehung etwas auszurichten.

Eine Flasche wurde zu Großvater hochgereicht, damit er sich in der Hitze trösten konnte und gleichzeitig einen Schluck auf den Ofen kippen. Ein Hauch von Fuselöl wogte uns entgegen. Großvater reichte die Flasche weiter, wischte sich die Nase mit dem Unterarm ab und sagte, dass alles zusammen nur eine große Scheiße sei, und bald würde man ja sowieso sterben. Aber Kommunist, das war er immer noch, das wollte er ein für allemal klarstellen, und falls er jemals auf dem Totenbett anfangen würde, was von der Vergebung der Sünden und Jesus loszubrabbeln, dann wäre das nur Wahn und Senilität und sollte mit einem Pflaster auf dem Maul beantwortet werden. Dieses Versprechen forderte er allen hier und jetzt ab, im Beisein der Familie und von Zeugen. Denn die Todesangst war nichts im Vergleich mit der Furcht, kindisch zu werden und in der Krankenstube von Pajala bei weit offenen Türen zu liegen und vor sich hin zu faseln.

Dann goss er noch neunmal neun Kellen auf, bis die Männer jammernd herunterkletterten und erklärten, sie müssten dringend pinkeln, und nur die Allerhärtesten mit Brandblasen, groß wie Einkronenstücke, auf den Schultern sitzen blieben. Großvater stellte seine Vaterschaft all dieser Jammerlappen laut in Frage. Dann überreichte er die Kelle und sagte, dass sie die Endausscheidung untereinander ausmachen sollten, denn er hätte keine Lust mehr, sie zu quälen und den Geruch ihrer Drüsen ertragen zu müssen. Würdevoll kletterte er hinunter und begann sich im Warmwasserbottich zu waschen. Auf Art der Männer seifte er nur die drei wichtigsten Teile des Körpers ein: die Glatze, den Bauch und den Sack.

Jetzt begann das grausame Finale. Die beiden Familien sollten ihre Kräfte ein letztes Mal miteinander messen. Einari übernahm den Aufguss, während die anderen sich über die Kälte beklagten. Wie immer war der Kampf großenteils rein psychologisch. Alle zeigten mit überdeutlicher Körpersprache, wie wenig es sie betraf, dass die Hitze sie kaum berührte, wie lange man problemlos noch ausharren konnte. Einari kippte den Eimer über den zischenden Steinen aus und bekam ihn gleich wieder gefüllt zurück. Ein neuer, brutaler Durchgang. Die Ersten der Finalisten torkelten hinunter und landeten keuchend auf dem Boden. Großvater kippte kaltes Wasser über sie. Der Dampf peitschte die Rücken, brannte in der Lunge. Noch einer gab auf. Die anderen blieben wie Baumstämme sitzen, mit glasigen Augen. Mehr Dampf, weitere Schmerzen. Jetzt gab Vater hustend auf, als wäre er kurz vorm Ersticken. Zurück blieben nur noch Einari, der weiter aufgoss, und der glatzköpfige Ismo, der dasaß und mit dem Kopf wackelte. Die Besiegten rotteten sich auf dem Boden zusammen, um bleiben zu können und den Ausgang mitzubekommen. Ismo schien kurz vor der Ohnmacht zu sein, hielt sich sonderbarerweise aber immer noch aufrecht. Bei jeder Kelle zuckte er wie ein wehrloser Boxer zusammen, der langsam, aber sicher zum Knockout getrieben wurde. Einari schnappte nach Luft und goss mit zitterndem rechtem Arm auf. Sein Gesicht war blaurot, der Oberkörper schwankte besorgniserregend. Eine neue Kelle. Und noch eine. Ismo begann gequält zu husten, der Speichel lief ihm übers Kinn. Beide schwankten ziemlich und legten schließlich zur Stütze die Arme umeinander. Plötzlich durchfuhr Einari ein Zittern, und er fiel steif zur Seite auf Ismo, der auch umfiel. Wie zwei Schlachttiere fielen sie donnernd auf die untere Pritsche, wo sie liegen blieben, immer noch die Arme umeinander geschlungen.

»Unentschieden!«, rief jemand.

Erst in diesem Augenblick rutschte ich gehäutet aus meiner

dunklen Ecke auf der obersten Pritsche. Alle starrten mich an, ohne etwas zu begreifen. Schweigend hob ich die Siegerfaust.

Während der Jubel aufstieg, fiel ich auf dem Boden auf die Knie und übergab mich.

Lars Andersson
Schneelicht

Es treffen sich zwei Flüsse bei Vuollerim, die beide unterwegs alles verloren haben, was sie an Elektrizität zu bieten hatten. Sie sind fast kraftlos, wenn sie ineinander drängen und ihre Spiegelbilder wie zwei Hälften eines Kartenspiels auf einem Tisch in einem rauchigen Lokal ineinanderprasseln, wo vier Männer die Absicht haben, um ein Vermögen reicher zu werden. Aber dies geschieht lautlos, der Rauch ist ein Dunst, der aus den Wiesen aufsteigt, und niemand kommt, um sich in der Nacht zu bereichern. Es liegt Schnee in den Flußtälern, etwas Weiß fiel in diesen Tagen auch auf das Wasser, war aber nicht von längerer Dauer. Alles Gefälle dieser Ströme ist herausgeschleudert worden (wie ein Kind auf einem Schlitten, das sich plötzlich in der Luft wirbelnd über der 90-Meter-Schanze in Garmisch-Partenkirchen befindet, am Neujahrstag, mit Plex Petersson und blassen Zuschauern, die sich an Einzelheiten ihrer Neujahrsversprechen erinnern) und hat sie unempfindlich gegen Überraschungen gemacht; sie leben ihr inneres Leben, unbekümmert um die Landschaft, die sie durchfließen, und die kleinen, gegensätzlichen Bereiche, die aufeinander prallen wie Erbsen in einem Sack – rate, wie viele Erbsen im Sack sind, rate das Gewicht des Schweins, rate, wer leben wird und wer sterben wird. Inneres Leben: es sammelt sich so viel in einem Strom, während er hinabstürzt, 426 m. ü. M., 372 m. ü. M., 103 und 19 m. ü. M., 5, 2, 0 – weg! Der Strom ist weg! Nein, es gibt ihn unverändert, 426 und 372 m. ü. M., er hat es genau so eilig, es gibt ihn an derselben Stelle. Alles, was sich sammelt, Lichtbrechungen, die durch die Wellenoberfläche nicht hindurchgelangen, der Piß-Strahl eines Mannes, der hinausging, um eine Angelegenheit zu überdenken, Abfälle, Visitenkarten, Stiefel und alte Fahrräder. Kleine und große Erinnerungen, ein Lachen eingekeilt im Winkel zwischen den beiden positiven Ausbuchtungen, die weißen Stellen im Buch, Ausfluß aus einem Flimmern der Elektronenwolke. Und Spiegelbilder, alle Spiegelbilder sinken ineinander, als ob ein Film stehengeblieben wäre und man Bild auf Bild gelegt hätte. Alles, was sich spiegelt. Alles.

Der eine Fluß war ganz nahe an einem schlafenden Mann in einem Haus vorübergeeilt, wo es leise unten in der Küche surrte. Etwas löste sich und trieb ab. Nichts Besonderes. Jetzt mischt es sich mit all dem anderen, nichts besonderes. Aber hast du gesehen, wann das Wasser umkehrt und stromaufwärts fließt?

Im Schein des Schneelichts.

[...]

Bei seiner Ankunft in Repja war das Wetter weder gut noch schlecht. Der Schnee machte keine Anstalten zu schmelzen, aber es war nicht so kalt, daß dies im Laufe des Tages nicht doch geschehen konnte. Der Himmel war Strich für Strich mit dunklen Ölfarben übermalt, und die Sonne zeigte sich nur im Kalender, und dies auch nur für einige Stunden. Wird es jetzt klar, dann beginnt der Frost nachts in den Boden zu beißen, dachte er, nimmt aber die Bewölkung zu, kann Regen kommen und das Land wird schneefrei. Oder nichts davon trifft ein, dann gibt es morgen dasselbe Lied.

Der Motorlärm schwand aus dem Körper, bevor Per Ivar aus dem Auto kroch. Er kurbelte das Seitenfenster herunter, saß eine Weile und atmete die rauhe Luft ein, die mit feinem Rauch und dem Geruch von gebratenen Äpfeln vermengt war, während er den Blick ziellos über den zerzausten Wiesenhang zu den Nebengebäuden hinunterschweifen ließ. Die Brille hatte er in die Brusttasche gesteckt, er hatte bei der Autofahrt angestrengt genug schauen müssen. Es gab andere Sinne, die jetzt zum Zuge kommen sollten.

Rieche Repja, schmecke es. Hier warst du zu Hause. Ein halbes Dutzend Gebäude, Ackerland wie Seezeichen gegen ein großes Gewässer, in der anderen Richtung ein Halbkreis aus Wald. Außerhalb lagen die Kreisbögen der Möglichkeiten.

Nach fünfzehn Kilometer Fahrt auf der Abzweigung von Kitajaur hatte er unmittelbar hinter der ersten Wegschranke vor sich flüchtig ein Auto gesehen und überlegt, wer dies wohl sein könne. Außer Inger Anna hatten nur Leute einen Schrankenschlüssel, die dienstlich reisten, Militärs und Beamte erster und zweiter Ordnung. Und Abel Bäckström natürlich, aber der war kaum mit dem Auto unterwegs. Nun, es könnte die Bezirkskrankenschwester gewesen sein, oder die Hauspflegerin. Wie dem auch sei, auf dem restlichen Weg kam kein Lebewesen in Sicht, der Schwanz eines Fuchses ausgenommen, der im Wald verschwand.

Inger Anna und Sixten hatten ihm das Auto mit vielen besorgten Worten geliehen. Nur weil er in den letzten zehn Jahren kein Auto besaß, glaubten sie, er könne kein Lenkrad halten. Er wollte zwei Nächte bleiben, sich umsehen, probeweise auf den alten Küchenstühlen sitzen, die alten Touren wandern. Er hatte den Fotoapparat mitgenommen, so daß sein Aufenthalt vernünftig und ehrenwert aussähe. Um den Schein zu wahren, hatte er sogar einen Film erstanden, als er in Tårrajaur Proviant einkaufte.

Unmittelbar hinter dem ersten Schlagbaum, als er sich auf dem Raketen-Abschußgelände befand, hatte er sogleich das Gefühl, als käme er ohne Erlaubnis, schleichend wie ein Dieb in der Nacht, der vergessen hatte, was er stehlen wollte. Trotzdem begrüßte er mit einem Nicken und einer Grimasse alle alten Wegzeichen: die Brücke über die Stromschnellen, wo er unzählige Fischnetze verloren hatte, den Telefonkasten am Hausgiebel gleich dahinter und die Jagdhütte, in der die Offiziere Schnaps tranken, Karten spielten und im Herbst ihre dreckigen Geschichten erzählten. Aber als er sich der letzten Biegung vor Repja näherte, bemerkte er, daß sich etwas, das Angst oder auch ein Lächeln sein konnte, über sein Gesicht tastete.

Die Häuser sahen nicht so aus, wie er sie in Erinnerung hatte, aber er wußte, daß sie sich seit seinem letzten Besuch nicht verändert hatten. Auch damals schon hatte er sie anders in Erinnerung gehabt. Als sie noch bewohnt waren, hatte sich jedesmal etwas verändert, vielleicht nicht die Häuser selbst, sondern alles ringsum, das sie ein anderes Aussehen annehmen ließ. Die Nebengebäude, die nun renoviert worden waren, so daß sie noch einen Winter hielten, der Brunnendeckel, der nie paßte, die Bäume, deren Äste immer in Bewegung waren. So erschien ihm Repja in seiner Erinnerung: veränderlich, jedesmal ein wenig und immer nur in Einzelheiten, die sich wie die Züge eines Gesichts unmerklich wandelten. Jetzt hatte der Hof sein Leben aufgegeben und kümmerte sich nicht mehr um Veränderungen. Per Ivar sah ihn mit dem Gefühl wieder, daß dieser ihm seit dem vorigen Besuch nachgestarrt hatte; der Hof starrte immer noch und schien ihn nicht wiederzuerkennen. Starr du nur, dachte er und boxte freundschaftlich gegen das Verandageländer. Ja, du kannst ja nicht anders. Jetzt wollen wir jedenfalls sehen, ob ich nicht etwas Leben in dir entfachen kann.

Es ging. Nach einem Kampf mit dem Ofen und einem geduckten Ansturm mit Besen und Schaufel – ihm fielen seine wenig geglückten Auftritte in seiner Jugend beim Eishockey ein, als er beinahe genau in dieser Haltung, mit der Nase einen halben Meter über dem Eis, herumgetigert war, den Schläger wie das dritte Bein eines Schemels vom Leib weggestreckt – sah die Küche allmählich aus, als könnte sie menschliches Leben aufnehmen. Er kochte gleich Kaffee und verstaute ein Paket Tiefkühlfisch, es war gut, alles sofort erledigt zu haben, dann konnten sich Beine und Gedanken bewegen, wohin sie wollten.

Mit konzentrierter Sturheit ging er sein Programm durch und gönnte sich kaum einen Blick durchs Fenster. Als er dann endlich auf die Treppe hinaustrat und die heimelige Atmosphäre hinter sich ließ, die er zum Leben erweckt hatte – wie wenn man auf einem Schreibtisch aufräumt, wo sich abgeschlossene Projekte stapeln –, hatte die Abenddämmerung schon begonnen. Seine ganze Entschlossenheit war auf der Treppe dahin, alles war so unerschütterlich still, er war ganz zufällig, ganz belanglos in dem blinden, teilnahmslosen Leben, das hier draußen vor sich ging.

Auf der Treppe zu stehen und zu denken, daß alle Himmelsrichtungen in einem Punkt zusammenlaufen. Ich stapfte aus dem Reich der Notwendigkeit in das Reich der Freiheit und erinnere mich plötzlich, wie warm und gemütlich es drinnen am Küchentisch war. Er schnaubte – Reich der Freiheit! Dies war das Reich der Mühsal gewesen, das Reich der unzähligen Notwendigkeiten, und die Natur, die sich jetzt in alle Adern Schlafmittel geschüttet hatte, war gegenwärtig gewesen nur als eine Drohung und eine gefährliche Verlockung, sich aufzugeben.

So weit bin ich von meinen Anfängen entfernt, daß ich die Natur nicht mehr als ein Stück höllischer Materie sehe, die in Ordnung gebracht werden muß. Aber nicht weit genug, daß sie mir als Bundesgenossin, als Zuhörerin erscheint. Erst Helga findet Freiheit in der Natur. Ich stehe dazwischen, doppelt blind und doppelt sehend, in einem Durchgangsstadium, das schon längst durchlaufen ist, und ich stehe wie auf einer Treppe und kratze mich im Nacken: wie komme ich weiter?

Wie der Vogel der Urzeit: hochgejagt von der Erde, aber noch nicht in der Luft beheimatet. In flachem, verkrampftem Gleitflug von Baum zu Baum. Und krächzend wie eine alte, selbstmitleidige Krähe, die keiner mag.

Er ging zum See hinunter und blieb bei jeder der drei Scheunen auf der Wiese stehen. Das halbe Dach eines dieser Gebäude war in einem der Winter eingedrückt worden, die seit seinem letzten Besuch verstrichen waren. Zwischen den beiden unteren zeichneten die Stromleitungen ein sacht schwankendes Notensystem in die Luft – die Taktstriche waren vier kräftige Masten, richtige Bäume, keine solchen Bastelstangen, von denen Sixten so oft phantasierte. Als die Elektrizität nach Repja kam, erschien sie mit handfesten Masten und richtigen Handwerkern. Das war Anfang der siebziger Jahre gewesen, man war aber noch weit davon entfernt, die Leitung nach Nolgärde zu führen, wo Per Ivars Mutter schon Vorbereitungen für den Umzug ins Altersheim traf. Nur Abel Bäckströms Haushalt konnte angeschlossen werden und die Kilowattstunden teilen, die in Gestalt von Elektronen aus der Gemeinde zu irgendeinem entfernten Pluspol gesaugt wurden. (Es existierte bestimmt eine Wahrscheinlichkeitsgleichung, die Auskunft darüber gab, wo man Elektronen antreffen konnte; wie immer diese Gleichung beschaffen wäre, sie dürfte eine klare Antwort geben, daß die Elektronen selten lange in den Grenzen der Gemeinde Jokkmokk blieben.) Sogar ein Telefon wurde bei ihm installiert, und seine Nummer nahm man dann auch ins Telefonbuch auf. Abel Bäckström, früher Hausbesitzer. Die Leitungen spannten sich jedenfalls über die Grundstücke nach Nolgärde. Die telefonischen Mitteilungen passierten von Mast zu Mast unsichtbar die Grundstücke, während der Platz noch bewohnt war.

Auf dem Weg zwischen der letzten Scheune und dem Ufer hielt er im Gehen inne. Etwas rührte sich in einem Gesträuch, das aus dem See herausragte. Nach einer langen Weile der Konzentration erkannte er die Rückenlinie eines Schneehuhns. Es saß jetzt ganz still, aber als er den Blick drauf richtete, war es leicht auszumachen. Es hatte noch kein Winterkleid bekommen. Noch ein später Gast. Ich will nicht stören, dachte Per Ivar und machte einen höflichen Umweg um das Gesträuch.

Das Wasser war nicht ganz ruhig, außer in Frühsommernächten. Was sich der See in der Winterzeit unter dem Eis ausgedacht hatte, konnte man ja nicht wissen. Nun ging es wie eine sich ständig wiederholende Reflexwelle über die Oberfläche, wie wenn man mit dem Finger über die Rippen eines schlafenden Hundes fährt. Ein reiner Reflex: es wehte kaum merklich. Er lief ein Stück den Strand entlang, aber es war überall moorig, so daß er nicht zum Wasser gelangte.

Zögernd und unsicher begann sich, ausgelöst durch den Anblick des Schneehuhns, eine Erinnerung zu entfalten.

Es war auf einer Schneehuhnjagd, als Östen das erste Mal von einem *Bild* sprach, das er beseitigen wollte. Per Ivar mochte etwa sechzehn Jahre gewesen sein, Östen also nicht mehr als acht. Es konnte aber auch ein oder mehrere Jahre später gewesen sein, er erinnerte sich jedenfalls, daß es in den Jahren gewesen war, als er auswärts arbeitete, in Gällivare und Projus, und nur dann daheim wohnte, wenn er arbeitslos war. Er hatte noch nicht den Schritt von Repja weg getan.

Sie waren in der Gegend um Palja gewesen, der Vater mit beiden Söhnen. Vater hatte zwar kein Jagdrecht, stand aber auf so gutem Fuß mit den Lappen im Dorf, daß ein paar geschossene Schneehühner durchgingen. Es war Spätwinter, sie waren fünf oder sechs Stunden Ski gefahren, und Östen mußte sehr müde gewesen sein, beklagte sich aber nicht. Er wollte künftige Langlauftouren nicht aufs Spiel setzen, da er nun endlich mitkommen durfte …

Nein, das stimmte nicht. Per Ivar juckte sich an der Schulter und setzte sich wieder in Bewegung, er war zwanzig Meter vom alten Bootshaus entfernt stehengeblieben, während er den zerkratzten Erinnerungsfilm ablaufen ließ. Er machte eine Inspektionsrunde einmal um den Schuppen herum, was ihm aber seine Augen mit gekünstelter Neugier zutrugen, drang nicht in sein Bewußtsein. Er versuchte Ordnung in die Chronologie zu bekommen.

Er vermischte die Zeiten. Östen mußte damals mindestens zwölf Jahre alt gewesen sein, denn trotz seiner Altklugheit hätte er sich als Achtjähriger nie so ausgedrückt. Es war auch nicht bei Palja gewesen, diesmal nicht. Per Ivar war zufällig zu Hause, wahrscheinlich auf Urlaub vom Militär. Sie hatten eine Zweitagetour nach Akapuota gemacht und in Arvliden übernachtet. Per Ivar hatte sich an die Schneehuhnjagd bei Palja erinnert, wohin sie einmal gewandert waren. Es waren dieselbe Spätwintersonne und dasselbe Gefühl, den Geruch einer anbrechenden Jahreszeit wahrzunehmen. Östen hatte nun keine Schwierigkeiten, auf seinen Skiern mitzuhalten.

Vater hatte aus beträchtlicher Entfernung ein Schneehuhn geschossen und war auf dem Weg zu ihm. Sie hatten keine Hunde dabei. Per Ivar und Östen saßen auf ihren Rucksäcken und warteten. Per Ivar las vor, wie ein Gewehr konstruiert ist, froh über ein Gesprächsthema, das den bereits verdrossen schweigenden Bruder zu fesseln vermochte. Östen nahm das Gewehr, befühlte es, öffnete und schloß die Mechanik. Es war ungeladen. Per Ivar redete weiter, blinzelte in die Sonne, die zielbewußt in den gefrorenen, schlafenden Körper des Berghanges hineinstach, lockerte das Halstuch, um den schnellen Wechsel der Lufttemperatur zwischen Wärme und eisiger Kälte besser zu spüren.

Dann verlor er sich in Gedanken, die in Wirklichkeit keine Gedanken, sondern eher ein Gemälde waren, ein Zustand, den er mit seinen inneren Augen betrachtete. Er blickte zu seinem Vater, der den Vogel vom Boden aufgehoben hatte und sich nun auf den Rückweg machte, steif dahingleitend, der Gewehrlauf über die Schulter ragend und eine blendendweiße Glasur von Sonnenlicht über Mütze und Anorak. Dies ging sehr langsam, er nahm das Bild mit einer Schärfe auf, die es bedrängend machte und es doch gleichzeitig in eine Distanz rückte. Als hätte sich das Erlebnis selbst von ihm losgelöst und käme jetzt, mit der Sonne im Rücken, ihm entgegen.

Er drehte sich um und sah, daß Östen mit dem Gewehr zielte, offensichtlich hatte er den Vater aufs Korn genommen. Per Ivar spürte einen Augenblick lang einen eigentümlichen, entzückten Schrecken in sein Genick fahren. Dann wollte er die Waffe an sich reißen, beherrschte sich aber. Er sagte nur kurz:

»Du sollst nicht auf Menschen zielen.«

Östen legte sofort das Gewehr weg. Dann sagte Östen nachdenklich und ohne den Bruder anzusehen:

»Ich hab' doch nicht auf Vater gezielt! Es war auf – etwas, das eigentlich ich war. Eine Art zu sein, ein Bild davon, wie es sein kann.«

»Wie es sein kann …?«

»Im Gebirge auf Schneehuhnjagd zu gehen. Ein Bild, das man sich vorstellt. Wie es sein sollte.«

Per Ivar betrachtete ihn mit plötzlicher Unsicherheit. Es war ein Problem in das Verhältnis zu seinem jüngeren Bruder gekommen, ein Problem von dessen Seite, nachdem all die Jahre die Probleme in entgegengesetzter Richtung aufgetreten waren. Vielleicht erinnerte er sich damals an die andere Schneehuhnjagd, die bei Palja. Er hatte den Bruder zu dem »Östen« erstarren lassen, der er in jener Zeit gewesen war. Jetzt erblickte er unvorbereitet einen anderen Menschen, der voll von Gedanken war, zu denen er keinen Zutritt hatte. Er fühlte, daß es merkwürdig und etwas unangenehm war, nichts von diesen Gedanken zu wissen.

Er versuchte es mit einer Frage:

»Ein Bild von dir selbst?«

»Ja, vielleicht. Ein Bild, das man findet, wie etwas ist. Wie es ist zu sein – in gewisser Weise. Wie alle anderen Bilder. Ich will ohne solche Bilder sein.«

Per Ivar suchte nach einem Zugang in diese Vorstellungswelt, es fiel aber kein Wort mehr. Gleich darauf war der Vater zurück, sie schnallten sich die Skier an und fuhren weiter.

Ein Bild? Er erinnerte sich ganz genau, wie die Worte lauteten, dennoch war er sich nicht bewußt, jemals vorher an diese Begebenheit gedacht zu haben. Es konnte sich viel zeigen, wenn man in ein Gesträuch starrte.

Jetzt hatte die Andeutung eines Windes, den es hier unten am See gab, durch die Kleiderschichten hindurchgefunden und tastete sich unschlüssig an seinem Körper voran. Er stand immer noch am Bootshaus. Unter seinen Schuhen war der Schnee geschmolzen und zu einer neuen Form aus einer dunkleren, glasartigen Materie erstarrt. Er änderte die Stelle des einen Fußes, setzte ihn in unberührten Schnee; bald trat wieder der blanke Rand hervor.

Er hob den Blick. Es war so dunkel geworden, daß er nicht über den See hinweg schauen konnte. Doch rechts, fünfhundert Meter den Strand entlang, brannte ein Licht in Abel Bäckströms Haus. Das muß die Kammer sein, die nach hier hinausgeht, dachte er. Das Haus lag ein gutes Stück vom Ufer entfernt und war teilweise von einigen häßlichen Apfelbäumen verdeckt; trotzdem erschien das Licht klar und durchdringend wie ein kleines Glühwürmchen in der Entfernung einer Armlänge. Abel nutzte die Stromleitung. Im selben Augenblick wurde ein weiteres Licht eingeschaltet, oder besser zwei, zugleich begann ein Automotor verschnupft zu brummen. Schnell verschwand das Auto zwischen den Bäumen, und bald hörte Per Ivar es den Weg heraufkommen. Er sah die starken Lanzen der Scheinwerfer in die Dunkelheit hineinstoßen und hinter ihnen den undeutlichen Umriß eines Volkswagens. Als das Auto ein Stück am Haus vorbei war, verminderte es die Geschwindigkeit – die Scheinwerfer mußten Per Ivars Wagen am Wegrand erfaßt haben –, und einen Augenblick glaubte er, das Fahrzeug würde haltmachen. Aber ein anderer Gang wurde eingelegt, und dann wieder ein anderer, und das Auto war um die Biegung verschwunden.

Dieses verdammte Autofahren heutzutage, dachte er. Und im selben Augenblick: hätte er die Petroleumlampe in der Küche brennen lassen, wäre vielleicht Besuch gekommen.

Er konnte nicht entscheiden, ob er erleichtert oder enttäuscht war. Die Kälte hatte sich unter seinen Kleidern orientieren und ihre Truppen über seinen Körper verteilen können. Jetzt rückten sie gemeinsam zum Angriff vor. Er zuckte die Achseln und nahm den kürzesten Weg zum Haus hinauf.

Als er die Tür hinter sich geschlossen hatte, schien es, als wäre er nicht richtig draußen gewesen. Später saß er mit einem bescheiden bemessenen Glas Whisky vor dem Feuer und versuchte, den zurückgelegten Weg zu rekonstruieren und zu bedenken, was er hätte sehen können und was er stattdessen gesehen hatte. Meistens war es Schnee gewesen und eine verlorene Sicherheit.

Per Olov Enquist

Das finsterste Loch in dem finsteren Land

Sie wollten landeinwärts in die Gegend von Burträsk, und dahin gingen sie. Das war das finsterste Loch in dem finsteren Land: die geheimnisumwitterte und total zurückgebliebene Gegend um den See Burträsk herum. Das war keine Verleumdung, hieß es in den näher zur Küste hin gelegenen Dörfern. Es war die brutale Wahrheit, denn jedermann wußte, daß Burträsker nicht richtig abgenabelt waren.

Als sie nach Sjön, Hjoggböle, kamen, in das erste der vier Dörfer, die um Hjoggböleträsket gruppiert waren, übernachteten sie beim Dorfschmied.

Er hieß Per Valfrid Enquist und lebte außerdem von Fuchsjagd und Köhlerei, ein finsterer, frühzeitig glatzköpfiger Mann, der oft Geschichten erzählte. Das war mein Großvater, obwohl das eigentlich nicht hierhin gehört.

Er ließ sie in dem kleinen Raum links von der Schmiede übernachten.

Zu der Zeit war die Straße zwischen Hjoggböle und Sjöbotten noch nicht angelegt, und diejenigen, die im Sägewerk arbeiteten, hatten enorme Schwierigkeiten zu überwinden, um zur Arbeit und zurück zu kommen. Jeden Tag zu pendeln war unmöglich, wer im Sägewerk arbeitete, blieb die Woche über in Bure. Die meisten bestellten trotzdem ihr Stück Ackerland und versorgten die Kühe und fällten im Winter Holz. Mein Vater, der zum Zeitpunkt der Durchreise Elmblads und Nicanor

Markströms erst sechs Jahre alt war, fing in den zwanziger Jahren bei der Gesellschaft zu arbeiten an, meistens als Stauer, und die ersten Jahre seines Arbeitslebens verbrachte er in der Schmiede.

In der Familienmythologie ist Elmblads Besuch nur eine bizarre Anekdote.

Großvater war eine freundliche Seele und in so jungen Jahren noch nicht in dem gleichen grandiosen Ausmaß der Religion anheimgefallen wie der Rest meiner Familie. Er wurde jedoch noch rechtzeitig vor dem Sterbebett bekehrt und trug so seinen Teil dazu bei, daß der Totenschmaus zu einer stillen, beinah heiteren Angelegenheit wurde. Ich war selber dabei und freute mich dessen, daß er heimgegangen war in höhere Gefilde. Großvater jedenfalls hatte sich des Agitators und seines Handlangers erbarmt (er kannte Nicanor ja als kleinen Kerl, bevor er nach Bureå gezogen war), hatte sie zu Dickmilch mit Preiselbeersaft eingeladen und nach der Marschrichtung gefragt.

Zu seinem Erschrecken hörte er, daß sie in die Burträsk-Gegend ziehen und vom Sozialismus reden wollten. Vielleicht der Stockholmer, seinetwegen, aber Nicanor Markström! Großvater war ernstlich und tief besorgt, nicht zuletzt, weil er ja wußte, wie die Burträsker waren, und er setzte umsichtig an zu einer furchteinjagenden Beschreibung der Risiken. Aber Elmblad war nicht sonderlich interessiert, sondern fragte hauptsächlich, wie es mit dem politischen Bewußtsein in Sjön bestellt sei. Großvater hatte ihn damit beruhigt, daß alles in Ordnung sei. Hier waren alle arm und anständig und plagten sich im Schweiße ihres Angesichts, er selbst schoß ab und zu einen Fuchs und hielt es mit der Folkparti. Nein, die Freisinnigen hieß es wohl damals. Die Freisinnigen. Komischerweise hatte Elmblad dabei nicht so erfreut ausgesehen, sondern finster gebrummt, daß die Freisinnigen ein Pfropfen im Arsch der Arbeiterbewegung seien (unglaublich ungerecht!) und daß die Scheiße leichter rauskäme, wenn man diesen Pfropfen entfernte. Und Großvater hatte es lustig und interessant gefunden, einen Stockholmer das sagen zu hören, aber seine Meinung nicht geändert. Und so hatte eins das andere ergeben. Und wäre nicht meine Großmutter ein so guter Mensch gewesen, der mit starker Hand über die Moral der Familie wachte, dann hätte P. V. sicher am Ende Elmblad noch einen kleinen Schnaps aufgetischt.

Die kleine Metapher vom Liberalismus sollte Großvater bis an sein Lebensende in intensiver Erinnerung behalten. Elmblad hatte gesagt, daß die Freisinnigen ein Pfropfen im Arsch der Arbeiterbewegung wären. Solange der Pfropfen drinsaß, blieb einem ja erspart, einen Teil der Scheiße zu sehen. Aber so konnte es nicht bis in alle Ewigkeit weitergehen. Je schneller der Pfropfen rauskam, um so besser.

Das würde wie eine Erleichterung sein, hatte Elmblad im Brustton der Überzeugung erklärt. Eine solche Ansicht war in der Skellefteå-Gegend, wo gewisse Freisinnige als Interpreten und Sprecher der Arbeiterbewegung agierten, nicht besonders gangbar, aber ein bißchen frischer Analhumor verfehlte nie seine aufheiternde Wirkung, und Elmblad kam richtig gut in Stimmung, als er sah, wie die Verkündigung ankam, und sang als Zugabe die Internationale. Das war das erste Mal in der Geschichte des Dorfs, daß sie gesungen wurde, und auch das letzte Mal, hätte ich beinah geschrieben.

Auf jeden Fall, Elmblad und sein junger Helfer durften in dem kleinen Raum neben der Schmiede übernachten, und am nächsten Morgen zogen sie weiter. Großvater ging mit ihnen den Pfad durch den Wald nach Västra Hjoggböle, hinunter zum See. Es war einige Tage ziemlich warm gewesen, und das Eis lag nur noch in spröden Resten an den Uferrändern; Großvater ruderte sie über den See. Er hatte das Boot selber gebaut. Er nahm also den Agitator und den Jungen zu sich ins Boot (hat man den Teufel ins Boot geholt, muß man ihn an Land rudern) und setzte sie auf der anderen Seite ab, in der Nähe von Lillhalsen.

Sie hatten im Boot gesessen und kalten Blutkloß mit Butter gegessen. Den Blutkloß hatten sie aus ihrem Rucksack geholt. Elmblad hatte kräftig zugelangt. Sie hatten Großvater auch etwas angeboten, aber er hatte abgelehnt, und weil sie ihn, zu seiner Bestürzung, nicht weiter nötigten, blieb es dabei.

Kein Schimmel auf dem Blutkloß. Er setzte sie in der Nähe von Lillhalsen an Land und ruderte zurück. Frischer kalter Blutkloß und Butter war eigentlich sein Lieblingsessen.

Einen Monat später wurde in Östra Hjoggböle Hauskatechese gehalten; für Großvaters Teil war es der Epilog zu der kleinen Anekdote. Irgend jemand hatte offenbar geklatscht, und der Propst erkundigte sich eingehend, was die beiden Freunde gesagt und getan hätten, und Großvater erzählte wohl bereitwillig alles, möglicherweise mit Ausnahme dessen, daß der Liberalismus ein Pfropfen im Arsch der Arbeiterbewegung wäre. Nachdem er Bericht erstattet hatte, wurde ihm eine freundliche, aber sehr ernste Ermahnung zuteil, achtsam zu sein und es sich gut zu überlegen, bevor er Nachtquartier gab.

Und im Dorf hieß es, daß Großvater eine Aufforderung zu etwas bekommen hatte. Vielleicht war es sogar eine Rüge. So viele Jahre später neige ich vielleicht dazu, diese vollkommen pointenlose Familienanekdote in meiner Erinnerung überzubewerten. Mit jedem Jahr etwas absonderlicher. Eine Rüge vom Propst, weil man Nachtquartier gewährt hat!

Aber Per Valfrid Enquist verbarg und bewegte tief in seinem Herzen, was er gesehen und gehört hatte, und manchmal erzählte er die Geschichte, wie die zwei Agitatoren im kleinen Raum neben der Schmiede geschlafen hatten, wie er sie über den See gerudert, aber nichts vom Blutkloß abgekriegt hatte.

Und daß er sie gewarnt hatte vor dem, was kommen würde.

Denn später erfuhr man ja, was passiert war drüben in Burträsk.

Aber die Burträsker waren ja nicht richtig abgenabelt.

Sie stiegen bei Lillhalsen an Land und gingen genau nach Westen, den Bach entlang. Nach einem Kilometer kamen sie auf die Burträskstraße. Die nahmen sie in Richtung Südwesten. Nun waren Nicanor Markström und sein Wegweiser im Klassenkampf tatsächlich in Feindesland.

[...]

Sie waren bei Lillhalsen an Land gegangen, hatten sich später in südwestlicher Richtung nach Burträsk gewandt und sich Zeit gelassen, waren an Sidbergsliden und Renfors vorbeispaziert, hatten gegen Mittag Blutkloß mit Butter gegessen und waren am Nachmittag nach Lappvattnet gekommen, einem ansehnlichen Dorf, das hübsch auf einer Anhöhe am anderen Ufer des Sees lag. Dort bekamen sie Erlaubnis, in einem leeren Sommerstall zu schlafen. Da verbrachten sie die Nacht, und in derselben Nacht kam der Winter.

Der Winter kam um elf Uhr abends, vollständig überraschend. Es war, als hätte der Schneesturm irgendwo draußen über dem Bottnischen Meer gelegen und gewartet und wäre dann wütend geworden und hätte nicht mehr warten wollen und wäre über das Küstenland hergefallen, spät abends, als niemand ihn erwartet hatte und sich verteidigen konnte. Nicanor wachte mitten in der Nacht auf und hörte den Sturm, schlief aber wieder ein unter seiner Felldecke: aber am Morgen, als alle Kleinbauern von Lappvattnet die Kühe in den Ställen füttern wollten, waren die Hofplätze weiß, treibende Meere und die Brunnenschwengel weiß auf einer Seite, und der Schnee trieb und trieb. Es war nicht kalt, aber es stürmte und schneite wie entfesselt. Es schneite unaufhörlich den ganzen Tag und die folgende Nacht und den nächsten Morgen, und erst gegen Mittag am nächsten Tag wurde es plötzlich vollkommen still und ruhig, die Temperatur fiel, und das Küstenland von Västerbotten war mit einem Schlage in den Winter eingetreten.

Es würde einen ganzen Tag dauern, sich aus der meterhohen

Isolation herauszupflügen, das wußten alle. Die Pferde versagten in dem hartgefrorenen Schnee, gaben auf, schnaubten heißen Schaum. Ein ganzer Meter Schnee in zwei Tagen. Es würde ein schwerer Winter in der Waldarbeit werden, das begriffen alle.

[...]

Sie waren am 18. Dezember 1909 nach Burträsk gekommen, es war klirrender Winter. Am Nachmittag ging Nicanor herum und schlug die kleinen gelben Plakate an. Er fühlte sich alles andere als wohl. Dies war ein ziemlich großes Dorf, aber es schien dennoch sehr still zu sein. Die Schneewehen schon beiseite geschaufelt und sehr säuberlich. Er fand, daß sehr viel geguckt wurde.

Knirschen unter den Schuhen.

Er war felsenfest davon überzeugt, daß hinter den Gardinen geguckt wurde.

Die ganze Situation hatte etwas Beklemmendes. Auf dem Plakat, das er anschlug, stand der Text, an den er sich von jener ersten Begegnung mit Elmblad so gut erinnerte; es war das gleiche Plakat, das er am Holzplatz in Bure angebracht hatte am Tag vor jener Nacht, als Elmblad im Mondschein an die Kiefer gebunden gewesen war. Das gleiche Plakat. Nur die Ortsbezeichnung war geändert. Als hätte die Zeit stillgestanden. Er tat jetzt, sechs Jahre später, genau dasselbe wie damals. Elmblad würde genau die gleiche Ansprache halten. Die Situation würde genau die gleiche sein. Nichts würde verändert sein.

Als er das Plakat an die Tafel des Guttemplerordens neben der Kirche heftete, sah er, daß nur fünfzig Meter entfernt drei Männer standen. Sie sprachen nicht miteinander.

Knirschen unter den Füßen. Er meinte, daß das Knirschen unter seinen Schuhen meilenweit zu hören sein rnüßte. Er war ganz sicher, daß geguckt wurde. Er fühlte es im Rücken.

Um sieben Uhr Versammlung.

Zwanzig Personen.

Sie saßen im Versammlungsraum der Guttempler, ganz hinten, auf den drei letzten Bankreihen zusammengedrückt. Elmblad hatte anfangs versucht, sie dazu zu bewegen, weiter nach vorn zu kommen, aber es kam nur ein schwaches Gemurmel, keiner rührte sich vom Fleck. Nicanor hatte sich ganz vorn hingesetzt, weit an die Seite. Die Leute gefielen ihm nicht. Die drei Männer, die ihn bei der Guttempler-Tafel beobachtet hatten, waren da. Außerdem zwei kleine Jungen und zehn Männer in den Sechzigern. Fünf Halbwüchsige. Machte zusammen zwanzig. Nicht schlecht.

Aber auch nicht gut.

Nicanor hatte Elmblad vor Beginn der Versammlung mit gesenkter Stimme gewarnt, es nicht zu weit zu treiben. Burträsker mußte man mit Vorsicht behandeln. Es hatte sich bei Nicanor so angehört, als seien die zwanzig eine ziemlich repräsentative Ansammlung von Burträskern, doch Elmblad hatte sich mittlerweile an die schrecklichen Geschichten über die Leute hier gewöhnt und kümmerte sich nicht darum. Er wußte ja bereits, dank unzähliger Zeugenaussagen, daß die Burträsker stechende Augen hatten, sich mit einem zähen, unheimlichen, knienden Gang fortbewegten, wie die Affen im Lesebuch der Volksschule, daß sie grausam aussahen und einen absonderlichen Dialekt sprachen, den die rechtschaffenen Bewohner des Kirchspiels Bure kaum verstehen konnten. Sie sagten *äch* anstelle von *ich*, damit fing es an, hatten eine einfältig blökende Art zu reden und brachten ehrlichen Besuchern aus anderen Kirchspielen feindseliges Schweigen entgegen.

Elmblad ging ein Stück den Mittelgang hinab und leitete die Versammlung ein.

Es war kalt im Raum, aber ganz hinten brannte tapfer ein Kamin. Ich sehe ein, begann Elmblad, daß ihr da unten sitzt, nicht weil ihr Angst vor mir oder vor der Sache des Sozialismus habt, sondern weil es am Kamin warm ist.

Keiner lachte.

Ja, Genossen, versuchte Elmblad aufs neue, Leben in die Versammlung zu bringen, wenn ihr nicht zu mir herkommen wollt, dann muß ich zu euch hinkommen! Er feuerte ein warmes Lächeln auf sie ab; es segelte durch den Raum, prallte gegen ihre steinhart ernsten Gesichter und fiel so tot zu Boden wie ein Schmetterling im Schneesturm.

Er fragte sich im stillen, ob sie überhaupt verstanden, was er zu ihnen sagte. Das sagte er ihnen.

Das war ja nun spaßig und unterhaltend, aber keine Bewegung. Keine Antwort. Es war sehr unangenehm, das Ganze. Er kam plötzlich auf den Gedanken, wie schön es wäre, zu Hause zu sitzen und Dagmar weinen zu hören, weil er sich nichts aus ihr machte, und sie schimpfen zu hören, weil er keine Briefe schrieb, und der kleine Idiot würde fröhlich auf seinen Knien herumrutschen, und der Sabbel würde aus seiner freundlichen, verwirrten kleinen Schnauze tropfen. Das würde besser sein, doch.

Er nahm Anlauf und begann seine Rede.

Es war das Übliche. Es ging um die Organisationsversuche der Sozialdemokratie und die Erfahrungen aus der Arbeit und die Notwendigkeit des Sozialismus und die Rücksichtslosigkeit der Arbeitskäufer. Er fixierte starr die zwanzig Zuhörer. Sie hatten ganz ernste Gesichter, allesamt, Eisengesichter mit Eisenkiefern. Die Kiefer regten sich ab und zu, mahlend, wie bei wiederkäuenden Kühen, vermutlich verschoben sie ihre Prieme von rechts nach links.

So darf ich nicht denken, ging es ihm durch den Kopf. Das sind doch Genossen, Arbeiter. Das sind doch die, für die ich arbeite. Wir zusammen sollen doch die Organisation aufbauen.

Während er sprach, bewegte er sich langsam im Mittelgang auf sie zu. Es war so trist, alleine dort vorn am Rednerpult zu stehen, er bewegte sich statt dessen den Mittelgang hinunter. Unmerklich wanderte er vorwärts, wie ein Hirte, der sich vorsichtig seiner Schafherde nähert, um sie nicht allzusehr zu erschrecken.

Es dauerte einige Minuten. Aber schließlich stand er direkt vor ihnen.

Da erhob einer von ihnen, ein älterer Mann von vielleicht siebzig Jahren mit einem zerfurchten, schweren, eingefallenen und auf irgendeine eigentümliche Weise pferdeähnlichen Gesicht (er würde es nie vergessen), da erhob einer von ihnen seine Hand, zeigte auf das Rednerpult und sagte mit lauter, mäkelnder und feindseliger Stimme, die nicht den geringsten Spielraum für Einwände ließ: »Du hassefällichsavorn zeschtehn!«

»Was?« sagte Elmblad verwirrt.

»Du hassefällichsavorn zeschtehn«, wiederholte der Mann mit der Hartnäckigkeit eines Idioten und zeigte unerschütterlich auf das Rednerpult.

Elmblad wandte sich um, blickte unsicher zu Nicanor hinüber. Aber der Junge schien den Einwand nicht gehört zu haben, er saß in der ersten Bank und kehrte ihnen allen den Rücken zu. »Kannst du übersetzen, Nicanor?«

Nicanor wandte sich langsam und lustlos um und sagte: »E' sacht dasse sich davorn hinstelln solln. Dasse da stehn *solln.*«

Einige der Männer nickten beifällig. Es war kein Funke von Leben in ihren Gesichtern. Was bedeutete das eigentlich? »Du hassefällichs?«

Es hörte sich an wie ein Kommando. Das war es auch. Vermutlich. Zwanzig stumme Burträsker betrachteten den Agitator ausdruckslos. Das Unbehagen schlug ihm auf den Darm. Er drehte sich um, ging zum Rednerpult und blickte über die entfernte Versammlung.

»Wollt ihr, daß ich hier stehen soll?« rief er ihnen mit übertrieben lauter Stimme zu. »Könnt ihr mich denn hören?«

Von den Zuhörern kam ein dumpfes, mißbilligendes Gemurmel. Drei von ihnen erhoben sich, und es sah so aus, als seien sie empört über irgend etwas. Die Tür knallte auf, als sie gingen, eine Wolke weißen Dampfes quoll in den Vorraum hinaus, die Tür schlug mit einem Krachen zu.

»Wollt ihr denn nicht, daß ich hier stehe«, rief er ihnen nach, »ich stell mich hin, wo ihr wollt, was wollt ihr eigentlich?«

Zwei weitere Zuhörer standen auf und gingen. Elmblad ließ ihnen Zeit, sich aus den Bänken zu drängen, die Tür knallte wieder. Zuerst drei, dann zwei. Noch fünfzehn übrig. Dabei hatte es noch nicht einmal angefangen. Es war kaum zu leugnen, daß diese Kundgebung auf eine nicht hundertprozentig gelungene Art und Weise anfing.

Er raffte sich auf. Er räusperte sich.

»Genossen«, begann er.

Da ging noch einer.

Er hatte es den ganzen Tag gefühlt. Er spürte es im Rückgrat. Er hatte versucht, Elmblad klarzumachen, daß irgend etwas nicht stimmte, daß etwas passieren würde, aber nein. Der dicke, dumme Elmblad machte einfach weiter. Und er spürte es so deutlich im Rücken, daß es beinah weh tat, es war, als wollte er die ganze Zeit rückwärts gehen, um den Rücken frei zu haben, aber da mußte er sich ja doch umdrehen. Während der Versammlung war es ruhig (Elmblad hatte den kürzeren seiner Vorträge gebracht, der von der Sozialdemokratie handelte und anderthalb Stunden dauerte), und als es zu Ende war, saßen noch fünf Mann da. Und Nicanor hatte es recht beruhigend gefunden, daß es nicht mehr waren. Und draußen im Vorraum war ein dicker Eispanzer auf der Schwelle. Und er und Elmblad waren nach der Versammlung über den Hof zum Lokus gegangen.

Da gab es kein Licht.

Als erstes hatte Nicanor routinemäßig mit der Hand die Lokusbank befühlt, und es war wie gewöhnlich. Vorbeigepißt. So daß ein beinah dezimeterdicker Eisrand sich um das Loch herum gebildet hatte. Er hörte Elmblad neben sich ächzen und wollte selber scheißen, aber sich nicht setzen.

Nie im Leem setz ich mich auf Burträskpisse, dachte er. Weiß ma nie wassassein kann.

In dem Moment kamen die Geräusche von draußen. Schritte im Dunkeln, viele Schritte. Flüstern. Er spürte, wie er vollkommen kalt wurde. Scheiße, dachte er.

Scheiße, Scheiße, Scheiße. Lieber Gott, helf uns weil jetz sinse da. Un jetz gibs Kloppe.

Ein harter Schlag gegen die Tür, verstreutes Lachen, noch ein schwerer Schlag gegen die Tür. Dann Stille. Er hörte, wie Elmblad sehr, sehr schnell den Pimmel verstaute und zuknöpfte. Ja du, dachte Nicanor. Jetzt knöppse am bestn zu, weil jetz sin de Burträsker da draußen un jetz gibs Kloppe.

Es hörte sich an, als ob man einen Stock gegen die Tür stieß. Aber sie versuchten nicht hereinzukommen. Versuchten sie, die Tür zu versperren? So daß sie gezwungen wären, die ganze Nacht hier zu sitzen?

»Jetz gibs Kloppe«, sagte er leise zu Elmblad.

Sie schienen hart zu arbeiten da draußen. Scharren, Geräusche von Holz gegen Holz, gelegentliches Lachen. Es schienen viele zu sein. Vielleicht fünf, sechs Mann, oder vielleicht war es auch nur das bedrohliche Dunkel, das alles verdoppelte. Nicanor stand ganz still. Elmblad bewegte sich unruhig neben ihm, wie ein dicker und verängstigter Bär.

Er ging zur Tür und probierte. Nicanor versuchte ihn zu hindern, aber das war sowieso sinnlos. Die Tür war blockiert.

»Laßt uns raus«, rief Elmblad mit angestrengt harter Stimme. Es klang nicht besonders überzeugend.

Keine Antwort. Nur vereinzeltes Lachen.

»Wir erfrieren hier drinnen!« schrie Elmblad aufgebracht, »laßt uns raus verdammtnochmal!«

Keine Antwort. Schweigen.

Nicanor setzte sich auf die Bank. Er fühlte den gefrorenen Pißrand unter dem Hintern, aber er scherte sich nicht darum. Jetz könnwer de Nacht auffe Burträskpisse sitzen, dachte er.

Da friern we woll kaputt. Un am Morng simmer mitte Burträskpisse zesammgefrorn un sin tot un da müssense mich loshackn un dann ab inne Hölle. Lieber Gott. Un dann gehts rund im Satan seine Bratpfanne wiene Speckschwarte. Unnas brennt und beiß in alle ewing Ewichkeiten. Warum binnich vom Waang gestieng.

Im gleichen Augenblick hörte er einen gewaltigen Krach. Es war Elmblad, der den Ellenbogen durch das kleine Lokusfenster über der Tür gestoßen hatte. Die Glasstücke prasselten; dann ein Augenblick absolut verblüfften, verwirrten Schweigens. Ein Fluch wurde ausgestoßen, dann Schritte, die im Schnee knirschten, die Stimmen immer erregter.

»E' hatt'e Scheibe eingeschlaang«, sagte eine empörte, vorwurfsvolle Stimme direkt vor der Tür. »Isse verrückt geworn?«

Neues Krachen. Holz gegen Holz. Die Angreifer waren auf dem Weg ins Innere, und plötzlich sahen die beiden ein, daß es vielleicht doch besser gewesen wäre, die Nacht dort drinnen zu verbringen. Dann die Tür auf. Nicanor sah den weißen Schnee und die Silhouetten, die hereindrängten. Und dann ging es los.

Nachher dachte Nicanor immer: natürlich hätten wir keinen Widerstand leisten dürfen. Es war sinnlos. Dann wäre es auch nicht passiert. Aber im Dunkel ging alles so wirr durcheinander, die dunklen Schatten kamen so schnell und warfen sich über sie, Nicanor fiel nach hinten, prallte zurück und schlug in Panik um sich, und dem Gebrüll in dem engen Lokus nach zu urteilen, waren die Panik und die Wut bei allen gleich groß.

»Hautse aufn Quappenkopp!« brüllte eine Stimme ganz nah bei ihm, für eine Sekunde wurde Nicanor ganz steif vor Erstaunen. Sagte man das auch in Burträsk? Dann war es ja fast wie zu Hause? Aber im selben Moment erhielt er einen harten Schlag schräg vor die Kehle, ihm blieb die Luft weg, und er sackte zusammen.

Man griff sie an den Beinen und schleppte sie hinaus.

Sehr scharfes Licht.

Elmblad hatten sie auf eine Bank gesetzt. Er hatte aus einem Nasenloch geblutet, und aus dem anderen lief Rotz, den er sich nicht abgewischt hatte. Er sah erbärmlich aus und glotzte vor sich hin wie ein Idiot.

Fünf Männer. Drei von ihnen erkannte Nicanor sofort. Sie hatten dagestanden und ihm zugesehen, als er den Anschlag anbrachte, und hatten nicht miteinander geredet. Schon da hatte er geahnt, daß etwas im Busch war. Jetzt *wußte* er es.

Merkwürdigerweise verspürte er keine Angst. Sie hatten ihn in eine Ecke auf den Fußboden geworfen, und dort saß er, und zuerst hatten sie lange nur mit Elmblad geredet. Aber Elmblad ging es einfach nur dreckig. Und ein paarmal hatte er geflucht. Und zwischendurch geschnauft. Und ein paarmal hatte er gebettelt, daß sie ihn gehen lassen sollten.

Elmblad zuzuhören machte keinen Spaß. Das Verhör hatte auch nichts Brauchbares erbracht. Die Fragen waren so komisch. Man verstand kaum, was sie sagten. Jedenfalls Elmblad verstand nicht.

Dann fingen sie an, sich für Nicanor zu interessieren.

»Un wie heiß du?« sagte ein schiefschultriger Teufel und beugte sich über Nicanor, so daß der Scheißgestank aus seinem Mund Nicanors Gesicht einhüllte wie verfaulte Fettwatte.

»Wie heiß'e un wo kommse her un was bisse fürn Sausack?« Es klang wie eine magische Formel, Nicanor versuchte den Atem anzuhalten, oh lieber Herr Jesus wennich jetz nur aufm Waang säß, ode sonswo, besser auffe gefrorene Burträskpisse aum Scheißhaus zesitzn, alles wäre besser, und der Mann immer dichter an Nicanor heran und wiederholte: *»Wie heiß'e un wo kommse her un was bisse fürn Sausack?«*

Nicanor sah das Gesicht ganz nah. Und hier fing es an, in einer verwirrten, wahnwitzigen Panik, die er nicht unter Kontrolle hatte. Er räusperte sich, ohne irgend etwas dabei zu denken, und spuckte dem Mann mitten ins Gesicht. Es kam eine ordentliche Schliere, sie hing über der Nase und dem Mund des Mannes und auf der einen Backe, und einen Augenblick war es vollkommen still im Raum; ein verdutztes, fast bewunderndes, dann immer zornigeres Schweigen.

Der Mann wischte sich plump mit dem Ärmel über das Gesicht.

»Spucksau«, sagte er fast verdutzt beleidigt.

»E' spuckt«, echote einer der anderen.

»Abbe ...«

»E' spuckt«, wiederholte der Mann, jetzt lauter, und versuchte den Schleim vom Ärmel zu wischen.

Sie gafften alle Nicanor an. Und zum erstenmal, aber viel zu spät, sah Nicanor sie nicht als Burträsker, sondern als gewöhnliche Arbeiter. Sie hatten nichts Geheimnisvolles an sich. Nichts Drohendes. Nichts Burträskartiges, gar nichts. Fünf Arbeiter aus dem Kirchspiel Burträsk, und dann Elmblad und er, im selben Raum, inbegriffen in etwas, das ein Kampf auf Leben und Tod zu werden schien.

Und dann hörte er, wie Elmblad anfing zu lachen. Es war das falsche Lachen, der falsche Moment, falsch falsch falsch. Da explodierte es.

Im Traum sollte es sehr viel später wiederkommen, Jahr auf Jahr, wenn auch abgemildert und nicht so schmerzhaft; im Traum sollte es dennoch fürchterlich sein und zugleich ein bißchen erniedrigend, und er konnte nie jemandem erzählen, was genau passiert war. Aber sie hatten ihn hochgezerrt, daß er stand, und ihm wütend ins Gesicht geschrien (Elmblads Lachen mußte lange verstummt sein), und er hatte in Panik gerungen und um sich geschlagen, und sie hatten ihn angebrüllt, und er hatte versucht sich loszureißen, aber einer hatte ihn fest im Griff, und Nicanor hatte dem anderen mit aller Kraft das Knie zwischen die Beine gerammt.

Ein Brüllen. Jetzt war es ernst geworden.

Der, der das Knie genau in die Eier gekriegt hatte, krümmte

sich in einem vollkommen weißen, konzentrierten Schmerz, mit den Augen wie wahnsinnig immerfort Nicanors Gesicht fixierend, die anderen brüllten wie außer sich. Elmblad war aufgestanden und bewegte sich durch den Raum, bekam aber plötzlich einen kräftigen Schlag genau auf den Mund und setzte sich plump auf den Hintern, mitten auf den Fußboden. Zwei Männer hielten Nicanor von hinten.

Der Mann, der das Knie genau in die Eier gekriegt hatte, erhob sich mühsam. Er stöhnte immer noch, konnte aber sprechen.

»Hasse'ne Kastrierzang' da«, sagte er zu einem der anderen. »De Bock kastriern we.«

Nicanor erstarrte.

»Los, hol'e Zange raus, Artur«, zischte der Mann.

Nicanor fing plötzlich an zu brüllen. Es kam völlig überraschend, auch für ihn selber, er hatte nur noch fürchterliche Angst. Er wußte, wovon sie redeten. Er hatte gesehen, wie man es mit den Lämmern machte. Den Hammeln. Es ging so reibungslos, so einfach, den Sack fortzuschneiden, und eine Kastrierzange hatte er gesehen. Und einmal, das letztemal, daß er freiwillig zusah, hatte er die Augen des Tiers gesehen, gerade als sie schnitten, die Augen und die Zunge, die langsam immer weiter herauskam, als wollte es mit der äußersten Zungenspitze an etwas rühren, das sehr weit weg lag. Nie nie nie hatte er das wieder sehen wollen.

Er versuchte, um sich zu treten, um freizukommen, aber die hielten ihn jetzt eisern.

»Jaja, Freunchen«, sagte der Mann. »Ers'e große Schnauze und jetz ganz klein.«

Nicanor schrie aus Leibeskräften, hemmungslos; in seinem Hinterkopf hatte er den Gedanken, daß jemand ihn hören würde, zu Hilfe käme, daß jemand die Tür aufbrechen und ihn retten würde: er brüllte unkontrolliert und wie wild, und Elmblad saß mit weit gespreizten Beinen auf dem Fußboden und blickte mit vollkommen leeren, unverstehenden, dummen, entsetzten Augen Nicanor an, als wollte er ihn anflehen, zu erklären oder wenigstens mit diesem fürchterlichen Brüllen aufzuhören.

»Schnauze«, schrie einer der Männer, die ihn hielten, »Schnauze! Hörsse auf ze brüllen!«

Aber Nicanor hörte nicht auf, und plötzlich war es, als ob die Panik sich ausbreitete. Das unbeherrscht hysterische Brüllen wollte kein Ende nehmen, es schwoll und schwoll und wurde nur noch durchdringender; jemand versuchte Nicanors Mund zuzuhalten, aber ohne Erfolg, er schrie und tobte wie ein Kalb, stampfte und schrie, und die Männer sahen einen Moment ratlos einander an, als hätten sie etwas in Gang gesetzt, das außer Kontrolle geraten war und von dem sie sich weit weg wünschten. Der Mann, der das Knie zwischen die Beine bekommen hatte, hatte sich beruhigt, schnaubte aber noch immer vor Wut, aber er konnte nichts sagen, solange dieser besinnungslos brüllende Bursche nicht aufhörte.

Was genau danach geschah, bekam er nie zu wissen. Aber jedenfalls quetschte sich eine Hand in seinen Mund, griff seine Zunge, das Gebrüll wurde zu Gestöhn gedämpft, die Hand hielt die Zunge, und jemand hielt seinen Kopf, und die Zungenspitze aus dem Mund, außerhalb der Zahnreihen, die Gesichter ganz dicht um ihn, er sollte sich an die Hand erinnern, das Gebrüll jetzt unartikuliert und fast erstickt, sie zwangen seine Kiefer auseinander, der Schmerz, der kam, die Gesichter nun ganz nah, der übelriechende Atemhauch wie verfaulte Fettwatte in seinem Gesicht, mit einem schwach ranzigen Geruch wie nach vergammeltem Hering, Augen ganz nahe, sie gruben in seinem Mund, um ihn still zu kriegen, und da kam der Schlag.

Jemand schlug ihn mit Wucht direkt unters Kinn. Die Zunge war draußen, und die Zähne gruben sich glatt und unwiderruflich in die Zungenspitze. Sie gingen zwei Zentimeter hinter der Zungenspitze hinein und schnitten sie fast ganz ab.

Sie ließen ihn sofort los. Er setzte sich schwer auf den Fußboden, fiel zurück auf den einen Ellenbogen, tastete vorsichtig mit der Hand zum Mund. Die Zungenspitze hing lose, ein Fleischklumpen, der nur noch von einem dünnen Fetzen gehalten wurde, das Blut spritzte ruhig und beherrscht aus seinem Mund, und er konnte den Mund nicht schließen.

»Jesus Christus«, sagte jemand leise.

Es war vollkommen still im Raum.

»D'Zunge is ab«, sagte einer.

Nicanor schnaufte, es hörte sich an wie ein Tier, er versuchte an den hängenden Fleischklumpen zu rühren, aber es tat so entsetzlich weh, daß er nicht konnte. Undeutlich sah er Gestalten sich vor ihm bewegen. Jemand beugte sich vor, ein Paar Augen ganz dicht vor ihm, eine Stimme.

»Seine Zunge is abgegang. Se is ab.«

Da trat einer der Männer vor, hob Nicanors Kopf an, betrachtete einen Moment bekümmert den nun total blutverschmierten Mund, tastete nach dem Messer, das im Gürtel steckte, griff die hängende Zungenspitze und schnitt rasch und behende den kleinen Zipfel durch, an dem die Zunge noch hing. Es tat nicht weh, nicht mehr als vorher; der Mann richtete sich auf, blickte mit bekümmerter Miene auf das Fleischstückchen in seiner Hand. Der Junge saß noch auf dem Fußboden, starrte verzweifelt auf den Mann, brüllte und stöhnte noch immer, aber zunehmend gutturaler und tiefer.

Die ganze Vorderseite war blutig. Es sah nicht schön aus. Im übrigen war es völlig still im Raum; der Junge saß da und stierte sie an und stöhnte wie ein Tier. Es war kein angenehmer Anblick.

Nach der Stille im Raum zu urteilen, fand keiner, daß das Ganze besonders erheiternd war.

»'n Verkünder des Worts wirse nie«, sagte der Mann und warf die Zunge in eine Ecke. »Abbe desweeng kannse trotzdem 'n orntlicher Kerl wern.«

Die Augen des Jungen hingen noch immer unverwandt an ihnen. Es war etwas Beharrliches in seinem Blick. Als wüßte er nicht, was geschehen war, oder als bäte und bettelte er, daß es ungeschehen sein sollte; die Augen bettelten und bettelten, daß es nicht geschehen wäre, aber es war geschehen.

»Das mim Kastriern wa doch bloß 'n Scherz«, sagte einer der Männer entschuldigend. »Wenne nich so geschrien hätts, hätts nich son Unglück'egeem mitte Zunge. 's wa ja'n reines Unglück.«

»De hat orntlich Mumm inne Knochn de Jung«, fügte ein anderer hinzu. Es war der, der das Knie zwischen die Beine bekommen hatte, er hatte sich inzwischen erholt und nahm verlegen eine Prise.

»Geb dem Jung 'n Schnaps«, fügte er beinah freundlich hinzu.

»Er trinkt nicht«, kam es plötzlich von Elmblad, der immer noch mitten auf dem Fußboden saß.

»Dann wirs jetz Zeit. Sons hört'e nie auf ze bluten.«

Einer ging hinaus, blieb eine Zeitlang fort. Nicanor lag auf dem Fußboden, auf der Seite. Die Augen geschlossen. Er wollte nicht, daß sie ihn ansahen. Er wollte, daß es dunkel wäre. Dann hörte er, wie die Tür aufging, leise Stimmen, jemand kam zu ihm heran. Hielt seinen Kopf.

Wie der Hammel, dachte er.

Dann spürte er, wie jemand versuchte, ihm eine Flüssigkeit zwischen die Lippen zu gießen: er öffnete willenlos den Mund, es brannte bestialisch, er stöhnte auf, aber er schluckte. Es war wie ein Feuerspeer. Er schluckte weiter, das Feuer wurde heißer und breitete sich aus, nicht mehr nur schmerzhaft, es wuchs und füllte ihn aus, und er schluckte und schluckte und schluckte, und die Stimmen wurden weicher und freundlicher und wärmer, und vorsichtig öffnete er die Augen für das, was er nicht hatte sehen wollen.

Dritte Reise:
Im kalten Licht des Nordens

N
0
100 km
Nordkap
Mehamn
ENGER
Utsjoki
Atlantischer
Ozean
RANSMAYR
Tromsø
NORWEGEN
LIE
Senja
Vesterålen
Sortland
CHRISTENSEN
FINNLAND
Lofoten
Narvik
Torneträsk
KÜHNER
Kebnekaise
Vestfjorden
Kiruna
BLIXEN
Bodø
Porjus
Gällivare
Jokkmokk
Nord-
land
Luleå
Piteå
Bottnischer
Skellefteå
SCHWEDEN
Meerbusen
FINNLAND

Cecilie Enger

Das kalte Licht des Nordens

Drei Monate lang sollte Eira alte Menschen in Finnmark interviewen. In Zusammenarbeit mit dem Norwegischen Rundfunk hatte der Regierungsbezirk die Mittel für eine Radioserie über Menschen zur Verfügung gestellt, die im äußersten Norden des Landes lebten, über Frauen und Männer, die fast das ganze Jahrhundert in einem Landesteil verbracht hatten, wo die Veränderungen von einem Leben als Jäger in der freien Natur, wie es ihre Vorfahren Generationen lang geführt hatten, bis zur heutigen Gesellschaft mit Straßen, Tunnels, Satellitenschüsseln, Pommes frites, Schneemobilen und moderner Fischereitechnik reichten. Nur die Kälte war bisher unverändert geblieben. Aus diesem Projekt sollte auch ein Buch werden, ein großer Verlag interessierte sich dafür. Falls der Verlag endgültig zusagte, würde auch ein Fotograf in den Norden geschickt werden, wenn Eiras Interviews vorlagen.

Ihre Gewährsleute sollten älter als fünfundsiebzig sein. »Mein Jahrhundert« lautete der Arbeitstitel der Serie. Mit wem sie sprach und worüber, konnte Eira selbst entscheiden. Nach einem kurzen Rundruf bei den Bezirksbehörden von Finnmark hatte sie beschlossen, mit ihrer Arbeit auf der Halbinsel Nordkyn zu beginnen. Dort war das Durchschnittsalter hoch, und die meisten alten Menschen hatten ihr ganzes Leben dort verbracht.

[…]

Sie fuhr zum Holmenkollbakken hoch, es war sieben Uhr, ein leichter Morgendunst hing in der Luft. Als ihr Wagen oben ankam, schien sich ihr Blick zu verschleiern, ihre Umgebung war plötzlich unscharf. Der Kessel Oslo rutschte aus seinem gewohnten Muster, die Werbung hatte ihr nichts mehr zu verkaufen, die Stadt schien weit weg zu sein, sie bestand aus einem Gedränge von Hochhäusern, die im Licht der Morgensonne zitterten.

Eira gefiel der Gedanke, allein mit der Natur zu sein. Normalerweise war es ihr egal, ob andere über dieselben Waldwege gingen wie sie selbst, aber jetzt wollte sie sichergehen, daß hier sonst niemand unterwegs war.

Eira ließ ihren Wagen am Straßenrand stehen. Sie fand einen Weg und ging in den Wald hinein. Als Kind hatte sie gehört, daß einzelne Vogelarten hören können, wie sich die Würmer in der Erde bewegen. Sie blieb stehen und schaute sich um. Nur einen einzigen Vogel konnte sie sehen, einen dunklen, größeren Vogel, der auf einer kleinen Tanne auf und ab wippte. Sie bildete sich ein, sehen zu können, wie der Vogel den Kopf schräg legte, um auf Insekten oder Würmer zu horchen, daß er sicher nur auf den richtigen Moment wartete. Sie konnte keine anderen Vögel sehen, sie konnte andere Tiere nicht einmal hören.

Ob die alten Menschen in Mehamn oder Gamvik noch nie durch einen Tannenwald gegangen waren, ob sie noch nie hellgrüne Tannennadeln gesehen hatten, die sich im Frühlingslicht ausstrecken? Ob sie noch nie auf einem Waldweg braunes, verfaultes Laub hochgetreten hatten, so, wie Eira das jetzt tat? Konnte in einer Landschaft aus Steinen, ohne Sonne, überhaupt irgend etwas wachsen?

Der Lärm eines Flugzeugs verwandelte die Natur in einen Stummfilm, Eira schaute der riesigen Maschine hinterher, die noch einmal über ihr einen Kreis drehte, dann wurde wohl die Landeerlaubnis erteilt, und das Flugzeug verschwand in Richtung Flughafen. In diesem Moment beschloß Eira, am Abend Arild und Tor anzurufen, ihre Halbbrüder, und sie zum Essen einzuladen. Sie wollte gern noch einige Male gut essen gehen, ehe sie in den Norden fuhr.

[...]

Nach zwei Stunden an einem Resopaltisch im Flughafen von Tromsø wurde endlich ihr Flug aufgerufen, Widerøeflug 934 nach Mehamn, über Hammerfest und Honningsvåg.

»Nicht die Maschine gleich hinter dem Ausgang, sondern die neue, ganz hinten links.« Der uniformierte Mann hinter dem Tresen wiederholte diesen Satz bei allen sechzehn Fahrgästen, als er ihre Bordkarten an sich nahm.

Eira ging mit schnellen Schritten auf das Flugzeug zu, sie bewertete sich selbst: Ich bin stark, ich bin dünn, ich bin entschlossen. Sie zog den Kopf ein, als sie in das Flugzeug stieg, suchte sich fast ganz hinten einen Platz und schlief ein. Dabei hatte sie beschützend die Arme um das Tonbandgerät auf ihren Knien gelegt.

Sie wurde von einer kräftigen älteren Frau geweckt, die sich auf den Nachbarsitz gequetscht hatte und die jetzt versuchte, aufzustehen und etwas aus dem Gepäckfach über ihnen zu ziehen. Ihre Handtasche stieß schmerzhaft gegen Eiras Wange. Eira schloß wieder die Augen und stellte sich vor, daß diese Frau problemlos ein Rentierkalb auf die Arme nehmen und damit mehrere Kilometer über die Hochebene laufen könnte. Daß das Rentier sich in ihren gigantischen Armen vergeblich wehren und daß sie es schließlich in die Luft werfen würde, nur, um es besser zu fassen zu bekommen. Eira lächelte, als sie das zentimeterdicke Notebook der Frau sah, die sich nun endlich wieder auf den Sitz bugsiert hatte.

»Beeindruckend, nicht wahr?« Die Frau lächelte irgendwo in ihrem fleischigen Gesicht und schaltete das Wunder ein.

Eira wollte wieder die Rentierfrau vor sich sehen, konnte

dieses Bild aber nicht mehr finden. Das schwere Keuchen neben ihrem Ohr flößte ihr ein Gefühl der Erschöpfung ein.

Sie betrachtete die graue Mähne ihrer Nachbarin und sah, wie kleine steife Haare, Stacheln gleich, zwischen den Fettwülsten an ihrem Hals hervorragten. Die Finger waren so dick, daß sie immer wieder überflüssige Buchstaben löschen mußte.

»Kannst du das mal kurz halten?« Ohne auf eine Antwort zu warten, legte sie Eira ein Plakat auf den Schoß.

Eira sah es sich an, zwei Fotos waren untereinander angebracht. Das obere war eine aktuelle Aufnahme von Slettnes auf Sørøya. Eine grüne Landzunge bohrte sich wie eine Pfeilspitze ins Meer, hohe, kahle Berge ragten im Rücken der Landzunge auf. »In Slettnes leben seit neuntausend Jahren Menschen vom Meer«, stand in kleinen Buchstaben unter diesem Bild. Auf dem unteren Bild war eine gigantische Fabrikanlage über der Pfeilspitze einmontiert. Unter diesem Bild stand: »Wir sagen nein zu Statoil!« Und: »Statoil will Kühlanlagen und Kraftwerke bauen, um die Erdgasvorkommen im Snehvitfeld zu nutzen. Slettnes würde dann asphaltiert werden müssen. Es ist ein Paradoxon, daß die Schätze des Meeres locken. Seit neuntausend Jahren leben die Menschen in Slettnes von Fischen, Seehunden und kleinen Walen. Die Gasanlage hätte eine Lebenszeit von zwanzig bis dreißig Jahren.«

Eira wollte nicht daran denken. Sie schaute aus dem Fenster. Vor tausend Jahren hatte sie selbst Plakate gehabt, I love horses, Che Guevara und Cat Stevens.

Ihre Nachbarin schrieb eifrig weiter und hatte vergessen, daß Eira das Plakat auf dem Schoß liegen hatte.

Draußen verschwand das Licht immer mehr.

Noch fesselten die Tage die Aufmerksamkeit, weil sie einige Vormittagsstunden lang im Schnittpunkt zwischen Rosa und Dunkelblau verharrten. Aber bald, das wußte Eira, würde die Erde sich in langer, ununterbrochener Finsternis abwenden.

Um halb drei passierten sie die Baumgrenze. Jetzt war über

der unendlichen weißen Landschaft nur noch ein graublaues Licht zu sehen. In großen Abständen sah Eira kleine Orte, ab und zu verbunden durch gepunktete leuchtende Linien, so, als ob jemand eine funkelnde Perlenkette in den Schnee geworfen hätte. Sie überquerten tiefe Fjordarme, die so dunkelblau waren, wie das nur bei Wasser möglich ist, das niemals mit Erde in Berührung gekommen ist, nur mit Steinen und Sand. Die kleinen Inseln am Rande des nördlichen Eismeeres sahen aus wie die von Christo verpackten Inseln vor Miami, nur waren diese Inseln hier nicht von rosa Plastikplanen umgeben, sondern von kreideweißen, schäumenden Wellen. Die Menschen in den kleinen, orangefarbenen Booten, stellte Eira sich vor, fühlten sich sicher eins mit dem Meer. Sonst müßten sie doch aus lauter Angst vor dem offenen Raum verrückt werden.

»Jetzt fliegen wir bald über meinen Heimatort.« Die Frau mit dem Notebook beugte sich zu Eira herüber und tippte mit dem Zeigefinger auf das Plakat. Das Flugzeug, so kam es Eira vor, kippte um einige Grade in ihre Richtung.

»Slettnes?«

»So ungefähr.« Die Frau ließ sich wieder in ihren Sitz zurücksinken. »Ich war in Tromsø, auf Kosten der Gemeinde, ich sollte mit einem Geologieprofessor sprechen. Wir brauchen so viele Tatsachen wie möglich, um den Männern in den feinen Anzügen das Handwerk zu legen, weißt du. Stell dir vor, erst vor vier Jahren haben wir die Reste eines über zweitausend Jahre alten Hauses ausgegraben!« Die Frau lächelte jetzt breit und entblößte dabei Zahnfleisch, das dieselbe Farbe hatte wie ihre Haare.

Eira wußte es, es war nicht zu verhindern, es würde nie mehr zu verhindern sein. Sie hatte gelesen, daß eine multinationale Gesellschaft mit Sitz in Brasilien die Rechte kaufen wollte, auf der Hochebene nach Metallen und Diamanten zu suchen, daß die Gesellschaft versucht hatte, das Wohlwollen der Bevölkerung durch das Angebot zu erkaufen, jeder Kommune hunderttausend Kronen für kulturelle Zwecke zur Verfügung zu stellen, wenn sie dann nur ihre Raupenfahrzeuge und Bohrmaschinen zu den wahrscheinlichsten Fundstellen schaffen dürfte. Eira wußte, daß Männer und Frauen, die ihr Leben lang an Fußbodenheizung gewöhnt gewesen waren, sich auch diesen Verdienst nicht entgehen lassen würden.

Sie landeten in Hammerfest. Die Hälfte der Fluggäste stieg hier aus, auch Eiras Nachbarin. Vier neue Fluggäste stiegen zu, zwei in Mänteln in norwegischem Schnitt mit bis zu den Ohren hochgeklappten Kragen und zwei Amerikaner mit dermaßen dicken Daunenjacken, daß sie auf ihrem Weg zu den freien Sitzen mit allen anderen zusammenstießen. Fünfzehn Minuten später flogen sie bereits wieder.

Sie flogen über das Meer. Eira stellte sich weiße Yachten und farbenfrohe Spinnaker vor, aber sie konnte nur weit hinten am Horizont zwei große graue Schiffe entdecken. Sich an Bord einer solchen schwimmenden Stahlkonstruktion zu befinden, muß die Art von Bewegung sein, die dem Stillstand am nächsten kommt. Wenn die Mannschaft tagelang kein Land sieht, wenn sie keinen festen Punkt hat, dem sie sich nähert oder den sie passiert, wenn sie nur das monotone Dröhnen des nie verstummenden Motors hört, wie kann sie wissen, daß sie sich überhaupt bewegt? Wie soll man wissen, wie weit man auf einer endlosen, weißverschneiten Hochebene denn schon gegangen ist?

Zehn Minuten vor der Landung entdeckte Eira direkt unter sich einen dunklen, breiten Fluß. Sie betrachtete ihn mehrere Sekunden lang, dann teilte sich der Fluß mit einem Mal in zwei Hälften, und Eira ging auf, daß dort unten eine Rentierherde lief.

Im Mehamn war Eira die einzige, die ausstieg. Die anderen wollten weiter ostwärts, nach Vardø oder Kirkenes.

Sie hatte erwartet, die Luft würde ihr entgegenschlagen wie aus einer Gefriertruhe mit Überdruck, die Kälte würde in ihre Lunge eindringen, sowie sie das Flugzeug verließe. Ungefähr dasselbe Gefühl, nur mit umgekehrten Vorzeichen, das Touristen erleben, die im Juli in Athen eintreffen. Aber die Kälte blieb aus, die Luft konnte nicht kälter sein als vier oder fünf Grad minus.

Was sie überwältigte, war die Windstärke, der Wind trieb sie nach links, wie angezogen von einem unsichtbaren Magneten, obwohl der Eingang des weißen Flughafengebäudes rechts lag. Der Wind blähte den Stoff ihres Anoraks auf wie ein Segel und ließ ihn an ihrem Rücken aussehen wie einen Käferpanzer. Das Flugzeug hatte in den Minuten vor der Landung zwar einen langsamen Walzer getanzt, aber Eira hatte keinen Baum und keinen Busch gesehen, die sich bewegt hätten.

Vor dem Flughafengebäude stand ein Wagen mit Allradantrieb, ein dunkelblauer Geländewagen. Da Eira als einzige ausgestiegen war, wußte der Mann hinter dem Lenkrad sofort, wer sie war.

»Rundfunk NRK?« rief er durch die Wagentür. Dann sprang er heraus und öffnete den Kofferraum, er sagte kein Wort, er hob nur Eiras Rucksack und ihren Koffer hinein und zeigte auf den Beifahrersitz. Sie stiegen beide ein, Eira lächelte und hielt ihm die Hand hin. Er hielt weiterhin mit beiden Händen das Lenkrad und sagte: »Per-Arne.«

»Eira.«

Er hatte im Nacken lange Haare, sie fielen wie blonde Engelslocken über seine Schultern, weiter oben waren sie jedoch durchsichtig. Er trug eine runde Brille, und er hatte einen borstigen Schnurrbart wie der Schriftsteller Jon Michelet. Er überquerte rasch die kleine Brücke hinter dem Flugplatz und bog dann auf eine Straße ab, die am Meer vorbeiführte. Die Schneeräummarkierungen am Straßenrand wirkten wie riesige Reflexe, und Eira kam sich vor wie in einem Computerspiel. Sie fuhren weiter, und der Weg bestand nur noch aus Scheinwerferlicht und den drei Meter hohen Markierungsstöcken.

»Ich arbeite für die Zeitung ›Finnmarken‹, hier in der Lokalredaktion. Der NRK in Vadsø hat angerufen und gefragt, ob ich dich zur Pension fahren könnte. Und das kann ich natürlich. So unter Kollegen.« Er schaute Eira kurz an und lächelte, dann schaltete er in einen niedrigeren Gang und konzentrierte sich auf eine Kurve. Eira schloß den Sicherheitsgurt, und Per-Arne lachte kurz auf.

»Hier wird nie kontrolliert«, sagte er. »Und wenn unser Freund und Helfer sich doch mal sehen läßt, dann wissen wir es schon zwei Tage vorher. Er sagt immer Bescheid, damit es keine sauren Gesichter gibt.«

»Ach«, sagte Eira.

Sie hatten noch nicht viele Häuser passiert, als sie auch schon vor der Pension anhielten. Eira wußte nicht, ob sie sich am Ortsrand oder in der Ortsmitte befand.

Als sie auf dem dunklen Parkplatz stand, sagte er, sie solle einfach anrufen, wenn sie irgendwelche Hilfe brauche.

Sie schwitzte in ihrem Anorak, öffnete den doppelten Reißverschluß und nahm Kapuze und Ohrenschützer ab. In einem Regalfach über dem Rezeptionstresen des Gasthauses strahlte eine Heizsonne ihre starke Wärme aus. Ein handgeschriebener Zettel, der an der Kasse klebte, teilte mit, daß es zehn Betten gab, bei Vollbelegung waren auch noch Matratzen verfügbar.

Eira hatte ihr Zimmer schon im voraus bestellt.

Nach sieben oder acht Minuten öffnete eine Frau mit einem Tritt eine Schwingtür neben dem Tresen. Sie machte ein überraschtes Gesicht, stellte zwei Teller weg, die sie in der Hand gehalten hatte, und fragte: »Englisch?«

»Nein, aus Oslo. Ich hatte ein Zimmer bestellt.«

Die Frau lächelte und zeigte auf ein Schild neben der kleinen Messingglocke. »Hier schellen.«

»Die mußt du benutzen, weißt du. Im Moment wohnen hier drei Gäste, zwei davon sind Tamilen mit einem eigenen Schlüssel, sie warten auf eine Sozialwohnung, du kannst dir also vorstellen, daß ich nicht den ganzen Tag hier herumsitzen mag. Du bist also die Journalistin?«

Eira nickte. Sie wollte lächeln, sagen, sie habe die Glocke durchaus gesehen, aber nicht stören wollen, sie habe es nicht eilig, obwohl sie aus Oslo kam, oder etwas Ähnliches. Sie hätte gern gesagt, wie angenehm sie es finde, endlich am Ziel zu sein, daß die verkratzten Möbel gemütlich aussähen, daß es draußen ungewöhnlich dunkel sei. Etwas hätte sie gern gesagt, aber sie brachte nur ein Nicken zustande.

Der Schlüssel hing an einem abgegriffenen Stück Holz mit der Zahl 5, die Frau lächelte und sagte, als Tagesgericht gebe es Gulasch, falls sie Hunger habe. Eira lehnte dankend ab, sie war nicht hungrig, sie war müde.

Ihr Zimmer lag im ersten Stock, auf der Rückseite des Hauses. Ein schmales Bett, ein Nachttisch, ein weißer, wackeliger Kleiderschrank im IKEA-Stil, ein Sessel, ein Waschbecken mit Sprüngen und ein Spiegel. Über dem Bett hing eine Reproduktion eines Gemäldes, zwei Schneehühner auf einem Felsen, im Hintergrund farbenprächtiges Heidekraut.

Eira löschte das Licht, öffnete das Fenster und ließ den Wind in ihr ohnehin schon kühles Zimmer.

Sie hatte es noch nie gesehen, brauchte jedoch nicht den Himmel abzusuchen, um es zu finden. Dort oben leuchtete es auf, genau über ihr. Hellgrün, fast gelb, ein Streifen über dem Himmel, ein Schwanz, der ohne Körper wedelte, dann breitere, weiße Flammen, ehe es sich vor ihren Augen wie ein riesiger chinesischer Fächer öffnete, dort oben, über ihr. Es wurde zu einem Kamm aus Licht, immer in Veränderung, es erinnerte sie an kleine Plastikfiguren, mit denen Kinder spielen, die immer etwas anderes sind, als sie aussehen, die die ganze Zeit neue Formen annehmen. Das Nordlicht tanzte fast zehn Minuten lang, dann schob sich eine Wolkendecke davor, und das Nordlicht verschwand in der Finsternis.

Und dann fallen den Leuten Graffiti auf, dachte Eira, ehe ihr einfiel, was sie vor kurzem gelesen hatte: daß eine gigantische internationale Computerfirma den Himmel über Nordamerika mieten wollte, um ihr Logo in die nächtlichen Träume der Menschen hineinzustrahlen. Sie fror, aber sie starrte weiter den gewaltigen Himmel an – und den Polarstern! Sie war einmal in Afrika gewesen, südlich des Äquators. Abends hatte sie nach bekannten Sternbildern Ausschau gehalten, hatte aber keines finden können. Der Große Wagen und der Polarstern waren an einem Himmel außerhalb ihrer Reichweite hängengeblieben. Aber hier, am nördlichsten Punkt des Festlandes, stand der Polarstern im Zenit, sie mußte ganz gerade nach oben schauen, um ihn sehen zu können.

Sie zog das Fenster fast ganz zu, zog sich aus und legte ihre Kleider auf den Sessel. Das Bettzeug war eiskalt, sie legte sich auf die Seite, zog die Knie an und schob sich die Hände zwischen die Oberschenkel, lag wie ein Ball mitten im Bett. Beim Einschlafen dachte sie: Wenn ich das hier nicht schaffe, wenn ich niemanden finde, der mit mir reden will, mit dem ich reden kann, dann löse ich mich auf und werde zu nichts.

Christoph Ransmayr

Geteilte Wirklichkeit in Tromsö

Vor Helgoland singt keiner mehr. Die *Admiral Tegetthoff* entgeht den Untiefen des Küstenwassers nur knapp. Schweres Wetter zieht auf. Sturzseen, Regen, Kälte; nein, das ist noch keine Kälte. *Tiroler Haller bedeutend seekrank,* schreibt der Maschinist Krisch in sein Tagebuch. So geht es zwei Wochen. Dann ragen die Felsen Norwegens aus den Wellen; blaugrau wie die Dünung. Der Wind wird schwächer.

Nach einer ziemlich stürmischen Fahrt ankerten wir am 2. Juli 1872 vor Tromsö, wo sich der Harpunier Elling Carlsen einschiffte, ein Mann von sechzig Jahren und besonderer Eismeerpraxis, der sich durch die Umsegelung Spitzbergens einen geachteten Namen gemacht hatte.

Gustav Brosch

Stürmisches Wetter hatte uns einige Zeit bei den Lofodden aufgehalten, so daß wir erst am 3. Juli in Tromsö anlangten.

Julius Payer

Am 4ten July um 11 Uhr Nachts Tromsö angekommen Feuer ausgelöscht und im Tromsö-Sund geankert.

Otto Krisch

Am zweiten, am dritten, am vierten Juli: Wie es zu den Widersprüchen in der Datierung des Ankunftstages gekommen war, ließe sich ohne besondere Schwierigkeiten rekonstruieren – mit Vermutungen etwa über den Einfluß der Mitternachtssonne, die den Unterschied zwischen Tag und Nacht verwischte; kein Zweifel auch, daß der privaten Zeitrechnung im hohen Seegang ein, zwei Tage verlorengegangen sein konnten oder daß der eine von der Stunde der Einfahrt in den Sund, der andere vom Betreten des Landestegs gesprochen hatte. Es gibt zudem untrügliche Indizien für ein objektives Datum der Ankunft, aber ich lasse sie unerwähnt. Denn wirklicher als im Bewußtsein eines Menschen, der ihn durchlebt hat, kann ein Tag nicht sein. Also sage ich: Die Expedition erreichte am zweiten, erreichte am dritten, erreichte am vierten Juli 1872 Tromsö. Die Wirklichkeit ist teilbar. (Auch in der kleinen Gesellschaft an Bord der *Tegetthoff* waren die Journale der Untertanen von denen der Befehlshaber so verschieden, daß es manchmal schien, als würde in den Kojen und Kajüten nicht an einer einzigen, sondern an der Chronik mehrerer, einander ganz fremder Expeditionen geschrieben. Jeder berichtete aus einem anderen Eis.)

Tromsö. Hier ist es kühl und der südliche Sommer nur eine Erinnerung. Manchmal fällt Nebel ein. Wieder bereitet man einen Abschied vor, den ernstesten von allen, ergänzt Ausrüstung und Proviant, kauft Eisenbleche, Stahl und Stockfisch in einer Stadt ganz aus Holz. Weyprecht läßt von norwegischen Tauchern ein Leck schließen; die *Tegetthoff* hat in den Stürmen der letzten Wochen zuviel Wasser gemacht. Auf die Rückkehr der Walroßjäger von ihren Fangplätzen im Norden wartet der Schiffslieutnant vergeblich; er wird ohne Nachrichten vom diesjährigen Verlauf der Treibeisgrenze auslaufen müssen. Die letzten Tage in der bewohnten Welt sind für die Matrosen der *Tegetthoff* auch eine Zeit der bescheidenen Einübung in ein Leben, das sie für den Fall ihrer glücklichen Rückkehr aus der Wildnis in den Salons erwartet – ein Leben der Ehrungen, Einladungen, der ungewohnten Konversation und Hochachtung; Andreas Aagaard, der österreichische Konsul in Tromsö, bittet sie zum Diner; andere tun es ihm nach. Keine Seereise ihres bisherigen Lebens hat den Matrosen so viel Bewunderung eingebracht wie nun die bloße Absicht, zum Nordpol zu segeln. Der

Nordpol muß also begehrenswerter, bedeutsamer sein als die Küsten Amerikas und Indiens, die einige von ihnen schon gesehen haben. Erst Monate später, tief im Eis und in der Dunkelheit der Polarnacht, wird Julius Payer die letzten Einfältigen aufklären:

Bei 20 bis 30 Grad unter Null (Réaumur) wurde der Same der Weisheit in die Söhne der Natur gelegt. Allein nicht günstig war dieses Klima seinem Gedeihen. Mit schmerzlicher Enttäuschung wurde die Lage und der Unwerth von »Nordpolen« vernommen, daß es kein Land sei, kein zu eroberndes Reich, nichts als Linien, die sich in einem Punkte schneiden, und wovon nichts in der Wirklichkeit zu sehen sei!

Ich habe mir vorzustellen versucht, was ein Einfältiger empfinden muß, der, auf einem festgefrorenen Schiff dahindriftend, umgeben von allen Schrecken des Eises und der Finsternis, plötzlich erkennt, daß sein Ziel ohnedies unsichtbar ist, ein wertloser Punkt, ein Nichts. Es blieb beim Versuch; ich konnte eine solche schmerzliche Enttäuschung nicht nachempfinden. Aber noch sind sie in Tromsö und machen sich ordentlich für den Empfang im Hause des Konsuls.

Am 6ten July zum Diner bei Herrn Aagart geladen; blieben daselbst bis 12 Uhr Nachts, die Sonne geht nicht mehr unter und wir kamen bei hellem Sonnenschein am Bord.

Am 7ten beim Herrn Stiftsmann von Tromsö zum Diner geladen auf einer schönen Villa hoch über Tromsö im Walde gelegen; um 2 Uhr nachts am Bord gekommen.

Am 8ten July einen Besuch bei den Lappen in ihren Gammen gemacht, selbe wohnen unter dem Berge Kilpis-Jaure mit zahlreichen Rennthierherden; in jeder Gamme wohnt ein Stamm und hat 3500 Stück Rennthiere im Vermögen. In der Gamme welche auswendig mit Erde bedeckt und inwendig mit Rennthierfällen austapiziert ist, hängt an einer Kette ein Kessel worin gekocht wird. Die Leute in Rennthierfelle gekleidet; Schul-Kenntnisse haben sie gar keine auch sind sie meistens Heiden und glauben an den Jubinal, oder Aika; außer den Menschen wohnen in den Gammen auch eine Unzahl von Rennthierhunden, eine eigene Race von Hunden; wir kauften daselbst einen um 2½ Species-Thaler und brachten ihn am Bord; dieser erhielt den Namen Pekel, lappisch »Teufel«, welcher späterhin von den Matrosen zum Pekelino umgetauft wurde.

Otto Krisch

Weyprecht mag Hunde nicht besonders. Payer ist hochzufrieden; mit sechs Neufundländern und zwei Lappenhunden glaubt er nun wieder ein Schlittengespann beisammen zu haben, mit dem er, wie vor zwei Jahren an der Ostküste Grönlands, übers Eis ziehen wird. Aber die Hunde werden ihre Wildheit auch unter den Schlägen der Tiroler Jäger nicht verlieren: *Es gab Stellen unter Deck, wo nur ihre Freunde sicher waren, nicht zerrissen zu werden (Payer).*

Mit seinen Jägern besteigt der *Commandant zu Lande* die Schroffen um Tromsö und prüft in den Höhenlagen die Genauigkeit der mitgeführten Luftdruckmesser. Am 10. Juli stehen sie auf einem Gipfel, den Dilkoa, der Lappe, der sie führt, *Sallas Uoivi* nennt. Unter ihnen liegen Fjorde, ein zerklüftetes Felsenland und das Meer. *Vom Gipfel des Berges aus sahen wir eine ungeheure schwarze Rauchsäule bei ruhiger Luft etwa 1500 Fuß senkrecht aufsteigen, – das Nordende Tromsö's stand in Flammen.* *Julius Payer*

An Bord der verankerten *Tegetthoff* sieht man es anders:

Am 10ten July brach im Nordöstlichen Stadttheil Feuer aus welches mehrere Wohngebäude und Schoppen in Asche legte; ein Boot mit dem größten Theil der Mannschaft mit Feuerlöschrequisiten versehen, wurde ans Land geschickt. Nach 2½-stündiger angestrengter Arbeit wurde das Feuer gedämpft, worauf der Commissär der Feuerlöschanstalt dem Herrn Commandanten Weyprecht für die Hilfeleistung seinen Dank abstattete …

Am 11ten July besichtigte ich die Stadt, selbe hat nicht viel Merkwürdiges an sich, sämtliche Häuser, ja sogar die zwei Kirchen sind aus Holz gebaut, so auch der Conzertsalon wo sich gerade ein Künstler an der Harfe produzirte. Am 12ten July Ankunft des Dampfers; ich erhielt mit der Post 3 Briefe und zwar von Anton, Vater und Theodor; diejenigen, welche später kamen konnte ich nicht mehr erhalten, weil wir den nächsten Dampfer nicht abwarten konnten; um 5 Uhr nachmittag gehe ich ins Dampfbad und dann zu einem schon im Vorhinein bestellten Nachtmahle im Hotel »Nielsen«.

Am 13ten Früh 9 Uhr wurde eine Messe in der katholischen Kirche für uns gelesen; danach ein kleiner Imbiß beim Herrn Pfarrer eingenommen; dann kaufte ich mir noch für das ganze Geld was ich besaß ½ Eimer Wein und 40 Flaschen Bier und ging des letzten Schillings entblößt am Bord denn morgen sollen wir Tromsö verlassen, und im Eismeere brauchen wir kein Geld, sondern hie und da einen guten Schluck Wein; um 10 Uhr Abend Feuer angezündet.

Otto Krisch

Um Mitternacht ist die *Admiral Tegetthoff* dampfklar. Erst jetzt steigt Eismeister und Harpunier Elling Carlsen das Fallreep hoch; er ist der einzige an Bord, der dem österreichischen Kaiser keinen Gehorsam schuldet. Eine mächtige Walroßlanze in der Hand, einen Mantel aus Eisbärenfell über die Schulter geworfen, betritt er den Mannschaftsraum. Wie alt er ist. Die Matrosen hier, selbst die Kommandanten, könnten seine Söhne sein. Das Kostbarste an Carlsens kleinem Gepäck ist eine weiße Lockenperücke für kommende Festtage und der Olafsorden, den man ihm für die Umsegelung Spitzbergens verliehen hat. Wieviele Walrosse er mit seiner Lanze da schon erlegt habe? Er weiß es nicht mehr. Dann wird es Morgen. Es ist der 14. Juli des Jahres 1872; ein Sonntag.

Sonntag Früh verließen wir die stille kleine Hauptstadt des europäischen Nordens. Der Hamburger Postdampfer, welcher eben in den Hafen einfuhr, begrüßte uns durch anhaltende Zurufe seiner Passagiere, und dann zogen wir unter Dampf durch die engen Straßen des Qual- und Gröt-Sundes und nahe den Klippen von Sandö und Rysö dem offenen Meere zu. Capitän Carlsen diente uns dabei als Lootse. Als wir aus den Scheeren traten, kam Nebel und umhüllte den gewaltigen Felsthurm Fuglö. Hier wurde das Feuer in der Maschine gelöscht und die Segel gesetzt.

Am 15. Juli segelten wir angesichts der gletscherreichen norwegischen Küste nach Norden, am 16. Juli kam das Nordkap Europa's in blauer Ferne in Sicht ...

Das ideale Ziel unserer Reise war die nördöstliche Durchfahrt; ihr eigentlicher Zweck aber galt der Erforschung der Meerestheile oder Länder im Nordosten von Nowaja-Semlja.

Julius Payer

Ich stelle mir das schwarze Wasser eines Sundes vor, das hinter der *Admiral Tegetthoff* wieder glatt wird. Die Rauchfahne, die der Dampfmaschinist Krisch in den Himmel von Tromsö geschrieben hat, steht noch über dem Hafen, als die Passagiere des Hamburger Postdampfers an Land gehen. Der Morgen ist windstill. Im Hotel Nielsen bereitet man ein Frühstück vor; die *Tegetthoff* ist Tagesgespräch. Wohin, sagten Sie, fahren die? Nach Japan? Über den Pol? Im Postsack liegen Briefe für die Mannschaft; gleich zwei für den Maschinisten Otto Krisch. Man wird sie ihm aufbewahren.

[...]

Der Juli ist morgen zu Ende. Es ist Josef Mazzinis dritter Tag in Tromsö. Das Eismeer zerfließt im Dunst; die hohe Luftfeuchtigkeit verschleiert die Fernsicht; die Tageshöchsttemperatur steigt nicht über zehn Grad Celsius. Der Himmel ist weiß. Dicht über der versteinerten Landschaft reicht die Windstärke gerade noch aus, um die Oberfläche eines stehenden Gewässers, eines Teichs, zu kräuseln, manchmal zierliche Wellen aufzuschlagen und in den kleinen Kronen verkrüppelter Birken jenes beruhigende Säuseln hervorzurufen, das den Wetterkundigen als bezeichnendes Merkmal einer leichten Brise gilt. Ein Drachenflieger zieht langgezogene, sachte Schleifen vor den Felswänden des *Fragernes,* die Tromsö himmelhoch überragen. Wie ein Beutetier hängt der Pilot unter der leuchtendroten Bespannung seines Gleiters, der ihn auf den Berg zuträgt, einen Augenblick lang in der Luft stehenzubleiben scheint, abdreht, aus Mazzinis Blickfeld gerät und nach Sekunden, ein Stück tiefer, wieder auftaucht. Die Felsen scheinen den Drachenflieger anzuziehen und wieder abzustoßen und ihn allmählich doch nach unten zu zwingen. Wenn das rote Segel mit seiner Beute aus dem Blickfeld schwebt, ist Josef Mazzini allein mit dem Berg, der aufragt wie vor hundert, vor tausend Jahren: unverändert die Klüfte, die Schroffen, die Baumgrenze, die nur zwei- oder dreihundert Meter über dem Spiegel des Meeres verläuft, schüttere, niedrige Baumgruppen, Birken, Erinnerungen an Wälder, Wacholdersträucher und darüber Flechten, kahler Stein und Moos. Da hinauf muß Payer gestiegen sein, die Luftdruckmesser und alles Gerät auf einer Trage, Haller und die Hunde hinter ihm und Dilkoa, der Lappe, allen voran. Jetzt stehen sie oben und sehen die Rauchsäule, die schwarz über Tromsö aufsteigt, die Stadt brennt, und Weyprecht kommt aus dem Hafen den Feuerlöschmannschaften zu Hilfe; Glockengeläute. Und dann hat der Drachenflieger eine Schleife vollendet, gleitet ins Blickfeld zurück und zieht die Gegenwart hinter sich her. Mazzini folgt ihm mit seiner Aufmerksamkeit bis dorthin, wo vor den Felshängen des *Fragernes* die Gondeln einer Seilbahn glänzen; da muß keiner mehr zu Fuß hinauf und wenn, dann ist es ein Spiel, eine Mühe ohne Notwendigkeit. Der schlanke Bogen einer Betonbrücke überspannt die Hafeneinfahrt; zwei Fangschiffe, groß, die Rümpfe voll Rostschlieren, liegen am Kai; sie würden gestaunt haben, die Matrosen der *Tegetthoff* – ihr Barkschoner gegen die beiden Kolosse da ein besseres Lotsenboot, und darüber Antennengestrüpp und das Karussell einer Radaranlage. Die Hafenbrücke, eine Schiene, lenkt den Blick auf die Kirche, nein, dort kann er sich die Matrosen Weyprechts nicht vorstellen, denen man vor dem Auslaufen die Messe liest; ein Beispiel ehrgeiziger Architektur, hat gestern, am Frühstückstisch im *Hotel Royal*, ein Urlauber aus Hamburg über die Kirche gesagt, ein gelungenes Bauwerk, die schlichte Konstruktion den Trockengestellen nachempfunden, auf die man hier die Fische hängt und mit übergeworfenen Netzen vor der Gier der Vögel schützt. Nein, dort sind sie nicht gekniet. Der Hamburger Architekt steht jetzt an der Reling irgendeines Kutters im Fjord und fängt Fische, die er nicht ißt, Programmpunkt einer Pauschalreise; er könne sich ruhig anschließen, hat der Hamburger zu Mazzini gesagt, einer mehr oder weniger, das sei doch egal und hier sowieso *alles paletti.* Kupferfarben, moosgrün und rosa die Anstriche der Holzhäuser im Innern der Stadt, wo es ruhig ist wie in einem Dorf, die Häuser weit genug auseinander, eine Vorsichtsmaßnahme gegen den Funkenflug, immer noch wird mit dem Feuer gerechnet. Mit der Entfernung vom Stadtkern nimmt die Dichte der Neubauten zu, Ziegelbauten, Glas und Beton; Möwengeschrei. Über einer Rasenfläche erhebt sich drei Meter, vier Meter hoch, weit über alle Maße des wirklichen Lebens, ein metallener Amundsen, die leeren Augen gegen das Meer, das grau ist.

Den Schlafsack und das leichte Gepäck geschultert, sehe ich ihn dahingehen auf einem Sandweg, dann auf einem Felsenpfad, violette Abhänge, es ist helle Nacht und er vierzig Marschkilometer von Tromsö entfernt: Josef Mazzini probt das Alleinsein. Am Ufer eines von Birken umstandenen Sees schweben hohe, unruhige Säulen, Mückenschwärme, Millionen Insekten, eine flirrende Allee. Dort kann er sich nicht zum Schlafen hinlegen. Nebelstreifen treiben über das schwarze

Wasser und vernähen das Land mit dem See. Hinunter nach Skeivåg, eine verlassene Siedlung am Ullsfjord, Ruinen, eine zusammengesunkene Hütte und darüber Gras, leere Fenster. Zwölf Stunden ist er gegangen. Noch in der Nacht bricht er wieder auf, geht hoch in die Felsen hinauf, kein Weg mehr, tief unter ihm mündet der Grötsund in den Ullsfjord, da hinaus und da durch ist die *Tegetthoff* dem offenen Meer entgegengedampft, jetzt ist das Wasser leer, ganz leer und dann fällt dichter Nebel ein. Noch macht ihn der Kompaß nicht sicher. Am Morgen erreicht er die Sandstraße bei Snarby, Holzhäuser im Nebel, kaum zehn Meter weit ist zu sehen. Er wandert den Grötsund entlang zurück. Vor Vågnes hält ein Lastwagenfahrer an und bedeutet ihm einzusteigen; jetzt erst spürt er, wie müde er ist. Der Fahrer versteht nicht, daß der Fremde ihm sagen und zeigen will, daß er auch solche und größere Wagen gelenkt habe, und schüttelt immer wieder den Kopf. Auf solchen Straßen spricht man nicht viel. Das nasse Land dröhnt vorüber. Laut eine Stimme aus dem Radio; Störgeräusche. Der Fahrer zeigt gegen den Himmel und dann auf eine daunengefütterte Jacke, die neben ihm liegt. Ein Wetterbericht. Es wird kühler werden. Am Abend ist Mazzini wieder in der Stadt. Der Hamburger Architekt ist eben erst mit einer Twin Otter aus Vardö zurückgekommen, beklagt sich über den Krawattenzwang in einem Vardöer Restaurant, auch am Nordkap sei er gewesen, ein dreihundert Meter hoher Tafelberg steil aus dem Meer, das Ende Europas, aber der Nebel und Regen, leider eine Enttäuschung. Und dann die Krawatte! Eine Krawatte am Rand der Wildnis, in diesem Kaff, idiotisch. Mazzini denkt an das Diner im Haus Konsul Aagaards. War Eismeister Carlsen schon unter den Gästen? Hat er seine weiße Perücke getragen, den Olafsorden, und Payer die Ausgehuniform? Doktor Kepes, der Ungar, der eitelste von allen, wird gewiß im feinen Gehrock erschienen sein. Hören Sie mir überhaupt zu, sagt der Hamburger, der letzte Abend heute, wie? und morgen nach Spitzbergen?, na dann prost, auch das kann gefeiert werden, diesmal werde der Junge aus Wien doch wohl nicht nein sagen. Mazzini sagt auch nicht ja. Er geht hinter dem Hamburger her. Jetzt, wo er aus einer kleinen Einsamkeit kommt, erscheint ihm Tromsö noch neuer, noch gegenwärtiger. Ob er den zerbombten deutschen Zerstörer, das Wrack zwischen den Klippen, gesehen habe? Nein, Josef Mazzini hat nach einem anderen Schiff Ausschau gehalten. Böse Sache, das alte Tromsö sei im Weltkrieg Zwo im deutschen Kanonenfeuer verbrannt.

Erinnerungen an die verschwundene Stadt, an das Tromsö Payers vielleicht, romantische Ansichten, Lithographien, hängen verglast und gerahmt an der Täfelung des Spezialitätenlokals *Fiskerogen & Peppermöllen*, in dem es aussieht wie im Inneren eines Seglers; Sturmlaternen, Holz und viel Messing. Tolle Kneipe, sagt Mazzini, bevor es der Hamburger sagen kann, und grinst. Der Herr des Hauses, ein vor Jahren aus Österreich emigrierter Gastronom, ist stolz darauf, gerade jene Fischarten in Delikatessen zu verwandeln, die von den norwegischen Küstenbewohnern als ungenießbar ins Meer zurückgeworfen werden. Ob er denn auch Schwefelkies in Gold verwandeln könne, fragt ihn Mazzini.

»Wie?«

»Schwefelkies in Gold.«

»Ideen haben Sie ...«, der Herr des Hauses wendet sich schon dem nächsten Tisch zu, »einen Versuch wäre es wert«, haha, er wünsche noch einen angenehmen Abend. *Seeteufel à la Norvégienne* um einhundertachtzehn Kronen. Schwefelkies in Gold, Alchemie, das Geheimnis des Reichtums, das wahre Abenteuer.

»Sie trinken zu schnell«, sagt der Hamburger.

Er braucht hier, rechnet Mazzini nach, für eine Woche mehr Geld als für einen Monat in Wien. Aber morgen ist er im Eismeer, dort wird sich das und alles ändern. Morgen. Der Nachtflug.

»Na dann prost«, sagt der Hamburger. Der Junge aus Wien scheint nicht eben viel zu vertragen. Der Aquavit macht ihn wirr und so ungeschickt, daß ihm später seine Identitätskarte die Hotelzimmertür nicht öffnet. Ein besoffener Tourist. Der Rezeptionist hilft ihm.

Der letzte Tag auf dem europäischen Festland vergeht mit Kopfschmerzen und Übelkeit. Noch am Abend, das Gepäck steht bereit, erbricht Mazzini galligen Schaum. Der kalte Wind am Flughafen tut ihm wohl. Die Linienmaschine im gleißenden Lichtkegel überrascht ihn. Wieder eine DC 9. Er hat mit einer Twin Otter oder einer anderen kleinen Propellermaschine und höchstens einer Handvoll Passagieren gerechnet. Kurz nach Mitternacht ist er über den Wolken. Ein ganz normaler Inlandflug. Bergarbeiter und Ingenieure fliegen ihrem Einsatz in den Kohlenminen von Longyearbyen entgegen und einige Touristen in grellfarbigen Anoraks in einen Urlaub, für den der Prospekt viel Wildnis versprochen hat. Nach einem Drittel der Strecke, kaum eine Stunde ist seit Tromsö vergangen, beginnt der Himmel zu glosen; tiefrot geht die Sonne auf. Über Longyearbyen wird die Mitternachtssonne noch zwei Wochen lang zu sehen sein. Das fremde Licht versetzt die Touristen in eine erwartungsvolle Unruhe; sie weisen sich gegenseitig auf brennende Wolkenbänke hin. Die meisten der Bergarbeiter schlafen. Auch Mazzinis Nachbar wird gesprächig; ein Bulgare, ein Musiker, einer aus den vielen bulgarischen *Combos,* die während der Sommersaison die Tanzflächen der Finnmark mit alten Schlagern bestreichen. *Rock around the clock. Weiße Rosen aus Athen. Love me tender.* Förmlich, als ob er nach einem besonders zu Herzen gehenden Stück dem Publikum die Besetzung seiner Combo aufzählen würde, stellt der Bulgare sich vor: Slatju Bojadshiew am Kontrabaß. Antonio Scarpa, sagt Mazzini, Matrose; und schon tut es ihm leid. Er hat einen Gutgläubigen, einen Aufrichtigen belogen. Jetzt muß er interessierte Fragen stellen und aufmerksam zuhören, um den Bulgaren, der ihm auch andere Lügen mit der gleichen Freundlichkeit glauben würde, zu entschädigen. Slatju Bojadshiew merkt von alledem nichts. Er hat in Hammerfest gespielt und in Alta und wird jetzt, so wie jedes Jahr, auf Spitzbergen eine Woche im Zelt verbringen – auch wenn ihm seine *boys* sagen, daß er damit nur sein Geld zum Fenster hinauswerfe; die boys verstehen das nicht; es ist ihm gleichgültig. Warum ausgerechnet Bulgaren das Unterhaltungsbedürfnis der Finnmark befriedigen müßten? Der Kontrabassist weiß es nicht so genau. Es habe sich so ergeben. Den westlichen Musikern sei der Norden vielleicht zu langweilig und öde. Eines Tages werde er in Norwegen um Asyl ansuchen und dann für ein Jahr oder länger in die Minen von Longyearbyen gehen. Ein steuerfreies Einkommen, zehntausend Kronen im Monat, dazu Vergünstigungen und später vielleicht ein eigenes Lokal.

Auf der Flugpiste von Longyearbyen springt sie ein schneidender Wind an. Die *Aeroflot*-Maschine nach Murmansk rollt an ihnen vorüber. Vor einer Baracke steht ein schweigsamer Trupp sowjetischer Bergleute; sie warten auf den Helikopter, der sie nach Barentsburg, zu den Minen des *Trust Arktikugol* bringen wird. Der Kontrabassist schreit ihnen etwas zu. Die grellfarbigen Touristen, auch der himmelblaue Mazzini, streifen die Russen mit einigen verlegenen, fast scheuen Blicken; altmodische Mäntel, mit Schnüren zusammengebundene Koffer. So tief also sind sie schon im Abenteuer.

Jonas Lie

Lappenblut

Im Svartfjord nördlich Senje wohnte ein Knabe mit Namen Eilert. Die Nachbarn waren Küstenlappen, und unter ihren Kindern fiel ein kleines blasses Mädchen auf wegen seines langen schwarzen Haars und seiner dunklen Augen. Die Leute wohnten hinter dem Felskegel auf der andern Seite der Landzunge, dicht am Wasser, und waren Fischer wie Eilerts Eltern; deshalb waren sie auch nicht sonderlich befreundet, denn der nächste Fischgrund war klein, und jeder wollte ihn am liebsten für sich allein haben.

Ohne sich daran zu kehren, daß seine Eltern es nicht gern sahen und es sogar öfters verboten, stahl Eilert sich doch häufig zu den Lappen. Dort wurden immer Märchen erzählt, und er hörte wunderbare Dinge von allem, was in den Bergen vorging, wo die Lappen ihre Heimat hatten und wo vor alter Zeit zauberkundige Lappenkönige lebten; er erfuhr auch, was das Meer beherbergte, wo die Meermänner und der Meerkönig ihr Reich hatten. Bei den letzteren handelte es sich um gefährliche, böse Mächte, und beim Zuhören erstarrte ihm oft das Blut in den Adern. Sie erzählten, daß sich der Meermann am liebsten bei Ebbe im Mondschein zeige, und zwar an Stellen, wo Tang liege, daß er statt des Kopfes ein Algenknäuel trage, das jeden, dem er begegne, zwinge, dieses schreckliche, bleiche Ding anzustarren. Sie selber hatten ihn oft gesehen und einmal sogar aus dem Boot gejagt, von einer Bucht zur andern, als er eines Morgens die Riemen verkehrt hingelegt hatte. Wenn Eilert dann im Abenddämmer um die Landzunge nach Hause lief, am Strand entlang und über die »Tangspitze«, wagte er kaum, sich umzublicken, und oftmals traten ihm Schweißperlen auf die Stirn.

Als das feindselige Verhältnis zwischen den Eltern immer schlimmer wurde, fanden sie vieles aneinander auszusetzen, und Eilert hörte daheim manch böses Wort gegen die Lappen drüben. Bald dies und bald jenes. Sie ruderten nicht wie ordentliche Leute, denn nach Lappenart machten sie flache, kurze Schläge, als wären sie Weiber; und sie redeten durcheinander und lärmten beim Rudern, anstatt »Ruhe im Schiff« zu halten. Am meisten gab Eilert aber zu denken, daß man in der Familie der Lappenfrau Götzendienst und Zauberei getrieben haben sollte. Er erfuhr auch, und daran bestand wohl kein Zweifel, es sei eine Schande, Lappenblut zu haben, und zwar seien die Lappen nicht so gut wie andere ehrbare Leute, weil die Behörden ihnen einen eigenen, abgesonderten Begräbnisplatz auf dem Kirchhof zuwiesen und besondere Stühle in der Kirche. Eilert hatte es in der Kirche von Berg mit eigenen Augen gesehen.

Das alles traf ihn schwer, denn er konnte nicht dafür, daß er die Lappen gern hatte, vornehmlich die kleine Zilla, mit der er stets zusammen war. Die wußte so viel vom Meerkönig. Nun hatte er ein schlechtes Gewissen, wenn er mit ihr spielte; und manchmal bekam er Angst, wenn sie ihn beim Erzählen mit ihren großen schwarzen Augen ernst ansah – er mußte daran denken, daß sie und die Ihren zu den Verdammten gehörten und daß sie deshalb so viel von solchen Dingen wußten. Diese Erkenntnis tat ihm wieder bitterlich weh, besonders um ihretwillen. Sie stutzte auch manchmal ob seines wunderlichen Wesens, das ihr unverständlich blieb, und dann lachte sie meist und neckte ihn, indem sie ihm davonlief, sich versteckte und von ihm suchen ließ.

Eines Tages traf er sie, als sie im seichten Wasser auf einem

Stein saß. Im Schoß hielt sie eine tote Eiderente, die wohl soeben erst gestorben sein mußte; denn sie war noch warm, und sie weinte bitterlich. Das sei, schluchzte sie, derselbe Vogel, der alljährlich sein Nest im Schutz ihres Schuppens baute – sie kannte ihn gut und wies auf eine rotgefärbte Feder an seiner Brust. Nur ein Schrotkorn hatte ihn getroffen, und nur ein einziger roter Blutstropfen war zu sehen; er hatte versucht, sein Nest zu erreichen, und war unterwegs am Strande gestorben. Sie weinte, als sollte ihr das Herz zerbrechen, und trocknete rasch die Tränen nach Lappenart mit ihrem Haar. Eilert lachte wie ein Junge, war dabei aber nicht nur blaß, sondern auch sehr unnatürlich im Wesen. Er wagte nicht zu erzählen, wie er morgens die Flinte seines Vaters aufs Geratewohl auf einen Vogel abgefeuert hatte, der von weit draußen zum Ufer schwamm.

In einem Herbst dann war Eilerts Vater verzweifelt. Tag für Tag hingen seine Angelschnüre so gut wie leer draußen auf dem Fischgrund, während er zusehen mußte, wie der Lappe einen reichen Zug nach dem andern machte. Auch wollte er schadenfrohe Mienen drüben im Lappenboot bemerkt haben. In seinem Haus herrschte nun doppelte Erbitterung gegen jene, und bei den abendlichen Gesprächen wurde es schließlich zur ausgemachten Sache, daß Lappenzauber im Spiel sei. Dagegen gab es nur ein Mittel, nämlich Kirchhofserde auf die Schnüre zu streuen; das aber konnte man nicht anwenden, weil man damit die Toten beleidigte und sich ihrer Rache aussetzte und sich außerdem in die Gewalt der Meerbewohner begab.

Eilert grübelte angestrengt darüber nach; fast schien es ihm, als sei er mitschuldig, weil er sich mit den Lappen so gut verstand.

Am folgenden Sonntag gingen sie und auch die Lappen zur Kirche in Berg, und da steckte er heimlich eine Handvoll Erde von einem Lappengrab in die Tasche. Am gleichen Abend, als sie heimkamen, streute er die Erde unbemerkt auf seines Vaters Leinen.

Als dieser das nächste Mal die Leinen einholte, hatten die Fische erstaunlicherweise angebissen wie früher. Eilerts Angst aber wuchs seitdem ins Unermeßliche. Besonders abends nahm er sich in acht, wenn sie in der Dämmerung arbeiteten und es hinter dem Haus schon dunkel wurde. Dann umklammerte er das Messer in seiner Tasche. Den Toten »um Vergebung« zu bitten ist das einzige, was solche Tat wiedergutmachen kann, sonst wird man eines Nachts von unsichtbarer Faust zum Kirchhof geschleppt – da hilft alles nichts, und wenn man mit einem Schiffstau angebunden wäre.

Als Eilert an einem der nächsten Sonntage zur Kirche ging, versäumte er nicht, an das Grab zu treten und den Toten »um Vergebung« zu bitten.

Später, als Eilert älter wurde, ging ihm auf, daß die Lappen genauso selig werden können wie die Leute bei ihm zu Haus; dafür aber hatte sich der Gedanke in ihm festgesetzt, daß sie ein weniger wertvoller Menschenschlag wären, der keine rechte Ehre im Leibe hätte. Es wurde ihm nicht leicht, vor Zilla etwas vorauszuhaben, und sie trafen sich ebensooft wie früher, sogar als sie schon konfirmiert waren.

Als Eilert dann erwachsen war und mehr mit den Leuten im Dorf zusammenkam, fing die alte Bekanntschaft an, ihm wegen der Leute unangenehm zu werden. Es gab niemanden, der nicht meinte, Lappenblut sei eine Schande, und darum suchte er stets eine Begegnung mit Zilla zu vermeiden, wenn andere dabei waren.

Das Mädchen empfand das sehr deutlich, denn in der Folgezeit zog es sich von ihm zurück. Einmal aber kam sie doch ins Haus, wie sie es seit Kindheit gewöhnt war, und bat, mitfahren zu dürfen, wenn sie anderntags zur Kirche ruderten. Sie hatten gerade Besuch aus dem Dorf, und weil er bange war, man könnte sie für verlobt halten, antwortete er höhnisch, so daß alle es hören konnten, daß gegen »Lappenzauber wohl Kirchensegen gut sei« –; aber sie müßte sich selber helfen!

Seitdem sprach sie nicht mehr mit ihm, und Eilert gefiel das nicht besonders.

In einem Winter, als Eilert allein zum Fischen gefahren war, geschah es dann. Ein Hai biß an. Das Boot war leicht und das Ungetüm groß; aber Eilert wollte nicht klein beigeben, und das Ende der Balgerei war, daß sein Boot kenterte.

Die ganze Nacht hindurch, bei Nebel und schwerer See, hielt er sich auf dem Kiel.

Todmüde döste er vor sich hin, und eine Ahnung beschlich ihn, es könnte jeden Augenblick mit ihm aus sein. Da sah er auf einmal am andern Ende des Bootsrumpfes einen Kerl in Ölzeug sitzen, der ihn aus matten, rötlichen Augen anstarrte; der war so schwer, daß sich das Boot langsam an dem Ende senkte, wo er saß. Dann war er plötzlich verschwunden, aber Eilert schien es, als ob der Nebel sich lichte – unvermittelt lag die See ruhig da mit einer sanften Dünung, und vor ihm zeigte sich eine kleine, flache graue Insel, auf die das Boot langsam zutrieb.

Die Schäre war naß, als hätte das Meer sie erst kürzlich überspült, und oben sah er ein blasses Mädchen mit schönen Augen. Das hatte einen grünen Rock an und um die Hüften einen breiten Silbergürtel mit Figuren, wie ihn die Lappen tragen. Das Mieder war von tangbraunem Leder, und zwischen den Schnüren aus grünem Seegras schimmerte schaumflockenweiß ihr Hemd wie der Brustflaum eines Seevogels.

Als das Boot die Insel erreichte, kam sie zu ihm herab und sagte, als kennte sie ihn gut: »Kommst du nun endlich, Eilert, ich habe so lange auf dich gewartet!«

Ein eisiger Schauer schien durch Eilerts Körper zu jagen, als er die Hand ergriff, die ihm an Land half; aber das dauerte nur einen Augenblick, und er vergaß es wieder.

Mitten auf der Insel öffnete sich ein Loch, in das eine messingbeschlagene Treppe wie zu einer Staatskajüte führte. Als er noch ein bißchen unschlüssig stehenblieb, sah er zwei mächtige

Haie vorbeischwimmen – mindestens zwölf bis vierzehn Ellen lang.

Sie stiegen die Treppe hinab, und die beiden Haie sanken langsam mit ihnen, rechts und links neben der Treppe, ganz sonderbar, als sei die Schäre durchsichtig. Das Mädchen bemerkte seine Angst und sagte, das seien nur zwei Leibwächter ihres Vaters. Kurz darauf verschwanden sie. Nun wollte sie ihn zu ihrem Vater bringen, der unten wartete; sie fügte hinzu, wenn ihm der Alte nicht sonderlich gefiele, brauche er darum nicht gleich zu erschrecken, und er dürfe sich schon gar nicht über das wundern, was er sage.

Er wußte, daß er sich unter Wasser befand, aber er fühlte nichts Nasses. Da breiteten sich heller Sandboden mit kreideweißen, roten, blauen und silberglänzenden Muscheln, Wiesen von vielerlei Seegras, Berge mit dichtem Buschwerk von Tang und Algen, und um die Hänge tummelten sich die Fische wie die Vögel um einen Vogelberg.

Beim Weitergehen erklärte sie ihm vieles. Ganz oben erblickte er etwas, das einer düsteren Wolke mit weißen Rändern glich, und darunter pendelte ein Geschöpf, das aussah wie der eine Hai.

»Das dort ist ein Schiff«, sagte sie; »jetzt geht oben schwere See, und darunter schwimmt der, der heute nacht auf deinem Kiel saß. Sinkt das Schiff, gehört es uns, und dann kannst du heute nicht mehr mit meinem Vater sprechen.« Als sie das sagte, kam ein wilder, raubgieriger Glanz in ihre Augen, der jedoch sogleich wieder verschwand.

Überhaupt war es nicht leicht, mit ihren Augen ins reine zu kommen. Meist waren sie unergründlich schwarz, mit dem Glanz einer Nachtwoge, in der das Meerleuchten flimmert; manchmal aber, wenn sie lachte, fiel ein lichter, meergrüner Schimmer darüber, so als ob die Sonne tief durchs Wasser scheint.

Ab und zu gingen sie an einem halb im Sand begrabenen

Boot oder Schiff vorüber, durch dessen Kajütentür die Fische ein- und ausschwammen. Menschengestalten wie aus blauem Dunst wandelten um die Wracks.

Seine Begleiterin erklärte, das seien die Geister der Ertrunkenen, die nicht in geweihte Erde gekommen wären; man müsse sich vor ihnen hüten, denn die Toten seien boshaft. Sie spürten immer, wenn einer aus ihrer Familie ertrinken sollte, und dann heulten sie die bekannten Todesschreie des Meermanns durch die Winternacht.

Weiter führte der Weg durch ein tiefes, dunkles Tal. In den Felswänden erblickte er eine Reihe viereckiger weißer Türen, aus denen es wie Nordlichtschein in die Dunkelheit fiel. Das Tal erstreckte sich nach Nordosten unter die Finnmark, sagte sie, und hinter den weißen Türen wohnten die alten Lappenkönige, die auf See umgekommen wären. Sie trat zur nächsten Tür und öffnete sie – da wohnte der letzte König von Salten, der in einer Bö gekentert war, die er selber hervorgezaubert hatte, dann aber nicht mehr aufhalten konnte. Dort saß auf einem Felsblock ein runzliger gelber Lappe mit Triefaugen und einer dunkelroten, blanken Goldkrone. Sein großer Kopf wackelte auf einem dünnen, welken Halse hin und her, als schwanke er in der Wasserströmung. Auf der Bank neben ihm saß eine noch mehr verrunzelte, gelbe kleine Frau, die auch eine Krone trug und deren Kleid mit allerlei bunten Steinen übersät war; sie rührte mit einem Stock in einem Kessel. »Hätte sie nur Feuer darunter«, sagte das Mädchen, »dann würden sie und ihr Mann wohl bald wieder über das Reich in Salten herrschen; denn das, worin sie rührt, ist ein Zaubertrank.«

Inmitten einer Ebene, die sich hinter einer Wegbiegung vor ihnen breitete, standen mehrere Häuser dicht beieinander wie eine kleine Ortschaft, und ein Stück weiter hinten erkannte er eine auf dem Kopf stehende Kirche ohne Turmspitze, die mit ihrem langen dünnen Turm wie ein Spiegelbild im Wasser aussah. In den Häusern, erklärte das Mädchen, wohne ihr Vater, und die Kirche gehöre zu den sieben seines Reiches, das sich über ganz Helgeland, Salten und die Finnmark erstrecke. Gottesdienst würde nicht mehr gehalten, aber auch dazu werde es wieder kommen, wenn der ertrunkene Bischof, der vor der Tür saß und grübelte, bloß auf den Namen des Herrn käme, dem man dienen müsse – »dann erhalten alle Meermänner den Segen der Kirche. Nun hat er schon seit achthundert Jahren gegrübelt, und jetzt wird er ihn sicherlich bald finden. Vor hundert Jahren hatte der Bischof vorgeschlagen, einen Meermann nach oben zu schicken in die Kirche von Rödö, um ihn herauszubekommen; aber jedesmal, wenn das Wort, auf das es ankam, genannt wurde, konnte er nichts mehr hören. Im Berge Kunnan hängte König Olaf seine Kirchenglocke aus purem Gold auf, und die bewacht in weißem Chorhemd der erste Priester, der nach Nordland kam. An dem Tage, da er die Glocke läutet, wird der Kunnan zu einer großen steinernen Gemeindekirche für die Leute in Nordland, für alle über und unter Wasser. Aber das dauert so lange, und darum fragt der Bischof jeden, der herunterkommt, ob er ihm den Namen nennen kann.«

Bei dieser Erzählung wurde Eilert ganz sonderbar zumute, und das wurde noch schlimmer, als er nachdachte und merkte, daß er selber nun auch den Namen vergessen hatte.

Als er so in Gedanken stand, blickte ihn das Mädchen ängstlich an, beinahe, als wolle es ihm helfen, und mit einem Mal wurde es leichenblaß.

Des Meerkönigs Haus, zu dem sie nun kamen, war aus Bootsrümpfen und großen Wrackstücken erbaut, in deren Höhlungen allerlei Seegras wuchs und schmierige Algen wie ein Grasdach wogten. Drei riesige grüne Pfosten voller Muscheln bildeten das Portal, und die Tür bestand aus versunkenen Schiffsplanken, in denen Nieten staken. Mitten darin saß wie ein Handgriff ein schwerer, rostiger Eisenring, an dem das abgerissene Ende eines Schiffstaues hing. Als sie davorstanden, streckte sich ein langer schwarzer Arm aus und öffnete das Tor.

Dann kamen sie in eine gewölbeartige Stube, deren Boden mit feinem Muschelkies bedeckt war. In den Ecken lagen allerlei Tauwerk, Netze und Bootsgerät und dazwischen verschiedenes Schiffsinventar. Auf einem Netzballen, bedeckt von einem rotgegerbten Segel, sah Eilert den Meerkönig, einen breitschultrigen, starkknochigen Kerl, der seinen Lackhut in den Nacken geschoben hatte, mit dunkelrotem zottigem Haar und Bart, kleinen gierigen Haifischaugen und breitem Mund, der sich im Augenblick zu einem gutmütigen Seemannsgrinsen verzog. Seine Kopfform erinnerte nicht wenig an die große Meerrobbe, die Klappmütze heißt; am Hals war die Haut ebenso schwarz und faltig, und seine Fingerspitzen waren zusammengewachsen. Er hatte seine Seestiefel heruntergekrempelt, und die dicken grauen Wollstrümpfe reichten ihm bis zu den Schenkeln. Sonst trug er ungefärbte Frieskleider mit blanken Glasknöpfen an der Weste. Die weite Pelzjacke stand offen, und um den Hals schlang sich ein rotes, fertig gekauftes Wolltuch.

Als Eilert eintrat, erhob er sich halb und sagte leutselig: »Guten Tag, Eilert – du hast dich gestern aber tüchtig herumgeschlagen! Nun setz dich erst mal hin und iß etwas, das kannst du wohl brauchen«; und dann spuckte er einen Strahl Priemsaft aus wie ein Wal seine Fontäne. Mit dem einen Bein, das zu diesem Zweck plötzlich erstaunlich lang wurde, angelte er auf Nordländerweise aus der Ecke einen Walfischrückenwirbel als Hocker für ihn und schob mit der Hand eine lange Seekiste heran, auf der die herrlichsten Gerichte standen. Da gab es Grütze mit Sirup, Ludfisch, Mölje, einen hohen Stapel Knäckbrot und noch eine Menge der schönsten Festmahlsleckerbissen.

Der Meerkönig bat ihn, nach Herzenslust zuzulangen, und seine Tochter mußte das letzte Fäßchen Trondheimaquavit holen. »Von dem Stoff ist der Rest immer das beste«, erklärte er. Als sie es brachte, konnte Eilert das Fäßchen sogleich wiedererkennen; es trug das Brandzeichen seines Vaters, und er selber hatte den Branntwein erst vor ein paar Tagen beim Kaufmann im Kväfjord gekauft; aber das behielt er lieber für sich. Der Priem, den der Meerkönig etwas ungeduldig im Mund hin- und herwälzte, ehe er trank, schien ihm auch merkwürdige Ähnlichkeit zu haben mit dem Senkblei seiner eigenen Angeln. Es war, als bedenke sich der Meerkönig, wie er das Fäßchen am besten ansetzen sollte wegen des besonderen Spundes; aber dann ging es ganz glatt.

So saßen sie eine Weile ziemlich stumm und tranken Glas um Glas, bis Eilert meinte, nun habe er genug. Als er darum dankte und nicht mehr anstoßen wollte, setzte der Meerkönig das Fäßchen an den Mund, bis es leer war, rekelte sich dann zum Wandbord und holte sich selber ein neues. Nun kam er in bessere Laune und begann von allem möglichen zu reden. Aber jedesmal, wenn er lachte, wurde Eilert blaß; denn er riß den Mund bedenklich weit auf und zeigte grünliche spitze Zähne, die weit auseinanderstanden, so daß sie wie eine Reihe Bootsdollen aussahen.

Fäßchen um Fäßchen leerte der Meerkönig und wurde immer redseliger. Mit einer Miene, als denke er sich etwas besonders Lustiges aus, blinzelte er ihn eine Weile an. Eilert gefiel dieser Ausdruck nicht, denn er schien zu bedeuten: Nun kommst du gleich an die Reihe, dazu haben wir dich nämlich gefischt, mein Junge! Statt dessen aber sagte er: »Du hast dich ziemlich abgequält heute nacht, Eilert; aber es wäre dir nicht so schlecht ergangen, hättest du nicht Graberde auf die Leinen gestreut und meiner Tochter den Kirchgang verweigert –«, hier brach er plötzlich ab, als habe er zuviel gesagt, und hob das Branntweinfäßchen an die Lippen, um damit den Satz zu beenden. Eilert fing dabei einen Blick auf, so tödlich haßerfüllt, daß es ihm kalt über den Rücken lief.

Als der Meerkönig das Fäßchen nach einem gewaltigen Schluck wieder absetzte, hatte er sein gutmütiges Wesen wiedergefunden und erzählte eine Geschichte nach der andern. Immer ungenierter rekelte er sich auf dem Segel und lachte selbstgefällig aus vollem Hals über seine eigenen Erzählungen, an denen Ertrinkende und sinkende Schiffe ihn am meisten belustigten. Beim Lachen traf sein Hauch Eilert manchmal wie eine kalte Bö. Wenn sich die Leute doch nur nicht an ihre Boote klammern wollten, sagte er, er wäre ja gar nicht so scharf auf die Mannschaft; aber es sei schließlich sein Geschäft, für Relingsplanken und Treibholz zu sorgen. Und wenn das knapp würde, müsse er sich Boote oder Schiffe holen, das könne ihm wohl niemand verdenken.

Darauf setzte er das Fäßchen leer ab, wurde gleichsam wieder trübsinnig und begann von den schlechten Zeiten für sich und die Seinen zu reden. Eine Weile starrte er wie grübelnd vor sich hin, legte sich dann weit hintenüber, Körper und Beine lang auf den Boden gestreckt, und japste so, daß Ober- und Unterkiefer zwei gegeneinandergekehrten Bootsrümpfen glichen. Dann schlief er ein, den Nacken gegen das Segel gelehnt.

Da stand das Mädchen wieder neben Eilert und bat ihn mitzukommen.

Sie gingen den gleichen Weg zurück, den sie gekommen waren, und standen wieder oben auf der Schäre. Dort erklärte sie ihm, daß ihr Vater es besonders auf ihn abgesehen hätte, weil er sie mit dem Kirchensegen verhöhnt hatte, damals als sie zur Kirche fahren wollte; – an den Namen, auf den es ankomme, könne Eilert sich vielleicht erinnern. Vorhin, auf dem Wege zu ihrem Vater, habe sie jedoch bei ihrem Gespräch bemerkt, daß auch er ihn vergessen hätte. Und nun könnten sie nur noch versuchen, sein Leben zu retten.

Es könne bis in den späten Tag dauern, ehe der Alte nach ihm fragen werde. Solange müsse er schlafen, um Kräfte zu sammeln für die Flucht – sie wolle für ihn wachen.

Sie bedeckte sein Gesicht mit ihrem langen schwarzen Haar wie mit einem Umhang, und ihm schien, als kenne er ihre Augen gut. Er fühlte seine Wange an einer weißen Vogelbrust ruhen, so warm und einschläfernd – und eine einzige rote Feder darin rief eine dunkle Erinnerung wach. Allmählich sank er in Halbschlaf und hörte sie ein Lied summen; das klang wie Wellen, die an einem friedlichen Sonntag an den Strand plätschern. Es erzählte davon, wie sie einst zusammen gespielt hatten und daß er sie dann nicht mehr kennen wollte. Später konnte er sich nur der letzten Verse erinnern, die so lauteten:

– – O sag, hast wie einstmals du nicht das Verlangen
gemeinsam mit mir wieder Fische zu fangen?
Mit dem Ebbstrom liefen wir oft um die Wette,
mit dem Meer, das uns gerne behalten hätte.

Ich singe in Schlaf dich, von früher nun träume;
im Sturm tobt das Meer jetzt mit Wogengeschäume.
– Laß über verlorenes Glück mich nicht weinen,
dir gab meine Seele ich, leb von der deinen.

Doch einst schwamm als Seevogel ich dir entgegen,
du hast mit der Flinte am Ufer gelegen,
du trafst mich ins Herz, und der Blutstropfen hier
ist, Liebster, das Zeichen von dir, ja von dir.

Eilert hatte das Gefühl, als weine sie über ihm und als falle ab und zu ein Tropfen wie ein Schaumspritzer auf sein Gesicht. Nun wußte er, wie unsagbar lieb er sie hatte.

Einen Augenblick lang wurde er wieder unruhig; er meinte, ein Walfisch käme zur Schäre, und sagte, er müsse sich nun beeilen; und als er auf seinem Rücken stand, steckte er einen Riemenschaft ins Atemloch, damit er nicht untertauche. Er merkte, daß er den Wal lenken konnte, indem er den Riemen nach rechts oder nach links drehte, und schon ging es an der ganzen Finnmarkküste entlang, daß die Inseln wie kleine Felsriffe vorübersausten. Hinter sich sah er den Meerkönig in seinem halben Boot in solcher Eile, daß der Gischt bis zur halben Masthöhe aufspritzte. Kurz darauf lag er wieder auf der Schäre und glaubte das Mädchen froh lächeln zu sehen; es beugte sich über ihn und sagte: »Ich bin es, Eilert!«

Darüber erwachte er, und die Sonnenstrahlen fielen gerade auf die nasse Schäre, und die Seejungfrau saß neben ihm. Aber bald war alles anders. Nun schien die Sonne durchs Fenster im Lappenhaus aufs Bett, und an seiner Seite saß das Lappenmädchen und stützte seinen Rücken; denn es hatte gedacht, er läge im Sterben.

Sechs Wochen lang hatte er in Fieberträumen gelegen, seit der Lappe ihn nach dem Schiffbruch geborgen hatte, und dies war das erste Mal, daß er wieder zu sich kam.

Seitdem glaubte er, nie etwas Verrückteres und Anmaßenderes gehört zu haben, als daß es schändlich oder verächtlich sei, aus Lappenblut zu stammen, und noch im gleichen Frühling wurden er und das Lappenmädchen Zilla einander verlobt, und zum Herbst heirateten sie.

Im Brautzug gingen auch Lappen mit, worüber sich wohl mancher mehr aufhielt, als recht und billig war; bei der Hochzeitsfeier aber gaben doch alle zu, daß der Spielmann, auch ein Lappe, der beste im ganzen Kirchspiel sei – und die Braut die schönste.

Otto Heinrich Kühner

In der Halle der Riesen

(Aus meinem Lappland-Tagebuch)

Seit Stockholm sind wir zu zweit, Ulla und ich ...

Wir passieren den Polarkreis. Er ist nicht nur zu sehen in Form einer Tafel und einer markierten Linie aus Steinen, sondern sogar zu hören. Die Lokomotive vermerkt die Überfahrt über jene Linie, den Eintritt in das Land der Mitternachtssonne, mit einem Pfiff. Wir sind erregt und unruhig. Ich setze mich näher ans Fenster. Ich werde mir häufiger Notizen machen als bisher.

Ein Lappenehepaar steigt zu, beide schlitzäugig, mit vorstehenden Backenknochen. Die Frau trägt eine rote Lappenhaube und einen Nylonregenmantel, dazu eine Einkaufstasche. Der Mann scheint sich der Anziehungskraft der Lappen auf die Fremden mehr bewußt zu sein als seine Frau und trägt auch hier draußen im Gebiet der Eisenbahnstationen die typische eng anliegende Tuchhose und den blauen Lappenkittel, mit roten Borten und Zierat besetzt. Um den Bauch hat er ein breites silberbeschlagenes Koppel geschlungen, an dem ein Messer baumelt. Von solchen Messern bietet er uns einige zum Kauf an, dazu Kämme, Spangen und Schmuck aus Rentierhorn.

Ich schlafe einige Stunden. Als ich aufwache, ist es zwei Uhr in der Frühe. Ich ziehe den Vorhang zurück. Draußen steht die Sonne am Himmel. Mittsommernacht! Kahle rostbraune Berge, ihre Umrisse scharf an den Rand des grüngelben Himmels gestochen, metallisch blinkende Seen, Felsen, Moore, Gebirgsheide mit verkrüppelten Polarbirken. Alles ist leer, nackt, wie eben erst geboren. Während ich schlief, sind Baum und Mensch zurückgeblieben. Gegen die Pole hin, wo sich der Planet langsamer dreht, scheint auch die Zeit langsamer zu vergehen.

Wir sind am Ziel, in Abisko, am nördlichsten Punkt der Bahnlinie. Sie biegt jetzt nach Westen ab. Auf ihr rollt das schwedische Erz aus Kiruna hinüber nach Narvik, ans Meer. Der große See vor uns ist der Torneträsk.

Wir haben die Karte befragt: Haltet euch zunächst an den ›Kungsleden‹, den ›Königsweg‹, dann findet ihr an den reißenden Bächen eine kleine Hängebrücke oder ein Boot am Ufer. Und ihr werdet im Abstand von Tagesmärschen eine Hütte oder eine Lappenkote zum Übernachten finden. Das Abweichen vom Weg kann Stunden oder Tage kosten, und man kann sich in den Sümpfen oder Gletschern verirren.

Diese ›Fjällkarte‹ von Lappland zu betrachten hat etwas Beklemmendes an sich, und eine kosmische Angst kriecht ans Herz. Keine Ortschaft, keine Straße, nichts. Keine Veränderungen der Erdoberfläche durch Menschenhand. Nur feine Striche wie Spinngewebe, geheimnisvolle Chiffren, die dem Kundigen zum plastischen Relief der Erdoberfläche werden, zu Tälern, Bergen, Sümpfen und Seen mit fremdklingenden Namen... Kaitumjaure... Järtajaure... Tjoktjatjokko... Jokokaskajtjokko... Und für Augenblicke nimmt die Karte das Gesicht des noch unbelebten Planeten an, registriert, wie der brodelnde Schmelzfluß, die walmende Glutmasse, erkaltet und erstarrt ist, wie sich Jahrmillionen übereinandertürmten, Gebirge zerbarsten und verwitterten. Noch schlägt einem diese Erstarrung, diese Urweltstille entgegen, und man weiß, daß man sich winzig vorkommen wird in den Falten und Schründen, ungeborgen auf den nackten Hochflächen, verloren in der Leere. Du wirst keine Zeichen geben können, niemand wird dich sehen. Du wirst nicht rufen können, dein Ruf wird als Hohngelächter von den Felswänden widerhallen. Möchtest du nicht doch lieber am See bleiben, am Torneträsk, bei den Menschen?...

Jetzt sind wir schon drei Tage unterwegs. Wir trinken das Wasser der Bäche, die von den Bergen kommen. Manchmal ergreifen wilde Rentiere vor uns die Flucht. Ständig umgibt uns gleich einem Orgelton das Summen der Stechmücken. Quert der Pfad einen unpassierbaren Fluß oder Bach, dann liegt am Ufer ein Boot, auf der anderen Seite ein zweites Boot, das man im Schlepptau zurückrudern muß, damit auf jeder Seite eines liegt. Einmal fanden wir nur noch die Reste eines Steges; offenbar war er vom Hochwasser weggerissen worden. Wir mußten, dem Bachbett folgend, zwei Stunden über Fels und Geröll talwärts steigen, bis das Bachbett sich verbreitert und das Wasser seine Wucht verloren hatte.

Wir fanden dann auch einen Übergang, und wir fanden die Markierung wieder, die aufeinandergeschichteten Steine, diese kleinen Pyramiden, die wie Trolle am Weg auftauchen, winkende Männlein, die einem Richtung, Ziel und abendliche Ankunft verheißen.

In der Ferne sehen wir eine Hütte! Man kann sogar Rauch erkennen. Dann ist es nicht mehr weit, und wir werden schon um Mittag dort sein. Aber eine Hügelwelle steigt vor uns auf, und das lockende Bild der Hütte taucht wieder unter. So wird es noch viele Male gehen, und es wird Abend werden, bis wir ankommen. Unser Pfad wird sich heben und senken, und immer wird man meinen, hinter dem nächsten Hügel müsse die Hütte liegen, aber der steile Berg, an dessen Fuß sie liegt, bleibt gleich nah und gleich weit entfernt. Stundenlang fällt kein Wort. Plötzlich steht neben uns ein riesiger Schatten auf, füllt die Augen, peitscht die Luft mit flappenden Geräuschen, ein Dröhnen. Wir ducken uns. Aber es war nur irgendein Vogel, der vor uns aufgeschreckt davonflattert. Die Stille und Bewegungslosigkeit vergrößern alles. Und die Felsen werden zu Gestalten, die rieselnden Wasser zu Stimmen.

Es regnet. Wollen wir den ganzen Tag in der Hütte bleiben? Aber das bedeutet, daß uns der Proviant ausgehen wird. Und wer kann wissen, ob es morgen nicht immer noch regnet und übermorgen, in drei, in acht, in zehn Tagen?

Also brechen wir auf. Graue Wolken schleifen über die felsigen Grate. Der feine Sprühregen sticht in die Haut, dringt durch den Stoff. Einmal denke ich, einer von uns könne krank werden und Tagesmärsche weit gäbe es keine Hilfe, keinen Arzt. Die Steine sind naß und glatt, man gleitet auf ihnen aus. Sie erinnern an die triefenden Rücken von Robben. Die Stille des Tals ist angefüllt vom Knistern der Wolken, dem Geklöppel der Steine, dem Murmeln der Wasser und dem Harfner Wind, der in den Saiten des Regens spielt.

Wir hätten wohl nie einen Berglappen zu Gesicht bekommen; hier unten in den Tälern kann einem nie jemand sagen, wo sie sich gerade aufhalten. Aber heute gingen wir in aller Frühe noch einmal zum Fluß, wo einige leere Lappenkoten standen. Und dort sahen wir von weitem einen bunten Farbklecks, der sich dann als Lappenmädchen entpuppte. Es trug ein großes Paket Knäckebrot unterm Arm, hatte schwarze Zöpfe unter der bunten Mütze und war sehr scheu. Sicher hatte das Mädchen auch Angst vor den Fremden. Und als wir sie mit Zeichen und Gebärden fragten, ob wir mit ihr kommen dürften, nickte sie nur zaghaft. Sie führte uns steil bergan und trippelte zweieinhalb Stunden lang stumm neben uns her. Wenn ich ihr ins Gesicht schaute, spürte ich das Fremde zwischen uns, und ich sah das Gesicht dieses rätselhaften Volkes vor mir, von dem man nicht weiß, woher es kommt. Die Spuren ihrer Wanderung verlieren sich in den Weiten des Ostens, ihre Herkunft im Dunkel der Sage. Ural ... Wolga ... China ... so liest man es, Reste einer Rasse, die nirgendwo mehr existiert. Man stellte sogar Parallelen zwischen mexikanischer Kunst und lappischer Kunst fest. Sollte tatsächlich –? Mexiko liegt weit! In Mittelamerika! Ob es möglich ist? Dann wäre die Mythe vom Zug der Lappen um eine Legende reicher geworden. Wie würde sie lauten ...?

Einmal zog ein Volk fort aus dem Land der goldenen Paläste und Tempel, um der Sonne zu folgen; denn es verehrte sie als höchstes Wesen. Es zog nach Nordwesten, längs des Meeres, hinüber zu neuen Küsten, zum andern Erdteil. Es folgte dem Lauf der Sonne zu dem verheißungsvollen Land ihres Untergangs, ihrer Wohnstatt am fernen Horizont. Sie kamen durch weite Steppen und Wälder, über Gebirge und Flüsse. Bis sie dann eines Tages an einer steilen Küste standen. Das Wasser sperrte ihnen den Weg. Die Erde hörte über den schmalen Fjorden auf, und die Sonne versank weiterhin unerreichbar hinter dem Meer. Die Wanderung hatte ein Ende gefunden. Längst ist der dumpfe Ton der Trommeln verstummt, aus dem sie die Zukunft ihres Volkes wahrsagten. Ein Teil von ihnen wandert heute noch, aber nur, um als Hirten dem Ren zu folgen, zu den besten Weideplätzen, immer am Rande des in die Berge zurückweichenden Schnees. Sie hatten das Ren gefunden, und es war ihr König geworden, dem sie dienten. Und die Sonne setzte ihm Gold auf die Krone seines Geweihs …

Jetzt steigt in dem einsamen Hochtal neben dem See unterhalb des Näggatjokko der Rauch auf aus den Zelten! Und neben dem Lager weidet die Rentierherde, ein einziger unruhiger Wald von Geweihen, von entlaubtem Geäst. Die Mittagssonne leuchtet, die Felsen schimmern hell von der dichten Rentierflechte, die Bergheide blüht. Es ist wie ein Wunder. Monatelang war hier alles Leben erstorben unter Eis, Schnee und Nacht, aber jetzt tobt es sich aus in dem kurzen Sommer, mehr als anderswo, und die Lappen bringen den Sommer erst recht hier herauf mit ihren bunten Trachten und den hellen Zelten. Was wäre die Einöde ohne sie, ohne ihr Leben, ihre Rufe und ihre Farben! Und sie ziehen auch noch Nutzen aus den kargen Weiden! Ein Land, in dem es Steine gibt statt Brot.

Wir gehen schon seit einiger Zeit über weite Geröllfelder. Die ganze Talsohle von Steinen angefüllt! Immer neues Geröll scheint sich von den Seitentälern her vorzuschieben. Die Zeit wirkt an den Bergen, läßt Felswände verwittern und trägt Gipfel ab. Man fühlt die Riesenhand, die diese Massen in die Täler schüttet, schaut die stumme Passion der Erde, das wortlose Orakel des Weltendes. Gingen die Propheten nicht unter die Steine, wenn sie Gott suchten? Abbild des Chaos! Hat sich nicht eben erst diese Stille über das Tal gelegt, diese Stille eines verstummten Lärms? Ist dieser Stein nicht eben erst hierhergerollt, aufgehalten im Fall, ruhend in seiner Rundung? Zittert er nicht noch ein wenig nach?

Er liegt schon seit Jahrtausenden. Und es war mein Schritt, der ihn für eine winzige Spanne aus seiner Lage brachte.

Alles wird versteinert, auch der Blick. Und so schreibe ich neben den ›Schweiger‹ Lappland: Großer ›Versteinerer‹ Lappland! König im Bettlergewand, der mit vollen Händen von seiner Kargheit gibt, verschwenderisch. Eine Landschaft für die Phantasie, groß und einsam. Es könnte sein, daß man einmal den Norden entdecken wird, wie man einst den Süden entdeckte.

Birken, die wie Riesenspinnen am Boden kriechen ... Steine, immer wieder Steine ... Ursprünglich Flucht aus der Kultur, jetzt wieder Verlangen danach, nach weißem Porzellan und bedrucktem Papier ...

Man kann hier gesund werden für die Welt, aus der man geflohen ist. Da wird plötzlich einmal ein Tag kommen, vielleicht morgen schon, vielleicht in zehn, vielleicht in hundert Tagen, da erträgst du diese Größe, diese Ursprünglichkeit nicht mehr und fliehst wieder in die Zeit ... Bald werden wir wieder drunten in der Welt sein, unter den Menschen. Heute abend wirst du zum ersten Mal wieder weißes Porzellan und bedrucktes Papier sehen, drunten in der Tourist-Station, am Fuße des Kebnekajse.

Tania Blixen

Die Geschichte des Schiffsjungen

Die Bark »Charlotte« war auf der Fahrt von Marseille nach Athen, in grauem Wetter, auf hoher See, nach drei Tagen Sturm. Ein kleiner Schiffsjunge, Simon mit Namen, stand auf dem nassen, schwankenden Deck, hielt sich an einer Wante fest und sah zu den treibenden Wolken hinauf und zur oberen Bramsegelrah des Großmastes.

Ein Vogel, der auf dem Mast Zuflucht gesucht, hatte sich am Fall mit den Füßen in losem Takelgarn verfangen und mühte sich, hoch dort droben, frei zu werden. Der Junge auf dem Deck konnte sehen, wie er mit den Flügeln schlug und den Kopf hin und her warf.

Durch seine eigenen Erfahrungen im Leben war er zu der Überzeugung gelangt, daß in dieser Welt jeder für sich selber sorgen muß und keine Hilfe von anderen zu erwarten hat. Aber der stumme Kampf auf Leben und Tod hielt ihn mehr als eine Stunde lang gebannt. Er fragte sich, was für eine Art Vogel das wohl war. In den letzten Tagen hatten vielerlei Vögel im Takelwerk der Bark gerastet: Schwalben, Wachteln und ein Paar Wanderfalken; er glaubte, daß der Vogel dort droben auch ein Wanderfalke war. Es fiel ihm ein, wie er einmal vor vielen Jahren, in seinem Heimatlande und nahe seinem Elternhaus, einen Wanderfalken ganz aus der Nähe gesehen hatte. Er saß auf einem Stein und flog dann senkrecht von ihm auf. Vielleicht war dies derselbe Vogel. Er dachte: »Dieser Vogel ist wie ich. Damals war er dort, und jetzt ist er hier.«

Bei diesem Gedanken erwachte ein Gefühl der Kameradschaft in ihm, ein Empfinden gemeinsamen Unglücks; er stand da und schaute zu dem Vogel hinauf, und das Herz schlug ihm im Halse. Keiner von den anderen Matrosen war in der Nähe und hätte ihn auslachen können; er begann zu überlegen, wie er am besten die Wanten hinaufklettern könnte, um den Falken zu befreien. Er strich sich die Haare aus der Stirn und krempelte die Ärmel hoch, warf einen langen Blick auf das Deck ringsum und kletterte hinauf. In der schwankenden Takelage mußte er etliche Male innehalten und einen festen Halt suchen.

Als er den Topp des Mastes erreicht hatte, stellte er fest, daß es wirklich ein Wanderfalke war. Als sein Kopf mit dem des Falken auf gleicher Höhe war, gab der Vogel seinen Kampf auf und starrte ihn aus einem Paar zorniger, verzweifelter gelber Augen an. Er mußte ihn mit der einen Hand festhalten, während er sein Messer herausholte und das Tau durchschnitt. Es wurde ihm bang, als er hinuntersah, doch zugleich fühlte er, daß er von niemandem heraufkommandiert worden war, sondern aus freien Stücken hier war, und dieses Bewußtsein flößte ihm ein stolzes, stetigendes Gefühl ein, als wären das Meer und der Himmel, das Schiff, der Vogel und er selber alle eins. Kaum hatte er den Falken befreit, hackte ihn dieser in den Daumen, daß Blut floß und er ihn fast losgelassen hätte. Er wurde wütend auf ihn und versetzte ihm einen Schlag auf den Kopf, dann steckte er ihn in seine Jacke und kletterte wieder hinunter.

Als er das Deck erreichte, standen dort der Maat und der Koch und starrten in die Höhe, sie brüllten ihm zu und wollten wissen, was er auf dem Mast zu schaffen gehabt hätte. Er war so erschöpft, daß ihm Tränen in den Augen standen. Er holte den Falken heraus und zeigte ihn den beiden, und der Vogel hielt ganz still in seinen Händen. Sie lachten und gingen ihres Weges. Simon setzte den Vogel aufs Deck, trat ein paar Schritte zurück und beobachtete ihn. Nach einer Weile überlegte er, daß er vielleicht nicht die Kraft hatte, von dem glitschigen Deck aufzufliegen, also fing er ihn wieder ein, trug ihn zu einer Rolle Segeltuch und setzte ihn darauf. Nach kurzer Zeit begann der Vogel sein Gefieder zu versorgen, tat zwei oder drei scharfe Rucke vorwärts und flog dann plötzlich davon. Der Junge konnte seinen Flug über die Wellentäler des grauen Meeres hinweg eine Zeitlang verfolgen. Er dachte: »Dort fliegt mein Falke!«

Als die »Charlotte« heimkam, heuerte Simon auf einem anderen Schiff an, und zwei Jahre später war er Leichtmatrose auf dem Schoner »Hebe«, der vor Bodo lag, hoch droben an der norwegischen Küste, um Heringe aufzukaufen.

Bei den großen Heringsmärkten von Bodo kamen Schiffe aus aller Herren Länder zusammen; hier lagen schwedische, finnische und russische Boote, ein wahrer Wald von Masten, und an Land herrschte ein lebhaftes, wildes Treiben, mit einem Gewirr von Sprachen und gewaltigen Kämpfen. Am Ufer waren Buden aufgeschlagen, und die Lappen, kleine gelbe Menschen, lautlos in ihren Bewegungen, mit wachsamen Augen, die Simon hier zum ersten Mal sah, kamen herbei, um perlenbestickte Lederwaren zu verkaufen. Es war April, Himmel und Meer waren so hell, daß es schwerfiel, bei ihrem Anblick die Augen offenzuhalten – Salz, unendlich weit und erfüllt von Vogelschreien, als wetzte jemand unaufhörlich unsichtbare Messer, allseits und hoch am Himmel.

Simon staunte über die Helligkeit dieser Aprilabende. Geographie war ihm unbekannt, und so schrieb er das Licht nicht dem hohen nördlichen Breitengrad zu, sondern nahm es als ein Zeichen ungewohnter Güte im All, als eine große Gunst. Simon war sein Leben lang klein für sein Alter gewesen, doch im vergangenen Winter war er aufgeschossen und hatte starke Glieder bekommen. Dieses Glück, empfand er, mußte derselben Quelle entspringen wie die Köstlichkeit des Wetters: einem neuen Wohlwollen in der Welt. Er hatte solcher Ermutigung dringend bedurft, denn er war von Natur aus schüchtern; jetzt wünschte er sich nichts mehr. Der Rest, fühlte er, war seine eigene Sache. In diesem Gefühl schritt er gemessen und stolz einher.

Eines Abends hatte er Landurlaub und ging am Strand zu der Bude eines kleinen russischen Händlers, eines Juden, der goldene Uhren verkaufte. Alle Seeleute wußten, daß seine Uhren aus schlechtem Metall gemacht waren und nicht gingen, aber sie kauften sie dennoch und trugen sie stolz spazieren. Simon betrachtete diese Uhren lange, kaufte aber keine. Der alte Jude hatte allerlei Waren in seinem Kram, darunter auch eine Kiste Orangen. Simon hatte auf seinen Fahrten schon Orangen gekostet; er kaufte eine und nahm sie mit sich. Er wollte auf einen Hügel steigen, von dem aus er das Meer sehen konnte, und sie dort aussaugen.

Als er auf dem Weg dorthin an die letzten Häuser des Ortes kam, erblickte er ein kleines Mädchen in einem blauen Kleid, das auf der anderen Seite eines Zaunes stand und ihn ansah. Sie mochte dreizehn oder vierzehn Jahre alt sein, schmal wie ein Aal, aber mit einem runden, hellen, sommersprossigen Gesicht und einem Paar langer Zöpfe. Die beiden sahen einander an.

»Nach wem hältst du denn Ausschau?« fragte Simon, um etwas zu sagen. In dem Gesicht des Mädchens brach ein entzücktes, hochmütiges Lächeln hervor. »Natürlich nach dem Mann, den ich heiraten werde!« sagte es. Etwas in seinem Aussehen machte den Jungen zuversichtlich und froh; er lächelte es an. »Vielleicht werd' ich das sein«, sagte er. »Haha!« sagte das Mädchen, »der ist ein paar Jahre älter als du, das kann ich dir sagen.« »Warum denn«, sagte Simon, »du bist ja selbst noch nicht erwachsen.« Das Mädchen schüttelte feierlich den Kopf. »Nein«, sagte es, »aber wenn ich erwachsen bin, werde ich überaus schön sein und braune Schuhe mit Absätzen tragen und einen Hut.« »Möchtest du eine Orange?« fragte Simon, der ihm keines der Dinge geben konnte, die es genannt hatte. Es sah die Orange an und dann ihn. »Sie schmecken sehr gut«, sagte er. »Warum ißt du sie dann nicht selber?« fragte es. »Ach, ich habe schon so viele gegessen«, sagte er, »als ich in Athen war. Hier habe ich eine Mark dafür bezahlen müssen.« »Wie heißt du?« fragte es. »Ich heiße Simon«, sagte er. »Und wie heißt du?« »Nora«, sagte das Mädchen. »Was willst du denn für deine Orange, Simon?«

Als er seinen Namen aus ihrem Munde hörte, wurde Simon kühn. »Willst du mir einen Kuß für die Orange geben?« fragte er. Nora sah ihn ernsthaft an. »Ja«, sagte sie, »es macht mir nichts aus, dir einen Kuß zu geben.« Ihm wurde so warm, als wäre er gerannt. Als sie nach der Orange langte, ergriff er ihre Hand. In diesem Augenblick rief jemand im Haus nach ihr. »Das ist mein Vater«, sagte sie und versuchte, ihm die Orange zurückzugeben, aber er wollte sie nicht nehmen. »Dann komm morgen wieder«, sagte sie rasch, »dann werde ich dir einen Kuß geben.« Mit diesen Worten schlüpfte sie davon. Er stand da und sah ihr nach, und ein wenig später ging er zurück zu seinem Schiff.

Simon machte für gewöhnlich keine Zukunftspläne und wußte jetzt nicht, ob er zu ihr zurückgehen würde oder nicht.

Am nächsten Abend mußte er an Bord bleiben, da die anderen Matrosen an Land gingen, aber das machte ihm nichts aus. Er hatte vor, mit dem Schiffshund Balthasar auf Deck zu sitzen und auf seiner Ziehharmonika zu üben, die er sich vor einiger Zeit gekauft hatte. Der blasse Abend hüllte ihn ein, der Himmel war schwach rosenrot, das Meer lag still; es sah aus wie Milch mit Wasser verdünnt, nur im Kielwasser der zum Land fahrenden Boote zerteilte es sich zu Streifen in leuchtendem Indigo. Simon saß und spielte; nach einer Weile begann seine eigene Musik so stark zu ihm zu sprechen, daß er abbrach, aufstand und emporschaute. Da sah er, daß der volle Mond hoch am Himmel stand.

Der Himmel war so licht, daß der Mond eigentlich überflüssig wirkte; es war, als sei er nur zu seinem Vergnügen heraufgekommen. Er war rund, still und hochmütig. Bei seinem Anblick wußte Simon, daß er an Land mußte, was es auch koste.

Aber er wußte nicht, wie er hinüberkommen sollte, da die anderen das Beiboot mitgenommen hatten. Er stand lange auf Deck, die verlassene kleine Gestalt eines Schiffsjungen auf seinem Schiff, bis er eine Jolle erblickte, die von einem Schiff weiter draußen herankam, und sie anrief. Es waren russische Matrosen von einem Schiff namens »Anna«, die an Land gingen. Nachdem er sich ihnen verständlich gemacht hatte, nahmen sie ihn mit; erst verlangten sie Geld von ihm für die Überfahrt, dann gaben sie es ihm lachend wieder zurück. Er dachte: »Diese Leute glauben bestimmt, daß ich zu den Mädchen in die Stadt will.« Und dann fühlte er mit einigem Stolz, daß sie recht, zur gleichen Zeit aber unendlich unrecht hatten und von nichts auch nur eine Ahnung.

Als sie an Land kamen, luden sie ihn ein, mit ihnen einzukehren und zu trinken, und er wollte nicht ablehnen, weil sie ihm geholfen hatten. Einer von den Russen war ein Riese, so groß wie ein Bär; er erzählte Simon, daß sein Name Ivan sei. Er war im Nu betrunken und fiel dann mit einer Bärenzärtlichkeit über den Jungen her, tätschelte ihn mit seiner Pranke, lächelte und lachte ihm ins Gesicht, machte ihm eine goldene Uhrkette zum Geschenk und küßte ihn auf beide Wangen. Hierbei fiel Simon ein, daß er Nora ja auch ein Geschenk geben mußte, wenn sie sich wiedersahen, und sowie er sich von den Russen losmachen konnte, begab er sich zu einer Bude, die er kannte, und kaufte ein kleines blaues Seidentuch, das die gleiche Farbe wie ihre Augen hatte.

Es war Samstagabend, und in den Gassen drängten sich die Menschen; sie kamen in langen Ketten daher, viele von ihnen singend, alle drauf aus, an diesem Abend etwas zu erleben. Simon, inmitten dieses bunten, lärmenden Treibens unterm Vollmond, war es schwindlig im Kopf nach seinem Ausrücken vom Schiff und von den starken Getränken. Er stopfte das Tuch in seine Tasche; es war Seide, etwas, das er noch nie berührt hatte, ein Geschenk für sein Mädchen.

Er konnte sich nicht mehr auf den Weg zu Noras Haus besinnen, verlief sich und kam an seinen Ausgangspunkt zurück. Da packte ihn eine Todesangst, daß er zu spät kommen könnte, und er fing an zu rennen. In einem schmalen Durchlaß zwischen zwei Holzhütten prallte er gegen einen großen Mann und sah, daß es wieder Ivan war. Der Russe schloß seine Arme um ihn und hielt ihn fest. »Gut! Gut!« frohlockte er, »habe ich dich endlich wieder, mein kleines Hühnchen. Überall hab ich nach dir gesucht, und der arme Ivan hat schon geweint, weil er seinen Freund verloren hat.«

»Laß mich los, Ivan!« rief Simon. »Oho?«, sagte Ivan, »ich geh jetzt mit dir und kauf dir, was du willst. Mein Herz und mein Geld sind dein, ganz dein; ich bin auch einmal siebzehn gewesen, ein kleines Gotteslamm, und heute nacht will ich es wieder sein.« »Laß mich los!« rief Simon, »ich bin in Eile.« Ivan hielt ihn so fest, daß es weh tat, und tätschelte ihn mit der anderen Hand. »Ich fühle es, ich fühle es«, sagte er. »Hab nur Vertrauen zu mir, mein kleiner Freund. Nichts soll uns beide mehr trennen. Horch, da kommen schon die anderen; wir sollen eine Nacht miteinander erleben, daß du noch dran denken wirst, wenn du ein alter Großpapa bist.«

Plötzlich preßte er den Jungen an sich, wie ein Bär, der ein Schaf davonträgt. Das widerwärtige Gefühl männlicher Körperwärme und die Leibesmasse eines Mannes so eng an ihm machten den schmalen Jungen wild. Er dachte an Nora, die ihn erwartete wie ein schlankes Schiff in der diesigen Luft, und an sich, hier in der heißen Umarmung eines haarigen Tieres. Er schlug Ivan mit all seiner Kraft. »Ich bring dich um, Ivan«, schrie er, »wenn du mich nicht gehen läßt!« »Oh, später wirst du mir dankbar sein«, sagte Ivan und fing zu singen an. Simon tastete in der Tasche nach seinem Messer und klappte es auf. Da er nicht ausholen konnte, trieb er die Klinge, wild vor Wut, unter dem Arm des gewaltigen Mannes bis zum Schaft hinein. Im nächsten Augenblick spürte er das Blut herausquellen und ihm in den Ärmel laufen. Ivans Gesang brach ab, er ließ den Jungen los und gab zwei lange, tiefe Grunzer von sich. Dann brach er in die Knie. »Armer Ivan, armer Ivan«, ächzte er. Dann fiel er vornüber aufs Gesicht. In diesem Augenblick hörte Simon die anderen Matrosen, lauthals singend, in der Seitenstraße näher kommen.

Er blieb einen Augenblick lang stehen, wischte sein Messer ab und sah zu, wie das Blut sich unter dem großen Körper hervor zu einer dunklen Lache ausbreitete. Dann rannte er los. Als er einen Moment anhielt, um sich für eine Richtung zu entscheiden, hörte er die Matrosen hinter ihm über ihrem toten Kameraden aufschreien. Er dachte: »Ich muß zum Meer hinunter, wo ich meine Hand abwaschen kann.« Doch dann lief er in die entgegengesetzte Richtung. Kurz darauf fand er sich auf dem Weg wieder, den er tags zuvor gegangen war, und er kam ihm so vertraut vor, als wäre er ihn schon viele hundertmal in seinem Leben gegangen.

Er verlangsamte seinen Lauf, um sich umzuschauen, und sah plötzlich Nora auf der anderen Seite des Zaunes stehen; sie war ihm ganz nahe, als er sie da im Mondlicht erblickte. Zitternd und atemlos sank er auf die Knie. Eine Weile lang konnte er nicht sprechen. Das kleine Mädchen blickte auf ihn hernieder. »Guten Abend, Simon«, sagte sie mit ihrer leisen, spröden Stimme. »Ich habe lang auf dich gewartet«, und nach einer Pause fügte sie hinzu: »Ich habe deine Orange gegessen.«

»Oh, Nora!« rief der Junge. »Ich habe einen Mann getötet.« Sie starrte ihn an, rührte sich aber nicht. »Warum hast du einen Mann getötet?« fragte sie dann. »Um herzukommen«, sagte Simon. »Weil er versucht hat, mich aufzuhalten. Aber er war mein Freund.« Langsam kam er wieder auf die Füße. »Er liebte mich!« rief er und brach bei diesen Worten in Tränen aus. »Ja«, sagte sie langsam und nachdenklich. »Ja, weil du rechtzeitig hier sein mußtest.« »Kannst du mich verstecken?« fragte er. »Denn sie sind hinter mir her.« »Nein«, sagte Nora, »ich kann dich nicht verstecken. Mein Vater ist der Pfarrer hier in Bodo, und er würde dich ihnen bestimmt ausliefern, wenn er wüßte, daß du einen Mann getötet hast.« »Dann«, sagte Simon, »gib mir etwas, woran ich meine Hände abwischen kann.« »Was ist denn mit deinen Händen?« fragte sie und tat einen kleinen Schritt vorwärts. Er streckte ihr seine Hände hin. »Ist das dein eigenes Blut?« fragte sie. »Nein«, sagte Simon, »es ist seines.« Sie trat den gleichen Schritt wieder zurück. »Haßt du mich jetzt?« fragte er. »Nein, ich hasse dich nicht«, sagte sie. »Aber leg' jetzt deine Hände auf den Rücken.«

Als er das tat, kam sie dicht an ihn heran, durch den Zaun von ihm getrennt, und schlang ihre Arme um seinen Hals. Sie preßte ihren jungen Leib an seinen und küßte ihn zärtlich. Er fühlte ihr Gesicht, kühl wie das Mondlicht, an seinem, und als sie ihn losließ, war ihm schwindlig, und er wußte nicht, ob der Kuß eine Sekunde oder eine Stunde gedauert hatte. Nora richtete sich auf, stand mit weit offenen Augen da. »Nun«, sagte sie langsam und stolz, »verspreche ich dir, daß ich niemals einen anderen heiraten werde, solange ich lebe.« Der Junge blieb mit den Händen auf dem Rücken stehen, als hätte Nora sie dort festgebunden. »Und nun«, sagte sie, »mußt du laufen, denn sie kommen schon.« Sie sahen einander an. »Vergiß Nora nicht«, sagte sie. Er wandte sich um und rannte.

Er sprang über einen Zaun, und erst als er drunten zwischen den Häusern war, verlangsamte er seinen Schritt. Er hatte keine Ahnung, wohin er gehen sollte. Als er an einem Haus vorüberkam, aus dem Musik und Lärm erschollen, trat er zögernd durch die Tür. Der Raum war voll von Menschen, die lustig tanzten. Eine Lampe hing von der Decke und schien auf sie herab; die Luft war stickig und braun von dem Staub, der vom Boden aufgewirbelt wurde. Es waren auch einige Frauen im Raum, aber viele von den Männern tanzten miteinander und stampften ernst oder lachend auf den Boden. Gleich nachdem Simon eingetreten war, zog sich die Menge an die Wände zurück, um Platz zu machen für zwei Matrosen, die einen Tanz aus ihrer Heimat zeigen wollten.

Simon dachte: »Gleich werden die Männer von dem russischen Schiff hereinkommen, um den Mörder ihres Kameraden zu suchen, und an meinen Händen werden sie erkennen, daß ich es getan habe.« Diese fünf Minuten, während derer er an der Wand des Tanzsaales inmitten der fröhlichen, schwitzenden Tänzer stand, waren von großer Bedeutung für den Jungen. Ihm selber kam es vor, als würde er in dieser Zeitspanne erwachsen und so wie andere Menschen. Er haderte nicht mit dem Schicksal, und er klagte nicht. Hier war er, er hatte einen Mann getötet und hatte ein Mädchen geküßt. Er verlangte nicht mehr vom Leben, und auch das Leben verlangte nun nicht mehr von ihm. Er war Simon, ein Mann wie die Männer um ihn herum, und mußte sterben, wie alle Männer sterben mußten.

Es wurde ihm erst wieder bewußt, was außerhalb seiner selbst vorging, als er sah, daß eine Frau hereingekommen war und mitten auf der leeren Tanzfläche stand und um sich schaute. Es war eine kleine, breite alte Frau in der Tracht der Lappen, und sie behauptete ihren Platz mit solcher Majestät und Grimmigkeit, als gehöre das ganze Haus ihr. Es war offensichtlich, daß die meisten der Anwesenden sie kannten und sich ein wenig vor ihr fürchteten, wenn auch einige lachten; das Getöse im Tanzsaal verstummte, als sie zu sprechen begann.

»Wo ist mein Sohn?« fragte sie mit einer hohen, schrillen Stimme, die der eines Vogels glich. Gleich darauf fiel ihr Auge auf Simon, und sie steuerte durch die Menge hindurch, die sich vor ihr öffnete, auf ihn zu, streckte ihre alte, dürre dunkle Hand aus und nahm ihn beim Ellenbogen. »Komm jetzt mit mir nach Hause«, sagte sie. »Du brauchst heute nacht nicht hier zu tanzen. Du wirst vielleicht noch bald genug hoch droben tanzen müssen.«

Simon wich zurück, denn er dachte, sie sei betrunken. Doch

als sie ihm voll ins Gesicht sah mit ihren gelben Augen, kam es ihm vor, als sei er ihr schon einmal begegnet und als täte er gut daran, auf sie zu hören. Die alte Frau zog ihn mit sich, quer über die ganze Tanzfläche, und er folgte ihr ohne ein Wort. »Bleu deinen Jungen nicht gar zu arg durch, Sunniva!« rief einer der Männer im Raum ihr zu. »Er hat nichts angestellt, er wollte bloß beim Tanzen zusehen.«

Im gleichen Augenblick, da sie aus der Tür kamen, wurde es auf der Straße laut, ein Haufen Leute kam herbeigerannt, und einer von ihnen stieß, wie er ins Haus hineinwollte, gegen Simon; er schaute ihn und die alte Frau an und lief dann hinein.

Wie die beiden die Gasse entlanggingen, lüpfte die alte Frau ihren Rock und schob seinen Saum in Simons Hand. »Wisch deine Hand an meinem Rock ab«, sagte sie. Sie waren noch nicht weit gegangen, als sie an ein kleines Holzhaus kamen und stehenblieben; die Tür war so niedrig, daß sie sich bücken mußten, um hineinzugelangen. Als die Lappin vor Simon hineinging, immer noch seinen Arm festhaltend, schaute der Junge für einen Moment zum Himmel hinauf. Die Nacht war neblig geworden; ein weiter Ring umgab den Mond.

Die Stube der alten Frau war eng und dunkel, sie hatte nur ein einziges, kleines Fenster; eine Lampe stand auf dem Boden und warf einen trüben Schein. Der Raum quoll über von Rentierhäuten und Wolfsfellen und von den Rentiergehörnen, aus denen die Lappen ihre geschnitzten Knöpfe und Messergriffe herzustellen pflegten, und die Luft herinnen war stinkend und erstickend. Kaum waren sie über die Schwelle, drehte die Frau sich zu Simon herum, nahm ihn beim Kopf und scheitelte mit ihren gekrümmten Fingern sein Haar in der Mitte und kämmte es nach Lappenart auf beiden Seiten herunter. Sie klatschte ihm eine Lappenkappe auf den Kopf und trat einen Schritt zurück, um ihn zu betrachten. »Jetzt setz dich auf meinen Schemel hier«, sagte sie. »Hol aber erst dein Messer heraus.« Sie war in Stimme und Gehabe so gebieterisch, daß dem Jungen nichts anderes übrigblieb, als zu tun, was sie ihm sagte; er setzte sich auf den Schemel und konnte seine Augen nicht von ihrem Gesicht wenden, das flach und braun war und aussah, als sei in seinem Netz feiner Fältchen Schmutz verschmiert worden. Als er da hockte, hörte er draußen viele Leute näher kommen und vor dem Haus stehenbleiben; dann klopfte jemand an die Tür, wartete einen Augenblick und klopfte wieder. Die alte Frau stand und lauschte, mäuschenstill.

»Nein«, sagte der Junge und stand auf. »Das taugt nichts, denn ich bin es, hinter dem sie her sind. Es ist besser für dich, wenn du mich zu ihnen hinausgehen läßt.« »Gib mir dein Messer«, sagte sie. Als er es ihr gegeben hatte, stach sie es sich geschwind in den Daumen, so daß Blut herausspritzte, das sie über ihren Rock tropfen ließ. »Kommt schon herein!« rief sie dann.

Die Tür ging auf, und zwei von den russischen Seeleuten traten zögernd näher und blieben im Eingang stehen; hinter ihnen waren noch mehr Leute zu sehen. »Ist hier jemand hereingekommen?« fragten sie. »Wir sind hinter einem Mann her, der unseren Maat erstochen hat, aber er ist uns entwischt. Hast du hier herum jemanden gesehen oder gehört?« Die alte Lappin drehte sich zu den beiden herum, und ihre Augen glänzten wie Gold im Licht der Lampe. »Habe ich jemanden gesehen oder gehört?« krächzte sie. »Ich habe euch Zeter und Mordio schreien hören über die ganze Stadt hinweg. Ihr habt mir und meinem armen blöden Jungen hier einen solchen Schrecken eingejagt, daß ich mich in den Daumen geschnitten habe, wie ich mir die Felldecke da, an der ich nähe, zurechtschneiden wollte. Der Junge ist zu erschrocken, um mir zu helfen, und die Decke ist auch verdorben. Ihr werdet mir dafür bezahlen müssen! Wenn ihr hinter einem Mörder her seid, dann kommt nur herein und sucht mir das Haus durch – ich werde euch schon wiedererkennen, wenn ich euch das nächste Mal begegne!« Sie war so außer sich vor Wut, daß sie anfing, auf der Stelle zu tanzen, und mit dem Kopf ruckte wie ein zorniger Raubvogel.

Der Russe kam herein, besah die Stube, sie und ihre Hand und ihren Rock, die blutbefleckt waren. »Leg bloß keinen Fluch auf uns, Sunniva«, sagte er ängstlich. »Wir wissen, daß du allerhand Sachen machen kannst, wenn du willst. Hier ist eine Mark für das Blut, das du vergossen hast.« Sie streckte ihre Hand aus, und er legte ein Geldstück hinein. Sie spuckte darauf. »Dann geht, und es soll kein böses Blut zwischen uns sein«, sagte Sunniva und schloß die Tür hinter ihnen. Sie steckte ihren Daumen in den Mund und kicherte vor sich hin.

Der Junge erhob sich von seinem Schemel, stellte sich vor sie hin und starrte ihr ins Gesicht. Es war ihm, als schwanke er hoch in der Luft und hätte nur einen winzigen Halt. »Weshalb hast du mir geholfen?« fragte er sie. »Weißt du das nicht?« antwortete sie. »Hast du mich denn immer noch nicht erkannt? Aber an den Wanderfalken wirst du dich erinnern, der sich im Takelwerk eures Schiffes verfangen hat, der »Charlotte«, als sie im Mittelmeer kreuzte. An jenem Tage bist du die Wanten zur Bramsegelrah des Hauptmastes hinaufgeklettert, um ihn loszumachen, in steifer Brise und bei hoher See. Jener Falke war ich. Wir Lappen fliegen oft auf diese Weise aus, um die Welt zu sehen. Als ich dir zum erstenmal begegnete, war ich unterwegs nach Afrika, um meine kleine Schwester und ihre Kinder zu besuchen. Auch sie ist eine Falkin, wenn es ihr beliebt. Damals lebte sie in Takaunga, in einem alten verfallenen Turm, den man dort drunten ein Minarett nennt.« Sie wickelte einen Zipfel ihres Rockes um ihren Daumen und biß darauf. »Wir vergessen nichts«, sagte sie. »Ich hackte dich in den Daumen, als du mich packtest; es ist nur recht und billig, daß ich mir heute nacht um deinetwillen in den Daumen gestochen habe.«

Sie trat dicht an ihn hin und rieb mit zwei ihrer braunen, krallenähnlichen Finger sanft über seine Stirn. »So bist du also ein Junge«, sagte sie, »der eher einen Mann tötet, als daß er zu spät zum Stelldichein mit seiner Liebsten kommt! Wir halten zusammen, wir Frauen dieser Erde. Ich werde jetzt deine Stirn zeichnen, damit die Mädchen es erkennen, wenn sie dich anschauen, und sie werden dich lieben darum.« Sie spielte mit dem Haar des Jungen und wand eine Strähne davon um ihren Finger.

»Nun hör mir gut zu, mein kleiner Vogel«, sagte sie. »Meines Urenkels Schwager liegt gerade mit seinem Boot unten am Landungsplatz; er muß eine Ladung Häute zu einem dänischen Schiff hinausfahren. Er wird dich rechtzeitig zu deinem Schiff zurückbringen, bevor dein Maat kommt. Die »Hebe« lichtet morgen früh die Anker, so ist es doch? Wenn du an Bord bist, dann gib ihm meine Kappe mit.« Sie hob sein Messer auf, wischte es an ihrem Rock ab und gab es ihm dann. »Da hast du dein Messer«, sagte sie. »Du wirst es in keinen Mann mehr stecken; du wirst es nicht nötig haben, denn von nun an wirst du die Meere befahren als ein redlicher Seemann. Wir haben auch so schon Sorgen genug mit unseren Söhnen.«

Der verstörte Junge fing an, Dankesworte zu stammeln. »Warte«, sagte sie, »ich will dir erst noch eine Tasse Kaffee machen, das wird dich wieder zur Besinnung bringen, solang ich deine Jacke wasche.« Sie ging und setzte einen alten Kupferkessel aufs Feuer. Nach einer Weile reichte sie ihm einen heißen, starken schwarzen Trank in einer Tasse ohne Henkel. »Nun hast du mit Sunniva getrunken«, sagte sie; »du hast ein wenig Weisheit hinuntergetrunken, so daß in Zukunft nicht alle deine Gedanken wie Regentropfen ins salzige Meer fallen werden.«

Als er ausgetrunken und die Tasse abgesetzt hatte, führte sie ihn zur Tür und öffnete sie für ihn. Er sah mit Überraschung, daß es fast Morgen war. Das Haus lag so hoch, daß der Junge von der Tür aus das Meer sehen konnte und den milchigen Nebel darüber. Er gab ihr die Hand, um Lebewohl zu sagen.

Sie starrte ihm in die Augen. »Wir vergessen nicht!« sagte sie. »Und du, du hast mich dort, hoch droben am Mast, auf den Kopf geschlagen. Jetzt werde ich dir diesen Schlag zurückgeben.« Und damit schlug sie ihn aufs Ohr, so fest sie nur konnte, daß ihm schwarz vor Augen wurde. »Jetzt sind wir quitt«, sagte sie, gab ihm einen tiefen, schadenfrohen, funkelnden Blick und einen kleinen Stoß über die Schwelle hinüber und nickte ihm zu.

Auf diese Weise kam der Schiffsjunge auf sein Schiff zurück, das am nächsten Morgen auslief, und lebte lange genug, um diese Geschichte erzählen zu können.

Lars Saabye Christensen

Der letzte Fährmann

Dreiundzwanzig Winter lang fuhr Tobias zum Fischen hinaus. Er war der Beste. Er konnte die Stärke der Strömung und die Kraft der Winde einschätzen. Er konnte den Spuren des Meeres folgen und die Sprache des Mondes deuten. Er hatte Zeichen, die niemand kannte. Er war morgens der erste draußen, in seinem Fischkutter, den er *Milly Sofie* getauft hatte. Er war der letzte, der wieder in den Hafen kam. Er konnte die Sterne zählen und unterhielt sich mit dem Kormoran. So erzählte man sich von Tobias. Einige behaupteten sogar, er könne auf dem Wasser gehen. Das wurde in den Fischerhütten an den langen Abenden erzählt, wenn die Augen glasig und die Herzen leichter wurden, und die das erzählten, schworen, daß es wahr sei, sie hatten selbst gesehen, wie Tobias zu seinem Fischerkutter gegangen war, vom Kai direkt hinüber zur *Milly Sofie,* ohne auch nur an den Waden naß zu werden. Es geschah, daß jemand, wenn die Nacht noch dunkler geworden war und er sich reichlich Mut angetrunken hatte, Tobias fragte, wie er zu all dem in der Lage sei, ob er vielleicht übernatürliche Kräfte besäße und in Verbindung mit Gott oder dem Teufel stünde, oder ob er einfach nur ein ganz gewöhnlicher Lügner und Leimkocher sei? Tobias grinste dann nur, der Mond glänzte auf seinen Zähnen, und er sagte: »Ich habe wohl oft genug in der Kirche geflucht, aber Schnaps trinke ich nie.« Dann trollte Tobias sich weiter, und die Frauen, die zugegen waren, sahen ihm lange nach, aber weiter kamen sie nicht. Die Männer waren still, lauschten dem Wind und dem Meer, aber das einzige, was sie hörten, war der verrückte River, der Tuba spielte, die ganze Nacht lang, jede Nacht, bis das erste Licht sich wie Silberpapier an die niedrigen Fenster klebte.

Dreiundzwanzig Winter fuhr Tobias zum Fischen, und am achtzehnten Tag, als der Himmel über den Gebirgen im Osten glühte wie Kupfer und Wind und der Vestfjord ein großer blauer Mund mit weißen Lippen war, da geschah folgendes: Während Tobias die Leine einholte, bekam er einen Haken in den Handrücken. Vielleicht war ein Kormoran im gleichen Augenblick aufgeflogen und hatte ihn abgelenkt. Vielleicht stand er im toten Winkel des Windes und hatte den Halt verloren. Einige behaupteten, es sei die Leiche eines deutschen Soldaten gewesen, die er an Bord zog, und in dessen Mund saß ein Mondfisch fest. Andere flüsterten, daß Tobias am Abend zuvor einen Brief von daheim bekommen habe, und sein Name sei mit der gewissenhaften Schrift einer Frau geschrieben gewesen, und der Inhalt dieses Briefes hätte sein Herz aus dem Takt gebracht. Und wieder andere sagten, daß Tobias sieben Tage lang nicht geschlafen hätte, sie hätten ihn wach liegen sehen, während River in der Koje darunter Tuba gespielt hätte, und zum Schluß wäre Tobias ganz verrückt im Kopf geworden. Auf jeden Fall bekam er einen Haken in den Handrücken, und da konnte man gar nichts machen. Tobias zirkelte den Haken heraus, saugte Blut ab und legte Algen auf die Wunde. Am gleichen Abend ging die Entzündung in die Hand. Es brannte. Er blieb an Bord. Er schlief nicht. Er lag wach und dachte an sie, nach der er dem Kutter den Namen gegeben hatte und die ihm jetzt einen Brief geschickt hatte. Am nächsten Morgen war der Arm blau, fast schwarz. Er war am Absterben. Das Blut floß nicht mehr, das Gewebe bekam keinen Sauerstoff: Seine Hand konnte nicht atmen. Sie begann bereits übel zu riechen wie altes Fischgedärm. Tobias legte den Arm in eine Schlinge und lotste den Kutter an Land. Er ging vierzig Kilometer zum nächsten Arzt, einem pensionierten Veterinär, der danach nie wieder gesehen ward. Es schneite nunmehr, die Sterne waren verhüllt. Der Tierarzt ließ Tobias herein, schaute sich lange dessen Hand an und wußte, von wem er Besuch bekommen hatte: von einem sterbenden Mann. »Tut es weh?« fragte der Tierarzt, hilflos. »Ich bin Schmerzen gewohnt«, antwortete Tobias. Der Tierarzt nahm Tobias mit in die Küche, plazierte ihn auf einer Bank, machte Licht, kochte Wasser ab und sah sich die schwarze Hand genauer an. Und was ihn verwunderte: Es gab gar keinen Zweifel, daß die Erdbakterien *Clastridium perfrigens* die Wunde infiziert hatten, die gleichen Bakterien, die Hunderttausende von Soldaten in den Schützengräben während des Weltkriegs das Leben gekostet hatten. Der Tierarzt fragte: »Wo ist das passiert?« »Auf dem Meer«, antwortete Tobias. Der Tierarzt lachte mit einemmal. »Auf dem Meer?« »Ja, auf dem Meer«, wiederholte Tobias. »Ich habe einen Haken in die Hand gekriegt.« »Du wirst sterben«, sagte der Tierarzt. »Wenn ich dir nicht die Hand abnehme, wird das Gift ins Herz gelangen.« So sagte er es: »Ich muß dir die Hand abnehmen.« »Geht das schnell?« fragte Tobias. »Ich habe keine Betäubung«, sagte der Tierarzt. »Mach es jetzt«, sagte Tobias. Sein Gesicht war trocken und weiß. »Ich habe keine Betäubung«, wiederholte der Tierarzt. Tobias riß seinen Pullover mit der linken Hand entzwei. »Ich sitze hier«, sagte er. »Ich warte!« Der Schweiß lief dem Tierarzt die Schläfen hinunter. Bei seiner letzten Operation, die er durchgeführt hatte, hatte er den Hinterfuß des Hundes vom Glöckner geschient. Das war neun Jahre her. »Ich kann dir eins auf den Kopf geben«, sagte er leise. »Ich mag nicht geschlagen werden«, erwiderte Tobias. »Ich habe Schnaps«, sagte der Tierarzt. »Ich trinke nicht«, sagte Tobias. Nun seufzte der Tierarzt noch tiefer. »Hast du etwas dagegen, wenn ich mir ein Glas genehmige?« fragte er. »Tu, was du tun mußt«, nickte Tobias. Der Tierarzt nahm eine Flasche mit vor die Tür, dort sah er das Nordlicht wie einen grünen Verband um den Bauch des Himmels. Nach einer Stunde kam er wieder herein, da brachte er eine tote Spinne und einen Blecheimer mit. Und Tobias sprach nie über das, was dann geschah. Einige behaupten, der Tierarzt war schon besoffen und nahm die Axt. Andere sagen, er hätte Tobias an die Bank gebunden und die Säge geholt. Aber die meisten meinen, er hätte einfach Tobias' eigenes Fischmesser benutzt und es mit dem Senkblei vom Ofen durch den Arm gezogen. Danach tauchte der Tierarzt die blutige Fleischwunde in den Eimer, der voll mit Teer war, und dann rieb er den Armstumpf mit Spinnweben ein. Dann ging er hinten hinaus, zog den Ring vom kleinen Finger und warf die Hand, so weit er konnte, in den Wald. Die restliche Nacht blieb er sitzen und trank. Zwölf Tage später konnte Tobias aufstehen. Er schaute den Tierarzt an und sagte: »Ich fand, es hat ein bißchen gekitzelt.«

Das war seine letzte Fahrenszeit. Er hatte Geld auf dem Konto und Geld in der Kiste. Er war ein reicher Mann mit nur einer Hand. Er überlebte, aber er hatte das Meer und den Himmel verloren, er hatte das Silber und den Gesang verloren. Tobias ging die vierzig Kilometer zurück, schrieb einen Brief, mit seiner linken Hand, viele Stunden brauchte er dafür, und legte den Brief in den roten Briefkasten, der draußen am Kaufmannsladen in Henningsvær während der Fischsaison hing. Er ließ das Fischerboot liegen und kaufte statt dessen die *Nordkap III* aus Tromsø, die seit dem Krieg aus dem Verkehr gezogen war. Und er bekam sie billig, denn es gab viele Geschichten über die *Nordkap III*, und kaum ein Seemann wollte auf ihr anheuern. Sie war nach Grönland gefahren, und eines Winters, auf der Heimfahrt mit Moschusfellen, wurde die Mannschaft vom Eis überrascht, als sie die Nordspitze von Spitzbergen umfahren wollte, und das war lange, bevor die Pfadfinder von Majorstua hierherkamen und sie alle aus der Seenot erretten konnten. Sie wurden bei Grå Huk vom Eis eingekesselt, und es war zu spät im Jahr, als daß sie noch hätten loskommen können. Es gab zwei Möglichkeiten: an Bord warten, von aus Fell und Tierschädeln gekochter Suppe leben und riskieren, vom Eis zerdrückt zu werden, oder versuchen, eine Hütte bei Kap Thorsen zu erreichen. Sie entschieden sich für letzteres. Acht Mann verließen die *Nordkap III* und gingen ins Eis, mit Seilen aneinandergebunden. Ein Jahr später fand eine Rettungsexpedition die Schute in gutem Zustand zwischen den Eisschollen treibend. Aber als sie die Hütte erreichten, gab es kein Lebenszeichen. Sie brachen die Tür auf, und gleich hinter der Türschwelle lagen haufenweise Zähne, Menschenzähne. Und als sie sich an die Dunkelheit gewöhnt hatten, nach Tagen in Eis und Schnee, konnten sie die zahnlosen, steifgefrorenen Leichen von sieben Männern sehen, einige lagen in den Kojen, dicht beieinander, einige saßen über den Tisch gebeugt da, starrten sie an, wie sie einst dagesessen und auf den Tod gewartet hatten, der dennoch jäh und schmerzhaft gekommen war, zu sieben Männern, ohne Zähne und Nägel. Und da hörten sie etwas heulen, es war ein langes, schreckliches Heulen, das so furchtbar klang, daß es nur von einem Menschen stammen konnte. Sie liefen hinaus und fanden den achten Mann, den Jüngsten an Bord, hinter der Hütte. Dort hatte er mehrere Löcher in den Boden gegraben, blutig hatte er sich die Hände gegraben, und jetzt kniete er, den Kopf in einem der Löcher, und heulte. Der Wind hatte ihn wahnsinnig gemacht, der Wind, der nie zur Ruhe kam, niemals aufhörte, er wollte sich in die Erde hineingraben, wo es keinen Wind gab, er wollte den Wind übertönen und den Dauerfrostboden in Stücke kratzen. So wurde die Geschichte der *Nordkap III* und ihrer Mannschaft erzählt. Und Tobias fuhr sie heim, mit nur einer Hand, und er wurde ein Fährmann, der zwischen Insel und Festland hin und her fuhr, ein mürrischer Schipper, aber immer pünktlich. Er hörte nichts mehr von der Frau, die ihm einen Brief geschrieben und ihn gefragt hatte, ob er sie liebe. Sie fuhr woanders hin, an die Küste und an den Horizont. Und Tobias gab auch keinen

Laut von sich, er wartete auf sie, wie sie auf ihn wartete. Aber er erwartete nichts. Er war jetzt nur noch ein halber Mann. Dafür wurde er unersetzlich. Alle hatten Angst vor ihm, vor seinen schwarzen Augen und dem schrumpligen Armstumpf, aber niemand konnte ohne ihn auskommen. Tobias war der Mann, den jeder brauchte, wenn er in die Welt hinaus und später wieder heim wollte. Viermal täglich fuhr Tobias zwischen der Insel und dem Festland hin und her. Und so vergingen die Jahre, so verging die Zeit, diese Zeit, die wir zum Schluß dann als unser Leben bezeichnen. Und Tobias war eine Uhr, ebenso präzis wie Sonne und Mond, Ebbe und Flut. Auf Tobias, den Fährmann mit der einen Hand, konnten sich alle verlassen.

Aber eines Tages wollte der Spielmannszug übersetzen, der Spielmannszug selbst, er wollte nach Harstad, um an den Distriktsmeisterschaften teilzunehmen. Das war Anfang der Siebziger, und die Musikanten stellten sich am Fähranleger auf, eines frühen Morgens im August, mit ihren Instrumenten und in ihren Uniformen. Viele waren gekommen, um sie abfahren zu sehen und ihnen Glück zu wünschen. Die Flagge war gehißt, und die Kirchenglocken läuteten. Es ging um die Ehre des Ortes. Die Musikanten gingen die Gangway hinauf, einer nach dem anderen, und hier kommt Alfons Abelsen ins Bild. Er hatte nämlich im gleichen Sommer einen Job als Maschinist und Fahrkartenverkäufer auf der *Nordkap III* angenommen. Er war vierundzwanzig Jahre alt, Vater einer Tochter von knapp einem Jahr und bereits Witwer. Er ließ sich nicht von all den Geschichten über das Schiff und über Tobias abschrecken. Er sagte nur: »Ich bin des Fährmanns rechte Hand, und ich will Geld auf die hohe Kante legen.« Alles ging gut an diesem Morgen im August, bis der letzte Musiker sich die Gangway hinaufschlich. Es war der Tubabläser, Elmer Kav, Sohn des früheren Tubabläsers, des verrückten River. Und Elmer Kav schwankte. Da erschien Tobias und stellte sich ihm in den Weg, winkte mit seinem Armstumpf, beugte sich zu dem armen Jungen hinab und sagte: »Du hast getrunken.« Elmer bekam nicht nur Angst, er war zu Tode erschrocken. Er sagte: »Ich habe die ganze Nacht geübt.« Aber Tobias blieb dabei. »Du bist blau, mein Junge! Du kommst nicht auf mein Schiff!« Jetzt war der Tubaspieler verzweifelt, und in der Versammlung am Kai breitete sich Unruhe aus. »Ich habe ein Bier getrunken«, flüsterte Elmer Kav: »Ich bin so nervös.« Er wandte sich Alfons zu. »Hilf mir«, sagte er. Aber Alfons Abelsen half ihm nicht, er knallte nur die Fahrkartentasche zu und drehte ihm den Rücken zu. »Was ist da los!« rief River vom Kai her. »Laß meinen Sohn an Bord, du Vogelscheuche!« »Ich transportiere keine Besoffenen«, erwiderte Tobias. Und vielleicht gab es noch andere Gründe, von denen ich, ein armseliger Berichterstatter, ein Nachplapperer, nichts weiß. Aber Tobias war nicht umzustimmen. Er weigerte sich, den Tubaspieler mitzunehmen, und was ist ein Spielmannszug ohne Tuba, ein Spielmannszug, der doch damals auf der Basis einer Art Tuba, nämlich eines Sousaphons, des größten seiner Art, gegründet wurde, kurz vorm Börsenkrach in San Francisco hergestellt und 1937 mit der Hurtigrute hergebracht? Nein, ein Spielmannszug ohne Tuba ist wie eine Fahnenstange ohne Fahne oder ein Schlafzimmer ohne Rollo. Am Kai kam es zu Schlägereien, Tumulten und Aufständen. Nasenblut floß, Frauen und Kinder landeten im Wasser, Männer wurden bewußtlos geschlagen und das private Eigentumsrecht verletzt. Die Musikanten kamen niemals über den Sund, und die Meisterschaft in Harstad lief ohne Teilnahme des Spielmannszugs vom Stapel. Seit diesem Tag schlug die Verbitterung Wurzeln, sie blühte, klammerte sich wie aufgebrachte Weinranken fest. Der Ort teilte sich in zwei Lager, für- und gegeneinander. Männer, die zuvor aus der gleichen Flasche getrunken hatten, weigerten sich, miteinander zu sprechen. Frauen, die als Mädchen auf der Fischklößedose nebeneinander gestanden hatten, kehrten sich den Rücken zu. Nachbarn, die zuvor ein gutes Verhältnis gehabt hatten, stellten neue Fahnenstangen auf, damit sie nicht halbmast flaggen mußten, wenn der andere starb. Das waren Zeiten! Alfons Abelsen nahm einen Job als Koch auf der Hurtigrute an, winkte seiner Tochter jeden vierzehnten Tag zu, und als er ein Jahr später wieder an Land ging, hatte er keine neue Frau bei sich, wie alle gedacht hatten, er kam allein, aber mit zwei dicken Brieftaschen, einem Golfschläger, den er als Trinkgeld von einem Schotten in Bergen bekommen hatte, einem Container mit fünfeckigen Hütten und großen Plänen. Im gleichen Winter übernahm er das Pensionat, riß es ab, als der Schnee geschmolzen war, baute das Hotel und wurde der Jüngste in der Touristikbranche nördlich des Polarkreises. Elmer Kav fuhr nach Oslo und leistete seinen Militärdienst in der Garde Seiner Majestät des Königs ab, wurde Reserve bei der Gardemusik, verliebte sich in das Mädchen hinter Schalter 3 im Hovseter Postamt, lud sie zum Spielmannszugtreffen auf Ekebergsletta ein, doch sie wollte lieber in die Nationalgalerie. Im nächsten Frühling ging sie mit ihm in den Norden, sie bekamen eine Tochter, und Elmer übernahm den Job seines Vaters auf dem Friedhof. Er wurde als dritter Ersatzmann für die Zentrumspartei in die Kommunalverwaltung gewählt, die im gleichen Herbst beschloß, daß eine Brücke zwischen der Insel und dem Festland gebaut werden sollte. Die Gebühren für Abwasser und Elektrizität wurden erhöht, und fünf Sommer später stand die Brücke fertig da und wurde vom Verkehrsminister Lorentzen eröffnet, während der Spielmannszug spielte, das war einer der denkwürdigsten Tage in der Geschichte des Spielmannszugs, ja fast ein größerer als der, an dem sie die Königin der Niederlande und den Kronprinz von Siam unterhielten, als diese Digermulen besuchten. Sogar der neue Hoteldirektor Alfons Abelsen rieb sich an diesem Tag die Hände, eine Brücke, das war ein Segen, das reinste Geschenk, und er rechnete damit, die Zimmerbelegung um mindestens dreißig Prozent steigern zu können. Und es zeigte sich, daß seine Tochter das absolute Gehör hatte, sie summte Fartein

Valens Weihnachtslieder, als die anderen Kinder sich noch mit *Ihr Kinderlein kommet* abquälten, und sie konnte die Kirchenlieder aus dem Wunschkonzert auf dem Klavier der Schule spielen, nachdem sie sie nur ein einziges Mal gehört hatte. Das verwirrte Alfons Abelsen nicht nur, es jagte ihm einen gehörigen Schrecken ein, das war jenseits seines Verstands, und dazu wußte er nichts zu sagen. Er wurde aufgebracht und mißtrauisch, und im Laufe von nur zwei Jahren verlor er sein Haar, schickte seine erste Bewerbung an die Gemeinde, einen Golfplatz im Moor anlegen zu dürfen, und stellte den jungen Kleiderverkäufer Pause Olsen als Barkeeper ein. Zu Hause beim Ehepaar Kav, nur einen Steinwurf entfernt, stellte der Vater fest, daß die Tochter des Hauses nicht die gleichen musikalischen Talente hatte, ja, böse Zungen, und von denen gibt es genug, behaupteten, daß sie so unmusikalisch war, daß sie nicht einmal den Unterschied zwischen dem Freizeichen im Telefon und dem *Slawischen Marsch* feststellen konnte. Abend für Abend saß Elmer und spielte dem armen Kind auf der Tuba vor, bis sie sich in den Schlaf weinte und seine Wangen platzten und wie schwere Hauttaschen hängenblieben.

Aber Tobias konnte niemand mehr gebrauchen. Die Brücke warf ihren Schatten auf den letzten Fährmann. Er fuhr die *Nordkap III* um die Insel, legte sie dort aufs Trockene, wischte die Abfahrtszeiten von der Tafel, kippte den letzten Kaffee aus und riß die Schlingerdecke vom Tisch. Als er zurückkam, war es bereits Winter. Er kaufte sich einen Tretschlitten und brannte seinen Namen in den rechten Handgriff. Einige behaupteten, im Frühjahr, wenn im Februar der erste Schwarm laichender Kabeljaue auftauchte, dann würde Tobias jedesmal ein Zucken in der Hand verspüren, die ihm einst ein Tierarzt abgehackt hatte, im gleichen Jahr, als König Haakon starb und Jens Book-Jenssen eine Tournee durch Nordnorwegen unternahm.

Gestern wurde Tobias, der letzte Fährmann, begraben. Er war fast fünfundachtzig Jahre alt. Es heißt, er starb an Liebeskummer, eine Erdbakterie hatte den Weg zu seinem Herzen gefunden, auf offener See, das Fieber eines Mißverständnisses. Ich selbst habe seinen Sarg mitgetragen. Das ist wahr.

Vierte Reise:
Island
und andere Inseln

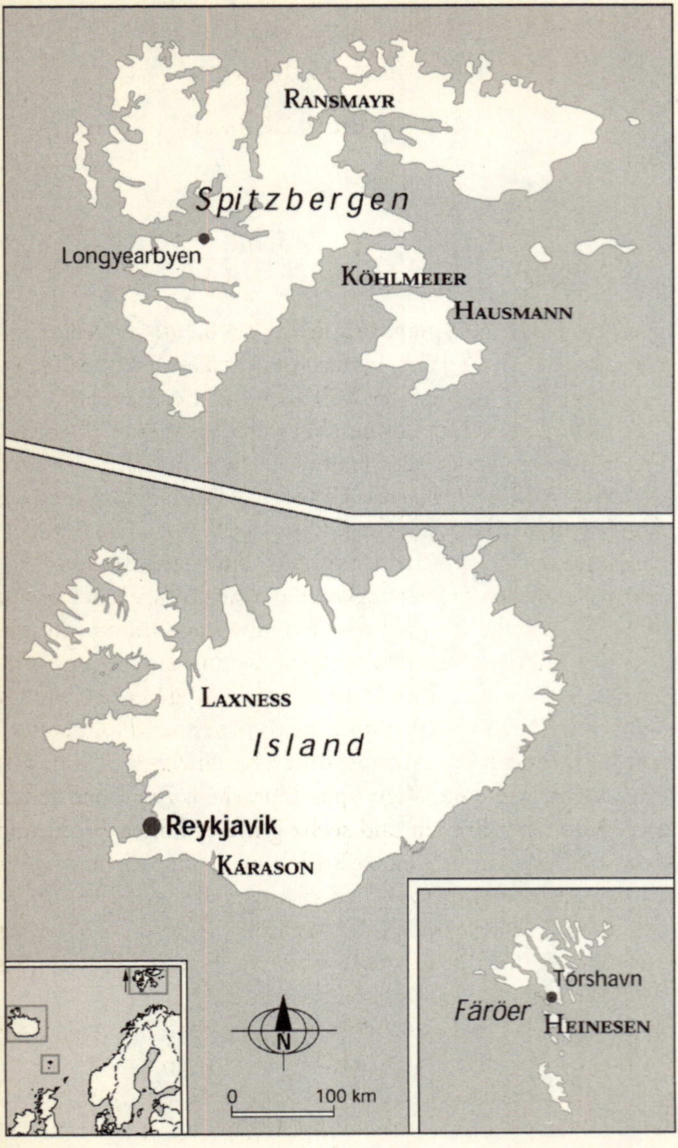
RANSMAYR
Spitzbergen
Longyearbyen
KÖHLMEIER
HAUSMANN
LAXNESS
Island
Reykjavik
KÁRASON
N
0
100 km
Tórshavn
Färöer
HEINESEN

MANFRED HAUSMANN

Die Gräberhalbinsel

Die Stelle im Magdalenenfjord, an der das Schiff den Anker hat fallen lassen, wird Trinity-Hafen genannt. Das Wort Hafen bedeutet in dieser Gegend der Welt aber nur soviel wie ein gegen Sturm und Schwell leidlich geschützter Ankerplatz. Die in den Fjord hineinragende flache Halbinsel, die den Schutz gewährt, trägt den makabren Namen Gräberhalbinsel. Sie besteht aus dem Moränenschutt, den der Gullygletscher bei seinem Rückzug hinterlassen hat. Aber fürs erste richtet der Mann sein Augenmerk auf den sonnenbeglänzten Wagenspurgletscher, der sich am Ende des Fjords zwischen violetten Granitschroffen wie ein mächtiger Strom in weitgeschwungener Biegung zum blauen Wasser des Fjords hinwindet. Wagenspurgletscher heißt er, weil sich in seiner Mitte die rechte und die linke Seitenmoräne der beiden Eisströme, durch deren Zusammentreffen er entsteht, wie eine Wagenspur hinziehen. Zwischen seiner zwei Kilometer breiten und sechzig Meter hohen Front und dem Schiff schwimmen ganze Rudel von kleinen Eisbergen, die er abgestoßen hat. Fast auf jedem sitzen ein paar Eismöwen. Den schwarzen Fleck hält der Mann für eine Raubmöwe. Es könnte allerdings auch eine Robbe sein. Er hebt das Fernglas vor die Augen. Ja, eine Robbe. Zwei sogar.

Was für eine Welt! Unberührt, schweigend, mutterseelenverlassen. Auf drei Seiten schwingen sich große und kleine Gletscher zwischen den an die tausend Meter hohen, übersteilen Bergen zum Fjord hinunter. Einige der kleineren erreichen das Wasser nicht, sondern schmelzen weiter oben in einer Mulde ab und lassen einen schimmernden Wasservorhang über die Felskante hängen. Von Zeit zu Zeit hallt von einem der Gletscher ein Donner wie ein Kanonenschuß herüber. Dann reißt das Eisgefüge dort, wo es sich über eine Bodenwelle schiebt, krachend auf. Wenn das Donnern verhallt ist, scheint die Stille noch stiller und die Einsamkeit noch einsamer zu sein als zuvor.

Nadelspitz stechen die Bergzacken in den Himmel. Der Mann weiß, daß sie es waren, die 1596 den Holländer Willem Barents veranlaßten, die unvermutet am Horizont auftauchende Küste, die er für einen Teil Grönlands hielt, Spitzbergen zu nennen. Dieser Barents wollte hier oben gar nichts entdecken. Es ging ihm vielmehr darum, den Seeweg an der Nordküste des asiatischen Kontinents entlang zum Stillen Ozean zu erzwingen und so nach Indien zu gelangen. Aber das kühne Unternehmen mißglückte. Barents und die meisten seiner Gefährten mußten nach einer Überwinterung ihre Verwegenheit mit dem Skorbut-Tod bezahlen. Jahrhundertelang galt Barents als der Entdecker Spitzbergens. Allerdings behaupten die Russen, einer der Ihren, der Seefahrer Savel Lochkine, sei schon beträchtlich eher als Barents dort gewesen, nämlich im Jahre 1524. Dem mag sein, wie ihm wolle, der Mann ist davon überzeugt, daß weder Barents noch die Russen, sondern die isländischen Wikinger die eigentlichen Entdecker waren. In dem Landnamabok, der Chronik von der Besiedlung Islands durch die Norweger, ist unter der Jahreszahl 1194, also knapp vierhundert Jahre vor Barents und dreihundertdreißig Jahre vor Lochkine, zu lesen: »Svalbardi fundinn.« Das heißt: »Die kalte Küste entdeckt.« Und da der dort angegebene Kurs, den die Isländer gesteuert haben, und die ebenfalls angegebene Entfernung mit der Wirklichkeit übereinstimmten, kann kein Zweifel bestehen, daß sie die ersten waren, die den spitzbergischen Boden betreten haben.

Die Norweger, denen die zwischen dem 74. und 81. Grad nördlicher Breite und dem 10. und 25. Grad östlicher Länge gelegene Inselgruppe im Jahre 1920 durch den Vertrag von Sèvres zugesprochen wurde, haben ihr denn auch bei der gesetzlichen Eingliederung in ihren Hoheitsbereich am 18. August 1925 den ursprünglichen Namen wiedergegeben: Svalbard. Immerhin ist die Sowjetunion von ihren Ansprüchen nie abgegangen. Und mit ihren Pachtungen Barentsburg und Pyramide, den in Seitenfjorden des großen Eisfjords gelegenen Bergwerkssiedlungen, hat sie zwei Beine auf der strategisch nicht eben unwichtigen Insel.

Als die Überlebenden der Barentsexpedition zu Hause von den Wal- und Robbenherden erzählten, die sie in den spitzbergischen Gewässern angetroffen hatten, begriffen die Kaufleute in den Amsterdamer und sonstigen Kontoren sofort, was für Möglichkeiten sich da boten. Der Tran, der aus dem Walspeck durch Sieden gewonnen wurde, war das verbreitetste Beleuchtungsmittel jener Zeit. Und die elastischen Barten der Wale, das Fischbein, das dazu diente, die Figuren der Damen und Herren zu verschönern, war nicht weniger begehrt als der Tran. Und die Robbenfelle waren auch nicht zu verachten. So begann also die erbarmungslose Jagd auf die Wale und Robben. Sommer für Sommer zogen Tausende hinauf in die Arktis. Holländer, Basken, Norweger, Dänen, Deutsche. Harte Männer, die bei jeder Ausreise ihr Leben aufs Spiel setzten. Die Zahl der Schiffe, die durch Stürme und Eispressungen verlorengingen, war erschreckend hoch. Aber auch bei der Jagd gab es Verluste. Wurde eine der kleinen Schaluppen, in denen die Männer die Wale mit Harpunen und Lanzen angriffen, vom Schlag der waagerechten Schwanzflosse getroffen, kenterte oder zersplitterte sie, und die Insassen ertranken im eisigen Wasser. Tote gab es ferner, und nicht wenige, durch Krankheiten. Die eintönige Nahrung war ebenso ungesund wie das überenge Zusammengepferchtsein der Mannschaft an Bord. Auch hatte man noch wenig Erfahrung bei der Bekämpfung des Skorbuts. Und schließlich gab es Tote durch die Zusammenstöße der verschiedenen Nationen, die sich die besten Jagdgebiete streitig machten. Wohin mit den Toten? Da die Wände der Fjorde steil in die See stürzten, konnte man nirgends Gräber ausheben. Aber auf der Halbinsel im Magdalenenfjord, der einzigen ihrer Art, erlaubte der sandige, wenn auch mit Gesteinsbrocken durchsetzte Boden eine Beerdigung nach Sitte und Brauch. Der Frost trieb jedoch im Lauf der Zeit die kastenartigen Särge wieder aus dem Boden heraus, so daß die Gebeine zwischen den morschen Bohlen herumlagen und von den Eisbären durcheinandergeworfen wurden. Als die norwegische Regierung für Spitzbergen zuständig geworden war, ließ sie die Knochen sammeln und in einem gemeinsamen Grab auf dem höchsten Punkt der Halbinsel beisetzen. Der Gedenkstein, der dort steht, trägt die nüchterne Inschrift: »Svalbardfaraere/1600–1750/reist av/den Norske Stat/1930«.

Vorsichtig schiebt sich der Bug des Bootes auf den Kieselstrand der Gräberhalbinsel. Die Insassen springen heraus und verteilen sich dahin und dorthin. Und bald hat die Weite sie verschlungen.

Am Rande des von sattgrünen, mit Wasser vollgesogenen, federnden Moosen eingefaßten Tümpels, der sich in dem Winkel zwischen der Bergwand und der Halbinsel gebildet hat, nisten Seeschwalben. Jedesmal, wenn der Mann sich einem der gut getarnten Gelege nähert, schießen die Alten mit schrillen, langgezogenen Schreien auf ihn hinunter, um ihn mit ihren scharfen Schnäbeln in den Kopf zu hacken. Aber er kennt sich aus und hält ein Stück Treibholz senkrecht über seinen Scheitel. Dann können sie nicht mehr im Sturzflug darüberhinsausen.

Auf dem Weg zum Walfängerdenkmal entzücken ihn immer wieder die gelben Anemonengruppen und purpurnen Steinbrechkissen, die zwischen den mit schwarzen Flechten überzogenen Felsbrocken aufleuchten. Im Sommer taut der dreihundert Meter tief gefrorene Boden an der Oberfläche etwas auf. Und das genügt, um rund fünfundzwanzig Arten von Blütenpflanzen das Dasein zu ermöglichen.

Auch in diesem Winter hat der Frost wieder einige Sargkisten nach oben gedrückt. Der Mann bleibt lange vor einem Sarg stehen, in dem ein fast unversehrtes Skelett liegt. Hinter der Schläfe des Schädels klafft ein rundes Loch, das von einer Kugel oder einer spitzen Waffe herrühren muß. Am Hinterkopf sitzt noch ein Rest von gebleichten Haaren. Auch dieser Sarg ist, wie die andern, merkwürdig schmal und kurz. Die Menschen müssen damals noch beträchtlich kleiner gewesen sein als heute. Man hat allerdings auch richtige Kindersärge gefunden. Zu der hohen Zeit des Walfangs war es nichts Ungewöhnliches, daß elfjährige Jungen mit nach Spitzbergen genommen wurden. In der Lebensbeschreibung des »Grönlandfahrers« Jens Jacob Eschels hat der Mann gelesen, daß der Autor im Alter von elf Jahren, zwei Monaten und fünfundzwanzig Tagen in Amsterdam auf einem Walfänger angeheuert hat. Das war im Jahre 1769, einem schweren Eisjahr. Sein Schiff geriet denn auch in eine Eispressung und wurde zerdrückt, ebenso das zweite, auf das er sich gerettet hatte, und dann auch noch das dritte. Auf dem vierten, der holländischen »Vrouw Anne«, kam er schließlich nach Amsterdam zurück, ohne Habe und ohne Heuer.

Obwohl die Gipfel- und Gletscherwelt ringsum nur so leuchtet von Sonne und Bläue, liegt eine schwermütige Stimmung über der Gräberhalbinsel. Die Gedanken des Mannes können sich noch nicht von den Walfängern lösen. Was mögen die Männer gefühlt haben, wenn sie wieder einen der Ihren in dieser Einöde begruben? Vielleicht heulte gerade einer der mörderischen Schneestürme über sie hin, die hier so unversehens losbrechen. Vielleicht ertönte, ehe sie das Gebet zu Ende gesprochen hatten, von ihrem Schiff der Ruf »Fall, fall überall!« herüber, der bedeutete, daß der wie eine Fontäne aufsteigende Atemdampf eines Wales gesichtet war und die Schaluppen schleunigst zu Wasser gelassen werden mußten. Dann warfen die Männer das Grab in aller Eile zu und machten, daß sie an Bord kamen. Der lebendige Wal war wichtiger als der tote Kamerad.

Wie der Mann an der anderen Seite zum Strand hinuntergeht, begegnet er einer braunen Eiderentenmutter, die fünf Junge, alle von vorn bis hinten schwarz gebändert, zum Wasser hinunterführt. Das Kleinste fällt vor lauter Eifer alle paar Schritte vornüber, trippelt, wenn es sich aufgerafft hat, weinend und mit den Flügelstummeln rudernd, hinter der Mutter her, die ein beruhigendes »Korr Korr« hören läßt, fällt wieder hin und rafft sich abermals auf. Aber auf dem Wasser schwimmt es so leicht und bürzelwippend dahin wie seine Geschwister. Nach einigem Suchen entdeckt der Mann die Brutstelle zwischen zwei schräg gegeneinander gezwängten Sargbrettern. So nahe wohnen Tod und Leben beieinander. Er greift in die kleine Hütte hinein, deren Eingang durch zwei igelgroße, gelbe und violette Hauswurzknollen einigermaßen gegen Regen und Sturm geschützt ist, und holt eine Handvoll Daunen heraus. Sie liegen so schwerelos auf seiner Handfläche, als seien sie Luft. Noch nie hat er etwas so Zartes berührt. Er kann nur staunen. Voller Ehrfurcht legt er das Wunderweiche, das die Ente von ihrer Brust gezupft hat, damit ihre Jungen es wohl und warm haben, ins Nest zurück.

Nachher hat er noch einmal Gelegenheit, etwas Zartes zu bestaunen. Am Fuß der Steilwand, dort, wo die Halbinsel beginnt, liegt ein Felsblock, einer der unzähligen, die sich unter der Einwirkung von Hitze und Kälte hoch oben gelöst haben und heruntergestürzt sind. Durch die Wucht des Aufschlags sind Haarrisse entstanden. Die eingesickerte Feuchtigkeit ist im Winter gefroren, hat den Block gesprengt und die Risse zu Spalten erweitert. Und in einer der Spalten hat sich ein Steinbrechpflänzchen angesiedelt. Woher es seine Nahrung nimmt, ist dem Mann unerfindlich, denn es gibt dort auch nicht das geringste Krümchen Humus. Aber es lebt und blüht in hauchdünnen, goldenen Krönchen von merkwürdiger Schönheit, ein winziger, lautloser Lobgesang in all der Einsamkeit. Der Mann kann sich nicht helfen, aber dieser unbeirrbare Lebenswille hat für ihn etwas von einem Mysterium. Warum begnügt das Leben sich nicht mit den freundlicheren Gegenden der Erde? Warum will es auch in der Unwirtlichkeit und Grausamkeit der Arktis vorhanden sein, warum sogar in einer nackten Felsspalte? Das Steinbrechpflänzchen antwortet nicht. Es blüht.

Und dann ist es mit einem Male so, als sei die Zeit der Walfänger zurückgekehrt. Wie der Mann den hohen Moränenwall erklettert hat, über den er hinweg muß, wenn er näher an den Gullygletscher herankommen will, und das will er unbedingt, läßt das Schiff ein aufgeregtes Tuten hören, das nicht nur ihn und seine weit verstreuten Gefährten, sondern auch die oben in der Felswand hausenden Scharen von Alken, Lummen und Möwen aufschreckt, die wie ein wildes Schneegestöber schreiend durcheinandertaumeln. Das Tuten bedeutet zwar nicht »Fall, fall überall!«, aber es ruft die Landgänger nicht weniger dringend zum Schiff zurück. Zuerst weiß der Mann nicht, was er davon halten soll, doch dann sieht er, daß draußen auf See ein gewaltiges Eisfeld auf den Fjord zutreibt. Wenn es dem Schiff nicht gelingt, rechtzeitig den Ausgang zu gewinnen, sitzt es in einer Falle. Und niemand kann dann sagen, wann sie sich wieder öffnet. Hastig klettern die Leute, die von allen Seiten nach der Landungsstelle gelaufen sind, ins Boot. Mit wirbelnder Schraube braust es dem Schiff, das schon beim Ankerhieven ist, entgegen. Sowie der letzte Mann das Fallreep ergreift, nimmt es Fahrt auf. Unheimlich, wie schnell das Eisfeld sich bewegt. Eine Weile sieht es so aus, als werde es den Wettlauf gewinnen. Aber im allerletzten Augenblick gelingt es dem Kapitän doch noch, das Schiff zwischen dem Magdalenenhuk und der heranschwankenden Eiskante hindurchzumanövrieren. Unmittelbar hinter dem Heck schließt sich die Öffnung.

Noch immer wogen die Seevögel vor den Steilwänden auf und ab und hin und her. Ihre hellen und heiseren Schreie übertönen das Geräusch der Schiffsmaschine. Je weiter das Schiff sich entfernt, um so mehr beruhigen sie sich. Ein Vogel nach dem andern verschwindet in einem der Risse, die oben die Wand durchziehen.

Was den Mann betrifft, so hätte er nichts dagegen gehabt, wenn das Eis Sieger geblieben wäre. Er hätte sich gern noch ein bißchen länger auf der Gräberhalbinsel umgetan.

Christoph Ransmayr

Die Schrecken des Eises und der Finsternis

Es gibt keine Aufzeichnungen und keine Zeugenaussagen darüber, wie Josef Mazzini die Vormittagsstunden des 6. September 1981 verbracht hat – aber vielleicht stand er damals an einem der Piers im Hafen von Longyearbyen und verfolgte das Ablegen der *Cradle.* Das Abfallen der Taue. Das Aufkochen des Kielwassers. Und dann das kurze Schauspiel des Verschwindens: Innerhalb von Minuten löste sich das Schiff in den wässrigen Wirbeln eines vorwinterlichen Schneetreibens auf. Und das Kielwasser? War das Kielwasser weißgefleckt? Treibeisscherben auch schon hier, im Fjord?

Am frühen Nachmittag dieses 6. September, so überliefern es die meteorologischen Journale Westspitzbergens, klarte es auf. Wind aus Nord und Nordost. Die *Cradle* mußte schon sehr fern sein. Ich weiß, daß Hellskog, der Briefmarkenmaler, in Longyearbyen wieder an Bord gegangen war, und stelle mir vor, daß er nun seinen festgezurrten Stuhl an der Reling wieder einnahm und fortfuhr, die Proportionen der polaren Landschaft auf seine Blätter zu übertragen. Welche Farben verwendete er? Indigo und Elfenbeinschwarz für die Mauern der Steilküste; Festungsmauern? Zinkweiß für ein zerrissenes Schneefeld? Und welchen Ton für das alte Eis zwischen den Fluchten des Urgesteins?

Aber jetzt keine Farben mehr. Keine Bilder. Keine Vermutungen. Fest steht, daß die *Cradle* nach dem Ende der hocharktischen Mission noch zwei Tage im Adventfjord vor Anker gelegen war, dann mit Kurs auf die nordnorwegische Küste auslief und den spitzbergischen Archipel für dieses Jahr verließ. Und fest steht vor allem, daß Josef Mazzini in der Grubenstadt zurückblieb und den Ozeanographen Kjetil Fyrand bedrängte, ihn im Umgang mit dem Hundegespann zu unterrichten.

Auf Anna Koreths Abendgesellschaften sollte man noch Monate nach Mazzinis Verschwinden ebenso teilnahmslose wie unwahrscheinliche Mutmaßungen darüber anstellen (ein regelmäßig wiederholtes Fragespiel zu Ehren der Gastgeberin), warum *Josef* nach dem Ende seiner Kreuzfahrt keinerlei Anstalten gemacht hatte, noch vor Einbruch des arktischen Winters nach Wien zurückzukehren, sondern wie besessen von der Vorstellung einer Hundeschlittenreise in Spitzbergen geblieben war. Obwohl ich die Abendgesellschaften in der Rauhensteingasse nach wie vor besuche, habe ich aufgehört, mich an den Tischgesprächen über die fraglichen Pläne und Absichten des Verschollenen zu beteiligen; was immer sich in diesem Kreis darüber vermuten ließ, mußte ja doch unbeweisbar und unverbindlich bleiben. Denn Josef Mazzini hatte mit jenem Tag, an dem er an Bord der *Cradle* aus dem Packeis nach Longyearbyen zurückkehrte und dort sein Quartier wieder bezog, seine Journaleintragungen eingestellt. *Der Große Nagel* – das noch an Bord mit Abschriften vollgekritzelte Heft sollte das letzte seiner Aufzeichnungen bleiben; auf die Zitate folgten nur einige rechnerische Notizen – eine Aufstellung etwa über die Kosten von Unterkunft und Verpflegung im Gästehaus der Kohlengesellschaft – Zahlenkolonnen, und dann leere Seiten. Ich sage: Wer seinen Ort gefunden hat, der führt keine Reisetagebücher mehr. Es war Mitte September, die Tage verfielen rasch und nach einem großen Schneefall setzte das Wintergeräusch, das Gejammer der Motorschlitten, böse und plötzlich ein, als Fyrand seinen Schützling Mazzini zur ersten Lektion in den Hundezwinger mitnahm. Der Weg zum Zwinger lag unter knietiefem Naßschnee. Fyrand trug das Zuggeschirr in einem wirren Knäuel über seiner Schulter, Mazzini einen dampfenden Sack noch warmer Fleischabfälle aus der Werksküche der Kohlengesellschaft.

Die Lehre von der Führung eines Hundegespanns war leicht zu verstehen und schwer zu befolgen. In seiner ersten Stunde lernte Josef Mazzini, daß es vor allem darauf ankam, die Hunde zu begeistern.

Schlittenhunde hatten immer ein Ziel – rannten sie über eine Ebene, dann war es die nächstgelegene Erhebung, ein Felsenzug, ein Hügel, manchmal auch nur eine langsam aufsteigende Rauchsäule; rannten sie über das Eis des Meeres, war das Ziel stets die Küste; in der Dunkelheit war es der Mond, und war die Nacht mondlos, dann stürzte das Gespann auf einen Stern zu. Ein Schlittenführer, lernte Mazzini, mußte imstande sein, alle diese Ziele entweder für sich zu nützen oder die Hunde ohne Zügel und Peitsche, nur durch Zurufe und rhythmische Schreie davon abzubringen und in eine Laufrichtung zu zwingen, die er allein bestimmte; ein Schlittenführer mußte imstande sein, das Gespann zum drängenden, kläffenden Ausdruck seines eigenen Willens zu machen. Als aber Mazzini an diesem Tag der ersten Lektion versuchte, Ubi, dem Leithund aus Fyrands Gespann, das lederne Zuggeschirr überzustreifen, wich das Vieh geduckt zurück, war plötzlich wie zum Sprung bereit, zog die Lefzen hoch und knurrte seinen unsicheren Bändiger so drohend an, daß Mazzini in seiner vornübergeneigten Haltung erstarrte und bewegungslos blieb, bis Fyrand dem Rüden einen Handschuh über die Augen schlug und so die Übung beendete.

Die Beharrlichkeit, ja Verbissenheit, mit der Josef Mazzini in den folgenden Wochen die Herrschaft über das Gespann zu erreichen suchte, blieb eine der wenigen Auffälligkeiten, die man in der Grubenstadt an der Anwesenheit des Italieners noch wahrzunehmen schien. Was immer ich später über diese letzten Wochen Mazzinis erfahren habe – der Hinweis auf sein zähes Exerzieren mit dem Schlittengespann fehlte in keiner Aussage über diese Zeit. Selbst Gouverneur Thorsen und teilnahmslose Zeugen wie Joar Hoel, der Zahnarzt Longyearbyens, erinnerten sich an diese Szenen einer Abrichtung. Gewiß, die Zeit gehörte nicht den Hunden allein. Die Akte meiner Rekonstruktion enthält auch Berichte über Fjordfahrten Mazzinis und seine tagelangen Märsche über die Gletscher. Da ist die Durchquerung des Eisfjordes in Malcolm Flahertys Boot; sieben Stunden schweres Wasser, kaum Schutz vor der Gischt, die Gefahr des Kenterns und wohl auch Angst; dann zwei Tage des Wartens auf ein sanfteres Meer und die Wellenkämme der Rückfahrt. Da ist die Erinnerung an eine Vorsprache Mazzinis bei Krister Røsholm, dem Bergmeister der Kohlengesellschaft; in der Verwaltung der Kulkompani gebe es keine Arbeit für ihn, beschied Røsholm damals seinen Besucher; vielleicht später; vielleicht in den Minen; er werde darüber nachdenken; er habe »Lastwagenfahrer« notiert. Und dann ist da auch der Marsch über den Sveagletscher; sechs Tage einer gemeinsam mit Fyrand und dem Grubenmann Israel Boyle ertragenen Strapaze; das Knattern der Zeltbahn im Nordoststurm; erschöpfendes Gehen mit Steigeisen; der Gletscher Hunderte Quadratkilometer groß und tief zerfurcht sein Rücken – Klüfte, Risse und blanke Brunnen, eine Traumlandschaft aus blauem und schwarzem Eis, alles, wie es der Kommandant zu Lande beschrieben hatte. Laut die Atemzüge und Schritte, die immer tiefer in ein flirrendes Labyrinth führten, und der Ozeanograph immer voran, die Augen unsichtbar hinter Hornschalen. Der Ozeanograph, der vom trägen, unaufhaltsamen Fließen dieses Eisstromes sprach und von Schmelzung, Nahrung und Zuwachs seines Gletschers wie vom Puls eines gewaltigen Tieres. Ich breche hier ab und sage, daß die Anstrengung dieser und anderer Wanderungen nichts war gegen die letzte und größte Mühe Mazzinis, nichts gegen die Abrichtung der Hunde. Aber was immer Josef Mazzini schließlich tat oder ließ – man sprach selbst an der Theke der Trinkstube kaum mehr darüber. Der Italiener war da. Er blieb da. Und seine Existenz schien mit jedem Tag unscheinbarer und spurloser zu werden, nur ein Beweis für die Kraft jenes Sogs, der in der Leere, der Zeitlosigkeit und dem Frieden der Wüste seinen Ursprung hat und der seine Opfer ohne jede Auswahl erfaßt und noch aus der wärmsten Geborgenheit eines geordneten Lebens fortholt in die Stille, in die Kälte, in das Eis.

Kjetil Fyrand war ein ausdauernder Lehrer. So zögernd er anfangs dem Drängen Mazzinis nachgegeben hatte, ihn mit seinem Gespann vertraut zu machen, so faszinierend schien allmählich die Vorstellung für ihn zu werden, seinen Hunden nun auch noch beizubringen, daß sie immer noch *ihm* gehorchten, wenn sie die Kommandos seines Schützlings befolgten; es war vielleicht das schwierigste Kunststück, an dem er sich selbst und die Ergebenheit seiner Hunde jemals gemessen hatte.

Der Oktober war stürmisch und wie aus Metall – das Schneetreiben manchmal ein schmerzhafter Hagel aus Chrom; das Land und der Himmel aus Eisen. Wann immer das Wetter es zuließ, schirrte Mazzini unter Fyrands Aufsicht die Hunde an. Ganz still mußte die Meute dann vor dem Rohrschlitten im Schnee liegen – drei Paare hintereinander, Suli mit Imiag, Spitz mit Anore, Avanga mit Kingo und Ubi allein allen voran – und mußte so den einen Schrei erwarten, der den Bann endlich löste und sie aufspringen ließ. *Oüya!* Dann, kaum hörbar, mußte das Sirren plötzlich gestraffter Zugleinen folgen und der jähe Ruck, der die Kufen zerstörend über jenes Muster riß, das achtundzwanzig Pfoten im Schnee hinterließen.

Als Mazzini die Hunde zum erstenmal allein führte, folgte Fyrand dem davonstiebenden Gespann auf einem Scooter und schrie seinem Schützling Anweisungen zu. Im *Trekkhundklubb* der Grubenstadt, einem kleinen, regellosen Verein, der die Hundeschlittenfahrt als den vollendetsten Ausdruck arktischer Tradition hochhielt und genußvoll pflegte, hatte man wiederholt und ausgiebig die Vergeblichkeit der pädagogischen Anstrengungen des Ozeanographen besprochen. Aber Fyrand und sein Schützling schienen alle, zumeist in der Trinkstube und ohne großen Ernst erstellten Vorhersagen des Vereins Lektion für Lektion zu widerlegen: Josef Mazzini machte Fortschritte. Die Hunde gehorchten ihm. Sie waren widerwillig und oft so wütend, daß sie schon während kürzester Rasten übereinander herfielen. Aber sie gehorchten ihm.

Ein Schlittenführer, lernte Mazzini, mußte in den Köpfen seiner Hunde stets die Illusion geradlinigen Vorwärtskommens aufrechterhalten; er mußte jähe Richtungsänderungen vermeiden und versuchen, Klüfte und Barrieren in großen, sanften Bögen zu umfahren. Denn ein Gespann war nur um den Preis einer heillosen Verwirrung zu plötzlichen Wendungen oder gar zur Umkehr zu bewegen. Schlittenhunde kehrten niemals um; das widersprach ihrem Lauf. Denn waren sie erst einmal dazu gebracht, ihren Bändiger und seine Lasten übers Eis zu ziehen, dann mußte es ihnen als sinnlose Anstrengung und unverdiente Strafe erscheinen, das Gefährt in der eben erst eingravierten Spur wieder zurückzuzerren. Sie wehrten sich deshalb auch gegen alle hastigen Korrekturen einer Irrfahrt mit der ganzen Kraft ihrer Verstörung – Zugleinen verflochten sich dann zu schwer entwirrbaren Zöpfen und kein Kommando erreichte mehr die kläffende Meute. So mußte ein Schlittenführer ganz bei seinem Gespann sein und ihm gleichzeitig weit voraus, mußte das Sichtbare sehen und das Unsichtbare, den schneeverwehten Verlauf der Route und die Hindernisse einer verborgenen Landschaft erahnen. Manchmal aber witterten die Hunde noch tief im Eis Beute, stürmten unvermutet los und waren nicht mehr zu halten. Ihrem vergeblich schreienden Bändiger, den eine Fangleine an sein Gespann fesselte, blieb dann oft nichts mehr, als den Eisanker, eine schwere Kralle, auszuwerfen, um zu verhindern, daß die Hunde über eine Gletscherkluft einfach hinwegsetzten und so den Schlitten und *alles* in die Tiefe rissen. Aber was immer geschah und wie rasend der Lauf der Hunde auch wurde – ein Schlittenführer, sagte Fyrand, durfte die Fangleine nur im äußersten Notfall kappen. Denn die Trennung von seinem Gespann, von Ausrüstung und Waffen, konnte ihn auch auf einer kurzen Fahrt töten.

Wenn der Ozeanograph von den Gesetzen und Erfordernissen der Hundeschlittenfahrt sprach, berief er sich oft auf Jostein Aker, einen ehemaligen Bergmann, der Longyearbyen vor Jahren verlassen hatte und nun mehr als einhundertsechzig Marschkilometer nördlich der Grubenstadt in völliger Abgeschiedenheit lebte. Aker sei der letzte Bewohner Spitzbergens, für den ein Hundegespann kein Spiel und keine Leidenschaft, sondern immer noch eine Lebensnotwendigkeit sei; was er, Fyrand, über die Führung eines Gespanns wisse, habe er von Aker gelernt.

Jostein Aker war in vieler Hinsicht der letzte. Seine Hütte aus Treibholz stand am Fuß eines Kap Tabor genannten Felsenzuges am Wijdefjord und verschwand während der Wintermonate unter den Schneeverwehungen. Schwarz und blankgeweht überragte Kap Tabor den Strand des Fjordes – eine Gesteinsformation aus dem Präkambrium, fast so alt wie die Welt und ohne eine Spur von Leben. Abgesehen von Helikopterbesatzungen, die alle paar Monate zu einer kurzen Zwischenlandung in dieser Verlassenheit aufsetzten, erhielt der Einsiedler nur von Malcolm Flaherty und Fyrand Besuch. Die beiden kamen jedes Frühjahr, nach fünf bis sieben Marschtagen, an das Kap, und einmal im Jahr reiste Aker selbst nach Longyearbyen, setzte dort seine mit Steinfallen und Gewehr erbeuteten Felle um – Seehunde, weiße und blaue Polarfüchse –, ergänzte seine Vorräte und Ausrüstung, betrank sich an der Theke, redete viel, wurde selber für Tage zum großen Thema des Stadtgesprächs und zog sich dann samt seinen Hunden wieder in die Wildnis zurück. Viele von den Miners hielten ihn für verrückt. Einen Anarchisten hatte Gouverneur Thorsen ihn im letzten Jahr genannt und Aker hatte dem nichts hinzugefügt und nicht widersprochen. Kjetil Fyrand erzählte oft von dem Jäger.

Einsiedler wie Jostein Aker waren unter den Bewohnern Spitzbergens noch vor Jahrzehnten ebenso selbstverständlich gewesen wie jetzt noch die Kohlenbergleute und Polarforscher. Aber mit der allmählichen Verwandlung der Eiswüsten in Nationalparks, mit dem Verbot der Bärenjagd und der Ausrufung von Schonzeiten waren die Jäger verschwunden. Nur ihre verlassenen Hütten, halbverfallen jetzt und schwer vom Eis, lagen immer noch über Spitzbergen verstreut – brüchige Denkmäler des Rückzugs aus der bewohnten Welt.

Am 28. Oktober erlosch auf dem Breitengrad Longyearbyens das letzte Sonnensegment. Die nördlicheren Landschaften Svalbards lagen schon lange im Schatten. In der Grubenstadt vergingen die ersten der einhundertzehn Tage der polaren Nacht in blauem Zwielicht; quälend das Gejammer der Motorschlitten; selten Stille. Kjetil Fyrand zog sich nun immer öfter in seine Winterarbeit zurück und ließ Mazzini mit den Hunden allein. Der Ozeanograph ordnete die in den letzten Monaten gesammelten Meßdaten des Eismeeres, zog daraus jene Schlußfolgerungen, die man in Oslo von ihm erwartete, und begann Anfang November auch wieder, Kupferstücke zu emaillieren und daraus Mosaike zu legen; grellfarbige Ornamente. Mazzini saß dann manchmal bei Fyrand, war ihm mit Zureicherdiensten behilflich und erzählte von den Händen der Miniaturenmalerin Lucia, die endlose Reihen von Medaillons mit winzigen, immergleichen Landschaften bemalt hatte.

In der zweiten Novemberwoche flog Kjetil Fyrand nach Oslo, um vor dem Publikum des Polarinstitutes seinen alljährlichen Vortrag zu halten. Er blieb drei Tage in Oslo und dann vier in Tromsö. Als er nach Longyearbyen zurückkam, war Josef Mazzinis Unterkunft aufgeräumt und leer. Die Hunde fehlten auch.

Der Italiener? Den habe man doch am Freitag, nein, Donnerstag mit dem Schlittengespann gesehen. Und dann auch im Postgebäude … aber nein, das lag schon länger zurück. Eine

Tour? Davon wußte man nichts. Boyle war viel in den Gruben und viel an der Theke gewesen und hatte sich um niemanden gekümmert. Flaherty war in Ny Ålesund. Eh … hatte der Italiener nicht in Moens Laden eingekauft? – dochdoch, Gasfüllungen für den Kocher, Konserven, das Übliche … aber sonst. Man suchte lange und in entlegenen Gegenden nach Josef Mazzini – fluchend zuerst und nur mit den Motorschlitten, überzeugt, daß dieser Idiot in irgendeiner Hütte saß oder im Zelt und keine Ahnung davon hatte, daß er einen Trupp Leute zu einer verdammten Strapaze zwang. Jeder Schritt kreischte in dieser Kälte. Aber es war immer nur der eigene Lärm, der Lärm der Retter; hielten sie inne, blieb es überall still. Die Fredheim-Hütte, eine gute, sichere Unterkunft am Tempelfjord, Station früherer Übungsfahrten mit dem Gespann, war unbenützt und schneeverweht. Als schließlich der Helikopter aufstieg, fluchte keiner mehr. Die Suchflüge bestätigten aber nur, daß auch die großen Routen ohne Spuren waren; die Gletscher leer. Dann erzwang ein Wetterumsturz zwei Tage bloßen Wartens. Fyrand dachte an Jostein Aker; vielleicht war Mazzini verrückt genug gewesen für den Weg ans Kap Tabor. Als Wind und Schneetreiben nachließen, starteten der Ozeanograph und die Piloten Berg und Kristiansen zum Flug an diesen letzten Ort. Dunkel, undeutlich sank das Land zurück. Über den Höhenzügen und Gletschern lag unruhiger Schnee. In den Fjorden schloß sich das Eis zum aschgrauen Panzer. Die Zeit verfiel. Einöden, die der Ozeanograph irgendwann mit dem Hundegespann und in Tagen durchmessen hatte, glitten nun innerhalb von Minuten unter ihnen dahin, zerrannen. Wochen waren Stunden. Und Stunden nichts mehr. Und dann zeichnete eine Reihe mattsilberner Skulpturen den sanften Bogen der Küste nach; es waren die Treibholzpyramiden, die der Einsiedler in seinen kurzen Sommern am Strand errichtete. Dann, kaum größer als die Holzmale, eine Hütte, hineingeduckt in das Eis. Finster und leer über allem Kap Tabor. Dort unten stand jetzt einer, blickte hoch und schützte sich mit erhobenen Armen gegen die von den Rotorblättern hochgepeitschten Kristallschleier. Hunde an langen Ketten, sechs, brüllten das Unwesen an, das sich auf sie herabsenkte. Und dann rannte der Ozeanograph durch das Getöse und die schmerzenden Schneewirbel auf den Einsiedler Jostein Aker zu, schrie einen Gruß, schrie ihn an, ist er bei dir, ist er hier, faßte ihn an den Schultern. Und Aker, der jetzt erst erkannte, wer gekommen war, der überrascht war, der nicht verstand und sich freute, schrie und lachte zurück, von wem sprichst du, ich bin allein, ich war immer allein.

Michael Köhlmeier

Der Neckermann-Nordpol

»Ja«, sagte Minach, »die Expedition durch Grönland war im Jahr 1983. Das war das größte Jahr in meiner Geschichte. Die Reise war viel. Unendlich viel für mich. Sicher auch für die anderen. Der Wissenschaft haben wir einige Rätsel aufgegeben. Für mich war diese Expedition aber auch noch etwas anderes. Etwas Privates.«

Ich konnte mir gut vorstellen, daß sich Minach bei den vielen Lichtbilder- und anderen Vorträgen, die er veranstaltete, mit ähnlichen Worten einführte.

»Man kann es auch so sagen«, fuhr er fort. »Es war die Begleichung einer alten Rechnung für mich. Eine alte Rache, wenn du willst.

Ich habe nie einen Unterschied gemacht zwischen Menschen und Natur. Ganz egal, ob Natur nun ein Vogel ist, eine Landschaft, ein Wetter, ein Klima. Ich rede mit der Natur, sie redet mit mir. In der Natur rede ich mit allem, was mich umgibt. Nicht im übertragenen Sinn. Ich rede wirklich. Jeder, der lange allein in der Natur war, gewöhnt sich das an. Und dann kommst du in eine Stadt und stellst dich vor die Häuser hin – in New York ist es mir so gegangen, weil die Stadt ja so aussieht wie ein Naturereignis, wie ein Kletterpark – da bin ich vor den Wolkenkratzern gestanden und habe mit ihnen geredet. Das ist mir so aus dem Mund gerutscht. Aber da hat es natürlich keine Antwort gegeben. Das geht eben nicht. Mit der Natur kann man reden. Ich kann mit der Natur reden. Ich weiß nicht, ob sie mich versteht. Aber ich rede ja auch mit Menschen und weiß nicht, ob sie mich verstehen.

1968 bin ich in Spitzbergen gewesen. Als Teilnehmer einer internationalen Expedition. Ich glaube, es waren drei Südtiroler, ein Däne, zwei Schweizer, ein Österreicher. Ziemlich viele Leute für eine solche Expedition. Der Leiter war ein Deutscher. Das ganze war so eine Art Nordpolersatz. So sehe ich es heute. Der Neckermann-Nordpol. Nein, das darf man nicht sagen, Spitzbergen ist die Hölle. Nur wissen das die meisten nicht.

Und bei dieser Expedition ist etwas ganz Schreckliches passiert. Etwas Entsetzliches. Solange ich lebe, werde ich dieses Bild nicht mehr los.

Ich war damals vierundzwanzig Jahre alt. Ich hatte einige Sachen in den Dolomiten hinter mir. Die hatten auch durchaus Aufsehen erregt. Alles in allem war ich ein Neuling.«

Er hatte sich weit in seinem Sessel zurückgelehnt und starrte hinauf zur Zimmerdecke. Seine Arme lagen auf den Lehnen. Die Pfeife war ausgegangen. Er sprach zügig, ohne zu stocken, ohne lange Pausen.

Seine Frau nahm die Orange aus meinem Buch und schälte sie. Sie machte mir ein Zeichen. Ob ich auch wolle. Ich schüttelte den Kopf.

Minach habe eine monströse Lichtbilder- und Filmschau zusammengestellt, mit der er nach der Grönlandexpedition auf Reisen gegangen sei, hatte mir der Journalist Krabichler am Telefon gesagt. Seine Stimme hatte dabei ein wenig schäbig und schadenfroh geklungen. Ich schloß daraus, daß die Schau für das Publikum zu groß geraten war. Später erfuhr ich, daß das ganz und gar nicht der Fall war. Eine Zeitlang war Minach eine Sensation gewesen.

Jetzt hier in der Wohnung kamen mir die beiden wie ein Schaustellerpaar vor. Mein erster Eindruck war wohl richtig: Ganz offensichtlich referierte Minach einen seiner Vorträge. Wahrscheinlich spielte bei diesen Vorträgen auch Brahms eine

Rolle. Und nun eine kleine Privatvorstellung. Er nahm sie ernst, seine Frau weniger. Aber das war mir gleichgültig. Schließlich kannte ich keinen seiner Vorträge, und die Musik von Brahms tauchte die Erzählung in eine behagliche, auch befremdliche, schließlich ergreifende Stimmung. Bis heute habe ich diese Musik im Kopf, wenn ich an Minach denke.

Ich rückte mir den zusammengerollten Schlafsack auf dem Stockbett zurecht, nahm eine Zigarette und deutete mit der Schachtel zu Minachs Frau. Sie schüttelte den Kopf, lächelte, rollte mit den Augen, als hätte ich sie zu etwas Verbotenem aufgefordert. Sie zündete die Kerze an, die auf dem Glastisch stand. Ich konnte von meiner Position aus bequem das Band beobachten, das sich im Rekorder drehte.

»Spitzbergen 1968«, fuhr Minach fort, »war ein Schlüsselerlebnis für den weiteren Verlauf meines Lebens. Ich bin heute zweiundvierzig Jahre alt. Ich habe heute genügend Abstand, um das beurteilen zu können.

Ich habe danach das Leben eines Abenteurers geführt. Unstet. Ich habe mein Wohlbefinden von der Gunst eines Publikums abhängig gemacht. Ich habe mich treiben lassen, bin in der Welt herumgefahren, habe mich für alles mögliche interessiert. Nur einem Gedanken bin ich immer aus dem Weg gegangen: dem Gedanken an Spitzbergen. Dabei war mir klar, daß ich diesem Gedanken, diesen Erinnerungen bewußt aus dem Weg ging. Das hat mich belastet. Ich war ungeduldig mit mir.

In Spitzbergen ist etwas Schreckliches passiert. Wir haben uns tagelang durch Eis und Nebel gequält. Vom ersten Tag an haben wir nicht weiter gesehen als bis zum Rücken unseres Vordermannes. Wir waren erschöpft, verzagt, enttäuscht und schlechter Laune. Ich hatte keine Ahnung von den Gefahren, die dort oben bestehen. Wenn ich heute daran denke, dreht sich mir der Kopf. Wir waren ungehalten wie eine Reisegruppe, die in einem schlechten Hotel untergebracht worden ist, die man hereingelegt hat.

Ja, wir hatten schlechte Laune. Das ist etwas Gefährliches in einer solchen Situation. Schlechte Laune macht passiv. Wenn man schlechte Laune hat, gibt man jemandem die Schuld. Da sagt man, du bist schuld, daß ich schlechte Laune habe, dann schau zu, daß ich keine mehr habe. Ich kann mir vorstellen, daß man Angst hat, daß man verzweifelt ist, daß man erschöpft ist. Das hat immer mit einem selber zu tun. Aber schlechte Laune – schlechte Laune kann man hier haben! Man hat nicht schlechte Laune, wenn die Gefahr besteht zu sterben. Außer man weiß das nicht. Außer man hat keine Ahnung. Schlechte Laune ist ein Sicherheitsrisiko.

Damals hatte ich schlechte Laune. Wir alle. Wie bei einem mißglückten Abend in einer Skihütte. Keiner von uns war vorher schon einmal in Spitzbergen gewesen. Außerdem hatten sich die meisten von uns erst zu Beginn der Expedition kennengelernt. Es kam kein Gefühl einer Gemeinsamkeit zustande. Wie auch! Ein Gemeinschaftsgefühl kann nur zweierlei heißen – Liebe oder Haß. Ich schwöre dir, es ist so. Eine Lebens- oder Sterbensgemeinschaft sieht das vor. Ich schwöre es dir. Wo dieses Gefühl fehlt, im Eis, hat es keinen Sinn weiterzugehen.

Es war nicht einmal so, daß wir uns geschämt hätten, uns unseren Überdruß einzugestehen. Normalerweise ist das ein sehr heikler Punkt bei einer solchen Unternehmung: der Entschluß abzubrechen. Jemand muß diesen Gedanken als erster aussprechen. Ganz egal, wie dann entschieden wird, immer bleibt das Versagen an diesem ersten hängen.

Damals war es nicht so. Schon nach wenigen Tagen kamen wir überein, die Sache abzubrechen. Niemand interessierte es, wer als erster diesen Vorschlag gemacht hatte. Ich kann mich an die einzelnen Personen nicht mehr sehr gut erinnern. Es wurde nicht viel gesprochen. Jeder ging für sich allein. Ich unterhielt mich manchmal, wenn wir die Zelte aufstellten, mit dem Deutschen, der die Expedition leitete. Er war in keiner

Weise engagiert. Er machte seine Sache wie ein bezahlter Fremdenführer.

Wir wußten, daß es Eisbären gab. Wir waren bewaffnet. Ich glaube, es gab zwei Gewehre in der Gruppe. Wir stellten in der Nacht keine Wache auf. Weil – Eisbären hatten wir zuvor höchstens im Zoo gesehen.

Jedenfalls gerade in der Nacht, bevor wir umkehren wollten, kam der Eisbär. Wir schliefen in vier oder fünf kleinen Zelten, jeweils zu zweit oder zu dritt. Ich wachte auf, weil draußen jemand schrie. Der Eisbär hatte eines der Zelte aufgerissen und den Leiter unserer Expedition mit einem Schlag oder einem Biß getötet und ihn samt seinem Schlafsack etwa fünfzig Meter vom Lager weggeschleppt.

Wir stürzten aus unseren Zelten. Wir konnten nicht viel sehen, obwohl es zu dieser Jahreszeit dort oben nachts leidlich hell ist. Der Nebel nahm uns jede Sicht. Wir sahen eine breite, dunkle Blutspur im Schnee. Keiner von uns wagte es, ihr zu folgen. Dabei glaubten wir, den Bär zu hören. Aber wir waren so verwirrt und entsetzt, daß wir völlig handlungsunfähig waren. Einer schoß blind in alle Himmelsrichtungen. Es war sinnlos. Er vergeudete nur die Munition, die wir ja noch brauchten. Ich wollte ihm das Gewehr abnehmen. Er schlug mit dem Lauf auf mich ein. Ich mußte ihn zu Boden werfen. Sein Gesicht drückte ich in den Schnee, bis er sich beruhigte. So haben wir gekämpft, während der Eisbär wenige Meter entfernt einen Mann auseinanderriß.

Den Rest der Nacht kauerten wir zwischen den Zelten zusammen, froren und heulten. Ich glaubte nicht, daß ich jemals wieder nach Hause kommen würde.

Am nächsten Tag war es zum ersten Mal halbwegs klar. Das Wetter spielte dieses entsetzliche Spiel mit. Der erste Morgen ohne Nebel. Damit wir die Spuren dieser Nacht sehen konnten.

Vom Schlafsack waren nur noch blutige Fetzen übriggeblieben. Weil es niemand anderer tun wollte, nahm ich eine Schaufel und schüttete die Blutspuren und die Reste des Schlafsacks mit Schnee zu.

Vielleicht war ich wirklich der einzige, der noch halbwegs klar dachte. Aber das war wenig. Nicht genug. Viel zu wenig. Immerhin wurde mir die Leitung des Rückzugs anvertraut.

Ich habe in Wirklichkeit überhaupt keinen Überblick gehabt. Ich war in jeder Beziehung total überfordert. Ich war auch bestimmt der Jüngste in der Gruppe. Nie in meinem Leben habe ich so über meine Verhältnisse gelebt.

Intuition ist wichtig. Instinkt ist wichtig. So wichtig wie das Wasser, auf dem das Schiff fährt. Aber das Wasser ersetzt den Steuermann nicht. Ohne Steuermann ist das Schiff dem Zufall überlassen. Dort oben habe ich alle Entscheidungen aus dem Instinkt, aus der Intuition getroffen. Heute weiß ich, daß ein Großteil der Entscheidungen, die ich traf, reine Willkür waren. Ich war überzeugt davon, daß wir sterben werden. Dann spielt es keine Rolle, sagte ich mir, ob wir nun diesen oder jenen Weg gehen. Diese Leute brauchen Hoffnung, sagte ich mir, und die machen sie sich nur, wenn sie hinter einem hergehen, der keine Zweifel und keine Diskussionen kennt. Und der vorne spielt Lotterie. Ich war total überfordert.

Aber gut, lassen wir das, wir sind jedenfalls heil nach Hause gekommen. Jedenfalls körperlich heil. Einigermaßen. Einer hat sich das Gesicht erfroren.

Dieses Land im Norden war schrecklich. Alles, was mit Eis und Nebel und Schnee zu tun hatte, erinnerte mich danach an das entsetzliche Bild dieser Nacht. Das hält man ja nicht aus. Ich hatte den brennenden Wunsch, mich am Norden zu rächen – für das Entsetzen, die Angst, das Grauen, für alles, was er mir zugefügt hatte, mir und den anderen. Ich habe das Land dafür verantwortlich gemacht, die Himmelsrichtung. Norden.

Nach Spitzbergen war ich der festen Überzeugung, daß der Mensch mit allem, was ihn umgibt, im Kriegszustand lebt. Daß es keinen Frieden gibt. Daß wir in der Natur Söldner sind, daß unser Sold das Leben ist, daß wir weiter nichts verlangen können, Söldner gegen die Natur, der Feind plündert den Feind aus. Ich hätte kein ruhiges Leben mehr führen können.«

Minach hatte die Augen starr zur Decke gerichtet. Ich konnte nicht beurteilen, ob dies noch zum Vortrag gehörte oder ob ihn die Erinnerung tatsächlich so stark bewegte. Seine Frau saß mit geschlossenen Augen da, das Kinn leicht vorgereckt. Sie lauschte wohl auf die Musik.

Ich drehte das Band im Rekorder um. Minach nahm die Beine vom Glastisch, um mich vorbeizulassen. Dann schaute er mich an und verzog den Mund zu einem etwas bemühten Lächeln.

»So ist es. Spitzbergen hat viel mit Grönland zu tun«, sagte er. »Am Anfang sah ich es so. Die Durchquerung von Grönland sollte meine Rache für Spitzbergen sein, meine Rache am Norden.«

Halldór Laxness

Napoleon Bonaparte

I

Kothagi am Thrymsfjord – an der Fjordmündung fällt die Küste senkrecht zum Meer ab. Und in diesem Gehöft auf der Landspitze hängen zwei Bilder, zwei Staatsoberhäupter: Königin Viktoria, die durch Geburt das schönste Reich erwarb, in ihre Prachtgewänder gekleidet, und Napoleon Bonaparte in weißer Weste, ungekämmt, mit einer tiefen Falte in der Stirn; er stammte von armen Leuten im Süden ab und eroberte aus eigener Kraft fast die ganze Welt, bis seine Feinde ihn gefangennahmen und in die Verbannung schickten. So bahnen sich berühmte Bilder ihren Weg zu den entlegensten Behausungen an den äußersten Meeren, Bildnisse altberühmter Sieger, die alle Leute in den Handelsplätzen vergessen haben, und verewigter jungfräulicher Königinnen; hier hängen diese Leute noch lange, nachdem die Handelsplätze sie gestürzt und andere auf den Thron gehoben haben.

Auf diesem entlegenen Gehöft wohnte eine arme Witwe mit ihren drei Kindern. Die Wohnstube bestand nur aus zwei Gebinden und war zu Beginn dieser Geschichte schon seit langem windschief. Doch die Witwe sagte, die Wohnstube müsse noch so lange stehen, bis Gvendur und der kleine Nonni groß seien. »Sie sollen Kothagi neu aufbauen«, sagte die Frau, »ihre Schwester Sigga aber soll fortheiraten.«

So wuchsen die Kinder bei diesen beiden Herrschern in der

schiefen Wohnstube ihrer Mutter auf. Und es ging, wie die Frau sagte: die kleine Sigga heiratete fort, als sie groß geworden war. Sie verdingte sich hinauf in die Täler und kam dann nicht mehr heim. Hingegen zog sich die Sache mit dem neuen Gehöft hin, obwohl aus den Knaben Männer wurden. Davon ist jetzt zu berichten.

Der ältere Bruder, Gvendur, wuchs heran und wurde ein stattlicher, hochgewachsener Mann. Doch war er kein Tatmensch, wie es seiner Statur entsprochen hätte. Er war auch kein Mann von Ideen und stellte nie Forderungen an das Leben, die ahnen ließen, daß er unter den Bildern von Königen aufgezogen worden war. Ihm schien die Wohnstube gut, so wie sie war. Seine Mutter konnte ihn höchstens dazu bewegen, Kuhmist auf das Dach zu streichen, um das schlimmste Regenwasser abzuhalten. Er war ein Tolpatsch bei den Schafen, ein schlechter Mäher, ein Trödler, eine Schlafmütze. Erst nachdem er das Konfirmationsalter um zwei Jahre überschritten hatte, lehnte der Pfarrer es nicht mehr ab, ihn anzunehmen; und auch da verlangte er weiter nichts von ihm als das Vaterunser. Die Witwe sagte: »Mit dem Bauen wird es wohl nichts, bevor nicht der kleine Nonni erwachsen ist.«

Eines Tages um die Johannismesse trägt es sich zu, daß der kleine Nonni die Lämmerherde hütet. Er geht dabei ohne besondere Absicht bis vorn an den Rand der Klippen an der Fjordmündung und bleibt dort eine Weile in der Brise sitzen. Und das Meer scheint ihm weit und hell entgegen wie die Wünsche der Seele. Wünsche der Seele? In Wirklichkeit hatte er kaum je darüber nachgedacht, daß hinter diesem weiten Meer ferne Länder liegen, wo glückliche Menschen in schönen Städten wohnen. Dennoch hatte er von anderen Ländern gehört und vor allem von denen, über welche die prunkvoll gekleidete Königin Viktoria und der berühmte Kaiser Napoleon in großen Ehren herrschten. Und bisher hatte er kein Verlangen danach gehabt, Völker zu beherrschen, zumal er ja eine glatte

Stirn hatte. Doch an diesem Tag begab sich auf dem Meer etwas Besonderes.

Wenn man an einem klaren Tag auf die Klippenspitze ging, konnte man nicht selten Schiffe auf dem Meer sehen. Es waren manchmal kleine Schiffe, die kleine Frachten zwischen kleinen Häfen transportierten. Manchmal Kutter mit roten Segeln. Manchmal der Postdampfer. Und manchmal hatte man sogar das Glück, die großen Transatlantikschiffe mit großen Frachten zu großen Völkern fahren zu sehen. Heute sah der Knabe ein Schiff, das keinem anderen Schiff glich, ein Wunderschiff. Es war größer als andere Schiffe; mit vielen Schornsteinen. Es war sogar schöner als das Schiff der Seele; und leuchtend weiß. Es hinterließ über dem stillen Meer Rauchschwaden, die wie Wollflocken aussahen, und brauste vorwärts. Es glitzerte im Sonnenschein wie eine riesige Tauperle, und er sah ihm verwundert nach, bis es verschwand. Dann war es den Blicken entschwunden.

Doch es war nicht aus seiner Seele entschwunden. Und er erzählte zu Hause, was für ein Schiff er auf dem Meer gesehen hatte. Aber weder seine Mutter noch seine Geschwister wollten glauben, daß er ein solches Schiff auf dem Meer gesehen hätte. Seine Mutter meinte, er hätte geträumt. Seine Schwester sagte, es wäre ein Vogel gewesen. Und sein älterer Bruder sagte, es gebe gar keine solchen Schiffe.

Erst als der Pfarrer seinen Hausbesuch machte, wurde dem Knaben bestätigt, daß das Schiff tatsächlich vor den Küsten des Landes gesichtet worden war. Es war ein Luxusdampfer. Ein Luxusdampfer? Ja; mit solchen Schiffen reisen Könige und Königinnen und andere hochgeborene Repräsentanten der Völker. Sie kommen aus Städten, die an sonnenüberfluteten Ufern liegen. Diese Leute feiern Tag und Nacht. Ihre Länder sind Festtagsländer, ihre Schiffe Festtagsschiffe. Dort gibt es Säle aus Mahagoni, Teller aus Silber, Messer aus Gold, Musik. Der Pfarrer stieß mit den Fingerknöcheln gegen das geklinkerte

Dach der Stube in Kothagi und sagte: »Sie steht nicht mehr viele Jahre.«

»Nein«, sagte die Witwe. »Doch meine Jungen sind nun bald erwachsen.«

»Wenn er jetzt an den Schären hier in der Fjordmündung strandet!« sagte der Knabe.

»Wie?« sagte der Pfarrer.

»Der große Luxusdampfer«, sagte der Knabe. »Wenn er jetzt strandet …«

»Es besteht keine Gefahr, daß sie stranden, diese großen Luxusdampfer«, sagte der Pfarrer. »Sie fahren weit draußen.«

2

Von da an erlosch die Sehnsucht des Knaben nach fernen Ländern nicht mehr, auch nicht sein Wunsch, ein Mann zu werden, der ferne Länder erobert und darüber herrscht. Er wurde zum Feind gewöhnlicher Schicksale, des Alltags und der Fesseln, in die er die Menschen schlägt, zum Freund der Kräfte, die dem Menschen Macht über die Welt verleihen genau wie Königen. Er lebte in träumerischer Selbstvergessenheit, ein wortkarger Jüngling, der voller Erwartung den Worten der Gäste und Durchreisenden lauschte, als ob er von dort die Erlösung erhoffte, und der sehnsüchtig jeder Staubwolke von Reitern nachschaute, die sich entfernte. Er dachte im stillen an unbestimmte Taten, und bei der täglichen Arbeit wurde er träger und träger. Beim Pfarrer lernte er schreiben und rechnen und wurde zur festgesetzten Zeit konfirmiert. Als eben konfirmierter Jüngling sah er die düstere Willenskraft in den Augen Napoleons und die Brokatstickerei auf dem Mantel Viktorias, doch die Wohnstube in Kothagi wurde mit jedem Tag schiefer. Er hatte fahrige Bewegungen, unstete Augen; er wuchs schlecht, er war klein, ein Murkel, und dementsprechend schmal. Dennoch waren sich alle darüber einig, daß in diesem Burschen etwas steckte, er könnte wohl Pastor werden. Er aber sagte, auch wenn er studieren dürfte, wollte er nicht Pfarrer werden. Was wollte er dann werden? Das sagte er nicht.

»Du weißt es nicht«, sagten seine Altersgenossen. »Doch«, sagte er. »Ich weiß, was ich werden will. Und ich werde es bestimmt.«

»Und ich glaubte immer, du würdest mir helfen, die neue Wohnstube zu bauen«, sagte seine Mutter. »Du verstehst mich nicht, Mama«, sagte er und machte sich bereit, Abschied von ihr zu nehmen. Sie saß da, den Schürzenzipfel vorm Gesicht, abgerackert und verhärmt.

»Ich muß in die Welt hinaus, Mama«, sagte er. »Ich werde nicht ruhen, bis ich ein großer Mann bin. Dann baue ich dir ein Haus mit zwei Etagen, Mama« – vielleicht ein Schloß, fügte er in Gedanken hinzu, denn er wollte nicht zuviel versprechen, und ging fort.

Menschen arbeiten für wenig Lohn, und er arbeitete für weniger Lohn als andere. Man glaubte nicht viel Nutzen von so einem verschlossenen und schweigsamen, ja weinerlichen und gänzlich kraftlosen Träumer zu haben. Man kränkte ihn; er gab den Dienst auf. Schlappschwanz, sagten sie; und er weinte im stillen. Doch oft verziehen ihm die Leute auch und sagten, es stecke sicher etwas in ihm, wenn es nur herauskommen könnte. Und leichtfüßig war er. Und er lernte schnell schwimmen. Er wurde oft auf Hirtengänge geschickt, und er schwamm an der Stelle über die Flüsse, an der er auf sie stieß. Aber es kam auch vor, daß er seine Schafe im Stich ließ und Berggipfel zu ersteigen begann. Auf vielen Gipfeln schichtete er Steinwarten zu seinem Gedächtnis auf, und die stehen noch heute dort.

So vergingen die Jahre, eines nach dem anderen, auf Wanderschaft, bei unterschiedlichen Leuten. Während es anderen jungen Männern darum zu tun war, ihre Kräfte zu stählen, kam es ihm darauf an, gute Kleider zu erwerben, und man hielt es für der Rede wert, daß er sich zwei Sonntagsanzüge anschaffte. Darüber wurde in der Gemeinde viel gelacht. Er verpaßte keine Gelegenheit, nach dem Handelsplatz zu gehen, und fühlte sich dort recht wohl; er gab in einer Woche seinen Sommerlohn für Krimskrams aus und legte nichts auf die hohe Kante, doch gewöhnte er sich nie das Trinken an. Er war zu eigenbrötlerisch, um sich mit den Kameraden zusammenzutun, die sich ihm boten; und Protektion hatte er keine. Zwei- oder dreimal verabschiedete er sich in der Gemeinde und sagte, er wolle ins Ausland reisen. Doch jedesmal reichte das Geld nicht hin, und er kehrte mit allerlei Kram, den er gekauft hatte, in die Gemeinde zurück. Zuletzt brachte er vom Arzt eine versilberte Brille mit, denn er hatte den Bezirksvorsteher oft mit einer Brille gesehen, und obwohl sie zu stark war und bei der Arbeit störte, war sie das letzte, was er am Abend ablegte. Verdrehter Kerl, sagten die Leute, er sollte lieber seiner Mutter helfen, die Wohnstube aufzubauen.

Bildete er sich etwa ein, ein Bücherwurm geworden zu sein, weil er jetzt eine Brille hatte? Er las nicht mehr als die meisten anderen Leute auch. Er las, was ihm in die Hände fiel, genau wie andere Leute, die Geschichte vom Türkenraub, die Geschichte der Kreuzzüge, und es war nicht festzustellen, ob seine Lektüre ein Ziel hatte, und auch nicht, ob das, was er las, auf ihn mehr Eindruck machte als auf andere Leute. Zwar sprach er nicht gut von den Türken, wie alle, die über den Türkenraub lesen, doch sprach er auch nicht schlechter über sie als jeder andere. Ihm tat es auch leid, daß es den Kreuzrittern nicht geglückt war, das Grab Jesu Christi zu erobern und bei den Sarazenen das Christentum wiedereinzuführen, doch konnte man nicht feststellen, daß er es mehr bedauerte als jeder andere. Und wie die Jahre vergingen, sprach man immer seltener davon, daß etwas in ihm steckte.

Zuletzt landete er bei dem Odelsbauern in Digranes. Das war

im Herbst. Es war einer jener Höfe, die die Stütze des Landes sind, ein Grundstück im Wert von hundert mal hundert Ellen Lodenstoff, mit großem Bedarf an Leuten, viel Arbeit im Sommer und im Winter. Man darf nicht vergessen, daß der Digranesbauer drei Töchter hatte, und weit und breit galt keine andere Partie für begehrenswerter; doch glaube ich, daß es als Wagestück für geringe Leute galt, sich mit ihnen unter eine Decke zu stecken. Alle diese Töchter waren noch unverlobt im Vaterhaus und damals in der schönsten Blüte. Es wurde erzählt, daß die Jungfern, obwohl sie hoch hinauswollten, es nichtsdestoweniger an sich hatten, gelegentlich mit den Knechten ein wenig Scherz zu treiben, und jetzt war hier ein junger Knecht mit Brille, der zwei Sonntagsanzüge besaß und auf allen Bergen gewesen war. Sie sahen ihn gleich so merkwürdig an, obwohl er klein war, besonders die mittlere Tochter, die keine Gelegenheit versäumte, das Außergewöhnliche zu loben, und der die jungen Männer hier im Norden langweilig vorkamen. Jón Gudmundsson sah sie seinerseits auch gleich merkwürdig an, besonders die mittlere Tochter. Darüber braucht man nicht viel Worte zu machen, nur daß es um so öfter vorkam, je kürzer im Winter die Tage wurden, und daß sie des Abends beide zur selben Zeit auf dem Boden zu tun hatten; sie sprach ihn dann jedesmal an. Sie standen lange an der Bodenluke. Sie fragte ihn nach vielen Dingen, er antwortete. Er sagte dies und das, sie lachte. Sie sprachen viel über den Handelsplatz und die Waren, die es dort gab, denn beide liebten die Waren, die von der Zivilisation produziert werden, und kauften sie. Manchmal bat sie ihn darum, seine Brille aufsetzen zu dürfen. Sie lachte, wenn sie sie aufhatte. Schließlich wurde von unten nach einem von beiden gerufen. Sie wollte nach Weihnachten nach Reykjavík.

»Hör mal«, sagte sie, »du, du ewiger Brillenträger, was willst du eigentlich werden?«

Er wußte keine Antwort darauf und sah vor sich hin mit einer ganz kleinen Falte auf der Stirn und finsterem Willen im Blick.

Da wurde sie noch neugieriger und sagte: »Nein, was willst du denn nun werden? Du erinnerst mich an irgendein Bild.«

»Niemand wird zu wissen bekommen, was ich werden will«, sagte er finster.

»Willst du Bezirksvorsteher werden?« fragte sie. »Warum meinst du das?«

»Weil du eine Brille trägst wie der Bezirksvorsteher.« »Meine Brille ist viel besser als die Brille des Bezirksvorstehers«, sagte er. »Zudem würde ich den Bezirk nicht annehmen, auch wenn man ihn mir anbietet. Geschweige denn, daß ich mich darum bewerben würde.« Sie betrachtete ihn eine kleine Weile, wie er da in dem matten Licht stand, das von unten zu ihnen heraufdrang. Dann schlug sie die Augen nieder. Und dann sah sie ihn wieder an. Auch wenn ihm der Bezirk angeboten würde? Wer war dieser Mensch? Sie dachte einige Tage lang darüber nach, sagte aber niemandem etwas davon. Insgeheim wuchs ein solcher Mann in ihren Augen, der nicht einmal den Bezirk annehmen wollte, auch wenn er ihm angeboten würde. Doch sie wagte nicht, jemandem etwas davon zu sagen, aus Furcht davor, daß man ihn zum Idioten erklären würde. Obwohl er von Kätnern abstammte, war doch etwas in seinem Blick, worüber sie nicht aufhören konnte nachzudenken. Es gab viele Beispiele dafür, daß willensstarke Jünglinge aus eigener Kraft emporkamen, obwohl sie armer Leute Kind waren. Sie hatte in Büchern davon gelesen. Vielleicht war er einer von ihnen.

Sie trafen sich erst einige Abende später. Sie wollte etwas aus einem Schrank hinten auf dem Boden holen, sie mußte so oft abends etwas holen. Er kam aus seiner Bodenkammer, und sie sagte ihm, daß sie etwas aus dem Schrank holen müßte. Aber weil sie Angst im Dunkeln hatte, fragte sie ihn, ob er mit ihr gehen wollte, und sie bückten sich vor diesem Schrank in der Ecke unter der Dachverschalung, und es war ganz stockfinster, und sie küßten sich unwillkürlich, lange, ihre Lippen waren weich, sie hatte mehr Atem als er. Da waren Schritte auf der Treppe zu hören, und sie war auf und davon und hatte vergessen, was sie holen wollte; oder vielleicht hatte sie es gefunden. Es vergingen viele Tage, und sie waren nie allein. Er lauerte abends auf dem Boden, doch sie kam nicht, und wenn es vorkam, daß er sie am Tage anblickte, dann war sie zerstreut, doch er sah, daß sie einen anderen Gesichtsausdruck bekommen hatte. Er liebte sie. Sie ging ihm nicht aus dem Kopf, weder früh noch spät.

Vor Weihnachten traf er sie draußen in der Kirche. Zu Weihnachten sollte Gottesdienst abgehalten werden, und sie stand in einer dicken Strickjacke vor dem Altar und putzte die Leuchter. Er ging demütig durch die Kirche und sah ihre Schönheit vor Jesus am Kreuz. Er nahm die Mütze ab.

»Du hast nicht mit mir sprechen wollen«, sagte er. »Ach ja«, sagte sie und lächelte.

»Ist es, weil du nicht zu wissen bekommen hast, wonach du mich neulich gefragt hast?«

»Wonach habe ich dich neulich gefragt?«

»Du fragtest, was ich werden wollte.«

Er trat dicht an sie heran und sah sie mit seinen unergründlichen ernsten Augen an, in denen manchmal finstere Willenskraft funkelte, die meist aber unstet blickten. Er sagte: »Ich will ein großer Mann werden.«

»Hier in der Gemeinde?« fragte sie verwundert und hörte auf zu putzen.

»Nein«, sagte er. »Es ist nicht möglich, hier in der Gemeinde ein großer Mann zu werden; das ist nicht möglich, indem man sein Brot verdient. Bald reise ich ins Ausland. Willst du auf mich warten?«

»Wenn du sehr lange bleibst...«, sagte sie halb bekümmert und senkte den Blick, »hör, du darfst nicht lange wegbleiben.«

Er hätte ihr gern versprochen, schnell zu sein, doch wagte er es nicht, denn er ahnte voraus, daß langwierige Kämpfe mit schwer zu erringenden Siegen vor ihm lagen, ehe er die Welt erobern und ein großer Mann werden würde.

»Mir steht ein langer Kampf bevor«, sagte er. »Ich muß viele Siege erringen. Ich weiß, es ist schwer. Doch was haben nicht in alter Zeit die Kreuzfahrer auf sich genommen? Oder Heerführer, die ganze Reiche unterwarfen, zum Beispiel Napoleon. Doch wenn du auf mich wartest, fürchte ich mich vor nichts. Willst du das tun?«

»Ja«, sagte sie in kindlicher Verwirrung und sah ihm in die Augen: er verschob alle Proportionen in ihrem Verständnis der Welt, alle ihre Vorstellungen vom Wahrscheinlichen und Unwahrscheinlichen in Zeit und Raum, so daß sie nicht mehr wußte, was man glauben konnte und was nicht.

Er wollte sie küssen.

»Nein«, sagte sie ängstlich und zeigte auf Jesus Christus, »nicht hier.«

»Wer weiß, vielleicht erringe ich auch etwas – für ihn«, sagte der Bursche und nickte dem Erlöser der Welt zu. Dann küßten sie sich.

»Jetzt mußt du gehen«, sagte sie, denn sie hatte Angst, daß jemand käme; es war hellichter Tag.

Und diese heilige Handlung war beendet.

3

Die Schiffe kommen und gehen. Wiederum steht er am Seesteg und betrachtet glückliche Leute, die mit den Schiffen kommen und gehen. Wieder hat er vor, mit den Schiffen zu fahren. Doch es wird erzählt, daß die mittlere Tochter jetzt nach Hause kommt – nach einer Abwesenheit von mehr als zwei Jahren. Und er hat darauf gewartet, daß sie kommt, damit er sich von ihr verabschieden kann. Denn er hatte sich nicht von ihr verabschieden können, als sie fortfuhr. Liebe. Wenn ich mich von ihr verabschiedet habe, dann bin ich mit allem fertig.

Er kaufte sich neue Schuhe für sein Geld und blieb dann im

Handelsplatz, um in Schuhen zu gehen. Zu jener Zeit war es häufig, daß nicht einmal Gemeindevorsteher Schuhe besaßen. Er wohnte auf eigene Rechnung im Hotel, sprach mit niemand, ging aber in Schuhen. Besonders oft ging er in den Laden. Er fragte auf der Abfertigung, wieviel es kostet, mit den Schiffen ins Ausland zu fahren. Hundert Kronen, sagten sie – dieser Mann hatte schon oft danach gefragt, er brachte es nie zu hundert Kronen. Jetzt kommt die mittlere Tochter, hoffentlich verliert sie nicht den Glauben an mich, weil ich noch nicht weg bin, dachte er. Hoffentlich gelingt es mir, sie zu überzeugen, daß ich dennoch fahren werde; daß ich bestimmt fahre; unter allen Umständen fahre; daß ich in ferne Länder fahre und große Taten vollbringe, wie andere junge Leute von geringer Herkunft, die in die Welt hinausgezogen und aus eigener Kraft emporgekommen sind.

Dann kam die mittlere Tochter. Sie war in Begleitung eines jungen Mannes, den er nicht einmal vom Sehen her kannte, aber dann war es der Sohn des Bezirksvorstehers, der in Dänemark auf Bezirksvorsteher studiert hatte. Er hatte einen schwarzen Gehrock von der Art an, wie sie hierzulande nicht zu bekommen sind. Jón Gudmundsson stand auf dem Seesteg, doch sie erkannte ihn nicht, sah ihn nicht und wich aus, als er ihr in den Weg treten wollte. Die Bezirksvorsteherfamilie war zur Stelle. Es gab viele feine Begrüßungen. Dann ging sie an der Seite des jungen Mannes im Gehrock in den Handelsplatz hinauf, und die Bezirksvorsteherfamilie war um sie herum wie ein unbesiegbares Heer.

Und Jón Gudmundsson blieb allein an der Landestelle stehen. Er sprach mit keinem, keiner wußte, was er im Sinne hatte, nur daß er wie im Schlaf in den Laden ging und fragte, ob sie Überzieher hätten. Sie hatten einen häßlichen Paletot mit allzu langen Ärmeln, und das Ding kaufte er. Nun besaß er einen Paletot, doch er hatte kein Geld mehr. Er schlenderte aus dem Handelsplatz hinaus auf einen Berghang und lag lange in einer grünen Mulde mit dem Gesicht im Gras. Die Dunkelheit senkte sich über Land und Meer. Im Handelsplatz unten verstummten nach und nach die Stimmen des Tages. Schließlich tutete das Schiff zur Abfahrt. Es tutete zum ersten Mal, und dann tutete es zum zweiten Mal.

Alle großen Menschen haben irgendwann einmal zu ungesetzlichen Mitteln gegriffen, denn die Größe folgt nicht allgemeinen Gesetzen in einer Welt, die dem Einzelwesen feindlich ist. So beschloß er, an Bord zu gehen, ehe das Schiff zum dritten Mal tutete. Der Mann hatte einen Paletot und ziemlich neue Schuhe an. Zwar waren ihm die Schuhe zu groß und der Mantel zu klein, doch niemand sah ihn feindlich an, keinem fiel ein, ihn abzuweisen. Bald danach warf das Schiff die Trossen los. Es stach in See. Es nahm Kurs aufs offene Meer – nach anderen und besseren Ländern.

Er hatte es für sicherer gehalten, sich am Abend in einem Stapel Fässer an Deck zu verstecken, doch bald fing es an zu regnen, und er fror, und er hatte gestern vergessen zu essen, er war sehr hungrig. Und als das Schiff zu schlingern begann, wurde er krank, sehr krank, kroch aus seinem Versteck hervor und erbrach sich lange über die Reling. Einige Matrosen blickten neugierig nach diesem einsamen Passagier, der hier an Deck stand und sich mitten in der Nacht übergab. Dann wurde es hell. Er saß bis auf die Haut durchnäßt auf einem Faß, die Füße baumelten herunter, der Kopf hing bis auf die Brust; seine Augen waren rot, ihm war, als hätte er seine Seele ausgebrochen. Man ging hin und her und um ihn herum. Schließlich berührte ihn jemand an der Schulter. Mit Mühe blickte er auf.

»Wer sind Sie?« fragte ein Mann mit goldenen Tressen.

Jón Gudmundsson sah den Mann seelenlos an und gab keine Antwort.

»Wohin fahren Sie?«

»Ich?« sagte Jón Gudmundsson. »Ich fahre mit dem Schiff.«

»Haben Sie eine Schiffskarte?«

Keine Antwort, der Kopf des Passagiers sank wieder auf die Brust. Eine Weile fuhr der Steuermann fort zu fragen, und der Kopf des Passagiers sank immer tiefer. Zuletzt versuchte es der Steuermann damit, den Passagier zu schütteln. Da stellte es sich heraus, daß er keine Schiffskarte hatte.

Auf Dampfschiffen erregt es immer großes Aufsehen, wenn jemand keine Schiffskarte hat, obwohl solch eine Karte kein Beweis dafür ist, daß man in anderen Ländern etwas zu suchen hat. Man sollte meinen, daß die Schiffe stolz darauf wären, Leute zu befördern, denen es Spaß macht, von Land zu Land zu reisen, ich rede nicht einmal von denen, die ein dringendes Anliegen haben. Nein, o nein. Wer keine Schiffskarte hat, ist plötzlich der einzige Mensch an Bord. Er ist mit dem Gesetz in Konflikt geraten. Doch er hat weiter nichts verbrochen, als daß er an sein Ziel gelangen muß wie andere Leute. Alle fragen verlegen: Was soll man mit dem Mann tun? Der Kapitän ist verpflichtet, ihn im nächsten Hafen dem Amtmann zu übergeben; doch wären das nicht schlechte Kapitäne, die arme Menschen, die an ihr Ziel gelangen müssen, so behandeln? Gute Kapitäne suchen zu vermitteln und einen Weg zu finden, die Gesetze zu umgehen; es ist sogar denkbar, daß sie arme Menschen besser verstehen als die Gesetze. Also wurde einem Matrosen erlaubt, die Kleider von Jón Gudmundsson zu kaufen, seine Schuhe und seinen Paletot, damit er das Fahrgeld bezahlen konnte. Als Zugabe wurde ihm eine blaue Nankinghose und ein Sweater geschenkt sowie alte Holzschuhe, damit er nicht nackt im Ausland ankäme. Und ehe das Schiff im Hafen einlief, legten die Leute ein paar Kronen zusammen, um sie Jón Gudmundsson zu schenken, damit er die Welt erobern könnte.

4

Irgendwann um die Jahrhundertwende trug es sich zu, daß eines Morgens im Spätsommer eine Frau vom Pfarrsitz Hof im Jökulsá-Tal im Pferch beim Schafmelken war, denn damals wurden die Lämmer noch allgemein von den Mutterschafen abgesetzt, obwohl das später abkam. Dieses Tal reicht, wie jeder weiß, bis an die Bergeinöden des Ostlands. In alten Schriften wird berichtet, daß von hier der alte Gletscherweg emporführte, jener Weg, der am Nordrand des Vatnajökull entlangging, zwischen dem Gletscher und der Untatenlava, bis in die Siedlungen im östlichen Südland. Im Altertum war in diesen Gebieten an vielen Stellen Weideland, doch heute ist längst alles vom Wind abgetragen. Der Weg ist viele hundert Jahre lang nicht benutzt worden; man veranschlagt die Reise durch die Einöden zwischen den bewohnten Gegenden auf eine Woche. Ich habe nur erzählen hören, daß ein Ausländer diesen Weg benutzt habe; es soll ihm gleich gewesen sein, ob er leben blieb oder starb; er legte die ganze Strecke mit nur einem Pferd zurück, und die wenigen Male, die er sich schlafen legte, band er sich an ein Vorderbein des Pferdes. Er soll einen geladenen Revolver bei sich gehabt haben, um nötigenfalls sich und das Pferd zu erschießen. Es ist ein sehr schlechter Weg.

Plötzlich begann der Hund zu bellen, und als die Frau die Hand über die Augen hielt, glaubte sie tatsächlich zu sehen, daß ein Mann den Berg herunterkam. Sie sah sich das eine Weile ein wenig erstaunt an, denn niemand erwartete jemanden aus dieser Richtung. In der Tat war es nicht möglich, das da einen gehenden Menschen zu nennen, sondern es war ein Mann, der rollte und kroch. Der Hund bellte wütend im Pferch. Der Mann quälte sich weiter den Berg hinunter. Er machte keinen Versuch, sich aufzurichten, obwohl er schon den Talboden erreicht hatte; er kroch bis zum Pferch. Erst am Pferchgitter versuchte er sich aufzurichten; da stand er auf, lehnte sich über das Gitter, beugte sich über die wiederkäuenden Mutterschafe und sah die Frau an. Und die Frau sah entsetzt den Gast an. Er war barfuß, in zerfetzten Lumpen, voll Erde, an Händen und Füßen blutiggeschunden, ohne Kopfbedeckung, mit verwildertem dunklem Bart und verkrusteten blutigen Lippen; die Augen waren rot entzündet. Er war klein von Wuchs, vielleicht noch jung und nicht erwachsen; sie mußte an ein ausgesetztes Kind denken, das in der Steinhalde alt geworden ist. Dann begann der Mann zu murmeln, doch sie verstand kein Wort, so daß ihr einfiel, er könnte einer jener Armenier sein, die damals auf der Flucht vor den Türken oft nach Island kamen. Sie gab ihm Milch.

Anfänglich fiel es ihm schwer, die dickgewordene Schafmilch herunterzubekommen, und er trank nicht viel auf einmal. Er setzte sich mit gestreckten Beinen auf die Erde und betrachtete seine müden Füße. Dann nahm er wieder einen Schluck. Die Frau hatte keine Angst mehr.

»Wer ist der Mann?« fragte sie, doch er hörte zuerst nicht. Endlich antwortete er, ohne den Blick von seinen blutigen Füßen zu wenden: »Ich heiße Napoleon Bonaparte.«

»Ach so«, sagte die Frau. Sie hatte noch nie von dem Mann gehört. »Kommt der Mann von weit her?«

»Ich kam hinten um den Vatnajökull.«

»Armer Mann«, sagte die Frau. »Was ist dir passiert?«

»Ich bin Kaiser«, sagte er.

»Wie?« sagte die Frau.

»Ich habe das Christentum in Dänemark wiederaufgerichtet«, sagte er.

»Ach so, ja«, sagte die Frau.

»Und die Türken besiegt«, sagte er.

»Die Türken?« fragte die Frau.

»Ja«, antwortete er. »Die Türken. Es ist aus mit ihnen.«

»Ach ja«, sagte die Frau. »Ich glaube, da sollten Sie mit dem Pfarrer sprechen.«

Doch er starrte weiter auf seine Füße, die ihn diesen ganzen langen und schwierigen Weg getragen hatten. Und die Frau melkte weiter. Und als sie mit dem Melken fertig war, war der Mann noch immer am Pferch.

Dann ging der Pfarrer zum Pferch. Es war ein alter und guter Pfarrer. Er wollte den Mann zu sich einladen und ihm Pflege geben. Doch der Mann war noch zu erschöpft, um aufrecht stehen zu können, und er ließ sich nicht bewegen, weiter als bis in den Lämmerstall am Rand des Tuns zu kriechen. Dorthin mußte man ihm weitere Nahrung bringen. Er genoß anfänglich wenig davon und schlief am Tage in dem Lämmerstall; dort hatte man ihm in der Krippe ein Lager bereitet. Bald jedoch wuchs sein Appetit. Und am dritten Tag bekam er beim Pfarrer eine Harke und ging schweigend auf die Heuwiese zu den Leuten. Für das Gesinde war es eine Abwechslung, den Kaiser Napoleon bei sich auf der Wiese zu sehen, und es hätte gern genauere Auskünfte über die Wiedererrichtung des Christentums in Dänemark und über den Untergang der Türken bekommen. Doch der Gast setzte sich bei den Mahlzeiten einen Steinwurf weit von den anderen Leuten weg und drehte allen den Rücken zu, antwortete nicht auf die überflüssigen Fragen der Leute und aß schweigend sein Essen. Es lag etwas in seinen Augen wie bei einem gequälten Tier, das sich nicht wehren kann. Doch der alte Pfarrer befahl allen, zu Napoleon Bonaparte höflich zu sein. Er sagte, Napoleon Bonaparte sei ein unglücklicher Mensch.

Und in der Tat war niemand schlecht zu Napoleon. Der Einfachheit halber nannten die Leute ihn Parte. Parte tat niemandem etwas. Parte sprach niemanden zuerst an. Parte schimpfte nicht einmal mit dem Hund. Man konnte sich keinen friedlicheren Menschen als diesen alten Kriegsherrn denken. Er hantierte mit seinem Werkzeug, ohne daß ihm jemand die Arbeiten aufgetragen hätte, und führte alles gut und richtig aus. Doch er wollte nie das Wohnhaus betreten. Er hielt sich im Lämmerstall auf. Die Pfarrersfrau ließ ihm Kleider und Schuhe geben.

Nach der Heuernte erwies er sich als unentbehrliche Hilfe für den Haushalt. Er besserte aus, was reparaturbedürftig war, brachte herumliegende Gegenstände an Ort und Stelle, hielt die Umgebung des Gehöfts sauber, half im Kuhstall. Als der Winter kam, wurde er von sich aus Viehknecht auf dem Pfarrhof. An jede Arbeit ging er mit Gleichmut und Besonnenheit, sofern man ihn die Arbeit aus eigenem Antrieb machen ließ. Hingegen vertrug er es nicht, wenn man an ihm etwas auszusetzen hatte. Dann wurde er wunderlich und begann zu zischen und zu fauchen, bis er wütend aufschrie: »Ich bin Napoleon Bonaparte.«

Einmal griff er einen Knecht des Pfarrers an, der ihm eine Arbeit auftragen wollte. Danach verbot der Pfarrer allen, Napoleon Bonaparte Arbeiten aufzutragen – er ist hier auf dem Gehöft unser Gast, und es hat keiner über ihn zu bestimmen. Man ließ ihn sich die Arbeiten aussuchen, die er bewältigen konnte. Ihm fiel nie die Arbeit aus der Hand.

Einmal im Herbst fing einer der Knechte an, ihn Jón zu nennen. Napoleon antwortete zuerst nicht darauf, doch als der andere nicht damit aufhörte, begann er zu zischen, und dann schrie er: »Ich bin Napoleon Bonaparte.«

»Nein«, sagte der Mann. »Du heißt Jón und bist Gudmunds Sohn.«

Da wurde Parte rasend und sagte: »Schande über dich, du Lump!«, und wollte Hand an den Knecht legen. Der Pfarrer ordnete an, daß ihn niemand anders nennen sollte, als er selber heißen wollte. Selber redete ihn der Pfarrer nie anders als mit dem vollen Familiennamen an. »Bonaparte«, sagte der Pfarrer.

Als es festzustehen schien, daß Napoleon nie das Wohnhaus auf dem Pfarrsitz betreten würde, ließ ihm der Pfarrer in der einen Lämmerbucht eine kleine, innen verschalte Kammer machen; dort hatte er sein Lager. Die Pfarrersfrau gab ihm eine Tranlampe für die Abende. Später wurde auf dem Hof ein neuer Lämmerstall gebaut, und da hatte Napoleon Bonaparte den alten Schafstall für sich allein. Eines Sommers deckte er das Dach neu. Er verschaffte sich ein Taschenmesser, einen Napf und einen Löffel. Zu den Mahlzeiten kam er mit dem Napf an die Küchentür und wartete draußen, bis er gefüllt wurde. Brei und Dörrfisch wurden in denselben Napf getan. Wenn er zu lange auf sein Essen warten mußte, ging er fort. Doch dann liefen die Kühe Gefahr, um ihr Abendfutter zu kommen, denn für den Rest des Tages machte er keinen Handschlag mehr. Deswegen wies der Pfarrer die Frauen an, Parte sowenig wie möglich auf seinen Napf warten zu lassen.

Einmal vor Anbruch des Herbstes kam aus den nördlichsten Gemeinden ein Reisender auf den Hof. Er hatte oben in den Tälern verschiedene Dinge zu erledigen, unter anderem auch bei Napoleon Bonaparte.

»Guten Tag, lieber Nonni«, sagte er.

Keine Antwort.

»Du erinnerst dich wohl an mich, als wir zusammen Knechte in Digranes waren?«

Keine Antwort.

»Ich bin jetzt mit deiner Schwester Sigga verheiratet, lieber Jón. Wir haben uns vorvoriges Jahr verheiratet.« Da verzog Bonaparte das Gesicht und begann leise zu zischen.

»Deine Mutter ist gerade diesen Herbst zu mir gezogen. Sie hat mich gebeten, dir diese Fäustlinge mit ihrem Gruß zu überbringen.«

Er reichte ihm helle, gut gewalkte Fäustlinge aus Unterwolle mit zwei Daumen.

Doch jetzt war Napoleon zornig. Er stieß einen jener unheilverkündenden Schreie aus, die ein Signal dafür waren, daß es jetzt klüger wäre, nichts mehr zu sagen. Er sagte, er heiße Napoleon Bonaparte und sei Kaiser. Ihm seien weder sein Gast noch die Leute bekannt, die ihn mit einem Auftrag geschickt hatten. Mit den Fäustlingen schien ihm die größte Schmach angetan, und er warf sie über die Tunmauer und wünschte Gabe und Geber zum Henker.

Der Gast hielt es für das beste, sich davonzumachen. Und Napoleon Bonaparte brauchte danach nie wieder Gäste zu empfangen.

5

Die Jahre vergingen. Der alte Pfarrer starb und wurde begraben. Die Pfarrstelle wurde ausgeboten. Ein neuer Pfarrer kam.

»Wer bist du?« fragte dieser neue Pfarrer.

»Ich heiße Napoleon Bonaparte. Ich bin Kaiser.« »Sonderbar«, sagte der Pfarrer. »Wie hast du Kaiser werden können?«

»Ich bin der Sohn von Napoleon I. Bonaparte und Viktoria, der Königin von England.«

»Aha«, sagte der neue Pfarrer. »Und wie bist du nach Island gelangt?«

»Ich wurde angetrieben, als damals der Luxusdampfer strandete«, sagte Napoleon Bonaparte.

»Hier ist wohl etwas durcheinandergebracht«, sagte der neue Pfarrer behutsam.

Da begann Napoleon zu zischen.

»Ich habe«, sagte der Pfarrer, »sagen hören, du seist einmal in Dänemark gewesen.«

»Ja«, sagte Napoleon. »Ich richtete das Christentum in Dänemark wieder auf. Und besiegte die Türken, gerade als sie die Welt erobert hatten.«

»Das war schön von dir, lieber Napoleon«, sagte der Pfarrer. »Ich bin dir dankbar dafür. Kann ich meinerseits etwas für dich tun?«

»Nein«, antwortete er. »Für mich kann keiner etwas tun. Niemand kann etwas für Napoleon Bonaparte tun.«

Dann ging er weg. Er war auf keinen angewiesen. Er brauchte nicht einmal die Freundschaft eines Menschen oder eines Hundes. Er war der starke einsame Mann, der die Welt besiegt hatte, alles besaß, über alle Menschen erhaben war. Niemand konnte etwas für Napoleon Bonaparte tun. Bekannte in der Gemeinde gaben dem neuen Pfarrer Hinweise, wie er sich gegenüber einem solchen Menschen zu verhalten habe. Er gehörte zum Pfarrsitz. Es war eine wichtige Aufgabe im Amt des Pfarrers zu Hof, zu wissen, wie er seine Pflichten gegenüber Napoleon Bonaparte zu erfüllen hatte.

So überlebte Napoleon Bonaparte zwei Pfarrer und fast noch den dritten. Er reiste nicht viel umher, wenn auch andere kamen und gingen; keiner konnte sich daran erinnern, daß er in all diesen Jahren auch nur einmal das Grundstück verlassen hätte. Seine Hütte wuchs immer tiefer in die Wiese, und zuletzt glich sie nur noch einem kleinen Buckel im Grasboden, mit einem handgroßen Fensterloch und einer schiefen Tür, durch die Parte hineinkroch. Ein paarmal, als er draußen war, schlichen einige Neugierige in seine Hütte, doch da war nichts zu sehen als sein Lager auf einem Sockel. Auf einem Brett oben auf der Mauer unter den Sparren stand sein Napf mit dem Löffel. In all diesen Jahren zerbrach er nie seinen Napf. Manche sagten, daß Napoleon Bonaparte Läuse hätte, und soweit man wußte, hatte er sich in all diesen Jahren nicht gewaschen. Haar und Bart wuchsen wild. Er stopfte das Haar hinten unter den Hemdkragen, bekam früh graues Haar, später weißes. Die Pfarrersfrauen sorgten immer dafür, daß er etwas anzuziehen hatte, und es galt als Glückszeichen für die Pfarrstelle, daß dieser Mann dort sein Königreich hatte. Er wurde nie krank. Und sprach nie von Lohn. Keiner hegte Befürchtungen, daß er einmal zu einer spürbaren Last werden oder eine nennenswerte Armenunterstützung von der Gemeinde beanspruchen würde. Er war so treuherzig und uneigennützig; er wußte nicht einmal, daß es etwas gab, was Entlohnung heißt. Alle hatten Achtung vor diesem Kaiser ohne

Land, der so lange verbannt war und seine Verbannung mit solcher Würde trug.

Doch je mehr Jahre vergingen, um so seltener stellte er sein Königtum und seinen Weltruhm heraus; er war damit zufrieden, einfach Parte zu sein – ein abgekämpfter Mensch, ermüdet durch die unablässige Schufterei langsam dahingehender Jahre, die zu Jahrzehnten geworden und verronnen waren. Und im letzten Jahr kam es immer wieder vor, daß er unversehens in seiner Arbeit innehielt und geistesabwesend ins Blaue starrte oder sich ein wenig ungeduldig hinter dem Ohr kratzte und das Gesicht verzog, als wollte er sich etwas ins Gedächtnis zurückrufen, woran er sich nur schwer erinnern konnte. Was wollte der alte Napoleon Bonaparte sich ins Gedächtnis zurückrufen? Eines Tages endlich fiel es ihm ein.

»Mir ist, als ob ich irgendwo Fäustlinge verloren habe, helle Fäustlinge aus Unterwolle mit zwei Daumen, gut gestrickte und gut gewalkte.«

Niemand konnte sich mehr an die Fäustlinge erinnern, die er verloren hatte, so daß die Pfarrersfrau ihm neue warme Fäustlinge schenkte, die sie selbst gestrickt hatte – waren es nicht diese Fäustlinge, guter Parte?

Doch es waren nicht diese Fäustlinge. Wie man auch suchte und was für Fäustlinge ihm auch gegeben wurden, es waren nicht die Fäustlinge, die Napoleon Bonaparte verloren hatte. Auf der Landstraße gehen fremde Leute, und am Straßenrand steht Napoleon Bonaparte und fragt: »Habt ihr vielleicht helle Fäustlinge aus Unterwolle auf der Straße gefunden?«

Doch alles war umsonst.

So verging die Zeit bis in den Winter. Da geschah es eines Morgens im Dezember, daß Parte, nachdem er die Kühe versorgt hatte, auf dem Pfarrhof an die Küchentür klopfte, wie er es zu tun pflegte, wenn er mit seinem Napf kam.

»Was ist denn, guter Parte?« sagte die Magd. »Bist du schon so früh mit deinem Napf hier?«

»Nein«, sagte er. »Doch könnte ich wohl den Pfarrer sprechen?«

Und als der Pfarrer an die Tür gekommen war, reichte er ihm seine alte, müde, verrunzelte und knochige Hand und sagte: »Ich möchte mich jetzt herzlich bei Ihnen bedanken.«

»Wofür willst du dich denn bedanken, guter Parte?« sagte der Pfarrer.

»Ich danke für die Übernachtung«, sagte Napoleon Bonaparte. »Ich will mich heute auf den Heimweg machen.«

»Auf den Heimweg?« fragte der Pfarrer.

»Ja, mir fiel plötzlich ein, daß ich einer Frau halb und halb versprochen hatte, ihr die Wohnstube zu bauen.«

»Was für einer Frau?« fragte der Pfarrer.

»Och, es war nur eine Frau«, sagte Napoleon Bonaparte.

»Hör mal, Parte«, sagte der Pfarrer, »du hast wohl geträumt? Oder bist du nicht Napoleon Bonaparte?« Da kratzte sich Parte am Kopf, sah zur Seite und verzog das Gesicht, als finde er es ein wenig gemein vom Pfarrer, ihn so zu fragen.

»Hast du denn nicht das Christentum in Dänemark wiederaufgerichtet?« fragte der Pfarrer.

»Das habe ich vergessen«, sagte Napoleon verlegen und blickte stumpf ins Blaue, als habe es jetzt für ihn keinen Wert mehr, ob der erwähnte Stamm christlich war oder nicht.

»Und hast du denn nicht die Türken besiegt, gerade als sie die Welt erobern wollten?«

Doch Napoleon Bonaparte schüttelte nur den Kopf, und Ergebung lag in seinen Zügen, als sei er der Ansicht, daß es wirklich keinen Wert hatte, so viel auf sich zu nehmen, um die Türken zu besiegen; vielleicht waren die Türken kein schlechteres Volk als jene, die sie unterworfen hatten. So unbedeutend werden unsere weltberühmten Siege in unseren Augen, wenn die Zeiten vergehen, wenn wir den Abschnitt unseres Lebens erreicht haben, der über alle Siege erhaben ist, über alle Niederlagen.

»Wieviel Uhr ist es?« fragte Napoleon Bonaparte – er hatte

noch nie danach gefragt. Ja, es ist an der Zeit, sich wieder auf den Weg zu machen – er wurde am Morgen gar zu lange hier aufgehalten. »Es war schön von Ihnen, Hochwürden, mich aufzunehmen, als ich von den Bergen herunterkam«, fuhr er fort. »Ich hatte lange nichts zu mir genommen. Ich getraute mich nämlich nur hinten um den Vatnajökull zu gehen. Doch jetzt bin ich wieder auf den Beinen. Ich hoffe, man macht sich zu Hause keine Sorgen um mich.«

Dann brach er auf.

Auf seinem Weg suchte er verschiedene Gehöfte auf wie andere Reisende, nahm höflich Essen und Kaffee an und bedankte sich.

»Was für einen Weg hast du vor dir?« fragten die Leute.

»Ich bin auf dem Weg nach Hause«, sagte er. »Ich versprach einer Frau, etwas für sie zu tun, wenn ich käme. Doch ich wurde unterwegs aufgehalten.«

»Bist du nicht Napoleon Bonaparte?« sagte man. Doch er schüttelte den Kopf, als ob er diesen Namen nicht mehr kannte.

»Hast du denn nicht das Christentum in Dänemark wiederaufgerichtet?« fragte man.

»Wie«, sagte er, »das Christentum?«

»Ja, und die Türken besiegt?« sagte man.

Doch er schüttelte nur verständnislos den Kopf. Dann ging er weiter – nach Hause.

Man sah ihm nach, wie er über vereiste Sumpfwiesen stapfte und Richtung auf die Hochebenen im Norden nahm, dieser alte, knochendürre Mann, ohne Fäustlinge im Frost, mit einem kurzen Stock – dem Schneesturm entgegen. Er geriet in das schlimme Adventunwetter vom vorjährigen Winter, an das wir uns noch alle erinnern, und danach hörte man nichts mehr von ihm. Erst dieses Frühjahr nach der Schneeschmelze fand man ihn. Man fand ihn nördlich vom Paß am Thrymsfjord, wo einst das Gehöft Kothagi stand.

Endlich war er also heimgekommen, dieser große Mann.

Einar Kárason

Licht in der Finsternis

Beim ersten Weihnachtsfest im Alten Haus verlor die Familie jede Orientierung. Bis dahin hatte Weihnachten allenfalls aus ein paar Kerzen bestanden, einem Kartenspiel und ein paar zusätzlichen Happen Gesäuertem zum Abendbrot, irgendwo in einem Torfkotten oder einer feuchten Hütte; so war es gewesen seit Menschengedenken, ein Jahrhundert nach dem anderen, länger als tausend Jahre, von der Zeit an, als der erste Landnehmer vom Kurs abgekommen und an dieser Insel gestrandet war. Die Ahnmutter im Haus, die Wahrsagerin Karolina, hatte es dank ihrer Gerissenheit und ihrer Kungelei mit der weltlichen Obrigkeit verschiedener Güteklassen geschafft, nie ohne ein Dach über dem Kopf dazustehen oder Hungers zu sterben während eines jener Polarwinter, mit denen der Herr dieses Land beglückte; und wenn man Weihnachten zum Angedenken an den feiern sollte, der das Leben schenkt, dann war das in den Augen der Wahrsagerin nichts als ein schlechter Witz. Hahaha! Oder Tomas, der als Ernährer der Familie galt: schon immer pflegte er sich Weihnachten volllaufen zu lassen. Das kam von dem unsteten Leben in seiner Jugend und den Fahrten über die sieben Weltmeere, und auch aus dem Gefühl der Einsamkeit, das sich am ehesten an Weihnachten rührt, wenn einer keinen Menschen hat außer vielleicht andere Einsame, welche die Reederei für dasselbe Schiff angeheuert hat. Und in all diesen Jahren, seit er sich an Land niedergelassen und Lina aufgehört hatte, in den morastigen

Straßen der Hauptstadt herumzustreunen, und sie heirateten, war Weihnachten eine fast peinliche Angelegenheit, denn beide waren sie über die Maßen hochfahrend; entweder alles oder nichts sollte es sein; und in ihrer kleinen dunklen Hütte gab es nie etwas anderes als einen Haufen Kinder, dazu noch nicht einmal alles eigene; die Kinder hinterließ Linas Schwester, die nicht so gerissen mit der Obrigkeit hatte umgehen und kungeln können und sich von diesem Jammertal und ihrer vaterlosen Brut verabschiedet hatte. Nur eins der Kinder gehörte Lina selbst, die Gogo, aber sie wurde geboren, lange bevor Tommi ins Spiel kam.

Jedoch waren die heute längst keine Kinder mehr; inzwischen zählten zur Familie die Kinder, die Gogo während der letzten sechzehn Jahre von verschiedenen Ausländern bekommen hatte; drei der am Leben gebliebenen wohnten bei Lina und Tommi und nannten sie Oma und Papa. Dolli war die Älteste, schon eine junge Dame mit einem Verehrer an der Hand. Dann die beiden Jungen, Baddi, der Augenstern aller, elf Jahre alt, dunkel, ein lebhafter Kerl mit sprühenden Augen, und die älteren Weiber sahen in ihm schon den kommenden Herzensbrecher. Und Danni; neun Jahre, große Füße, Einzelgänger. Ein Griesgram, sagten viele. Danni hieß oft bloß: *der andere.* – Was für ein goldiger Kerl, der Baddi, sagten die Leute. Und die kinderlieben unter ihnen fügten nach einer kurzen Pause hinzu: Der andere ist wohl mehr in sich gekehrt.

Lina und Tommi hatten keine gemeinsamen Kinder und beklagten sich nicht darüber, daß sie Gogos gottgesegnete Brut aufzogen, derweil sie sich weiterhin mit den Ausländern amüsieren konnte. Und jetzt hatte es sich gar so ergeben, daß sie einen Ausländer heiratete, einen Sohn des reichsten Landes der Erde. Darunter tat sie es nicht. Offenbar ruhte Gottes Auge wohlgefällig auf den Amerikanern, denn ihnen fiel alles zu; und die Güte des Herrn war so unermeßlich, daß die Sonne seiner Gnade Linas und Tommis Dasein erleuchtete, als Gogo den

Ami heiratete. So gründlich, daß sie diesmal Weihnachten im neuen, eigenen Haus feierten.

Jeder trug seinen Sonntagsstaat. Auf dem Weihnachtstisch prangte ein amerikanischer Truthahn und drinnen in der Stube der schönste künstliche Weihnachtsbaum des Landes, silberfarben, von oben bis unten mit Lametta und Flitter behängt. Kistenweise wurde der Weihnachtsschmuck ins Haus geschleppt, und in jeder Ecke stapelten sich die Geschenke. Für Tommi war es die höchste Stufe irdischen Glücks, an einem solchen Feiertag in seinem eigenen Haus sitzen zu können, im Sonntagsanzug und mit einer Zigarre. In diesem Stil lebten die Edlen des Landes, und zu denen rechnete Tommi sich nicht und würde nach seinem Dafürhalten auch weiterhin nicht dazu gehören. Doch an diesem Abend saß der alte Recke in einem braungestreiften Ministeranzug drinnen in der Stube im Lehnstuhl und öffnete das Geschenk seiner Stieftochter Gogo; in dem Päckchen war eine ganze Kiste großer schwarzer Zigarren. Als Tommi die erste davon anzündete, erschauerte er in einem wundersamen Glücksgefühl und wurde sich bewußt, was hier geschah. Den Rest des Abends saß er schweigend, lächelte kindisch und qualmte; die Rauchwolke war so dicht, daß man kaum die Wand gegenüber erkennen konnte, aber der edle Herr paffte weiter; er schluckte den Rauch, und fast schluckte er die Zigarre dazu, und als er gegen Mitternacht aufstand, wurde ihm schwarz vor Augen, und schwankend schaffte er es gerade noch bis ins Bett, wo er die nächsten Stunden zubrachte mit Schüttelfrost wegen der Nikotinvergiftung. Auch Dolli erkrankte in dieser Weihnachtsnacht, litt unter fürchterlichen Magenkrämpfen; der Doktor meinte, sie hätte vor lauter Aufregung Verdauungsschwierigkeiten bekommen. Der jungen Dame wurde Rizinusöl verordnet. Und wie sie sich schämte! Die alte Lina hatte immer für Glitzer und farbenfrohe Kleider geschwärmt, obwohl es nie zu mehr gereicht hatte als zu naturfarbener Schafwolle. Jetzt hatte sie von Gogo ein Kleid mit großen Rosen bekommen und eine Perlenkette und ein Armband, und diese weltgewandte Frau fiel in Trance, stand nur vor dem Spiegel und erblickte darin Königin Viktoria von England in vollem Ornat. Sie versuchte es mit noch mehr Schmuck, hängte sich Christbaumkugeln in die Ohren, drehte sich Lametta um den Kopf, steckte sich Bethlehemssterne und farbige Vögel an, und als der Arzt, der wegen Dolli kam, die Wahrsagerin so sah, glaubte er, eine Verrückte vor sich zu haben, und traute sich kaum ins Haus. Die Jungen bekamen Boxhandschuhe geschenkt und droschen immer wilder aufeinander ein, je mehr es in die Nacht ging. Keiner dachte an die Kerzen, die überall in der Stube brannten, und als alle eingeschlafen waren, fing der Tisch vor dem Sofa Feuer und dann die Kiste mit dem bunten Papierabfall, und die Stube war schon voll Flammen und Rauch, als Baddi zum Glück wach wurde, weil er aufs Klo mußte, und Oma und Papa wecken konnte. Tommi langte nach einem halbvollen Abfalleimer unter dem Waschbecken, hielt ihn unter den Kaltwasserhahn und schüttete das Ganze über die Flammen, rannte dann in die Küche, um den Eimer wieder zu füllen, doch unterdessen war Lina in die Waschküche gelaufen, wo in einem großen Bottich mit Wasser ein paar Schürzen zum Einweichen lagen. Mühelos stemmte sie den Bottich hinüber in die Stube und leerte ihn über dem Feuer aus, das zischend und rauchend erlosch. Später sollten die Jungen diesen Bottich in der Waschküche noch oft vollaufen lassen und versuchen, ihn hochzuwuchten, doch das war unmöglich zu schaffen, denn voll wog er mehr als hundert Kilo, und es schien übernatürlich, daß Lina ihn gehoben haben sollte. Sie baten die Alte, ihren Kraftakt zu wiederholen, aber die sagte nur püh und Jessesmaria und wollte nichts davon hören. Sie fragten Tommi, ob es wahr sei, und dessen Blick verlor sich in der Ferne, er massierte seine Geheimratsecken und meinte: – Ja, *damals* hat sie uns gerettet,

Mensch. Die Hütte wäre zu Schutt und Asche verbrannt! Doch ansonsten, sagte Tommi, wolle er am liebsten nicht weiter daran denken: Er bekäme sonst nur Angst vor der Dunkelheit.

Und seitdem wurde im Hause nicht mal mehr ein Kerzenstummel angezündet, Kerzen waren verfemt und verbannt, waren *Höllenwerkzeug.* Einmal kamen Leute, die Kerzen zugunsten von Witwen und Waisen verkaufen wollten und Lina ihre Ware anboten, doch sie beschimpfte diese wohltätigen Menschen als *Brandstifter* und ließ sie mit Steinwürfen aus dem Viertel vertreiben.

Das erste Weihnachtsfest war verdorben; Abfall, triefende Überbleibsel und Ruß in der guten Stube, und die ganzen nächsten Tage lief die Familie wie verkatert herum. Hinterher durfte man kaum an das Spektakel erinnern; von da an war Weihnachten die ruhigste Zeit des Jahres, ein wahres Fest des Friedens und der Freude. Ein Licht in der Finsternis.

Ein Licht in der Finsternis.
Das Alte Haus war umgeben von Baracken.
Ein Licht …

… entflammt in der Dunkelheit, die wie ein pechschwarzer Schleier über der Zeit und der kalten Erde liegt.

Ein frostiger Windstoß vom Gipfel des Gletschers.

Die Wellen des Ozeans brechen sich dunkel brausend am Strand.

Und dort war das Licht: im Fenster jenes grauen Hauses, das bereits das *Alte Haus* hieß seit dem Tage, da es aus dem Kies emporwuchs.

Das Alte Haus sprühte vor Leben. Essensgeruch aus der Küche. Glühende Hitze vom Ofen. Der Familie schien nichts unerreichbar, denn sie betrachtete die Welt als ihre Heimat; fuhr riesige chromglänzende Straßenkreuzer, welche als größte Leistung westlicher Industrieproduktion galten. Und die vom Alten Haus setzten sich in Flugzeuge, in donnernde glitzernde Stahlvögel, die die Dunkelheit über dem Meer spalteten und ihren Weg fanden zu anderen Lichtquellen, Zeugen eines Lebens irgendwo auf den Ebenen der Kontinente. Und selbstverständlich führten alle Wege wieder zum Alten Haus zurück, das von Stimmen und Tönen schwirrte: in der Küche gemurmelte Weissagungen und Zaubersprüche. In der einen Stube über dem dampfenden Kaffee ein fröhlicher Harmonikawalzer. Jemand erzählte mit unsicherer Stimme Lügengeschichten. Kinder sangen, weinten und lachten, und flotte Burschen mit Schmalzlocke und Sonnenbrille schnipsten mit den Fingern im Takt des kernigen Rock 'n' Roll.

– Geht die Welt unter? fragte man.

Wie dem auch sei; einmal stirbt jeder, und eines dunklen Tages wurde sogar das Alte Haus ausradiert. Dennoch gelang es jemandem, das Licht zu retten und es aus den Ruinen mit sich zu tragen …

Eigenartig.

Was war so eigenartig an dieser Familie? Lag es vielleicht an der Herrscherin selbst, Karolina der Wahrsagerin, die seit der Zeit, als sie in den morastigen Straßen der Hauptstadt herumgestreunt war und die Bewohner der Häuser mit ihrem Keifen in Angst und Schrecken versetzt hatte, in dem Ruf stand, wunderlich zu sein?

Damals hatte sie ihre Gogo bei sich, das einzige Kind, das sie je in ihrem Leben bekommen sollte; Gogo, das Fundament der gesamten Großfamilie. Der Großmacht. Gogo glich ihrer Mutter vielleicht im Aussehen, doch ansonsten war sie anders als die meisten in dieser trübsinnigen Stadt, da sie immerzu lächelte, und die Lebensfreude in ihrem Blick erhellte ihre Umgebung. Eigenartig. Denn Karolina die Wahrsagerin war nun weiß Gott beinhart – nie sah jemand sie lächeln –, laut und nörglerisch, und darüber hinaus galt sie als verdammt kundig in Schwarzer Magie. Es grenzte an Zauberei und Wunderwerk, wie sie es schaffte, am Leben zu bleiben, nur mit ihrem Kind und völlig alleinstehend, nachdem sie ihre nächsten Verwandten verloren hatte, Mutter und Schwestern, die ihr nichts hinterließen als Kinder. Allein zog sie herum, mit Gogo und all diesen hageren Waisenkindern, und es war allgemein bekannt, daß sie über lange Zeiten hinweg weder Essen noch Geld noch ein Dach über dem Kopf hatte, selbst als Epidemien und Wetterkatastrophen das Land heimsuchten und die Welt im Feuer des großen Krieges loderte.

Doch wann beginnt nun die Geschichte der Familie? Vielleicht mit Karolinas eigener Geburt, denn sie war die Älteste. Falls man überhaupt davon sprechen kann, jemand sei die Älteste in einer Familie: Natürlich hatten auch die Eltern von Lina ihre eigene Geschichte und deren Eltern vor ihnen und so fort und fort. Nein, näher läge es, die Geschichte damit beginnen zu lassen, wie Lina Tomas heiratete, der ebenfalls allein in der Welt stand, jedoch alles auf die leichte Schulter nahm, wie Männer eben werden, wenn sie über Jahre hinweg die sieben Weltmeere befahren und dabei kein anderes Ziel im Leben kennen, als es sich auch den folgenden Tag möglichst gutgehen zu lassen. Als Tommi heimkam, verlieh er der Stadt einen gewissen Glanz, als geschickter Tänzer und anständiger Ringer. Die beiden fanden einander. Er und diese Frau mit einem so zweifelhaften Ruf, daß man Tommi wegen dieser Heirat seine feine Stellung aufkündigte: Verkäufer im Schuhgeschäft.

Dann fing er an, als fliegender Händler für diesen und jenen Geschäftsmann Waren zu verkaufen, und zog mit einem Pferdewagen durch die Stadt, was man als unerhört und fast grotesk ansah. Und eine Weile schien es Tommi selbst grotesk, aber er fand keinen Ausweg aus diesem Dilemma und ging schlicht saufen; Tommis Zechtouren müssen reichlich lang und ausschweifend gewesen sein, und jedesmal versammelte sich um ihn eine Horde fröhlicher Männer, alle kamen mit ihm nach Hause, wo Lina sie mit Verwünschungen begrüßte, denn sie glaubte, daß einer, der trinkt, von bösen Geistern besessen ist, und es gab Tumult und Schlägerei in der Hütte, wo sie in jenen Tagen hausten. Und wenn Lina der Party ein Ende gemacht hatte, belegte sie die Saufkumpane mit einem Fluch: angeblich sollte dieser Fluch sehr wirkungsvoll sein, und die Kumpane versuchten, dem zu entkommen, doch Lina verfolgte sie mit ihren Verwünschungen und Bannsprüchen, und schließlich wagte keiner mehr, mit Tommi zu saufen, geschweige denn mit ihm heimzugehen, und er streifte allein umher, betrunken und verzweifelt. Erst in den Jahren der Weltwirtschaftskrise minderte sich seine Einsamkeit beim Trinken. Obwohl man behauptet, es habe weniger an der Krise gelegen, daß die Kumpane wieder mit Tommi auf Tour zogen, sondern vielmehr an den Mädchen in seinem Haushalt, die inzwischen zu jungen Damen herangewachsen waren, vielversprechenden und gefälligen jungen Damen. hübsch und freigebig mit ihrer Gunst; vielleicht erhofften Tommis Zechgenossen, als Draufgabe zur Festivität ein junges Mädchen ins Bett zu kriegen. Unter Umständen kam das auch so, und böse Zungen deuteten an, daß Lina jetzt nicht mehr in gleichem Maße gegen die Lustbarkeiten anging, weil diesen Ehrenmännern in Gegenwart leichtbekleideter junger Mädchen das Geld locker saß, ebenso wie andere wertvolle Dinge, die der Haushalt während der mageren Jahre dringend benötigte.

Ja, man hielt sie für begehrenswert, diese jungen Damen, Linas Nichten; indes galt Gogo als eine Besondere, und mancher bot für sie seine gesamte Habe. Aber Gogo war wählerisch, und als sie ein Kind bekam, stammte es nicht etwa von irgendeinem Tölpel in Stiefeln und Schlupfmütze. O nein, das Kind war von einem italienischen Fliegerhelden, der nahe der Stadt zwischenlandete. Und das Kind, ein Mädchen, erhielt einen italienischen Namen: Dorothea *Guiccardini.* Das war also

Dolli, und anscheinend reichte ihre Vaterlandsliebe weiter als die ihrer Mutter, denn sie benutzte diesen italienischen Namen nie, lernte nicht einmal, ihn auszusprechen.

Gogo hielt sich weiter an die Ausländer: Ein Mädchen, das bei der Geburt starb, wurde einem finnischen Sportler zugeschrieben. Danach verlobte sie sich mit einem jungen Dänen von einem Schulschiff, und lange nachdem es mit geblähten Segeln abgefahren war, gebar Dolli ein winziges und kränkliches Mädchen, das in der Nottaufe den Namen Ulla erhielt, doch gleichwohl überlebte.

Gogo war voller Mutterliebe zu ihren Kleinen; trotzdem ließ sie sich durch deren Krankheit und Tod nicht aus dem Gleichgewicht bringen, sie blieb lebensfroh und locker und scheute sich nicht, weitere halbausländische Kinder in die Welt zu setzen: Einige Monate vor der Besetzung durch die Alliierten ging sie mit ihrem ersten Sohn schwanger, Baddi, der ihrer Meinung nach von einem deutschen Dirigenten stammte, einem hochgebildeten Mann. Und der Sohn erhielt dessen germanischen Namen: Bjarni Heinrich Kreutzhage.

In diesen Jahren existierte das Alte Haus noch nicht. Die gesamte Großfamilie wohnte in einer miesen Hütte, später »Alte« Hütte genannt, weil sie nach dem Abriß des Alten Hauses in die »Neue« Hütte zogen ... Baddi nannte die Hütte nachher Auschwitz, und Tommi sagte, sie hätte ursprünglich als Nebengebäude zu einem Bauernhof namens Kleinkotten gehört, der seinen Namen zu Recht trug. Außerdem wurde Tommi eines schönen Tages Abstinenzler und hörte auf, die paar Kronen zu versaufen, die der Haushalt ergatterte. Dennoch gab es nach wie vor viel Armut bei ihnen, genau wie in den umliegenden Hütten. Wie ein eigenes Dorf lagen sie außerhalb des eigentlichen Stadtgebietes draußen auf den Moorwiesen. Langsam, aber sicher kroch die Stadt auf diesen Häuserhaufen zu, der Namen und Nummern bekam wie andere Stadtviertel auch, und demnach wohnte die Familie von Lina und Tommi in

Kleinkotten 7c. Als die Bebauung schließlich das Viertel um Kleinkotten erreichte, brachte sie die große Welt im Gefolge mit: Die Besatzungstruppen der Alliierten ließen sich in nächster Nähe nieder, errichteten Kasernen, ihre *barracks,* was die Isländer bald zu *Baracken* veränderten, und die wie Tonnen aussahen, auf der Seite liegend und halb in der Erde vergraben. Die alliierten Truppen fuhren Jeeps und redeten in Sprachen, die kaum jemand verstand, mit Ausnahme einiger Weltbürger wie zum Beispiel Tomas, der Jarl von 7c; der schob abends mit den Händen in den Hosentaschen ins Camp Thule, um mit den *Englishmen* über solche großartigen Handels- und Hafenstädte wie Cardiff oder Aberdeen zu plaudern, da wo er jede Hafenkneipe noch aus der Zeit des ersten Weltkriegs kannte. Lina äußerte sich eher abschätzig über die Alliierten: – Wieso haben die überhaupt ihren fetten Arsch bewegt und reißen jetzt hier das Maul auf?! fragte sie. – Der polnische Korridor gehört den Deutschen! Die Damen im Hause hielten wahrscheinlich zu den Engländern, da sie häufig zu Visiten in die Kasernen gingen – womöglich um Fragen der Weltpolitik zu diskutieren –, oder die Soldaten kamen auf Besuch in die Alte Hütte, zeitweise wurde ein Zelt draußen auf der Wiese aufgeschlagen, und später sagte Dolli, Tommi habe jedenfalls nicht an Schlafstörungen gelitten: Während der Kriegsjahre schlief und schnarchte er, obwohl in jedem Bett ringsum das Liebesgetümmel wogte.

Dann kamen die Amis, die Taschen überquellend von Dollars, und mit einem von ihnen bekam Gogo ihr fünftes Kind, Danni, der den Namen seines Vaters erhielt: Frank Daniel Levine, später Tomasson.

Gogo ließ die Zeit nicht ungenutzt; gerade 26 Jahre alt, war sie Mutter von fünf Kindern, und gegen Kriegsende fügte sie noch eine Tochter hinzu. Doch die Geschichte endete tragisch, denn als die Kleine gerade einen Monat alt war, wurde auch die Hütte von einer Epidemie heimgesucht, und das Kind starb, ebenso wie die kleine Ulla, die immer so schwächlich gewesen war. »Es gibt Samen, die niemals Blumen werden ...«

Die Baracken waren eigenartige Bauten, obwohl angeblich das Ergebnis intensivster Anstrengungen der talentiertesten Architekten in Europa. Spottbillig und einfach aufzustellen. Zwei Halbkreise aus Holz als Giebelwände und dazwischen ein wellblechverkleidetes Gerüst. Drinnen auf dem gletschergeschliffenen Erdboden Reykjaviks eine Schicht Holzplanken. Ein Kohleofen, ein Schornstein oder auch nur ein Ofenrohr durchs Dach.

Während der Kriegsjahre strömten die Menschen in die Hauptstadt, denn bei den Alliierten gab es Arbeit für alle. Unter anderem beim Aufbau dieser Baracken. Ganze Stadtviertel wucherten über die Kiesflächen, aus der Ferne betrachtet wie die Zeltstadt bei der Tausendjahrfeier des Althing. Die größten Viertel waren jedoch viel mehr als nur Provisorien: gewaltige Militärlager mit Munitions- und Warendepots, Luftschutzkellern und unterirdischen Gängen. Auch ein Gefängnis gab es dort, Kantine, Kino, Clubs und Geschäfte.

Doch in den Baracken wohnten nur Soldaten. Die einheimischen Arbeiter wanderten ruhelos von einem Kellerloch zum nächsten, die Familien schliefen in Torfhütten oder Zelten. Kinder wurden in Ställen geboren.

Die Glücklicheren unter ihnen besaßen genug, um eine immense Miete zu bezahlen. Andere blieben draußen im Dreck. Arbeiter mit einem Haufen Kinder und kranken Frauen. Alleinstehende Mütter standen nicht eben in hohem Ansehen, am allerwenigsten, wenn ihre Kinder von Ausländern stammten. Patriotische und progressive Zeitungen berichteten stolz, daß isländische Bürger Vereine gründeten mit dem Ziel, diejenigen Mädchen zu ächten, denen man Umgang mit Soldaten nachsagte: keine Einladungen zum Tanz mit Harmonikamusik. Viele Arbeiter gingen vor die Hunde, versoffen ihren ganzen

Lohn, sogar ihre gesamte Habe. Andere wurden bei Arbeitsunfällen zu Invaliden oder erkrankten an Lungenentzündung, TBC und ähnlichen Folgen von Kälte und Feuchtigkeit. Familien lösten sich auf. Seeleute kamen um in den Orkanen und Torpedoangriffen auf dem Meer und ließen ihre Witwen und Waisen mittellos und unversorgt an Land zurück. Mit Schaudern betrachteten die ehrenhaften Bürger diese Heerschar von Armen, welche die Straßen der Stadt füllte. Doch draußen in der Welt geschah es, daß die Deutschen im Krieg mattgesetzt wurden; somit konnten die Alliierten ihre Besatzung aufheben und sich verabschieden. Zurück blieben die Baracken. Wohnung für die Armen.

Tralleluja!

Wer soll ein kleines Land in einer Welt voller Gefahren behüten? Die Amerikaner betrachteten solches als ihre Pflicht und boten militärischen Schutz für die nächsten hundert Jahre, sogar bis in alle Ewigkeit; sie holten sich jedoch eine Abfuhr. Gogo mangelte es an einem Ehemann, und sie suchte ihn unter den Amerikanern, allerdings nicht gerade zu einem günstigen Zeitpunkt, weil alle das Land verlassen sollten. Indes: das Militär ging die Sache gemächlich an und bekam für den Flugplatz in Keflavik ein mittelfristiges Nutzungsrecht auf sechs Jahre.

Während dieser Nachkriegsjahre verbrachte Gogo lange Stunden bei Fest und Gesang unten auf dem Flughafen, und dort traf sie schließlich den Richtigen, fast sechs Jahre nach dem Fall Berlins. Einige Monate später wurde der Vertrag über die Militärbasis erweitert, verbessert und auf unbestimmte Zeit verlängert, und somit traf es sich gut, daß die Amerikaner in der Zwischenzeit einiges unternommen hatten, um sich häuslich einzurichten, Techniker und Unternehmer hingeschickt hatten, und einer von ihnen war Gogos Ehemann in spe: ein gemütlicher, wohlhabender Bulldozerfahrer um die Vierzig mit Namen Charlie Brown.

Sie kam heim und präsentierte ihren Zukünftigen; Charlie war die Freundlichkeit in Person. Die beiden brachten für jeden ein Geschenk mit, und drei Wochen später richteten Lina und Tommi nach der Hochzeitszeremonie in Kleinkotten 7c eine Feier aus für die beiden.

In der Hütte gab es keinen Festsaal, doch das alte Paar tat sein Bestes, schrubbte alles von oben bis unten, und die Wahrsagerin buk Flachbrot und schmierte es mit Leberwurst und kochte den honigsüßen Milchkaffee gleich kannenweise. Außerdem lud man Gäste, hauptsächlich Nachbarn aus dem Kleinkotten-Viertel; die waren auf den Ami gespannt und erschienen vollzählig. Viel zu früh, traten von einem Fuß auf den anderen, als ob sie nicht zu bleiben gedächten, aber schließlich und endlich verteilten sich die Männer auf die Stühle und Sessel, ließen die Schnupftabaksdosen kreisen, und dann wurde geächzt, gestöhnt und gefurzt. Die Frauen sammelten sich in einer Ecke der Küche und redeten über Teuerung und Essensmarken. Alte Kerle, junge Burschen, Hausfrauen und junge Mädchen – alle waren sie gleich gekleidet: kurze Gummistiefel, Felljacke mit Kapuze und Fäustlinge mit einem zweiten angestrickten Daumen.

In diese Gesellschaft brachen die Amis ein wie Wesen von einem anderen Stern, Charlie und zwei seiner besten Freunde von der Airbase. Sie kamen in einem schwarzen Lincoln, modischen Anzügen, weißen Socken, hochglänzenden Mokassinschuhen, sonnengebräunt, nur Bürstenhaarschnitt und nach Old Spice duftend. Und die Braut erregte nicht weniger Aufsehen, geschminkt, die Haare hochgetürmt und in einem amerikanischen Brautkleid, schneeweiß und enganliegend. Sie trug einen langen weißen Schleier, den Dolli und ihre Freundinnen hochhalten sollten, aber da sie ihn nicht sorgsam behandelten und es überdies an jenem Tag in Strömen goß, schleifte der Schleier durch den Morast auf dem Vorplatz, als man ins Haus ging. Gogo lachte nur und küßte die Mädchen auf die Wangen, knüllte den Schleier zusammen und warf ihn in eine Ecke.

Ein frischer Wind folgte diesen Menschen, und da zogen die Isländer sich in ihr Schneckenhaus zurück, hockten schweigend herum, als fege ein kalter Nordsturm über sie hinweg. Doch die Amis hatten den Kofferraum voller Bier und Schnaps und einen Plattenspieler dabei, und bald dröhnten die Songs von Bing und Frankie und den anderen Stars aus Hollywood durch die Hütte. Tommi konnte zwar Englisch, wußte jedoch wenig mit diesen Westländern anzufangen, die noch nie in Cardiff oder Aberdeen oder überhaupt in Britannien gewesen waren. Mit Ausnahme von Gogo sprach keiner von den anderen Englisch, und viele hatten das Gefühl, daß die Amis sich über die Gäste lustig machten, wie sie so grinsend und lärmend dasaßen, wild gestikulierten und kurz und männlich lachten. Hahaha! Baddi war damals elf und der einzige, der sich den Ausländern zu nähern wagte, sich zu ihnen setzte und alles genau verfolgte; Charlie war regelrecht begeistert von seinem neuen Stiefsohn und stellte ihn den beiden anderen Amis vor:

– *This is Badie.*

– *Badie?!* wiederholten die lachend. – *Hey, Badie, you must be a bad boy, havin' that name.* Hahaha!

– *There is nothing against being a bad boy at your age, we've all been bad boys, haven't we, Charlie?!*

– *We sure have!*

– Hahaha!

Charlie am nächsten saß sein Freund Bob, ein Bursche um die Zwanzig. Er war bereits angeheitert und machte Dolli schöne Augen. Sie lächelte zurück, sechzehn Jahre, schüchtern und errötend.

Danni dagegen hielt sich in angemessener Entfernung, und in seiner Erinnerung blieb das Fest als schwarzer Tag haften. Hin und wieder schaute er mit sorgenvoll gefurchter Stirn um die Ecke, und als Charlie versuchte, mit ihm zu plaudern, dem Jungen Süßigkeiten oder Geld zu geben, riß er sich los und lief hinaus. Erst am Abend fand man ihn, völlig verweint, im Stall des Bauernhofes. Er weigerte sich mitzugehen und schlug brüllend um sich, bis der alte Tommi kam und den Sohn seiner Stieftochter in den Arm nahm, ihm die Wangen streichelte und murmelte:

– Mein lieber kleiner Junge. Mein lieber kleiner Junge.

Das Fest in der Hütte dauerte den ganzen Nachmittag, und der Alkohol floß in Strömen. Allmählich tauten die Isländer ein wenig auf, obwohl die meisten immer noch bloß dasaßen und sich hin und her wiegten. Die Amis fingen an zu tanzen: Charlie tanzte mit Gogo und Bob mit Dolli, und das versprach Unheil, denn sie war mit dem ältesten Sohn auf dem Hof zu jener Zeit so gut wie verlobt. Dieser war ein schlaksiger Junge namens Gretar, mit Sommersprossen, hellrotem Haar und erstem Bartflaum. Gretar beobachtete den Tanz ziemlich finsteren Blickes und sah keinen anderen Ausweg aus der Lage, als sich zu besaufen. Dolli kehrte ihm den Rücken zu und tat, als sähe sie ihn nicht.

Gegen Ende des Festes holte Bob alle auf den Hofplatz und arrangierte sie zu einer Gruppe. Er wollte das Brautpaar und die Gäste photographieren. In der Mitte die Neuvermählten, Charlie in seinem brandneuen amerikanischen Anzug und Gogo im Brautkleid, auf dem Bild beide lächelnd und glücklich. Neben ihnen das alte Paar und Dolli und Baddi. Dann die Nachbarn und Verwandten hinter und neben ihnen; es nieselte, und alle trugen ihre Felljacken, Handschuhe und Stiefel. Die Isländer betrachteten den Photographen mit düsterer Miene.

Links auf dem Bild sieht man einen Misthaufen, einen Ford-Laster Modell 1922, einen altmodischen Heuwender und eine Scheune aus verrostetem Wellblech. Rechts sieht man Charlies Lincoln von hinten. Daran ein Schild mit der Aufschrift: JUST MARRIED.

Charlie hatte auf der Airbase eine Wohnung, und dort wollten er und Gogo vorläufig wohnen. Gegen Abend verabschiedeten sich das Brautpaar und die beiden anderen Amis. Bob hatte mit Dolli beim *Goodbye* etwas zu tuscheln, und das war mehr, als Gretar ertrug, er stürzte sich auf Bob, nahm ihn in den Schwitzkasten und schleuderte ihn mit einem Hüftwurf in den Dreck. Dolli kreischte, und Bob sprang auf die Beine, die Fäuste zum Boxen erhoben, doch Charlie packte ihn, flüsterte ihm etwas zu und schaffte schließlich den tobenden Freund in den Wagen, der den Kies aufwirbelte und vom Hof schoß. Baddi schaute dem Straßenkreuzer verzückt hinterher.

William Heinesen

Gäste vom Mond

Eine gute Meile von Thorshavn entfernt, auf der westlichen Seite von Strömö, liegt die alte Siedlung Kirkjuböur oder Kirkebö, die im Mittelalter der Bischofssitz der Färöer war und wo die verwitterten Reste der nie vollendeten gotischen Domkirche immer noch stehen. Zwischen Kirkebö und Thorshavn erhebt sich der Fjeld Kirkjuböreyn. Von Thorshavn gesehen gleicht dieser Fjeld einem ungeheuren, zackigen Echsenrücken. Aber oben auf der Höhe entfaltet er sich weitläufig zu einer breiten Hochebene, die fast ausschließlich aus zusammengehäuften Basaltblöcken besteht. Dort ist es öde, aber doch längst keine trostlose Wüste. Dort gibt es blaue Seen und sumpfige Betten zwischen den Gesteinsblöcken, dort gibt es Vogelnester und hoppelnde Hasen.

Ein solcher Fjeld setzt natürlich die kindliche Fantasie in Bewegung. Dort war der Anfang der Welt und ihr Ende, dort sank zur Winterzeit die Sonne und ging zur Ruhe, dort verweilte die Dämmerung lange, dort funkelte der Abendstern, dort ging der Mond zuweilen auf, groß und rot wie irdenes Geschirr. Und nach Westen hin, am Meer, hinter dem grauen Steinfjeld, stellte man sich eine Burg vor, von großen Steinblöcken des Fjelds erbaut, eine Burg, wie man sie aus den Märchen und alten Volksballaden kannte.

In dieser Burg wohnte die alte Trollfrau Rakul zusammen mit dem munteren Männlein Niels und einem anderen Mann, den wir Mondmann nennen, weil er vom Mond heruntergefallen sein sollte. Dieses merkwürdige Kleeblatt führte ein geheimnisvolles Doppelleben: teils waren sie Traum- und Sagengestalten, aber teilweise auch ganz handgreifliche Menschen.

Als solche traten sie von Zeit zu Zeit als Gäste in dem Haus in Thorshavn auf, in dem ich meine Kindheit verbrachte. Sie kamen von Westen über Fjeld und Hochheide und brausende Flüsse gewandert. Gern brachten sie ein oder zwei Packpferde mit, kleine langhaarige und trollartige Tiere, manchmal auch ein Fohlen. Die Pferde trugen Saumsättel und waren mit Gitterkörben und glucksenden Tönnchen beladen. In den Körben waren weißer Käse und kleine Holzfäßchen mit Butter, in den Tönnchen Milch oder Sahne. Sie waren ohne Verschluß, aber mit Lammfell zugestopft. Auch die Käsestücke waren in Häute eingewickelt, und die Körbe und Tönnchen waren an den Saumsätteln mit dicken Wollbändern befestigt.

Die drei Gäste selbst trugen Sachen aus zottigem Stoff und Schuhe aus Häuten mit wollenen Bändern. Die Bänder waren weiß, Rakuls rot, und sie trug unter ihrer leinenen Schürze, die sie unten im Hof abband, einen dunkelblauen, gewebten Rock. Ein süßer und durchdringender Duft strömte von der kleinen Karawane aus, ein Duft nach Ödmark und Milch, aufgeweichten Häuten, säuerlichem Käse, feuchtem Wollzeug, Schweiß und Rauch und Pferden.

Rakul war alt, aber stark und männlich. Ihr langes, borkiges Gesicht war voller feiner Runzeln. Und sie sprach mit tiefer und ruhiger Stimme. Sie konnte in die Zukunft sehen, hieß es, und sie sah wissend aus, mit dunklen, gedankenschweren Augen, die weit auseinanderstanden. Sie glich einem klugen Pferd in Menschengestalt.

Auch Niels war alt, das fand man damals jedenfalls, aber er war sonst sehr rührig, ein emsiger und krausköpfiger Wicht mit funkelnden Augen. Und der Mund stand ihm selten still. Er konnte meisterhaft das Pfeifen und Trillern der Heidvögel nachahmen, das Krächzen der Krähen, das Meckern der Lämmer, das Wiehern des Pferdes und das schauerliche, keuchhustenhafte Gebrüll eines bösen Stiers. Wenn er dazu aufgefordert wurde, hatte er zuerst immer große Scheu und hielt sich höflich zurück, glucksend, lachend und kopfschüttelnd. Aber plötzlich lüftete er dann seine blaue Zipfelmütze. Und dann kam das Lied aus seinem ein wenig verkommenen, aber lustigen Altmännermund, der nur einen Zahn hatte.

Er sang lustige Stücke alter Weisen, unter anderem ›Holmens faste stok‹, wozu er eine selbstfabrizierte Melodie hatte. Dieses Lied wurde als besondere Aufmerksamkeit gegenüber meiner dänisch sprechenden Mutter zum besten gegeben. Aber er kannte auch Bruchstücke eines sehr alten Liedes, einer färöischen Volksballade aus der Heidenzeit von Sjurdur, der den gewaltigen Drachen bezwang, und vom Pferd Grane, das das Gold von der Heide nach Hause trug. Diesem Lied zu lauschen, wurde man niemals müde. Das war das Heldenlied des Fjelds.

Wenn das Lied zu Ende war, fiel Niels in ein selbstauslöschendes Lachen zurück und erbat allgemeinen himmlischen Segen für die kleine Zuhörerschaft.

Der merkwürdigste der drei Besucher aber war wohl der Mondmann. Das war ein jüngerer Mann mit einem etwas ausgewischten und eingefallenen Gesicht. Aber dieses Gesicht strahlte ein großes und gleichsam bodenloses Glück aus, so wie man es bei ertrunkenen Menschen oder schlaftrunkenen Kindern sehen kann. Er war vom Mond heruntergefallen und ein Sohn der Erde geworden, aber das unbeschreibliche Glück des Mondes saß ihm ständig in der Seele – so mußte man das verstehen.

Der Mondmann hatte langes, lockiges Haar, in dem oft Heuhalme oder Reste von Heidekraut saßen, manchmal auch ein kleines, feuergelbes wildes Röslein.

Diese drei wunderbaren Gäste waren Dienstleute vom Hof des Kirkeböbauern, und der Mondmann war ein geistesschwacher Junge. Aber das wußte oder verstand man damals ja nicht. Für uns Kinder waren das Offenbarungen einer mystischen Welt.

Auf ihrer einsamen Steinburg westlich am Meer, wo es von Pferden und Fohlen nur so wimmelte, trieben sie eine Art Mondkult. Wenn der Mond tief über dem Meer stand, ruderten sie hinaus und fingen ihn in einem Schleppnetz ein und brachten ihn nach Hause in die große Küche der Burg. Rakul gab ihm Milch zu trinken und Käse zu essen und in Asche gebackenes Brot. Der Mondmann liebkoste ihn vor tiefem Glück und starker Verliebtheit, während Niels trillerte und in wilder Scheu sang.

Wenn der Mond genügend getröstet und gelabt war, wurde er wie ein Ballon wieder in die Luft geschickt, und wir konnten von unserem Küchenfenster in Thorshavn sehen, wie er über dem grauen Fjeldkamm aufstieg, rot und erfrischt und himmelsfroh, seine Freiheit wiederbekommen zu haben.

Fünfte Reise:
Licht über dem Fjord

Hitra
BOJER
Trondheim
HILDESHEIMER
Tynset
NORWEGEN
Lillehammer
HOLT
HILDESHEIMER
Elverum
Hamar
Bergen
GAARDER
SCHWEDEN
HAMSUN
RYGG
Oslo
Drammen
Larvik
Stavanger
Kristiansand
Skagerrak
Göteborg
Skagen
Frederiks-
havn
0
100 km
Kattegat
N
DÄNEMARK
Malmö
Kopenhagen
Ostsee

Johan Bojer

Die Fischer

Unter dem dunklen Winterhimmel lag die Fischerflotte wie eine Schar schimmernder Vögel auf dem Meer ausgebreitet. Ringsum sah man nichts als Schneetreiben und graue rollende Wogen. Die kleinen Fischerhütten auf den Felsen und Klippen glichen niedrigen Erdhaufen, aus denen Rauchfahnen zum Himmel aufflatterten, und ringsum in dem engen Sund erhob sich jetzt in der Dämmerung ein steigender Lärm von den Booten, die mit Kabeljau beladen von den Fischbänken heimgekommen waren. Die Fische wurden auf die Klippen hinaufgeworfen, oder die Boote legten an den Bollwerken an, um zu verkaufen, oder umschwärmten die Handelsfahrzeuge, die schaukelnd in der breiten Bucht draußen lagen. Dann kamen neue Segelboote vom Meer herein mit vereisten Riggen, und über ihnen flogen große Scharen von Möwen und Teisten, die laut schrien und mit dem Wind kämpften. Wenn das Boot näher herankam, sahen die Leute darauf wie phantastische Trolle aus, denn Wasser und Schneeflocken waren an Überzeug, an Augenbrauen und Bärten festgefroren.

Auf einer der äußersten Inseln stand eine einzige kleine Fischerhütte, gleichsam auf Wache gegen das offene Meer hinaus. Hier legte ein Boot an, als es schon ganz dunkel war, und die Männer warfen die Fische an Land. Es war das Boot von Anders Skaret. Wie so viele der Fischer hier war er ein kleiner Bauer von irgendeinem Fjorde drinnen, die einen Teil ihres Unterhaltes dadurch erwerben, daß sie im Winter auf Fischfang ziehen, und seitdem seine vier Söhne erwachsen waren, konnte er ein eigenes Boot bemannen und seine eigene Fischerhütte haben, und meistens ging er auch seine eigenen Wege auf dem Meer draußen.

Als die Fische alle auf den Klippen lagen, wateten die fünf Männer schwerfällig an Land, blieben dann stehen und schlugen die Arme um den Oberkörper, um sich etwas zu erwärmen. Das Überzeug war steifgefroren und knatterte und klirrte, wenn die Arme darauf schlugen. Kein Gedanke daran, hinaufzugehen und sich zu wärmen oder etwas zu essen, obwohl sie seit dem Morgen nichts mehr genossen hatten. Erst mußten die Fische ausgenommen werden, sie durften nicht mitsamt der Leber gefrieren.

Der Wind bespritzte die fünf Fischer mit nassem Schnee und Meerwasser, während sie ihm den Rücken kehrten und ihre Messer die Fischleiber aufschnitten. Das Fischblut floß. Ein jeder hatte seine Laterne, die einen gelben Lichtkreis auf den schlüpfrigen Felsen warf. Das Meer sang und brüllte, und nur wenige Armlängen von ihren Füßen entfernt spülte der weiße Schaum mit langen Zungen herauf, um gleich danach wieder zischend in der Dunkelheit zu verschwinden.

Es wurde kein Wort gesprochen. Erst um Mitternacht schrie der Alte so laut, daß man es auch im Sturm hören konnte: »Du kannst jetzt hinaufgehen und etwas Warmes kochen, Kal!«

Bald darauf steckte er selber das blutige Messer in die Scheide und ging langsam zur Hütte hinauf. Drinnen blieb er stehen und hielt die erfrorenen Hände ans Feuer, während die Eisschichten auf den Handrücken schmolzen und Fischblut und Schleim auf den Herd herabtropften und zischend verdampften. Bald tropfte es auch aus seinem großen braunen Bart, an dem die Eisfransen so dicht hingen wie an einem Tannenzweig. Es dauerte eine gewisse Zeit, bis die Wasserstiefel so aufgetaut waren, daß man sie herumstülpen und ausziehen konnte. Die Strümpfe waren gefroren, und erst als der Alte auch diese endlich gewechselt und die Füße in die riesigen Holzpantoffeln gesteckt hatte, fragte er den Sohn: »Ist das Essen bald fertig? Es wird guttun, etwas Warmes zu bekommen.« Er fuhr sich müde über die niedrige gefurchte Stirn und gähnte. Dann sank er förmlich zusammen und blieb so sitzen, die Ellbogen auf die Knie gestützt, und starrte zum Herd hinüber.

Die Tür ging, und die drei anderen Söhne kamen schwer hereingestapft. Die kalte Winterluft drang vor ihnen durch die Öffnung, wie ein Strom von weißem Rauch, und das vereiste Überzeug machte die Stube kalt.

Jetzt schüttete der jüngste Sohn einen Kessel voll warmer, rauchender Fischsuppe in eine Blechschüssel auf dem Tisch. Dann trug er Fisch und Kartoffeln herbei. Der Raum war so klein und der Boden so voller Kisten und Geschirr, daß die Männer vorsichtig auftreten mußten, um zu ihrem Platz zu gelangen.

Als sie endlich unter der kleinen rauchenden Tranlampe bei Tisch saßen, waren sie zu müde zum Reden. Sie aßen nur. Ein einziges Mal hob der Vater die roten Augen von der Schüssel und sagte: »Habt ihr das Boot ordentlich vertäut? Wir bekommen heute nacht vielleicht Sturm.«

Die drei älteren Söhne aßen erst noch eine gute Weile weiter, ehe sie ein Hm brummten. Das bedeutete Ja.

Die vierzig Jahre Fischerleben hatten das Gesicht des Alten dunkel und gefurcht gemacht wie Baumrinde. Sein Rücken war gebeugt, aber er aß mit einem Eifer, daß ihm der Schweiß herabrann. Die beiden älteren Söhne waren klein und untersetzt wie der Vater, die jüngeren waren große, kräftige Burschen und blond. Die gequollenen Hände leuchteten jedesmal rot auf, wenn sie mit dem Löffel in die Schüssel langten, und Fischblut und Schleim waren nur notdürftig an den Hosen abgewischt worden, so daß noch Reste davon rings um die Nägel klebten.

Nach Tisch zündeten die Jungen ihre Pfeifen an und gingen zu Bett, nachdem sie zuerst die nassen Kleider zum Trocknen aufgehängt hatten. Die Betten waren Pritschen, eine über der anderen an der Wand befestigt. Als die Söhne zur Ruhe gekommen waren, lagen sie da, rauchten und spuckten aus, wohin es gerade traf. Der Vater saß noch immer rittlings auf einer Kiste, den Rücken dicht an den Ofen gelehnt, als sei er noch nicht richtig warm geworden.

Endlich ging auch er zur Ruhe, und die Lampe wurde ausgelöscht. Der Ofen glühte, und die nassen Seekleider stanken nach Meerwasser, Schweiß und Fisch. Aber ein paar Stunden später war der Torf ausgebrannt, und die harte Frostnacht drang eisig durch die gesprungenen Holzwände. Die Kleider, die bisher getropft hatten, begannen jetzt zu erstarren und wurden weiß von Reif.

Die vier Brüder schnarchten um die Wette, todmüde; und noch im Traum arbeiteten sie schwer: Sie mußten schwere Sturzwellen abreiten, sie zogen das Netz herein, sie schrien im Schlaf – vielleicht sahen sie auch manchmal eine alte Frau tief drinnen im Fjord, die im Frühling fünf Männer erwartete.

Als sie am nächsten Tag wieder aufs Meer hinauswollten, blieb der Alte im vollen Überzeug auf einer Kiste sitzen und hielt die eine Hand auf den Rücken gelegt.

Zwei von den Söhnen waren bereits unten am Boot, und der dritte warf sich ein Netz über die Schulter und wollte hinausgehen. Der Alte stand auf, um mitzukommen, setzte sich jedoch gleich wieder hin.

»Ist dir nicht gut, Vater?« sagte der Bursche, der noch dastand.

Der Alte griff sich an die Stirn: »Ich bin die ganze Nacht über nicht warm geworden. Der Frost sitzt mir gleichsam inwendig. Und im Rücken sticht es.«

»Nimm doch ein paar Tropfen Naphtha, dann vergeht es vielleicht.«

Der Alte stand auf, um irgend etwas zu tun, plötzlich aber taumelte er und sank auf einer anderen Kiste zusammen.

»Nein, Vater, du bleibst heute am besten an Land.« Und der Sohn half ihm ins Bett und deckte ihn gut zu. Dann gab er ihm ein paar Tropfen Naphtha, legte Torf in den Ofen und ging. Kurz darauf fuhr das Boot aufs Meer hinaus.

In der Nachmittagsdämmerung kamen die Männer zurück, und sie hatten einen guten Fang gemacht. Wie gewöhnlich war ihr erster Gedanke, die Fische zu verarbeiten, die nicht mit der Leber gefrieren durften. Heute waren sie ja um einen Mann weniger, da würde es also länger dauern.

Als die ganze Beute an Land war, lief der Jüngste aber doch in seinen schweren Wasserstiefeln zur Hütte hinauf, um nach dem Vater zu sehen.

Die Stube war eiskalt. Hinten auf der dunklen Pritsche lag der Alte unter den Fellen zusammengekrochen. Das Gesicht war so merkwürdig rot, und auf der Stirn stand Schweiß.

»Wie geht es dir, Vater?«

Der Alte drehte sich herum. Die Augen blickten trüb. Er schüttelte den Kopf und zog die Felldecke wieder herauf.

Der Sohn begab sich wieder zu den anderen auf den Klippen unten, und der Älteste schrie ihm zu, er solle sich jetzt beeilen. Eine Stunde später rief er wiederum: »Der Vater kommt wohl nicht, um uns zu helfen?«

»Nein!« schrie der andere. Wieder sagte keiner etwas.

Lange nach Mitternacht endlich durfte der Jüngste hinaufgehen und die Mahlzeit kochen.

Als er mit der warmen Suppe zum Vater trat, wandte der Alte sich ab. Er wollte nichts haben.

Die anderen kamen schließlich auch und rumpelten laut zwischen den Kisten umher, während sie sich auszogen. Der Alte im Bett verzog das Gesicht. Der Lärm tat so weh im Kopf, aber es fiel ihm nicht ein, die anderen zu bitten, leise zu sein.

Als sie gegessen hatten, sagte der Älteste: »Geht's dir schlecht, Vater?«

Nach einer Weile kam die Antwort vom Bett: »Hm!« Das bedeutete, daß er sich richtig elend fühlte.

Die vier Männer zündeten ihre Pfeifen an und erfüllten den kleinen Raum mit stickigem Rauch. Der Vater hustete, sagte jedoch nichts.

Als sie zu Bett gehen wollten, murmelte er endlich: »Nein – ihr müßt das Terpentin hervorholen. Das Stechen im Rücken will nicht nachlassen.«

»Es wird doch wohl nicht Lungenentzündung werden?« meinte der jüngste Sohn still und kratzte sich die Brust unter dem Hemd. Die anderen, die auf ihren Betten saßen, nahmen die Pfeife aus dem Mund und schauten ernsthaft zum Vater hinüber.

Als der Älteste seine Pfeife ausgeraucht hatte, holte er eine Flasche aus einer Kiste und nahm einen Wollfäustling, auf den er Terpentin schüttete.

»Wo sticht's denn?«

Der Alte seufzte: »Ach, es wandert so herum. Aber leg ihn einmal hierher.« Er deutete auf die linke Seite.

Immer noch lag er ganz angezogen da, und der Sohn knöpfte auf und legte dem Vater den Terpentinumschlag auf die zottige Brust. Der Kranke stöhnte.

»Es wäre sicher nicht schlecht, wenn du auch noch etwas von dem Terpentin einnehmen würdest«, riet der Jüngste von seiner Pritsche her.

»Ja, das soll helfen, das Stechen zu vertreiben«, sagte der Zweitälteste und zog das Bettfell höher, während er aus seiner Pfeife qualmte.

Ohne die Antwort des Vaters abzuwarten, nahm der Älteste ein Schnapsglas, schenkte es bis zur Hälfte voll Terpentin, tropfte dann eine unbestimmbare Menge Naphtha dazu und beugte sich hinunter: »Schau her, Vater!«

Der Alte wußte kaum, was er tat. Er drehte den Kopf zurecht und ließ sich von dem Sohn die Flüssigkeit in den Mund schütten. Dabei verschluckte er sich und lag dann noch lange hustend da.

Dann gingen alle zu Bett. Draußen rüttelte der Sturm an dem kleinen Haus, das Meer sang, und das kleine Fenster war weiß vom Reif.

Am nächsten Morgen, als der Jüngste dem Vater eine Tasse Kaffee bringen wollte, glaubte er zuerst, der Alte sei wieder ganz gesund. Der lag nämlich da und redete und lachte laut.

Aber bald darauf wurde der älteste Bruder geweckt, und da stand der Jüngste vor ihm. »Isak, du mußt aufstehen«, sagte er still – »ich glaube, dem Vater geht es sehr schlecht.«

Sie gaben es an diesem Tag auf, aufs Meer hinauszufahren. Jeder saß auf seiner Kiste, rauchte und sagte nicht viel. Sie merkten, daß die Krankheit des Vaters ernstlich war, und wußten sich nicht zu helfen. Dann und wann schaute einer von ihnen zum Fenster hinaus. Die Fischerboote fuhren aufs Meer, und vielleicht kamen sie heute schwer beladen heim.

Um die Zeit nicht so wegzuwerfen, fingen sie an, die Netze zu flicken, die sie vom Schuppen heraufholten.

Im Laufe des Tages spuckte der Vater Blut. Und von da an war es still in der Stube. Nur die Netznadeln gingen.

Gegen Abend sagte der Zweitälteste leise: »Wir sollten vielleicht losfahren, um den Doktor zu holen.« Es waren drei Meilen bis zum Festland, wo der nächste Arzt wohnte.

Eine halbe Stunde später wollte der Älteste einen neuen Faden auf seine Nadel aufwickeln, und da sagte er: »Wenn es Lungenentzündung ist, wird er wohl wochenlang im Bett liegen müssen.«

»Hm«, sagten die anderen und blickten kurz auf.

»Und dann muß jemand Tag und Nacht bei ihm sein.«

»Hm.«

»Aber drei Leute im Boot, das hat keinen Sinn, und man kriegt jetzt so leicht keinen Mann zur Hilfe.«

»Hm.« Sie waren alle vier der gleichen Meinung.

Endlich stand der Älteste auf und sah zum Fenster hinaus.

»Das Beste wäre vielleicht, wenn wir den Vater zur Mutter heimbrächten.«

»Hm. – Ja.« Sie schauten einen Augenblick vor sich hin.

»Vielleicht könnten wir dann dort einen Mann ausfindig machen und mit ihm zurückfahren und weiterfischen.«

»Hm.« –

Im Laufe des Abends wurde der Zustand des Vaters schlechter. Am nächsten Morgen hatten sie ihren Entschluß gefaßt, obgleich das Wetter unsicher war.

Die Decken flatterten im Wind, als die Burschen sie zum Boot hinuntertrugen. Das Boot hatte keinen Aufbau, so daß sie in dem offenen Achterteil ein Lager zurechtmachen mußten. Erst legten sie Stroh auf den Boden, dann eine Felldecke darüber und endlich ein Kopfkissen hinten an den Steven.

Als sie wieder oben in der Hütte standen, hatten sie zuerst vor, eine Bahre zurechtzunageln, um den Vater hinunterzutragen. Aber der zweitjüngste Sohn spuckte in die Hände und sagte mit betontem Übermut: »Ach was, ich nehme ihn einfach auf die Arme.«

Sie zogen dem Vater die besten Kleider an. Aber die Wasserstiefel konnten sie ihm nicht anziehen, weil er nicht die Kraft hatte, selbst mitzuhelfen. Er wußte kaum, was sie mit ihm machten, und er redete die ganze Zeit wie ein Betrunkener.

Dann begab sich das kleine Gefolge über die Klippen zum Boot hinunter. Zuerst der Älteste mit der Vorratskiste, dann der Zweitjüngste vorsichtig auf dem schlüpfrigen Felsen, den Vater in seinen Armen, als sei der alte Mann ein kleines Kind. Die anderen Brüder kamen nach, und jeder trug ein Bündel Fische für die Mutter.

Das Achterteil des Bootes lag gegen den Strand zu, aber das Wasser war tief, und der Zweitjüngste mußte den Vater auf die Klippen legen, um die Wasserstiefel bis ganz an den Leib hinaufziehen zu können. Dann hob er den Alten wieder auf, watete vorsichtig ins Wasser hinaus, indem er bei jedem Schritt erst mit dem Fuß tastete, um nicht fehlzutreten. – Und endlich lag der Kranke in dem schaukelnden Boot.

Sie deckten ihn mit Schaffelldecken bis an die Augen hinauf zu. Eine große Pelzhaube wurde über den Kopf gezogen, so daß man nichts mehr von dem Gesicht sah. Aber noch während sie aus dem Sund hinaussteuerten, spritzte schon so viel Wasser herein, daß die Mütze augenblicklich vereist war. Der Alte redete immer noch im Fieber. Er glaubte, er sei daheim, und er schalt seine Frau, weil das Essen nicht fertig war.

Das breite Rahsegel glitt hinauf und füllte sich mit Wind, das Boot legte sich über und richtete den Bug aufs Meer hinaus. Der Älteste hielt die Ruderpinne, der Jüngste bediente die Schot, und im Vorschiff standen die beiden anderen am Hals eines Segels, da der Ostwind von der Seite kam.

Das graue Meer rollte in langen, schweren Wogen einher, und der Wind sang in Segel und Riggen. Es war mitten im Februar, und ein nackter blauer Frosthimmel spannte sich über der unendlichen Fläche aus.

Bald lag der Fischerplatz weit hinten am Horizont wie eine Reihe undeutlicher Punkte.

Von dem Augenblick an, da der Älteste das Ruder ergriffen hatte, konnte bei diesem Wetter keine Rede mehr davon sein, nach dem Befinden des Vaters zu fragen. Der Bootsführer muß das Segel beobachten, die verschiedenen Nebenabsichten des Bootes erkennen, darauf aufpassen, daß alle an Bord ihre Pflicht tun, alles zu gleicher Zeit, und zugleich darf er die See nicht aus den Augen lassen, muß jede größere Welle sehen, die heranrollt, muß ihre Gewalt erkennen und ihre Richtung zum Boot beurteilen. Isak war bekannt dafür, die Tüchtigkeit im Segeln von seinem Vater geerbt zu haben, und heute stand er vor einer doppelten Aufgabe. Er mußte das Boot an den Wind pressen, um rasch vorwärts zu kommen, zugleich aber durfte er nicht so unvorsichtig fahren, daß zuviel Wasser über Bord kam und der Vater naß wurde. Auch muß ein Bootsführer ohne Kompaß die ganze Zeit einem heimlichen Instinkt lauschen, der ihm sagt, welchen Kurs er einzuhalten hat.

Der Wind nahm zu, und von Osten kamen die riesigen weißgekrönten Brecher mit Gischt und Brausen herangerollt, aber in demselben Augenblick, in dem die Welle sich über das kleine Boot herabstürzen wollte, kletterte dies mit dem Vordersteven schräg auf sie hinauf und flog in die Höhe – dann ritt es eine Weile auf dem rauschenden Rücken, wurde ein Stück weit mit ihr nach Westen getragen und tauchte dann den Bug wiederum in das tiefe Tal hinab, aber eine Weile später schoß es wieder vorwärts und ritt auf einer neuen Woge. Es war ein Spiel zwischen einem Bootsführer und dem Meer, und es galt, jedem Brecher, der so aussah, als wolle er das Boot unter sich begraben, einen Streich zu spielen.

Das kleine Fahrzeug wird in solchen Augenblicken ein Teil von Leib und Seele des Führers – aber Riggen, Steuer und Boot werden ein merkwürdiges Instrument, das der Führer stimmt und auf dem er spielt. War es der Fahrt wegen unvermeidlich, ein wenig Wasser über Bord zu bekommen, so ließ Isak es über den Vordersteven spülen. Bald stieg es auf den Bodenplanken an, und der Jüngste schöpfte aus Leibeskräften. Die beiden Männer im Vorderschiff waren bereits so durchnäßt, daß sie wie Eistrolle aussahen.

Weit draußen im Westen konnte man einige Blindschären erkennen, über denen das Wasser hoch zum Himmel aufspritzte. Im Osten lag ein gelber Windstreifen unten über dem Meeresrand und spiegelte sich, so daß einige Wellen in goldenem Schimmer leuchteten, während andere schwarz und schwer einherkamen, die meisten aber waren grau und mit weißem Schaum bedeckt.

Mit unbeweglichem Gesicht stand der Älteste da und warf die Ruderpinne über seinem Südwester hin und her. Das Rauschen der Wellen und das Knarren in den Riggen übertönte alles. Ein einzelnes Möwenpaar folgte mit und kreiste schreiend über dem Segel. Und das Boot mit seiner kostbaren Last durchschnitt rauschend das Meer.

Im Osten wurde der Himmel allmählich dichter, und der Wind nahm zu. Bald mußte der Bootsführer schreien: »Refft einen Ring!«

»Refft einen Ring!« wiederholte der Jüngste und warf den Schöpfer weg. »Refft einen Ring!« schrie es im Vorderschiff, und beide hängten sich an das Segel, um es herunterzuholen, während der Jüngste fierte.

So ging es mit verringertem Segel weiter. Im Laufe des Tages wurde der Himmel ganz dick, und Schneeflocken wurden vom Sturm durch die Luft gepeitscht. Schließlich waren sie von dem Gestöber so dicht eingehüllt, daß sie nur noch einige Bootslängen weit um sich sehen konnten. Der Sturm wurde immer ärger, und sie mußten noch mehr wegreffen. Niemand hatte mehr Zeit, dem Vater einen Gedanken zu widmen.

Mit dem Segel nur noch bis zur halben Höhe des Mastes flog das kleine Boot wie ein ängstlicher Vogel dahin. Der Schöpfer in den Händen des Jüngsten arbeitete schwer, da sich das Wasser bereits in eine unförmige Masse von Eis verwandelt hatte. Zu Eis wurde alles, ihre Fäustlinge, ihre Stiefel, die Südwester und ihre Bärte.

So verging Stunde um Stunde. Die beiden Möwen kehrten um und steuerten wieder zu dem Fischerplatz zurück. Da der Bootsführer in dem Schneegestöber nur schlecht sehen konnte, stürzte oft ein Brecher unversehens wie ein Wasserfall über das Boot herein. An Bord begann alles zu schwimmen. Der Jüngste spürte den Schöpfer nicht mehr in seinen Händen. Er schöpfte, daß ihm der Schweiß herunterrann. Wäre der Vater in diesem Augenblick über Bord gespült worden, er hätte jetzt trotzdem weiterschöpfen müssen.

Nun aber mußten sie bald das Leuchtfeuer von Agdanæs in Sicht bekommen.

Der Bootsführer warf oft einen verstohlenen Blick zur Seite, aber es war nichts zu sehen. Der Sturm war so angewachsen, daß auch der letzte Ring gerefft werden mußte. Aber noch mehr konnten sie das Segel nicht verringern, denn das Boot mußte immerhin so in Fahrt bleiben, daß es die Wellen abreiten konnte.

Das Segel wurde schwer von Wasser. Der Mast trug keine Taue mehr, sondern Eiskabel. Und durch all dieses Gewicht in den Riggen legte sich das Boot noch mehr über und nahm noch mehr Wasser herein.

Weitere Stunden vergingen, und noch war kein Feuer zu sehen. Glücklicherweise konnte niemand erkennen, daß der Steuermann blaß geworden war.

Schließlich brach die Dämmerung herein, und plötzlich schrie der Jüngste: »Aber wo sind wir denn? Hast du das Leuchtfeuer gesehen?«

In dem Geheul des Sturmes tat der Älteste so, als habe er nicht gehört. »Paß auf deine Arbeit!« schrie er. Und der Jüngste war gewohnt zu gehorchen.

Aber sie wußten alle, wie in solchem Schneegestöber der Wind oft umschlagen kann, ohne daß der Seemann es merkt. Und das Boot verändert nach und nach seinen Kurs, und der Steuermann richtet sich nach dem Segel und kann nichts weiter sehen als Meer und Wellen. Und wenn nun der Wind von Süden herkam, fuhren sie mit dieser Segelstellung nach Westen, also ins wilde Meer hinaus.

Es fing an dunkel zu werden, und das kleine Boot lag schwerer und schwerer auf dem Wasser. Plötzlich fühlte der Älteste einen Griff am Arm. Er schaute sich um. Es war der Vater, der herangekrochen war, er hielt sich fest, um nicht über Bord geschleudert zu werden.

»Nein, Vater, leg dich hin!« schrie der Sohn.

»Nein, nein, wir sind ja falsch. Ich fühle es an mir selber, wir sind falsch. Wir haben den Wind von Norden, hol das Segel an und steure geradeaus!«

Und ehe sie sich's versahen, stand der Alte da, ohne Stiefel an den Füßen. In diesem Augenblick lag das Boot eine Weile unter einem Brecher und war nahe daran zu kentern. Da war keine Zeit zu fragen, wie es dem Vater ging. Da war keine Zeit, an seine Krankheit zu denken.

Jetzt packte er die Pinne und stand auf seinem gewohnten Platz im Boot, und der Älteste ging rasch vor und half seinem Bruder beim Schöpfen.

»Holt das Segel an!«

Ans Gehorchen gewöhnt, wie sie waren, holten sie das Segel an, das Boot richtete sich auf, drehte den Bug und lenzte vor Wind und Wellen. Lange Zeit ritt es über die hohen Wellenrücken, und es sauste mit solcher Fahrt dahin, daß das Segel oft schlapp gegen den Mast flatterte.

Und der Alte hatte keine Lungenentzündung und kein Fieber mehr. Er dachte nur noch daran, wie er Leben und Boot retten könnte.

Vor dem Wind fahren! Da spielt der Fischer stets mit dem Schicksal selber. Man glaubt, der Wind kommt von Norden, vielleicht aber kommt er von Süden. Vielleicht hat man die Richtung heimwärts, vielleicht aber segelt man ins wilde Meer hinaus und dem Verderben in die Arme. Es kann sein, daß man in der nächsten Minute auf eine Blindschäre stößt, und dann ist man verkauft. Es ist nicht ausgeschlossen, daß man irgendwo direkt auf Land auffährt. Niemand weiß das genau. Der Seemann sagt in Gedanken: Herr, mein Gott! – und segelt dahin. Aber er weiß nicht, wohin.

Die beiden Brüder schöpften und schöpften, aber es war immer schwerer, das Boot lenz zu halten.

Der Alte war bald grau von Eis wie die anderen auch.

Hatte er Fieber, so wurde er doch gleichmäßig abgekühlt von Sturzseen, die ihm von hinten her über den Kopf hereinbrachen. Auf einmal aber ließ er die Ruderpinne los, er öffnete den Mund, ein Blutstrom brach hervor, und er fiel taumelnd zusammen.

Keine Zeit, ihm zu helfen. Der Älteste mußte die Pinne ergreifen, noch ehe die Brecher das Boot zum Kentern bringen konnten. Die anderen mußten schöpfen, schöpfen, damit das Boot nicht vollief. Der Vater mußte eben liegenbleiben, und bald schwamm der Alte zwischen den losen Bodenbrettern.

Und die Wellen trieben sie in rasender Fahrt weiter, warfen sie wie ein Spielzeug in der Dunkelheit vor sich her. Das Meer ging so hoch, daß das Boot kaum mehr dem Steuer gehorchen wollte. Aber wo ging es hin?

Da ertönte ein Knall, das Segel fiel zusammen und begrub die beiden im Vorderschiff unter sich, und der Mast kam nachgestürzt. Der Frost hatte ihn spröde gemacht, und jetzt war er gebrochen.

Eine Weile lag das Boot still und ritt auf einer Welle, dann drehte es sich und legte sich seitwärts an die nächste Woge, die mit voller Wucht darauf herabschlug. Dann kam eine große Welle und hob es hoch, hoch hinauf, warf es vorwärts und in ein Tal hinunter, und im nächsten Augenblick war es in der Dunkelheit verschwunden.

Als es mit dem Kiel nach oben wieder zum Vorschein kam, hingen vier Männer an den Wanten. Einer nach dem anderen kletterte über die Wölbung herauf und klammerte sich an den Kiel. Alle Südwester waren weg, und die nassen Haare flatterten steif im Wind.

Das gekenterte Boot wurde umhergestoßen, und es war schwer, sich daran festzuhalten. Im übrigen waren die Männer, wie alle Fischer, die kentern, ganz ruhig. Sie wußten, was sie zu tun hatten. Alle vier stießen einen gewaltigen Schrei aus, der so weit wie möglich hinausdringen sollte, um gehört zu werden. Eine Welle schwemmte den Jüngsten fort, aber es gelang ihm, im letzten Augenblick noch eine Want zu erhaschen und sich wieder auf den Kiel hinaufzuarbeiten.

Aber plötzlich schrie der Älteste: »Der Vater!«, und die anderen wiederholten im Sturm, wie ein schmerzlicher, herzzerreißender Schrei: »Der Vater!«

»Dort!« schrie der Älteste und deutete. Sie sahen, wie etwas von einer Welle hinaufgetragen wurde. Im gleichen Augenblick stellte der Zweitjüngste sich auf dem Bootskiel auf, streckte die Arme nach vorne und stürzte sich ins Wasser hinaus. Er verschwand unter einem Brecher. Die anderen hatten keine Zeit, sich nach ihm umzusehen. Sie mußten sich festklammern.

»Vater!« ertönte es auf einmal draußen in der Dunkelheit, und jetzt sahen sie ihren Bruder wieder. Er trat das Wasser mit den Füßen und hielt etwas in den Armen. Eine Welle hob ihn hoch hinauf, sie sahen ihn gegen den Himmel, sahen den Vater in seinen Armen, sahen, wie er kämpfte und kämpfte, um zu ihnen zu gelangen.

»Der Vater!« schrien die drei auf dem Bootskiel. – »Der Vater!« antwortete es draußen vom Meer her. Da aber schlug eine Welle über dem Bruder zusammen, er sank in ein Tal hinunter – eine zweite Welle kam –, und dann war er verschwunden.

Gegen Abend warf das Meer die drei auf dem Kiel irgendwo an Land. In der Dunkelheit sahen sie das Licht einer Hütte in der Nähe, aber als sie festes Land unter den Füßen hatten, waren sie zum Gehen zu steif. Auf allen vieren krochen sie über den Schnee zu dem Haus hinauf. Sie waren auf der Insel Hitra an Land getrieben worden.

Ein paar Tage später waren sie alle drei wieder imstande, vom Bett aufzustehen. Das Boot war in der Nähe an den Strand geworfen worden, und es hatte nicht mehr gelitten, als daß sie es wieder instand setzen konnten. Sie kauften neue Riggen, und dann mußten sie mit der traurigen Botschaft zur Mutter heimsegeln.

Als sie aber etwa eine Woche ausgeruht hatten, heuerten sie ein paar Burschen an und zogen wieder auf den Fischfang hinaus.

Als der Winter zu Ende ging, war auf Hitra ein Mann unten am Strand, um dort Tang zu holen. Dabei stieß er in dem aufgehäuften Tang auf zwei Leichen von Fischern im vollen Überzeug. Der Ältere von beiden hatte keine Stiefel an. Der Junge hielt den Alten wie eine große Puppe in den Armen, und beide Körper waren durch seegrünes Eis wie miteinander verwachsen. Der Mann lud den Tang von seinem Schlitten ab und fuhr näher heran. Aber er mußte die beiden Toten mit dem Spaten förmlich auseinanderhacken, um einen nach dem andern auf den Schlitten heben zu können.

Jostein Gaarder

Leb wohl, Bergen!

Begonnen hatte es mit geschwollenen Lymphdrüsen. Und sie hatte gewußt, was das bedeuten konnte. Es war möglicherweise das Ende von allem. Genausogut konnte es aber auch eine harmlose Infektion sein. Höchstwahrscheinlich sogar war es eine harmlose Infektion. Dennoch ... sie war zum Betriebsarzt gegangen ... Denn es waren ja nicht nur die Lymphdrüsen. Sie war so unbeschreiblich schlapp. Und immer hungrig. Sie aß und aß, ohne jemals satt zu werden. Und ihr war schwindlig, in letzter Zeit war ihr oft so verdammt schwindlig gewesen.

Der Arzt hatte sie untersucht. Zuerst natürlich die Lymphdrüsen, dann ihren ganzen Körper. Er hatte sie einem hochnotpeinlichen Verhör unterzogen.

Die Art, wie er sie ausgefragt hatte ...

Dann hatte er ihr Blut abgenommen für einen Test nach dem anderen. Sie hatte keine Ahnung gehabt, daß es so viele verschiedene Tests gab.

Einige Tage später hatte der Arzt sie wieder zu sich bestellt. Es war der Montag vor Ostern. Zwei Blutproben hatten einwandfrei positive Ergebnisse erbracht.

Sie hatte aus der vorsichtigen Ausdrucksweise des Arztes herausgehört, daß hier etwas nicht stimmte, daß etwas ganz und gar nicht stimmte.

»Sie sind nicht ganz gesund ...«

Und dabei hatte er sie so seltsam angeschaut ...

[...]

Die Überweisung steckte jetzt in Jennys Manteltasche. Sie war auf dem Weg zum Bahnhof, um den Nachmittagsexpress nach Oslo zu nehmen. Schon am nächsten Morgen, am Mittwoch um acht Uhr, wurde sie in der Radiologie erwartet.

Bestrahlung! Da war dieses Wort wieder. Es ging durch Mark und Bein.

Jenny war davon überzeugt, daß sie Bergen zum letztenmal sah. Deshalb hatte sie den Bus am Hafen verlassen. Sie hatte einen letzten Blick hoch zum Berg Fløien geworfen. Dann war sie über den Markt geschlendert und die Torgalmenning hochgegangen. Und jetzt stand sie vor dem Restaurant »Holbergstuen« und las die Speisekarte im Glaskasten. Sie hatte viel Zeit, ihr Zug ging erst um Viertel vor vier.

Hering, Entrecôte, Cordon bleu …

Jenny konnte nicht begreifen, wie irgendein Mensch auf dieser Welt Appetit verspüren konnte.

In der Glasscheibe vor der Speisekarte sieht sie das Gesicht einer Frau.

Das bin ich, denkt sie. Das ist Jenny Hatlestad …

Jennys Leben war wie im Flug vergangen. Doch die letzten Tage waren zur Ewigkeit geworden. Sie hatte die ganze Skala von Reaktionen auf die Diagnose, auf ihren neuen Status, durchlebt.

Wut. Depression. Protest. Aufruhr. Verbitterung. Trauer …

Sie hatte sich an alles geklammert, was sie an Familie und Freunden, an Mitmenschen hatte auftreiben können. Wie klein und dumm sie gewesen war!

Jetzt war all das ausgeschöpft. Jetzt war sie nur noch müde und leer.

Wer war sie jetzt? Alles, was ihr geblieben war, alles, was sie auf diese Reise nach Oslo mitnahm, waren unzusammenhängende Bilder aus ihrer Kindheit, aus ihrer Jugend in Sandviken, waren zufällige Szenen aus ihrer Studienzeit in Trondheim.

Dann hatte sie geheiratet. Dann hatte sie keine Kinder bekommen. Dann hatte sie sich scheiden lassen.

Ach, Johnny! Lieber Johnny ... Vielleicht wanderst du noch immer durch Trondheim und sehnst dich nach mir.

Jenny und Johnny. Es war zu idyllisch gewesen. Zu friedlich für sie. Zu perfekt. Also hatte sie sich befreit. Junge Diplom-Chemikerin auf eigenen Füßen ...

Es war unfaßbar, daß das alles im Laufe eines einzigen Osterurlaubs geschehen sein sollte. Vor zwei Wochen hatte sie einen Arzttermin ausgemacht, eigentlich nur für eine Routineuntersuchung, bevor sie zu Ostern ins Mjølfjell fahren wollte. Und der Arzt hatte ihr auch nicht von der Reise abgeraten. Nur hatte sie sich so schlapp gefühlt. Deshalb war sie zu Hause geblieben, auf jeden Fall über Palmsonntag. Am Montagmorgen hatte dann das Telefon geklingelt. Ob sie in der Praxis vorbeischauen könne. Gerade seien die Ergebnisse der Blutproben gekommen ...

Von diesem Moment an war alles Schlag auf Schlag gegangen. Routiniert. Mit der kalten und schrittweisen Notwendigkeit der medizinischen Wissenschaft.

[...]

»Tüüüt!«

Wieder reißt sie eine Autohupe aus ihren Gedanken. Der Verkehr, dieser absurde Verkehr.

Jenny begriff nicht, wie jemand es so eilig haben konnte. Sie war von diesem Karussell abgesprungen. Wenn auch unfreiwillig. Sie war hinausgeworfen worden. Das war offenbar nötig gewesen, um zu erkennen, wie sinnlos dieser ohrenbetäubende Lebenstanz doch war.

Waren die anderen, waren sich die vielen Menschen um sie herum denn überhaupt darüber im klaren, daß sie existierten? Waren sie aufmerksamer als eine Herde von grasenden Kühen?

Wohl kaum. Wer nicht auf der Schwelle zum Tod stand, erlebte auch das Leben nicht wirklich. Das Leben war etwas, woran man bei Beerdigungen dachte. Oder höchstens an einem Krankenbett.

Die dichte Wolkendecke lockerte immer mehr auf. Hoch oben sah Jenny jetzt ein Flugzeug, das den Flughafen Flesland ansteuerte. Bestimmt brachte es angetrunkene Feriengäste vom Mittelmeer zurück, dachte Jenny. »Saga Tours«. »Vingreiser«. »Tjæreborg«. Der Gipfel der Dumpfheit schwebte langsam über die Stadt. Ostertouristen. Osterfeste …

Der Mann aus Nazareth schleppt sein Kreuz nach Golgatha. Jetzt hat er es nicht mehr weit. Obwohl alles im Schatten von zweitausend Jahren in Zeitlupe abläuft. Die stilisierte Leidensgeschichte …

Der Anblick des Flugzeugs brachte Jenny auf eine Idee. Warum sollte sie sieben schwere Stunden im Zug verbringen? Schließlich konnte sie den traurigen Abschied doch auch noch hinauszögern und fliegen. Das würde sie sich jetzt leisten können. Und überhaupt – gab es denn auf der ganzen Welt etwas Unwesentlicheres als Geld? Wenn nur die Flüge nicht schon alle ausgebucht waren …

Wo war die nächste Telefonzelle?

Plötzlich hatte auch Jenny etwas zu erledigen. Sie rannte ins nächste Kaufhausuntergeschoß und rief bei der »SAS« an. Doch, bei allen Flügen nach Oslo gab es noch Plätze, sie hatte die freie Wahl.

Sie entschied sich für den letzten Flug. Dann konnte sie immer noch wie verabredet gegen halb zwölf bei ihrer Schwester in Oslo sein. Das Flugzeug ging um 22.20 Uhr. Der Bus fuhr eine Stunde vorher vom Busbahnhof ab. Das Ticket am Schalter abholen …

Für den Zug hatte Jenny sich in einem Anfall von Optimismus eine Rückfahrkarte gekauft. Jetzt begnügte sie sich mit einem einfachen Flug.

592 Kronen. Wahnsinnig billig, fand Jenny. Zuletzt war sie 1975 geflogen, nach Rhodos. Sie lehnte sogar das freundliche Angebot ab, bei einem Rabatt von fünfunddreißig Prozent das Rückflugdatum offenzulassen.

»Sie wollen doch sicher nach Bergen zurück?«

Es wäre nicht richtig zu behaupten, daß Jenny sich jetzt optimistischer gefühlt hätte. Aber ihr blieben nun noch einige Stunden ganz für sich.

Wie sollte sie die Zeit bis zum Abflug nutzen? Sie konnte mit dem Bus zurück nach Åsane fahren. Doch von dort hatte sie schon Abschied genommen. Sie konnte bei einer alten Freundin in Søreide vorbeischauen. Auf dem Weg noch einen Besuch abstatten. Und ihr erzählen, daß sie Krebs hatte. Daß sie zum Sterben in die Hauptstadt reiste ... Doch, das wäre eine Möglichkeit. Die Gelegenheit nutzen, um Lebewohl zu sagen, sich noch einmal in Mitgefühl baden ...

[...]

Sie wanderte ziellos durch die Straßen. Einmal blieb sie stehen und sah sich im Schaukasten der ›Bergens Tildende‹ die ausgestellten Zeitungsseiten an.

Beim Lesen der Schlagzeile fuhr sie zusammen. »EIN WUNDER – ICH LEBE!« Über sechs Spalten. Eine Mitteilung nur für sie. Doch das war nur ein Stück Alltagsdrama. Ein Polizist, der mit knapper Not einem Revolverdesperado entkommen war.

Aber tatsächlich war es ein Wunder, daß sie lebte! Jenny brauchte keinem Revolverdesperado zu entkommen, um es als Wunder zu erleben, daß es sie gab. War es nicht ein Wunder, daß es überhaupt etwas gab?

Das Mysterium des Lebens, dachte Jenny. Das Rätsel des Lebens ...

Das Rätsel der Krankheit ...

Und was, wenn sie, wie durch ein Wunder, plötzlich wieder

ganz gesund würde? Oder wenn die Diagnose einfach nicht stimmte?

Ach nein. Jenny war keine Träumerin. Jenny war Chemikerin. Und Jenny war Realistin. Sie glaubte nicht an Wunder. Der Schlager dieses Frühlings, »Wir leben«, von Wencke Myhre und Jan Eggum hallte in ihren Ohren wider. Wie ein Gegenstück zu ihrer eigenen Stimmungslage hatte sie das Stück in den letzten Tagen immer wieder im Radio gehört:

»Für das Leben kämpfen wir, solange unser Blut noch fließt...«

Wofür lohnte es sich denn sonst zu kämpfen?

Mit dem weißen Damenkoffer in der Hand, mal in der linken, mal in der rechten, ging sie weiter zum Theater.

›Damen im Dampfbad.‹ Der Publikumserfolg der Saison. Sie hatte keine Ahnung, worum es in diesem Stück ging, doch es erschien ihr reichlich albern.

Theater. Theater bedeutete Johnny. Jetzt war er Dozent für Dramaturgie in Trondheim. Das Leben ist ein Theater, sagte er immer. Mit der Zigarette in der einen und der Flasche in der anderen Hand. Wir werden auf eine Bühne gestellt, und am Ende gehen wir einfach ab.

Er war vermutlich nicht der erste, der das so formulierte.

Jenny mußte aus der Stadt heraus. Sie schleppte ihren Koffer bis zum Kloster und dann den ganzen Weg bis Nordnes. Dort setzte sie sich auf eine Bank und starrte über das Meer zur Insel Askøy hinüber.

[...]

Sie sah draußen auf dem Fjord die Askøy-Fähre, auf halber Höhe zwischen Nordnes und Askøy, mit vielleicht ein paar hundert Menschen an Bord. Doch für Jenny sah die Fähre aus wie ein Spielzeugboot in einer Miniaturlandschaft.

Hundert Menschen in einem Boot zusammengepfercht, getragen vom selben Kiel, von derselben Kraft.

Jenny spielte mit dem Gedanken, selbst an Bord zu sein. Weit draußen auf dem Fjord an Deck zu stehen und mit dem Gedanken zu spielen, sie sitze in Nordnes und halte nach sich selbst Ausschau.

Einen Moment lang wußte sie nicht mehr, wo sie sich gerade befand. Sie war an Bord der Fähre und in Nordnes. Und in Landås, im Mjølfell. Und in Oslo, in der Wohnung ihrer Schwester und in der Radiologischen Klinik ...

Wenn sie nicht auf die Zeit achtete, dann war sie an all diesen Orten. Sogar auf dem Mond. Sie war überall.

Jenny dachte daran, wie sie 1975 über die Europakarte geflogen war. Die Menschen waren so tief unten gewesen, daß sie sie nicht mehr sehen konnte. Aber sie hatte überall ihre Spuren entdeckt. Sie hatte Städte und Äcker gesehen. Wie kleine gelbe, grüne und graue Karos. Griechenland, Jugoslawien, Österreich, Deutschland, Dänemark. Und das alte Norwegen. Aus zehntausend Metern Höhe waren keine Landesgrenzen mehr zu sehen. Das grüne Europa ...

Sie hatte auch Bilder vom Erdball gesehen. Aufgenommen vom Mond aus. Oder von noch weiter draußen im Weltraum liegenden Orten. Ein blauer Globus. Aus der Entfernung gesehen gehörte alles Leben auf diesem Planeten zusammen. Wie ein einziger lebendiger Organismus. Ein seltsamer Gegenstand: ein quicklebendiges Ding mitten im leeren Raum.

Wer hatte auf Jenny und ihr Schicksal geachtet, als das Bild vom Mond her aufgenommen wurde? Welche Bedeutung hatte eine Ameise unter vielen Milliarden?

Und doch – mit ihrem Bewußtsein umschloß Jenny gewissermaßen diese ganze Welt.

Wenn ich sterbe, dachte sie, dann stirbt die ganze Welt mit mir. Und eine andere Welt wird an die anderen weitervererbt.

Die Welt ist hier und jetzt – in einigen Wochen oder Monaten ist sie verschwunden …

Ein Spatz kam angeflogen und setzte sich neben sie auf die Bank. Einen Moment blieb er dort sitzen und sah sich um. Dann war er verschwunden.

Noch eine Askøy-Fähre ist vorübergefahren. Jenny steht von der Bank auf, nimmt den weißen Koffer und geht in Richtung Stadt.

April. Die Rasenflächen sind so grün, daß es in den Augen schmerzt. In einigen Beeten blühen Schneeglöckchen, Krokusse und Osterglocken. Die nackten Birken haben sich in lila Schleier gehüllt. An einigen lugen die Spitzen hellgrüner Blättchen hervor. In einer Woche werden die Birken ganz in Grün gekleidet sein …

April. Es ist unfaßbar, findet Jenny, wie innerhalb weniger Wochen Tonnen von grünem, lebendigem Stoff aus der schwarzen und leblosen Erde gepumpt werden.

April. Wieder denkt sie an Ostern. An Tod und Auferstehung. An das Saatkorn, das ins Erdreich fallen und sterben muß …

Jenny geht langsam an Fredriksberg vorbei und erreicht die alten Holzhäuser zwischen Kloster und Puddefjord.

Grüne Rasenflächen. Bäume. Ein alter Mann mit einem Stock. Zwitscherndes Kinderlachen. Eine schwere Abendsonne durchbricht die Wolkendecke.

Jenny saugt all diese Eindrücke in sich auf.

Lebt wohl, denkt sie hart und bitter. Leb wohl, Bergen. Leb wohl, lebendige Erde, lebt wohl, Sonne und Himmel … Ich ziehe mich jetzt zurück, meine Zeit ist zu Ende. Ich verschwinde. Nicht für ein oder zwei Wochen. Sondern für immer. Für ewig.

Plötzlich versteht sie, was dieses Wort bedeutet. Ewig. Im

Bruchteil einer Sekunde versteht sie es. Jenny erfährt die Ewigkeit.

Das hier war meine Welt. Sechsunddreißig Jahre lang. Nein, Millionen von Jahren lang. Sie fühlt sich um keinen Tag jünger als der Berg Ulrikken. Wie sehr diese Welt doch *meine* gewesen ist. Wie sehr von mir gefärbt. So sehr in meinem Bewußtsein gefangen.

Vielleicht gibt es auch noch andere Welten. An einem anderen Ort. Oder in einer anderen Zeit. Vielleicht beides. Doch Jenny hat an dieser Welt teilnehmen dürfen. An einer Welt aus Tälern und Fjorden und Bergen, aus Wüste, Meer und Dschungel. Mit Pferden und Kühen und Ziegen, Elefanten, Nashörnern und Giraffen. Mit Krokussen, Schneeglöckchen und Hibiskus, Apfelsinen, Pflaumen und Stachelbeeren ... und mit Menschen, Frauen und Männern. Jenny hat die Menschheit erlebt. Aus nächster Nähe. Sie hatte eine Begegnung der vierten Art. Sie selbst ist ein Mensch gewesen!

Die Welt!

Dieser Welt hat sie einen kurzen Besuch abgestattet. Als Teilnehmerin, als Repräsentantin, als Beobachterin.

Wie viele Stunden ihr hier wohl noch bleiben werden?

Aber das spielt wohl kaum eine Rolle, wo sie doch schon auf dem Weg hinaus ist?

O doch, es spielt eine Rolle. Wie viele Stunden bleiben ihr noch zum Leben? Zum Sein?

Gib mir das Leben noch einmal, denkt Jenny. Gib mir einen gesunden Körper. Gib mir meine Jugend zurück ...

Gib uns Barabbas!

An diesem Osterfest ist Jenny das Opferlamm. Sie trägt das Leid der Welt auf ihren Schultern.

»Wenn alles ganz still ist, hören wir die Herzen schlagen ..., ob wir kriechen oder gehen, ob wir ganz verloren sind: wir leben!«

[...]

Jenny bahnt sich einen Weg zwischen den vielen Motorrädern vor dem »Hotel Norge«. Sie überquert den Festplass und geht am Lille Lungegårdsvann entlang auf den Busbahnhof zu.

Ganz unten am Seeufer liegt ein knutschendes Paar. Es sieht nicht besonders bequem aus, wie sie da liegen. Daß die das bringen, denkt Jenny. Es wirkt so anstrengend. Und es ist sicher kalt. Und unleugbar auch ein bißchen komisch. Zwei ausgestreckte Tiere, die sich gegenseitig streicheln und küssen und kratzen und kneifen. Und deren Begehren der Tatsache zu verdanken ist, daß sie zwei unterschiedlichen Varianten der Spezies Mensch angehören.

Und dennoch: Sie kann sie gut verstehen. Sie ist ja selbst auch so ein Mensch gewesen ...

Der Flughafenbus fuhr erst in einer halben Stunde. Aber ein normaler Bus nach Flesland war schon zum Abfahren bereit. Fana – Os – Milde.

Zum erstenmal spürte sie in ihrem Körper, daß sie krank war. Die Unterführung zum Busbahnsteig 18 war so endlos lang. Und dann mußte sie eine steile Treppe hinaufsteigen. In einen Bus, wo sie ihren Koffer festhalten und gleichzeitig in ihrer Handtasche nach dem Fahrgeld wühlen mußte.

Sie hatte so viel an den Tod gedacht, daß sie ihre Krankheit völlig vergessen hatte. Jetzt merkte sie, wie schwach sie war.

»Entschuldigung, geht es Ihnen nicht gut?«

Das war der Busfahrer.

Jenny spürte, wie eine warme Welle der Dankbarkeit ihren Körper durchlief.

»Bitte? Nein, nein, ist schon in Ordnung. Ich bin nur ein bißchen müde. Haben Sie vielen Dank. Tut mir leid ...«

Gern hätte sie ihn umarmt. Ihn um Hilfe gebeten, um sein Mitleid. Oder sich auf die Motorhaube gelegt und geweint.

Sie hatte – vielleicht zum erstenmal in ihrem Erwachsenenleben – einen ganzen Tag lang nicht an ihr Äußeres gedacht. Am Morgen hatte sie sogar ihr Augen-Make-up vergessen.

Doch fühlte sie sich nicht nur blaß und ungepflegt. Vielmehr war ihr Gesicht von Angst gezeichnet, von Verzweiflung, Depression und Aufruhr. Es war naiv zu glauben, ihre Gedanken seien für alle Welt unsichtbar.

Sie hatte wieder dieses Gefühl, das sie aus ihrer Kindheit so gut kannte. Daß alle, die sie ansahen, ihre Gedanken lesen konnten.

Jenny war immer schon gern Bus gefahren.

Sie saß gern am Fenster und sah die Landschaft vorüberziehen. Die Berge, den Fjord, die Häuser, die Schaufenster, die Menschen …

Das war, als blättere man in einem Buch.

Hier konnte sie ungestört sitzen und heimlich belauschen, was die Menschen über Wind und Wetter sagten, und mußte sich nicht dafür rechtfertigen.

Die Stunden, in denen Jenny am intensivsten reflektierte, waren die täglichen Busfahrten zwischen Åsane und Bergen gewesen. Wenn ihre Gedanken gelegentlich andere Themen umkreisten als Ökonomie und Alltagskram, dann geschah das im Bus.

Hier hatte sie den Sonnenaufgang gesehen. Hier hatte sie die Dämmerung erlebt. Hier war ihr das Paradoxon aufgegangen, daß ein Mensch nicht ewig lebt.

[…]

Todkrank zu sein bedeutete eine ungeheure Schärfung des Gedächtnisses. Jenny konnte sich plötzlich so intensiv an ihre Kindheit erinnern, daß es ihr keinerlei Schwierigkeiten bereitete, sich mit dieser Zweijährigen zu identifizieren, die so verwundert war über alles, was sie sah.

Sie hatte das Gefühl, die Welt zum erstenmal zu sehen. Obwohl es das letztemal war. Aber war das nicht im Grunde dasselbe? Wie das kleine Mädchen vorn im Bus stand sie an der äußersten Grenze der Welt.

Jenny schaute aus dem Busfenster.

Das Gras war so grün, die Berge so hoch und scharf konturiert, der Abendhimmel so blendend blau, und Menschen und Tiere so quicklebendig.

Die Welt schien erst vor wenigen Minuten erschaffen worden zu sein. Als ob ein Zauberkünstler die Wirklichkeit gerade erst aus dem Ärmel geschüttelt hätte.

Hoch oben am Hang waren noch ein paar Flecken Schnee zu sehen. Ein letzter Gruß aus dem vergangenen Jahr.

Aus einem Leben ...

Jenny würde keinen Schnee mehr vom Himmel rieseln sehen. Ihr Zyklus war unterbrochen worden und die letzte Runde eingeläutet.

Schnee!

Jenny wußte noch, wie sie zum erstenmal etwas Weißes auf der Erde gesehen hatte. Am allerersten Wintermorgen der Welt. Ein dicker Teppich aus grobkörnigem Reif hatte alles wie eine kühle Decke eingehüllt.

»Zucker!« hatte sie gerufen.

Sie hatte sich in ihrer Karre aufgerichtet und wild mit den Armen in der Luft herumgefuchtelt. »Zucker!«

Das war damals, als sie noch nicht an dieser Herrlichkeit geleckt hatte. Sie hatte nichts als eine kandierte Landschaft gesehen.

Die Welt ist ein Rätsel, dachte Jenny jetzt. Doch wir gewöhnen uns an dieses Rätsel, wenn wir größer werden. Bis uns am Ende überhaupt nichts mehr rätselhaft vorkommt. Die Welt wird überschaubar und zuverlässig. Und wir müssen scharf nachdenken, wenn wir die Welt ihrer scheinbaren Begreifbarkeit berauben wollen. Wir müssen uns intensiv in uns selbst vertiefen, wenn wir die Welt als Mysterium erleben wollen …

Ist das nicht komisch?

Das einzige wirkliche Mysterium ist das, was wir sehen. Aber es ist das einzige, das niemals erwähnt wird.

Das gilt für alle Menschen. Aber es ist kein Gesprächsthema.

Nichts ist so obskur wie das Glasklare. Nichts ist so okkult wie das, was wir an jedem einzelnen Tag erleben.

Hier erwachen wir auf einem Erdball im Universum. Auf einem schwebenden Globus. Einer Zauberkugel. Mit Seen und Wäldern und Bergen. Und einem kleinen Spritzer von Leben in allen Größen und Formen.

Hier liegt die Materie auf dem Feld. Hier schießt sie zwischen Steinen und Bäumen aus dem Boden. Hier wimmelt es in Flüssen und Seen. Hier flattert es in der Luft zwischen Himmel und Erde. Und mehr noch, mehr: Die Materie auf diesem geheimnisvollen Planeten ist sich ihrer selbst bewußt. Sie breitet die Arme aus und sagt: »Hoppla, jetzt komme ich!«

Und dann ist es trotzdem soweit. Wir gewöhnen uns an alles um uns herum und tun so, als müßte es so sein. Wir halten das Leben auf diesem Planeten für die vernünftigste Form des Daseins. Vielleicht gelten uns Dronten und Dinosaurier noch als etwas Außergewöhnliches, aber auch nur, weil es sie nicht mehr gibt.

Noch in der dritten oder vierten Klasse hatte Jenny sich darüber gewundert, daß die Menschen in Australien nicht von der Erde purzelten. Das fand sie genauso erstaunlich, wie sie vom Gegenteil verblüfft gewesen wäre – wenn die Australier tatsächlich in den Weltraum gefallen wären.

Was hatte sie damals schon von »Naturgesetzen« gewußt – Naturgesetze, was war das schon?

[…]

Jenny schaut wieder aus dem Busfenster.

Søreide. Ein kleiner Ort, zehn Kilometer südlich von Bergen. Ein paar Läden, eine Schule, ein Postamt. Menschenleerer Werktagabend. Jenny sieht alles so scharf wie ein Kind.

Das einzige, was diese Welt greifbarer werden läßt als die wildeste Phantasie, ist die Tatsache, daß sie existiert. Abgesehen von diesem einen Unterschied ist Søreide für die Vernunft so unbegreiflich wie das Middle Earth der Hobbits oder Alices Wunderland.

Auch das hat wohl irgendein Philosoph so ähnlich formuliert. Daß das große Mysterium nicht darin besteht, *wie* die Welt ist, sondern allein *daß* sie ist.

Auch diese These hatte Jenny sich eingeprägt, als sie sich damals auf das philosophische Examen vorbereitet hatte. Dieser Satz schien alles zu umfassen, was man sich vorstellen konnte.

Sie aber hatte in all den Jahren, die seither verstrichen waren, nicht weiter darüber nachgedacht. Sie war viel zu beschäftigt gewesen zu leben. Die Welt selbst war kein Thema, über das man sich jeden Tag den Kopf zerbrach.

Anders sah die Sache allerdings aus, wenn man plötzlich erfuhr, daß man Krebs hatte. Dann gewannen Worte wie Welt, Leben oder Tod an Gewicht. Krebskranke entwickelten oft ein feines Gespür für die großen Fragen des Daseins. Viele behaupteten sogar, daß das einen Teil des Krankheitsbildes ausmache.

[...]

Fast ihr ganzes Leben auf der Erde hatte Jenny wie eine Comicfigur verbracht, ohne ein Bewußtsein ihrer selbst. Nur ein seltenes Mal war ihr das Bewußtsein der eigenen Existenz wie ein Schauer durch den Leib gefahren.

Ein Mensch lebt bestenfalls achtzig oder neunzig Jahre,

dachte sie jetzt. Eine Generation folgt der anderen ... Wir müssen alle sterben ... Wir leben nicht ewig ... – im Umgang der Menschen miteinander gibt es viele Floskeln.

Wenn wir nur drei oder vier Jahre lebten, würden wir uns damit genauso abfinden müssen. Dann wäre *das* unsere Natur. Aber selbst wenn wir tausend oder zehntausend Jahre lebten, wären wir unzufrieden, wenn das Ende näherrückte.

Sechsunddreißig Jahre ...

Ein Tag in der Ewigkeit. Ein Fingerschnippen in der Zeit. Jenny hatte nicht das Gefühl, schon lange erwachsen zu sein. Noch immer war sie Anfängerin.

Und dennoch: Sie beneidete die anderen nicht mehr um deren Gnadenfrist von einigen schnöden Tagen. Ob sie noch eine Woche oder tausend Jahre zu leben hätte, das war im Grunde unwesentlich, wenn sie doch ohnehin eines Tages aufhören würde zu sein ... Es gab schließlich wichtigere Fragen als die nach dem exakten Zeitpunkt, an dem das Leben eines einzelnen Menschen zu Ende geht. Es ging um mehr als das einfache Feilschen um die Uhrzeit.

Nicht ich bin krank, dachte sie. Die Welt ist krank. Denn schließlich ist ja »alles, was entsteht, wert, daß es zugrunde geht«.

Das hatte auch Buddha gemeint, als er sagte, alles in der Welt sei von Leid erfüllt. Es gibt viel Gutes auf der Welt. Vieles, das wir liebgewinnen. Aber nichts von dem, was wir lieben und an das wir uns klammern, ist von Dauer.

Ob es wohl ein Heilmittel gab gegen ihre Angst, sich selbst zu verlieren? Gab es nichts, was Jenny von ihrer Lebensgier heilen, nichts, was ihren Lebensdurst löschen konnte? Gab es irgendeine Perspektive, die wichtiger war als die Frage nach Sein oder Nichtsein?

Mit diesen Fragen beschäftigte Jenny sich am letzten Vorposten der Welt.

[...]

Der Bus hält vor dem Flughafengebäude.

Jenny wirft sich den grünen Mantel über den einen Arm und zieht mit dem anderen den Koffer aus der Gepäckablage. Dann verläßt sie den Bus, der Fahrer läßt den Motor aufheulen, schließt die Türen und fährt weiter.

Zwischen Søreide und Bergen ist es dunkel geworden. Die Erde hat sich einige Grad um ihre Achse gedreht und die Sonne hinter dem Horizont verschwinden lassen. Die roten Positionslichter am Rande des Flughafens beweisen, daß Jenny am Ende des 20. Jahrhunderts sterben wird.

Jenny bewegt sich mit schweren Schritten auf den Eingang zu.

Abflug |... Departure.

Über dem flachen Flughafengebäude sieht sie die ersten Abendsterne wie blaßblaue Tupfen im Halbdunkel.

Ferne Sonnen. Und doch unsere nächsten Nachbarn im Universum.

Jenny wird auf einem Planeten sterben, der sich um einen von hundert Milliarden von Sternen in der Milchstraße dreht. Und hinter der Milchstraße, weiter, als Jennys Gedanken reichen, gibt es weitere Hunderte Millionen solcher Galaxien.

Der Tod ist so nah – und die Sterne so weit weg.

[...]

Jenny bezahlt ihren Flug mit einem Scheck der »Bergen Bank«.

Sie ist schon lange nicht mehr auf einem Flughafen gewesen. Und jetzt überlegt sie sich, daß sie wohl zum allerletztenmal in ihrem Leben mit einem Flugzeug fliegen wird. Vielleicht stellt sie auch zum letztenmal einen Scheck aus.

»Und mein Koffer?«

»Den können Sie am Schalter gegenüber einchecken.«

[...]

Jenny blickte sich in der Abflughalle um.

Einige Pinguine saßen in dem kalten Lokal hinter einem Bier oder einer Tasse Kaffee, beugten sich über ihren Diplomatenkoffer oder versteckten sich hinter ihrer Zeitung. Die meisten aber wieselten durch die Gegend, mechanisch wie in einem alten Stummfilm.

Sie waren moderne Menschen. Sie erinnerten Jenny an Roboter. Eine Gruppe nach der anderen sollte in eine andere Stadt gefunkt werden …

Draußen war es sternenklar. Und vielleicht auch kalt. Doch drinnen war es kälter. Es war ein eiskalter Wind, der zwischen den Menschen wehte.

Jenny fühlte sich zu der Nacht draußen hingezogen. Hier in der Abflughalle war kein Trost zu finden. Keine Toleranz. Keine Versöhnung.

Raus hier! dachte sie. Hinaus in die Nacht!

Die Uhr zeigte einige Minuten nach neun. Noch über eine Stunde bis zu ihrem Flug.

Und wenn sie das Flugzeug verpaßte, dann würde am nächsten Morgen sicher auch noch eins gehen.

Sie hatte kein Gepäck. Sie brauchte nur noch an sich selber zu denken.

Draußen ist es fast dunkel. Hoch oben über der Aprilnacht hängt eine Decke aus funkelndem Licht. In jeder Lampe unter dieser Decke glitzert eine Glühbirne von einem Tausendstel Watt.

Jenny geht vorbei an Bussen und Taxis und Mietwagen. Nicht langsam, aber mit sehr bestimmten Schritten. Sie überquert die Straße und hält auf den Birkenwald zu.

In der Dunkelheit sieht der Wald aus wie ein unbezwingbares Gestrüpp. Doch Jenny findet einen Pfad, der sich zwischen den Bäumen hindurchschlängelt.

Sie nimmt den herben, fast säuerlichen Geruch des Frühlings

wahr. Den Geruch von fauliger Erde. Aber auch den süßen Duft keimenden Lebens. Auch dadurch fühlt sie sich an die Ursprünge des Seins erinnert ...

Sie greift nach den Baumstämmen, tastet in der Luft nach den Zweigen, berührt die winzigen Knospen. Dann bleibt sie lange stehen und umarmt einen schlichten Stamm.

Das ist meine Welt, denkt sie. So sieht es hier aus ...

Sie geht weiter, bis die Lichter des Flughafens nicht mehr zu sehen sind. Als Lärm aus einer Welt, die nichts mehr mit ihr zu tun hat, hört sie den gewaltigen Motor eines Flugzeugs aufbrausen.

Sie kommt an eine Lichtung. Hier setzt sie sich auf einen Baumstumpf. Sie packt das Gras, spürt den kalten Erdboden an ihren Fingern.

Dann hebt sie einen großen Stein vom Boden auf und legt ihn sich auf den Schoß. Er ist so schwer, es tut gut, ihn zu berühren. Er ist so massiv. So solide.

Sie hat das Gefühl, mit diesem Stein die ganze Nacht emporzuheben. Die ganze Welt. Und das Gefühl, an einem eingeschlafenen Bein zu ziehen ...

Ich bin die Welt ...

Jenny ist nicht betrunken. Sie ist krank. Und sie ist jetzt ganz nüchtern.

Ich muß sterben, denkt Jenny. Aber ich bin mehr als ein verirrter »Gast in der Wirklichkeit«: Ich *bin* die Wirklichkeit.

Die schwarzen Baumwipfel zeichnen sich als vage Schatten vor dem dunklen Himmel ab. Wenn es noch dunkler wird, dann wird sie Himmel und Erde nicht mehr voneinander unterscheiden können.

Ich bin nicht anwesend in irgendeiner Welt. Ich *bin* die Welt.

Sie sagt es laut vor sich hin: *Ich bin die Welt.*

[...]

Ich bin all das, was existiert. Ich bin das, was sich nur so unendlich selten als Ganzheit erleben darf. Als eine Person.

In diesem Moment schien sie die gesamte Wirklichkeit zu verkörpern, wie sie dasaß.

Über den Bäumen stechen die Sterne wie spitze Nadeln in die Nacht. Ihr Licht zieht sich wie gespannte Saiten zwischen Himmel und Erde dahin. Auf diese Weise scheinen sie das Universum zusammenzuhalten.

Jenny nimmt den Stein von ihrem Schoß und legt ihn zurück auf den Boden.

Etwas scheint sie von ihrem Baumstumpf zu erheben. Sie steht nicht von selbst auf, doch sie spürt, daß ihr Körper sich erhebt. Irgendein Auftrieb hebt sie plötzlich in die Höhe. Ein Druck unter ihr.

Sie geht ein paar Schritte. Doch sie spürt ihr eigenes Gewicht nicht. Denn sie ist nicht nur sie selbst. Sie ist auch der Boden. Und der Boden ist wie ein eingeschlafenes Bein.

Sie hat das Gefühl, über Wasser zu gehen. Unter sich das Meer, auf allen Seiten das Meer. Doch dieses Meer, das sie unter ihren Füßen spürt, diese Tiefe, die sie trägt – ist ein Meer, eine Tiefe in ihr selbst.

Ein Stück von ihrem Ich scheint aus ihr heraus- und in etwas Größeres hineingesogen zu werden. Auf diese Weise verschwindet sie gewissermaßen, ist nicht mehr da. Sie scheint sich selbst zu verlieren, wie ein Tropfen sich selbst verliert, wenn er auf die Wasseroberfläche trifft.

Jenny ist nicht mehr. Und gleichzeitig ist sie das Ganze. Wie ein Tropfen im Meer das Meer *ist*, und nicht nur ein Tropfen.

Jenny spürt ihr eigenes Gewicht nicht mehr, doch sie spürt um sich herum die Materie der Welt. Den Weltkörper.

Die Bäume, die Steine, der Baumstumpf, auf dem sie gesessen hat. Der Wald um sie herum. Alles gehört zusammen, alles ist eins. Nur die Oberfläche ist verschieden.

Die Formen um sie herum sind wie kleine Wellen an der Oberfläche eines Ozeans. Unter allem sitzt der Druck einer Tiefe, die alles nach oben schiebt. Der Druck eines bodenlosen Abgrunds, einer Finsternis, aus der das Licht hervorquillt, eines schwarzen Loches, so voll, daß es schon wieder leer ist.

Früher war Jenny nur aufgeregte Oberfläche. Jetzt ist sie auch die schwere, dichte, stumme Tiefe darunter.

Die Wellen an der Oberfläche sind jetzt zur Ruhe gekommen.

So, wie die Bäume, die sie umgeben, sich erheben, hochgehoben werden, genauso steht sie in dieser Landschaft. Genauso ist sie diese Landschaft.

So, wie sie den Daumen an ihrer Hand spürt – so spürt sie auch die Landschaft um sich herum, als wäre sie ihr eigener Leib.

Dieselbe Lebenskraft, die durch ihre Adern strömt, fließt auch als Saft in den Birkenstämmen. Und das alles, Bäume, Steine, Baumstumpf, Gras, der Boden, auf dem sie steht, und sie selbst –, das alles ist *ein* Bewußtsein, *ein* Geist.

Sie spürt, wie das Bewußtsein aus ihr heraussickert und verschwindet, zerfließt. Zugleich fühlt sie sich umgeben von Bewußtsein, eingehüllt in einen warmen, lebendigen Bewußtseinsstrom.

Großer Gott! denkt Jenny. Großes Ich!

Sie hat das Gefühl, aus der Zeit hinausgerissen worden zu sein.

Zeit?

Wörter wie Zeit und Raum ergeben keinen Sinn. Jenny ist jetzt nicht mehr in der Zeit. Sie steht außerhalb von Zeit und Raum.

Sie erlebt etwas, das nicht Sekunden oder Jahre dauert. Es dauert Sekunden *und* Jahre. Und noch länger, und noch kürzer.

Die Welt, Jennys Alltagswelt, sie ist eine Schale, aus der sie herauskriecht.

Ein unbeschreibliches Glücksgefühl erfüllt sie. Jetzt hat sie keinen Wunsch mehr, nichts will sie noch. Nicht, weil sie alles *hätte,* was sie sich wünschen kann, sondern weil sie das alles ist.

»Buddha!« flüstert sie. »Nirwana ...«

Und dann fügt sich wieder alles zum alten Bild.

Bäume sind wieder Bäume, Steine werden zu Steinen, der Baumstumpf, auf dem sie gesessen hat, wird zu einem Baumstumpf im Wald, die Sterne ziehen ihre spitzen Finger Tausende von Lichtjahren zurück, und Jenny Hatlestad ist unterwegs nach Oslo, um zu sterben.

Sie spürt, daß die Wärme, die sie gerade noch umgeben hat, verweht. Übrig ist nur eine ausgebrannte Welt, eine Welt voll kalter Asche.

Was sie erlebt hat, läßt sich unmöglich beschreiben. Doch sie ist überzeugt davon, daß sie etwas Wirkliches, etwas Greifbares erlebt hat.

Von dieser kühlen Aprilnacht bleibt ihr eine ganz neue Erkenntnis, eine Wahrheit, an der sie niemals zweifeln wird.

Jenny folgt dem Weg aus dem Birkenwald hinaus und geht zurück zum Flughafen. Zum erstenmal seit vierzehn Tagen lächelt sie. Es ist nicht gerade ein glückliches, aber doch ein schlaues, ein schelmisches Lächeln.

Fast hätte sie laut losgelacht. Um ein Haar hätte sie losgeprustet. So, als hätte sie gerade die Pointe eines Witzes begriffen.

Sie hat tatsächlich eine neue Dimension entdeckt. Sie hat gesehen, daß die chinesische Schachtel eine weitere Schachtel enthält. Die Schachtel mit dem Gold. Sie hat gesehen, daß sich in der russischen Puppe eine weitere verbirgt. Die Puppe, die lacht und kleine Pirouetten dreht. Sie hat ein Vexierbild durchschaut.

[...]

Jenny war das Opfer einer Illusion gewesen. Sie hatte ihr Leben in einem Spiegelkabinett verbracht. Sie hatte ihre Rolle in einem Narrenspiel gespielt. Aber jetzt, jetzt war der groteske Traum vorbei.

Jetzt war sie nicht länger in einen krebskranken Körper eingesperrt. Denn das, was sie so großartig als »Ich« bezeichnet hatte, das war nicht ihr eigentliches Ich. Das war nur ein Oberflächen-Ich, ein illusorisches Ich, ein Traum-Ich, das sich im selben Moment auflöste, da sie erwacht war.

Ihr eigentliches Ich, ihr innerstes Selbst, das war nicht zum Tode verurteilt. Es würde nicht sterben, so, wie auch der Wald nicht stirbt, wenn ein Baum umgehauen wird.

Jenny wurde nicht am 1. März 1947 in Bergen geboren. Jenny ist nicht sechsunddreißig Jahre alt. Jenny hat es immer gegeben. Jenny wird es immer geben.

Wenn sie nun zu den Sternen über den Baumwipfeln hochsah, dann waren sie gar nicht mehr so weit weg. Vielmehr bezeugten sie jetzt Jennys eigene Größe. Denn sie *war* Sterne, und sie *war* Boden, auf dem sie stand.

Warum also sollte Jenny sich vor dem Sterben fürchten?

Sie war die Wirklichkeit!

Daß sie das nicht schon längst begriffen hatte!

Daß nicht alle Menschen dasselbe begriffen!

Dennoch wäre es nutzlos, anderen davon zu erzählen. Viel zu eifrig zappelten sie im Netz, viel zu sehr waren sie in die Illusion verliebt. Der Zauber hatte sie noch zu fest in seinem Bann, viel zu sehr klammerten sie sich an ihr eigenes Ego, an ihr eigenes kleines, armes, zielloses »Ich«.

Jenny aber hatte nichts zu verlieren. Es fiel ihr nicht schwer loszulassen. In dieser Hinsicht war sie besser dran als die meisten anderen.

Sie stand am äußersten Vorposten der Welt. Fast hatte sie den Nullpunkt erreicht. Und den mußte man passieren, wenn man den neuen Himmel und die neue Erde sehen wollte.

Sie *war* die Welt!

Der einfachste Satz der Welt. Die allernatürlichste Behauptung der Welt. Und dennoch – so unmöglich, ihn anderen zu vermitteln!

Was waren schon Worte im Vergleich zu diesem tödlichen Strahl von Gewißheit? Denn Jenny, Jenny war tot. Sie war im Wald dort drüben gestorben. Wie der Tropfen stirbt, wenn er das Meer küßt.

Doch das war ein Tod, der über den Tod triumphierte. Der Tod im Birkenwald ließ den physischen Tod zu einem Problem werden, das geringfügiger war als das Hinunterschlucken einer Vitaminpille.

Sie hatte sich selbst verloren. Jenny Hatlestad. Jetzt konnte sie ganz gelassen sein. Jetzt war es zum Sterben zu spät.

Jenny hatte etwas erlebt, was ihr niemand mehr nehmen konnte. Doch es war kein privates Erlebnis.

Privat!

Das Wort erinnerte sie an ihre alte Comic-Wirklichkeit. Ein Donald-Duck-Wort.

Dies hier war etwas Universales. Es war etwas Einleuchtendes, Selbstverständliches, etwas für alle Gültiges. Denn lag es nicht ganz offen und für jedermann zugänglich da?

Das Geheimnis war der Tag selbst. Die Wirklichkeit. Das Universum. Der Weltkörper.

Zum zweitenmal an diesem Abend geht Jenny Hatlestad auf das Flughafengebäude zu. Diesmal aber hat sie den Kopf dabei nicht gesenkt. Hocherhobenen Hauptes geht sie. Stolz.

Über der niedrigen Abflughalle sieht sie ein flimmerndes Sternengewirr, wie Funken eines Feuers, das vor fünfzehn Milliarden Jahren angezündet worden ist.

Ihr ganzes Leben lang hatte Jenny den Sternenhimmel betrachtet, ohne zu begreifen, was sie da sah. Ohne es begreifen zu *wollen.*

Sie hatte ein Dutzend Bücher über Galaxien, Spiralnebel und Supernovas gelesen. Über Rote Riesen, Weiße Zwerge und Schwarze Löcher. Für all das hatte sie sich interessiert. Wie andere sich für alte Münzen oder benutzte Briefmarken interessierten.

Und dennoch: Ihr Interesse am Universum war wohl kaum Zufall gewesen. Ohne sich darüber im klaren zu sein, war sie bereits vor zwanzig Jahren ihrem Erlebnis im Birkenwald auf der Spur gewesen. Immer schon hatte sie die Sehnsucht nach Ganzheit und Harmonie in sich getragen.

Vor einigen Stunden noch war sie eine krebskranke Diplomchemikerin gewesen, die um einen leichten Tod gebetet hatte. Jetzt sah sie das, worum sie gebetet hatte, hoch oben in der Lichtjahrnacht über dem Flughafen Flesland. Jahrmilliarden, bevor sie die Hände gefaltet hatte, hatte sich die Erhörung ihres Gebetes bereits auf die Reise gemacht.

Auch Jenny ist ein Funken dieses Feuers. Sie ist aus demselben Stoff, aus dem die Sterne sind. Auch sie ist Sternenstaub.

Einst war die Weltmaterie ein einziger Leib, ein Körper. Dann wurden Fasern dieses Körpers in alle Himmelsrichtungen geschleudert.

Jenny ist eine zerrissene Ganzheit, eine zerfetzte Göttin. Sie war es, die vor fünfzehn Milliarden Jahren explodiert war. Damals war sie in viele Stücke zerbrochen. Und in dieser Nacht hat sie den Weg zu sich selbst zurückgefunden.

In der Abflughalle wimmelt es nur so von wichtigen Personen. Ostertouristen und steife Geschäftsleute. Sogar auf diesem Abendflug sind die Geschäftsleute in der Mehrzahl. Pinguine mit Diplomatenkoffer.

Jenny schaute durch sie hindurch.

Kindermenschen, dachte sie. Sie zitterte unter ihrem Mantel.

Jenny stand allein zwischen Himmel und Erde. Sie und diese Kindermenschen hatten sich nichts zu sagen.

Was ihr angst machte, war, daß sie sich nicht einmal mehr einsam fühlte.

[...]

Auf einmal ist sie erfüllt von Mitleid mit den vielen Menschenkindern, die in einem einzigen dichten Wirbel des Lebenshungers um sie herumjagen.

Es tut so weh mitanzusehen, wie sie sich anstrengen, wie sie sich an ihr eigenes kleines Ich klammern. An ihr Oberflächen-Ich. Ihr Ego. Ihr Illusions-Ich.

Immer mit der Ruhe, denkt Jenny. Laßt einfach los.

Wenn ihr euch selber loslaßt, dann gewinnt ihr alles. Aber erst müßt ihr den Nullpunkt passieren. Erst müßt ihr sterben, müßt die harmlose Vitaminpille schlucken.

Wer sein Leben retten will, muß es verlieren ... Das Saatkorn fällt ins Erdreich und stirbt ...

[...]

Jenny gleitet in die Menschenmenge und verschwimmt mit ihr. Sie spürt die Wärme ihrer Mitmenschen um sich herum. Und das tut gut.

Es ist, als sähe sie sich selbst in allen anderen, ja, in jedem einzelnen von ihnen.

Sie ist nicht mehr nur sie selbst. Jetzt ist sie auch der steife Geschäftsmann mit dem Diplomatenkoffer. Sie ist die junge Mutter mit ihrem Säugling im Tragetuch. Sie ist das kleine Kind, das im Jahre 2000 siebzehn Jahre alt sein wird ...

Jenny ist in Oslo. Sie ist in Helsinki, sie steht auf dem Roten Platz in Moskau, sie läuft zum Bahnhof von Irkutsk, sie fährt mit dem Rad über den Platz des Himmlischen Friedens in Peking, sie steht vor einem Fenster des Potala-Palastes in Lhasa …

Tausend Bilder, Eindrücke und Situationen flimmern wie ein lebendiges Mosaik an ihrem inneren Auge vorüber. Augenblicke aus dem Menschenleben. Wie eine Lawine brechen sie über Jenny herein …

Jenny ist in Landås mit dem Dreirad unterwegs. Jenny wird konfirmiert. Jenny heiratet. Jenny bringt ein Kind zur Welt …

Jenny streift nach einer Herzoperation die Gummihandschuhe ab. Sie pflügt den kargen Acker mit einem von Ochsen gezogenen Holzpflug. Sie verläßt das Mondlandefahrzeug und setzt als erster Mensch ihren Fuß auf den Mond …

Jenny ist Metzger in Chicago, Hirte in Syrien, Grubenarbeiter in Südafrika und Computerexperte in Tokio …

Sie ist Regenmacherin in Afrika, Schamanin in Sibirien, Blótmaðr bei den Wikingern, Imam in Tunesien, Pater in Turin, Vorstadtpastorin in Åsane, Astrophysiker in Berkeley, Lama in Tibet …

Ja, denkt sie glücklich. Das alles bin ich. Ich lebe nicht nur mein eigenes Leben.

Sie wirft den Kopf in den Nacken und blickt über die Schlange hinweg, die sich auf dem Flughafen vor Ausgang 5 sammelt.

Hier bin ich, denkt sie. Das alles bin ich.

Ich bin ein Tausendfüßler. Ein Tausendköpfler.

So werde ich noch lange, lange, nachdem ich verschwunden bin, in der Welt umherwimmeln.

Sie zeigt ihre Bordkarte vor und geht zum Flugzeug.

Bodvar Viking.

Auch Jenny ist einst Wikinger gewesen. Sie hat Freyja Opfer dargebracht. Sie hat den Glauben an den Weißen Christus angenommen.

Jetzt benutzt sie nicht mehr Boot oder Pferd als Verkehrsmittel. Heute nimmt Jenny das Flugzeug.

Sie hat diese Maschine konstruiert, die jetzt die Wolken am Himmel durchpflügt. Jetzt sollten ihre Eltern sie sehen. Bodvar Viking und Gudrun Frøysdottir in Bjørgvin.

Stolz wie eine Königin schreitet sie ins Flugzeug.

Sie lächelt die Stewardeß strahlend an, und die quittiert das mit einem professionellen »SAS«-Lächeln.

Jenny hat das Gefühl, ein Spiegelbild anzulächeln. Sie glaubt, diese Stewardeß besser zu kennen als sich selber.

»Guten Abend, meine Damen und Herren. Kapitän Andersen und seine Besatzung heißen Sie an Bord dieser DC-9-Maschine nach Oslo willkommen. Die Flugzeit heute abend beträgt fünfunddreißig Minuten.

Wir bitten Sie, das Faltblatt mit den Sicherheitsvorschriften, das sich in der Sitztasche vor Ihnen befindet, aufmerksam zu lesen. Die Notausgänge sind mit der Aufschrift EXIT gekennzeichnet. Die Rettungswesten befinden sich unter Ihrem Sitz. Handgepäck darf nicht im Mittelgang abgelegt werden.

Wir möchten Sie bitten, die Sicherheitsgurte anzulegen, und wünschen Ihnen einen angenehmen Flug.«

Das Flugzeug hält auf die nördliche Startbahn zu. Dann brüllt der Motor des gewaltigen Ungetüms auf, das Flugzeug beschleunigt und hebt schließlich ab.

Jenny ist glücklich.

Dort unten sieht sie die Lichter von Hjellestad und Milde. Legoland. Tausend winzige Häuschen auf einer Halbinsel zwischen Bergen und Hängen am Meer. So, ja. Leb wohl, Bergen! Jetzt warten nur noch Schmerzen auf sie.

Wolfgang Hildesheimer

Tynset

Ich greife blind auf den Nachttisch nach einem Buch. Ich bekomme ein Telefonbuch zu fassen, ich lege es aus der Hand.

Ich greife nochmals und bekomme ein Kursbuch zu fassen, ich nehme es auf. Es ist das Kursbuch der norwegischen Staatsbahnen, und zwar die Ausgabe von 1965. Es ist also nicht mehr ganz neu. Auf dem Gebiet der Eisenbahnen jedoch dürfte sich innerhalb der letzten Jahre nicht viel geändert haben, es werden keine neuen Linien mehr gelegt, zumindest nicht in Europa. Vielleicht hat man hier und dort eine schnellere Querverbindung hergestellt, einen günstigen Anschluß, vielleicht hat man ein paar Minuten eingespart, oder auch eine Stunde, die dem System an anderer Stelle zugute kommen mag, mehr nicht, mehr ist es wahrscheinlich nicht. Es ist mir auch weniger um die Zeiten zu tun als um die Orte und ihre Entfernungen untereinander und von mir, der ich jetzt im Bett liege, weit von Norwegen, und im Kursbuch lese. Die Entfernungen bleiben immer die gleichen, darauf wenigstens kann man sich verlassen.

Das norwegische Kursbuch ist ein gutes Kursbuch. Es enthält kein Wort, keine Zahl und kein Zeichen zuviel. Gewiß, diese wohltuende Beschränkung auf das Wesentliche seines Gegenstandes hat es mit anderen Kursbüchern gemein, jedes wahre Kursbuch bietet ausschließlich gültigen Tatsachen Raum, die nur einer geringen Wandlung unterliegen, bedingt durch Jahreszeiten, deren es aber nur zwei gibt: Sommer und Winter. Kein Herbst und kein Frühling. Seine Symbole sind einleuchtend wie Bilder für Kinder, verstecken sich nicht, sind, im Gegenteil, Vorbedingung zum Verständnis des Buches, offenbaren sich in klaren Zeichen und strenger Ordnung: jede Ankunftszeit und jede Abfahrtszeit steht für einen tatsächlichen, nachprüfbaren Vorgang: eine Ankunft, eine Abfahrt. Und mit jeder Zeile vergeht die Zeit, wechseln Zeit und Schauplatz des Geschehens. Und umgekehrt: jede Reise ist eine Bestätigung der relativen Verläßlichkeit dieses Buches, dem kein anderes Motiv zugrunde liegt als eben diese Verläßlichkeit, ohne die es, wie es sehr wohl weiß, sinnlos wäre –, – aber im norwegischen Kursbuch steht mehr, wenn man es recht zu lesen versteht. Zwischen den Zeilen breiten sich die großen Entfernungen aus, weitet sich ein spröder, windiger Spielraum, den die Daten einer Ankunft oder einer Abfahrt nur ungefähr umreißen, ohne ihn zu nennen oder ihn zu erfahren; sie stecken nur die Grenzen ab zwischen diesem Ort, der im Nirgendwo liegt, und dem anderen Ort, der ebenfalls im Nirgendwo liegt, aber in einem anderen Nirgendwo, in dem man die Sage des ersten Ortes in einer Abwandlung erzählt, günstig dem zweiten Ort, dem ersten abträglich, und im dritten Ort, der wieder in einem anderen Nirgendwo liegt, ist eine andere Sage angesiedelt, die anderer Orte Sagen Lügen straft, der vierte Ort ist Schnellzugstation, ihm ist die Sage schon lange abhanden gekommen.

Die Täler sind Hunderte Kilometer lang, und in diesen langen Tälern höre ich von weitem den Zug über die sumpfgrüne, unbevölkerte Hochebene ziehen, ich stehe und habe sein fernes Rauschen im Ohr, da fährt er, kriecht er, leicht bergan und über eine morastige, von Saft schmatzende Wasserscheide, und dann wieder leicht bergab, hinein in andere Täler, zwischen zwei grauen Berghängen, hinab –, höre ich das Echo der Räder auf den Schienen, oder –

besser noch: stehe ich selbst im Zug, im Licht eines nördlichen Nachmittags, zwischen den waagerechten Strahlen einer Sonne, die, still stehend, den Ort ihres Untergangs sucht und lange nicht findet; die durch die Fenster und unter den Waggons hindurchleuchtet und Abdrücke ihrer Schattengegenstände flüchtig auf die Wiesen stempelt, schwimmend oder vieleckig, zackig und kantig, bis an den Bergrand und darüber hinaus,

und ich sehe mich, mein Bild, meine dunkle Fläche und meine Umrisse, wie sie, weit dort hinten, an den Hängen entlanggetragen oder gezogen oder geschoben werden, durch Gestrüpp, verzerrt, entlang an Birken und Tannen und über die Felsen und, plötzlich aufrecht und nah und senkrecht, über einen hölzernen Schuppen, und ich sehe mich weit von mir entfernt, sehe mich fern und klein und sehe mich wieder nah und riesig groß und wieder winzig klein, ich bin hier, und ich bin nicht hier, ich bin dort hinten und wieder hier und wieder weit von mir weg.

Ich lese also in diesem Kursbuch. Lese da zum Beispiel von einer Nebenlinie, die führt von Hamar nach Stören, und zwar über Elverum, Tynset und Röros. Trotz dieser wohlklingenden Zwischenstationen tritt der Nebenliniencharakter eindeutig in Erscheinung. Zwischen den Endstationen, die beide fettgedruckt sind, nehmen sich diese drei dünngedruckten Namen mißvergnügt aus, unscheinbare Kinder, die diese Namen nicht füllen, enttäuschender Nachwuchs, beiderseitig bevormundet von zwei fetten Eltern, Stören die blonde Mutter, Hamar der schwarze Vater, das mutet an wie ein trauriges Märchen, erzählt am erkalteten Kamin.

Röros. Davon habe ich ein Bild gesehen. Da liegt es wie ein letztes Lager auf dem Weg zum Ende der Erde, bevor dieser Weg in unwirtlichen Regionen sich verliert, Gegenden so unberechenbar, so bedrohlich, daß man den Vorstoß in sie von Jahr zu Jahr aufschiebt, so daß aus dem Lager ein ewiges Herbstquartier geworden ist, bewohnt von alternden Forschern, denen ihr Ziel aus dem Auge entschwunden ist; die es vergessen haben und nun vage nach den geographischen Ursprüngen einer Schwermut forschen – einer nördlichen Variante, denn die südliche ist seit langem erforscht und ausgewertet –, einer Schwermut, nach der man schon lange fahndet, die man aber nicht in den Griff bekommt, obgleich sie in den Ecken der hölzernen Häuser steckt und in den dürren Gärten dahinter und als ein Wind, weder kalt noch warm, durch die Straßen weht. Ich sehe ihn da wehen. Ganz in der Ferne zieht über den Wäldern, hinter einem schweren, hängenden Himmel, ein früher Winter herauf, auf den man aber eingerichtet ist. Ein Bahnhof war auf dem Bild nicht zu sehen, es war ausweglos. Allerdings Telefonmasten.

Von Elverum und Tynset dagegen weiß ich nichts, aber auch sie verheißen etwas, vielleicht weniger Elverum, das die Endung eines Neutrum hat, als Tynset. Ja, Tynset, wegen des Ypsilons. Wo ein Ypsilon ist, da steckt nicht selten ein Geheimnis, oft aber auch nur Mythologie. Tynset indessen klingt nicht nach Mythologie, dann schon eher Röros. Hätte ich das Bild nicht gesehen, so wäre mir bei diesem Namen eine Insel erschienen, an deren Strand die Geliebte eines Gottes aus Schaum geboren wurde und schon längst wieder zu Schaum geworden ist, sie hat sich im Verlangen nach Unsterblichkeit verzehrt.

Hamar dagegen. Da bin ich einmal gewesen, aus Zufall, wie in vielen Orten. War ich allein? Ja, ich war allein. Ich kam, soweit ich mich erinnere, aus Lillehammer. Hamar hat ein Eisenbahnmuseum, dort war ich aber nicht. Warum nicht, das ist mir entfallen, an sich interessiere ich mich für Eisenbahnen. Ich erinnere mich an gußeiserne Straßenlaternen, an angenehme, aber nicht an rühmliche Eigenschaften, eine Postkarte wert, aber nicht zwei. Ein Ort, an dem wenig gewesen ist und der auch nicht eben viel Zukünftiges verheißt, den man aber auch wieder nicht umfährt. Ein Bischofssitz. In einem Bischofssitz tritt irgendwo immer der Bischof in Erscheinung, im verfärbten, von

Taubendreck nicht zu entwürdigenden Sandstein eines verdienstvollen, fortschrittlichen Vorgängers, der sogar Fußball spielte und damit seiner Kirche neue Richtungen wies, in der strengen Metallfassung einer Brille hinter zugezogenen, gestärkten Gardinen, in den buchführenden Augen dahinter, oder im Blick eines Wirtes, der stolz darauf ist, daß in seinen Räumen kein anstößiger Spaß entsteht. Und doch ist auch Hamar nicht ganz ohne Geheimnis, wie es da liegt, locker gefügt aus Holz und Stein und nirgends Marmor, zwischen Bergen und Bäumen und Felsen, mit dem Eisenbahnmuseum und dem Bahnhof und seiner Hauptlinie südwärts nach Oslo und Anschluß nach Göteborg und nordwärts nach Trondheim und weiter, weit über den Polarkreis hinaus, und seiner Nebenlinie nach Stören über Elverum, Tynset und Röros, und noch ein paar weiteren Nebenlinien, die, außerhalb der Stadt, in jähen, ausholenden Kurven, jede in einem großen, runden Schwung, wie nur Schienenbauer ihn fertigbringen, denn nur sie haben das Gelände zur Verfügung, hinten im Nadelwald verschwinden und wer weiß wohin führen. Damals, es war wohl November oder Oktober, führten sie alle in den Nebel, durch den auch ich gestoßen sein muß, auf dem Weg aus Lillehammer, ein Weg wie ein Fragezeichen. Vielleicht sind es auch nur Nebel und Nebenlinien, die mir den Ort jetzt, nachträglich, als nicht ganz ohne Geheimnis erscheinen lassen; in der Tat, das Bild verliert, während ich seine Bestandteile suche und es zusammensetze, an Kontur, an Inhalt und Farbe. Diesen Erscheinungen stehe ich auch heute kritischer gegenüber, das ist es vielleicht: es gilt sorgfältig zu sichten, was Geheimnis ist und was Nebel. Ich sollte versuchen, eine Nebelgrenze zu setzen, endgültig.

Dabei fällt mir ein: vor einiger Zeit las ich in der Zeitung vom Tod einer berühmten Wagnersängerin, – ich habe vergessen, welche es war, aber das ist ja auch nicht wichtig, eine ist wie die andere, man kann sie schwerlich auseinanderhalten, wenn man sich nicht beruflich damit beschäftigt, und alle erreichen sie mühelos Sieglindes hohes cis, ja, an ihm werden sie sogar gemessen, cis ist der Maßstab, ihre Gagen stehen in einem genau bemessenen Verhältnis zur Länge ihres Atems auf diesem Ton – jedenfalls: diese Sängerin, die mit dem Vornamen Karin hieß, oder Kerstin oder Kirsten oder Karstin oder Karsten, war in Hamar geboren, und zwar, wenn ich nicht irre, in bescheidenen Verhältnissen, aber als Kind musikalischer Eltern – der Vater sang bei der Arbeit – Eltern, die das Talent frühzeitig erkannten und ihm, natürlich unter erheblichen materiellen Opfern, frühe Förderung zuteil werden ließen, das Elternhaus blieb immerwährend Quelle der Dankbarkeit, etcetera, so war es, glaube ich, das ist jedenfalls das Schema. Diese Sängerin nun, so scheint es mir, fügt zu den geringen Eigenschaften des Ortes doch noch eine hinzu, allerdings keine gute. Sie rückt ihn in eine, wenn auch noch ferne, Ecke des Gesichtskreises einer Schicht von Entdeckern aus Bayreuth, aus Wien und New York. Hamar wird somit Fang ihrer periodischen Seitenblicke, Objekt geheimer Beobachtung, ein Posten in der Kalkulation bei Besetzungsproblemen. Dieses Wort gefällt mir nicht, aber so heißt es: Besetzungsprobleme. Es gibt heute, glaube ich, schon über zehntausend verschiedene Probleme. Es liegt also auf Hamar ein Augenmerk, denn wo ein Naturtalent gewachsen ist, da ist der Boden für derlei fruchtbar, da mögen jederzeit andere wachsen, dagegen läßt sich nichts tun, und selbst wenn sich etwas dagegen tun ließe, so gäbe es wohl kaum einen, der es täte.

Soweit Hamar. Ist dazu noch etwas zu sagen? Ich glaube nicht. Doch. Im letzten Krieg hat der deutsche Kommandant dreizehn Einwohner an Laternenpfählen aufhängen lassen. Siebzehn Einwohner waren zu einem solchen Tod auserlesen, aber der Kommandant war in Eile, daher erschoß er die letzten vier, einem Befehl von oben vorgreifend, eigenhändig. Sonst ist zu Hamar wohl nichts mehr zu sagen –, Bischofssitz – Nebenlinien –

Eisenbahnmuseum – Straßenlaternen – Wagnersängerinnen – nein, sonst nichts, das ist alles, damit wäre Hamar erschöpft.

[...]

Es ist Schlafenszeit, ich lege das Kursbuch aus der Hand. Ja, ich kam damals aus Lillehammer. Was ich dort getan habe, das weiß ich nicht mehr. Übrigens gibt es dort eine Fabrik, die gute Bruyere-Pfeifen herstellt, es sammeln sich da Blöcke von Wurzelholz, uralt, steinhart, das schon seit Jahrhunderten keinen Baum mehr getragen hat, es kommt vom südlichen Mittelmeer, um hier, in Lillehammer, für den Genuß im nördlichen Winter zurechtgesägt, geschnitten, gebrannt, geblasen, gedreht, gebeizt, gewürzt, poliert zu werden. Vereinzelte schöne Exemplare holt man sich wieder zurück in den Süden, um eine winterliche nordische Erfahrung bereichert. Ich habe meine Pfeife aus Lillehammer in Bologna gekauft, irgendwo enthüllt sich immer plötzlich ein unerwarteter Zusammenhang, dessen Verfolgung allerdings meist in die Irre führt oder enttäuscht.

Tynset. Das klingt nach.

Es klingt hell, gläsern, – nein, das nicht, es klingt metallen. Die Buchstaben sind gut gewählt, sie passen zueinander. Oder scheint es mir nur so? Nein, sie passen zueinander, ich habe Lust, irgend etwas so zu nennen, etwas außerhalb des Ortes in Norwegen, dieser Station an der Nebenlinie von Hamar nach Stören. Aber ich habe nichts zum Benennen, alles hat einen Namen, und was keinen Namen hat, das gibt es nicht. Im Gegenteil: es gibt viele Namen für Dinge, die es nicht gibt.

Tynset, daran bin ich im Vorbeigehen haften geblieben, dieses Wort umkreisen meine Gedanken, sie kreisen es ein. Dieses Ypsilon! Indem es schräg nach links unter die Zeile ragt und daher zwischen den Zeilen steht, hat es einen Fang ausgestreckt, an dem die Fetzen der Gedanken, müde und in wachsendem Maße bereit, ein Hindernis wahrzunehmen, ja, es sogar willkommen zu heißen, sich weit aufgerissen haben und hängen geblieben sind.

Dabei ist dieses Ypsilon noch nicht einmal recht aussprechbar. Oder zumindest: es ist Sache des Zufalls, ob dem Mund die Stellung gelingt, um der Stimme den Laut zu erlauben. Das, neben seiner Schräge, hebt das Ypsilon von allen anderen Buchstaben ab, macht es zu einer trügerischen Komponente inmitten lapidarer Tatsachen. Da liegt es denn, auf dem Weg zwischen I und Ü, liegt genau auf der Mitte, aber das Ü selbst liegt auf der Mitte eines Weges, es liegt auf der Hälfte des doppelt so langen Weges von I zu U. Die zweite Hälfte dieses Weges, die Strecke von Ü zu U, hat keine Mitte, hat kein Zeichen, das sie markiert. Hier liegt nichts, liegt Schweigen, liegt, im wahren Sinne des Wortes, das Unaussprechliche, hier beginnt es, in diesen unscheinbaren Dingen tritt es plötzlich hervor, um dann in den scheinbaren ins Unermeßliche anzuwachsen, ins Entsetzliche.

Indessen, wenn ich es mir recht überlege – richte ich mich ein in diesen Überlegungen – wenn ich mir den Namen Tynset nicht nur von unten sondern von allen Seiten betrachte, so stelle ich fest, daß sich seine Anziehungskraft bei weitem nicht in seinen Buchstaben erschöpft, das Ypsilon ist nur der Blickfang, und die anderen sind nur die Gitterstäbe, hinter denen das Geheimnis sich verbirgt. Aber es ist damit nicht bloßgelegt, geschweige denn gelöst. Zerlege ich das Wort in seine beiden Silben, so habe ich zuerst das »Tyn«, einen hohen Gongschlag, Beginn eines Rituals in einem Tempel, leer bis auf die Gegenwart des einzigen, in sich selbst versunkenen Zelebrierenden, sehr fern, ferner als Griechenland, wo man allerdings noch Leute findet, die das Ypsilon aussprechen können –, habe also das »Tyn«, das sich alsbald, jäh aus seinen Vibrationen gerissen, mit dem »set« setzt, als sei das Schwingen des tynneren Beckens von einer kurzen, schnellenden Bewegung eines einzigen flinken Fingers zum Stillstand gebracht und damit seinem Dröhnen ein strenges Ende gesetzt: Tynnn-Settt.

Anne Holt

Endstation Elverum

Karsten Åsli hatte seit Montag schlecht geschlafen. Tagsüber konnte er sich immerhin einreden, daß kein Grund zur Sorge bestehe. Yngvar Stubø war ja schließlich nicht wiedergekommen. Im Dorf wirkte alles normal. Niemand hatte sich dort unten nach ihm erkundigt.

Nachts war alles schlimmer. Obwohl er jeden Abend eine lange Strecke lief, um seinen Körper zu ermüden, lag er bis zur Morgendämmerung wach. An diesem Morgen hatte er sich krank gemeldet. Das bereute er jetzt. Es war schlimmer, hier zu Hause untätig herumzulungern. Er hatte nichts zu tun. Sein Plan für den 19. Juni war fertig. Nichts stand mehr aus, bis auf die Durchführung.

Er könnte die Westwand anstreichen.

Aber er konnte nicht ins Dorf, um Farbe zu kaufen, dort könnte er schließlich von einem Kollegen gesehen werden. Besser wäre es, bis nach Elverum zu fahren. Wenn ihm dort, was unwahrscheinlich war, jemand begegnete, könnte er behaupten, beim Arzt gewesen zu sein.

Es war wirklich eine gute Idee. Als er sich ins Auto setzte, fühlte er sich gleich ruhiger.

Laffen Sørnes fand endlich ein Auto, das für ihn in Frage kam. Einen Mazda 323, 1987er Modell. Irgendwer hatte es auf einem Waldweg abgestellt, halbwegs im Graben. Die Türen standen sogar offen. Laffen lächelte. Der Tank war noch voll. Der Motor hustete ein wenig, sprang aber schließlich doch an. Zum Glück kam er ohne Probleme hinauf auf die Straße. Einige hundert Meter tiefer im Wald gab es eine kleine Abzweigung, deshalb mußte er drehen.

Besser war es, sofort nach Schweden zu fahren.

Die Hubschrauber waren überall. Laffen hatte sich zu Fuß langsam bewegt, im Schutz der Bäume. Eigentlich hatte er nur nachts unterwegs sein wollen, aber auf diese Weise kam er nicht schnell genug vorwärts, deshalb mußte er den Tag zu Hilfe nehmen. Zweimal hatte er Leute gesehen, als er dumm genug gewesen war, ein Stück weit der Straße zu folgen. Er war so müde und auf dem glatten Asphalt war das Gehen leichter. Danach verschwand er wieder im Wald, und die Hubschrauber zogen sich zurück. Um offene Flächen mußte er auf jeden Fall einen Bogen machen. Ab und zu verirrte er sich ein wenig und mußte eine lange Ruhepause einlegen.

Im Auto fühlte er sich sicherer, aber dennoch galt es, so weit wie möglich wegzukommen.

Schweden lag im Osten. Und da die Sonne schien, wußte er, in welche Richtung er fahren mußte.

Im Auto lag eine Sputnik-Kassette. Laffen sang mit. Bald hatte er eine größere Straße erreicht. Er war jetzt ruhig. Es tat gut, hinter einem Lenkrad zu sitzen. Beim letzten Mal hatten sie ihm den Arm gebrochen. Diesmal würden sie ihn sicher umbringen. Wenn er nicht schnell genug nach Schweden gelangte. Und das würde er schaffen. Sehr weit konnte es nicht mehr sein. Zwei Stunden vielleicht noch. Höchstens. Als er zuletzt in Schweden gewesen war, hatte er in einer Raststätte einen Heringsauflauf verzehrt. Etwas so Köstliches hatte er vorher noch nie gegessen.

Außerdem war der Tabak billig in Schweden. Oder jedenfalls billiger als in Norwegen.

Er beschleunigte sein Tempo.

Karsten Åsli konzentrierte sich darauf, nicht zu schnell zu fahren. Er durfte keine Aufmerksamkeit erregen. Fünf, sechs Stundenkilometer über der zulässigen Geschwindigkeit waren das beste. Das normalste.

Er bereute den ganzen Ausflug.

Vermutlich hatte Bob ihn gesehen, als er an der Tankstelle vorbeigekommen war. Er winkte eifrig, obwohl Karsten so tat, als habe er nichts bemerkt. Bob würde gegenüber jemandem von der Holzfabrik wohl kaum etwas erwähnen, aber Karsten fühlte sich trotzdem nicht wohl in seiner Haut. Nachdem er schon schriftlich wegen Diebstahls abgemahnt worden war, würde das hier sicher ausreichen, um ihn zu feuern. Sich krank zu melden und dann zum Einkaufen nach Elverum zu fahren war nicht gerade clever gewesen. Natürlich könnte er einen Arztbesuch vorschützen, aber es war dem Chef zuzutrauen, daß er Beweise verlangte. Der Chef war der totale Arsch, der würde alles tun, um ihn loszuwerden.

Er fuhr jetzt hundertzehn, und Karsten Åsli fluchte langsam, als er vom Gas ging und sein Tempo drosselte.

Vielleicht sollte er ganz einfach umkehren.

»Der Verdächtige fährt einen dunkelblauen Mazda 323«, sagte der Hubschrauberpilot laut und deutlich, seine Stimme hatte einen Unterton von tiefer Dramatik. »Kennzeichen weiterhin unbekannt. Sollen wir ihm folgen? Ich wiederhole: Sollen wir ihm folgen?«

»Auf Abstand«, kam es knackend aus seinen Kopfhörern. »Folgt ihm auf Abstand. Drei Wagen sind unterwegs.«

»Verstanden«, sagte der Pilot und zog den Hubschrauber in einem Bogen über die Baumwipfel, bevor er auf die Höhe von siebenhundert Metern stieg.

Dabei ließ er den Wagen nicht aus den Augen.

[...]

In Yngvar Stubøs Büro lief der Fernseher. Sigmund Berli und eine Sekretärin standen gleich bei der Tür und schauten zu. Yngvar hatte die Füße auf den Schreibtisch gelegt und nuckelte an einer kalten Zigarre. Bis Dienstschluß war es noch lange hin. Er brauchte etwas zu beißen. Etwas Kalorienfreies. Er spuckte trockenen Tabak aus und fühlte sich wie ausgehungert.

»Das ist ziemlich amerikanisch«, sagte Sigmund und schüttelte den Kopf. »Vom Fernsehen übertragene Menschenjagd. Grotesk. Können wir nichts tun, um das zu verhindern?«

»Nicht mehr, als wir schon unternommen haben«, erwiderte Yngvar.

Er mußte einfach etwas essen. Obwohl er erst vor einer Stunde zwei große Brötchen mit Salami und Tomate verschlungen hatte, brannte sein Magen vor Hunger.

»Das wird schrecklich enden«, sagte die Sekretärin und zeigte auf den Bildschirm. »Dieser brutale Fahrstil mit der ganzen Presse im Schlepptau ... das kann doch nicht gutgehen!«

Die Hubschrauberbilder von TV2 zeigten, daß der Mazda sein Tempo gesteigert hatte. In einer Kurve geriet sein Heck übel ins Schleudern, und die Stimme des Sprechers schlug ins Falsett um.

»Laffen Sørnes hat uns entdeckt«, heulte der Mann begeistert.

»Sowie fünf Streifenwagen und zwei Bärenjäger«, murmelte Sigmund Berli. »Der Kerl muß doch außer sich vor Angst sein.«

Wieder schlitterte der Mazda in eine Kurve. Der Straßenrand war nicht befestigt, Steine und Kies spritzten gegen die linke Wagenseite. Für einen Moment drohte das Auto von der Straße abzukommen. Erst nach ein oder zwei Sekunden bekam der Fahrer es wieder unter Kontrolle und steigerte sein Tempo noch weiter.

»Autofahren kann er immerhin«, sagte Yngvar trocken. »Weißt du inzwischen mehr über Karsten Åslis kleinen Sohn?«

Sigmund Berli gab keine Antwort. Er starrte weiterhin den Bildschirm an. Sein Mund öffnete sich zu einem stummen Schrei. Er schien eine Warnung hervorpressen zu wollen und gleichzeitig zu wissen, daß es zwecklos war, überhaupt irgend etwas zu sagen.

»Allmächtiger«, sagte die Sekretärin. »Was ...«

Später sollte sich herausstellen, daß TV2 bei dieser direktübertragenen Verfolgungsjagd über siebenhunderttausend Zuschauer hatte. Über siebenhunderttausend, die meisten davon bei der Arbeit, da es erst zehn nach drei am Nachmittag war, sahen zu, wie ein dunkelblauer Mazda 323, Baujahr 1987, in einer Kurve ins Schlingern geriet und gegen den entgegenkommenden, ebenfalls blauen Opel Vectra knallte.

Der Mazda wurde fast in zwei Hälften gespalten, ehe er sich überschlug. Er prallte auf das Dach des Opels, der weiterhin vorwärts raste. Der Mazda verkeilte sich mit dem Opel in einer absurden metallischen Umarmung. Die Leitplanken schlugen Funken aus den Seitentüren, ehe der Wagen auf die Gegenfahrbahn geschleudert wurde, noch immer mit dem Mazda huckepack. Ein Felsbrocken schlitzte die Motorhaube des Opels auf.

Siebenhundertundzweiundvierzigtausend Zuschauer hielten den Atem an.

Alle warteten auf eine Explosion, die nicht kam.

Das einzige, was aus den Lautsprechern der Fernseher drang, war das Knattern des Hubschraubers, der jetzt nur fünfzig Meter über der Unglücksstätte schwebte. Der Kameramann zoomte den Mann ins Bild, der noch vor wenigen Sekunden mit einem geknackten Auto auf der Flucht vor der Polizei gewesen war. Laffen Sørnes hing seitlich aus dem zerbrochenen Seitenfenster. Sein Gesicht war dem Himmel zugekehrt, sein Rückgrat schien gebrochen zu sein. Sein Arm, der eingegipste linke Arm, war an der Schulter abgerissen worden und lag einige Meter von den verkeilten Autowracks entfernt.

»Der ist hin!« johlte der Reporter.

Dann fiel der Ton ganz aus.

[...]

Die Rettungsmannschaften brauchten mehr als eine Dreiviertelstunde, um den Mann aus dem Wrack des blauen Opels zu befreien. Sein Oberschenkel war in der Mitte abgerissen. Sein linker Augapfel war zerquetscht; ein blutiger Klumpen hatte sich aus seiner Augenhöhle gelöst und hing schlaff über seine Wange hinab. Das Lenkrad lag hundert Meter weiter, am Fuße einer Tanne, und die Lenkradsäule hatte sich tief in den Bauch des Mannes gebohrt.

»Er lebt noch«, keuchte ein Sanitäter. »Teufel auch, der lebt noch!«

Eine knappe Stunde später lag der Fahrer des blauen Opels auf dem Operationstisch. Es sah nicht gerade gut für ihn aus, aber noch immer bestand Hoffnung.

Laffen Sørnes dagegen starrte blind gen Himmel, während sein Körper aus dem Seitenfenster eines gestohlenen Mazda 323 hing. Ein unerfahrener Polizist beugte sich über einen Bach und weinte hemmungslos. Noch immer schwirrten drei Hubschrauber über der Unglücksstätte, und nur einer davon gehörte der Polizei.

TV2 brach gerade alle bei einer Nachmittagssendung jemals erreichten Zuschauerrekorde.

Pernille Rygg

Langlaufen in Oslo

Es ist zu früh für einen Schnaps, und da es für eine richtige Tour zu spät ist, bleibt nur die Flutlichtloipe.

Benny ist nicht zu Hause, als ich im Markvei meine Skier hole und beschließe, am Sognsvann anzufangen, die gemütliche Abfahrt von Frognerseter kann mir an Tagen, an denen ich echte meditative Prügel brauche, nicht die Gedanken aus dem Kopf schlagen.

Erst bei Åklungen finde ich meinen Rhythmus, und an den Hängen hinter Ullevåsseter grinst die Flagellantin in mir, während ich spüre, wie mir die Zwanzigerpäckchen aus dem Leib gedroschen werden. Das ist ein alter Trick, ich habe schon früher auf diese Weise Kacke abgelassen, schon damals, als ich meine Wut über Karsten an meinen Gegnerinnen auf dem Handballplatz ausgelassen habe. In späteren Jahren mußte ich mich mit Selbstquälerei begnügen, aber das hat dieselbe Wirkung.

Die Männer in den hautengen Anzügen schaffen ein höheres Tempo als ich, und ich beiße die Zähne zusammen, als ich mich an einen dranhänge. Ich halte vielleicht zwei Kilometer durch, dann muß ich ihn sausenlassen, aber danach ist mein Gehirn leer und klar, leer und klar die letzten Hänge zum Bahnhof hinauf.

Ich bin jetzt allein in der Spur, und die Bahn geht noch lange nicht, und deshalb drossele ich mein Tempo, nicht wegen des Blutgeschmacks in meinem Mund, rede ich mir ein, sondern wegen der schneebepackten Bäume. Es ist die Lieblingslüge aller Lahmärsche, daß die Typen in den hautengen Anzügen genausogut in der Halle laufen könnten.

Ich höre ihn, ehe ich ihn sehe, und ich weiß gut, wer jetzt um die Kurve biegen wird, ich habe ihn schon oft gesehen, dachte aber, es sei ihm jetzt zu kalt.

Es ist der alte Exhibitionist, der hier in der Loipe seine Einsamkeit aus sich herausheult, während er an dem armseligen Fleischzipfel zwischen seinen Beinen zieht und zerrt, als ob er ihn abreißen wolle. Ich weiß, daß er nicht gefährlich ist, aber es ist dunkel, und ich will mir jetzt von niemandem meine Ruhe kaputt machen lassen. Aber das gelingt ihm natürlich.

Als ich an ihm vorbeifahre, sehe ich kurz sein blaugefrorenes Glied zwischen seinen Händen, und er schreit noch lange hinter mir her, als er wieder allein in der Spur steht.

»Ich habe keine!« schreit er. »Keine liebt mich!«

Und ich habe kein Mitleid mit ihm; ich bin nur müde und wütend, weil er sich mir aufgedrängt hat, weil er das kaputt macht, was sonst die Belohnung für die letzten Steigungen ist, den Anblick der Stadt unter mir.

Heute abend liegt dort unten keine auf schwarzem Samt drapierte Sammlung von Juwelen, heute abend ist es Tand, vulgärer Modeschmuck, und ich weiß gut, daß nur die Dunkelheit den beängstigenden Abgasdeckel über dem Kessel von Oslo unsichtbar macht.

Ich verpasse natürlich auch noch die Bahn und bin durchgefroren, als die nächste kommt, und natürlich springt er unmittelbar vor dem Losfahren in meinen Wagen. Ich höre bis nach Slemdal hinter mir seinen rassistischen Monolog.

[...]

An manchen Tagen habe ich das Gefühl, daß die Osloer Innenstadt wirklich nur aus Dreck besteht. Aus matschigem braunschwarzem Schnee, der unter den Wagenrädern aufspritzt, aus Mülltonnen, aus denen klebrige Reste von beschissenem Fraß quellen, aus zitternden kleinen Sniffern, die auf ihren Stammplätzen frieren und in absoluter Bescheidenheit betteln: »Hasse ma'ne Krooone«, aus alten Weibern, die mit wildem Blick alle ausschimpfen, die an ihnen vorbeikommen, aus Cliquen aus pakistanischen Jungen mit Eisaugen, und ansonsten einer Bevölkerung, die besoffen ist oder davon träumt, genug Geld zu haben, um sich zu besaufen.

An diesen Tagen kleben meine Gedanken über mich selber an allem, worauf mein Blick fällt.

Ich hüte diese Tage treulich. Die Haßtage, die rassistischen Tage; die Tage, an denen ich mehr über unsere inneren Mechanismen lerne als bei irgendeinem Soziologie- oder Psychologiestudium; an diesen Tagen spüre ich die vergrätzte Rentnerin in mir, die verbitterte Arbeitslose, an diesen Tagen weiß ich, wie die Mörderin in mir ihr Futter sammelt.

Zum Glück stellen sie sich nur selten ein, und in der Regel möchte ich nur hier wohnen, in den Straßen von Klein-Pakistan oder Klein-New York oder Homoløkka oder wie die phantasievollen Namen sonst lauten, mit denen die prachtvolle Menschenmischung beschrieben wird, die in den heruntergekommeneren Vierteln von Oslo haust.

Ich mag diese Tage nicht, aber sie sind gut für mich.

[...]

Laut Telefonbuch wohnt sie in Sagene, im Bjølsenvei.

Aber ihr Name fehlt auf dem Klingelbrett, wo die ursprünglichen Namen schon längst durch Klebestreifen und Pappstücke in unterschiedlichen Stadien der Auflösung ersetzt worden sind.

Nur eine Wohnung reagiert auf mein Schellen, und die ängstliche Frau, mit der ich spreche, kennt keine Tone Indrelid und will mich auch nicht hereinlassen.

Ich will schon wieder gehen, als ein dünner Typ sein Fahrrad zum Torweg schiebt und sein Schlüsselbund hervorzieht.

»Willst du rein?« fragt er freundlich.

»Nein, ja – ich suche eine Frau namens Tone Indrelid«, sage ich, »aber die wohnt offenbar nicht mehr hier.«

»Sie sind umgezogen«, sagt der Hänfling und öffnet die Tür.

»Weißt du, wohin?«

»Nein. Die wohnen jetzt irgendwo in der Stadt. Aber Rolf arbeitet auf einer Baustelle im Maridalsvei, glaube ich. Öffentliche Sanierungsmaßnahmen. Da hat er jedenfalls gearbeitet. ABM. Rolf ist ihr Freund.«

Er lacht kurz.

»Die haben ganz schön gebechert, weißt du. Und den Weibern im Haus paßt das eben nicht.«

»Weißt du noch, wie Rolf mit Nachnamen heißt?«

»Wie heißt der doch noch gleich? An der Tür stand nur Tone und Rolf, nein, weiß ich nicht mehr.«

Ehe ich gehe, muß ich ihm noch eine Frage stellen: »Ist es nicht noch ein bißchen zu früh im Jahr zum Radfahren?«

»Ich fahr immer mit dem Rad. Hab Spikesreifen.«

Und mehr brauche ich nicht, um zu vergessen, daß Oslo mir noch vor einer halben Stunde als unsäglich trist erschienen ist.

Der Maridalsvei ist lang, ich kann nicht ewig darauf herumfahren und ein Sanierungshaus suchen, und deshalb rufe ich die zuständige Behörde an und werde eine Zeitlang von Stelle zu Stelle weitergereicht, bis mir jemand mitteilen kann, daß es um Nr. 74 b geht.

»Wissen Sie, ob da ein gewisser Rolf arbeitet?«

Sie lacht.

»Keine Ahnung.«

Also fahre ich zur Nr. 74 b, die wirklich eine Sanierung zu brauchen scheint, und werde von einer molligen jungen Mutter aus dem Erdgeschoß zum Dachboden geführt.

Dort sind vier Typen zwischen zwanzig und vierzig damit beschäftigt, das Dach zu isolieren.

Keiner von ihnen heißt Rolf.

»Der ist heute krank«, sagt der Vierzigjährige und nutzt die Gelegenheit zu einer Zigarettenpause.

»Hast du seine Telefonnummer?«

»Nein. Aber die kriegst du sicher im Büro.«

Ich bitte ihn um Papier und Kugelschreiber und notiere die Nummer.

»Frag nach Øystein, wenn du da anrufst.«

Das tue ich, aber Øystein ist nicht im Hause, ich bekomme die Nummer seines Europiepers, und ich habe die Sache schon ziemlich satt, als Øystein endlich zurückruft.

Und von ihm bekomme ich Rolfs Nummer.

»Sag ihm, daß er verdammt schlechte Karten hat, wenn er sich morgen nicht blicken läßt.«

Es ist eine Art Promilletest.

Nachdem Oslo einen Stadtrat bekommen hat, der ungefähr so rot ist wie eine ausgewaschene Unterhose, weswegen sich die Eigentumssteuern in der Gemeinde um zwei Promille erhöht haben, ist ein kleiner, aber lukrativer Bach von Steuerflüchtlingen mit ihren Betrieben über die Grenze gerieselt und hat sich in den attraktiven Nachbargemeinden Asker und Bærum niedergelassen.

Mit der Folge natürlich, daß diese Gemeinden weitere Steuermillionen verprassen und damit zusätzlich zu schöner Umgebung und anständigen Nachbarn noch weitere verlockende kommunale Angebote vorweisen können und der kleine Bach weiter anschwillt.

Radikale aus Asker und Bærum, und solche gibt es durchaus, weisen rasch darauf hin, daß auch ihre Gemeinden ihre Problemgebiete haben. In ihrer Stimme liegt derselbe um Entschuldigung bittende Unterton, den ich noch von mir selber kenne, aus den Zeiten, als ich behauptete, »etwas oberhalb von

Majorstua« zu wohnen, was trotz allem ein relativ differenziertes Wohngebiet war, und das ließ sich vom Charlotte Anderssens vei nicht gerade behaupten.

Ich versuche mir vorzustellen, wo sie liegen, diese Problemgebiete.

So ungefähr westlich von Wencke Myrhes Villa auf Nesøya und östlich vom Königssitz Skaugum, stelle ich mir vor.

[...]

Schneeblind gehe ich durch eine weiße Stadt. Gebadet in stupidem, stillstehendem Sonnenlicht glitzert der Neuschnee bei jedem einzelnen Quadratmeter aufs neue hysterisch glücklich. Wie Harrys Laken ist dieser Schnee nur eine Oberfläche, eine Decke, diese Sauberkeit geht nicht tief, dieses Licht durchströmt nicht, es dringt nicht ein. Der Schnee klebt einfach dicht wie ein chirurgischer Handschuh an der Unterlage, verbirgt Flecken, bedeckt Dreck, folgt aber sklavisch den darunterliegenden Formen, und sie bleiben unbeweglich und tot, ohne sich von der aufdringlichen Läuterung beeinflussen zu lassen. In diesem flutenden Sonnenlicht wird alles gleichwertig reflektiert, hier wird nicht mehr differenziert, hier hat alle Bedeutung aufgehört, und deshalb ist es natürlich egal, wo ich gehe.

Dämmerung und Neonlichter kommen wie eine Befreiung. Dieses Lügenlicht ist mir jetzt vertrauter, die Gesichter in meiner Umgebung färben sich hysterisch rot, schreiend orange, die Reklameschilder zeigen richtig heimatliches Osloblau, und ich kann langsamer gehen und die Eisnadeln in meine Zehen stechen spüren, meine Schuhe sind zu dünn für dieses Wetter, ich dürfte gar nicht draußen sein, hier sein, müßte aufhören, Hirtin zu spielen, es ist jetzt zu kalt, um verirrte Lämmer zu suchen, der Boden ist unter Schnee und Asphalt tief gefroren, und deshalb wird niemand eine Handvoll Erde über einen alten Schwulen rieseln lassen und sagen, mehr bist du nicht, mehr warst du nicht, aber hier ist endlich eine mütterliche Umarmung, in der du dich ausruhen kannst.

[...]

Wenn es gute Hirten gibt, muß es notwendigerweise auch böse geben. Und wer behauptet, die könnten nicht an den Füßen frieren? Daß meine Zehen das Eis ebenso hart spüren wie meine Seele, ändert das System nicht; es rollt, färbt das Chaos in den Gesichtern in der Osloer Innenstadt, niemals sind Neon und Halogen so schön wie schwarze, natürliche Nacht. Ich könnte heulen, wenn die Tränen auf meinen Wangen nicht zu kleinen Eisstücken gefrieren würden.

Knut Hamsun

Hunger

Es war in jener Zeit, als ich in Kristiania umherging und hungerte, in dieser seltsamen Stadt, die keiner verläßt, ehe er von ihr gezeichnet worden ist …

Ich lag wach in meiner Dachstube und hörte eine Uhr unter mir sechsmal schlagen; es war schon ziemlich hell, und die Menschen fingen an, die Treppen auf und nieder zu steigen. Unten bei der Türe, wo mein Zimmer mit alten Nummern des »Morgenblattes« tapeziert war, konnte ich ganz deutlich eine Bekanntmachung des Leuchtfeuerdirektors sehen, und ein wenig links davon eine fette, geschwollene Anzeige von frischgebackenem Brot des Bäckers Fabian Olsen.

Sowie ich die Augen aufschlug, begann ich aus alter Gewohnheit nachzudenken, ob ich heute etwas hätte, worauf ich mich freuen könnte. In der letzten Zeit war es mir ziemlich schlecht ergangen; eins nach dem anderen meiner Besitztümer hatte ich zum »Onkel« bringen müssen, ich war nervös und unduldsam geworden; ein paarmal mußte ich auch wegen Schwindels einen Tag lang im Bett bleiben. Hie und da, wenn das Glück mir günstig war, hatte ich fünf Kronen für ein Feuilleton von irgendeinem Blatt ergattern können.

Es tagte mehr und mehr, und ich begann, die Anzeigen unten bei der Türe zu lesen; ich konnte sogar die mageren grinsenden Buchstaben »Leichenwäsche bei Jungfer Andersen, rechts im Torweg« unterscheiden. Dies beschäftigte mich eine lange

Weile, ich hörte die Uhr unter mir acht schlagen, bevor ich aufstand und mich anzog.

Ich öffnete das Fenster und sah hinaus. Von meinem Platz aus sah ich eine Wäscheleine und ein freies Feld; weit draußen lag noch der Schutt einer abgebrannten Schmiede, den einige Arbeiter fortträumten. Ich legte mich mit den Ellbogen ins Fenster und starrte in die Luft hinaus. Es wurde ganz gewiß ein heller Tag. Der Herbst war gekommen, die feine, kühle Jahreszeit, in der alles die Farbe wechselt und vergeht. Der Lärm in den Straßen hatte schon begonnen und lockte mich ins Freie: dieses leere Zimmer, dessen Boden bei jedem Schritt, den ich darüber hinging, auf und nieder schwankte, war wie ein feuchter, unheimlicher Sarg; kein ordentliches Schloß an der Türe und kein Ofen im Raum. Ich pflegte in der Nacht auf meinen Strümpfen zu liegen, um sie bis zum Morgen ein wenig trocken zu bekommen. Das einzige Erfreuliche, was ich hier hatte, war ein kleiner roter Schaukelstuhl, in dem ich an den Abenden saß und döste und an allerhand Dinge dachte. Wenn der Wind stark blies und die Türen unten offenstanden, tönte vielfältiges seltsames Pfeifen durch den Boden herauf und durch die Wände herein, und das »Morgenblatt« unten bei der Türe bekam Risse so lang wie eine Hand.

Ich erhob mich und suchte in einem Bündel in der Ecke beim Bett, ob noch etwas zum Frühstück darin wäre, fand aber nichts und kehrte wieder zum Fenster zurück.

Gott weiß, dachte ich, ob es mir jemals etwas nützen wird, nach einer Beschäftigung zu suchen! Diese vielen Absagen, diese halben Versprechungen, glatte Neins, genährte und getäuschte Hoffnungen, neue Versuche, die jedesmal in nichts verliefen, hatten meinen Mut erdrosselt. Zuletzt hatte ich einen Platz als Kassenbote gesucht, war aber zu spät gekommen; und außerdem konnte ich nicht die fünfzig Kronen Sicherheit schaffen. Es gab immer das eine oder andere Hindernis. Ich hatte mich auch bei der Feuerwehr gemeldet. Wir standen ein halbes Hundert Mann in der Vorhalle und streckten die Brust heraus, um den Eindruck von Kraft und großer Kühnheit zu erwecken. Ein Bevollmächtigter ging umher und besah diese Bewerber, befühlte ihre Arme und stellte ihnen diese oder jene Frage, und an mir ging er vorbei, schüttelte nur den Kopf und sagte, daß ich wegen meiner Brille untauglich sei. Ich kam wieder, ohne Brille, ich stand mit gerunzelten Brauen da und machte meine Augen so scharf wie Messer, und der Mann ging wiederum an mir vorbei, und er lächelte – er hatte mich wohl wiedererkannt. Das Schlimmste von allem war, daß meine Kleider anfingen, schlecht zu werden, und ich mich nirgends mehr als anständiger Mensch vorstellen konnte.

Wie gleichförmig und regelmäßig war es die ganze Zeit mit mir abwärts gegangen! Ich stand zuletzt so sonderbar entblößt von allem möglichen da, ich hatte nicht einmal mehr einen Kamm – hatte kein Buch mehr, um darin zu lesen, wenn mir traurig zumute wurde. Den ganzen Sommer über war ich auf die Kirchhöfe hinausgegangen oder hinauf in den Schloßpark, wo ich mich dann hinsetzte und Artikel für die Zeitungen verfaßte, Spalte auf Spalte, über die verschiedensten Dinge, seltsame Erfindungen, Launen, Einfälle meines unruhigen Gehirns; in der Verzweiflung hatte ich oft die entferntesten Themen gewählt, die mich die Anstrengungen langer Stunden kosteten, und die dann niemals angenommen wurden. Wenn ein Stück fertig war, nahm ich ein neues in Angriff, und ich ließ mich selten von dem Nein des Redakteurs niederschlagen; ich sagte ständig zu mir selbst, daß es doch einmal glücken müsse. Und wirklich, zuweilen, wenn ich das Glück auf meiner Seite hatte und das Ganze mir gut geriet, konnte ich fünf Kronen für die Arbeit eines Nachmittags bekommen.

Ich trat wieder vom Fenster weg, ging zu dem Stuhl, auf dem das Waschwasser stand, und sprengte ein bißchen Wasser auf meine blanken Hosenkniee, um sie zu schwärzen und sie ein wenig neuer aussehen zu machen. Als ich das getan hatte, steckte ich wie gewöhnlich Papier und Bleistift in die Tasche und ging aus. Um nicht die Aufmerksamkeit meiner Wirtin zu erwecken, glitt ich sehr leise die Treppe hinunter. Es waren schon ein paar Tage vergangen, seit meine Miete fällig gewesen, und ich besaß nun nichts mehr, sie zu zahlen.

Es war neun Uhr. Wagengerassel und Stimmen erfüllten die Luft, ein ungeheurer Morgenchor, vermischt mit den Schritten der Fußgänger und dem Knallen der Kutscherpeitschen. Dieses lärmende Treiben überall belebte mich sofort, und ich begann mich mehr und mehr zufrieden zu fühlen. Nichts lag meinen Gedanken ferner als nur ein Morgengang in frischer Luft. Was ging die Luft meine Lungen an? Ich war stark wie ein Riese und konnte einen Wagen mit meiner Schulter aufhalten. Eine feine, seltsame Stimmung, das Gefühl der hellen Gleichgültigkeit, hatte sich meiner bemächtigt. Ich beobachtete die Menschen, die mir begegneten und an denen ich vorbeiging, las die Plakate an den Wänden, empfing den Eindruck eines Blickes, der aus einer vorbeifahrenden Trambahn auf mich fiel, ließ jede Bagatelle in mich eindringen, alle die kleinen Zufälligkeiten, die meinen Weg kreuzten und wieder verschwanden …

Wenn man nur ein wenig zu essen bei sich hätte, an einem so hellen Tag! Der Eindruck des frohen Morgens überwältigte mich, ich wurde unbändig zufrieden und fing an, ohne einen bestimmten Grund vor Freude zu summen … Bei einem Metzgerladen stand eine Frau mit einem Korb am Arm und spekulierte auf Würste zu Mittag; als ich an ihr vorüberging, sah sie mich an. Sie hatte nur einen Zahn, und der saß ganz vorne. Nervös und leicht empfänglich, wie ich in den letzten Tagen geworden war, machte das Gesicht der Frau sofort einen widerlichen Eindruck auf mich; der lange, gelbe Zahn sah aus wie ein kleiner Finger, der aus dem Kiefer ragte, und ihr Blick war noch voll von Wurst, als sie sich zu mir drehte. Ich verlor mit einemmal den Appetit und fühlte Würgen. Als ich zu den Basaren kam, ging ich zum Brunnen hin und trank ein wenig Wasser; ich sah empor – auf der Turmuhr der Erlöserkirche war es zehn Uhr.

Ich ging weiter durch die Straßen, trieb mich umher, ohne mich um irgend etwas zu kümmern, blieb grundlos an einer Ecke stehen, bog ab und ging in eine Seitenstraße, ohne dort etwas zu tun zu haben. Ich ließ es darauf ankommen, ließ mich durch den frohen Morgen treiben, wiegte mich sorgenfrei vor und zurück unter anderen glücklichen Menschen; die Luft war leer und hell, und mein Gemüt war ohne einen Schatten.

Zehn Minuten lang hatte ich nun beständig einen alten hinkenden Mann vor mir gehabt. Er trug ein Bündel in der Hand und ging mit seinem ganzen Körper, arbeitete mit aller Macht, um schnell vorwärts zu kommen. Ich hörte, wie er vor Anstrengung schnaufte, und es fiel mir ein, daß ich ihm sein Bündel tragen könnte. Oben in der Graensenstraße begegnete ich Hans Pauli, der grüßte und vorbeihastete. Weshalb hatte er solche Eile? Ich hatte durchaus nicht im Sinn, ihn um eine Krone zu bitten, ich wollte ihm auch in der allernächsten Zeit die Decke zurücksenden, die ich vor einigen Wochen von ihm geliehen hatte. Sobald ich ein wenig obenauf gekommen wäre, wollte ich keinem Menschen mehr eine Decke schuldig sein; vielleicht begann ich schon heute einen Artikel über die Verbrechen der Zukunft oder über die Freiheit des Willens, irgend etwas, etwas Lesenswertes, wofür ich mindestens zehn Kronen bekommen würde ... Und bei dem Gedanken an diesen Artikel fühlte ich mich mit einemmal von dem Drang durchströmt, sofort anzufangen und aus meinem vollen Gehirn zu schöpfen; ich wollte mir einen passenden Platz im Schloßpark suchen und nicht ruhen, bevor ich den Artikel fertig hätte.

Aber der alte Krüppel vor mir auf der Straße machte immer noch die gleichen zappelnden Bewegungen. Es begann zuletzt mich zu ärgern, die ganze Zeit diesen gebrechlichen Menschen vor mir zu haben. Es schien, als würde seine Reise nie ein Ende nehmen; vielleicht hatte er sich zu eben dem gleichen Ort entschlossen wie ich, und ich sollte ihn den ganzen Weg vor meinen Augen haben. In meiner Erregung schien es mir, als zögere er bei jeder Querstraße einen Augenblick und warte gleichsam darauf, welche Richtung ich nehmen würde, worauf er das Bündel wieder hoch in die Luft schwang und mit äußerster Macht weiterging, um einen Vorsprung zu bekommen. Ich gehe und sehe auf dieses verquälte Wesen und werde immer mehr mit Erbitterung erfüllt; ich fühlte, wie es nach und nach meine helle Stimmung zerstörte und den reinen, schönen Morgen mit einemmal mit sich in Häßlichkeit hinunterzog. Er sah wie ein großes humpelndes Insekt aus, das sich mit Gewalt und Macht zu einem Platz in der Welt durchschlagen und den Gehsteig für sich allein behalten wollte. Auf der Höhe angekommen, wollte ich mich nicht mehr länger dareinfinden. Ich wandte mich einem Schaufenster zu und blieb stehen, um ihm Gelegenheit zu geben, fortzukommen. Als ich nach Verlauf einiger Minuten wieder zu gehen anfing, war der Mann wieder vor mir, auch er war wie angenagelt stillgestanden. Ich machte, ohne mich zu bedenken, drei, vier rasende Schritte vorwärts, holte ihn ein und schlug ihm auf die Schulter.

Er hielt mit einemmal an. Wir starrten beide einander ins Gesicht.

Einen kleinen Schilling für Milch! sagte er endlich und legte den Kopf auf die Seite.

So, nun war ich schön hereingefallen! Ich suchte in den Taschen und sagte:

Für Milch, ja. Hm. Es sieht schlecht aus mit Geld in diesen Zeiten, und ich weiß nicht, wie bedürftig Sie sind.

Ich habe seit gestern in Drammen nichts gegessen, sagte der Mann; ich besitze nicht einen Ör und habe noch keine Arbeit bekommen.

Sind Sie Handwerker?

Ja, ich bin Nadler.

Was?

Nadler. Übrigens kann ich auch Schuhe machen.

Das ändert die Sache, sagte ich. Warten Sie hier ein paar Minuten, so werde ich etwas Geld für Sie holen, einige Öre.

In größter Eile ging ich den Pilestraede hinunter, wo ich einen Pfandleiher im ersten Stock wußte; ich war im übrigen nie vorher bei ihm gewesen. Als ich ins Tor hineingekommen war, zog ich eiligst meine Weste aus, rollte sie zusammen und steckte sie unter den Arm; darauf ging ich die Treppe hinauf und klopfte an die Bude. Ich verbeugte mich und warf die Weste auf den Ladentisch.

Anderthalb Kronen, sagte der Mann.

Ja ja, danke, antwortete ich. Verhielte es sich nicht so, daß sie mir zu knapp wird, würde ich mich nicht von ihr trennen.

Ich bekam das Geld und den Schein und begab mich zurück. Es war das im Grund ein ausgezeichneter Einfall, das mit der Weste; ich würde sogar Geld zu einem reichlichen Frühstück übrig behalten und bis zum Abend könnte dann meine Abhandlung über die Verbrechen der Zukunft fertig sein. Ich begann auf der Stelle das Dasein freundlicher zu finden und eilte zu dem Mann zurück, um ihn loszuwerden.

Hier bitte! sagte ich zu ihm. Es freut mich, daß Sie sich zuerst an mich gewandt haben.

Der Mann nahm das Geld und begann mich mit den Augen zu mustern. Was stand er da und starrte? Ich hatte den Eindruck, daß er besonders meine Hosenkniee untersuchte, und ich wurde dieser Unverschämtheit müde. Glaubte der Schlingel, ich sei wirklich so arm, wie ich aussah? Hatte ich nicht schon sozusagen damit begonnen, an einem Artikel für zehn Kronen zu schreiben? Überhaupt fürchtete ich nicht für die Zukunft, ich hatte viele Eisen im Feuer. Was ging es da einen wildfremden Menschen an, ob ich an einem so hellen Tag ein Trinkgeld fortgab? Der Blick des Mannes ärgerte mich und ich beschloß, ihm eine Zurechtweisung zu geben, bevor ich ihn verließ. Ich zuckte mit den Schultern und sagte:

Mein guter Mann, Sie haben die häßliche Gewohnheit, einem auf die Kniee zu glotzen, wenn man Ihnen eine Krone gibt.

Er legte den Kopf ganz gegen die Mauer zurück und sperrte den Mund auf. Hinter seiner Bettlerstirne arbeitete es, er dachte ganz gewiß, daß ich ihn auf die eine oder andere Weise narren wolle, und er reichte mir das Geld zurück.

Ich stampfte auf das Pflaster und fluchte, er müsse es behalten. Bildete er sich ein, daß ich alle die Beschwerlichkeiten für nichts gehabt haben wollte? Alles in allem genommen schuldete ich ihm vielleicht diese Krone, ich wäre so beschaffen, daß ich mich einer alten Schuld erinnerte, er stünde vor einem rechtschaffenen Menschen, ehrlich bis in die Fingerspitzen. Kurz gesagt, das Geld wäre sein ... Oh, nichts dafür zu danken, es war mir eine Freude. Lebwohl.

Ich ging. Endlich hatte ich diesen gichtbrüchigen Plagegeist aus dem Weg geschafft und konnte ungestört sein. Ich ging wieder durch den Pilestraede hinunter und hielt vor einem Lebensmittelladen an. Das Fenster war voll von Eßwaren, und ich beschloß hineinzugehen und mir etwas mit auf den Weg zu nehmen.

Ein Stück Käse und ein Franzbrot! sagte ich und schmiß meine halbe Krone auf den Ladentisch.

Käse und Brot für alles zusammen? fragte die Frau ironisch, ohne mich anzusehen.

Für die ganzen fünfzig Öre, ja, antwortete ich unbeirrt.

Ich erhielt meine Sachen, sagte äußerst höflich guten Morgen zu der alten, fetten Frau und begab mich spornstreichs über den Schloßberg hinauf in den Park. Ich fand eine Bank für mich allein und begann gierig von meinem Vorrat abzubeißen. Das tat mir gut; es war lange her, seit ich eine so reichliche Mahlzeit genossen hatte, und ich fühlte nach und nach die gleiche satte Ruhe in mir, wie man sie nach langem Weinen empfindet. Mein Mut wuchs stark; es war mir nicht mehr genug, einen Artikel über etwas so Einfaches und Selbstverständliches wie die Verbrechen der Zukunft zu schreiben, die außerdem jeder Beliebige selbst erraten, ja sich aus der Geschichte herauslesen konnte. Ich fühlte mich zu größeren Anstrengungen imstande, ich war in der Stimmung, Schwierigkeiten zu überwinden, und ich entschloß mich zu einer Abhandlung in drei Abschnitten über die philosophische Erkenntnis. Natürlich würde ich Gelegenheit finden, einige von Kants Sophismen jämmerlich zu zerknicken ... Als ich meine Schreibsachen herauszog und die Arbeit beginnen wollte, entdeckte ich, daß ich meinen Bleistift nicht mehr bei mir hatte, ich hatte ihn in der Pfandleiherbude vergessen, der Bleistift steckte in der Westentasche.

Herrgott, wie doch alles verkehrt ging! Ich fluchte ein paarmal, erhob mich von der Bank und trieb in den Wegen auf und ab. Es war überall sehr still; weit weg, beim Lusthaus der Königin, rollten ein paar Kindermädchen ihre Wagen umher, sonst war nirgends ein Mensch zu sehen. Ich war in meinem Innern sehr verbittert und ging wie ein Rasender vor meiner Bank auf und ab. Wie merkwürdig verkehrt ging es doch in jeder Beziehung! Ein Artikel in drei Abschnitten sollte an dem simplen Umstand scheitern, daß ich nicht ein Stück eines Zehnörebleistiftes in der Tasche hatte! Wenn ich nun wieder in den Pilestraede ginge und mir meinen Bleistift ausliefern ließe? Es würde trotzdem noch Zeit bleiben, ein gutes Teil fertig zu bekommen, bis die Spaziergänger anfingen den Park zu füllen. Es gab auch so vieles, was von dieser Abhandlung über die philosophische Erkenntnis abhing, vielleicht das Glück vieler Menschen, niemand konnte das wissen. Ich sagte zu mir selbst, sie könne vielleicht eine große Hilfe für manchen jungen Menschen werden. Wenn ich es recht bedachte, wollte ich mich nicht an Kant vergreifen; ich konnte das ja umgehen, ich brauchte nur eine unmerkliche Schwenkung zu machen, wenn ich an die Frage von Zeit und Raum käme; aber für Renan wollte ich nicht einstehen, für den alten Landpfarrer Renan ... Unter allen Umständen galt es, einen Artikel von so und so vielen Spalten herzustellen; die unbezahlte Miete, der lange Blick der Wirtin am Morgen, wenn ich sie auf der Treppe traf, peinigten mich den ganzen Tag und tauchten sogar in meinen frohen Stunden auf, wenn ich sonst keinen dunklen Gedanken hatte. Diesem mußte ich ein Ende machen. Ich ging schnell aus dem Park, um meinen Bleistift beim Pfandleiher zu holen.

Als ich den Schloßhügel hinunterkam, holte ich zwei Damen ein, an denen ich vorbeiging. Indem ich sie überholte, streifte ich den Ärmel der einen, ich sah auf, sie hatte ein volles, ein wenig bleiches Gesicht. Mit einemmal erglüht sie und wird merkwürdig schön, ich weiß nicht, weshalb, vielleicht wegen eines Wortes, das sie von einem Vorübergehenden hört, vielleicht nur wegen eines stillen Gedankens bei sich selbst. Oder sollte es sein, weil ich ihren Arm berührt hatte? Ihre hohe Brust wogte einige Male heftig, und sie preßte die Hand hart um den Schirmstock. Was war ihr?

Ich blieb stehen und ließ sie wieder vorausgehen, ich konnte im Augenblick nicht weitergehen, das Ganze kam mir so sonderbar vor. Ich war in einer reizbaren Laune, ärgerlich auf mich selbst wegen des Vorfalls mit dem Bleistift und in hohem Maß erregt von all dem Essen, das ich mit leerem Magen genossen hatte. Auf einmal nehmen meine Gedanken durch eine launenhafte Vorstellung eine merkwürdige Richtung, ich fühle mich von einer seltsamen Lust ergriffen, dieser Dame Angst zu machen, ihr zu folgen und sie auf irgendeine Weise zu ärgern. Ich hole sie wieder ein und gehe an ihr vorbei, wende mich plötzlich um und begegne ihr, Antlitz in Antlitz, um sie zu beobachten. Ich stehe und sehe ihr in die Augen und erfinde auf der Stelle einen Namen, den ich niemals gehört hatte, einen Namen mit einem gleitenden, nervösen Laut: Ylajali. Als sie mir nah genug gekommen war, richte ich mich auf und sage eindringlich:

Sie verlieren Ihr Buch, Fräulein.

Ich konnte vernehmen, wie mein Herz hörbar schlug, als ich das sagte.

Mein Buch? fragt sie ihre Begleiterin. Und sie geht weiter.

Meine Bosheit nahm zu und ich folgte ihnen. Ich war mir in diesem Augenblick voll bewußt, daß ich verrückte Streiche beging, ohne daß ich dagegen etwas hätte tun können; mein verwirrter Zustand ging mit mir durch und gab mir die wahnsinnigen Einflüsterungen, denen ich der Reihe nach gehorchte. Wie sehr ich mir auch vorsagte, daß ich mich idiotisch benehme, machte ich doch die dümmsten Grimassen hinter dem Rücken der Dame und hustete einige Male rasend, während ich an ihr vorbeiging. Auf diese Weise ganz langsam vorwärtsgehend, immer um einige Schritte im Vorsprung, fühlte ich ihre Augen in meinem Rücken, und ich duckte mich unwillkürlich nieder vor Scham darüber, sie belästigt zu haben. Nach und nach hatte ich die seltsame Wahrnehmung, weit fort zu sein, an anderen Orten, ich hatte halb unbestimmt das Gefühl, daß gar nicht ich es sei, der hier auf den Steinfliesen ging und sich niederduckte.

Einige Minuten später ist die Dame zu Paschas Buchladen gekommen. Ich war bereits beim ersten Fenster stehen geblieben, und als sie vorbeigeht, trete ich vor und wiederhole:

Sie verlieren Ihr Buch, Fräulein.

Nein, welches Buch? sagt sie ängstlich. Begreifst du, von welchem Buch er spricht?

Und sie bleibt stehen. Ich ergötze mich grausam an ihrer Verwirrung, diese Ratlosigkeit in ihren Augen bedrückt mich. Ihr Denken kann meine kleine desperate Anrede nicht fassen; sie hat durchaus kein Buch dabei, nicht ein einziges Blatt eines Buches, und trotzdem sucht sie in ihren Taschen, sieht sich wiederholt in die Hände, wendet den Kopf und untersucht die Straße hinter sich, strengt ihr kleines, empfindliches Gehirn auf das äußerste an, um herauszufinden, von welchem Buch ich spreche. Ihr Gesicht wechselt die Farbe, hat bald den einen, bald den andern Ausdruck, und sie atmet hörbar; selbst die Knöpfe an ihrem Kleid scheinen mich wie eine Reihe erschreckter Augen anzustarren.

Ach, laß ihn doch, sagt ihre Begleiterin und zieht sie am Arm; er ist ja betrunken; siehst du denn nicht, daß der Mann betrunken ist!

So fremd ich mir in diesem Augenblick auch selbst war, so vollständig eine Beute unsichtbarer Einflüsse, ging doch um mich herum nichts vor sich, ohne daß ich es bemerkte. Ein großer brauner Hund sprang quer über die Straße, gegen die Anlagen zu und hinunter nach Tivoli; er hatte ein schmales Halsband aus Neusilber um. Weiter oben in der Straße wurde im ersten Stock ein Fenster geöffnet, und ein Mädchen mit aufgestülpten Ärmeln lehnte sich heraus und begann die Scheiben auf der Außenseite zu putzen. Nichts entging meiner Aufmerksamkeit, ich war klar und geistesgegenwärtig, alle Dinge strömten mit einer leuchtenden Deutlichkeit auf mich ein, als verbreitete sich plötzlich ein starkes Licht um mich her. Die Damen vor mir hatten beide blaue Vogelflügel auf dem Hut und schottische Seidenbänder um den Hals. Es schien mir, daß es Schwestern seien.

Sie bogen ab und hielten bei Eislers Musikalienhandlung an und sprachen zusammen. Auch ich blieb stehen. Darauf kamen sie zurück, nahmen den gleichen Weg, den sie gekommen waren, gingen wieder an mir vorbei, schwenkten um die Ecke bei der Universitätsstraße und gingen direkt hinauf zum Sankt Olafsplatz. Ich war ihnen die ganze Zeit so dicht auf den Fersen, wie ich nur wagte. Einmal wandten sie sich um und sandten mir einen halb erschreckten, halb neugierigen Blick zu, und ich sah in ihren Mienen keinen Unwillen und keine gerunzelten Brauen. Diese Geduld mit meinen Belästigungen machte mich sehr beschämt, und ich schlug die Augen nieder. Ich wollte ihnen nicht länger zum Verdruß sein, ich wollte aus reiner Dankbarkeit ihnen nur mit den Augen folgen, sie nicht aus dem Gesicht verlieren, ganz, bis sie irgendwo hineingehen und verschwinden würden.

Vor Nummer zwei, einem großen dreistöckigen Haus, wandten sie sich noch einmal um, dann traten sie ein. Ich lehnte mich an einen Laternenpfahl beim Springbrunnen und lauschte ihren Schritten auf der Treppe nach; sie erstarben im ersten Stock. Ich trete vom Licht weg und sehe am Haus hinauf. Da geschieht etwas Sonderbares, die Vorhänge bewegen sich hoch oben, einen Augenblick später wird ein Fenster geöffnet, ein Kopf schaut heraus, und zwei seltsam blickende Augen ruhen auf mir. Ylajali! sagte ich halblaut und fühlte, daß ich rot wurde. Warum rief sie nicht um Hilfe? Warum stieß sie nicht an einen der Blumentöpfe, so daß er mir auf den Kopf fiel, oder schickte jemand herunter, um mich wegzujagen? Wir stehen da und sehen einander in die Augen, ohne uns zu rühren; das dauert eine Minute. Gedanken schießen zwischen dem Fenster und der Straße hin und her, und kein Wort wird gesagt. Sie wendet sich um, es gibt mir einen Ruck, einen zarten Stoß durch den Sinn; ich sehe eine Schulter, die sich dreht, einen Rücken, der ins Zimmer verschwindet. Dieses langsame Weggehen vom Fenster, die Betonung in dieser Bewegung mit der Schulter, war wie ein Nicken zu mir; mein Blut vernahm diesen feinen Gruß, und ich fühlte mich im selben Augenblick wunderbar froh. Dann kehrte ich um und ging die Straße hinunter.

Ich wagte nicht zurückzusehen und wußte nicht, ob sie abermals ans Fenster gekommen war; ich wurde immer unruhiger und nervöser, je mehr ich diese Frage überlegte. Vermutlich stand sie in diesem Augenblick am Fenster und verfolgte genau meine Bewegungen, und sich so von hinten beobachtet zu wissen, war in keiner Weise auszuhalten. Ich straffte mich auf, so gut ich konnte, und ging weiter; es begann in meinen Beinen zu zucken, mein Gang wurde unsicher, weil ich ihn mit Absicht schön machen wollte. Um ruhig und gleichgültig zu scheinen, schlenkerte ich sinnlos mit den Armen, spuckte auf die Straße und streckte die Nase in die Luft; aber nichts half. Ich fühlte ständig die verfolgenden Augen in meinem Nacken, es lief mir kalt durch den Körper. Endlich rettete ich mich in eine Seitenstraße, von wo ich den Weg zum Pilestraede hinunter nahm, um meinen Bleistift zu holen.

Es machte mir keine Mühe, ihn zurückzuerhalten. Der Mann brachte mir die Weste selbst und bat mich, gleich alle Taschen zu untersuchen; ich fand auch ein paar Pfandscheine, die ich zu mir steckte, und dankte dem freundlichen Mann für sein Entgegenkommen. Er nahm mich mehr und mehr für sich ein, es war mir im selben Augenblick sehr darum zu tun, diesem Menschen einen besonders guten Eindruck von mir zu geben. Ich wandte mich zur Türe und kehrte wieder zum Ladentisch zurück, als hätte ich etwas vergessen; ich glaubte ihm eine Erklärung schuldig zu ein, eine Auskunft, und ich begann zu summen, um ihn aufmerksam zu machen. Dann nahm ich den Bleistift in die Hand und hielt ihn in die Luft.

Es könne mir nicht einfallen, sagte ich, weite Wege wegen irgendeines beliebigen Bleistiftes zu gehen; mit diesem hier aber sei es eine andere Sache, eine eigene Sache. So gering er auch aussah, hatte dieser Bleistiftstumpf mich schlechthin zu dem gemacht, was ich in der Welt war, hatte mich sozusagen auf meinen Platz im Leben gestellt ...

Mehr sagte ich nicht. Der Mann kam ganz nahe zum Ladentisch her.

Soso? meinte er und sah mich neugierig an.

Mit diesem Bleistift, fuhr ich kaltblütig fort, habe ich meine Abhandlung in drei Bänden über die philosophische Erkenntnis geschrieben. Ob er nicht davon reden gehört habe?

Und dem Mann schien es wirklich, daß er den Namen, den Titel gehört habe.

Ja, sagte ich, das sei von mir, das! Da dürfe es ihn schließlich nicht wundern, wenn ich dieses kleine Ende von einem Bleistift zurückhaben wolle. Es habe allzu großen Wert für mich, es sei mir beinahe wie ein kleiner Mensch. Übrigens sei ich ihm für sein Wohlwollen aufrichtig dankbar, und ich wolle mich seiner dafür erinnern – doch, doch, ich wolle mich wirklich dafür seiner erinnern; ein Mann, ein Wort, so sei ich, und er verdiene es. Lebwohl.

Ich ging mit einer Haltung zur Türe, als könnte ich ihn in einer hohen Stellung unterbringen. Der freundliche Pfandleiher verbeugte sich zweimal vor mir, als ich mich entfernte, und ich wandte mich noch einmal um und sagte Lebwohl.

Auf der Treppe begegnete ich einer Frau, die eine Reisetasche in der Hand trug. Sie drückte sich ängstlich zur Seite, um mir Platz zu machen, weil ich mich so aufblies, und ich griff unwillkürlich in die Tasche, wollte ihr etwas geben; als ich nichts fand, wurde ich herabgestimmt, und ich ging mit gesenktem Kopf an ihr vorbei. Kurz darauf hörte ich, daß auch sie an die Bude klopfte; es war ein Drahtgitter an der Tür, ich erkannte sogleich den klirrenden Laut wieder, den es von sich gab, wenn eines Menschen Knöchel es berührte.

Die Sonne stand im Süden, es war ungefähr zwölf Uhr. Die Stadt fing an auf die Beine zu kommen, die Promenadezeit näherte sich, und grüßendes und lachendes Volk wogte in der Karl-Johan-Straße auf und nieder. Ich drückte die Ellbogen an die Seite, machte mich klein und schlüpfte unbemerkt an einigen Bekannten vorbei, die eine Ecke bei der Universität in Beschlag genommen hatten, um die Vorübergehenden zu betrachten. Ich wanderte den Schloßberg hinauf und fiel in Gedanken.

Diese Menschen – leicht und lustig wiegten sie ihre hellen Köpfe und schwangen sich durch das Leben wie durch einen Ballsaal! In keinem einzigen Auge war Sorge, keine Bürde auf irgendeiner Schulter, vielleicht nicht ein einziger trüber Gedanke, nicht eine einzige kleine heimliche Pein in einem dieser fröhlichen Gemüter. Und ich ging hier dicht neben diesen Menschen, jung und vor kurzem erschlossen, und ich hatte schon vergessen, wie das Glück aussah. Ich liebkoste diesen Gedanken bei mir selbst und fand, daß mir ein grausames Unrecht geschehen war. Warum waren die letzten Monate so merkwürdig hart gegen mich gewesen? Ich kannte meinen hellen Sinn nicht wieder. An allen Ecken und Enden litt ich an den sonderbarsten Plagen. Ich konnte mich nicht einmal allein auf irgendeine Bank setzen oder meinen Fuß irgendwohin bewegen, ohne von kleinen, bedeutungslosen Zufälligkeiten überfallen zu werden, von jämmerlichen Bagatellen, die sich in meine Vorstellungen eindrängten und meine Kräfte in alle Winde zerstreuten. Ein Hund, der an mir vorbeistrich, eine gelbe Rose im Knopfloch eines Herrn konnten meine Gedanken in Schwingungen versetzen und mich für längere Zeit beschäftigen. Was fehlte mir? Hatte der Finger des Herrn auf mich gedeutet? Aber warum gerade auf mich? Warum nicht ebensogut auf einen Mann in Südamerika, wenn es schon so sein mußte? Überlegte ich die Sache recht, wurde es mir immer unbegreiflicher, daß gerade ich zum Probierstein für die Laune der Gnade Gottes ausersehen sein sollte. Es war dies eine höchst eigentümliche Art vorzugehen, eine ganze Welt zu überspringen, um mich zu erreichen; der Antiquarbuchhändler Pascha und der Dampfschiffexpediteur Hennechen waren doch auch noch da.

Ich ging weiter und prüfte diese Sache und wurde nicht fertig mit ihr; ich fand die gewichtigsten Einwände gegen diese Willkür des Herrn, mich die Schuld aller entgelten zu lassen. Sogar nachdem ich eine Bank gefunden und mich niedergesetzt hatte, fuhr diese Frage fort, mich zu beschäftigen und mich zu hindern, an andere Dinge zu denken. Seit dem Tag im Mai, da meine Widerwärtigkeiten begonnen hatten, konnte ich ganz deutlich eine allmählich zunehmende Schwäche bemerken, ich war gleichsam zu matt geworden, um mich dahin zu steuern und zu leiten, wohin ich wollte. Ein Schwarm von kleinen schädlichen Tieren hatte sich in mein Inneres gedrängt und mich ausgehöhlt. Wie, wenn nun Gott geradezu im Sinn hätte, mich ganz zu zerstören? Ich stand auf und trieb vor meiner Bank hin und her.

Mein ganzes Wesen befand sich in diesem Augenblick im höchsten Grad der Pein; ich hatte sogar in den Armen Schmerzen und konnte es kaum ertragen, sie auf gewöhnliche Art zu halten. Auch von meiner letzten schweren Mahlzeit her fühlte ich ein starkes Unbehagen, ich war übersättigt und erregt und spazierte auf und ab, ohne aufzusehen; die Menschen, die um mich her waren, kamen und glitten an mir vorbei wie Schatten. Schließlich wurde meine Bank von ein paar Herren besetzt, die ihre Zigarren anzündeten und laut schwätzten. Ich geriet in Zorn und wollte sie anreden, kehrte aber um und ging ganz hinüber zur anderen Seite des Parkes, wo ich eine andere Bank fand. Ich setzte mich.

Der Gedanke an Gott begann mich wieder in Anspruch zu nehmen. Ich fand es höchst unverantwortlich von ihm, mir jedesmal in den Weg zu treten, wenn ich einen Posten suchte, und alles zu zerstören, obwohl es doch nur die Nahrung des Tages war, um die ich bat. Ich hatte es ganz deutlich bemerkt, immer wenn ich längere Zeit hungerte, war es gleichsam, als rinne mein Gehirn langsam aus dem Kopf, und als würde er leer. Das Haupt wurde leicht und abwesend, ich fühlte seine Schwere nicht mehr auf meinen Schultern, und ich hatte das Gefühl, daß meine Augen allzuweit geöffnet glotzten, wenn ich jemand ansah.

Ich saß da auf der Bank und dachte über all dieses nach und wurde immer bitterer gegen Gott wegen seiner andauernden Quälereien. Wenn er glaubte, mich näher an sich zu ziehen und mich besser zu machen, indem er mich peinigte und mir Widerstand auf Widerstand in den Weg legte, griff er ein wenig fehl, das konnte ich ihm versichern. Und ich sah zum Himmel auf, weinend fast vor Trotz, und sagte ihm das im stillen ein für allemal!

[...]

Ich schlief bis gegen fünf, sechs Uhr morgens. Als ich erwachte, war es noch nicht hell, ich stand aber trotzdem sofort auf; – ich hatte wegen der Kälte in allen Kleidern geschlafen und brauchte nichts weiter anzuziehen. Nachdem ich ein wenig Wasser getrunken und in aller Stille die Türe geöffnet hatte, ging ich schnell hinaus, da ich fürchtete, meine Wirtin noch einmal zu treffen.

Der einzige lebende Mensch, den ich in den Straßen sah, war irgendein Schutzmann, der in der Nacht Dienst gehabt hatte; bald darauf begannen auch ein paar Männer die Gaslaternen auszulöschen. Ich trieb mich ohne Ziel herum, kam in die Kirchstraße und nahm den Weg zur Festung hinunter. Kalt und noch schläfrig, in den Knien und im Rücken müde von dem langen Weg, und sehr hungrig, setzte ich mich auf eine Bank und duselte lange Zeit. Drei Wochen lang hatte ich ausschließlich von den Butterbroten gelebt, die mir meine Wirtin morgens und abends gegeben hatte; und nun waren genau vierundzwanzig Stunden seit meiner letzten Mahlzeit vergangen, es fing wieder schlimm in mir zu nagen an, und ich mußte möglichst bald einen Ausweg finden. Mit diesen Gedanken schlief ich auf der Bank wieder ein …

In meiner Nähe wurde gesprochen, und ich erwachte dadurch. Als ich mich ein wenig aufgerappelt hatte, sah ich, daß es heller Tag und alles schon auf den Beinen war. Ich erhob mich und ging fort. Die Sonne brach über den Höhen hervor, der Himmel war weiß und fein, und in meiner Freude über den schönen Morgen nach den vielen dunklen Wochen vergaß ich alle Sorgen und fand, daß es mir schon manches Mal noch schlimmer ergangen sei. Ich klopfte mir auf die Brust und sang eine kleine Melodie vor mich hin. Meine Stimme klang so schlecht, so mitgenommen, ich wurde durch sie zu Tränen gerührt. Auch dieser prachtvolle Tag, der weiße, lichttrunkene Himmel, wirkten stark auf mich ein, und ich war nahe daran, laut zu weinen.

Was fehlt Ihnen? fragte ein Mann.

Ich antwortete nicht, eilte nur fort, mein Gesicht vor allen Menschen verbergend.

Ich kam zu den Hafenspeichern hinunter. Eine große Barke

mit russischer Flagge lag da und löschte Kohlen; auf der Seite las ich ihren Namen »Copégoro«. Eine Zeitlang zerstreute es mich, zu beobachten, was an Bord dieses fremden Schiffes vorging. Es mußte beinahe fertig gelöscht haben, die Wasserlinie ragte schon neun Fuß hoch heraus, trotz des Ballastes, den es wohl führte, und wenn die Kohlenträger mit ihren schweren Stiefeln über das Deck hinstampften, dröhnte es hohl im ganzen Schiff.

Die Sonne, das Licht, der salzige Hauch vom Meer, das ganze geschäftige und lustige Treiben richteten mich auf und ließen mein Blut wieder lebhafter klopfen. […]

Ich sitze da und starre auf den »Copégoro«, die Barke mit der russischen Flagge. Ich sehe einen Mann an der Reling; die roten Laternen auf Backbord beleuchten seinen Kopf, und ich stehe auf und spreche zu ihm hinüber. Ich verfolgte keine Absicht mit dem, was ich sagte, erwartete auch keine Antwort. Ich fragte:

Segeln Sie heute abend ab, Kapitän?

Ja, bald, antwortet der Mann. Er sprach schwedisch. Dann ist er wohl Finnländer, denke ich.

Hm. Könnten Sie nicht einen Mann brauchen? Es war mir in diesem Augenblick gleichgültig, ob ich eine Absage bekam oder nicht. Es war mir ganz gleich, welche Antwort er mir geben würde. Ich wartete und sah ihn an.

Nein, erwiderte er. Es müßte denn ein Jungmann sein.

Ein Jungmann! Ich gab mir einen Ruck, stahl mir die Brille herunter und steckte sie in die Tasche, trat auf den Landungssteg und ging an Bord.

Ich bin nicht befahren, sagte ich, aber ich kann alles tun, wozu Sie mich anstellen wollen. Wohin geht die Fahrt?

Wir gehen mit Ballast nach Leeds, um Kohlen für Cadix einzunehmen.

Gut! sagte ich und drängte mich dem Mann auf. Mir ist es gleich, wohin es geht. Ich werde meine Arbeit tun.

Er stand eine Weile da, sah mich an und überlegte.

Du hast noch nicht gefahren? fragte er.

Nein. Aber wie ich Ihnen sage, stellen Sie mich vor eine Arbeit, und ich werde sie tun. Ich bin an alles gewöhnt.

Er überlegte noch einmal. Ich hatte mir bereits fest in den Kopf gesetzt, mitzugehen, und ich fürchtete, ich könnte wieder an Land gejagt werden.

Was meinen Sie also, Kapitän? fragte ich endlich. Ich kann wirklich alles tun, was es auch sei. Was sage ich! Ich müßte ein schlechter Mensch sein, wenn ich nicht mehr täte als das, wozu ich bestimmt werde. Wenn es gilt, kann ich zwei Wachen hintereinander übernehmen. Das tut mir nur gut, und ich kann es schon aushalten.

Ja, ja, wir wollen es versuchen, sagte er und lächelte ein wenig über meine letzten Worte. Wenn es nicht geht, können wir uns ja in England wieder trennen.

Natürlich! antwortete ich in meiner Freude. Und ich wiederholte, daß wir uns in England trennen könnten, wenn es nicht gehe.

Dann wies er mir Arbeit an ....

Im Fjord draußen richtete ich mich einmal auf, feucht von Fieber und Mattigkeit, sah zum Lande hinüber und sagte für dieses Mal der Stadt Lebewohl, der Stadt Kristiania, wo die Fenster so hell in allen Häusern leuchteten.

Sechste Reise:
Im Land der Mitternachtssonne

Norbotten
Luleå
Piteå
SCHWEDEN
Nord-
land
Namdalen
Skellefteå
Burträsk
Bureå
Västerbotten
EKMAN
Jämt-
land
Åre
Östersund
Angerman-
land
Bottnischer
Meerbusen
FINNLAND
NORWEGEN
Sundsvall
ANDERSEN
Mora
Rättvik
LAGERLÖF
Elverum
Leksand
Falun
Grisslehamn
Värmland
Fagersta
SEUME
GUSTAFSSON
Uppsala
Västerås
STRINDBERG
Mariefred
Stockholm
SEUME
Kumla
NESSER
Norrköping
Linköping
Jönköping
Gotland
Göteborg
SEUME
DÄNE-
MARK
Schonen
Kopenhagen
MANKELL
Ystad
N
0
100 km

Hans Christian Andersen

Wir reisen

Das ist ein Frühling! Die Vögel singen. Verstehst du ihren Gesang? So höre ihn denn in freier Übertragung:

»Setze dich auf meinen Rücken!« klappert der Storch, der heilige Vogel unserer grünen Inseln, unserer dänischen Heimat. »Ich trage dich über die Wasser des Sundes. Auch Schweden hat frische, duftende Buchenwälder, grüne Wiesen und kornreiche Felder. In Schonen unter den blühenden Apfelbäumen, im Garten eines Bauern wähnst du dich noch immer in Dänemark!«

»Fliege mit mir!« zwitschert die Schwalbe. »Ich fliege über Hallands Gebirge, wo keine Buche mehr wächst, ich schwinge mich noch höher hinauf nach Norden, weiter als der Storch. Ich kann dir zeigen, wo das Ackerland dem Felsengrund weichen muß. Freundliche kleine Städte, alte Kirchen und einsame Gehöfte sollst du sehen, in denen es sich gut und traulich wohnen läßt, wo die Familie im Kreis um den Tisch mit den dampfenden Schüsseln sitzt und das jüngste Kind ein Gebet spricht. Ich habe alles gehört und gesehen, als ich noch klein war und im Nest unter dem Dach des Bauern mit meinen Geschwistern lag.«

»Komm! Komm mit!« schreit die unruhige Möwe, während sie dich im Kreise umfliegt. »Folge mir bis an die Schären, wo Tausende von Felseninseln, mit Fichten und Tannen bestanden, wie Blumenbeete längs der Küste liegen, wo die Fischer hinter ihren Booten immer volle Netze herziehen.«

»Laß dich zwischen meinen ausgebreiteten Flügeln nieder!« singt der wilde Schwan. »Ich will dich bis an die großen Seen hinauftragen, an die immer brausenden, pfeilschnellen Bergströme, wo die Eiche nicht mehr gedeiht, wo die Birke verkrüppelt. Laß dich nieder zwischen meinen ausgebreiteten Flügeln. Wir schwingen uns hoch hinauf bis nach Finnmarken, das reich ist an sonderbaren Felsgebilden mit dem Berg Sulitelma, den sie das Auge des Gebirges nennen. Wir fliegen über frühlingsgrüne Täler und hoch oben über die Schneeflächen bis hinauf zum Gipfel des Berges. Dort sieht man über Norwegen hinweg den Atlantischen Ozean.

Nach Jämtland fliegen wir mit seinen hohen blauen Bergen, wo die Wasserfälle brausen, wo die Signalfeuer der Leuchttürme flammen und den Schiffen den Weg weisen. Immer weiter hinauf nach den tiefen, kalten Gewässern, wo im Sommer die Mitternachtssonne nicht untergeht, wo die Abendröte eins ist mit der Morgenröte.«

So singen die Vögel! Wollen wir unser Herz ihrem Gesang öffnen? Wir wollen ihnen folgen – wenigstens eine kurze Strecke. Doch wir sitzen nicht zwischen den ausgebreiteten Flügeln des Schwanes noch auf dem Rücken des Storches. Wir bewegen uns vorwärts mit dem Dampf der Schiffe, wir fahren in Pferdekutschen, ja, mitunter gehen wir auf unseren eigenen Füßen – da haben wir Zeit, um dann und wann aus der uns umgebenden Wirklichkeit über den Zaun ins Reich der Gedanken zu blicken, das stets unser nahes Nachbarland bleibt. Hin und wieder pflücken wir Blumen oder Blätter und legen sie in unser Gedenkbuch, Erinnerungen, die auf dem Flug unserer Reise knospeten.

Wir fliegen und wir singen: »Schweden, du herrliches Land, Schweden, wohin heilige Götter in der Urzeit aus den Gebirgen Asiens kamen, du Land, das noch immer von ihrem Glanz bestrahlt wird. Er strömt aus den Blumen, denen Linné ihren Namen gab, er geht aus von dem ritterlichen Volk, dessen Banner einst Karl XII. trug, er leuchtet von dem errichteten Gedenkstein auf dem Schlachtfeld von Lützen.

Schweden! Du Land des starken Gefühls, der innigen Lieder, Heimat der klaren Ströme, wo wilde Schwäne im Nordlichtschimmer singen! Du Land, auf dessen tiefen, stillen Seen die Fee des Nordens ihre Säulengänge baut und über den Eisspiegel ihre kämpfenden Geisterheere führt.

Herrliches Schweden mit der duftenden Linnäa, mit Jennys seelenvollen Liedern! Zu dir wollen wir fliegen mit dem Storch und der Schwalbe, mit der rastlosen Möwe und dem wilden Schwan. Deine Birkenwälder duften so erfrischend und belebend; unter ihren hängenden Zweigen an den weißen Stämmen ihrer Bäume soll die Harfe hängen. Des Nordens Sommerwind fährt säuselnd durch ihre Saiten.«

Selma Lagerlöf

Walpurgisnacht

Samstag, 30. April

Auf einen Tag im Jahre freuen sich die Kinder in Dalarna ebenso sehr wie auf den Weihnachtsabend. Das ist die Walpurgisnacht, wo sie ringsumher im Lande Freudenfeuer anzünden dürfen.

Schon wochenlang vorher denken die Jungen und Mädchen an nichts weiter, als nur recht viel Holz zu den Walpurgisfeuern zusammenzutragen. Sie gehen in den Wald und sammeln dürre Zweige und Tannenzapfen, sie sammeln Späne beim Schreiner und Knüppel und Rinde und Holzknorren beim Holzfäller. Alle Tage gehen sie zum Kaufmann und betteln um alte Kisten; und wenn eines irgendwo eine alte Teertonne ergattert hat, dann versteckt es sie als seinen größten Schatz und wagt erst in der letzten Stunde damit herauszurücken, gerade ehe die Feuer angezündet werden sollen. Die kleinen Reisigzweige, mit denen man die jungen Bohnen und Erbsen stützt, sind in großer Gefahr, ebenso alle alten herausgerissenen Zaunpfähle, alles zerbrochene Holzgeschirr und alle auf dem Felde vergessenen Heureiter.

Wenn der große Abend endlich da ist, haben die Kinder in jedem Dorfe entweder auf einem Hügel oder auch am Seeufer dürre Zweige und Reisig und alles nur Brennbare zu einem großen Haufen aufgeschichtet. An einzelnen Orten haben sie sogar zwei, ja drei Holzstöße; denn manchmal entzweien sich die Mädchen und Knaben schon beim Sammeln des Holzes, oder die Kinder vom südlichen Teil des Dorfes wollen das Feuer bei sich haben, aber die Kinder vom nördlichen Teil gehen nicht darauf ein und verschaffen sich deshalb ihr Feuer auf eigene Rechnung. Die Holzstöße sind meist schon früh am Nachmittag fertig; und dann versammeln sich alle Kinder mit Zündholzschachteln in der Tasche um sie herum und warten ungeduldig auf den Einbruch der Dunkelheit. Um diese Jahreszeit ist es in Dalarna so endlos lange Tag! Um acht Uhr abends fängt es erst zu dämmern an. Kalt und feucht ist es draußen, denn es ist ja noch halb Winter, und den Kindern wird die Zeit lang. Auf den freien Plätzen und auf den offenen Feldern ist aller Schnee schon geschmolzen, und mitten am Tage, wenn die Sonne hoch am Himmel steht, ist es auch ganz behaglich warm; aber in den Wäldern liegen noch große Schneewehen, die Seen sind noch mit Eis bedeckt, und in der Nacht sinkt das Thermometer häufig immer noch mehrere Grade unter Null herab. Deshalb wird ab und zu auch einmal ein Feuer angezündet, ehe es recht dunkel ist. Aber nur die kleinsten und ungeduldigsten Kinder übereilen sich so; die großen warten, bis die Nacht vollständig hereingebrochen ist, damit sich die Feuer recht großartig ausnehmen.

Endlich ist die richtige Stunde gekommen. Jedes Kind, es mag einen noch so kleinen Zweig zum Holzstoß beigetragen haben, ist mit dabei; nun zündet der älteste Junge einen Strohwisch an und steckt ihn unten in den Haufen hinein. Sogleich beginnt das Feuer zu arbeiten; es knattert und knistert im Reisig; der Rauch steigt schwarz und drohend auf; endlich dringen die Flammen oben aus dem Reisighaufen heraus; hell und klar schlagen sie auf einmal mehrere Meter in die Höhe, so daß sie in der ganzen Gegend gesehen werden können.

Wenn die Kinder eines Dorfes ihren eigenen Holzstoß in vollen Brand gesetzt haben, nehmen sie sich Zeit, sich umzusehen. Ja, dort brennt ein Feuer, und dort drüben ein zweites! Jetzt flammt eins auf dem Hügel dort auf, und jetzt eins ganz droben auf dem Berge! Alle Kinder hofften, ihr eigenes Feuer werde das größte und hellste sein; und sie haben so große Angst, es könnte die anderen möglicherweise nicht übertreffen, daß sie jetzt in der letzten Stunde nach den Häusern rennen und Vater und Mutter noch um ein paar Bretterstumpen oder um etwas Brennholz bitten.

Wenn das Feuer eine Weile gebrannt hat, kommen die Erwachsenen und die alten Leute auch herbei, es sich anzusehen. Aber das Feuer ist nicht allein schön und hell, es verbreitet auch eine angenehme gute Wärme und verlockt die Zuschauer, sich auf den Steinen und Erdhügeln ringsum niederzulassen. Da sitzen sie und schauen in die Flammen, bis es einem einfällt, es wäre doch recht behaglich, wenn man an dem schönen Feuer ein Schälchen Kaffee kochen würde. Während der Kaffeekessel summt, erzählt wohl einer eine Geschichte; und wenn diese zu Ende ist, ist gleich wieder ein anderer mit einer neuen bei der Hand.

Die Erwachsenen denken hauptsächlich an den Kaffee und die Geschichten, die Kinder aber suchen das Feuer möglichst lange in hellem Brand zu erhalten. Dem Frühling ist es so schwer geworden, den Schnee zu schmelzen und das Eis aufzutauen. Wie schön wäre es, wenn man ihm nun mit dem Feuer ein wenig helfen könnte! Sonst ist es ihm ja unmöglich, den Boden von der Kälte zu befreien, damit Bäume und Kräuter auch rechtzeitig ausschlagen können.

Die Wildgänse hatten sich für die Nacht auf dem Eise des Siljan-Sees niedergelassen, und da ein schneidend kalter Nordwind daherfegte, mußte der Junge unter die Flügel des weißen Gänserichs kriechen. Aber er hatte noch nicht lange dagelegen, als ihn ein Flintenschuß auffahren ließ. Rasch glitt er unter dem Flügel hervor und sah sich erschrocken um.

Hier draußen auf dem Eise, wo die Gänse ruhten, war alles ganz still; so sehr der Junge auch umherspähte, er konnte nirgends einen Jäger entdecken. Aber als er nach dem Lande hinschaute, nahm er etwas ganz Merkwürdiges wahr; er meinte zuerst, er sehe eine Gespenstererscheinung, etwas in der Art wie damals die Stadt Vineta oder den Garten bei Groß-Djulö.

Am Nachmittag waren die Gänse mehrere Male über dem großen See hin und her geflogen, ehe sie den Platz gewählt hatten, wo sie sich niederlassen wollten. Und da hatten sie dem Jungen die großen Kirchen und Dörfer gezeigt, die an den Ufern des Sees lagen. Er hatte Leksand, Rättvik, Mora und die Sollerö gesehen. Die Kirchendörfer waren sehr groß, sie sahen wie richtige Landstädte aus, und der Junge hatte sich sehr verwundert, wie dicht bebaut dies Land hier im Norden war. Die ganze Gegend erschien ihm viel freundlicher und lachender, als er erwartet hatte; er hatte durchaus nichts Unfreundliches oder Schreckeneinjagendes entdecken können.

Aber jetzt, in der dunklen Nacht, flammte an den gleichen Ufern ein großer Kranz von hellen Feuern auf. Überall sah man sie lodern: in Mora am nördlichen Ende des Sees, am Ufer der Sollerö in Vikarby, auf der Höhe über dem Dorfe Sjurberg, auf dem Kirchenplatz ganz draußen auf der Landzunge bei Rättvik, auf dem Lerdalberg, und dann weiterhin auf allen Landzungen und Hügeln bis hinunter nach Leksand. Der Junge zählte mehr als hundert Feuer; er konnte ganz und gar nicht begreifen, wo sie hergekommen waren und ob nicht Hexerei und Zauberkunst mit im Spiele sei.

Bei dem Schuß waren auch die Wildgänse erwacht, aber sobald Akka einen Blick auf den Strand geworfen hatte, sagte sie: »Die Menschenkinder treiben heute Kurzweil.« Hierauf steckten alle Wildgänse die Köpfe aufs neue unter die Flügel und schliefen sogleich wieder ein.

Der Junge aber betrachtete die Feuer, die das ganze Ufer wie eine lange Reihe goldener Kleinodien schmückten, und wie eine Motte wurde er von dem Licht und der Wärme unwiderstehlich angezogen; er wäre gern näher hingegangen, aber er wußte nicht recht, ob er die Gänse ohne Gefahr verlassen könnte. Ein Schuß nach dem andern tönte zu ihm herüber, und da er jetzt wußte, daß keine Gefahr damit verbunden war, lockten ihn auch diese. Die Leute dort drüben bei den Feuern schienen so vergnügt zu sein, daß sie sich am Lachen und Jubeln nicht genügen lassen konnten, sie mußten auch noch Freudenschüsse abfeuern. Und jetzt wurden bei einem Feuer, das auf einem Berg brannte, überdies Raketen abgeschossen. Dort hatten sie ein riesiges Feuer, und es lag hoch droben; aber das war ihnen noch nicht genug, sie wollten es noch schöner haben. Bis hinauf in die Wolken des Himmels sollte man sehen, wie vergnügt sie waren.

Der Junge hatte sich ganz allmählich dem Ufer genähert; da drang plötzlich Gesang an sein Ohr, und jetzt hielt ihn nichts mehr zurück; er rannte dem Lande zu; da mußte er dabei sein.

Aus der Tiefe der Rättviker Bucht führt eine ungewöhnlich lange Dampfschiffbrücke ins Wasser hinaus; am äußersten Ende dieser Brücke stand eine Schar von Sängern, die in der späten Nachtstunde ihre Lieder über den See hinklingen ließen. Es war fast, als meinten sie, der Frühling schlafe, den Wildgänsen gleich, draußen auf dem Eise des Siljan-Sees, und sie müßten ihn wecken.

Die Sänger huben an mit dem Lied: »Ich weiß ein Land weit droben im Nord!« Dann kam: »Im Sommer gar schön, wenn die Erde sich freut, im Tal bei zwei Flüssen, den großen.« Dann: »Der Marsch geht nach Tuna!« Hierauf: »Freie, große, kecke Männer«, und zum Schluß: »In Dalarna wohnten, in Dalarna wohnen.« Es waren lauter Lieder über Dalarna. Auf der Brücke selbst brannte kein Feuer, und die Sänger konnten nicht weit umhersehen, aber mit den Tönen tauchte vor ihnen und vor allen, die zuhörten, ihr Land auf, schöner und hinreißender als am hellen und lichten Tage. Es war, als wollten sie den Frühling wecken und ihm sagen: »Sieh, solch ein Land wartet auf dich! Willst du uns nicht zu Hilfe kommen? Willst du den Winter noch länger seinen Druck über diese wunderschöne Gegend ausüben lassen?«

Nils Holgersson lauschte dem Gesang unbeweglich bis zum Ende, dann erst eilte er dem Lande zu. Ganz drinnen in der Bucht war das Eis schon geschmolzen; es war aber hier so viel Sand angeschwemmt, daß der Junge ganz gut bis zu einem Feuer hingelangen konnte, das dicht am Uferrain lag. Vorsichtig, vorsichtig schlich er sich immer näher heran, bis er die Menschen, die neben dem Feuer standen oder saßen, sehen und auch hören konnte, was sie sprachen. Und wieder begann er sich über das, was sie sagten, zu verwundern und sich zu fragen, ob er nicht eine Spukerscheinung vor sich habe. Noch nie hatte er Menschen in solchen Anzügen gesehen. Die Frauen trugen schwarze spitzige Mützen auf dem Kopf, kleine Pelzjäckchen, rosa Tücher um den Hals, grünseidene Leibchen und schwarze Röcke mit einem weiß, rot, grün und schwarz gestreiften Vorderblatt. Die Männer hatten runde Hüte mit niedrigem Kopf, blaue Röcke mit rot eingefaßten Säumen, gelbe Lederhosen, die bis an die Knie reichten und von roten, mit Quästchen gezierten Strumpfbändern festgehalten wurden. Der Junge wußte nicht, ob es nur von den Anzügen herkäme, aber er meinte, diese Menschen sähen ganz anders aus als an andern Orten: viel stattlicher und viel vornehmer. Er hörte, daß sie miteinander sprachen, konnte aber lange kein Wort verstehen. Da fielen ihm die schönen Kleider ein, die seine Mutter in ihrer Truhe verwahrte und die seit ewiger Zeit niemand hatte tragen wollen, und er fragte sich, ob er hier nicht am Ende Leute aus früheren Zeiten vor sich habe, Leute, die in den letzten hundert Jahren nicht mehr auf Erden gelebt hatten.

Dies war jedoch nur ein Gedanke, der ihm durch den Kopf ging und gleich wieder verschwand, denn er sah wohl, daß diese Leute hier lebendige Menschen waren. Die Ursache aber, warum der Junge so dachte, ist die, daß sich die Bewohner am Siljan-See in ihrer Rede, in ihrer Tracht und in ihren Sitten noch mehr von den vergangenen Zeiten bewahrt haben, als es an andern Orten der Fall ist.

Bald wurde sich der Junge auch darüber klar, daß die Leute dort am Feuer von alten Zeiten sprachen. Sie erzählten, wie es ihnen in ihren jungen Jahren ergangen sei, wo sie auf weiten Wegen in andre Landesteile hätten wandern müssen, um durch ihre Arbeit den Ihrigen daheim das tägliche Brot zu verschaffen. Der Junge hörte mehrere Leute ihre Geschichte erzählen; aber später konnte er sich doch am besten an das erinnern, was eine ganz alte Frau aus ihrem Leben mitgeteilt hatte.

Hans Christian Andersen
Am Siljan-See

Wir befinden uns hoch oben in Dalekarlien am Siljan-See, das Auge des Landes, in dem die Soler-Insel mit ihrer schimmernd weißen Kirche den Augapfel bildet.

Wie schön ist's hier im Sommer! Die fernen Berge zeigen sich im reinsten Blau, das Sonnenlicht spiegelt sie auf der klaren blanken Wasserfläche, wie die Fee der Wüste, die Zauberhexe des Mittelländischen Meeres, die Fata Morgana, die plötzlich erscheint und Luftschlösser baut. Durch den Siljan-See schwimmt der Nöck als Flußpferd mit schillernder Mähne, so erzählt eine Sage in Dalekarlien.

Blick über das Wasser, dahin, von wo die Boote kommen mit den Brautleuten und den Gästen, mit Spiel und Gesang!

Blick an den Waldhängen entlang, wo die rot angestrichenen Holzhäuser im Sonnenlicht prunken, wo die Glocken der Ziegen klingen und der Gesang voll und stark tönt, als sei er durch ein Hirtenhorn geblasen!

Huja! Huja!

Wie schön ist es hier an einem Sommertag! Wie schön mag es auch im Winter sein, wenn das Quecksilber in der eisigen Kälte gefriert. Der Himmel ist dann doppelt hoch und blau, der Tannenwald steht dunkelgrün im weißen Schnee. Des Köhlers Feuer knistert im Walde, der flinke Jäger erlegt den Wolf und den Bär, und auf dem Eisspiegel Siljans gleiten Schlitten hundertweise über die tiefen Gewässer dahin, der Rauhfrost hängt sich an den Pelz des Kutschers, an seine Mütze, in seinen Bart.

Sieh, das Land im Glanz des Vollmondes und in den roten und blauen Flammen des Nordlichtes. Tritt ein in die Stube, wenn das Feuer im Ofen knistert und die Familie im Kreise davor sitzt.

Hier ist's heimisch! Hier läßt's sich gut sein!

Frage einmal das Volk der Dalekarlier. Wohin es auch immer in alle Welt kommt, wie gut es ihm auch ergehen mag, immer sehnt es sich nach der Heimat, nach den armen Hütten. »Wir leben glücklich in unserer Heimat!« sagen die Dalekarlier.

Gesundheit, Arbeit und Frohsinn sind der Reichtum des Dalekarliers, er fühlt sich noch heute wie in alten Zeiten als edelgeboren, er ist König in seinem Haus. Kommt einmal der König aus Stockholm – er redet ihn mit du an!

Als während der Regierung des Königs Karl Johann einer seiner Enkel Dalekarlien besuchte, trat ein alter Bauer auf ihn zu, drückte ihm die Hand und sagte: »Grüße deinen alten Großvater in Stockholm.«

Das Volk in Dalekarlien liebt Gesang und Tanz: die Nykelharfe und das Bockhorn, die Sackpfeife und die Violine. Ein Dichterherz schlägt in diesem Volk.

Die Dalekarlier trugen am längsten die Gewalt und Untaten, die harte Landvögte im Namen des Königs ausübten. Es war unter der Herrschaft der Dänen. Der Däne hat in früheren Zeiten böse im Schwedenland gehaust, und der schwedische Soldat gedachte dessen, als er unter Karl X. hart und unerbittlich gegen den dänischen Bauer verfuhr.

Gesegnet seien die Harfen, die erklangen, die Stimmen, die sangen: »Versöhnung!« Gesegnet sei die neue Zeit! Laßt uns schon in dieser Welt einander verstehen und lieben! Es ist so schön, wenn Brüder und Nachbarn in Eintracht und Freundschaft leben. Das Sonnenlicht des Friedens strahlt über beide Länder!

[...]

Nach Dalekarlien, wo Gustaf verfolgt umherirren mußte, nach Dalekarlien, wo das Volk genügsam und fröhlich ist, wo heute die alten stählernen Pfeile und Bogen über dem Kamin hängen, wo der Tanz um den Maibaum kreist, wollen wir wandern.

Ihr Maler und Dichter kommt mit und kündet von Dalekarliens Glanz – er liegt auch ein wenig in uns verborgen, sonst würden wir das Volk nicht verstehen.

Der Wagen ist angespannt, der Fuhrmann wartet. Von Leksand aus fahren wir längs des Sees auf Rättvik und Mora zu. Der Fahrer wird uns von König Gustaf erzählen. Jedes Kind kennt ihn hier, und bist du ein Däne und der Fuhrmann wittert es, dann wird er mit freundlichem Lächeln von den alten feindlichen Zeiten mit dir plaudern und dir sagen, wie gut es ist, daß wir jetzt einander kennen und uns ähnlich sind in Sprache und Sitte. »Der Däne kommt hier herauf und besucht uns, und der Schwede besucht die Dänen. Die schwedischen Soldaten, die vor einigen Jahren in Dänemark waren, schrieben nach Hause und erzählten, wie gut und schön sie es als Freunde im Dänenland hatten und wie innig sie einander verstanden, wie sie in Sitten und Gebräuchen sich glichen, im Glauben und Denken.«

Und während der Fahrt erzählt uns der Fuhrmann, wie gut und herrlich das Korn in den letzten Jahren in Schweden gediehen sei, selbst oben in Dalekarlien. Vor einigen Jahren sei hier die Hungersnot so groß gewesen, daß ein Bauer zum Propst gegangen sei, um sich ein Bund Stroh zu kaufen, das er klein schneiden und unter den Brotteig von Birkenrinde mischen wollte, das sie alle hätten essen müssen.

»Jetzt haben wir gute Zeiten«, sagt er und zeigt sein schwarzes, hartes und flaches Knäckebrot, das er mit seinen weißen Zähnen kaut.

Die Sonne scheint hell über die dunklen, waldbewachsenen Höhen und über die stille Fläche des Sees. Von der Landstraße bei Bergseng hat man die weiteste Aussicht über den Siljan. Man sieht die kupferne Turmspitze von Moras Kirche und dahinter die blauen Berge in doppelter Reihe. Bei Bergseng kehrt gewöhnlich der Reisende um, er hat dann den schönsten Teil von Dalekarlien, aber noch nicht seine vielen Abwechslungen gesehen.

Unter uns, nicht weit entfernt liegt Rättviks Kirche, glänzend weiß wie ein Schwan, auf einer Landzunge; dorthin wollen wir, nach dem freundlichen Haus des Propstes, zu fröhlichen gutmütigen Menschen. Der Wald duftet, rings um uns wachsen wilde Johannisbeersträucher und blüht die Johannisblume, primula farinosa, mit ihren roten Blättern.

[...]

Vom Walde aus gelangen wir auf einen breiten Fahrweg, von wo aus Rättviks Kirche, der See und die fernen Berge ein herrliches Bild darbieten.

Wir kommen zu dem neuen Sanatorium, das bequem und gut eingerichtet ist mit Gastzimmern, Bädern und einem großen Lesesaal. Wir sehen »Dal-Mumien« – es sind lebende, rotwangige blühende Männer, in Decken gehüllt, nur der Kopf ist frei, es sind Badegäste, die soeben dem kalten Bad entstiegen sind.

Die Wasserheilanstalt bei Rättvik ist genau so eingerichtet wie die in Gräfenberg in Schlesien. Auf den Tischen im Lesezimmer liegen Bücher und Zeitschriften, die uns an die unruhige weite Welt erinnern, wir kommen mit dem gedruckten Wort in Berührung, wir erfahren, was in der Ferne sich rührt und dort geschieht. Wir eilen wieder hinaus in die Natur, in den Sonnenschein, in den Birkenduft am freien Siljan-See.

Noch eine kleine Strecke, und wir gelangen nach dem Haus des Pfarrers, das unter hohen Bäumen mit der Aussicht nach dem See liegt. In den kleinen Zimmern ist es traulich und gemütlich. Aus den Bücherschränken strahlen uns bekannte Namen entgegen, die ganze neue Literatur Skandinaviens harrt hier des Winters, um ihren Zaubergarten zu öffnen, wenn Eis und Schnee draußen regieren und Dalekarlien außerhalb Europas zu liegen scheint. Poesie und Wissenschaft sprudeln mit ewigen Quellen, während die Natur des Winterschlafes bedarf.

Von Rättvik fahren wir nach Mora, wo Gustaf Vasa zu der Gemeinde sprach, wir begeben uns zum Porphyrbruch, wo in Werkstätten die prächtigsten Vasen geschliffen werden, wir reiten einen einsamen, schmalen Waldsteg hinan nach den Hütten der Finnen.

Einsam und feierlich, bunt und herrlich ist es in Dalekarlien, am herrlichsten jedoch am Siljan-See. Maler, nimm dein Skizzenbuch zur Hand, geh nach Dalekarlien, Motiv an Motiv wird sich dir offenbaren. Komm im Frühling hierher, wenn die jungen Burschen einberufen werden zur Waffenübung. Stell dich auf den Weg, eine kleine Strecke entfernt von dem Schlagbaum, der geöffnet wird, damit die Einberufenen mit dem Spielmann an der Spitze passieren können. Kinder, Frauen und Greise stehen auf dem Hügel unter einer hängenden Birke und winken: »Lebt wohl!«

Komm in die Kleiderstube, eine reichere Farbenpracht bietet selbst keine Stube in der farbenfrohen Heimat der Türken. Die Kleiderstube ist gewöhnlich ein freistehendes Haus aus Holz, in dem ein Vermögen an Kleidungsstücken aufbewahrt wird. Es ist auf hohen Pfählen errichtet, damit die Ratten und dergleichen Ungeziefer nicht hineinschlüpfen können. Die Treppe, es ist eigentlich eine Leiter, wird vor die Tür gestellt, und du kannst eintreten. Unter der Decke und längs der Wand, über Tonnenreifen ausgespannt, hängen die Röcke und Kleider der Frauen in allen Farben, eine Menge bis ins Unglaubliche. Jedes Familienmitglied besitzt oft deren siebzehn oder achtzehn Stück. Da hängen Schürzen und Leibchen, man findet Röcke, Westen und Hosen der Burschen, Strümpfe in unzählbaren Mengen, dann die Wäschestücke, alles hat seinen bestimmten Platz. Der Fußboden ist überschwemmt mit Schuhen in allen Fassons, plumpe und zierliche, bucklige und holzschuhförmige. Die Gesangbücher sind in einer Reihe auf einem blumenverzierten Regal aufgestellt. Die Wände, wenn man sie überhaupt vor lauter Kleidungsstücken zu sehen vermag, sind bunt bemalt. Dort etwa schwebt der Prophet Elias auf seinem Feuerwagen von Sonnenrossen gezogen, die allerdings ziemlich wie kleine Ferkel aussehen. Auch Jakob, der mit Jehova ringt, kann man hier besichtigen. Jehova im Frack, ledernen Hosen und langen Stiefeln. Über den Fenstern stehen Bibelsprüche und Namen; auch Tulpen und Rosen blühen dort, wie sie nie in der Natur blühen.

Maler, gib uns ein Bild von der Kleiderstube, wenn die jungen Mädchen von dort ihren Putz holen oder ihn wieder aufhängen.

»Ist das denn wirklich ein Motiv zum Malen?« könntest du fragen. »Nun, so komm, es anzusehen! Komm! Komm!« antworte ich dir.

Maler und Dichter, reicht euch die Hände, geht hinauf nach Dalekarlien, das arme Land ist reich an Schönheiten und Poesie, am reichsten jedoch am Siljan-See!

Kerstin Ekman

Geradewegs ins Ungewisse

Hillevi kam am fünften März 1916 mit dem Zug nach Östersund. Damals waren die Straßen geschottert, und es gab elektrisches Bogenlicht. Das Centralpalais in der Prästgatan hatte Türme mit Spitzen. Weiter unten in der Straße liefen auf einem großen Bild an Erik Johanssons Haus seltsame Tiere in einem Wald umher. Es war auf den Putz gemalt. Das Staverfeltsche Haus hatte schmiedeeiserne Balkone, verzierte Giebel und Gewölbebogen. Die Markthalle gleich daneben hatte einen prächtigen Treppengiebel. Und das Mårtenssonsche Haus in der Storgatan gleich mehrere. Hillevi kam also nicht gerade in die Wildnis.

Als sie nach Lomsjö kam, wurde es schon schlimmer. Das war am siebten März.

Am Nachmittag befanden sich in der Schankstube des Gasthofs nur zwei Leute. Zum einen ein alter Lappe, der auf dem Fußboden saß. Zum anderen Hillevi, die auf der Bank an der Wand saß und gleich ihre Pelzmütze verlieren würde. Ihr war der Kopf nach vorn gekippt. Sie schlief.

Draußen war es still. Der Schnee rieselte auf Schlittenspuren und Pferdeäpfel. Der alte Lappe hatte sein Messer hervorgeholt und schnitt an einem Tabakstrang. Als die Gastwirtin hereinkam, schimpfte sie mit ihm, weil er auf dem Fußboden hockte. Der Alte entgegnete, seine Hose sei hinten dreckig. Hillevi wachte von dem Palaver nicht auf. Erst als die Wirtin sie am Arm faßte und »Fräulein!« rief, zuckte sie zusammen.

»Sollet es doch hier nicht sitzen.«

Fügsam erhob sie sich und ging mit. In der Tür zum Speisesaal blieb sie stehen und schaute zurück in die Schankstube, als hätte sie diese noch gar nicht gesehen oder im Schlaf vergessen. Auf dem langen, bloßen Holztisch stand eine Laterne. Ein Paar verfilzter Handschuhe lag daneben, gelbbraun am Spickel. Auf der Bank dort hatte es nach Pferdestall gerochen. Der Alte auf dem Fußboden trug eine ausgebleichte blaue Mütze. Seine fast schwarzen Stiefel hatten nach oben gebogene Spitzen. Hundertmal mit Talg eingeschmiert.

Im Speisesaal war es etwas kühler als in der Schankstube, doch hinter den Glimmerscheiben eines eisernen Ofens glühte es. Auf dem Tisch lag ein recht grobes weißes Linnen. Hier gab es eine Petroleumlampe mit weißem Porzellanschirm, der den Schein der Flamme abmilderte. An der Wand über dem Büfett hingen große Porträts von einem Mann und einer Frau. Die Frau trug einen Turban wie eine Negerin. Es waren jedoch Bauersleute. Er hatte auf Ohrenhöhe geschnittenes Haar und einen schütteren Bart bis weit unters Kinn. Am schwarzen Kleid der Frau steckte vorn in der Mitte eine Emaillebrosche. Ihre Gesichter waren hölzern wie die Gesichter von Leichen.

Hillevi hatte schon Leichen gesehen. Als die Gastwirtin mitten in ihren bewußtlosen Traum hinein »Fräulein!« gerufen hatte, war ihr das eingefallen. Als ob sie wieder dort gewesen wäre. Kalte, durchgeweichte Stiefel. Der Saum in der Nässe, als sie den Rock losließ. Aus Angst vor einer anderen Stimme, einer rauhen, unbeherrschten aus der Dunkelheit: »Fräulein!«

Sie war jetzt sehr müde. Sie ließ den Blick die braun und golden tapezierten Wände entlangschweifen. Sie sah Gemälde, Wandbehänge, Rengeweihe und ausgestopfte Vögel. Auf dem Büfett, das einen Aufsatz mit ovalem Spiegel hatte, standen Kristallvasen und Kabinettbilder. Das Tablett unter dem Salzstreuer und dem Pfeffergefäß war aus Neusilber. In dem Saal roch es nach erkalteten Küchendünsten.

Sie dachte: Sobald ich in meinem eigenen Reich bin, komme ich wieder zu mir. Ich werde nie wieder an diese rauhe Stimme denken. Dies hier ist der letzte Vorposten des Muffigen und Rauhen. Der alte Lappe auf dem Fußboden. Saß da und schnitt Tabak. Lullte ein bißchen in seiner Sprache. Ja, er war betrunken. Draußen im Schein der Laterne hing ein abgebalgtes Ren, als ich kam. Blut darunter. Er warte auf Geld, meinte die Wirtin. Folglich hatte wohl er dieses Ren an der Hausecke geschlachtet. Denn es war doch wohl ein Ren.

Jetzt brachte die Gastwirtin die Suppe. Es dampfte, als sie sie auftat, und ziemlich große Klößchen plumpsten in eine graue, fast farblose Brühe. Sie schmeckte fad.

»Elchbrühe ist's«, sagte sie. »Tut ihm gut, dem Fräulein.«

Wäre es Renbrühe gewesen, hätte sie sie weggeschoben. Sie dachte an das Blut, das dem Ren aus dem Maul geflossen war. Ein gelber Fleck war auch im Schnee. Schwarze Losungskügelchen. Aber so mußte es ja sein. Unfreiwilliger Abgang.

Ich bin ausgebildet, ich weiß viel über derlei Dinge. Das hilft gegen Übelkeit. Wissen hilft. Da mag die Tante ruhig ihre Litaneien herbeten. Es hilft auf jeden Fall.

»Aber Fräulein, liebes, sitzet es da und greinet?«

»Nur müde«, murmelte sie in ihr Taschentuch. Sie hatte keine Serviette bekommen.

»Ja, freilich. Armes Ding. So jung. Und so dünn. Ja, liebe Zeit, was soll's bloß werden? Es werdet jetzt Pfannkuchen mit Multgrütze kriegen, das Fräulein. Mag es Milch dazu? Ist nichtens verkehrt mit der Milch, sage ich. Abgeseihen und fein.«

Hillevi lehnte dankend ab, sagte aber nicht, daß ihr übel war.

»Wann kommt das Fuhrwerk?«

»Ja, wüßte man's. Dauern kann das. Daß es gar so garstig werden hat müssen. Verwehet ist er geworden, der Schnee, auf dem See. Dürfte also noch ausbleiben, der Halvorsen, ein bis zwei Tage. Das arme Fräulein werdet schon sich gedulden müssen. Es werdet aber mein bestes Zimmer kriegen. Wir feuern da ein schon. Und dann krieget es noch Felldecken, das Fräulein.«

Sie brachte etwas Gelbes und leicht grau Gewordenes auf einem Teller, als sie wiederkam.

»Nehmet das Fräulein doch ein bißchen von der Multgrütze. Und hier wär das Buch.«

Hillevi trug sich mit einer Feder, die sich ständig spreizen wollte, ein: Hillevi Klarin.

»Schreibet das Fräulein: Hebamme«, sagte die Wirtin in dem Moment, als Hillevi gerade Fräulein schreiben wollte und schon mit dem F begonnen hatte. »Ist's als ein Andenken.«

Da verstand sie, daß ihr Kommen eine großartige Sache war.

»Barmendes Ding«, sagte die Wirtin ein Weilchen später zu dem alten Lappen. Die beiden vertrugen sich jetzt wieder und sprachen über sie. Ihre Stimmen drangen durch die Tür zur Schankstube. Der Alte summte. Dreimal, während Hillevi dasaß und darauf wartete, daß oben das Bett gemacht würde, ging die Außentür und stiefelte jemand durch den Raum. Dreimal steckte jemand den Kopf herein und besah sie sich.

In der Nacht begann der Wind durch das Rohr des Kachelofens zu streichen. Bald pfiff er gellend, und es rappelte im ganzen Haus. Als es am Morgen hell wurde, sah sie den Schnee dahinfegen, grau und waagrecht. Der Sturm atmete brüllend. Bisweilen legte sich der Wind. Es dauerte ein paar Stunden, dann erhob er sich erneut. Einmal rund um die Uhr. Es zog durch Ritzen und undichte Fenster, und es wurde kühl im Haus.

Sie saß die meiste Zeit unter zwei Decken aus schwerer und grober grauer Wolle im Bett. Die Decke mit den bunten Streifen hatte sie beiseite gelegt. Sie befürchtete Ungeziefer in der Wolle des schmutzigen Schaffells, mußte sie aber dann, als die Kälte über den Fußboden gekrochen kam, doch hernehmen. An diesem ersten Tag fror sie, daß es schmerzte. Der Kachelofen, der wohl schon lange nicht mehr eingeheizt worden war, wurde nur langsam warm.

Eine alte Frau kam mit einem Korb Brennholz herauf und heizte erneut ein, noch ehe Hillevi richtig wach war. Es war ein guter Kachelofen. Langsam siegte er über die Rauheit und Kälte. Sie fand ihn menschlicher als die alte Magd, die, egal, was sie zu ihr sagte, schwieg.

Als es im Zimmer endlich erträglicher war, wurde ihr langweilig. Ein Geruch nach Hering und Speck breitete sich im Haus nach oben aus. Sie ging in den Speisesaal hinunter und aß schließlich Pfannkuchen. Sonst nichts. Sie erkundigte sich erneut nach Halvorsen und dem Fuhrwerk.

»Dürfte schon noch dauern«, meinte die Wirtin.

Und es dauerte. Hillevi öffnete ihre Taschen, die man ihr heraufgebracht hatte. Der Schrankkoffer stand noch unten. Sie nahm alle ihre Sachen heraus und packte sie noch säuberlicher. Besondere Sorgfalt verwendete sie auf die Instrumente in der Hebammentasche. Die lagen zwischen sauberen Leinenhandtüchern.

Mitten in der Nacht wachte sie auf und dachte an ihre Instrumente. Sie meinte, jemand sei durch den Schneesturm gefahren gekommen. Irgendwo dort draußen sei eine Frau, die nicht entbinden könne. Es war jedoch sie selbst, die geschrien hatte. Da begriff sie, daß sie geträumt hatte.

Sie zündete unbeholfen den Lampendocht an, es loderte und rußte gewaltig, bevor sie ihn endlich heruntergeschraubt hatte. An der Wand zeichnete sich groß ihr Schatten ab, und draußen brüllte der Wind. Tante Eugenie fiel ihr ein:

Liebes Kind, ist das ein weiser Entschluß?

[...]

Am zweiten Tag war das Wetter wieder still und grau. Die schwarze Wand des Waldes jenseits der Äcker war gesprenkelt, und die Tannenzweige hingen, vom Schnee niedergedrückt, fast senkrecht. Am Vormittag sah sie einen Fuchs. Ansonsten nichts. Die Hunde schwiegen. Vorher, meinte sie, hatten sie rund um die Uhr gebellt. Es waren grauzottige Spitze mit Gesichtern, die schwarzweißen Masken glichen, aus denen Augen guckten.

War das ein weiser Entschluß?

Die Stimme der Tante war das eher nicht mehr. Was da in ihrem Inneren unentwegt leierte, glich ihrer eigenen Stimme.

Lange Tage. Untätigkeit war ihr ebenso zuwider wie Unentschlossenheit. Ohne jemanden um Rat zu fragen, hatte sie sich um die Stelle beworben und sich zu der Reise entschlossen. Jetzt saß sie da und wußte nicht, wohin mit ihren Händen. Ihre Handarbeiten lagen im Schrankkoffer, und den wollte sie nicht auspacken.

Einer der Söhne des Gastwirts räumte draußen Schnee. Er fuhr mit einem kleinen schwarzen Pferd vor dem Pflug im Kreis. Das ergab ein Rondell und querdurch einen Weg.

Am dritten Tag trafen endlich Leute ein. Einige auf Skiern, einer mit einem Schlitten. Es war aber nicht Halvorsen. Sie ging vor acht Uhr abends in einem Nebel aus Unruhe und Überdruß zu Bett und glitt allmählich in einen schweren Schlaf hinüber.

Ein schneidender Ruf weckte sie. Sie vernahm Hundegebell und mehrere Männerstimmen. Zuerst dachte sie, es habe ein Unglück gegeben oder eine Schlägerei. Sehen konnte sie nichts, denn ihr Zimmer lag zu einem ebenen Schneefeld hin, das die Wirtin Lehde nannte. Zu der Fläche hinter dem Pferdestall sagte sie Einhegung.

Hillevi schlüpfte in Socken und schlug sich ein Tuch um, bevor sie in die Diele hinaustrat. Das Giebelfenster ging zum Pferdestall hin. Dort unten sah sie eine Menge Männer, und der Schein der Laterne fiel auf den Körper eines Tieres.

Sie dachte, es sei ein großer Hund. Sie hatten das Tier an die Stelle gehängt, an der das Ren gehangen hatte. Sie lärmten und lachten. Hillevi sah den alten Lappen und einen Mann mit einer schwarzen Pelzmütze, den Wirt, wie sie inzwischen wußte. Seine Söhne, die den ganzen Tag Schnee geräumt hatten, waren ebenfalls da. Und ein kleiner, geschmeidiger Kerl, der um das aufgehängte Tier schier tanzte.

Sie hätte in ihr Zimmer gehen und die Tür schließen sollen. Aber sie blieb stehen und sah, wie er den Körper vom Brustbein bis zu den Hinterläufen aufschlitzte. Der Lichtschein fiel hart auf das graue Zottelhaar und die Hände des Mannes. Es war vermutlich eine Karbidlampe, doch durch das vernagelte Fenster konnte sie es nicht zischen hören. Es war absolut still geworden dort unten. Ein graues Darmpaket quoll aus der Bauchhöhle, und der Mann steckte die Hände hinein und wühlte noch mehr daraus hervor. Blutkuchen quollen ihm über die Hände und näßten die Bündchen seiner Pulloverärmel ein. Der alte Lappe gab in die Stille hinein einen Ton von sich. Es war ein einziges langes Huuuuu. In diesem Augenblick wurde ihr klar, daß es sich um den Körper eines Wolfes handelte.

Dann fingen sie alle wieder zu schreien und zu lachen an. Der Inhalt des Bauches lag jetzt auf der Erde. Der Kerl mit dem Messer beugte sich nieder und zerrte aus dem matschigen Schnee dort unten etwas hervor. Was er dann hochhielt, war groß und glänzte im Licht; die Häute schimmerten blau, und es tropfte Blut. Er machte einen Schnitt. Dann zog er einen kleinen Klumpen heraus und warf ihn auf den Boden. Noch einen. Und noch einen. Fünfmal machte er das. Und jedesmal heulte der Alte seinen einen Ton.

Da begriff sie, daß es sich um eine Wölfin handelte, die trächtig gewesen war. Fünf Föten hatte er hervorgeholt. Hillevi sah im Licht der Lampe das Messer blitzen.

In ihren großen Socken stolperte sie ins Zimmer zurück. Sie nahm den Schlüssel aus dem Kastenschloß und machte die Tür hinter sich zu. Dann setzte sie sich aufs Bett, wagte sich aber nicht hinzulegen, obwohl ihr Kälteschauer durch den Körper liefen. Säuerlicher Brechreiz erfüllte ihren Mund. Er wurde wäßrig, und sie schluckte und schluckte. Sie versuchte ihn zurückzuhalten, mußte sich aber schnell unters Bett beugen und den Nachttopf hervorholen. Da kam es. Zum Teil über die Socken.

Und wie sie kotzte! In Gedanken benutzte sie dieses Wort. Ansonsten nannte sie es: sich übergeben. Im Krankenhaus hatten sie erbrechen gesagt. Ihre Tante sagte vomieren.

Aber das hier war kotzen. Es wurde aus ihr herausgeschleudert. Lange riß und zerrte es im Magen, obwohl er sich leer anfühlte. Als letztes kam gallenfarbener Schleim hoch. Mit tränenden Augen und heißem Gesicht kauerte sie sich auf dem Bett zusammen und wartete darauf, daß die Nachbeben verebbten.

Dann war sie so gedankenlos, mit dem Wasser, das sie noch hatte, ihre Socken zu säubern. Sie machte das Handtuch naß und rieb sie damit. Da der üble Geruch immer noch da war, goß sie über dem Eimer Wasser darüber. Den Rest benutzte sie für ihr verquollenes Gesicht.

Jetzt polterte es im Haus, doch es interessierte sie nicht, was dort unten vorging. Sie kroch unter die Felldecke und versuchte, warm zu werden. Trockene Schauer durchliefen sie.

Leer wie sie war, bekam sie natürlich irgendwann Durst. Sie konnte nicht fassen, daß sie so dumm gewesen war, das Wasser für die Socken zu benutzen. Kein Tropfen war mehr in der Kanne. Aus dem Nachttopf, fand sie, verbreitete sich der Geruch nach Erbrochenem. Obwohl sie doch das Handtuch darübergelegt hatte. Schließlich konnte sie an nichts anderes mehr denken als daran, Wasser trinken und den Nachttopf ausleeren zu können, um den Geruch loszuwerden.

Sie ging in die Diele hinaus und horchte. Dort unten war gerade ein mächtiges Stiefelgetrampel. Eine Handharmonika jaulte, und Stimmen juchhuten. Ein gewaltiges Gelächter brach aus. Es klang, als käme es aus der Schankstube. Sicherheitshalber zog sie sich ihr Kleid übers Nachthemd. Sie glaubte auf die Vortreppe hinausschleichen und den Nachttopf an der Hausecke in den Schnee kippen zu können. Als sie jedoch die Treppe hinuntergegangen war, trat sich draußen jemand die Füße ab. Rasch verdrückte sie sich in den Speisesaal, um mit dem Nachttopf, den sie vor sich hertrug, nicht entdeckt zu werden.

Der Saal war jetzt ziemlich ausgekühlt. Es brannte keine Lampe, aber durch das Fenster fiel etwas Licht. Es war der Widerschein der Lampen in der Schankstube, deren Licht auf den Schnee geworfen wurde. Sie machte den Tisch und das hohe Büfett aus. Auf dem Tisch glänzte etwas. Als sie über die Tischdecke tastete, stieß sie nur auf die Menage mit den Essigflaschen. Hier drinnen schien es nichts zu trinken zu geben. Sie zog sich einen Stuhl heran und setzte sich direkt neben einen der braunen Vorhänge.

In der Schankstube donnerten Stiefelabsätze und Stoßplatten über den Fußboden. Männerstimmen sangen, doch sie verstand kein Wort. Die Harmonika trillerte unter tapsigen Fingern. Hillevi fror wahnsinnig, fast so wie in der ersten Nacht. Sie hatte vor Kälte Schmerzen zwischen den Schulterblättern. Immer wieder jedoch schepperte die Haustür. Ständig gingen die Männer aus und ein, vielleicht um sich zu erleichtern. Sie mußte hier sitzen bleiben.

Jetzt kam ihr der Anblick der Wolfsföten wieder in den Sinn. Aber er verursachte ihr keinen Brechreiz mehr. Sie war innerlich kalt. So wie damals, als sie auf der Trädgårdsgatan vor der Anatomie stand und den Karbolgeruch noch in der Nase hatte.

Sie wartete darauf, daß die Wirtin auftauchen und ihr helfen würde. Als diese aber in den Raum stürmte und sich einen Brotkorb schnappte, gelang es Hillevi nicht, sie aufzuhalten. Jetzt stand die Tür zur Schankstube offen. Hillevi kroch noch näher an den Vorhang heran und hätte sich am liebsten darin versteckt. Er roch jedoch nach Staub und alten Küchendünsten.

Sie sah zwei Kerle vorüberstampfen, die einander umarmt hielten. Noch zwei. Ein Kopf wackelte. Zähne bleckten, braun vom Tabaksaft. Die Ziehharmonika kreischte vergeblich. Sie tanzten wohl vor allem nach dem Gestampf und nach einer singenden Stimme. Da wirbelte ein Kerl allein mitten in den Raum. Er war leichtgewichtiger als die anderen. Seine Lodenhose hing ihm wie ein faltiger Beutel um das Hinterteil, denn er hatte eine schmale Taille, und sein Leibriemen war fest zugezogen. An seiner Hüfte baumelte ein krummes Messer. Er bewegte heftig den Kopf und schüttelte seine dunklen Locken. Er war ein bißchen zu langhaarig, um ordentlich zu sein, fand sie. Als er das Gesicht der Tür zuwandte, erkannte sie das Blitzen der Zähne wieder, und da wußte sie, was für ein Messer das war.

»Filledrattan didelittan fidelí… fidelittan filledrattan fidelí…«

Nicht eben ein großartiger Gesang. Es war vor allem Säufergegröl. Mit dem Tabakrauch wallte Wärme herein, und jetzt kam auch die Wirtin wieder und schloß diesmal die Tür hinter sich. Da machte sich Hillevi bemerkbar. Den Nachttopf schob sie hinter den Vorhang. Sie dachte, sie werde schon noch dazu kommen, ihn an der Hausecke auszukippen. Es gab immer so viel überflüssiges Gerede, wenn junge Frauen sich übergaben.

Sie sagte, sie hätte gern Wasser zu trinken und frisches Wasser, das sie mit nach oben nehmen könne. Und sie wolle sich erkundigen, ob Halvorsen gekommen sei. Und ob er das, verknasemadukelt, sei, sagte die Wirtin. Was immer das bedeuten mochte.

»Ich hätte gern gewußt, wann wir fahren werden«, sagte Hillevi.

Dann bekam sie ein Glas Wasser, blieb sitzen und wartete auf eine Karaffe, die sie mit nach oben nehmen konnte. Als die Tür jedoch das nächste Mal aufgerissen wurde, war es nicht die Wirtin, sondern der Kerl mit dem Messer und dem ungeschnittenen Haar. Das Licht fiel genau auf sie. Er starrte sie an. Er mußte aber vorher gewußt haben, daß sie dort saß. Sonst wäre er nicht hereingekommen. Trotzdem starrte er sie groß an. Sein Mund stand halb offen, seine Zähne glänzten vor braunem Speichel. Dann trat er einen Schritt zurück und schloß, ohne sich umzudrehen, die Tür hinter sich. Es wurde wieder dunkel.

Sie bekam natürlich Angst. Aber sie sagte nichts. Sie spannte all ihre Kräfte an, als er durch den Saal ging. Jetzt konnte sie sein Gesicht nicht mehr sehen. Er blieb am Tisch stehen, und ein Zündholz ratschte über etwas Rauhes. Vielleicht eine Sohle, denn er stand jetzt gebeugt. Er entfernte mit der einen Hand unsanft die weiße Lampenglocke, so daß sie wackelte und gegen den Lampenfuß aus Messing klirrte. Dann hob er den Lampenzylinder hoch und hielt die Zündholzflamme an den Docht. Dieser war nicht heruntergedreht, sondern flammte auf und rußte fürchterlich. Er fluchte leise, während er an der Schraube herumfummelte. Als er die Glocke wieder auf ihren Platz setzen wollte, ging es beinahe daneben. Er ließ sie schließlich auf dem Tisch stehen. Hillevi holte endlich Luft.

»Man ward begrüßet«, sagte er.

Er roch nach Schnaps, und seine Augen glänzten. Sein Gesicht, vom Bart dunkel beschattet, war erhitzt.

»Gefahren wird morgen«, sagte er.

Da begriff sie, daß dies Halvorsen war. Sie sollte mit einem Betrunkenen allein durch den Wald fahren.

»Habet es einen Kutschpelz, das Fräulein?«

Sie schüttelte den Kopf. Das einzige, was sie an Pelz besaß, war ein Nutriakragen.

Da heulte er auf. Es klang, als wäre es vor Freude. Er war ihr ein Rätsel. Wie er mit diesen großen Stiefelfüßen so leicht herumtanzen konnte! Gleichsam eine Pirouette drehen. Und völlig im Gleichgewicht, kein Gran Rausch jetzt.

Er verschwand nach draußen und warf die Tür hinter sich zu. Hillevi atmete auf. Er war jedoch nicht in die Schankstube zurückgekehrt, sondern in den Flur hinausgegangen. Sie hörte, wie er mit der Haustür knallte. Großer Lärm. Und wieder dieses Heulen. Dieses Freudenjuchhu.

Da erhob sie sich und blies die Lampe aus. Besser einen Moment im Dunkeln sitzen, falls noch mehr kämen. Mit etwas Glück entdeckten sie sie nicht. Sobald sie Halvorsen wieder in die Schankstube poltern und zu johlen anfangen hörte, würde sie in ihr Zimmer hinaufschleichen. Nachttopf hin, Nachttopf her. Sie wollte, weiß Gott, proper sein, doch das hier ging zu weit.

Da kam er wieder. Krachte in den dunklen Saal herein, stand da, schwankte. Auf seinen Zähnen sah sie einen schwachen Lichtreflex glänzen. Er hielt etwas im Arm.

»Den hier sollet es haben. Als seinen Kutschpelz. Wenn es dann beliebet«, sagte er. »Dem schönen Fräulein.«

Und er machte eine ausladende Verbeugung, als er die Last zu seinen Füßen ablegte. Dann wollte er zur Schankstubentür, stolperte aber über das, was er abgelegt hatte. Mit einem Sprung fing er sich und rief: »Juchhu!« Dann stürzte er sich in die von Tabakrauch und dem sauren Qualm aus dem Kamin vernebelte Schankstube, und sie hörte ihn jubeln.

Sie lief zur Tür, stolperte nun aber ihrerseits über das Bündel. Es war nämlich etwas halb Weiches. Sie wagte es nicht anzufassen. Ihre Hand zitterte ein wenig, als sie auf dem Büfett eine Zündholzschachtel ertastete und ein Streichholz anzündete. Sie machte sich nicht die Mühe, die Lampe anzustecken, denn sie sah auch so. Sogar die Augenhöhlen sah sie, das graue Zottelhaar und die Blutstreifen auf der feuchten Innenseite.

Am Morgen war Halvorsen nicht mehr blau. Er zurrte das Gepäck auf den Schlitten, vor den ein kleines schwarzes Pferd gespannt war. Die Wirtin sagte, daß der Schrankkoffer keinen Platz mehr habe. Ein gewisser Pålsa werde ihn mitnehmen, wenn er aus der Stadt komme.

»Wann wird das sein?« fragte Hillevi.

Das könne man nicht so genau sagen, weil in Östersund bald Gregorimarkt sei, darum könne Pålsa noch ausbleiben.

Sie fuhren, nebeneinander eingepackt, ab. Hillevi hatte Halvorsens Pelz geliehen bekommen. Es war grau, doch hinter dem Schneedunst blendete das Märzlicht. Nachdem sie den Schrankkoffer zurückgelassen hatte, überkam sie das Gefühl, es werde alles in die Binsen gehen. Sie glaubte umkehren zu müssen.

Sie war erst gut fünfundzwanzig Jahre alt, als sie sich nach Röbäck aufmachte, und sie war heimlich mit einem gewissen Edvard Nolin verlobt. Sie kehrte nie zurück.

Den Kragen und die Mütze aus Nutria hatte sie, als sie Uppsala verließ, von der Tante bekommen. Sie hatten sich beide vorgestellt, daß man dort oben etwas Pelzartiges benötige. Die Mütze hatte sie auf, doch den kleinen Kragen hatte sie in die Reisetasche gepackt, als Halvorsen ihr den Pelz für die Fahrt lieh.

Schön fand sie sich nicht. Aber er tat es also.

Der Fahrtwind trieb ihnen spitze Schneekörner entgegen. Hillevi und Halvorsen saßen dicht nebeneinander, doch er kümmerte sich nicht mehr um sie. Die Mütze aus dichtem Fuchspelz reichte ihm bis zu den Augenbrauen. Er interessierte sich mehr für das Pferd als für Hillevi. Meile um Meile würden sie nun dasitzen und sich aneinander reiben. Der Wald war vom Schnee gestreift, die zottigen Tannen standen wie ein gefrorener Pelz in die Höhe.

Das Schneetreiben wurde immer stärker, und Halvorsen brummelte etwas zu der Mähre, wie er das Pferd nannte. Hillevi wäre nicht erstaunt gewesen, wenn das Pferd geantwortet hätte. Sie fühlte sich ausgeschlossen. Gleichwohl rieb im Fußsack ihr Bein an dem seinen. Aber da ist eine Lodenhose, und sicherlich sind da dicke Strümpfe und noch wollene Unterhosen, dachte sie. Und außerdem meine Röcke. Da ist vieles dazwischen.

Sie fuhren direkt in den Schneedunst hinein, in die grauen Wirbel. Beiderseits des Wegs, der mit Birkenstangen abgesteckt war, ragte der Tannenpelz auf.

Sie sollte ihn niemals anders als Halvorsen nennen, wenn es jemand hörte. Er und sein Vater verschwedischten irgendwann ihren Namen und nannten sich Halvarsson. Es hieß, daß der Vater, dessen Vorname Morten lautete, mit seinem Warenkoffer auf einer Handkarre übers Fjäll gewandert sei. Wie es ihm dann ergangen war, dem Norweger, der nicht einmal ein Pferd besaß, als er kam, und danach dem Sohn und den Töchtern Jonetta und Aagot, das wußte Hillevi ja nicht. Gar nichts wußte sie.

Halvorsen rief »brrr!« und zog an den Seilzügeln, so daß die Mähre stehenblieb. Er wand sich aus dem Fußsack, ging nach vorn und versuchte die Hand unter das Kummet zu schieben. Es saß jedoch zu straff; er löste die Schnalle am Bauchgurt und versuchte es noch einmal, nachdem er sie wieder geschlossen hatte. Als er zufrieden war, kam er zurück und drückte sein Bein gegen das von Hillevi. Dann knallte er mit der Peitsche, und die Mähre setzte sich Schritt für Schritt in Gang, während er unverwandt auf ihren wiegenden Rücken blickte. Er streckte die Zungenspitze heraus. Heute war er nicht unrasiert, und er hatte blutige Hautfitzel auf der Wange, die er Hillevi zuwandte. Die Rasur war schnell vonstatten gegangen.

Ihre Gedanken behagten ihr nicht. Rasur und Unterhosen und solche Dinge. Sie saßen zu nahe beieinander. Da kamen solche Gedanken, die sonst nie gedacht worden wären.

Sie dachte an Tante Eugenie und daran, wie sie das gesehen hätte: meilenweit und stundenlang dicht neben einem Mann zu sitzen. Ich werde nicht mit ihm sprechen, dachte sie. Nicht sehr viel. Er ist Kutscher und sonst nichts. Die Tante hätte ihr nie erlaubt, so zu reisen. So dicht. Allein mit einem Mann, der noch am Abend vorher ziemlich beschwipst gewesen war.

Aber die Tante wußte von nichts.

Jetzt war Halvorsen mit dem Gang der Mähre zufrieden und knallte leicht mit der Peitsche, so daß sie in Trab fiel, und dann wandte er sich Hillevi zu und fing einen munteren Schwatz an, den Hillevi nicht begriff. Das bekümmerte ihn nicht groß; er redete einfach weiter, und sie verstand das eine oder andere. Daß er fand, sie sei recht alleinig auf einer so weiten Reise, und all das, was sie bereits im Gasthaus gehört hatte: daß sie jung sei und daß sie dünn sei. Was sollte sie sagen? Daß sie sechsundzwanzig werde? Damit hatte er nichts zu schaffen.

»Das Fräulein sitzet im Gedacht«, sagte er leise, und sie dachte zuerst, dies sei ein Name für den kleinen Schlitten. Aber Gedacht waren die Gedanken.

Die Uppsalagedanken: der Fluß mit seinen schwarzen Strudeln über dem Wasserfall, der Karbolgeruch und ihre eigene schrille Stimme, als Berta Fors mit grauem Gesicht auf der Bahre lag.

Halvorsen sprach eine wunderliche Sprache. Sie hatte Doppelvokale, die er so präzis aussprach, als würden sie auch so geschrieben. Seine Redseligkeit spann sich nun um Hillevis Reise, Schicksal und Leben. Es war unangenehm.

Wahrscheinlich schätzte er ab, wie fein sie wohl war. Er schien zu ahnen, daß sie ein Wesen mit einer feinen und einer groben Seite war. Das Feine an ihr sitze außen, meinte Tante Eugenie und fürchtete insgeheim, es werde noch etwas Grobes zutage treten. Sie fand, daß Hillevi zu ihrem Ursprung hingezogen werde, und das sagte sie auch. Aber nur ganz leise und wenn sie glaubte, daß allein der Onkel es höre.

[...]

Sie mußten in Kloven übernachten. »Die Mähre brauchet zu ruhen«, sagte Halvorsen. Bauersleute boten ein Bett in einer ausgekühlten Kammer an oder einen Platz auf einem Ausziehbett neben der Tochter des Hauses. Hillevi setzte sich auf einen Stuhl und schlief. Es war also eine Reise, die zwei Tage in Anspruch nehmen würde. Wie viele Tage und Wochen würde sie diese in Gedanken wiederkäuen? Im Gedacht.

Nicht deren Schönheit. Nicht die großen weißen Seen, zu denen Halvorsen das Pferd vorsichtig die Abhänge hinabsteigen ließ, so daß sie dann in der Ebene fahren konnten, den Waldpelz lange Zeit erhoben und zu den welligen Kämmen hinaufgezogen. Wenn die Wolkenbänke forttrieben, zeigten sich die Berge. Sie waren weiß und blank. Der Himmel wurde für einige Augenblicke scharf blau.

Auch nicht die Befürchtungen, der Gedanke, daß sie gezwungen wäre, zurückzukehren. Sondern die Tatsache, daß Halvorsen ihr entlockte, daß sie Edvard kannte.

Wie immer das zuging.

Es war strengstens verboten, das verlauten zu lassen. Edvard hatte gesagt, seine Stellung wäre gleich von Anfang an unterminiert, wenn ruchbar würde, daß sie einander schon kannten. Wolle er die geringste Möglichkeit haben, als Pastor die zweite Pfarrstelle zu erobern, müsse er tadelfrei sein.

Ein tadelfreier Pfarrer schickte seine heimliche Verlobte nicht voraus. Das hatte Edvard auch nicht getan. Im Gegenteil, er hatte einen straffen Zug um die Nase bekommen, als er hörte, daß sie sich um die Hebammenstelle in Röbäck beworben hatte.

Halvorsen hatte sie mit Fragen umgarnt, ob sie in der Gegend Verwandte habe, ob sie überhaupt jemanden kenne. In Röbäck? In Lomsjö vielleicht? Oder in Östersund? Er hatte nicht lockergelassen. Und sie hatte gemerkt, daß sie sich in seinen Augen wie eine Wahnsinnige ausnehmen mußte. Eine, die geradewegs ins Ungewisse fuhr. Ohne die Sprache zu verstehen. Die nicht einmal die richtige Kleidung für eine Schlittenfahrt besaß.

Da hatte sie gemurmelt, sie kenne Edvard Nolin, den neuen Pfarrer, der demnächst antreten werde. Und im selben Moment hätten drei Hähne krähen können. Sie versuchte es zu verwischen. Zurücknehmen ging ja nicht. Sie kenne ihn ein klein wenig, sagte sie. Sei flüchtig mit ihm bekannt.

Halvorsen hatte nichts gesagt. Er hatte sie nur von der Seite angesehen. Lange.

Der zweite See, auf den sie hinabfuhren, war noch ausgedehnter. Sie sah nirgendwo Häuser an den Ufern. Nur die zottigen Tannen. Die Landzungen reckten weißgesprenkelte, blauschimmernde Zipfel in das Weiß, in dem der Blick keinen Halt fand. Als sie auf dem Eis waren, hielt Halvorsen an und prüfte erneut das Geschirr der Mähre. Das war jedoch nicht sein eigentliches Anliegen. Er löste ein am Gepäck befestigtes Gewehr und lud es. Grinsend verkeilte er es quer über ihren Knien.

Da fiel ihr das widerwärtige Fell ein. Sie hoffte, daß er sich nicht mehr daran erinnerte, wie er sich im Rausch benommen hatte. Sie fuhren gut und gern eine Stunde, ohne etwas zu sagen. Dann wies er auf eine Landzunge.

»Haben dorten gestanden«, sagte er. »Zu vieren im Rudel sind sie gewesen. Die Wölfin hab ich gekrieget. Getragen hat sie. Fünf Welpen hätte sie zu haben gehabt.«

Er hatte natürlich keine Ahnung, daß Hillevi die Wolfsföten gesehen hatte, und das war gut so. Er ist nicht aus dem Pfarrdorf, versuchte sie sich zu trösten. Was er weiß oder nicht weiß, spielt keine Rolle. Die Wirtin hatte gesagt, er sei aus Fagerli. Der Himmel wußte, wo das lag. Sie hoffte, daß es weit weg war. Am besten in Norwegen.

In dem Weiß zu ruhen. Das würde sie lernen. Wenn die Schneeflocken herabrieseln und durch das kahle Astwerk der Espen fallen. Wenn die Luft eindickt. Das Weiß grau wird und sich zu blauer Dämmerung verdichtet. Dann sitzt man im Gedacht. Im Uppsalagedacht.

[...]

Am Nachmittag des zweiten Reisetages fuhren sie über den See Boteln.

»Dorten lieget die Kapelle«, sagte Halvorsen und ließ die Peitsche zur anderen Seite des Sees hin sich ringeln. Die habe es schon vor der Kirche gegeben, sie sei im achtzehnten Jahrhundert erbaut worden.

»Wollet man Christen machen, aus den Lappen«, feixte er.

Es war ein kleiner roter Holzbau auf einer Landzunge. Es sah so verkehrt herum aus. Es gab keine weiteren Häuser dort. Das Dorf hatte sich zu dem anderen, größeren Wasser zurückgezogen, das Rössjön hieß.

Die Höhenrücken waren jetzt tiefblau. Die weiß gesprenkelten Streifen hatten abgenommen. Die Märzsonne goß großzügig Wärme über das Waldland; sie brannte herunter, und überall rann es. Einer Sturzgeburt gleich wurden die Schindeldächer von den Schneelasten entbunden. Lange schon war der Kirchturm zu sehen. Bis sich jedoch die weißen Kirchenmauern vom Schnee abhoben, dauerte es einige Zeit.

All die Freude, die sie im voraus empfunden hatte und der sie an dem Tag freien Lauf lassen wollte, da sie endlich die Kirche von Röbäck sehen würde, war weggefroren. Sie hatte lediglich das kalte Gefühl, etwas nicht wieder Gutzumachendes getan zu haben. Halvorsen, der durch die Zähne pfiff und seine Peitschenschnur sich ringeln ließ, wußte: Hillevi Klarin kannte den Pastor schon. Sieh einer an.

Er hatte allerdings kein Wort mehr darüber verloren.

Jetzt zeigte er auf das Gemeindehaus und den Pfarrhof. Ein paar graue Häuser duckten sich ungenannt. Auf das Schulhaus aber schmitzte er mit der Peitsche. Dort werde sie wohnen. Unterm Dach gebe es ein Zimmer.

Ein Zimmer.

Sie schwieg wohlweislich.

Lars Gustafsson

Eine Wasser-Erzählung

Mit meinem Sohn Joen fuhr ich an einem Nachmittag des regnerischen und kalten Sommers 1977 in einem weißlackierten Motorboot, das schon ziemlich leck war, bei Flodhäll aus dem See Åmänningen heraus, durch die Schleuse von Virsbo, wo Lastzüge donnernd die Brücke überqueren und Kinder glücklich im Schleusenbecken herumschwimmen, durch den Virsbosee, der langgestreckt und seicht ist, in das sumpfige Deltagebiet zwischen Virsbo und Seglingsberg hinein, wo zwölf Wildgänse vor dem Bug aufflatterten und ein wunderbares Kranichpaar unseren Weg kreuzte, vorbei an Bo Stenar, wo die Angler so dicht nebeneinander saßen, daß sie den roten Farbklecks auf einem der Steine verdeckten, der die Steuerbordseite des Kanals markiert, so haben sie da schon seit Jahrhunderten mit ihren Angelruten gesessen, wo der Fluß am schmalsten und die Stromrinne tief ist, und die Schiffer der Erzjachten und Schleppkähne haben sie verflucht, wie wir es taten, als wir in letzter Sekunde entdeckten, daß wir auf das zusteuerten, was zwischen den beiden äußeren Steinen ist, aber alles ging gut,

und wir fuhren weiter durch die Schleusen von Seglingsberg und Färmansbo und entdeckten, daß eine üppige, schöne Schleusenwärterin nach Färmansbo gekommen ist, die mit finnischem Akzent spricht und eine riesige Katze hat und ein kleines Kind, das am Wasser spielt, durch ein Laufställchen sorgsam davor geschützt, in die tiefe Veränderlichkeit hinabzufallen,

und nach den letzten Windungen des Flusses kamen wir in

der Dämmerung auf den Norra Nadden hinaus, den See meiner Kindheit.

»Wie klein er ist«, sagte Joen, der ihn immer als groß beschrieben bekommen hat, und ich selbst, der ich in der Dämmerung zu frösteln begann und plötzlich daran dachte, daß wir einen ziemlich langen Rückweg vor uns hatten, ungefähr dreißig Kilometer, oder sechzehn Meter bis hinauf zur Oberfläche des Åmänningen

(und es war ein Sommer, in dem der Schleusenwärter von Virsbo um sieben Uhr abends für die Nacht zumachte),

ich armer, verzagter Vater in ausgebleichten Jeans und mit nackten Füßen, fröstelnd nach dem stundenlangen Aufenthalt im teebraunen Humuswasser, das immerzu vom Heck hereinleckte,

ich erkannte plötzlich, wie recht er hatte. So eng, so melancholisch der See meiner Kindheit, mit seinen langsam verfallenden Sägewerken im Norden, seinen mittlerweile von sogenannten Strandbäumen notdürftig verdeckten Kahlschlägen im Westen, wo schon längst die neue Straße entlangführte, mit den idyllischen kleinen Sommerhäuschen von Brattheden im Osten. Das einzige, was sich ziemlich gleich geblieben ist, ist das Sumpfland im Norden, die Wasserlabyrinthe aus Schilfwäldern und roten Seerosen, wo man zuweilen noch Kraniche hören kann.

So klein, so eng war es also. Fast wie eine Kindheit in einem Waschzuber!

Und während wir aus dem Fünfliterkanister neues Benzin nachfüllten, mit dem alten blauen Trichter, der im Frühjahrssturm '74 verschwunden war und im Juni '77 in den Brennesseln der Bucht von Kyrkviken wiedergefunden wurde, ein treuer Trichter, ein Prachtstrichter, kam mir in den Sinn, ihm zu erzählen

»Du siehst nur einen melancholischen kleinen See, der allmählich zuwächst. Du siehst ein Sägewerk, das immer mehr zur Ruine wird, und du siehst ein paar kärgliche Sommerhäuschen auf einem Bergrücken. Fast alles ist von Gestrüpp überwuchert. Du mußt verstehen, daß ich etwas anderes sehe. In meiner Kindheit wimmelt es hier von Menschen. Studenten in weißen Anzügen und weißen Mützen rudern behutsam junge Mädchen zwischen den Schilfwäldern herum und plaudern schüchtern mit ihnen. Der Zug fährt, qualmend von Steinkohlenrauch, in den Bahnhof ein und entläßt ein Gewimmel von Reisenden aus Stockholm, darunter meine exzentrischen Onkel und Tanten …«

»Die Hälfte davon gibt es nur in deinen Romanen«, sagte Joen, der gerade in die Pubertät gekommen ist und anfängt, aufmüpfig zu werden,

»… ich sehe alte Arbeiter, die in der Dämmerung auf ihrer Veranda sitzen«, fuhr ich unbeirrt fort, »die ihre Pfeife mit einem Nagel auskratzen und Geschichten von Vätern und Großvätern erzählen, Geschichten, die so alt sind, daß sie bis ins achtzehnte Jahrhundert zurückreichen, Erzählungen von Köhlerhütten und von Bergwerksbesitzern, die so boshaft sind, daß sie der Teufel persönlich am Weihnachtsabend holt, und die Geschichten von dem großen, geheimnisvollen Fisch, vom Riesenwels in Bo Gryta, dem großen Fisch, dem Urfisch, der sich dort unten in der Tiefe verborgen hält, wohin das Sonnenlicht nur wie ein Stern unter anderen dringt, der unerbittliche Fisch, der alle Lotschnüre mit einem einzigen Biß seiner Riesenzähne kappt, so daß Schnur und Kette beide genauso säuberlich abgeschnitten wieder an die Oberfläche kommen …«

»Warum denn«, sagte Joen, der ein moderner junger Mann ist und keine langen Erzählungen mag, er hat es eilig, zum Ende zu kommen, als wenn gerade das Ende irgendwas Besonderes wäre.

»Warum denn«, sagte Joen, »was versteckt er denn überhaupt?«

»Es gibt Gold da unten in der Tiefe, weit unten schimmert

ein unermeßlicher Reichtum, das Dunkel besitzt etwas, und der Wels ist das Ungeheuer, das es beschützt und versteckt. Nie, niemals wird jemand lebend das Gold an die Oberfläche bringen. Lieber wird das Ungeheuer sterben, als sich das Gold wegnehmen zu lassen. Lieber wird es sterben, als sich zu zeigen. Im Unterschied zu diesen vulgären Seeungeheuern, von denen wir in den Zeitungen lesen, dem Ungeheuer von Loch Ness, dem großen Seemonster und wie sie alle heißen, ist der Riesenwels von Bo Gryta ein Seeungeheuer, dessen ganze Existenz darin besteht, daß es sich niemals zeigt.«

Kaum war das Auftanken erledigt, fuhren wir weiter nach Norden, zwischen den dunkelnden Schilfwäldern hindurch.

Wir hatten es jetzt ziemlich eilig, um die Schleusenzeiten nicht zu verpassen. Joen steuerte das Boot durch die immer abstraktere Landschaft, während ich das Wasser ausschöpfte.

Aufgestörte Enten flatterten vor dem Bug auf, ein Habicht stand fast regungslos über dem Waldrand, aber diesmal kein Kranichpaar. Im Schleusenwärterhaus von Färmansbo leuchtete es gelb, freundlich, einladend. Unter Aufbietung all unseres Charmes gelang es uns, den Schleusenschlüssel zu bekommen. Es war schon so dunkel, daß das weiße Wasser dort unten in sich selbst zu leuchten schien, unruhige Fledermäuse schwirrten über das Schleusenbecken.

Es war Anfang August, das Sommerlicht befand sich auf einem raschen Rückzug.

»Hier am Beckenrand bin ich oft als Kind, oder als kleiner Junge, entlanggelaufen und habe geangelt«, sagte ich. »Hier gibt es auch Steinmorcheln, die man sonst nirgends in dieser Gegend findet, klein und schwarz. Man kann sie nur essen, wenn man sie vorher abgekocht hat. Sie wachsen auf den alten Schlackenhaufen. Hier hat früher einmal ein Hüttenwerk gestanden.«

Wir kamen im letzten Moment wieder auf den Åmänningen hinaus. Der Kanal hinter uns wurde schon dunkel, aber vor uns lag der See und spiegelte das Abendlicht wider. Alles war sehr still. Unser Kielwasser breitete sich wie ein Theorem in einer vollendeten Geometrie aus, hin und wieder tauchte ein Haubentaucher vor uns weg, ganz abrupt, als sei er plötzlich auf andere Gedanken gekommen.

In der Nähe des Zahnarztholms, einer einsamen, bewaldeten Landzunge, die so heißt, weil der Herr, der sich dort einmal ein Sommerhäuschen gebaut hat, Zahnarzt war, und kurz vor der die Insel Gärholmen liegt, bemerkten wir etwas Eigentümliches, was Joen dazu veranlaßte, den Motor auf Leerlauf zu stellen.

Vom Gärholmen legte ein Paddelboot ab, offenbar mit einem einzigen Menschen an Bord. Es glitt zwischen den lebensgefährlich scharfkantigen Steinen bei Enträ durch, als existierten sie überhaupt nicht, und bog rasch in die Bucht von Kyrkviken ein.

Die Entfernung war so groß, daß man nicht erkennen konnte, wer da paddelte, aber das Paddeln selbst hatte etwas beunruhigend Hektisches.

»Was war denn das für ein Mensch, um Himmels willen«, sagte ich.

»Es war irgendwie komisch«, sagte Joen. »Wir sehen mal auf der Insel nach. Ich habe das Gefühl, da ist vielleicht irgendwas passiert.«

»Es ist schon so dunkel«, sagte ich.

»Aber ich möchte trotzdem, daß wir am Gärholmen anlegen. Außerdem habe ich unter einem Stein mitten auf der Insel ein Ein-Kronen-Stück versteckt, als wir im Februar sechsundsiebzig die Schlittschuhwanderung gemacht haben.«

Er hatte noch immer die Manie des kleinen Jungen, Dinge unter Steinen zu verstecken, besonders auf Inseln, vielleicht, um sich unverletzbar zu machen, vielleicht, um etwas Unverletzbares zu hinterlassen, vielleicht auch nur, um sich ein Geheimnis zu schaffen.

Mit halber Kraft steuerten wir die Insel an. Es ist eine sehr kleine, schmale Insel. Ringsherum liegen so viele, bösartig scharfkantige Steine im Wasser, daß ich sie fast nie mit dem Boot anlaufe. Im Winter dagegen ist sie ein hervorragender Rastplatz, in den ersten Tagen nach Weihnachten, wenn das Eis schon trägt und blauschwarz daliegt, bis der erste Schnee darauf fällt.

Es war jetzt fast dunkel. Gerade als wir in die wirklich gefährlichen Untiefen hineingerieten, entdeckten wir etwas, das ein schwimmendes Tier sein mußte, vielleicht ein Elch, unterwegs von der Insel hinüber zum Festland. In der gleichen Richtung, die das Paddelboot genommen hatte.

Ich machte behutsam eine Drehung von neunzig Grad, und während Joen nach den dunkelbraunen Steinblöcken Ausschau hielt, die jederzeit über der Wasseroberfläche auftauchen konnten, unwirklich, greifbar erst dann, wenn sie mit dem Bug in Kontakt kommen, stand ich auf, um auszuspähen.

Es war zu klein für einen Elch und zu groß für eine Wasserschlange.

Dreißig Meter weiter erkannten wir, daß es ein Mensch war, mit dunklen graugesträhnten Haaren, die an seinem kleinen Kopf klebten. Zielbewußt, aber ziemlich langsam schwamm er aufs Festland zu, splitternackt, soweit man sehen konnte.

Störten wir ihn?

Er lag ziemlich tief. Allem Anschein nach schwamm er immer langsamer, auf eine verbissene Art.

Jetzt müßte er uns entdeckt haben.

Ich faßte einen Entschluß. Kaum waren wir bei ihm angelangt, erkannte ich, daß der Mann völlig erschöpft war.

Wir zogen ihn an Bord, so gut wir konnten. Jeder, der das schon mal gemacht hat, weiß, daß es keine ganz einfache Sache ist.

Ein Mensch, den man über Heck in ein Motorboot zieht und der selbst kaum eine Anstrengung macht mitzuhelfen, läuft Gefahr, sich die Brust zu zerkratzen.

Wir legten ihn auf die Decksplanken und zogen ihm meinen Pullover an.

»Wie geht es?« fragte ich ihn.

Er schien zu erschöpft zu sein, um antworten zu können.

»Was sollen wir mit ihm machen?« fragte Joen.

»Wir nehmen ihn mit nach Hause«, sagte ich.

»Er friert ganz furchtbar«, sagte Joen. »Ich finde, wir sollten ihn zum Gärholmen bringen und ein Feuer machen.«

Auf der Insel fanden wir tatsächlich ein Zelt, ein Gaskocher stand davor, einige Kleidungsstücke hingen zum Trocknen auf dem niedrigsten Ast einer Kiefer.

Wir zogen ihm soviel an, wie wir konnten, und machten ein Feuer mit dem trockenen Unterholz der Tannen neben dem Zelt.

Das erste, was er sagte, als er wieder reden konnte, waren für unser Gefühl überraschende Worte

»Das macht nichts. Sie kommt zurück. Sie kommt immer zurück.«

»Okay«, sagte ich. »Aber dann war es vielleicht ein bißchen übertrieben, ihr bis nach Kyrkviken nachschwimmen zu wollen. Das Wasser kühlt sich hier in Västmanland schneller ab als man denkt. Wenn man kein trainierter Langstreckenschwimmer ist, gibt es gute Gründe, sich etwas in acht zu nehmen.«

Er schien nicht zuzuhören. Er mochte zwischen fünfunddreißig und vierzig Jahre alt sein, mit einem ganz sympathischen, wenn auch recht durchschnittlichen Aussehen. Man hätte sich einen intellektuellen Beruf vorstellen können, aber keinen, der Ausstrahlung verleiht. Eine Druckstelle über der Nase ließ darauf schließen, daß er gewöhnlich eine Brille trug; ich würde denken, daß es eine von denen mit dünnem Rand war. Er zitterte noch immer und kroch näher zum Feuer hin.

Nichts deutete eigentlich darauf hin, daß er besonders verrückt oder gar verzweifelt war. Er wirkte nicht einmal unglücklich, nur verfroren.

Ich ging also zum Ufer, um nachzusehen, wie wir in der Eile das Boot vertäut hatten; ich hatte das sichere Gefühl, der Wind hätte gedreht.

Das stimmte tatsächlich, das Boot schlug gegen die Steine, und ich zog es gleich in den Windschatten eines großen Findlings am Uferrand. Es war jetzt so dunkel, daß die nächsten Bäume vom Feuer vor dem Zelt erleuchtet wurden.

Ich sah, daß unter den Kleidungsstücken an dem Ast auch Damenunterwäsche hing. Die beiden Gestalten, mein Sohn und der fremde Mann, beugten sich jetzt weiter zum Feuer vor.

Als ich näherkam, erkannte ich, daß sie dabei waren, Wasser zu wärmen.

»Ich wollte euch zum Dank für die Hilfe ein bißchen Kaffee anbieten«, sagte der Mann. »Natürlich nur Pulverkaffee.«

Es wurde ganz still. Für einen Moment fiel keinem etwas zu sagen ein. In der Stille merkte ich, daß ich außer Atem war; so schnell war alles gegangen. Außerdem war ich verdammt verfroren und hungrig.

»Du hast nicht zufällig etwas Brot und Butter«, sagte ich. »Weißt du, wir sind nämlich den ganzen Nachmittag den Kanal runter- und wieder raufgefahren.«

»Aber klar«, sagte der Schwimmer. »Ich glaube, ich habe sogar noch etwas von einer delikaten finnischen Räucherwurst aus Arvid Nordquists Laden in Stockholm.«

Brot und Wurst wurden hervorgeholt. Ich muß bekennen, daß wir uns ziemlich hemmungslos bedienten.

»Du bist also aus Stockholm«, sagte ich.

»Ich bin hier in der Gegend geboren«, sagte er. »Das heißt, ein bißchen weiter unten am Kanal, oberhalb von Kolbäck. Mein Vater hatte dort einen eigenen Hof. Ich bin in Västerås zur Schule gegangen. Ich meine fast, wir hätten uns im Gymnasium von Västerås schon mal gesehen. In welchem Jahr hast du Abitur gemacht?«

»Fünfundfünfzig«, sagte ich.

»Dann war ich etwas früher dran«, sagte er. »Ich habe neunzehnhundertfünfzig Abitur gemacht. Später war ich eine Weile Lehrer, aber das ging überhaupt nicht gut. Es war in der allerschlimmsten Zeit am Anfang der sechziger Jahre; man hatte nicht die geringste Chance, Ordnung in die Klassen zu bringen. Seither habe ich in der Reisebranche gearbeitet. Ich lebte lange in Athen, leitete dort die Filiale einer Chartergesellschaft. Jetzt bin ich wieder in Stockholm, seit sieben Jahren.«

Wieder machte er eine Pause. Ich versuchte vergeblich, meine nassen Streichhölzer zum Brennen zu bringen.

»Es ist schon phantastisch, wie man sich im Lauf eines Lebens verstricken kann«, sagte er.

»Wie meinst du das?« fragte ich.

»Dieses Mädchen traf ich zum ersten Mal gegen Ende der fünfziger Jahre in Stockholm«, sagte er. »Es muß so um neunundfünfzig herum gewesen sein. Ich erinnere mich, daß das Nationalmuseum gerade mit seinen Sommernachtskonzerten angefangen hatte, denn kurz nachdem wir uns kennengelernt hatten, gingen wir zu so einer Veranstaltung. Der Sommer neunundfünfzig war sehr heiß und trocken, wenn ich mich recht erinnere. Es gab noch eine Menge Straßenbahnlinien in der Stadt damals.

Wir kamen aus diesem Sommernachtskonzert, die Stadt war lau, verlassen, auf überraschende Weise leer. Es gab nur uns.

Wir nahmen eine Straßenbahn zur Südstadt, wir gingen lange am südlichen Mälarstrand entlang. Ich habe noch diesen wunderbaren Flieder im Vitabergs-Park in Erinnerung, oberhalb von der Helenborgsgatan. Er war aufgeblüht und duftete ganz ungeheuer.

Wir müssen unglaublich glücklich gewesen sein.«

»Wo seid ihr euch zum ersten Mal begegnet?«

»Das ist doch nicht so wichtig«, sagte er, fast beleidigt über meine Art, ihn zu unterbrechen. »Ich glaube, es war in einem Seminar an der Universität. Ich weiß es wirklich nicht mehr genau. Ich habe das Gefühl, sie schon immer gekannt zu haben.

Sie war damals ein ziemlich schüchternes, schmales kleines Mädchen. Intelligent, aber schüchtern. Sie hatte Angst davor, in den Seminaren etwas zu sagen. Ich war auch ziemlich schüchtern.

Ich hatte zwar vor ihr schon mit Mädchen geschlafen, aber sie war die erste, bei der ich das Gefühl hatte, sie zu *besitzen;* sie gehörte mir, ich konnte mit ihr machen, was ich wollte. Verstehst du, was ich meine?«

Ich nickte.

»Es war etwas Merkwürdiges zwischen uns; eine Art Feuer, oder vielleicht ein Gift, wie das Gift des Fliegenpilzes, Muskarin, oder wie der Porst auf den großen Hochmooren um den See Märrsjön herum. Wenn wir zusammenkamen, war es, wie in eine andere Welt zu gehen.

Ich hatte in diesem Sommer ein Zimmer in der Hornsgatan. Ich wollte mich auf eine der letzten großen Klausuren in Geschichte vorbereiten.

Aus dem Studieren wurde nicht viel. Wir schlossen uns oft tagelang ein, wir verknäuelten uns ineinander wie Geschöpfe auf dem Grund eines tiefen Sees; ich meine, die Wirklichkeit war nicht viel mehr als ein Lichtgeflimmer, wie es die Tiere in einem solchen See über sich sehen müssen, ein Lichtgeflimmer in dunkelbraunem, humusreichem Wasser.

Wir waren, wie gesagt, beide anfangs ziemlich schüchtern. Ich glaube, ich wußte damals nicht einmal besonders viel davon, wie man eine Frau befriedigt. Ich weiß noch, daß ich mich fragte, warum sie manchmal so schlaflos war.

Es dauerte natürlich nicht lange, bis diese Schüchternheit vorüberging. Sie hatte phantastische Orgasmen, manchmal praktisch bis in die Schultern hinauf. Wie Krämpfe, die den ganzen Körper schüttelten.«

»Vergiß nicht den jungen Mann«, sagte ich.

»Keine Sorge. Er ist eingeschlafen. Ich hole noch einen Pullover, um ihn zuzudecken. Ihr braucht doch nicht schon zu fahren? Nach diesem langen Ausflug sollte er sich doch bestimmt eine Weile ausruhen? Weißt du – gerade jetzt fühle ich mich ein wenig einsam. Und ihr seid doch genaugenommen die einzige Verbindung zum Festland, die ich habe.«

»Okay«, sagte ich. »Lassen wir den Jungen noch ein Weilchen schlafen.«

»Wir hatten auch Depressionen zusammen. Sonderbare, weiße Melancholien zu zweit. Ich glaube, das muß in solchen Situationen so sein.

Wir gingen manchmal gegen elf Uhr vormittags in die Stadt, bewegten uns vorsichtig die Hornsgatan entlang; ich sage vorsichtig, denn in diesem Zustand hatten wir oft das Gefühl, als gingen wir auf Glas, es ist schwer zu beschreiben, also, manchmal gingen wir die Hornsgatan entlang, in der festen und bestimmten Absicht, etwas zum Mittagessen einzukaufen, und kamen dann nur mit etwas Knäckebrot und Käse zurück.

Es war ein ungeheuer merkwürdiger Zustand. So etwas wie eine metaphysische Gedankenverlorenheit, ein Gefühl, als sei die ganze Welt im Grunde sinnlos, und wir allein hätten das entdeckt.

Verstehst du? Nicht dieses übliche Gefühl, daß alles sinnlos ist, was man *tut*, sondern ein viel größeres: die Existenz insgesamt hat ihren Sinn verloren, man hat alle Stadien hinter sich, die man überhaupt durchmachen kann. *Und auch dahinter war nichts.*

Unsere Bekannten fragten sich allmählich, wo wir geblieben waren. Ich vermute, daß man uns an der Universität abgeschrieben hatte.

Das alles dauerte eine kurze Zeit, nur ein paar Monate, und es war völlig wahnsinnig. Und zuinnerst hatten wir immerzu das Gefühl, es könne nicht mehr lange so weitergehen.

Wir machten verschiedene Versuche, zusammen zu arbeiten. Das war gar nicht einfach. Ich hatte ja nur ein Zimmer mit Küche, und zwischen der Küche und dem Zimmer entstanden so merkwürdige Spannungen, daß es in den Wänden knackte, wenn wir versuchten, uns lange genug voneinander fernzuhalten, damit wir drei, vier Stunden in einem Buch lesen konnten.

Irgendwann im Herbst sahen wir beide ein, daß das Ganze ziemlich lebensgefährlich war. Es war nicht mehr zu steigern. Es gab auch keinen richtigen Weg mehr zurück, ich meine zurück zu der Ebene, auf der man normale Gespräche miteinander führt.

Ich erinnere mich noch sehr genau an den Morgen, an dem sie fortging. Ich hatte ihr all ihre Sachen gepackt, sie selbst war dazu nicht fähig; der Abschied lähmte sie: es war, als sei sie in letzter Sekunde auf etwas sehr Wichtiges gekommen, etwas ganz anderes, was noch zu tun war.

Aus Gott weiß welchem Grund, vielleicht weil sie viel zu tragen hatte, eine Menge Gepäck, das sich in zweieinhalb Monaten angesammelt hatte, hatten wir ein Taxi bestellt, und ich stand oben am Fenster und wartete auf seine Ankunft.

Warum stand ich nicht da unten, warum nahm ich nicht unten auf der Straße von ihr Abschied? Tja, das ist eine Sache, an die ich mich nach so vielen Jahren einfach nicht mehr erinnern kann. Eine einleuchtende Erklärung wäre natürlich, daß wir uns ganz fürchterlich gestritten hatten, aber das muß nicht so sein. Es kann auch irgendeine Abmachung gewesen sein.

Ich muß einen Moment in mein Zimmer gegangen sein, das weiß ich noch. Jedenfalls entdeckte ich, daß sie da etwas vergessen hatte, ihren Regenschirm, ihren kleinen, roten Regenschirm.

Ich weiß noch, daß ich aus dem Fenster rief: ›Soll ich ihn dir runterbringen?‹ Sie antwortete: ›Wirf ihn einfach runter!‹

Es gibt solche Abschiede, ob man es glaubt oder nicht.«

»Ich glaube es«, sagte ich.

»Ist dir etwas Merkwürdiges an der topographischen Karte von Västmanland aufgefallen?« sagte er, und ich war eigentlich nicht mehr überrascht.

»Nein. Wieso?«

Er ging ins Zelt und holte eine Karte, Västerås NV, wie es heißt, im Maßstab 1:50 000.

»Also, fast jeder der kleinen Seen hat einen unscheinbaren Zwilling, der ein Moor ist: sieh mal, Acktjärn und gleich daneben das Acktjärn-Moor, Stora Grillsjön und das Grillsjön-Moor wie ein Schatten des Sees im Norden, überall findest du solch einen anspruchslosen Schatten eines Sees, der ein Moor ist. Es ist, wenn du so willst, der See, der einmal da war, der größere See, den es hier einmal gab.

Aber das Moor ist noch da. Unter dem Porst und dem Mädesüß und dem Wollgras und den Multbeerenbüscheln gibt es noch Wasser, obwohl es den Himmel nicht mehr so widerspiegeln kann, wie der See es tut.

Es ist noch da. Und dann? Was geschieht unter der Oberfläche? Was spiegelt ein See, der zum Moor geworden ist?«

»Sich selbst?«

»Oder einen anderen Himmel. Einen Torfhimmel? Hast du schon mal über die Pilze nachgedacht, wie sehr sie sich von den Phanerogamen unterscheiden? Sie sind der Erde viel näher, sie sind – wie soll ich sagen – dramatisch in ihrem ganzen Auftreten, mit all diesen eigentümlichen Giften, mit der Art, wie sie wachsen, blitzschnell über einige Nächte. Und mit der Art, wie sie sterben, wie ein Zerfall von innen her. Sie sehen noch ganz heil aus, nachdem sie längst gestorben sind.«

»Vergiß nicht, daß sie Fäden in der Erde hinterlassen, die

ständig neue Körper treiben. Ein Myzel. Das Interessanteste am Pilz sehen wir fast nie. Es sind die unterirdischen Fäden.«

»Darüber habe ich auch schon nachgedacht.«

»Und wie ist es mit dir? Bist du lebendig oder tot?«

»Sie verschwand hinter dem Horizont. Ich habe sie noch ein paarmal gesehen, manchmal in Begleitung, manchmal allein. Dann hat sie irgendeinen Experten geheiratet, für Gott weiß was, und ist in die USA gegangen. Ich glaube, wir haben einige Briefe gewechselt, sie sind mir als ziemlich gleichgültig in Erinnerung.

Ich kehrte sozusagen zu dem Punkt zurück, an dem ich unterbrochen worden war. Ich glaube, das war damals sehr klug von mir.

Ich heiratete ein nettes Mädchen, wir bekamen Kinder. Sie ist jetzt übrigens mit einem Förster in dieser Gegend verheiratet. Es war eher sie, die das Interesse an mir verlor, als umgekehrt. Das war übrigens zur gleichen Zeit, als ich den Lehrerberuf aufgab.

Ja, dann kamen die Jahre in Athen. Sie waren ganz lustig. Weißt du, so ein Reisebüro ist ja der richtige Ort, um zu lernen, wie man Geschäfte mit den Griechen macht. Sie haben etwas andere Spielregeln als wir, es kostet ein bißchen was, das System kennenzulernen, aber wenn man beide Systeme beherrscht, kann man ganz lustige Sachen machen.

Die Gefahr bei einer solchen Situation ist natürlich, daß man zu gut lebt. Man trinkt ziemlich viel. Man lebt sich aus. Läßt sich in vielerlei Hinsicht gehen. Man wird genau wie die kleinen Dampfschiffahrtsagenten auf den Inseln in der Ägäis, kleine Fürsten, die von irgendeinem Café aus die Gegend regieren, wo sie hinter einer bescheidenen Theke stehen und ihre Gehilfen das Messing putzen lassen, während sie über Frachten, Häuserpreise und Zementtransporte nachdenken.

Plötzlich kann alles ganz leer werden. Verstehst du, das Schrecklichste ist für mich die Leere.

Weißt du, plötzlich raschelt ein Stück trockenes Papier im hartnäckigen Augustwind die Straße entlang, eine alte Zeitung, die jemand verloren oder weggeworfen hat. Die südlichen Länder, wo alles trocken ist, alles liegenbleibt, sind auf diese Art deutlicher als die nördlichen Länder, der Sommerwind raschelt in den Platanen. Man schaut für einen Augenblick auf und erschrickt über die eigene Leere, man fragt sich, was man eigentlich tut. Verstehst du?«

Die letzte Frage stellte er mit solchem Nachdruck, fast herausfordernd, daß ich unruhig wurde. Sogar der Junge zuckte im Schlaf zusammen. Ich begann ernsthaft zu überlegen, ob es nicht Zeit wäre, ihn zu wecken und nach Hause zu fahren.

Dann wurde mir klar, wie kindisch dieser Fluchtimpuls war, wie sehr von meinen eigenen Schwächen diktiert, und ich antwortete:

»Natürlich verstehe ich das. Ich rede mir sogar manchmal ein, daß es solche Augenblicke sind, in denen wir der Wahrheit ins Auge sehen.«

»Wie meinst du das?«

»Stell dir vor, wenn gerade eine solche Leere die Wahrheit über die Welt wäre? Nimm zum Beispiel diesen See. An manchen Tagen, wenn ich traurig bin, spaziere ich zum Strand hinunter. Die Felsblöcke liegen dort draußen, riesig und schwer, jeder wie eine Behauptung, die nicht zu widerlegen ist – und in solchen Augenblicken sehe ich, daß der See schon immer traurig war. Die natürliche Welt ist so.

Nur *wir* versuchen einen Sinn zu schaffen.«

Für eine Weile wurde es still. Dann fuhr er plötzlich in seiner Erzählung fort.

»Ich glaube nicht, daß ich in den letzten zehn Jahren auch

nur einen Augenblick an sie gedacht hatte, als sie plötzlich in mein Büro in Athen kam. Sie wollte ihr Ticket umbuchen lassen. Ich war in einem der hinteren Zimmer und hörte einen meiner Assistenten dort draußen mit ihr herumstreiten; er versuchte ihr zu erklären, daß man bei einer Charterreise den Flug nicht so einfach verschieben kann.

Ich telefonierte gerade, ich glaube, mit Stockholm, als ich plötzlich ihre Stimme dort draußen hörte. Sie ist ziemlich tief und war schon immer ein wenig schleppend. Es ist eine Stimme, die man nicht so leicht verwechseln kann.

Ich ging hinaus wie ein Schlafwandler, und da stand sie. Offensichtlich war sie verheiratet, zumindest trug sie einen Ehering, und ebenso offensichtlich war sie mit einem Typen da, der nicht ihr Ehemann war. Ich schrieb dann die Tickets sofort um. Jetzt wollten sie also noch eine Woche bleiben. Sie wollten nach Poros hinüber. Ich sagte ihnen, daß es gar nicht so einfach sein würde, mitten in der griechischen Osterzeit auf Poros ein Hotel zu finden. Ich bat sie um ihre Hoteladresse in Athen, um sie benachrichtigen zu können. Der Typ wirkte völlig unbedeutend auf mich, einfach so ein flotter Schnösel.

Ich konnte sie noch fragen, wie es ihr ginge. ›Gut‹, sagte sie, ›das siehst du doch.‹

›Wie schön‹, sagte ich. ›Schade, daß wir es nicht mehr schaffen, uns zu einem Gläschen zusammenzusetzen. Wir könnten ins Syntagma gehen und einen Kaffee trinken.‹

›Das geht nicht‹, sagte sie. ›Wir sind um vier Uhr mit Bekannten verabredet.‹

›Aber schade ist es schon, nach all diesen Jahren‹, sagte ich.

Ich war wie üblich der letzte im Büro, sah noch einige Sachen durch, die ich immer durchzusehen pflegte. Fernschreiben und Merkzettel und Buchungen. Ich hatte mich mit einem Jungen zum Tennis verabredet, der oft auf den Tennisplätzen der Universität spielte. Ich erinnere mich, daß ich dachte, ich sollte vorher noch ein Butterbrot essen und lieber noch ein bißchen warten, bis der schlimmste Verkehr sich beruhigt hätte.

Es klopft an der Tür. Ich mache auf. Es ist der Hausmeister.

›Da ist eine schrecklich hartnäckige Dame, die nach Ihnen fragt‹, sagte er. ›Ich habe ihr gesagt, daß Sie um vier zumachen und daß sie morgen wiederkommen soll. Aber es hilft alles nichts. Sie drängt sich einfach herein. Kennen Sie sie?‹

›Eigentlich nicht‹, sagte ich.

Ich hörte die Uhr ticken. Ich sah den Telexapparat an, der still und schweigend unter seiner Schutzhaube dastand. Ich sah die Schreibmaschine an. Ich weiß noch, daß ich dachte: Aha, es gibt also wirklich Augenblicke, die über ein ganzes Leben entscheiden können.«

»Und dann?«

»Dann ging ich zur Tür und machte sie auf. Es war, als würde ich ein Schleusentor öffnen.

Wir fuhren zu ihrem Hotel und holten ihre Sachen. Es war ein bißchen problematisch, sie in meine Wohnung einziehen zu lassen, da ich eine griechische Freundin dort wohnen hatte; wir borgten für einige Tage die Wohnung eines Bekannten.

Ja«, sagte er und schaute etwas zerstreut auf die Uhr, »wenn sie nicht den Zug genommen hat, müßten wir sie bald wieder hier haben.«

»Verschwindet sie oft auf diese Art?« fragte ich.

»Für sie ist es manchmal sehr schwierig, das auszuhalten. Für mich auch. Es ist, ehrlich gesagt, ziemlich belastend, so wahnsinnig abhängig voneinander zu sein, wie wir es sind. Manchmal läuft sie davon, manchmal gehe ich.«

»Es gibt einen Willen, allein zu sein«, sagte ich, etwas dümmlich. »Ich meine« – und machte dadurch die Dummheit noch größer, glaube ich – »es gibt sogar einen Willen, unglücklich zu sein.«

»Ich glaube, du hast das Ganze doch nicht richtig verstanden«, sagte er.

»Irgendwie meine ich, daß wir in getrennten Welten leben«, sagte ich.

Ich fand, das sei eine höfliche Art, das Thema zu beenden.

Als der Junge aufwachte, streckte er die Arme in die Luft und gähnte laut. Er brauchte eine Weile, bis er begriff, wo er war. Er ging hinter einen Busch, um zu pinkeln, und blieb länger weg als erwartet.

Zugleich legte ein Kanu in der Bucht an, direkt neben meinem Boot. Es tauchte fast wie eine Geistererscheinung aus dem Augustdunkel auf.

Ich war schon unten am Ufer.

Ich grüßte höflich. Sie war kleiner, als ich sie mir vorgestellt hatte. Eigentlich gar nicht besonders schön. Sie behandelte mich mit höflicher Gleichgültigkeit.

Dann kam der Junge, wir verabschiedeten uns und schoben das Boot hinaus.

Es dauerte eine Weile, die alte Archimedes E 4 in Gang zu bringen.

Ich zog mehrmals an der Startschnur, und unterdessen saß Joen da und ließ in den Pausen etwas in seiner rechten Hand klappern.

»Womit klapperst du?« fragte ich.

»Mit den Geldstücken natürlich. Den Ein-Kronen-Stücken, die ich im Winter unter dem Stein versteckt habe, als wir auf der Schlittschuhwanderung Rast machten.

Ich habe sie mir wiedergeholt.«

Ich frage mich oft, wo überall am See er solche Münzen versteckt haben mag.

August Strindberg

Stockholm aus der Vogelschau

Es war ein Abend Anfang Mai. Der kleine Park oben auf Mosebacke war noch nicht für das Publikum geöffnet; die Beete waren noch nicht umgegraben; die Schneeglöckchen hatten sich durch das Laub des Vorjahres hindurchgearbeitet; sie beendeten gerade ihre kurze Tätigkeit, um dem empfindlicheren Krokus, der unter einem unfruchtbaren Birnbaum Schutz gesucht hatte, Platz zu machen. Der Flieder wartete auf Südwind, um aufzublühen, und die Linden boten ihre noch geschlossenen Knospen den Buchfinken als Decken an – sie hatten begonnen, ihre mit Flechten bekleideten Nester zwischen Stamm und Ast zu bauen. Seit der Schnee des letzten Winters vergangen war, hatte keines Menschen Fuß die Sandwege betreten, und Tiere und Blumen lebten hier unbekümmert. Die Spatzen sammelten alle möglichen Abfälle und versteckten sie dann unter den Dachpfannen der Marineschule; sie zankten sich um die Überbleibsel von Raketenhülsen des Herbstfeuerwerks, lasen Strohhalme von jungen Bäumen, die voriges Jahr aus der Baumschule von Rosendal gekommen waren – und alles sahen sie! Sie fanden Mullfetzen in den Lauben und zogen zwischen den Splittern eines Bankfußes Haarbüschel von Hunden hervor, die sich seit dem Josefinentag des vergangenen Jahres hier nicht mehr gebalgt hatten. Was für ein Leben und Treiben!

Und über Liljeholm stand die Sonne und warf ganze Strahlenbündel ostwärts. Sie durchdrangen die Rauchsäulen von Bergsund, eilten über den Riddar-Fjord, kletterten zum Kreuz der Riddarholm-Kirche hinauf, warfen sich auf das steile Dach der Tyska-Kirche, spielten mit den Wimpeln der Schiffe im Skeppsbro, blinkten auf in den Fenstern des großen Zollhauses, beleuchteten die Wälder von Lidingö und erstarben in einer rosenfarbenen Wolke, weit, weit in der Ferne, wo das Meer liegt. Und von dort kam der Wind; er nahm denselben Weg zurück, über Vaxholm, vorbei an der Festung, am Seezollhaus, an der Sikla-Insel entlang. Hinter Hästholm schaute er in die Sommerhäuschen, kam wieder heraus, eilte weiter und geriet ins Spital von Danvik; dort erschrak er und raste am südlichen Strand entlang davon. Er spürte den Geruch von Kohle, Teer und Tran, prallte gegen den Stadsgård, fuhr nach Mosebacke hinauf, hinein in den Park und gegen eine Wand. Im selben Augenblick wurde die Wand geöffnet – von einer Magd, die die Abdichtung der Doppelfenster entfernte; ein gräßlicher Geruch von Bratenfett, Bierpfützen, Tannenreisern und Sägespänen drang heraus und wurde vom Wind fortgetragen. Während die Köchin die frische Luft durch die Nase einzog, ergriff der Wind die mit Flitter, Berberitzenbeeren und Heckenrosenblättern bestreute Fensterwatte und trieb sie in einen Wirbeltanz, an dem bald auch Spatzen und Buchfinken teilnahmen – nun sahen sie sich fast aller Wohnungssorgen enthoben.

Inzwischen fuhr die Köchin fort, an den Doppelfenstern zu arbeiten. Nach einigen Minuten wurde die Tür zwischen Veranda und Schankstube geöffnet, und in den Garten trat ein einfach, doch vornehm gekleideter junger Mann. Sein Gesicht hatte nichts Ungewöhnliches, aber Trauer und Unruhe lagen in seinem Blick, verschwanden jedoch, als er – der engen Schankstube entronnen – den freien Horizont vor sich sah. Er wandte sich dem Winde zu, knöpfte den Überzieher auf und atmete ein paarmal tief; das schien ihm Brustkorb und Herz zu erleichtern. Dann begann er an dem Geländer, das den Park von dem steilen Abhang zur See trennte, hin und her zu gehen.

Weit unten lärmte die erwachende Stadt: die Dampfkräne im

Stadsgård-Hafen kreisten, die Eisenstangen auf der Eisenwaage rasselten, die Pfeifen der Schleusenwärter pfiffen, die Dampfer im Skeppsbro stießen Dampf aus, die Omnibusse polterten über das Kopfsteinpflaster des abschüssigen Schloßplatzes. Das Lärmen und Rufen auf den Stegen der Fischer, die flatternden Segel und Wimpel auf dem Wasser, das Gekreisch der Möwen, die Hornsignale vom Skeppsbro, die Kommandorufe der Wache vom Södermalm-Markt, das Holzschuhgeklapper der Arbeiter – all das machte den Eindruck von Leben und Geschäftigkeit und schien die Energie des jungen Mannes zu wecken; sein Gesicht drückte jetzt Trotz, Lebenslust und Entschlossenheit aus, und als er sich über das Geländer beugte und auf die Stadt hinabblickte, war es, als betrachte er einen Feind. Seine Nasenflügel blähten sich, seine Augen flammten, und er hob die Faust, als wolle er die Stadt herausfordern oder ihr drohen.

Es schlug sieben von der Katrina-Kirche, und Maria sekundierte ihr mit ihrem schwermütigen Diskant; die Stor-Kirche und die Tyska fielen mit ihren Bässen ein – die ganze Gegend hallte wider vom Siebenuhrläuten der Stadt. Als die Glocken verklangen, eine nach der andern, hörte man noch weit in der Ferne die letzte ihr friedliches Abendlied singen – ja, sie hatte einen stärkeren Ton, einen reineren Klang, ein rascheres Tempo als die übrigen!

Er lauschte und versuchte festzustellen, woher die Töne kamen, denn sie erweckten Erinnerungen in ihm. Da wurde seine Miene so weich, und sein Gesicht drückte den Schmerz eines Kindes aus, das sich allein gelassen fühlt. Und er war allein, sein Vater und seine Mutter lagen auf dem Klara-Kirchhof, von wo man noch die Glocke hörte, und er war ein Kind, er glaubte noch an alles, an Wahrheit und an Märchen.

[...]

Inzwischen war die Sonne untergegangen, der Halbmond hatte den Horizont erklommen und stand jetzt über dem Ladugård-Gelände. Hier und da kämpfte ein Stern mit dem Tageslicht, das noch am Himmel stand, und in der stiller werdenden Stadt wurden die Gaslaternen angezündet.

[...]

Während neue Gedanken in seinem Hirn keimten, ging Falk die Strömstraße hinab, auf Skeppsholm zu. Er kam sich vor wie ein Vogel, der gegen eine Fensterscheibe geflogen ist und nun zerschmettert daliegt, gerade als er die Schwingen ausbreiten wollte, um ins Freie zu fliegen. Er setzte sich auf eine Bank am Strand und lauschte dem Wellengeplätscher; eine leichte Brise säuselte in den blühenden Ahornbäumen, und der Halbmond schimmerte matt über dem schwarzen Wasser. Dort am Quai lagen zwanzig, dreißig Boote vertäut, sie rissen an ihren Ketten, hoben die Köpfe, eines nach dem anderen, nur einen Augenblick lang, und tauchten danach wieder unter; Wind und Wogen schienen sie zu jagen, und sie nahmen wie eine Koppel gehetzter Hunde Anlauf auf die Brücke, aber die Ketten rissen sie zurück; dann stießen und stampften sie, als wollten sie sich losreißen.

Hier blieb er sitzen bis Mitternacht; der Wind schlief ein, die Wogen gingen zur Ruhe, die gefangenen Boote zerrten nicht mehr an ihren Ketten, die Ahornbäume rauschten nicht mehr, und der Tau fiel.

Da stand er auf und wanderte träumend heimwärts, in seine einsame Dachkammer weit draußen auf dem Ladugård-Land.

Johann Gottfried Seume

Von Turku nach Schonen

Von Abo aus hat man noch einige Stationen bis an das Wasser des bottnischen Meerbusens, über den man sich setzen lassen muß, wenn man nicht über Wasa und Tornea oben herum reisen will. Acerbi gibt die Seereise im Winter, auf dem Eise von Grißleham bis herüber ans finnländische Ufer, nur auf 9 Meilen an, da kann ich denn seinen Weg nicht begreifen. Ich will Dir hier die Wasserreise hersetzen, wie ich sie gemacht habe und wie sie gewöhnlich alle russischen Kuriere machen, die nicht des Wetters wegen über Tornea gehen müssen.

Von Helsing an dem finnländischen Ufer, zu Wasser über Turwessi nach Wartsala, 2 Meilen Schwedisch. Desgleichen über Wattn Skiftet nach Brando 2½ M. S. Desgleichen über Lappwesi nach Kumlingen 2½ M. S. Desgleichen über Delet nach Wargata 3¼ M. S. Desgleichen nach Bomarsund 1 M. S. Zu Lande nach Skarpans 1 M. S. Zu Lande nach Haroldsby, Emkarby, Frebenby 3 M. S. Halb zu Lande, halb zu Wasser nach Eckeroe 1¼ M. S. Über Alandsholm zu Wasser nach Grißleham 7 M. S. Nun zähle einmal zusammen, wie viele Meilen da herauskommen! Ich könnte Dir wohl die ganze etwas unbekannte Tour von Petersburg nach Stockholm geben, aber es ist entsetzlich langweilig, dergleichen Zeug der Länge nach aus dem Tagebuche zu schreiben. Du hast genug an dem Pröbchen durch die Inseln. Von Stockholm aus ist der Weg in mehreren Reisebüchern angegeben.

Die Fahrt über den Meerbusen ist gar nicht unangenehm,

wenn man ein guter Elementer, nämlich an das Element gewöhnt ist. Ich nahm mir Zeit und habe zwei Nächte ganz ruhig bei den Ichthyophagen geschlafen. Mir deucht, ich muß auf der Überfahrt zum wenigsten zweihundert Inseln gesehen haben, größere und kleine, fruchtbare und unfruchtbare, bewohnte und öde. Man windet sich oft durch ein sonderbares Netz von Inseln, die niemand als Möwen zu Besitzern haben. Als ich von Lappwesi ausfuhr, war es schon ziemlich spät, die Sonne ging bald unter und der Mond silbern auf. Meine Gondoliere waren zwei alte, wackere schwedische Matrosen, die Weltteile gesehen hatten und ihren beiden jungen Kameraden von ihren Fahrten erzählten. Die Wirkung der späten Abendröte und des fast vollen Mondes auf die spiegelglatte, stille Wasserfläche zwischen unzähligen Granitinselchen, die nur hier und da einiges Gestrüppe hatten, war außerordentlich magisch. Es war so hell, daß wir auf einer von den Inseln, wo wir zur Pause anhielten, Erdbeeren suchen konnten, die jetzt hier noch herrlich dufteten. In Kumlingen blieb ich, und es war auf der kleinen Insel so freundlich, als es nur in einem Dörfchen am Zuger See sein kann. Überall hat man ein gutes, reinliches Bett, überall ohne Erinnerung sogleich frisch überzogen; eine Wohltat, die man in unserm Vaterlande nicht einmal in allen Städten findet! Von Kumlingen nach Wargata war eine große Wasserfläche von 3¼ M. S. Das Wetter war neblig und kalt, der Sturm blies stark, die See ging hoch. Ich hatte diesmal drei Kerle und einen jungen weiblichen Matrosen, wie das vorher schon oft der Fall gewesen war. Die Fahrt mochte dem Mädchen zu heftig werden, das Wasser schlug reichlich in das Boot, und die Heldin ward seekrank durch alle Instanzen. Mir tat das fast wohl, denn nun konnte ich doch auch sagen, daß meinetwegen auch ein Mädchen krank geworden sei, welches mir nicht leicht zum zweiten Male begegnen wird. Vor mehreren Jahren hat mir zwar eine unserer schönen Landsmänninnen etwas Ähnliches versichern wollen, ich fand aber nachher Ursache, es nicht zu glauben.

Auf einer andern Station der nämlichen Fahrt ward sogar ein Matrose seekrank. Dabei setzte ich mich denn ganz ernsthaft in meine Behaglichkeit und freute mich, daß mir das Element nichts anhaben konnte, es müßte mich denn ganz verschlingen, wie es wirklich einige Male drohte. Die Überfahrt ist nicht ganz ohne Gefahr, in lauter offenen Booten, wo die Windstöße wohl zuweilen Unglück anrichten können. Zwischen Bomarsund und Haroldsby steht das alte bekannte Schloß Kastelholm als eine stattliche Ruine, und rund umher sind die Inseln äußerst fruchtbar an schönem Getreide. Vorzüglich wächst in Eckeroe Gerste und Korn in seltener Güte. Von Eckeroe bis Grißleham ist die größte Station, sieben Meilen. Der Wind war äußerst widrig und sehr stark, und die Leute machten Schwierigkeit auszulaufen. Ich hatte sechs Matrosen und noch zwei Gehülfen, um nur aus dem Hafen zu kommen. Mitten auf der See begegnete mir ein Postschiff, die Leute legten mit vieler Mühe in einer kleinen Bucht auf einer kleinen Insel an und wechselten. Die Post ging nach Eckeroe mit meinem Boote, und das Postschiff nahm mich ein nach Grißleham. Drei Taler waren als das Fährgeld im Posthause zu Eckeroe angesetzt, und ich mußte durchaus achthalb Taler bezahlen. Das müßte sein, meinten alle ohne Ausnahme und bekümmerten sich nicht einen Pfifferling um das Postbuch in Eckeroe. Ich zahlte, denn wie hätte ich anders den Prozeß hier im Sturm auf der kahlen Felseninsel im bottnischen Meerbusen endigen sollen? Die Skandinavier hatten mich ohne Protest in Händen. Ob das rechtlich ist, mögen sie mit dem Postbuche in Eckeroe ausmachen. Ich fand die Bezahlung freilich nicht zu hoch und hätte dafür nicht halb so weit gefahren, aber es soll nur niemand etwas wider Ordonnanz tun.

[...]

Wenn man den ganzen Tag recht tüchtig auf den Wogen herum geworfen ist und dann eine gute Suppe, schöne frische Schollen, frisches Knackabroe und zum Dessert ausgesuchte Erdbeeren findet, so kann man wohl mit der Landung zufrieden sein, und ich war es.

Hier sagte mir der Postmeister, ich müßte dem Bauer durchaus nur sechs Schillinge für das Pferd die Meile geben; aber durchaus bestand man auf zwölfen. Wie ich das zusammenreimen soll, weiß ich nicht. Ich finde zwölf Schillinge noch billig genug und habe nachher erfahren, daß es die jetzige Taxe ist, aber wie konnte der Postmeister das andere sagen? Er ließ sich übrigens verhältnismäßig seine Mahlzeit selbst teuer genug bezahlen.

Nun fuhr ich rechts ab, über Ahlby und Broe nach Upsala. Dieses ist zwar nur eine Nebenstraße; aber sie ist auch durchaus gut. Auf den Inseln des bottnischen Meerbusens hatte ich in allem drei Kirchen gesehen, hier standen die Kirchen ziemlich dicht, und die Kultur des Bodens war musterhaft gut, vorzüglich bei Ahlby. In Petersburg hat man einige Eichenpflanzungen, die wohl älter sein müssen als von Peter dem Ersten, wie man vorgibt. Man sagte mir dort, ich würde in Russisch-Finnland wenigstens eine Menge Eichengestrüppe finden, aber trotz aller Aufmerksamkeit hatte ich bis jetzt weiter kein Eichenblatt gesehen. Birken und Erlen waren das gewöhnliche Laubholz, nicht weit über Abo oben sah ich zuerst wieder Haselstauden. Desto erfreulicher war mir die Erscheinung der Eichen, die von Grißleham an sich sogleich in Menge und ziemlicher Vollkommenheit zeigten.

[...]

Upsala hat einen großen Namen und ist eine kleine Stadt; wohl nicht größer als unser Lützen, wo der Wohltäter Upsalas starb. Busser von Linköping hat, wie ich höre, ein großes Buch über die kleine Stadt geschrieben. Die Kathedralkirche ist so groß, daß man wohl die Bevölkerung einer halben schwedischen Provinz hineinbringen kann. Linnés Monument ist darin ganz demütig versteckt, es steht so in einem Winkel, daß ich es nicht gesehen habe, ob ich gleich zweimal fast nur deswegen hineingegangen bin.

[...]

Noch einen Spaziergang machte ich hinaus nach Altupsala, das ungefähr eine Stunde von der neuen Stadt liegt. Dort soll bekanntlich die Residenz der alten heidnischen Könige gewesen sein, und man zeigt noch zwei Hügel als Grabmäler. Das ist wahrscheinlich genug, sie sehen ganz den übrigen sogenannten Hünengräbern ähnlich. Die jetzige Kirche daselbst soll nicht allein die älteste in ganz Schweden, sondern auch noch aus dem tiefsten Heidentume sein. Die frommen Faseler lassen sie sogleich nach der Sündflut entstehen und würden sie noch gern auch hinter die Flut hinausrücken, wenn es nur die Bibel einigermaßen erlauben wollte.

[...]

In einer Gesellschaft warf ich von ungefähr die Frage auf, woher wohl der Name Upsala käme; denn ich reite gern auf dem Steckenpferde der Etymologie. Solltest Du wohl glauben, daß die anwesenden Herren von Upsala ihre Unwissenheit gestanden? Eine solche Schande ließen deutsche Gelehrte nimmermehr über ihr Athenäum kommen, eher faselten sie eine ganze Atlantis von Aberwitz ab. Ich fragte weiter: »Wie heißt denn der hier vorbeiziehende kleine Fluß?« Antwort: »Die Sale.« – »Also ist ja wohl ziemlich natürlich Upsala Upon the Sala.« Wir schlugen etwas Gelehrtes nach, und ich hatte das Vergnügen zu sehen, daß schon Nordbeck meine Vermutung als die wahrscheinlichste aufgestellt hatte. Wenn ich nur fleißiger wäre und mehr Applikation zum Dienst hätte, sagten die alten preußischen Hauptleute, könnte ich wohl noch ordentlich die kritische Wurfschaufel führen lernen.

Der Weg von Upsala hierher ist äußerst angenehm und eine wahre Spazierfahrt, zuweilen an dem Mälar herab, zuweilen über kleine Anhöhen durch die schönsten Gruppierungen. Die

Dörfer sind in Schweden klein, oft stehen nur einige Häuser zusammen, oft ist nur ein einziges, nachdem es der Boden leidet. Das gibt bei eben keiner starken Bevölkerung der Gegend doch ein freundliches, lachendes Ansehen. Das Nämliche ist einigermaßen der Fall in Livland, nur sind dort die Häuser Troglodytenhöhlen und die Einwohner Bilder des Jammers. Von der Nettigkeit einer schwedischen Bauernwirtschaft hat man selbst in Deutschland keine Begriffe.

Und nun hier Stockholm? Stockholm wird nicht mit Unrecht das Paradies des Nordens genannt, wenn man die schöne Gruppierung der Gegend nimmt. Man kann es vielleicht kaum eine Stadt nennen, denn man merkt fast nirgends, daß man eingeschlossen ist, und überall hat man die Aussicht ins Freie. Stockholm ist einer der lieblichsten Plätze, die ich gesehen habe, und wenn der Mälar die Sonne des Arno hätte, würde hier mehr Elysium sein als in Florenz. In Beschreibungen bin ich nicht stark und nicht glücklich, will also auch keine versuchen. Du magst die ganz gute Abbildung davon in Küttners Reise nachsehen. Acerbi steht mit Vergnügen auf der Brücke vor dem Schlosse. Dort ist es allerdings schön. Aber ich suche gern die Höhen, und da ist mir kein Punkt reizender vorgekommen als jenseits des Sees oben ein Garten neben der Katharinenkirche, der zugleich ein Gasthaus ist und Moseback oder Mosesberg heißt. Von hier übersieht man am besten die ganze große Szene, aufwärts und abwärts am Mälar, mit dem ganzen wogenden Getümmel zu Wasser und zu Lande. Der Aubergist des Gartens hat das Eigene, daß er mehrere Sorten Bier von Beeren braut, die hier für etwas Köstliches gelten und für gewisse Gaumen es auch sein mögen. Ich ließ mir eine Flasche Himbeerbier geben, konnte es aber kaum trinken, so stark war es, ich erinnere mich nicht, jemals ein so starkes Getränk dieser Art versucht zu haben. Ich trinke nur gegen den Durst und überlasse den Schmeckern die Würdigung dieser Art von Industrie. Das Wörtchen Moseback hat übrigens ein gleiches Schicksal mit dem Namen der ersten Station von hier nach Norköping, nur daß die Zweideutigkeit hier nicht ganz so unartig und catullisch ist als dort auf der Post.

[...]

Die schönsten Häuser in Stockholm, nächst dem Schlosse, sind wohl das Opernhaus und gegenüber das Haus der Prinzessin. Die Statue Gustav Adolfs auf dem Platze dazwischen tut durch die unten eingelegten kolossalischen Medaillons seiner Minister und Generäle keine schöne Wirkung. Der Huf von dem Pferde des Königs scheint fast die Stirne des Ministers einschlagen zu wollen: ein Anblick, der ebenso grell und widerlich ist als die Sklaven unter dem ehemaligen Ludwig in Paris und auf der Spreebrücke in Berlin. Sind denn die Menschen so weggeworfen, daß sie keine Größe denken können ohne Herabwürdigung ihrer Natur? Ich kann mir keine mit ihr denken. In dem Palast der Prinzessin sind an den Treppen vier Säulen von Granit, die eine feine, glänzende Politur haben und vielleicht das Schönste sind, was man nicht allein in Schweden, sondern wohl überhaupt in dieser Art hat. Ich spreche nur von der Politur. Hier und da an den Brücken und an den Toren sieht man denn doch einen Anfang, daß man in Granit arbeiten will und kann. In Petersburg versteht man es besser. Das neue akademische Gebäude in Abo und diese Säulen hier in Stockholm sind das Beste, was ich an Granitarbeit in Schweden gesehen habe, sind aber mit den herkulischen Unternehmungen dieser Art in Petersburg nicht zu vergleichen.

[...]

Der Weg hinaus in den Park, rechts am Wasser hin in das Bad und links auf der andern Seite wieder herein, ist ein so romantischer Gang, als man ihn sich kaum in Hesperien denken kann. Es sind dort eine große Anzahl Landhäuser, unter denen sich die Sitze des spanischen, des englischen und des russischen Gesandten auszeichnen. Aber was mir mehr zusprach als alle Einrichtungen des Luxus sind die großen, schönen Eichen, die hier einen wirklich heiligen Hain bilden, wenigstens erweckt er dieses Gefühl, wenn man von den Hyperboräern herunterkommt. Zur Dokumentierung seines echten Geschmacks hat der spanische Gesandte einen schönen Teil davon niederschlagen lassen, um etwas eben nicht sehr Schönes auf die Stelle zu bauen.

[...]

Den siebenzehnten fuhr ich aus Stockholm, und den fünfundzwanzigsten fuhr ich über den Sund und hierher. Du siehst also, daß ich weder sehr schnell noch sehr langsam gereist bin. Es ist doch wohl durch Schweden die lieblichste Fahrt, die ich in meinem Leben gemacht habe, wenn auf dem Lande nur ein wenig besser für eine leidliche Küche gesorgt wäre. Ich vermisse sie zwar ohne weitere Unbequemlichkeit; das dürfte aber nicht der Fall mit jedermann sein. Man kann sich freilich leicht einrichten und von Stadt zu Stadt speisen, aber dann ist man wieder wegen der Reise verlegen, wenn man das Land genießen will, welches doch fast immer auf dem Lande besser ist als in der Stadt.

Den ersten Tag wollte ich den Abend in Nyköping sein. Das geschah denn auch, aber ziemlich spät. Ich fuhr nicht früh von Stockholm aus, wurde hier und da aufgehalten, fand den Weg schön, eilte nicht, elf schwedische Meilen sind schon eine gute Entfernung; also kam ich erst gegen Mitternacht an. Alles schlief im Hause, ausgenommen die Schußkerle, die mich sogleich weiter spedieren wollten. Aber ich wollte hier schlafen. Es hatte den Abend stark geregnet, ich war ziemlich naß. Gern wäre ich die Nacht zu Fuße weiter gegangen, aber zum Fahren war es mir in den nassen Kleidern bei starkem Winde zu kalt. Zu Fuße konnte ich nun hier nicht gehen, weil ich mir in Stockholm dreißig Pfund Gelehrsamkeit hatte aufpacken lassen, die ich mit meinem Reisesack zugleich unmöglich tragen konnte. Ich klopfte und lärmte mit meinem Postillon an allen Türen des Hauses, niemand erwachte; wir riefen, niemand hörte, oder niemand wollte hören. Ich nahm also die schwedische Gelehrsamkeit des Herrn Ulrich aus Norköping, richtete sie mit meinem Tornister gehörig zum Kopfkissen ein und legte mich kurz und gut auf die steinerne Flur des Hauses hin, um zu schlafen, denn an Essen war nicht mehr zu denken, ob ich gleich ziemlich hungrig war. Das ging nun auch, so gut es ging. Aber in Nyköping ist den siebzehnten August die Nacht doch schon etwas frisch, zumal auf der steinernen Flur, und ich war durchgeregnet, also der kalte Schauer weckte mich. Überdies hatte ich ganz fremde Schlafkameraden in der Nähe, die ein gar sonderbares Tongemisch von sich gaben, so daß ich lange Zeit konjekturierte, was es wohl für Geschöpfe sein könnten. Sowie ich mich rührte, schien es ängstlich zu werden und sich in Verteidigungszustand zu setzen. Ich riet hin und her, auf Papageien, Meerschweine und Eichhörnchen. Als es Tag war und ich die Schlafstelle überschauen konnte, sah ich denn, daß ein Kater und eine Katze ihr Wesen dort trieben und vermutlich ihre Familie dort hatten. Du mußt mir meine Unwissenheit zugute halten, denn in meine isolierte Haushaltung ist nie ein lebendiges Geschöpf gekommen, und zu den Katzen habe ich besonders sehr wenig Anmutung. Nun machte ich endlich ernstlich Lärm und weckte eine Art von Wirtin, die mir aber sagte, daß ich hier im Hause durchaus nichts haben könne, gegenüber sei ein Traiteur. Ich ging dorthin und pochte auf, war willkommen und ließ mir ein Frühstück geben, um das Abendbrot zu ersetzen. Warum hat mich nur der Pinsel von Postillon nicht gleich hierher gebracht? Hier wäre ich auf alle Weise sehr gut gewesen und hätte mir das kalte, schlechte Lager bei den Katzen mit dem gelehrten Kopfkissen erspart, denn ich bin jetzt eben nicht mehr in der romantischen Stimmung.

Nachdem ich mich gewärmt und gelabt hatte, setzte ich mich wieder in die Karriole und fuhr die kleine Tagereise herüber nach Norköping, wo ich zwei Tage blieb, weil – mir's gefiel, das heißt vorzüglich gefiel, denn wenn ich überall hätte bleiben wollen, wo mir's gefiel, wäre ich wohl mit meinem Sommer an Zeit und Börse sehr zu kurz gekommen.

Die Lage von Norköping wird jedermann äußerst schön vorkommen, der nicht von Stockholm kommt. Die Motala, so heißt, glaube ich, der Fluß, der aus dem See herab durch die Stadt fließt, macht durch einige nicht unbeträchtlichen Wasserfälle in der Stadt selbst eine sehr angenehme Partie. Unter der Stadt trägt er sogleich dreimastige, ziemlich schwere Schiffe, und der Schiffsbau scheint dort an den Werften nicht unbeträchtlich zu sein. Hier ist nach Upsala wieder der erste beträchtliche Strich, den ein Bewohner des platten Landes für eine Ebene gelten lassen kann. Wenn man aber in Schweden von einer Ebene spricht, darf man nicht an die Breiten bei Liegnitz, Lützen oder Chalons denken. Auch hier bei Norköping sind kleine, angenehme Erhöhungen, und in einer Entfernung von einigen Stunden gehen sogleich wieder höhere Berge an. Schon die Erscheinung der Wasserfälle zeigt, daß die Partie nicht ganz eben sein kann. Die Stadt hatte ehemals beträchtliche und einträgliche Messingfabriken, die aber seit einiger Zeit sehr gesunken sind. Das Bad oder vielmehr der Lustort Himmelsdalund ist ein freundlicher Spaziergang nicht weit von der Stadt, wo der Genügsame mehr findet, als er hofft, an Natur und Lebensgenuß und wo auch der feinere Schmecker befriedigt wird. Die Gesellschaft ist artig, gebildet und unterrichtet; wie man denn in keinem Lande mehr allgemeine Kultur findet als in Schweden.

[...]

Von Norköping bis Jonköping, über Linköping und Grenna, ist die ganze Fahrt schön und zuweilen höchst romantisch. Die Landeskultur ist überall lachend und musterhaft. Bei Bankeberg konnte ich auf einmal sechs Kirchdörfer übersehen, und bei Oestad waren zwei Kirchen in einer so kleinen Entfernung, daß man mit einer Falkonettkugel von einem Turm zum andern hätte schießen können, welches man in Schweden kaum suchen sollte. Eine vorzüglich schöne, fruchtbare Gegend ist bei Miölby an einem Flusse, der rechts aus den Bergen herabkommt. Alle Gesichter zeigten Zufriedenheit und Frohsinn, alles atmete Fleiß und Tätigkeit. Bei Linköping habe ich einige Mädchengesichter gesehen, ich möchte sie fast Gesichte nennen, die Raphael in seiner schönsten Phantasie nicht schöner erblickt und nachgeschaffen hat. Von Kumla aus hatte ich einen Karren erhalten, der an Leichtigkeit und Gebrechlichkeit wohl kaum seinesgleichen hatte. Die Karriole hat bekanntlich nur zwei Räder, und eins davon war hier, und eben auf meiner Seite, kein Kreis, sondern ein Sphäroid. Nun stelle Dir die Fahrt auf den Felsenwegen vor, die halsbrechend immer vorwärts, aufwärts und abwärts ging. Die Bewegung hatte etwas Ähnliches von dem Stampfen einer Ölmühle, bei dem sich meine Rippen fast so schlecht befanden als in der russischen Telege. Ich muß indessen den Schweden die Gerechtigkeit widerfahren lassen, ich habe nur wenig so schlechte Fahrzeuge bekommen.

[...]

Wenn man in Schweden ein Stündchen durch wilde Granitschichten gefahren ist, kommt man oft wider Erwarten wieder in ein kleines, liebliches Paradies. Von Osjö und Holkaberg und Grenna bis nach Jonköping herunter hat man rechts den Wennersee in unzähligen, oft romantischen Windungen.

[...]

In Grenna fand ich zuerst wieder recht schöne Kirschen, in denen mein Appetit ziemlichen Aufwand machte. Sie waren freilich nicht ganz so gut als in Lodi; aber wenn man über den bottnischen Meerbusen herunterkommt, ist man auch nicht ganz so schwierig, als wenn man den Monat vorher sich an die ganze Naturvergeudung am Ätna gewöhnt hat.

Von Grenna über Raby nach Jonköping ist die Fahrt am Wasser herunter noch sehr schön, besonders sind die Bergpartien rechts zuweilen äußerst malerisch. Bei Jonköping, einer ganz artigen Stadt am Anfang des Wennersees von dieser Seite, schließt sich die angenehme Partie, und nun kommen mehrere Stationen ziemlich wilder, undankbarer Wald. Aber auch hier hat der Fleiß aller Art mehr getan, als die Natur bei dem ersten Anblick zu erlauben scheint. Bei Stockholm hatte man angefangen zu ernten, und ich hatte von Zeit zu Zeit bis Jonköping herab Erntegruppen gesehen, aber von hier an hörten sie auf. In einigen Gegenden zwischen Norköping und Linköping habe ich Kornhalme in einer Höhe und Stärke gesehen, wovon ich vorher gar keine Vorstellung hatte. Nicht weit von Jonköping zog ich in einem Kornfelde, das noch nicht das beste war, ohne weiteres Suchen einen Stock aus, der zehn gesunde Ähren hatte. Eine elfte, die krank war, warf ich weg, weil sie kaum einige gesunden Körner zu enthalten schien. Die geringste von den Ähren hatte sechsundvierzig und die beste achtundfünfzig Körner, und in dem ganzen Stocke zählte ich fünfhundertundvier. Auch habe ich viele einzelnen Kornähren von sechsundsechzig Körnern gefunden. Mir deucht, daß dieses alles schon in Thüringen für gut gerechnet werden kann. Doch bin ich zu Hause nicht praktischer Landwirt genug, um gehörig bestimmt darüber zu urteilen.

Banarp, Byarum, Skillingaryd, Kläfshult sind von Jonköping aus lauter ziemlich waldige, unfruchtbare Stationen. Bis Skillingaryd machte ich den Fourierschützen des Doktor Gothilander aus Jonköping, der mich dort einholte. Värnamo und Tano sind wieder schön, das letzte an einem ziemlich großen Landsee, aber im ganzen sind doch nun die schöneren Partien zu Ende, bis man über die Berge herüberkommt nach Schonen. Indessen haben selbst die wilden Höhen der kahlen, unfruchtbaren Steinberge zuweilen sehr angenehme kleine Striche, wo Lage und Boden dem hartnäckigen Fleiße nur etwas gönnen wollte. Auf meinem ganzen Zuge durch Schweden habe ich keine solche Wildnis gesehen als von Planina nach Adlersberg, hinter Laibach in Krain.

[...]

Hier sah ich zwischen Markaryd und Fagerhult in der Abendsonne wieder das erste Buchenblatt, und unwillkürlich fiel der alte Kerl daneben auf den Rasen und küßte das Blatt und verhüllte das Gesicht in den Strauch. Ich glaube gar, die Augenwimper fing mir an zu glühen. Das muß wohl so etwas von dem dulcis patriae fumus sein, weswegen es der Lappe in Hamburg nicht aushalten konnte und der Schweizer beim ausländischen Kuhreigen sogleich läuft, um ihn besser auf den Alpen zu hören. Wenn im Paradiese keine Eichen und Buchen wachsen, so bleibe ich bestimmt in der Länge nicht darin. Fagerhult scheint dem Tone nach schon Buchenholz zu bedeuten, und ich sah sie hier in der Gegend auf einmal in solcher Vollkommenheit und Schönheit, wie man sie kaum am Thüringer Walde oder am Albaner See sehen kann. Der Strich von Schonen, den ich hier auf meiner Fahrt durchzog, ist bei weitem nicht so schön, als man die Provinz im allgemeinen angibt. Sie muß unten an der See hin nach Malmoe und Lund hinüber besser und fruchtbarer sein. Von den Bergen herab gibt es allerdings an einem Flusse, dessen Name mir entfallen ist, mehrere reichen malerischen Partien, aber sowie man Helsingborg auf einige Meilen nahekommt, ist die Kultur bei weitem nicht so schön als weiter oben. Die Nässe scheint zwar etwas hinderlich zu sein; aber es kommt mir doch vor, als ob mehr getan werden könnte und sollte.

[...]

Von allen schwedischen Städten, die ich gesehen habe, hat wohl Helsingborg die wenigste Annehmlichkeit des Örtlichen, ob es gleich von der Natur noch nicht ganz vernachlässigt ist. Von Festungswerken ist, nach den Verträgen beider Nationen, nicht das Geringste auf der schwedischen Seite. Das alte Schloß hat einen Telegraphen, von dem ich nicht weiß, wohin er schreibt, es muß von der Gegend von Malmoe hinauf und so weiter an der Küste sein. [...]

Für ein Boot über den Sund mußte ich 4½ Taler Schwedisch

bezahlen und hatte wieder das Vergnügen, bei ziemlichem Sturm fünf Stunden über einer Fahrt zuzubringen, die man sonst wohl in einer halben Stunde macht. Neptun scheint mir durchaus nicht hold zu sein. [...] Mir deucht, man segelt ebenso leicht durch den Sund, in Rücksicht des Widerstandes vom Lande, als durch den Kanal bei Messina. Doch mögen darüber Seeleute bestimmter urteilen, die den Boden des Wassers besser kennen.

Der Sund auf und ab zwischen den beiden schönen Ufern gewährt mit der großen Menge Schiffe aller Nationen und aller Kaliber, die fast beständig dort liegen, dem Auge einen überraschenden, höchst angenehmen Anblick. Helsingoer mit seinem alten, festen Schlosse macht sich allerdings besser als das schwedische Helsingborg, aber dafür hat das schwedische Ufer, rechts hinauf nach Gothenburg zu, unendlich mehr malerische Schönheit.

Vom Ufer hierher bis in die Residenz sollen fünf Meilen sein, aber bekanntlich sind die dänischen Meilen ziemlich klein, vorzüglich wenn man aus Schweden kommt; und diese scheinen die kleinsten von den dänischen Meilen zu sein. Der Weg ist gut, nach deutschem Fuße, aber nach dem schwedischen nur eben leidlich. Man hat vielleicht in Europa keinen Strich, der so viel angenehme Verschiedenheit an Kultur gebe, als von dem Sund hierher. Dörfer und Städtchen sind von einer Nettigkeit, die mit der englischen wetteifern kann. Alles beklagte sich schon von Schonen aus über ungewöhnliche Nässe und Kälte, und es war wirklich auffallend. Bis Jonköping war man in voller Ernte begriffen, und in Schonen und hier hatte man noch nicht daran gedacht. Alles war noch grün, und überall war man deswegen besorgt.

[...]

Wenn ich auch in meinem Leben nicht wieder nach Schweden komme, so wird mir doch immer eine sehr angenehme, wohltätige Erinnerung daran bleiben. Schweden ist wohl im

Norden das humanste und freundlichste Land. Bei aller Armut, die nicht zu leugnen und nicht zu verbergen ist, herrscht doch überall eine Ordnung und ein Anschein von Wohlhabenheit, bei der sich alles patriarchalisch wohl befindet. Man trifft in Schweden sehr wenig Menschen, denen man sogleich an der dicken Übersättigung ansieht, daß sie es zum höchsten Zweck ihres Lebens machten, das beste Verdauungssystem praktisch zu studieren. Alles arbeitet verhältnismäßig mehr als anderwärts, vorzüglich in Deutschland und Rußland. Es tut mir leid, daß ich nicht mehr von den nördlichen Provinzen und vorzüglich, daß ich nicht Dalekarlien sehen konnte, eine Gegend, auf welche die Schweden in jeder Rücksicht so stolz sind. Ich habe nichts als die gerade Straße von Aberforr nach Helsingborg, mit dem kleinen Abstecher nach Upsala gesehen, aber doch wohl einen Strich von hundertundachtzig deutschen Meilen gemacht und kein einziges Fleckchen gefunden, von dem ich hätte sagen müssen: Hier ist es traurig, hier ist es verlassen, hier möchte ich nicht leben. Auf dem ganzen ziemlich langen Zuge habe ich nur einen einzigen Bettler getroffen, und diesen in Stockholm auf der Brücke vor dem Schlosse. Von welchem reichen Lande kann man das nämliche sagen? Bei den Briten, die die Welt kaufen und verkaufen, machen die Bettler fast eine förmliche Gilde.

Die zwei größten Merkwürdigkeiten der Nationalanstrengung in Schweden, Trolhätta und Karlskrona, habe ich leider nicht gesehen. Sie sind aus Küttner und anderen Reisenden schon so bekannt, daß Du nichts verlierst, zumal da Beschreibung nicht eben meine Stärke ist. Mir tat es freilich etwas weh, daß ich mir nicht so viel abmüßigen konnte, die beiden Umwege zu machen. Karlskrona hätte ich vielleicht noch besuchen können und hätte noch mehreres gewonnen. Der Weg wäre sodann füglich über Lund gegangen, und ich hätte dabei eine größere Strecke von dem schönen Schonen gesehen.

Håkan Nesser

Die schrecklich schöne Sommernacht

Genezareth war kein See. Es war ein Haus, das an einem See lag, und der hieß Möckeln. So heißt er noch heute.

Fünfundzwanzig Kilometer außerhalb der Stadt. Gut zwei Stunden mit dem Fahrrad hin. Gut eineinhalb zurück. Der Zeitunterschied ergab sich durch den Klevabuckel, einen fürchterlichen Muskelfresser von ungefähr dreihundert Metern Länge genau auf halber Strecke.

Es lagen einige Häuser am Möckeln – einem relativ großen und fast kreisrunden See mit braunem Wasser –, aber meistens waren es bewaldete Strände. Genezareth lag auf einer Kiefernlandzunge in ziemlich einsamer, majestätischer Lage und kam von mütterlicher Seite in unsere Familie. Eine baufällige, zweigeschossige Holzhütte ohne jeden größeren Komfort außer einem Dach über dem Kopf und frischem Seewasser in zehn Metern Entfernung. Jeden Winter zerbrach das Eis den Steg, und für den Kahn gab es einen Außenbordmotor, der eigentlich seit meiner Geburt auseinander genommen in einem Schuppen lag.

Meiner sterbenden Mutter gehörte das Haus nicht allein. Es gab noch eine Tante Rigmor, ihr gehörte die Hälfte davon, aber sie war nicht zurechnungsfähig und konnte keine Ansprüche stellen.

Der Grund für Rigmors traurigen Zustand lag in einem traumatischen Unglück während einem der ersten Kriegssommer. Der ging in unsere Familiengeschichte mit der gleichen Selbstverständlichkeit ein wie der Sündenfall in die biblische – sie war mit einem Elch zusammengestoßen, und die Tatsache, dass sie mit einem Fahrrad gefahren war, warf einen starken, fast mythologischen Schein auf das Geschehen. Gemeinsam mit einer Freundin war sie in den Ferien mit dem Fahrrad unterwegs in Småland gewesen, und von irgendeinem Hügel im Hochland war sie zuerst direkt in einen prächtigen Zwölfender gerast und anschließend ins allgemein bekannte Dingle-Irrenhaus an der Westküste gekommen.

Lebenslänglich, wie es schien. Ich hatte sie nur einmal kurz gesehen und fand, sie ähnelte meiner Mutter in keiner Weise. Eher erinnerte sie mich an einen Seehund. Mit Brille statt Schnauzbart, aber ich nahm an, dass man genau so aussehen sollte, wenn man im Dingle saß.

Es ist zwar nicht ganz sicher, dass meine Eltern versucht hätten, Genezareth zu verkaufen, wenn es nicht diese tragische Tante gegeben hätte, aber ich nehme es stark an. Ich hatte nie das Gefühl, dass sie sich dort draußen wirklich wohl fühlten.

Vielleicht, weil es so unbequem war. Vielleicht, weil meine Mutter nie schwimmen gelernt hatte. Es war ein tiefer See. Zumindest an bestimmten Stellen. Zumindest vor unserer Landzunge.

Wie es sich mit dem ein oder anderen nun auch verhielt, jedenfalls hatte ich an diesem Tag im Mai Probleme, mir vorzustellen, wie der Sommer sich wohl gestalten würde.

Mit Henry und Emmy. Ich konnte nicht an Emmy denken, ohne ihren Busen vor mir zu sehen. Vollkommen bedeckt, aber trotzdem. Und ich konnte ihren Busen nicht vor mir sehen, ohne einen Steifen zu kriegen. So war es nun mal.

Und der Gedanke daran, was mein Bruder wohl mit Emmy Kaskel vorhatte, war ebenfalls nicht so leicht zu bewältigen, oh nein. Genezareth war kein großes Haus.

Und dann noch das mit Edmund. Ich wusste ganz einfach nicht, wie es werden würde.

Obwohl, scheiß drauf, dachte ich. Kommt Zeit, kommt Rat.

Es war ein Donnerstag, als Ewa Kaludis ihre Stelle in der Stavaschule antrat. Wir hatten gerade eine Doppelstunde in der Holzwerkstatt gehabt, und ich hatte letztendlich den Zeitungsständer demoliert, an dem ich seit sieben Monaten gearbeitet hatte. Holz-Gustav war nicht begeistert gewesen, aber ich hatte ein gutes Gefühl. Ich mochte das Werken nicht, weder Nähen noch Holzarbeiten, irgendwie wurde es nie so, wie ich es mir gedacht hatte, und es dauerte immer so verdammt lange.

Wie üblich hing ich mit Benny und Arsch-Enok unter dem Fahrradständerdach herum, wir warteten darauf, dass die Pause zu Ende ging, da tauchte sie auf der Straße auf.

Ich würde ja behaupten, dass ich sie zuerst gesehen habe, aber Benny und Arsch-Enok waren sich genauso sicher, sie wären es jeweils gewesen. Eigentlich spielt das auch keine Rolle, die Hauptsache war, dass sie kam. Auf jeden Fall musste sie zuerst am Fußballplatz vorbeigekommen sein, denn innerhalb weniger Sekunden war die Mädchenseite proppevoll mit Leuten, die glotzend herumstanden. Schmutzige Fußballspieler massenweise.

»Ich glaube, ich bepiss mich«, sagte Benny und sperrte den Mund auf, als säße er beim Zahnarzt Slaktarsson und warte auf den Bohrer.

»Ja, ja, aber ...«, stotterte Arsch-Enok. »Das ist Kim Novak.«

Ich selbst sagte nichts. Zum einen, weil ich normalerweise nicht unnötig den Mund aufmachte, zum anderen, weil es mir die Sprache verschlagen hatte. Es war wie in einem Film. Nur noch besser. Die Biene, die da auf ihrem Moped direkt auf den Schulhof geknattert kam, sah wirklich aus wie Kim Novak. Dickes, weizenblondes Haar, schick hochgesteckt mit einem roten Tuch. Eine dunkle, elegante Sonnenbrille und ein Mund, der so groß und atemberaubend war, dass mir die Knie weich wurden. Schwarze, enge Stretchhose und ein schwarz-rot-kariertes Hemd, das im Wind flatterte.

»Verflucht, ist die scharf«, sagte Balthazar Lindblom.

»Das ist ein Puch«, sagte Arsch-Enok. »Meine Fresse, Kim Novak fegt auf einem Puch auf unseren Schulhof. Küss mich da, wo ich schön bin.«

Dann wurde Arsch-Enok bewusstlos. Er hatte so eine Art leichte Epilepsie und fiel ab und zu um. Es wäre eher merkwürdig gewesen, wenn er dem hier gewachsen gewesen wäre, dachte ich.

Kim Novak stellte ihren Puch aus. Sie stand einen Augenblick breitbeinig über ihm, die Füße im Kies, während sie lächelnd die hundertacht erstarrten Figuren auf dem Schulhof betrachtete. Dann stieg sie ab, schob das Moped elegant auf den Ständer, zog die flache Aktentasche vom Gepäckträger und marschierte quer durch das Wachsfigurenkabinett ins Schulgebäude hinein.

Als sie verschwunden war, drehte ich den Kopf und stellte fest, dass Edmund neben mir stand. Fast Schulter an Schulter, obwohl er etwas größer war.

»Die da«, sagte er mit belegter Stimme. »Die würde ich eine reife Frau nennen.«

Ich nickte. Dachte an die Pornoblätter seines Vaters und nahm an, dass er wusste, wovon er sprach.

Innerhalb von zwei Stunden hatte sich alles aufgeklärt. Die Leute von der anderen Seite der Schule hatten schon lange gewusst, dass Berra Albertsson in die Stadt ziehen würde, vielleicht hatten wir es sogar auch gewusst, zumindest, wenn wir genauer darüber nachdachten. Berra war eine Handballlegende, er hatte mehr als hundertfünfzig Länderspiele mitgemacht, und es hieß, er würde so hart wie mit Kanonenkugeln werfen, dass die Torwarte stürben, wenn sie den Ball an den Kopf kriegten. Nach zwölf Saisons in der obersten Liga und in der Nationalmannschaft wollte er es jetzt etwas ruhiger angehen lassen, indem er Spielertrainer der Handballmannschaft unserer Stadt wurde und sie in die oberste Klasse bringen wollte. Das kapierte sogar jemand wie Veikko, und außerdem war das alles vor ein paar Wochen im Kurren zu lesen gewesen. Kanonen-Berra sollte in eins der Neubauhäuser hinten auf dem Ångermanland ziehen, und er würde am ersten Juli seinen Dienst als Vizechef der Parkanlagen antreten.

Nicht in der Zeitung gestanden hatte, dass er mit Kim Novak verlobt war und dass sie eigentlich Ewa Kaludis hieß.

Und dass sie die alte, hoffnungslose Eleonora Sintring vertreten sollte, die sich schon Anfang des Monats bei einer Grätsche über den Kasten während der Hausfrauengymnastik den Oberschenkelknochen gebrochen hatte.

Bereits am folgenden Tag ließen einige Fußballspieler eine Liste herumgehen, auf der man sich eintragen konnte, falls man bereit war, der Sintring noch mal ein Bein zu brechen, wenn sie wieder zurückkam. Es war geplant, den Täter unter den Freiwilligen auszulosen, sobald die Sache aktuell werden sollte.

Als Benny und ich uns eintrugen, war die Liste schon ziemlich lang.

An diesem Samstag stieß ich in der Bibliothek auf Edmund.

»Gehst du oft hierher?«, fragte ich ihn.

»Manchmal«, antwortete Edmund. »Na, genau genommen sogar ziemlich oft. Ich lese eine Menge.«

Das konnte schon stimmen. Denn ich selbst ging höchstens einmal im Monat dorthin, weshalb es nicht so verblüffend war, dass wir uns hier noch nie getroffen hatten.

Edmund war ja auch ziemlich neu in der Stadt.

»Was liest du denn am liebsten?«, fragte ich.

»Detektivromane«, antwortete er, ohne zu zögern. »Stagge und Quentin und Carter Dickson.«

Ich nickte. Von denen hatte ich noch nie gehört.

»Und Jules Verne«, fügte er nach einer Weile hinzu.

»Jules Verne ist verdammt gut«, sagte ich.

»Verdammt gut«, stimmte Edmund zu.

[…]

Henry, mein Bruder, war ein langer Lulatsch, das sagten alle.

Er war offensichtlich auch hübsch, das behaupteten jedenfalls die Frauen. Ich selbst hatte damals keinen Blick für das Aussehen von Männern, aber ich sah schon, dass er Ricky Nelson ein wenig ähnelte, und ich ging davon aus, dass das ein ganz gutes Vorbild war.

Oder Rick, wie er sich genau seit diesem Jahr zu nennen pflegte.

Er rauchte auch Lucky Strike, Henry, meine ich. Er zog sie immer so theatralisch aus der Brusttasche seines weißen Nylonhemds, als wolle er sagen, dass er nun verdammt hart gearbeitet hatte und es an der Zeit war, sich eine Zigarettenpause zu gönnen.

In dem Jahr, in dem meine Mutter im Sterben lag, hatte er sich sein erstes Auto gekauft, das erste in unserer Familie überhaupt. Ein schwarzer VW-Käfer, mit dem er für seine Reportagen in der Stadt herumfuhr. Er hatte sich auch eine Kamera besorgt, damit er Fotos von seinen Unglücksfällen und seinen Interviewopfern machen konnte, und ich hatte den Eindruck, dass er sich als Freelancer ganz gut durchschlug.

Unser Vater pflegte das immer zu sagen. »Er schlägt sich ganz gut durch, der Henry.«

Ich wusste nicht so recht, was der Begriff Freelance eigentlich zu bedeuten hatte. Henry schrieb doch offensichtlich nur für den Kurren, aber dieses magische Wort hing irgendwie mit allen anderen zusammen. Lucky Strike. Beat. Freelance. Den VW-Käfer hatte er Killer getauft.

»Du, Erik«, sagte er eines Sonntagvormittags.

»Ja, Henry?«, erwiderte ich.

Er hatte gerade den Killer in der Idrottsgatan geparkt. Wir saßen in der Küche, er hatte sich eine Lucky angesteckt und schlürfte einen lauwarmen Kaffeerest, den Vater zurückgelassen hatte, als er den Bus zum Krankenhaus genommen hatte.

»Wir werden den Sommer zusammen verbringen.«

»Papa hat's mir gesagt.«

Er nahm einen Zug.

»Das ist bestimmt am besten für dich.«

Ich nickte und schaute aus dem Fenster. Die Sonne schien kräftig. Es war so ein Tag, an dem man im Möckelnsee hätte baden können.

»Ist ja ziemlich anstrengend, das mit Muttern«, sagte Henry.

»Ja«, sagte ich.

Er stützte sich mit den Ellbogen auf den Tisch und schaute in die Sonne hinaus.

»Schönes Wetter.«

Ich nickte.

»Könnte mir vorstellen, mal hinzufahren und nachzugucken, wie's da aussieht. In Genezareth, meine ich.«

»Ja, klar«, sagte ich.

»Hast du Lust?«

»Passt schon«, erklärte ich.

Henry und ich räumten an diesem Sonntag ein wenig in Genezareth auf.

Wir räumten und bereiteten das Haus für den Sommer vor. Schleppten alle Matratzen, Kissen und Decken auf den Rasen hinaus, damit der Sonnenschein die Winterfeuchtigkeit aufsaugen konnte. Öffneten die Fenster sperrangelweit und wischten den Boden. Oben und unten. Das war genau genommen nicht so viel Arbeit. Denn im Erdgeschoss gab es nur zwei Zimmer und eine kleine Küche mit Spülbecken, Kühlschrank und Herd. In den ersten Stock kam man über eine Treppe, die außen am Haus hochführte. Zwei Zimmer hintereinander. Schräge Wände und heiß wie die Hölle, wenn die Sonne drauf stand.

Wir badeten auch. Holten den Steg aus dem Schilf an der

Südseite der Landzunge, wo er immer nach dem Winter lag. Henry meinte, wir sollten ihn dieses Jahr zu einem Ponton umbauen. Ich nickte und meinte, dass das wie eine verdammt gute Idee klang.

Obwohl man dazu bessere Bretter bräuchte, wie Henry meinte.

Wir lagen eine Weile auf den Matratzen, sonnten uns und unterhielten uns. Oder rauchten jedenfalls. Henry bot mir zwei Luckys an und versprach, mich umzubringen, wenn ich das unserem Vater verraten würde.

Ich dachte natürlich nicht im Traum daran, ihn zu verpetzen. Wir fuhren nachmittags heim, als es am allerheißesten war. Henry musste am Abend noch zu einem Fußballspiel. Wir nahmen beide Gasflaschen mit, die für den Herd und die für den Kühlschrank, um sie auszuwechseln.

Es war insgesamt ein schöner Sonntag gewesen, und ich bekam langsam das Gefühl, dass es auch ein erträglicher Sommer werden könnte. Schwer, aber erträglich.

[…]

Das Lehrerzimmer unserer Schule lag auf der Mädchenseite im dritten Stock. Dort gab es auch einen großen Balkon, den einzigen im Gebäude, und vor den Sommerferien saßen die Lehrer oft da draußen unter kunterbunten Sonnenschirmen und tranken Kaffee und rauchten. Wir konnten sie von unten vom Schulhof aus nicht sehen, aber wir hörten ihre Stimmen und ihr Lachen, und wir konnten die Rauchwolken verfolgen.

Während Ewa Kaludis' kurzer Vertretungszeit in der Schule veränderten die Balkonrituale sich etwas. Man rauchte jetzt im Stehen statt im Sitzen. Die Lehrer standen da, hingen am Geländer und guckten nun lässig auf den Schulhof hinunter. Sie hatte damit angefangen, und so war es nicht weiter verwunderlich, dass die männlichen Füchse sich um sie scharten, qualmend und grinsend.

Stellvertretender Rektor Stensjöö. Der Hengst Håkansson. Brylle.

»Guck dir mal Brylle an, verdammte Scheiße«, sagte Benny. »Der rutscht gleich von hinten auf sie drauf.«

»Quatsch«, erwiderte Balthazar Lindblom. »Die trauen sich doch gar nicht, sie anzufassen. Glotzen sie nur an. Wenn die sie bumsen, kommt Kanonen-Berra und bringt sie um.«

»Genau«, stimmte Veikko zu. »Schießt ihnen einen Ball an die Birne, ganz einfach. Ein Teufelskerl.«

In diesen Tagen Ende Mai standen ungewöhnlich viele auf der Mädchenseite. Eine Menge Fußballspieler hatten plötzlich edlere Interessen bekommen, wie es schien, und am Fahrradständer wurde es richtig eng. Denn nur unsere Klasse und noch eine andere wurden von Ewa Kaludis unterrichtet, deshalb mussten die meisten sich damit begnügen, sie zu sehen zu bekommen, wenn es nur irgend ging.

Zum Beispiel während der Pausen, wenn sie auf dem Balkon stand. Kim Novak. Ewa Kaludis. Kanonen-Berras Superbraut. Was mich betraf, so gehörte ich zu den Bessergestellten. Wir hatten die unerträgliche Sintring in Englisch und Geographie gehabt, bis sie über den Kasten gegrätscht war. Der Hengst Håkansson war eingesprungen und hatte sie ein paar Wochen vertreten, aber jetzt wurden wir also von Ewa Kaludis betreut. Die drei letzten Wochen vor den Sommerferien.

Betreut.

Denn eigentlich unterrichtete sie gar nicht. Das war auch nicht nötig. Wir arbeiteten auch so wie die Tiere. Wenn sie hereinkam, entstand sofort eine andächtige Stille im Klassenzimmer. Sie lächelte und funkelte ein wenig mit den Augen. Ein Beben ging durch die Klasse. Dann setzte sie sich auf das Lehrerpult, schlug ein Bein über das andere und sagte, wir sollten auf Seite soundso weitermachen. Ihre Stimme erinnerte an das Schnurren einer Katze.

Sofort fingen wir an zu arbeiten. Ewa Kaludis saß auf dem

Pult und funkelte, oder sie ging herum und ließ ihre Hüften zwischen den Bänken kreisen. Wenn man sich meldete, stellte sie sich fast immer dicht hinter einen, beugte sich vor und lehnte ihre Brüste gegen die Schülerschulter. Oder zumindest eine. Fast nur Jungs baten um Hilfe, und die Luft im Klassenzimmer war schwer von ihrem Parfüm und von junger, unterdrückter Brunst.

Ich weiß nicht, wie die Mädchen Ewa Kaludis eigentlich fanden, da ich so gut wie nie irgendwelche Erfahrungen mit den Mädchen austauschte, aber ich nehme an, dass auch sie ihren Nutzen aus der Anwesenheit von Ewa Kaludis zogen. Auf ihre spezielle Frauenart. Aber vielleicht irre ich mich da ja auch. Vielleicht waren sie einfach nur verflucht eifersüchtig.

Einmal, als ich die Hand gehoben hatte und ihre Brust an meiner Schulter und meiner Wange spürte, war ich kurz davor, in Ohnmacht zu fallen. Mir wurde schwarz vor Augen, und ich weiß, dass ich noch dachte, dass es mich nicht stören würde, wenn ich genau in diesem Moment sterben würde.

Ich glaube, sie merkte das, denn sie legte mir ihre Hand auf den Arm und fragte mich, was denn sei. Das machte die Sache natürlich nicht besser, aber schließlich biss ich mir auf die Zunge, und das half ein wenig.

»Mir geht's nicht so gut«, sagte ich. »Ich glaube, ich kriege meine Tage.«

Ich weiß nicht, warum ich ausgerechnet das sagte, aber Ewa Kaludis lachte nur, und Benny, der neben mir saß und der Einzige war, der meine geniale Replik hörte, meinte hinterher in der Pause, dass das verflucht noch mal einsame Spitze gewesen war.

»Erik, zum Teufel, nach dem Spruch liegst du verdammt gut im Rennen, dass du's nur weißt.«

Ich war mir nicht so sicher, ob er Recht hatte, aber auf jeden Fall war ich froh, dass sie nicht böse geworden war.

[…]

Ich wusste, dass mein Bruder Henry ein ungewöhnlicher Mensch war, aber wie ungewöhnlich er wirklich war, begriff ich erst, als er eines Abends etwas Bestimmtes sagte, es muss in der allerletzten Schulwoche gewesen sein.

»Kanonen-Berra ist ein Arschloch<, sagte er.

Ich hatte das Thema aufgebracht. Oder genauer gesagt das Thema Ewa Kaludis, und danach hatte ich wohl etwas in der Richtung gesagt, dass sie mit Berra zusammen war.

»Wie gesagt, ein richtiges Arschloch.«

Das stellte er einfach so fest. Ich war so überrascht, dass ich gar nicht wusste, was ich sagen sollte, und dann sprachen wir über etwas anderes, und später fuhr Henry in seinem »Killer« zu einem Maranatha-Treffen.

Nachdem er weg war, dachte ich über seine Worte nach. Und wunderte mich darüber, wie um alles in der Welt er so etwas sagen konnte, und dann fiel mir ein, dass er ja Berra Albertsson für den Kurren interviewt hatte, damals, als er Anfang Mai in unsere Stadt gezogen war.

Kanonen-Berra ein Arschloch?

Ich schrieb das auf einen Zettel und schob ihn in *Oberst Darkin und die Goldbarren.* Das war ein so sonderbarer Ausspruch, dass ich ihn irgendwie aufbewahren wollte.

Im Laufe des Sommers sollte ich Gelegenheit bekommen, ausführlicher darüber nachzudenken. Reichlich Gelegenheit. Aber das wusste ich ja damals noch nicht, und der Zettel muss auf irgendeine merkwürdige Weise verschwunden sein, denn ich habe ihn nie wieder gefunden.

[…]

Als Edmund und ich uns am Sonntag auf den Weg machten, war es abwechselnd sonnig und bewölkt. Mit leichtem Gegenwind. Als wir durch Hallsberg strampelten, kam ein Regenschauer, deshalb kehrten wir in Lampas Konditorei hinter dem Bahnhof ein und tranken jeder eine Limonade und aßen eine

Semmel. Edmund stopfte eine Krone in die Jukebox. Während wir dasaßen, unsere Limonade tranken und in den Regen starrten, hörten wir dreimal hintereinander *Cotton Fields.* Edmund behauptete, es gebe keine andere Platte in dem Kasten, die es wert wäre, sich anzuhören, und ich glaubte ihm unbesehen.

Cotton Fields war sowieso eine saustarke Platte.

Ich hatte Edmund vor dem Klevabuckel gewarnt, aber das hatte ihn nur noch mehr herausgefordert.

»Ich nehme ihn in einem Schwung«, behauptete er. »Darauf wette ich fünfzig Öre.«

»Du kriegst 'ne Krone«, sagte ich, denn ich wusste, wovon wir redeten. »Ohne Rennrad ist der ganze Kleva nicht zu schaffen.«

Edmund und ich, wir hatten beide alte Räder ohne andere Finessen als den Gepäckträger und eine Klingel. Keine Stange. Keine Gänge. Keine Handbremse. Edmunds war jedenfalls ein Crescent. Meine hellgrüne Gurke hieß Ferm und war nichts, mit dem man sich brüsten konnte.

»Ich will einen ehrlichen Versuch machen«, verkündete Edmund feierlich, als wir näher herankamen und die Steigung vor uns sahen. »Keine weiteren Fragen.«

Er schaffte es fast bis zur Hälfte. Danach mussten wir eine Viertelstunde am Wegrand sitzen, bis Edmunds Beine ihm wieder gehorchen wollten. Als ich bei ihm angekommen war, war er ganz bleich im Gesicht, und kleine Speichelbläschen hingen ihm in den Mundwinkeln. Er lag mit zitternden Beinen am Grabenrand, das Rad neben sich.

»Unglaublicher Buckel«, stöhnte er. »Als wir in Sveg wohnten, gab es da einen richtigen Teufelsberg, aber der hier ist ja tausendmal schlimmer. Ich hab da hinten etwas gekotzt, setz dich nicht rein.«

Er zeigte auf die Stelle, und ich legte mich in sicherem Abstand hin. Faltete die Hände hinter dem Kopf und blinzelte in den Himmel und zu den Wolken hinauf, die sich mal zusammenballten, mal wieder auseinander faserten. Edmund schnaufte immer noch und hatte anscheinend Schwierigkeiten, etwas hervorzubringen, deshalb lagen wir einfach ein paar Minuten so da und versuchten irgendwie, wieder zu uns selbst zu finden.

Da fanden wir uns also am Straßenrand wieder, auf halbem Weg den Klevabuckel hinauf. An einem Sonntag im Juni 1962.

Mir kam der Gedanke, dass es unmöglich gewesen wäre, einfach so still nebeneinander zu liegen, wenn Benny statt Edmund bei mir gewesen wäre. Dann hätten wir auf jeden Fall reichlich geflucht und geschimpft, aber mit Edmund zusammen konnte ich ganz still sein, ohne dass es mir irgendwie sonderbar erschienen wäre.

Damals nicht und auch später bei anderen Gelegenheiten nicht – wenn er vor Milchsäureschock nicht gerade kurz vor der Ohnmacht war. Man konnte miteinander reden oder auch nicht reden, so einfach war das. Ich dachte eine Weile darüber nach, aber ich konnte nicht sagen, was der Grund dafür war, ob es daran lag, dass seine Mutter Alkoholikerin war, oder daran, dass er so lange im Norden gelebt hatte. Aber es war ja auch egal. Die Hauptsache war doch, dass es so war. Ich fand, Edmunds Ruhe war eine äußerst vorteilhafte Eigenschaft, und ich beschloss, ihm das zu sagen, wenn ich ihn erst einmal etwas besser kennen gelernt hätte. In ein paar Tagen oder so.

Henry hatte sechzehn Dosen Ulla-Bellas Fleischklöße in brauner Soße zum reinsten Schleuderpreis bei Laxmans erstehen können – bei dem Supermarkt in Åsbro, dem Ort, der nur ein paar Kilometer von Genezareth entfernt war –, und am ersten Abend aßen wir zwei davon.

Zusammen mit Pellkartoffeln und Preiselbeeren, die Henry aus der Stadt mitgebracht hatte. Und Milch oder Apfelsaft, ganz nach Belieben.

Es schmeckte gar nicht so schlecht. Hinterher übernahmen Edmund und ich den Abwasch, während Henry sich mit Kaffee und Zigaretten draußen in einen der Liegestühle setzte. Er hatte einen Schreibblock auf den Knien, in den er ab und zu ein paar Zeilen schrieb, wobei es aussah, als nickte er sich selbst bestätigend zu.

Später am Abend hackte er am Schreibtisch in seinem Zimmer auf die Facit ein. Mir war klar, dass es sich dabei um das Buch handelte, das er zur Welt bringen wollte. Das über das Leben. The real thing.

Und ich begriff, dass es bei uns jetzt die nächste Zeit so ablaufen würde.

Ulla-Bellas Fleischklöße mit Kartoffeln und Preiselbeeren.

Henry und der existenzielle Roman.

Edmund und ich beim Abwasch.

»Verdammte Scheiße, geht es uns gut«, stellte Edmund fest, als wir fast fertig waren. Er klang beinahe gerührt, und ich musste ihm zustimmen.

»Es könnte schlimmer sein«, sagte ich.

[...]

An den ersten Tagen erkundeten wir die Gegend.

Zu Wasser und zu Land. Möckeln hatte einen Durchmesser von ungefähr vier Kilometern, das konnte man sich auf der Karte ausrechnen. Beim Rudern erschienen diese Entfernungsangaben ziemlich sinnlos. Es dauerte eine Weile, dann war man da, ganz gleich, wo man hin wollte, das Wichtigste war, dass man seine Kräfte einteilte, damit man nicht plötzlich mit vollkommen erschöpften Armen dasaß. Man brauchte sich ja nie zu beeilen, weil es doch Sommer war, unter keinen Umständen. Die Zeit lag wie ein Meer vor uns, das tausendmal größer war als der Möckeln, man konnte sich nach Lust und Laune daraus bedienen.

Auf dem Seeweg gab es eigentlich nur drei Ziele, die man ansteuern konnte. Fast mitten im See lag Tallön, eine karge kleine Felsinsel von ein paar Hundert Quadratmetern, auf die die Möwen gern schissen. Eigentlich bestand sie nicht aus viel mehr als aus der Vogelscheiße, Steinen und den zehn knorrigen Kiefern, die wie in einem Kreis mitten auf der Insel standen und ihr den Namen gegeben hatten. Den offiziellen Namen wohlgemerkt. Denn für Edmund und mich war der Name Scheißinsel – oder Möwenscheißinsel – viel geläufiger. Bei normalen Windverhältnissen dauerte es eine Ruderrunde, um dorthin zu kommen; mit einer Ruderrunde war ungefähr so lange gemeint, wie wir es aushielten, ohne einander abzuwechseln.

Ungefähr ebenso lange dauerte es, nach Fläskhällen zu kommen, einer kleinen Badestelle mit Café und zwanzig Meter Sandstrand am nördlichen Ende des Sees. Von Genezareth aus konnte man dorthin auch auf dem Kiesweg durch den Wald fahren, und mit dem Fahrrad ging es natürlich erheblich schneller als mit dem Boot.

Das dritte mögliche Ziel einer Bootsfahrt war Laxmans Geschäft in Åsbro. Dafür musste man einen halben Nachmittag einplanen, besonders, wenn man einkaufen wollte, und das war ja eigentlich der Sinn des Ganzen. Wenn man Glück hatte, stand Britt hinterm Tresen. Sie hieß auch Laxman, war ungefähr so alt wie wir und hatte den Ruf, ein wenig leichtsinnig zu sein. Was das genau bedeutete, wusste ich nicht, auch nicht, wie sich das zeigte, aber sie hatte solch funkelnde Augen und einen großen Mund, und Edmund behauptete, er würde schon einen Steifen kriegen, wenn er nur an sie dachte.

Mir gefiel es nicht, wenn Edmund in einer derart unverblümten Art von seinen Gefühlen sprach. Auch wenn ich mir problemlos eingestehen konnte, dass ich durch das ein oder andere eine Erektion bekam, so war das doch eine Privatsache. Und nichts, über das man lautstark Reden hielt, was Edmund mit der Zeit dann auch verstand. Derartige, etwas verzwickte und peinliche Dinge begriff er gut, der Edmund.

Wie dem auch sei, es machte Spaß, die Stunden zu nutzen, um zu Laxman zu rudern und sich dort mit Proviant zu versorgen, darin waren wir uns einig. Man glitt an dem Gelände mit den Ferienhäusern und den Stegen vorbei, hielt verstohlen nach Mädchen in dem richtigen Alter Ausschau, auch wenn es fast nie welche gab, und dann ging es weiter den Mörkå hinauf. Das war ein schönes Flüsschen, das Schilf stand so hoch und dicht, dass die Schiffsrinne an einigen Stellen nur noch einen Meter breit war. Es war unbestreitbar von Vorteil, wenn man in diesen engen, grünschimmernden Passagen keinem Motorboot begegnete – und diese Flussfahrten hatten zweifellos eine gewisse Ähnlichkeit mit dem langsamen und zielbewussten Eindringen in den Sumpfdschungel des Amazonas, da waren Edmund und ich einer Meinung.

Es vergingen nur wenige Tage, und dann vereinbarten wir mit Henry, dass wir die Sache mit dem Proviant ganz und gar übernahmen, und zwar den ganzen Sommer über. Bis dann das, was geschah, eine Tatsache war, machten wir jeden zweiten oder dritten Tag die Mörkåtour, Edmund und ich. Wir wechselten uns mit dem Rudern ab; der, der gerade nicht an den Riemen war, lag meistens vorn im Boot halb auf dem Bauch und hielt Ausschau, auf die Strände und ins schlammige Wasser, alle Sinne aufs Äußerste gespannt, um auch ja nicht das erste Zeichen eines herannahenden Krokodils zu verpassen. Oder einer Wasserschlange. Oder eines Indianers.

[…]

Wir rechneten uns aus, dass wir, wenn wir uns daheim in Genezareth den Magen vollschlugen, zumindest kein kostbares Geld für Würstchen im Lackapark ausgeben müssten. Also verdrückten wir ein ganzes Fünfzehnerpack an Würsten, Edmund aß acht, ich sieben. Sechs Portionen Kartoffelpüree. Hinterher war mir etwas übel, während Edmund behauptete, er sei in Topform. Wir nahmen von der Bootskante aus ein schnelles Bad – der Pontonsteg war damals noch nicht fertig, und vom Ufer aus ins Wasser zu gehen war ziemlich modrig –, schmierten uns etwas Pomade ins Haar, zogen uns saubere Nylonhemden an und machten uns auf unseren Rädern auf den Weg durch den Wald.

Es waren nicht mehr als fünf Kilometer den Kiesweg entlang von Genezareth bis zum Lackapark, aber wir verfuhren uns ein paar Mal, und so brauchten wir eine Stunde, bis wir endlich da waren.

Der Frühsommerabend war wie alle Frühsommerabende zu dieser Zeit. Voller Versprechungen und voller Düfte. Flieder, Jasmin und Selbstgebrannter in ausgewogener Mischung. Zumindest um den Lackapark herum. Wir waren uns einig, dass es dumm wäre, drei Kronen für den Eintritt auszugeben, und stellten unsere Räder deshalb ein Stück weiter im Wald ab. Schlossen sie sogar mit einer Kette zusammen, es wäre ja zu blöd, wenn so ein Besoffener sich ein Rad klauen würde und wir dann mitten in der Nacht zu Fuß nach Hause gehen müssten. Man konnte nie wissen.

Vor dem Eingang trafen wir Lasse Schiefmaul, seine Eltern hatten ein Ferienhaus in Sjölycke. Schiefmaul war etwas älter als wir, er hatte die Stavaschule schon vor ein paar Jahren beendet, und seinen Namen hatte er seinem deformierten Kopf zu verdanken. Es hatte den Anschein, als wäre die untere Hälfte seines Gesichts nicht vorhanden, und wenn er redete, sah es aus, als wollte er sich selbst was ins Ohr flüstern. Ich kannte ihn nicht besonders gut. Das tat eigentlich niemand; meistens blieb er für sich, ich weiß nicht, ob das nun an seinem Aussehen lag oder einen anderen Grund hatte.

»Der Blöd-Raffe steht am Eingang«, sagte er und sah besorgt und dadurch noch deformierter aus.

»Oh, Scheiße«, sagte ich.

Dass der Blöd-Raffe am Eingang stand, bedeutete, dass es ein Problem werden könnte, umsonst hineinzukommen. Zwar boten die morschen alten Holzlatten, die den Festplatz umgaben, hier und da gute Möglichkeiten, durchzuschlüpfen – besonders hinter der stinkenden so genannten Bedürfnisanstalt in der dunkelsten Ecke –, aber Blöd-Raffe war bekannt für seine Fähigkeit, die Besucher herauszufischen, die keinen Eintritt bezahlt hatten, schon allein dadurch, dass er ihnen einen scharfen Blick zuwarf. Und da das wahrscheinlich die einzige Fähigkeit war, die er besaß, benutzte er sie auch gern. Besonders wenn er einen schwächlichen Minderjährigen entdeckte, der keine gültige Eintrittskarte vorzuweisen hatte, zeigte er sich gern höhnisch und unerbittlich. Und ging mit harter Hand vor. Deshalb wurde er wohl so oft als Wache angeheuert. Ich glaube nicht einmal, dass er dafür etwas bezahlt bekam. Die Uniform genügte ihm schon. Wie auch immer, es hatte keinen Zweck, mit Blöd-Raffe diskutieren zu wollen, möglicherweise zu behaupten, man hätte bezahlt, aber die Eintrittskarte verloren, das war ungefähr genauso sinnlos, wie mit einem Polizisten zu streiten, wenn man ohne Licht am Fahrrad gefahren war.

»Wollt ihr etwas bezahlen?«, wollte Lasse Schiefmaul wissen.

Edmund und ich gruben in unseren Taschen und machten Kassensturz.

»Ich weiß nicht«, sagte ich. »Ist es voll?«

»Stinkvoll«, erklärte Lasse Schiefmaul. »Ach, Scheiße, ich riskiere es. Hab sowieso kein Geld.«

Edmund und ich entschieden uns für einen Kompromiss. Ich würde bezahlen, während Edmund sich Schiefmaul auf dem Weg hinters Pissoir anschloss. Blöd-Raffe hatte noch nicht richtig kapiert, wer Edmund war, da er ja neu hinzugezogen war, mich hingegen kannte er umso besser. Benny und ich waren erst vor weniger als einem Monat aus Tajkon Filipsons weltberühmtem Jahrmarkt auf dem Gelände von Hammarberg rausgeschmissen worden.

Die Rechnung ging auf, wie sich herausstellen sollte. Eine halbe Stunde später stieß Blöd-Raffe auf uns drei, als wir uns vor der Bude mit den Luftgewehren herumtrieben. Edmund zog sich diskret zurück, ich zeigte mit unterdrücktem Triumph meine gültige Eintrittskarte, und Lasse Schiefmaul wurde mit Donner und Doria rausgeschmissen.

»Du verfluchter Idiot, lass dich doch begraben!«, schrie er, sobald er in Sicherheit draußen auf der Straße war.

Blöd-Raffe grinste nur und schob sich mehr Kautabak rein. Er rollte mit seinen gelben Augen, zog seine Uniform zurecht und begab sich ins Menschengetümmel, um sogleich nach neuen Opfern zu suchen.

Die Pflicht rief.

Ich war schon vorher zweimal im Lackapark gewesen, beide Male im letzten Sommer. Eigentlich gab es da für uns nicht besonders viel zu tun, für Edmund und mich. Die Angebote zum Tanz, zum Knutschen und Saufen richteten sich in erster Linie an etwas ältere Kaliber als uns.

Aber wir nahmen trotzdem etwas mit. Das ein oder andere Interessante, das uns einen Einblick darin geben konnte, was das Leben uns in ein paar Jahren zu bieten haben würde.

Das Pokerzelt zum Beispiel, in das wir uns begaben, sobald Lasse Schiefmaul aus dem Spiel ausgeschieden war. In diesem verqualmten Wirtshaus drängten sich etwa zehn Talente aus der Umgebung, die das Profiteam Harry Diamond und seine Ehefrau Vicky Diamond herausfordern wollten, übrigens ein sehenswertes Paar. Ihre Sündhaftigkeit war so offenbar, dass es schon in den Hosen juckte, wenn man nur in die Nähe des Zelts kam.

Bei dem Spiel handelte es sich um eine Art Poker mit hohen Einsätzen. Harry spielte gegen drei oder vier gleichzeitig, und Vicky hielt die Bank. Sie behandelte das Kartenspiel, als wäre sie mit ihm in der Hand geboren worden, und es war unmöglich festzustellen, ob sie von oben oder von unten gab. Wenn es besonders kritisch war, beugte sie sich gern weit vor, sodass ihr ihre glänzend polierte Brust fast aus dem Ausschnitt fiel, und dann gab es niemanden mehr, der darauf achtete, was sie mit den Karten machte. Alle, die spielten, kannten diesen Trick, aber das nützte nichts. Trotzdem glotzten sie auf die Titten und wurden angeschmiert, so lief das nun einmal.

An diesem Abend sahen wir, wie Doppel-Anton, der ältere Bruder von Balthazar Lindblom, fünfzig Kronen in weniger als einer Viertelstunde verspielte und wie ein fetter Eierhändler aus Hjortkvarn das Zelt mit der Drohung verließ, später zurückzukommen und Harry die Eier und Vicky die Titten abzuschneiden.

Nach dem Pokerzelt gingen wir zu den Spielautomaten. Es gab nur acht einarmige Banditen unter dem durchhängenden Planendach, aber es gelang uns, ziemlich schnell zwei Kronen loszuwerden, weshalb wir etwas trüben Gedanken nachhingen, als wir dieses Etablissement verließen und plötzlich Ewa Kaludis entdeckten.

Sie stand ganz allein zwischen dem Spielzelt und der Tanzfläche und rauchte eine Zigarette. Sie war ganz in Weiß gekleidet, die Handtasche, die ihr nachlässig über die Schulter hing, war auch weiß, und mir wurde schlagartig bewusst, warum sie dort mitten in dem Menschengemenge so allein stand.

Sie war ganz einfach zu schön. Wie eine Göttin oder wie eine Kim Novak. Man kann der Sonne nicht unbegrenzt entgegenfliegen, und das spürten alle, die sie an diesem Sommerabend sahen. Es war inzwischen an einigen Stellen des Parks schummrig geworden, besonders dort, wo die Lampen nicht hinreichten, und Ewa Kaludis stand an einer der dunkleren Stellen. Obwohl das gar keinen Zweck hatte, sie hatte so etwas wie einen Schein um sich herum – als wäre sie ein Engel oder mit einer dieser selbstleuchtenden Farben bemalt, die Spielzeug-Jonsson immer für seine Schneemänner im Schaufenster für die Weihnachtsdekoration im Dezember benutzte.

Wir blieben abrupt stehen, Edmund und ich.

»Oh«, sagte Edmund.

Ich sagte gar nichts. Kniff fest die Augen zusammen, nahm

all meinen Mut zusammen und ging zu ihr hin. Das dauerte zwei Sekunden, die eine Ewigkeit lang währten, und als ich angekommen war, fühlte ich mich sehr viel älter.

»Hallo, Ewa«, sagte ich, viel mutiger als Oberst Darkin und Jurij Gagarin zusammen.

Sie sah auf.

»Na, so was«, sagte sie freudig überrascht. »Wie schön. Seid ihr auch hier?«

Leider ließ mich diese herzliche Begrüßung gänzlich verstummen, aber Edmund stand nur zwei Schritte hinter mir und kam mir zu Hilfe.

»Aber klar«, antwortete er. »Und Sie stehen hier ganz einsam und verlassen herum?«

Ich fühlte einen heftigen Stich voller Neid, dass nicht mir dieser Satz eingefallen war. Männlich beschützend und gleichzeitig etwas verwegen frech im Ton.

Sie lachte auf und zog an ihrer Zigarette.

»Ich warte auf meinen Verlobten«, sagte sie.

»Und wo ist der?«, fragte Edmund.

Sie gab keine Antwort. Zuckte nur kurz mit den Schultern, und im gleichen Augenblick tauchte Berra Albertsson zusammen mit Atle Eriksson, einem anderen Handballspieler, aus der Dunkelheit auf. Sie hatten einander die Arme um die Schultern gelegt, lachten über irgendetwas laut und künstlich. Es war ganz deutlich, dass sie nur hinter dem Zelt verschwunden waren, um zu pinkeln und sich einen zu genehmigen. Berra ließ Atle los und legte stattdessen seinen Arm um Ewa Kaludis. Dann bohrte er seinen Blick in uns.

»Was sind denn das hier für Spanferkel?«, fragte er.

Atle Eriksson lachte, dass eine Schnapsdunstwolke aus seinem Mund kam.

»Das sind Erik und Edmund«, erklärte Ewa Kaludis.

»Ich habe sie in der Stavaschule kennen gelernt. Das sind zwei nette Jungs.«

»Das will ich glauben«, erwiderte Kanonen-Berra und drückte sie noch fester an sich. »Aber jetzt lass uns verflucht noch mal endlich tanzen. Bis später, ihr Lausbuben!«

»Bis später«, sagten Edmund und ich wie aus einem Munde. Und dann verschwanden sie. Wir blieben eine Weile auf der Stelle stehen und schauten ihnen nach.

»Was für ein Arschloch«, sagte Edmund. »Ich begreife nicht, was sie an dem gut findet.«

»Ich auch nicht«, sagte ich. »Es ist nicht leicht zu verstehen, was Frauen denken.«

»Das ist so einer, dem man am liebsten eins in die Fresse hauen möchte«, fuhr Edmund fort.

»Genau«, bestätigte ich.

Wir trieben uns ein paar Stunden im Lackapark herum. Stellten fest, dass Britt Laxman offensichtlich an diesem Abend etwas anderes vorhatte, und gaben unseren jämmerlichen Etat so langsam aus, wie es nur ging. Zuckerwatte. Ein Schokoladenrad. Eine Limonade und eine sauteure Waffel mit Schlagsahne und Himbeermarmelade.

Gerade als wir beschlossen hatten, uns auf den Rückweg nach Genezareth zu machen, wurden wir gewahr, dass wir nicht die Einzigen waren, die an diesem Abend Lust hatten, Kanonen-Berra Albertsson eins aufs Maul zu hauen.

Insgesamt hatte es schlecht mit Prügeleien ausgesehen, aber jetzt war es an der Zeit, es schien sozusagen in der Luft zu liegen. Edmund und ich waren gerade hinter der Tanzfläche gewesen und hatten gemeinsam die letzte der drei Lucky Strikes vernichtet, die ich von Henry geschnorrt hatte, als wir die ganze Bande sahen.

Die Banden, besser gesagt. Die Rivalen und ihre Sekundanten. Auf der einen Seite Kanonen-Berra, Atle Eriksson und zwei, drei nicht mehr ganz standfeste Handballer. Auf der anderen Seite ein überheblicher rotwangiger Kerl, den ich noch nie zuvor gesehen hatte. Er schien am ganzen Körper tätowiert zu sein und wirkte alles in allem brandgefährlich. Sowie sein Anhang: ein halbes Dutzend von ungefähr der gleichen Sorte.

»Ich bringe dich um, du verfluchter Handballaffe!«, nuschelte der Rotgesichtige und versuchte, sich von seinen Sekundanten loszureißen.

»Beruhige dich, Mulle«, bemühte sich einer von ihnen. »Du sollst diesem Negersack ja eins verpassen, aber erst mal müssen wir ein Stück weitergehen ... die Polizei, weißt du.«

Mulle nickte routiniert. Ich verstand das mit dem Negersack nicht so recht, zwar hatte Kanonen-Berra schwarze, ganz kurz geschnittene Haare, aber ein Neger war er deshalb noch lange nicht.

Er sagte nichts. Machte nur einen ruhigen, verkniffenen Eindruck, und als alle hinterm Zelt in Deckung gegangen waren, reichte er seine gestreifte Jacke einem der Handballspieler, krempelte umständlich seine Hemdsärmel auf, stellte sich zurecht und wartete. Breitbeinig, mit halber Deckung und einem schiefen Grinsen. Er hatte leicht gebeugte Knie und schwankte ein wenig, als würde er hin- und herwogen, von einer Seite zur anderen, die Hände halb zu Fäusten geballt. Ich spürte, wie ich den Atem anhielt und dass Edmund sich dicht an mich drängte und vor lauter Aufregung mit den Zähnen knirschte. Abgesehen von den beiden Banden waren Edmund und ich die einzigen Zuschauer, der Platz für den Zweikampf war sorgfältig gewählt, daran gab's keinen Zweifel. Ich schloss kurz die Augen und holte tief Luft. Merkte, dass es nach Sommer und Schnaps roch. Überlegte, wo sich wohl Ewa Kaludis im Augenblick befand. Von der Tanzfläche her war *Twilight Time* zu hören, es wurde langsam reichlich spät.

Dann ließen Mulles Kumpel Mulle los. Er stieß ein imposantes »Aarrgh!« aus und raste mit gesenktem Kopf direkt auf Kanonen-Berra zu. Selbst in meiner Aufregung war mir klar, dass das eine erbärmliche Taktik war. Berra brauchte nur einen

Schritt zur Seite treten – sidestep, wie es in der Boxersprache hieß –, dann konnte er die Geschwindigkeit des Gegners ausnutzen und ihn fällen.

Und das war genau das, was er tat, doch damit nicht genug. Der rotwangige Mulle fiel ganz richtig wie ein gefällter Ochse durch den ersten harten Faustschlag, aber dann hob Berra ihn am Hemdkragen wieder hoch und verpasste ihm noch drei, vier Schläge auf die Nase, bevor er ihn einfach umdrehte und sein Gesicht mit voller Kraft zweimal auf den Boden donnerte.

Ich spürte es jedes Mal, wenn Mulles Kopf wieder dran war, bis in den Bauch hinein, und als es vorbei war, merkte ich erst, dass es um die Streithähne herum vollkommen ruhig war. Mulles Kumpane und auch die Handballspieler standen unbeweglich da und sahen mit aufgerissenen Augen zu, und als Kanonen-Berra sich aufrichtete und ein Zeichen gab, dass er seine Jacke wiederhaben wollte, reichte Atle Eriksson sie ihm ohne ein Wort. Dann wandte man sich von Mulle ab und ging fort.

Irgendwie fast feierlich. Wie nach einer Beerdigung oder so. Edmund und ich schlichen uns auch davon. Aus irgendeinem Grund fühlte ich mich beschämt, und das Gefühl hatte Edmund offensichtlich auch, denn keiner von uns sagte ein Wort, bis wir den Park hinter uns gelassen und an den Rädern angekommen waren, die wir aufschlossen.

»Das war verdammt fies«, sagte Edmund da, und mir war, als würde seine Stimme leicht zittern.

»Das war unfair«, sagte ich. »Verflucht unfair. Man schlägt keinen, der schon am Boden liegt.« Danach fuhren wir durch den Wald nach Hause, und ich überlegte noch einmal, wo sich nur Ewa Kaludis während der Prügelei aufgehalten haben mochte und ob das die Art und Weise war, wie man eine Frau wie sie für sich gewann.

Wie Berra Albertsson?

Ich erinnere mich noch daran, dass ich still vor mich hinweinte, während wir durch die laue Juninacht dahinradelten.

Ja, es war mitten in der Nacht, von Edmunds Hinterrad war ein rhythmisches Knarren zu hören, und ich weinte lautlos, ohne zu wissen, warum.

[…]

Ein paar Nächte später wachte ich davon auf, dass Edmund schnaufend in seinem Bett saß.

»Was ist denn mit dir los?«, fragte ich.

»Er muss sie mit dem Auto abgeholt haben«, sagte Edmund. »Im Killer. Ich habe kein Moped gehört.«

»Wovon quatschst du?«

»Hör doch«, sagte Edmund nur, und da hörte ich es auch.

Zweierlei. Zwei verschiedene Geräusche.

Das eine war Henrys Bett, das quietschte und knarrte. Rhythmisch und langsam. Das andere war Ewa Kaludis, die jammerte. Oder stöhnte. Oder gurgelte. Ich konnte es nicht genau bezeichnen, denn ich hatte noch nie gehört, dass eine Frau derartige Geräusche von sich gab.

»Oioioi«, flüsterte Edmund. »Die rammeln ja, dass das ganze Haus wackelt. Ich glaube, ich platze gleich.«

Ich wurde stinksauer, als ich solch unreifes Gewäsch hörte.

»Halt die Schnauze, Edmund«, sagte ich. »So redet man nicht über diese Dinge.«

Edmund sagte nichts mehr. Nur die Geräusche von Henrys Bett unten erklangen rhythmisch weiter und pflanzten sich hartnäckig durch die Nacht hindurch fort. Durchs Haus.

»Entschuldige«, sagte Edmund. »Du hast natürlich Recht. Aber ich werde trotzdem mal rausschleichen und nachgucken.«

»Nachgucken?«, wiederholte ich.

»Klar«, bestätigte Edmund. »Wir können sie ja von der Treppe aus sehen. Unten gibt es doch kein Rollo. Nur damit wir auch was lernen. Nun komm schon mit und sei kein Feigling.«

Zum ersten Mal in meinem vierzehnjährigen Leben bekam ich eine Erektion, die so steif war, dass sie wehtat.

Edmund hatte wohl gedacht, wir könnten jeder auf einer Treppenstufe hocken und reingucken, aber das klappte nicht. Die wacklige Treppe ging zwar an der Außenseite des Giebels zu unserem Zimmer hoch, aber sie verlief ein Stück oberhalb von Henrys Zimmer. Wenn wir etwas sehen wollten, mussten wir uns schon ins Blumenbeet stellen – ins ungepflegte, überwucherte Blumenbeet am Haus mit den Pfingstrosen, Reseda und hunderterlei verschiedenem Unkraut. Vorsichtig wie die Indianer schlichen wir uns dorthin, und noch ein Stück vorsichtiger reckten wir unsere Köpfe über die Fensterbank.

Und da sahen wir es.

Es war wie in einem Film, obwohl es zu der Zeit, Anfang der sechziger Jahre, noch keine solchen Filme gab. Nur vage hatte ich damals das Gefühl, dass es sie in zwanzig Jahren geben würde. Oder in dreißig. Oder in hundert, wie auch immer, jedenfalls würde es irgendwann solche Filmrollen geben, ganz einfach allein aus dem Grund, weil sie gebraucht wurden.

Vage hatte ich so eine Ahnung. Was sonst noch lief, war alles andere als vage.

Ewa Kaludis saß auf meinem Bruder. Sie war nackt, und ihr Busen wippte auf und ab, als sie sich über ihm senkte und wieder erhob. Wir sahen die beiden ein wenig von der Seite, schräg von vorn – ich meine, nur sie, und sie war ja schließlich die Hauptsache. Sie hatten Kerzen in leeren Flaschen brennen, die Flammen flackerten und warfen ein Feuermuster über ihren Körper und ihre Bewegungen.

Über ihr nacktes Gesicht, ihre nackten Schultern und ihre nackte Brust. Ihren leicht gewölbten glänzenden Bauch, der sich vorstreckte und rollte, und über ihren dunklen Schoß, der nur teilweise zu sehen war und immer wieder von ihrem eigenen Schenkel und Henrys Händen verdeckt wurde.

Ich glaube, wir hielten fünf Minuten die Luft an, Edmund und ich. In dem nur schummrig erleuchteten Zimmer liebte Ewa Kaludis meinen Bruder, ruhig und zielbewusst, wie es aussah. Nur für den Bruchteil von Sekunden konnten wir ihren ganzen Schoß sehen und erkennen, dass Henry wirklich in ihr war, aber mehr war auch gar nicht notwendig. Es war so unbeschreiblich schön. So verdammt schön, dass mir klar war, dass ich niemals wieder in meinem Leben etwas Ähnliches sehen würde. Niemals. Obwohl mein dürrer, erigierter Vierzehnjährigenschwanz wehtat wie ein Beinbruch, begann ich zu weinen. Ebenso ruhig und leise wie damals, als wir in der Sommernacht vom Lackapark nach Hause geradelt waren, ließ ich meine Tränen einfach fließen. Ich stand da im Unkraut, starrte hinein und weinte. Weinte und starrte. Nach einer Weile merkte ich, dass Edmund wichste. Er atmete jetzt mit offenem Mund, und seine rechte Hand fuhr wie ein Kolben in seiner Pyjamahose hin und her.

Ich holte tief Luft und tat es ihm gleich.

Hinterher schlichen wir uns davon. Ohne ein Wort gingen wir über das taunasse Gras zum See. Liefen über den Pontonsteg und tauchten so leise wir konnten ins Wasser, damit es nicht im Haus zu hören war. Mit Pyjamahosen und allem.

Das Wasser war spiegelblank, warm und weich. Ich drehte mich um und schwamm lange Zeit auf dem Rücken. Dann ließ ich mich eine ganze Weile einfach treiben. Edmund war auch weit hinausgeschwommen, hielt sich aber etwas von mir entfernt. Wir brauchten den Abstand, das war deutlich zu spüren, zwei einsame Vierzehnjährige mitten in der Nacht in einem juliwarmen Sommersee.

Edmund und ich.

Nun hatten wir nicht gerade unsere Jungfernschaft verloren, aber irgendetwas war mit uns geschehen. Etwas Großes und fast Geheimnisvolles. Mir kam in den Sinn, dass ich endlich eine Tür geöffnet und etwas gesehen hatte, was ich mir schon lange zu sehen gewünscht hatte. Etwas, das wie ein anderes Land war.

Und dass es schön gewesen war.

So verflucht schön. Da war es irgendwie einfach notwendig, hinterher eine Weile im See herumzuschwimmen.

Ja, ungefähr das dachte ich.

Henning Mankell

Der Sommer kommt nach Schonen

Kurz nach fünf hörte es auf zu regnen.

Der Mann, der neben dem dicken Baumstamm hockte, zog vorsichtig die Jacke aus. Der Regen war nicht stark gewesen und hatte auch nicht länger als eine halbe Stunde gedauert. Und doch war die Nässe durch seine Kleidung gedrungen. Eine heftige Wut stieg in ihm auf. Er wollte sich nicht erkälten, nicht jetzt, mitten im Sommer.

Er legte die Regenjacke auf den Boden und stand auf. Seine Beine waren steif. Vorsichtig schaukelte er vor und zurück, um den Blutkreislauf in Gang zu bringen. Dabei blickte er forschend um sich.

Er wußte, daß sie nicht vor acht Uhr kommen würden. Genau, wie sie es verabredet hatten. Doch es bestand die Gefahr, wenn sie auch gering war, daß jemand anderes auf einem der Pfade daherkäme, die sich durch das Naturreservat schlängelten.

Das war der einzige Unsicherheitsfaktor in seinem Plan, das einzige, was er nicht vorhersehen konnte.

Dennoch war er nicht unruhig. Es war der Abend vor Mittsommer. Im Reservat gab es weder Campinggelände noch Festplätze. Außerdem hatten diejenigen, auf die er wartete, die Stelle sorgfältig ausgewählt. Sie wollten ungestört sein.

Vor zwei Wochen hatten sie beschlossen, wo sie sich treffen wollten. Da war er ihnen schon seit einigen Monaten dicht auf den Fersen. Schon am Tag nachdem sie ihren Beschluß gefaßt hatten, suchte er die Stelle. Er achtete sorgfältig darauf, niemandem aufzufallen, als er sich in dem Wandergebiet befand. Einmal war ihm ein älteres Paar auf einem der Pfade entgegengekommen. Da hatte er sich in einem Wäldchen versteckt, bis sie vorbei waren.

Als er dann die Stelle fand, die sie für ihre Mittsommernachtsfeier ausgesucht hatten, dachte er sofort, daß es der ideale Ort war.

Er lag in einer Senke. Darum herum wuchs dichtes Gebüsch, und es gab ein paar Baumgruppen.

Sie hätten keine bessere Stelle wählen können. Weder für ihre eigenen Zwecke noch für seine.

Die Regenwolken verzogen sich. Als die Sonne hervorkam, wurde es sogleich wärmer.

Der Juni war kühl gewesen. Alle, mit denen er gesprochen hatte, beklagten sich über den schonischen Frühsommer. Und er hatte ihnen zugestimmt.

Er stimmte immer allen zu.

Das war die einzige Möglichkeit zu entkommen, dachte er stets. *Allem zu entkommen, was einem in die Quere kam.*

Diese Kunst hatte er gelernt, die Kunst, immer zuzustimmen.

Er sah zum Himmel auf. Mehr Regen würde es nicht geben. Frühling und Frühsommer waren wirklich sehr kühl gewesen. Aber jetzt, am Vorabend des Mittsommerfestes, kam endlich die Sonne heraus.

Es wird ein schöner Abend, dachte er. Außerdem ein denkwürdiger.

Das nasse Gras duftete. Von irgendwoher hörte er das Flügelschlagen von Vögeln. Auf der linken Seite unterhalb des Abhangs sah man das Meer.

Er stellte sich breitbeinig hin und spuckte einen Priem Kautabak aus. Dann verwischte er den Fleck mit dem Fuß im Sand.

Er hinterließ nie Spuren. Niemals. Aber oft dachte er, daß er aufhören sollte zu priemen. Es war eine schlechte Angewohnheit. Etwas, das nicht zu ihm paßte.

Sie hatten verabredet, sich in Hammar zu treffen.

Es lag günstig, weil zwei von ihnen aus Simrishamn kamen und die anderen aus Ystad. Dann wollten sie in das Naturreservat fahren, ihre Autos abstellen und zu der Stelle gehen, die sie ausgesucht hatten.

Eigentlich war es kein gemeinsamer Beschluß. Sie hatten lange verschiedene Alternativen erwogen und einander die Vorschläge zugeschickt. Aber als schließlich einer von ihnen diesen Platz vorschlug, hatten sie sich ohne Umstände entschieden, vielleicht, weil die Zeit knapp wurde. Es mußten viele Vorbereitungen getroffen werden. Einer von ihnen kümmerte sich um das Essen, ein anderer fuhr nach Kopenhagen, um Kleider und Perücken auszuleihen. Nichts sollte dem Zufall überlassen bleiben.

Sie waren auch auf schlechtes Wetter vorbereitet.

Um zwei Uhr am Nachmittag packte der dafür Zuständige eine große Plastikplane in eine rote Sporttasche. Er legte eine Rolle Klebeband und ein paar alte Zeltstangen aus Leichtmetall dazu. Sie wollten auch bei Regen draußen sein. Aber sie würden einen Regenschutz über dem Kopf haben.

Alles war vorbereitet. Keiner konnte vorhersehen, was dennoch geschah.

Einer von ihnen wurde plötzlich krank.

Eine junge Frau. Und sie war vielleicht auch diejenige, die sich am meisten auf diese Mittsommernacht gefreut hatte. Sie war den anderen vor weniger als einem Jahr begegnet.

Sie wachte früh am Morgen auf und fühlte sich nicht wohl. Zuerst glaubte sie, es sei nur Nervosität. Doch ein paar Stunden später, es war schon nach zwölf, erbrach sie sich und bekam Fieber. Sie hoffte noch immer, es würde vorübergehen. Doch als ihr Kamerad klingelte und sie abholen wollte, stand sie mit zitternden Beinen in der Tür und sagte, sie könne nicht mit.

Deshalb waren sie nur zu dritt, als sie sich kurz vor halb acht in Hammar trafen. Aber sie ließen sich die Stimmung nicht verderben. So etwas kam vor. Gegen plötzliche Krankheitsfälle war man machtlos.

Sie parkten ihre Wagen vor dem Naturreservat, nahmen ihre Körbe und verschwanden auf einem der Pfade. In der Ferne meinte einer von ihnen, eine Ziehharmonika zu hören. Sonst gab es nur die Vögel und das entfernte Rauschen des Meeres.

Als sie den im voraus bestimmten Platz erreichten, sahen sie sogleich, daß sie richtig gewählt hatten. Hier waren sie unbehelligt. Hier würden sie die Morgendämmerung erwarten.

Der Himmel war jetzt wolkenlos.

Es würde eine helle Mittsommernacht werden.

Im Februar hatten sie beschlossen, wie sie die Mittsommernacht feiern wollten. Sie hatten zusammengesessen und von ihrer Sehnsucht nach den hellen Sommernächten gesprochen. Sie hatten viel Wein getrunken und lange, in spielerischer Weise, darüber gestritten, was man eigentlich mit *dunkel* meinte.

Wann trat diese schwebende Stimmung zwischen Licht und Dunkelheit ein? Wie konnte man ein Dämmerungsland mit Worten beschreiben? Wieviel konnte man sehen, wenn das Licht so schwach war, daß man sich in diesem vagen Zwischenstadium befand, diesem gleitenden Zustand in unmittelbarer Nähe der langsam wachsenden Schatten?

Sie hatten sich nicht einigen können. Das Dunkel blieb eine ungelöste Frage. Aber es war immerhin der Abend, an dem sie ihr Fest geplant hatten. Als sie zu der Senke kamen und ihre Körbe abstellten, zogen sie sich einzeln zurück und wechselten im Schutz der dichten Büsche ihre Kleidung. Auf kleinen Taschenspiegeln, die sie zwischen die Zweige klemmten, konnten sie überprüfen, ob die Perücken richtig saßen. Die Perücken waren noch das Einfachste; schwieriger waren die Schnürleibchen, die Kissen und Unterröcke. Oder die Halstücher und Hemdkrausen, und nicht zuletzt die dicke Puderschicht. Alles mußte stimmen. Es war ein Spiel. Aber sie spielten es ernsthaft. Keiner von ihnen ahnte, daß in einiger Entfernung ein Mann stand und ihre komplizierten Vorbereitungen beobachtete.

Um acht traten sie aus den Büschen hervor und sahen einander an. Für alle drei war es ein überwältigendes Gefühl. Wieder einmal waren sie aus ihrer eigenen Zeit heraus und in eine andere Zeit eingetreten. In die Zeit des Rokokopoeten Bellman.

Sie gingen aufeinander zu und brachen in Lachen aus. Doch dann wurden sie schnell wieder ernst. Sie breiteten ein großes Tuch aus, packten die Körbe aus und stellten einen Kassettenrecorder an, auf dem sie verschiedene Aufnahmen von *Fredmans Episteln* gesammelt hatten.

Dann begann das Fest. Im Winter würden sie an diesen Abend zurückdenken.

Um Mitternacht hatte er sich noch nicht entschieden.

Er wußte ja, daß er Zeit hatte. Sie würden bis zum Morgen bleiben. Vielleicht würden sie sogar bis in den späten Vormittag hinein schlafen.

Er kannte ihre Pläne bis ins kleinste Detail. Das gab ihm ein Gefühl uneingeschränkter Überlegenheit.

Nur wer überlegen war, konnte entkommen.

Kurz nach dreiundzwanzig Uhr, als er hören konnte, daß sie angetrunken waren, hatte er vorsichtig die Position gewechselt. Schon bei seinem ersten Besuch hatte er die Stelle ausgesucht, von der er ausgehen wollte. Auf halber Höhe des Abhangs lag ein dichtes Gebüsch. Er hatte einen ungehinderten Überblick über alles, was an dem hellblauen Tuch geschah. Und er konnte ganz nah herankommen, ohne gesehen zu werden. Dann und wann verließen sie das Tuch, um ihre Bedürfnisse zu verrichten. Er verfolgte alles, was sie taten.

Mitternacht war vorüber. Noch immer wartete er. Er wartete, weil er im Zweifel war.

Etwas war anders. Etwas war geschehen.

Es hätten vier sein sollen. Aber eine Person war nicht gekommen. Im Kopf ging er die denkbaren Erklärungen durch. *Es gab keine Erklärung.* Etwas Unerwartetes war geschehen. Vielleicht hatte das Mädchen es sich anders überlegt? Vielleicht war es krank geworden?

Er lauschte der Musik. Dem Lachen. Ein paarmal stellte er sich vor, er säße selbst dort an dem blauen Tuch, mit einem Glas in der Hand. Hinterher würde er eine der Perücken probieren. Vielleicht auch die Kleider? Es gab so vieles, was er tun konnte. Es gab keine Grenzen. Seine Überlegenheit wäre nicht größer gewesen, wenn er sich hätte unsichtbar machen können.

Er wartete weiter. Das Lachen stieg und sank. Irgendwo über seinem Kopf glitt ein Nachtvogel vorüber.

Die Uhr zeigte zehn Minuten nach drei.

Jetzt wollte er nicht länger warten. Die Zeit war reif. Die Zeit, über die er selbst bestimmte.

Er konnte sich kaum erinnern, wann er zuletzt eine Armbanduhr getragen hatte. Die Stunden und Minuten tickten unaufhörlich in ihm. Er wußte immer, wieviel Uhr es war. Das Uhrwerk in seinem Inneren ging immer richtig.

Bei dem hellblauen Tuch war es still geworden. Sie hielten sich umschlungen und lauschten der Musik. Er wußte, daß sie nicht schliefen. Aber sie waren tief in ihre Träume versunken, ahnten nicht, daß er unmittelbar hinter ihnen war.

Er griff nach der Pistole mit dem Schalldämpfer, die er neben sich auf seine zusammengefaltete Regenjacke gelegt hatte. Er blickte schnell um sich.

Dann schlich er leicht gebückt zu dem Baum direkt hinter der Gruppe. Dort blieb er ein paar Sekunden stehen. Niemand hatte etwas bemerkt. Er warf noch einen letzten Blick in die Runde. Aber es war kein Mensch in der Nähe.

Sie waren allein.

Dann trat er vor und erschoß sie mit je einem Schuß in die Stirn. Er konnte nicht vermeiden, daß Blut auf die weißen Perücken spritzte. Es ging so schnell, daß ihm selbst kaum bewußt wurde, was er getan hatte.

Doch jetzt lagen sie tot vor ihm. Umschlungen, wie noch vor ein paar Minuten.

Er schaltete den Kassettenrecorder aus. Horchte. Vögel zwitscherten. Noch einmal blickte er sich um. Natürlich war niemand da.

Er legte die Pistole auf das Tuch. Doch erst breitete er eine Serviette aus. Er hinterließ nie irgendwelche Spuren.

Dann setzte er sich. Sah die Personen an, die eben noch gelacht hatten und jetzt tot waren.

Das Idyll hat sich nicht verändert, dachte er. Der Unterschied besteht nur darin, daß wir jetzt vier sind. Wie es ursprünglich geplant war.

Er goß sich ein Glas Rotwein ein. Eigentlich trank er nicht. Aber jetzt konnte er nicht anders.

Dann probierte er eine der Perücken auf. Nahm ein wenig vom Essen. Er war nicht besonders hungrig.

Um halb vier erhob er sich.

Es war noch immer viel zu tun. Das Naturreservat wurde oft von Menschen besucht, die früh auf den Beinen waren. Wenn jemand, gegen alle Wahrscheinlichkeit, den Pfad verlassen sollte, um die Senke zu betreten, durften dort keine Spuren zu finden sein.

Jedenfalls noch nicht.

Als letztes, bevor er den Platz verließ, durchsuchte er ihre Taschen und Kleider. Er fand auch, was er suchte. Alle drei hatten ihre Pässe bei sich. Er stopfte sie in seine Jackentasche. Im Verlauf des Tages würde er sie verbrennen.

Ein letztes Mal blickte er sich um. Er zog eine kleine Kamera aus der Tasche und machte ein Bild.

Nur eins.

Es war, als betrachte er ein Gemälde. Von einem Ausflug im achtzehnten Jahrhundert.

Nur daß jemand Blut auf das Bild gespritzt hatte.

Es war der Morgen des Mittsommertags. Samstag, der 22. Juni 1996.

Auch dieser Tag würde schön werden.

Endlich war der Sommer nach Schonen gekommen.

Siebte Reise:
Heimkehr nach Süden

Norbotten
Luleå
Piteå
Skellefteå
Burträsk
Bureå
Nord-
land
Västerbotten
ENQUIST
Angerman-
land
Jämt-
land
Bottnischer
FINN-
LAND
Sundsvall
Meerbusen
NORWEGEN
SCHWEDEN
Oslo
Värmland
Uppsala
Stockholm
Gotland
Skagerrak
Göteborg
HAUSMANN
Kattegat
N
DÄNE-
MARK
SEUME
Malmö
0
100 km
Kopenhagen
Ystad
Møn
SEUME
Falster
Kiel
SEUME
Rostock
Travemünde
Hamburg
DEUTSCHLAND

Johann Gottfried Seume

Nach Kopenhagen und heim

Ich hatte dem Postillon gesagt, er sollte mich in Kopenhagen in ein gutes Wirtshaus führen, wo man etwas mehr als Dänisch spräche, denn meine Zunge wollte sich noch gar nicht geben. [...] Wenn man erst recht eingerichtet ist, segelt man ab. Mein Postillon brachte mich also in Kopenhagen dem alten Schlosse gegenüber in das Hotel Royal, besser konnte ich nach seiner Meinung freilich nicht wohnen, und ich war auch zufrieden. Es ist, wie Du denken kannst, ein Haus nach großem Stil, der schön geputzte Merkur sah mich und meinen Tornister ziemlich zweideutig an, als ob er intimieren wollte, wir gehörten wohl beide nicht hierher. Denn wer in der Welt nicht auch sogleich Gold von außen hat oder durch den Anschein verspricht, ist in Ewigkeit ein Lump, wie sich unsere feinen Leute ausdrücken, auch wenn er in der Tasche in Dukaten wühlte. Es kommt überall nur auf den Schein an. Man braucht weder gelehrt, noch weise, noch brav, noch gut, noch gerecht zu sein, wenn man nur aussieht, als ob man es alles wäre. Das wissen die Käuze in der großen und kleinen Welt sehr wohl, die für alle Bedürfnisse ein Dutzend Hauptgesichter haben, ohne die Menge kleinerer Schattierungen. »Ein Zimmer, lieber Freund, ein Zimmer!« sagte ich zu dem mich betrachtenden Mephistopheles. Mein Ton mußte doch besser sein als meine Figur, er nahm ganz höflich meinen Sack und führte mich hinauf in meine Klause, mit der ich sehr wohl zufrieden war. Es ist hier unstreitig einer der schönsten Plätze der Stadt, an denen Kopenhagen nicht arm ist.

Vor mir auf dem Kanal war ein sehr lebhaftes Gewimmel merkantilischer Geschäftigkeit, nichts als Ausladen und Einladen; und gegenüber arbeiteten oben eine Menge Soldaten an dem Abtragen der alten Schloßruine, um sie zum neuen Baue in den Stand zu setzen. Die Ruine ist eine der größten und schönsten, die ich gesehen habe, und würde dem Geschmacke jeder Zeit und jeder Nation Ehre machen. Mir deucht, es ist weiter nordwärts durchaus kein solches Gebäude mehr, wenigstens soviel ich von Rußland und Schweden gesehen habe.

Seeland überhaupt und Kopenhagen insbesondere liegt sehr tief, es ist also kein Wunder, daß vorzüglich die Fremden über nasse, ungesunde und rheumatische Luft klagen. [...] Kopenhagen liegt zwar nicht so schön und romantisch wie Stockholm, aber es hat eine Menge sehr angenehmer, freundlicher Partien; und wenn man an einem schönen Abend in einem Boote auf der Reede über die große Batterie hinausfährt, hat man rund umher einen Anblick, den man wahrscheinlich in der ganzen Ostsee nicht mehr hat. Auf einiger Höhe sieht man das schöne Ufer von Seeland bis an den Sund und die schwedische Küste bis fast hinauf nach Malmoe. Selbst Neapel hat nur den Vorzug der üppigern Natur und der klassischen Umgebungen. Kultur des Landes und Humanität stehen hier im allgemeinen unstreitig höher.

Friedrichsberg ist wohl die beste Partie und auch zu Fuße ein schöner Spaziergang, und wenn man sich die Mühe nehmen will, unten links durch die Dörfchen und am Meere wieder hereinzulaufen, hat man vollen Genuß für verdorbene Augen und holt sich Würze zur Mahlzeit. Der Kaiser von Rußland würde wohl noch einige Millionen darum geben, wenn er nur die Vegetation von Kopenhagen in Peterhof haben könnte. Welsche Nüsse wachsen in dem Garten von Friedrichsberg schon mit großer Üppigkeit, und das Obst hat schon einen ziemlichen Grad von Güte.

[...]

Die Insel Amager, welche mit der Stadt durch eine Brücke der Festungswerke zusammenhängt, ist der Kohlgarten der Hauptstadt, und die holländische reiche Kultur derselben gibt dem Auge eine sehr angenehme Abwechselung. Es war nachmittags einigemal meine Erholung, die Artillerie dort Bomben werfen zu sehen, ich kann ihren Übungen aber nicht durchaus das beste Zeugnis geben, denn so oft ich dort war, trafen sie nur selten nahe an das Ziel; das Ziel selbst sah ich nie treffen.

Ich bin nur ein schlechter Proviantmeister, es war mir also eine wahre Wohltat, daß unser Landsmann, Herr Fiedler, mir zur Überfahrt den Speisekorb reichlich mit versorgen ließ. Neptun und Äolus sind selten meine günstigen Patrone. Auch jetzt bliesen die Winde ziemlich stark aus der Gegend von Kiel, wohin wir wollten, so daß wir fünf ganze Tage über einer Reise brauchten, die man sonst zuweilen in vierundzwanzig Stunden macht. Das Beste war, daß ich nicht große Eile hatte, daß gute Gesellschaft war und daß wir alle reichlich mit gutem Proviant versehen waren. Einer meiner Freunde in Kopenhagen hatte mir befohlen, ruhig zu sein, er wolle mit dem Schiffer wegen der Überfahrt schon alles in Richtigkeit bringen, daß ich Kajüte und Bett bekäme. Ich war also ruhig gewesen und hatte mich um nichts bekümmert. Aber es ging nicht so gut wie mit dem Proviant, ich mußte für mein Zutrauen in seine Vorsicht ohne Bett auf dem ersten besten Kasten schlafen, welches auf alle Weise ebenso schlimm war als ehemals die Pökelei auf den englischen Transportschiffen nach Amerika in dem Kolonienkrieg. Ich zog mich die zweite Nacht von dem Kasten unter den Tisch, wo ich mich dann wiegen ließ, soviel der Sturm wollte. So quartierte ich mich denn von dem Kasten unter den Tisch und von da auf den Kasten. Den letzten Abend gab mir ein Hamburger Arzt, halb aus Ärger, wie er sagte, weil seine Korpulenz in seinem Bettkasten wie eingestopft war, seinen Bettplatz; die Gutmütigkeit des wackern Mannes mochte wohl den größten Anteil an der Abtretung haben. Die Fahrt ist bekannt und ging schlecht genug, was das Schiffen anbelangt, und lustig genug, was die Gesellschaft betrifft. Wir hatten eine gute Ladung Damen mit in der Kajüte, die alle bis zur letzten Instanz gehörig seekrank wurden, und zwar wiederholt, nachdem der Sturm brauste und schwieg. Da bin ich denn doch in meiner Grämlichkeit einigemal ganz artig gewesen und habe hinauf- und heruntergeführt und führen helfen, wo es fehlte, sonst war meine Galanterie billig nur negativ, daß ich schnell wegging, wo ich zu viel war.

[...] Sehr inhuman werden die Leute auf dem Verdecke behandelt, gewissenlos hart. Es war September, die Luft ist um diese Zeit schon rauh und kalt, zumal in dieser Gegend, zumal auf der See. Es waren ungefähr achtzehn gemeiner Leute auf dem Verdecke. Diese waren die ganze Zeit über dem kalten Regen und dem einschlagenden Seewasser ausgesetzt. Eine solche Überfahrt ist so viel als ein Feldzug, kein Dach, keine Decke, kein Stückchen Segeltuch! Unten im Raum waren Kaufmannswaren. Wir hörten Heulen und Zähneklappern unter den Leuten, und überall war Fieberschauer. Wenn der Kronprinz, von dessen Güte und Freundlichkeit alle mit Enthusiasmus sprechen, so etwas sähe, würde er gewiß Sorge tragen, daß es abgestellt würde. Auch diese Leute könnten gehalten werden, etwas mehr zu bezahlen, und würden es gern tun, wenn sie gegen Sturm und Wetter einen gedeckten Schlafplatz bekämen. Die Menschlichkeit fordert es, es sind vierzig Meilen, und auf einem solchen Wege ist man zur See schon vielen Zufällen ausgesetzt. Ein Obdach gesteht man doch sonst dem letzten Bettler zu. Die beste Einrichtung von Überfahrt findet man vielleicht auf den königlichen Paketbooten von Neapel nach Palermo. Wir konnten die Inseln gar nicht loswerden, Moen und Langeland und Falster, und wie die Nester alle heißen, waren uns ewig im Gesichte, und wir glaubten alle Stunden links hinüber nach dem Mecklenburgischen geworfen zu werden. Endlich leierten wir uns doch bis auf einige Entfernung von der Kieler Festung Friedrichsort herein, aber es ging unerträglich langsam. Da kam ein Fischerboot, das einige von der Gesellschaft aufnehmen und einbringen wollte; aber man konnte, weiß der Himmel warum, lange nicht einig werden. Ich hatte zum ganzen Handel noch keine Silbe gesagt, weil ich Resignation spielte und niemand den Platz im Boote nehmen wollte. »Wie viel kann denn das Boot halten?« fragte ich endlich. »Wohl sechzehn«, war die Antwort. Kaum war die Antwort gefallen, so hatte ich auch schon Hut und Stock, war hinaus über Bord und saß im Boote. »Wer mit will, mache eilig«, rief ich, »sonst zahle und fahre ich allein.« Denn Du mußt wissen, wenn meine Kasse in der tiefsten Ebbe ist, hat mein Mut immer die höchste Flut. Sogleich hatte man sich gesammelt, es blieb niemand zurück als der einsilbige Brite, und wir fuhren, was die Arme der Fischer vermochten, herein in die Stadt. Die keilförmige Bucht von Kiel, von welcher wahrscheinlich die Stadt den Namen hat, macht bei der Einfahrt einen schönen Anblick. Rechts die Festung und der Kanal und der Wald und links einige schönen Dörfer mit schön gruppierten Bergschluchten. Ich hatte nicht geglaubt, daß hier ein so starker Schiffbau wäre, als ich fand. Der Hafen hält bis an die Stadt sehr große Fahrzeuge.

[…]

Meine Fischreise wäre also hier geschlossen, denn Du kannst nachrechnen, daß ich in dieser Rücksicht diesen Sommer einen herrlichen Zug gemacht habe. Mit der Elbe angefangen, mit der Elbe geendet. Die Oder, die Memel, die Düna, die Embach, die Newa, die Wolga – bedenke, welche fischreichen Ströme, die großen und kleinen Landseen nicht mit eingerechnet. In Moskau hatten wir Fische aus dem Schwarzen Meere und dem Weißen Meere und der Kaspischen See, und mein Schicksal führte mich zu Schmeckern, wo sie gegeben wurden. Und nun der Strich am Finnischen und Bottnischen Meerbusen und der

Ostsee herunter bis zur Nordsee, das gab Reichtum an Floßfedergeschöpfen, vom Lachs bis zum Strömlinge. Und an keinem habe ich mir den Magen verdorben.

Manfred Hausmann

Journey's end

Nicht älter als ich, vierundzwanzig Jahre oder fünfundzwanzig, und doch eine Ewigkeit älter in ihrem Schweigen, eine schweigende Frau. Sie steht neben mir an der Reling. Es ist eine diesige Nacht. Was soll daraus werden? Was soll um Gottes willen daraus werden? Ich kann kaum noch atmen. Wir sehen beide nach den Leuchtfeuern hinüber, die in unregelmäßigen Abständen am Horizont aufblinken, dort, wo die dänische Küste liegen muß, manche mit hellem Schein und manche so schwach, daß sie fast nicht mehr zu erkennen sind.

Ich habe schon ein paarmal zum Sprechen angesetzt, aber es ist beim Ansetzen geblieben. Dabei bin ich mir klar darüber, daß ich nie mehr Gelegenheit haben werde, mit ihr zu sprechen, wenn ich diese letzte Möglichkeit nicht wahrnehme. Morgen früh macht das Schiff an der Columbuskaje in Bremerhaven fest, und dann geht sie ihres Weges, und alles ist vorbei. Es ist vorbei.

Die Fahrgäste schlafen. Ein paar mögen noch in der Bar hocken, aber die übrigen schlafen. Mir unbegreiflich, wie man in der letzten Nacht auf See schlafen kann. Ich brauchte mich nur ein bißchen nach rechts zu neigen, dann würde meine Schulter die ihre berühren, so nahe bin ich ihr. Während der ganzen Reise habe ich keinmal so nahe und so ungestört neben ihr gestanden wie jetzt. Vielleicht wartet sie darauf, daß ich etwas sage. Ich weiß es nicht. Wenn ich mit meinen vierundzwanzig Jahren auch schon dies und das erlebt habe, so wage ich doch nicht, es zu wissen. Über niemanden habe ich in den letzten Tagen und Nächten so viel nachgedacht wie über sie. Eigentlich mehr geträumt als gedacht. Ich kann nicht denken, wenn ich an sie denke. Und trotzdem ist sie mir fremd geblieben. Immer webt ein Hauch von Fremdheit und Unnahbarkeit um sie. In diesem Augenblick mehr als je. Aber mehr als je ist auch die Verzauberung da, die mir das Atmen so schwer macht. Ein großes, dunkles Mädchen in seiner Einsamkeit, eine verwunschene Frau, fremd, verwunschen und fern. Und doch so nah und doch so warm mit ein wenig Duft. Der Fahrtwind rührt an ihr Haar. Sie duftet. Sie blickt über die nächtliche See und ist für sich. Über ihrem dunkelbraunen Samtkleid liegt ein grauer Spitzenhänger. Wir tragen bereits unsere Landkleidung, weil die gepackten Koffer schon in den Gängen und im Treppenhaus stehen. »Journey's end« heißt es in den Logbüchern der englischen Segelschiffkapitäne. »Ende der Reise.«

Nun gut.

[...]

Hinter uns klingen Schritte. Ich drehe mich um. Der Bootsmann, der die Feuerwache hat, kommt das Deck entlang. Er sagt, ohne uns anzusehen, »Guten Abend!« und geht weiter. Ich sage »Danke« und »Gute Wache« und beuge mich wieder vor. Dabei berühre ich sie ein wenig. Aus Versehen, nur aus Versehen. Sie hat sich nicht nach dem Bootsmann umgedreht. Und wie ich sie berühre, läßt sie es geschehen und sieht weiter in die Nacht hinaus. Ich bleibe so bei ihr, so dicht, und sie bleibt bei mir. Ich hole Luft und lehne mich an sie, es ist wie eine Liebkosung, und sie bewegt sich immer noch nicht. Und nun soll es gehen, wie es will. Ihr Gesicht ist noch gesenkt. Aber wie ich sie langsam an mich ziehe, hebt sie es mir entgegen. Eine dunkle Weichheit empfängt mich. Ihr Mund gibt sich mit einer so innigen Verlorenheit hin, daß ich vor Schwindel und Traum nicht weiß, wo ich bleiben soll. Ihr Duft, ihre Wärme, das Aufweinen tief in ihrer Kehle. Etwas Todessüßes zieht und zieht durch mich hindurch. Jahrtausendelang. Aber irgendwann fühle ich, daß ihre Hände sich gegen meine Schläfen pressen und mich zurückdrängen. Sie löst sich von mir, legt den Arm vor ihre Augen und geht fort. Ein paar Sekunden bleibe ich wie erstarrt stehen, dann hole ich sie ein und fasse nach ihrem Arm. Aber sie reißt sich mit einem so heftigen Ruck los, daß ich zurücktaumele. Was hat das zu bedeuten? Ich weiß es nicht. Wie soll ich es denn auch wissen? So doch nicht, so kann die Liebe doch nicht sein. Oder ist gerade das die Liebe? Ich stehe da und sehe auf meine leeren Hände.

Am anderen Morgen suche ich sie auf dem ganzen Schiff, kann sie jedoch nirgends finden. Noch während des Anlegemanövers irre ich umher, über die Decks, durch die Kabinengänge, durch die Gesellschaftsräume, treppauf, treppab, wieder und wieder. Die Leute müssen mich für verrückt halten. Vielleicht bin ich es ja auch. Aber sie bleibt verschwunden.

Erst später in der Gepäckhalle, in der die Koffer jeweils unter den Anfangsbuchstaben der Fahrgastnamen aufgestapelt sind, entdecke ich sie. Es durchfährt mich wieder. Sie hat einen hellen Staubmantel über dem Arm und zeigt einem Träger die Gepäckstücke, die ihr gehören. Ich gehe an ihr vorbei und grüße. Sie dankt mit einem verwunderten Aufblick, als sei ich ein Fremder. Ich will es nicht glauben und richte es so ein, daß ich ihr, wie sie hinter dem lärmenden Karren des Trägers dem Ausgang zustrebt, noch einmal begegne. Aber sie beachtet mich nicht. Die Verzauberung ist erloschen. Bei ihr. Wir sind wieder an Land. Die Liebe kennt kein Erbarmen. Journey's end.

Per Olov Enquist

Der Kartenzeichner

Bevor ich schreiben konnte, zeichnete ich Karten.

Zuerst war es die Schwedenkarte. Es war auf Butterbrotpapier, und ich zeichnete auf dem Küchenfußboden in dem grünen Haus. Am schwersten war die Grenze zwischen Jämtland und Norwegen. Da ging es auf interessante Weise ein und aus. Die südlichen Landschaften tendierten oft dazu, sehr klein zu werden, wie kleine fleischige Auswüchse, fast Kuheuter.

Aber es machte Spaß zu zeichnen, und ich nahm es sehr genau damit, das Dorf, das Hjoggböle hieß, an der richtigen Stelle einzuzeichnen, so daß man sich sicher fühlen konnte. Am südlichen Ende fügte ich auch Stockholm an der Peripherie ein, damit man den Abstand merkte.

Das war der Anfang. Ich zeichnete ein paar hundert Schwedenkarten, zum Schluß sehr exakt. Ich war mir Schwedens nun ganz sicher, es war eingezeichnet und unter totaler Kontrolle, aber der Mittelpunkt, der das Dorf war, stets markiert.

Ich begann dann, Orientierungskarten zu zeichnen.

Die Zeichen waren ja nicht schwer. Es war Laubwald und Sumpf und Nadelbaum und Bach und Höhenlinien und Kirche, und alles war leicht zu zeichnen. Zuerst zeichnete ich Karten vom Dorf, das Hjoggböle hieß. Es war gewissermaßen eine Vergrößerung aus der Schwedenkarte, ich hatte sozusagen den Mittelpunkt herausgehoben und detailliert betrachtet. Ich kannte ja die Landschaft meiner Kindheit im Detail. Man zeichnete es einfach hin. Am Schluß hatte ich das Dorf so exakt dokumentiert, und so viele Male, daß ich es verlassen konnte oder gezwungen zu sein schien, es zu verlassen, um andere Karten zu zeichnen.

Es war notwendig, aber es fiel schwer. Das Dorf war ja das einzige, was ich kannte. Ich konnte ja keine Karten von Långviken zeichnen, durch das ich mehrere Male mit dem Bus gefahren war, aber es war nur ein Durchfahren, das zu dokumentieren konnte ich nicht auf meine Verantwortung nehmen. Ich wußte, daß es Sünde war, zu dichten, weil es Sünde war, zu lügen, wenn das Dichten nicht einem geistlichen Zweck diente, als Verkündigung oder Nachruf, oder in Form des biblischen Gleichnisses, aber niemand untersuchte ja, was ich in Kartenform zeichnete. Niemand sah mir über die Schulter, um die Leichtfertigkeit zu bestrafen, die Zeichen waren ja abstrakt, die Karten ähnlich, ich übte kindliche Beschäftigungen aus und konnte deshalb, in aller Heimlichkeit, eine Welt kartieren, die es nicht gab.

Ich muß es, beim ersten Mal, geschehen lassen haben, unbewußt. Ich begann, erfundene Landschaften aufzuzeichnen.

Zuerst waren es ganz einfache Kartenbilder. Der Kartenzeichner nahm mit, was er konnte. Zuerst glich das meiste dem Terrain um den Bensberg. Nach und nach mischten sich eigentümliche, beinah lügenhafte Züge mit in die Landschaft. Ich entdeckte, daß man Kartenbilder zusammenlügen konnte, mit Zeichen, die jedes für sich wahr waren: weil die, die mir über die Schulter sahen, merkten, daß die Zeichen wahr waren, bemerkten sie nicht, daß es die Landschaften nicht gab, daß sie lügenhaft waren, Dichtung.

Zuerst bemühte ich mich um schöne Landschaften. Es war ähnlich, aber nicht richtig. Es war, wie es sein sollte, aber zu Hause nicht war. Wiesen erstreckten sich hinunter zum Lügensee, und Laubhaine, und Pfade, und ein Missionshaus sollte dabeisein, auf einer Anhöhe, die fünfzig Meter nicht übersteigen durfte, aus Rücksicht auf die Alten. Dann wurden die Landschaften immer eigentümlicher, beinah angefüllt mit Rätseln. Manchmal verdichteten sich die Höhenlinien zu einem fast lebensgefährlichen Steilhang; aber sah man genau hin, gab es mitten am Steilhang einen kleinen Abstand zwischen den Höhenlinien, der Platz ließ für einen Pfad, der an einer Grotte vorbeiführte, die entfernt an die Grotte der toten Katzen im Bensberg erinnerte, und wo jemand sich eine längere Zeit vor den Verfolgern verborgen halten konnte.

Die Landschaften wurden immer phantastischer und im Grunde lügenhaft und Hjoggböle unähnlich; doch um mich zu entlarven und das Verbotene zu verstehen, das ich eigentlich tat, mußte man nicht nur die Zeichen können, sondern ihr Verhältnis zueinander, und zu meiner Absicht, und sich auf sie einlassen, doch dies war mir vorbehalten, der zeichnete.

Konnte man den Kode, war es vielleicht möglich, mich zu entlarven, aber keiner konnte, oder wollte. Ich hatte das Geheimnis ganz für mich allein. Die Karten ähnelten dem Dorf, waren aber nicht das Dorf. Wortlos sprach die kodierte Mitteilung des Butterbrotpapiers von fremden Landschaften, ohne markierte Menschen, aber mit Katen und Häusern und gepunkteten Pfaden und größeren Wegen, die sich, von Autos befreit, durch eine Welt zogen, die exakt war und phantastisch.

Manchmal vermißte ich die Menschen, aber es gab keine Zeichen für sie außer dem Kartenzeichen und ähnlichen: vor allem konnte man keine Zeichen für ihre Bewegungen finden. Auf der Geographiekarte von Europa gab es eine kleinere Karte mit roten Punkten, um die Anzahl Millionen zu markieren, was England rot machte, doch auch die bewegten sich nicht. Die Menschenzeichen waren die abwesenden Zeichen, es war ein Schritt, den ich noch nicht zu tun vermochte, und nicht wagte.

Manchmal konnte man sich den Menschenzeichen nähern. Als der Krieg kam, fand ich in der von meinem Vater hinterlassenen Pappschachtel ein altes »Soldat im Feld«. Er hatte es beim Landsturm bekommen. »Soldat im Feld« erzählte viel von Menschen in der Truppe und ihren Bewegungen. Da konnte ich die Landschaften mit Brustwehren und Vormarschwegen für die Infanterie komplettieren und Striche ziehen, um die Schießwinkel für die Feuerunterstützung zu markieren.

Unterhalb des Bergabhangs sollte Sumpf sein, und dort konnten die feindlichen Tanks aufgehalten und vernichtet werden. Die Häuser waren kleine Vierecke, zwischen Häusern und Katen war ein Unterschied. Das Haus, das mein Vater gebaut hatte, wurde als Hof markiert und war ein nicht ausgefülltes Viereck, aber die Sommerwohnung und der Lokus mit dem Holzschuppen bekamen ein Katenzeichen. Ich fügte sie, wie die Wiese hinunter zum Bach, die auch wahr war und nicht Sünde, in eine ganz fremde Landschaft ein und saß lange da, beinah gelähmt, und betrachtete die Konsequenzen.

Alles um das Haus herum war richtig, aber eine absolut fremde Landschaft hatte es umzingelt, und die Hilfe schien weit weg zu sein.

Ich zeichnete meine Karten auf dem Fußboden, in der Küche, aber nur im Winter. Es war eine Winterplanung. Wenn der Sommer kam, übertrug ich einen Teil der theoretischen Planung, die ich auf dem Butterbrotpapier gemacht hatte, in die Wirklichkeit, baute Schützennester am Waldrand, mit dem Schußfeld über das Tal; aber es war im vorhinein auf dem Küchenfußboden ausgedacht.

Alles war eingezeichnet. Keiner verstand es jedoch, das war der Vorteil, wenn man Zeichen benutzte und nicht Worte. Dann war man geschützt, und keiner konnte kommen und sagen, daß man Unfug machte.

Die Karten waren außerdem wahr, weil jedes Zeichen wahr war, und die Zeichen hatten dokumentiert, was ich in meinem Kopf hatte, und dies war auf dem Butterbrotpapier aufgezeichnet und konnte dann zum Kartenzeichner zurückkehren und von mir gedeutet, zurückgedeutet oder umgedeutet werden; und das gab mir eine unerhörte Sicherheit, besonders daß es keine Zeichen für Menschen gab, außer auf den militärischen Karten, aber dort waren die Menscheneinheiten mehr als Menschen, und ihre Angriffswege waren hingepunktet, aber keine menschlichen einzelnen Bewegungen, denn die gehörten nicht dazu.

Das Kartenzeichnen hatte keinen Sinn, sondern war reine Zeitvergeudung, aber absolut notwendig. Einmal hatte ich auch Verwendung dafür. Wir bekamen ein Aufsatzthema, das hieß »Ein Waldspaziergang«; und weil ich mich daran gewöhnt hatte, daß alles möglich und erlaubt war, und daß es natürlich war, Orientierungskarten zu zeichnen, so tat ich das, zeichnete.

Ich benutzte die erste Stunde dazu, eine Orientierungskarte einer erdichteten Landschaft zu zeichnen; sie war ganz hübsch und nettig, mit See und halbflachen Bergen und gemischtem Laub- und Nadelwald, es war alles, wie es sein sollte, aber selten war, und eine Kirche auf einer Anhöhe, die niedriger als fünfzig Meter war wegen der Alten, und dann zeichnete ich einen gepunkteten Pfad durch die Landschaft und markierte den Weg für den Waldspaziergang, den in der Aufsatzüberschrift.

Da war alles hingezeichnet, wie es eigentlich war. Dann schrieb ich es mit Worten hin, ungefähr, für die, die den Kode nicht konnten. Es war das, was man sah, und man folgte dem gepunkteten Pfad. Ich tat es ganz leidenschaftslos. Beinah, als sei nicht ich es gewesen, der sah und aufgezeichnet hatte, sondern ganz einfach das, was man objektiv sehen konnte. Keine besonders lügenhaften Züge.

Und niemand wußte, daß es diesmal nicht das Ungewöhnliche gewesen war, was der Kartenzeichner getan hatte, sondern das Gewöhnliche.

Die Landschaft war leer gewesen während der Wanderung; keine Menschen, und friedlich.

Vögel, das war alles, besonders Libellen.

Nachwort

»Jemand nimmt sich vor, die Welt zu zeichnen. Im Lauf der Jahre bevölkert er einen Raum mit Bildern von Provinzen, Königreichen, Gebirgen, Buchten, Schiffen, Inseln, Fischen, Zimmern, Instrumenten, Gestirnen, Pferden und Menschen. Kurz bevor er stirbt, entdeckt er, dass dieses geduldige Labyrinth aus Linien das Bild seines eigenen Gesichts wiedergibt.«

(Jorge Luis Borges)

Ein Versuch der Einnordung

Für eine Reise in den Hohen Norden oder auch rund um die Ostsee bieten sich mehrere mögliche Routen an. Erfahrene Reisende behaupten, dass das Austüfteln und Planen einer solchen großen Tour zu den schönsten Seiten des Reisens überhaupt gehört. Denn wer zuerst mit dem Kopf verreist, darf mit dem Finger auf der Landkarte den lieben Gott spielen und sich seine Traumreise abenteuerlicher und fantastischer vorstellen, als es die Wirklichkeit wird einlösen können. Von entscheidender Bedeutung für die Routenwahl ist natürlich der Ausgangspunkt. Eine Fahrt in den Norden lässt sich naturgemäß aus drei Himmelsrichtungen beginnen, womit aber eine weitere Wahl verbunden ist, nämlich die Frage nach dem Uhrzeigersinn oder der gegenläufigen Richtung. Will man sich zudem an die alte Wikingerweisheit halten, wonach man niemals den eigenen

Weg kreuzen soll, so steht man tatsächlich vor einem kniffligen Planungsproblem.

Die Schwierigkeiten beginnen jedoch gar nicht erst bei der zu wählenden Route, sondern schon mit der Bezeichnung des Reiseziels. Was hat man unter dem sprichwörtlichen ›Hohen Norden‹ eigentlich zu verstehen? Was sind die ›nordischen‹ Länder, was ist ›Skandinavien‹? Hier gilt es zunächst, einige Definitionen unter Berücksichtigung historisch-politischer und geografischer Kategorien zu klären (siehe hierzu auch Gabriele Haefs und Christel Hildebrandt: *Nachwort.* In: *Frauen in Skandinavien.* S. 247f.). Zu dem politischen Gebilde der Nordischen Union (also zu den nordischen Ländern) gehören die Staaten Dänemark, Schweden, Finnland, Norwegen und Island. Kein Bewohner dieser Länder käme auf die Idee, sich als ›Skandinavier‹ zu bezeichnen (und allenfalls ein Däne würde sich als Europäer verstehen).

Der Begriff Skandinavien beruht also auf einer Außenperspektive: Im deutschsprachigen Raum zählt man üblicherweise auch Island, die Färöer und Finnland zu den ›skandinavischen‹ Ländern, obwohl streng genommen nur Dänemark, Norwegen und Schweden dazugehören. Und was ist mit ›Lappland‹? Die einheimischen Bewohner dieser Region empfinden den Ausdruck ›Lappen‹ als diskriminierend und bezeichnen sich selber als Samis. Man kann also allenfalls politisch naiv nach Lappland oder Skandinavien fahren, während man historisch-geografisch korrekt in die nordischen Länder reisen würde. Möglicherweise hängt die Schwierigkeit, im deutschsprachigen Raum von den nordischen Ländern zu sprechen, latent noch mit den finsteren Zeiten des Nationalsozialismus zusammen, als alles ›Nordische‹ zum Inbegriff des ›Germanischen‹ ideologisiert worden ist – so dass man sich in unbewusster Steuerung der Sprachkontrolle scheut, derlei belastetes Vokabular heute im Mund zu führen.

Wenn also im vorliegenden Lesebuch von Skandinavien

oder den nordischen Ländern die Rede ist, so verdankt sich diese Sprachregelung einem aus der Not geborenen Kompromiss, der alle zur Nordischen Union gehörenden Staaten umfasst (wobei Grönland, das politisch zu Dänemark gehört, aus Platzgründen ausgeklammert bleibt). Auch soll nicht der Eindruck erweckt werden, als handele es sich bei den nordischen Ländern um ein einheitliches politisches, soziales und kulturelles Gebilde oder als gebe es so etwas wie eine homogene skandinavische Literatur. Ähnlich wie wir Handke und Bernhard oder Frisch und Dürrenmatt (aus Sicht der Österreicher oder der Schweizer) nicht einfach in einer Art Kulturimperialismus der deutschen Literatur zuschlagen können, so haben wir auch hier von den verschiedenen nordischen Literaturen auszugehen.

Trotzdem versuchen das vorliegende Lesebuch und das folgende Nachwort – um die verschiedensten Texte doch in harmonischer Abfolge zu versammeln – die gesamte riesige Region in einer Art Einheit zu präsentieren. Diese Zusammengehörigkeit ergibt sich im Grunde aus den Texten und ihrem geringsten gemeinsamen Nenner selbst, den wir auf die einfache Formel bringen können: Die Texte bilden eine literarische Landschaft mit unendlichem Horizont, den der Reisende aus dem Süden erreicht, wenn er der Kompassnadel nach Norden folgt. Womit sich wieder die Frage der Routenplanung stellt.

Reisende in früheren Zeiten hatten die Wahl, entweder durch Dänemark weiter zu reisen oder an der Ostsee entlang durch die baltischen Länder bis Finnland zu gelangen (wie zum Beispiel auch Johann Gottfried Seume bei seiner berühmten Reise; siehe unten). In den Zeiten des Kalten Krieges jedoch gab es für den westlichen Besucher nur die Möglichkeit, von der Bundesrepublik (zu Land via Flensburg, mit der Fähre von Kiel oder Travemünde) über Dänemark hin- und wieder zurückzureisen und so den eigenen Weg zu kreuzen – es sei denn, man schiffte sich ein und kehrte nach London, Amsterdam,

Bremerhaven oder Hamburg zurück. Seitdem der Osten wieder offenen Durchgang gewährt, bietet es sich an, eine große Reise in den Norden auch von Warnemünde aus zu beginnen (wie seinerzeit Kurt Tucholsky) oder über Polen, Litauen, Lettland und Estland (mit Fährmöglichkeiten in Danzig, Riga oder Tallinn) bis nach Finnland zu reisen, also immer dem Gegenuhrzeigersinn zu folgen und nach Abstechern auf diverse Inseln über Dänemark heimzukehren – oder eben, je nach Belieben, die lange Fahrt doch im Uhrzeigersinn zu unternehmen.

Es zeigt sich: Wir stehen in der Tat vor einem spannenden Planungsdilemma, das wir nur dadurch umgehen, dass wir uns die Erlaubnis erteilen, unterwegs gelegentlich die eigene Route zu kreuzen. Um genügend Spielraum und Routenfreiheit zu genießen, teilen wir die ganze Expedition auf und unternehmen sieben Reisen, die sich natürlich auch zu einer einzigen langen Fahrt ausdehnen lassen. Wenn wir mit dem Finger über die Landkarte streichen, die literarischen Spuren aus den Texten lesen und nachzeichnen, bleibt unser Abenteuer im Kopf ohnehin grenzenlos. Auf diese Weise ›eingenordet‹, können wir die erste Reise beginnen.

Erste Reise:
Annäherung an den Norden

Mit Kurt Tucholsky besteigen wir in Warnemünde das Fährschiff, lassen Deutschland hinter dem Kielwasser entschwinden und uns von der Bordküche verwöhnen. Wer freilich befürchtet, seekrank zu werden, sollte sich vielleicht an Tucholskys Diätregeln halten und Delikatessen wie Heringe aller Art und den Schnaps vermeiden, obwohl sich die nordischen Völker für letzteren das Himmelreich verdient hätten. Da wir uns nicht auf Höllenfahrt an Bord eines Butterschiffs mit Tagestouristen befinden, erreichen wir unversehrt Kopenhagen, besuchen Tiergarten und Tivolipark, und schon sind wir in Helsingør, schon sind wir wieder auf See, schon betreten wir schwedischen Boden. Radebrechend und zechend wird Stockholm erreicht. Das liegt unter einem strahlenden Sommerhimmel, ist aber noch nicht das gesuchte Ziel von Tucholskys Reisenden. Dank ihres kundigen Fremdenführers finden sie ihr Feriendomizil in Mariefred am Mälarsee, wo sie sich auf Schloss Gripsholm für die Zeit ihrer Ferienidylle einmieten und zum legendären Liebespaar reifen dürfen, fast wie im sommerblauen Märchen.

Und doch können sie der braunen Zeit nicht entrinnen – wie Kurt Tucholsky selbst, der 1929 nach Schweden ins Exil gegangen war und sechs Jahre später verzweifelt das Loch gesucht hat, um endgültig aus der Welt zu schlüpfen. Auch wenn hinter der Sommeridylle der Albtraum lauert, *Schloß Gripsholm* und seine Liebenden sind unsterblich geblieben.

Von PETER HØEG werden wir weniger auf die hellen Sommertage im Norden eingestimmt, sondern wir lernen den »Respekt vor dem dänischen Winter«, wenn auch ohne *Fräulein Smillas Gespür für Schnee*. Aber wir sehen das Licht über dem Hafen von Kopenhagen, tanzen lesend, also gefahrlos über das Eis, behütet von der Kleinen Seejungfrau, die das Nordlicht beschwichtigt. Und wenn wir ebenso viel Glück haben wie der Reisende in der schönen Geschichte vom Hotel mit der unendlichen Anzahl von Zimmern, so findet sich zwischen den Zeilen auch für uns noch ein Platz. Und so verwandelt sich das moderne Kopenhagen trotz seiner Schattenseiten (übersehen wir nicht den Mord, dessen Aufklärung bis nach Grönland führen wird) zu einem Venedig oder Atlantis, inmitten von Eis und Finsternis.

Bei JOHANNES V. JENSEN werden wir noch näher damit vertraut, was der dänische Winter zu leisten vermag. Die letzte Reise ins unentdeckte Land zu unternehmen kann im Dauerfrost zur Unmöglichkeit werden. Wenn dann noch tage- und nächtelang ein Schneesturm tobt, dann laufen die Lebenden Gefahr, zusammen mit den Toten gleich mit begraben zu werden. Jensen ist vor allem durch seine *Himmerlandsgeschichten* beliebt geworden, die in seiner nordjütischen Heimat spielen. Das ist jener Landstrich südlich von Ålborg, in dem auch *Kirstens letzte Reise* in dänischen Winternächten auf schier unüberwindliche Hindernisse stößt. Scheunenhohe Schneewehen haben alle Straßen zum Verschwinden gebracht, und die Dorfgemeinschaft muss sämtliche Kräfte, sprich Starrsinn und Bockigkeit und eine Menge stärkender Elixiere gegen die frostige Kälte aufbringen, um der guten Kirsten den Weg zur letzten Ruhestätte frei zu schaufeln. Am Ende scheint es so, als ob die Lebenden in die Gemeinschaft der Toten aufgenommen würden, weil ohnehin alles vergeht und verweht.

Alexander Kiellands Erzählung *Karen* ist ebenfalls in Nordjütland angesiedelt, allerdings weiter im Westen spielend, der Nordsee zugewandt. Theodor Fontane hat diese Geschichte als »Bijou« gerühmt, als literarisches Kleinod. In dieser Erzählung bestimmt eine andere elementare Macht das Leben der Menschen: Es ist der Wind, an den sich der Fremde in diesen Landstrichen erst gewöhnen muss. Kielland erzählt von den Heldentaten dieser Naturgewalt, die auch über die einzige menschliche Macht – die Liebe – hinwegfegt und nur ein Seufzen in den Heidebüscheln zurücklässt. Warum Karen den Weg ins Torfmoor gewählt hat, deutet die Erzählung in feinen Strichen an, so dass auch dem Leser »allmählich ein Licht« aufgeht. Und Fuchs und Hase sagen sich, kaum klüger geworden, Gute Nacht.

Auch Nikolai Karamsins Erzählung *Die Insel Bornholm* handelt von einem Geheimnis um die Liebe. Der romantischen Tradition gemäß versammelt sich eine Gruppe von Freunden, um die kalten, langen Winternächte im geselligen Rahmen zu verbringen, indem man sich gegenseitig Geschichten erzählt.

Diese leicht schaurige Märchenerzählung beginnt in London und Gravesend und führt dann mit dem Fährschiff ›Britannia‹ über das offene Meer. Um die »Kühnheit des menschlichen Geistes« zu begreifen, müsse man die unübersehbare Weite erlebt haben, betont der Erzähler. Diesen Gedanken könnte er sich von Johann Wolfgang von Goethe geborgt haben, der in seiner *Italienischen Reise* schrieb, dass man sich nicht ins richtige Verhältnis zur Welt setze, wenn man sich nicht einmal »ringsum vom Meere umgeben gesehen« habe (vgl. *Licht über blauen Wassern. Ein Mittelmeer-Lesebuch.* München 2003. S. 546).

Durch die Nordsee und den Sund, vorbei an der Insel Møn (wo Günter Grass bekanntlich den *Butt* seinem Element übergeben hat) plagt sich Karamsins Reisender mit der Seekrankheit, bis er die wildromantisch-zerklüfteten Gestade Bornholms erreicht. Dort gibt es ein altes Schloss, geheime Verliese und Träume bei Vollmond. Doch das schreckliche Geheimnis um die beiden Liebenden wird in dieser Erzählung nicht gelüftet. Ein romantischer Schleier bleibt über der Welt der nordischen Mythen, und der Wind weht eine Träne ins Meer.

Heller wird es wieder in PER PETTERSONS Roman *Sehnsucht nach Sibirien.* Schauplatz ist eine Stadt in Nordjütland, die nicht näher bezeichnet wird, hinter der man aber Frederikshavn vermuten darf, den nördlichsten dänischen Fährhafen, von dem man nach Göteborg oder Oslo übersetzen kann. Wer in einer Mittsommernacht einmal dorthin gefahren ist, immer in nördlicher Richtung in der Hoffnung, beizeiten die erste Fähre zu erreichen, der wird nie vergessen, wie sehr die nächtliche Sonne blenden kann. Auch das Geschwisterpaar in Pettersons Roman träumt von einer großen Reise; der Bruder will nach Marokko (und schafft es auch), die Schwester (und Erzählerin) möchte am liebsten nach Sibirien. Beide träumen von magischen Namen: Marrakesch und Fes oder Omsk und Tomsk. Vorerst aber, die Deutschen sind schon im Land einmarschiert, ist den beiden nur ein kleiner, viel zu kurzer Ausflug nach Skagen gegönnt. Dort gibt es den unvermeidlichen Wind, Sand und wieder Sand, Regen und Regen von überall her. Die Gaststätten, Cafés und Kioske sind geschlossen, denn die Touristen sind längst nach Kopenhagen zurück: der Traum jedes erfahrenen Reisenden, ›la saison morte‹, für die Kinder ein Albtraum. Was ist Skagen, für uns der nördlichste Punkt Dänemarks, an dem sich die Meere begrüßen, angesichts der verführerischen Zauberformeln in der Sehnsucht nach Sibirien? Damit endet die erste Annäherung an den Norden.

Zweite Reise: Zum Polarkreis und ins Land der Finsternis

Vorerst führt der Weg weiter nach Osten, wenn auch nicht bis Sibirien. Bei HENNING MANKELL erfahren wir, *wo Schweden anfängt und aufhört.* Der geografische Ort dieser unsichtbaren Grenze liegt irgendwo auf dem Meer nördlich der Insel Gotland. Mankells Kommissar Wallander fährt, nach einem aufreibenden Fall, zur Erholung nach Gotland, von Ystad über Kristianstad, Kalmar und Västervik bis Valdemarsvik und von dort mit dem Schiff hinüber zur Insel. Sein Gastgeber bringt ihn auf eine der äußersten Schären weit draußen auf offener See. Dort fängt Schweden an, dort hört es auf, je nach Blickrichtung des Betrachters. Dort herrschen grenzenlose Einsamkeit und Ruhe, und es stellt sich das Gefühl ein, sich »in einem Mittelpunkt zu befinden«. Der liegt nicht nur mitten im Meer, sondern tief in einem selbst. In Abwandlung von Wallanders Gedanken könnte man auch sagen: Wenn Geschichten eine Landschaft ergeben, dann können wir uns darin in alle Richtungen und in allen Zeiten gleichzeitig bewegen. Darin liegt vielleicht der geheime Sinn aller unserer Reisen.

JOHANN GOTTFRIED SEUME folgte im Sommer 1805 bei seiner Nordlandfahrt einer damals klassischen Route. Sie führte ihn von Dresden über Warschau, Riga und St. Petersburg nach Viborg, das heute zum karelischen Teil Russlands gehört. Der große Wanderer Seume absolviert weite Strecken zu Fuß, und es ist unvermuteterweise gar nicht leicht, gutes Trinkwasser aufzutreiben, zumal der nordische Sommer mit tropischer Hitze seinen Tribut verlangt. So mancher Nordlandreisende ist, arglos im Freien übernachtend, frühmorgens mit einem Sonnenbrand aufgewacht. Unterwegs muss Seume auch mal das Bett teilen, mit Schlafgenossen und Ungeziefer, zum Glück nicht mit Bären oder Wölfen. Doch mangelnder Komfort ficht den wackeren Mann mit dem Tornister nicht an. Der Ausflug nach Imatra, heute die Grenze zwischen Finnland und Karelien markierend, mit den imposanten Wasserfällen gehört sicher zu den Höhepunkten der Reise. Hier kommen die Wasser von Vuoksa und Saimaa herunter, allerdings nicht von Norwegen her, und bilden auf dem Umweg durch den Ladogasee den Newa-Strom, mit dem sie im Halbkreis zurückkehren in die Ostsee. Mit Loviisa erreicht Seume die erste ›schwedische‹ Stadt, was uns nicht wundern darf, bildete Finnland doch in jenen Zeiten den Zankapfel zwischen Schweden und Russland. Helsinki hieß damals noch Helsingfors; Seume erreicht es über Porvoo – fast durchgängig immer noch per pedes, weshalb er daran erinnert, dass die schwedischen Meilen »bekanntlich verdammt groß« seien (1 schwedische Meile = 10 km). Wir verlassen Seume in Åbo, dem heutigen Turku, und kehren noch einmal zurück nach Helsinki.

Anja Snellman schildert in ihrem Roman die *Geografie der Angst*. Die Erinnerungen der in Helsinki aufgewachsenen Ich-Erzählerin blenden zurück in den letzten Sommer der Kindheit, einen Aufenthalt auf dem Land an einem See bei Janakkala. Wer wie die Heldin gerne die eigenen Landkarten vervollständigen möchte, findet den Ort samt See südlich von Hämeenlinna. Die Leidenschaft für Geografie lässt das Mädchen zur Kartenzeichnerin werden und später: zur Erzählerin. Wie das Zeichnen wirklicher und vor allem erträumter Landschaften einer Geburt des Schriftstellers gleicht, das werden wir später genauer bei Per Olov Enquist sehen, von dem Snellman vieles übernommen hat (und bei dem sie sich immerhin bedankt). Ähnlich wie bei Petterson die Sehnsucht nach Sibirien die Fabulierlust weckt, so findet Snellmans Erzählerin ein wunderbares Bild für alle, die von derlei Sehnsucht geplagt oder gesegnet werden: Es ist das Bild von dem Pinguin, der die Südsee, das Land seiner Träume, erreicht und dort sich nach dem heimischen Eisfeld sehnt. Das Glück findet sich immer woanders, der letzte Kindheitssommer geht vorbei, es bleiben dauerhaft wie in einem Märchen nur die gezeichneten Karten im Kopf.

Leena Landers historischer Roman *Der Schatten des Richters* spielt auf den Åland-Inseln zu einer Zeit, in der den Frauen noch menschenverachtende Hexenprozesse gemacht wurden. Im Mittelpunkt des Textausschnittes steht aber die Begegnung des Richters und Ich-Erzählers mit einem Wolf samt seinem Rudel. Der Richter muss erfahren, was es bedeutet, wenn der Jäger zum Gejagten wird. In seinem jämmerlichen Zustand sieht er ein, dass selbst »totes Gras mehr Würde« als der Mensch hat. Ganz zu schweigen vom Leitwolf, der ihn, den Schuldigen, verschont. Wie viele unschuldige Frauen, die in den Kellern von Kastelholm dem Tod entgegenschmachten, hätte er retten können, hätte er sich nur ein wenig von der Würde des Wolfes bewahrt!

Von Menschen und Wölfen handelt auch Aleksis Kivis Roman *Die sieben Brüder*, der erste bedeutende Roman finnischer Sprache. Mit Kivi hatte das jahrhundertelang politisch unterdrückte Finnland eine eigene Sprache gefunden. Konnte man sich bis dahin nur am Vorbild der Volksdichtung (etwa an dem berühmten Nationalepos *Kalevala)* orientieren, so wies Kivi den Weg in die Weltliteratur. Die Brüder leben in freier Natur am Ilvesjärvi (nördlich von Helsinki in Kivis Heimat) in der Wildmark. Sie bereiten sich auf den Winter vor – eine schlechte Zeit für Hase und Fuchs, Bär und Wolf. Dass ein Wolf auch schlauer sein kann als der Mensch, zeigt sich bei den *Winterspielen am Impivaara.* Dennoch werden die Vorratsschuppen gefüllt, jetzt können Winter und Weihnachten kommen. Kivi hat selbst bei Elias Lönnrot Vorlesungen über das *Kalevala* gehört und ein ganzes Jahrzehnt seines Schaffens dem großen Roman gewidmet. Er starb krank und vereinsamt in der Nähe seines Heimatortes. Den Weltruhm hat er nicht mehr erlebt, aber der Wildmark, den Jägern, Bauern, Holzfällern und Flößern hat er ein bleibendes literarisches Denkmal gesetzt.

Ilmari Kianto kannte durch Herkunft und viele Reisen das ärmliche Leben in den nordfinnischen Einöden und im karelischen Grenzland. Er hat in Moskau studiert und viele russische Klassiker (Gontscharow, Tolstoi, Puschkin, Lermontow) übersetzt. Daher überrascht es nicht, wenn er in seiner Erzählung *Der Verfolgte* mit dem jungen russischen Studenten sympathisiert und seinen finnischen Landsleuten eine Lektion in Menschlichkeit und Freiheitsliebe erteilt. Der fremde Gast wird überall abgewiesen und in die Irre geführt. Wieder einmal findet sich am Ende ein Leichnam in den unendlichen Mooren und Sümpfen rund um den riesigen Oulusee. So weit war der letzte Irrweg des Flüchtlings: ein Nomade auf der vergeblichen Suche nach einem Menschenfreund. Und es zeigt sich, dass die für den Fremden gefährlichste und unmenschliche Forderung lautet: Passport, Ausweis.

In Arto Paasilinnas Roman *Der Sommer der lachenden Kühe* geht es friedlicher zu, obwohl auch darin die Erinnerung an die finnisch-russischen Kriege noch nicht erloschen ist. Paasilinna selbst wurde auf einem Lastwagen geboren, als seine Eltern auf der Flucht vor den Nazis nach Schweden unterwegs waren. Umso erstaunlicher ist, mit welch heiterer Gelassenheit und Leichtigkeit Paasilinna zu erzählen versteht, ohne in seichte Gefilde zu geraten. Der Sommer hat Einzug gehalten in Finnland: Setzen wir uns also mit Taavetti Rytkönen in Seppo Sorjonens Taxi und lassen uns in »die hintersten Winkel des Landes« kutschieren, wie es einem freien finnischen Mann und der Freiheit des Lesers in der literarischen Landschaft zusteht. Und gäbe es bessere Begleiter als einen Taxifahrer und einen ehemaligen Landvermesser, also Virtuosen der Landkarte?

Am Reiseziel besteht auch kein Zweifel: immer »in nördliche Richtung«. Unterwegs stoßen wir wieder auf magische Namen: Hämeenlinna (kennen wir seit Snellman), Riihimäki, Hyvinkää, Seinäjoki, Lestijärvi. Letzteres liegt bescheiden abseits der Touristenrouten, ist aber Rytkönens angestrebtes Ziel, weil dort mitten in den endlosen Sümpfen und Mooren der finnischen Seenplatte sein alter Kriegskamerad Heikki Mäkitalo wohnt, mit dem sich auf gut finnländische Weise schwitzen, schnapsen und schwärmen lässt. Wie es der Landessitte entspricht, wird der Gast zunächst in die Sauna eingeladen. Dann kann die finnische Don-Quijotiade so richtig beginnen. Zunächst zerstören die Alten den Hof, gleichsam aus Notwehr und Protest gegen die schlechte Behandlung der Bauern, die bald »Teil der europäischen Herrlichkeit« werden sollen. Danach beginnt das große Jagdabenteuer, nicht auf Windmühlen, sondern auf eine Rinderherde. Inzwischen unterstützt durch zwei »Männer vom Balkan«, gestaltet sich der Ausflug als völkerverbindende Expedition inmitten einer gottverlassenen Gegend Österbottens. Der Jagdschmaus bildet eine kulinarische europäische Union: Schaschlik auf Balkanart, zubereitet von einem Albanier und einem Bosnier, hergestellt aus finnischem Zuchtbullen, und die fröhlichen Esser sind sich einig, dass ganz Finnland, »dieses herrliche Paradies«, nicht genug gepriesen werden kann.

Als wandele er auf den Spuren Paasilinnas, schickt Gerhard Köpf ein ebenfalls ungleiches Paar, nämlich Onkel und Neffen, auf eine kuriose Irrfahrt durch die wilden Weiten Finnlands, auf der *Reise zu den Forellen.* Dabei gelangen sie fast »bis ans Ende der Welt«. Wie es sich für »zwei richtig verträumte romantische Arschgeigen« gehört und weil der Onkel die Kartenkenntnisse des Neffen verschmäht, wähnen sie sich in der Gegend von Turku, während sie sich längst über dem Polarkreis verirrt haben und in Karigasniemi an der schwedischen Grenze, unweit der nördlichsten Siedlung Finnlands, Utsjoki, gestrandet sind. Doch die beiden Narren vermitteln uns auch eine Wahrheit, die wir für die Weiterreise beherzigen können: Der Sinn des ganzen »Labyrinths aus Birken und Seen und einer unlernbaren Sprache« liegt im Herumirren selbst, denn jeder ist auf der Suche nach seinem »eigenen Nordpol«.

Leena Lander erzählt vom *Arktischen Frühling.* Den Schauplatz ihres Romans bildet die mittelfinnische Bergbauregion; das reale Vorbild ihres fiktiven Ortes ist die Bergbausiedlung Outokumpu (zwischen Kuopio und Joensuu). Dort ist ein irischer Geologe mit der »Kartierung des Gebietes« beschäftigt (erneut ein Kartenzeichner als Held) und auf der Suche nach der Macht der Steine. Zunächst jedoch erhält er eine Lektion in finnischer Logik und in finnischem Humor. Und zu welchen Temperamentsausbrüchen und Mutproben ein finnischer Bergmann fähig ist, erfährt er, als der Obersteiger zur Feier der Geburt seines Sohnes sich an den Förderhaken hängt und hochholen lässt. Hier hat der Geologe einen Rivalen (um die Gunst einer Frau) gefunden, und der Leser ahnt, dass zwar die »weißen Nächte« beginnen, dieses »vollkommene Fest von Licht und Sonne«, aber dass dahinter auch ein dunkles Geheimnis verborgen liegt, das hier natürlich nicht enthüllt werden soll. Es sei der Imagination des Lesers übergeben. Und weiter geht es nach Norden.

Mikael Niemis Roman *Populärmusik aus Vittula* spielt in Norrbotten in dem Städtchen Pajala nahe der Grenze, wo der schwedische Fluss Torneälven zum finnischen Tornionjoki umgetauft wird. In diesem Niemandsland sind auch die Menschen niemand, und nur ausgewachsene Waldschrate mit Dickschädel und Stiernacken können sich hier behaupten. Die Tornedal-Finnen haben eigentlich keine Identität, leben in öden Sumpfgebieten am nördlichen Rand der Welt, und ihre Heimat ist »zu klein, um auf der Landkarte zu erscheinen«. Doch es bestätigt sich wieder einmal, dass oft von den Rändern her, aus dem Niemandsland oder dem sprachlosen Hinterland mit den so genannten Hinterwäldlern große Literatur entsteht, die die ganze Welt umspannt. Das gilt auch für Niemis Roman, der mit seiner Sprachgewalt und Fabulierlust dem Ort einen bleibenden Platz auf dem Atlas der Literatur sichert.

Eine tornedal-finnische Hochzeit im Sommer bietet Gelegenheit, die Sitten und Gebräuche des illustren Völkchens mitzuerleben. Wie in einer sprachlosen Gegend üblich, wird zunächst ausführlich geschwiegen. Die dunklen Menschen in ihren dunklen Häusern am dunklen Rand der Welt zeichnen sich dadurch aus, dass sie vor allem eines tun: nicht viel reden. Es wird erst einmal stumm gegessen, Knäckebrot und Lachs, dann Fleischsuppe mit Rentierstücken, und ganz allmählich nimmt das Festmahl ›pantagruelische‹ Ausmaße an: mit ungesäuertem Brot, Wecken, Kuchen, Gebäck, Schlagsahne und Multebeeren, winterreifengroßen Käselaiben und Rentierfleisch ohne Ende; dazu immer wieder Kaffee und noch einen Schnaps, bis kein Krümel und kein Tropfen mehr Platz finden. In der Tat ist die »Schnapsresistenz« dieser Leute bemerkenswert. Und die eigentlichen Helden sind die Frauen, die sogar die Männer beim Fingerhakeln über den Tisch zerren. Krönender Höhepunkt des Festes wird das Schwitzritual, bei dem die Männer erstaunliche »Saunaresistenz« demonstrieren und ein brillantes Beispiel für tornedalische Saunakultur geben. Aber der Junge, der Ich-Erzähler des Romans, trägt schließlich den Sieg davon: Der schmächtige Knabe feiert den ersten Triumph in der Welt der Erwachsenen – zum Trost für all jene, die nicht wie Baumstämme oder Riesen gewachsen sind. Geduld, Zähigkeit und unauffällige Beharrlichkeit können auch ans Ziel führen.

Es ließe sich eine ganze Anthologie mit Sauna-Texten aus der nordischen Literatur füllen. Zweifellos würde die tornedalfinnische Dampfsauna von Mikael Niemi darin ein Glanzstück bilden. Und kein Nordlandreisender wird mehr achtlos an Pajala vorüberfahren. Es gibt immer etwas zu entdecken, gerade im so genannten Niemandsland. Für uns heißt das jetzt: Niemiland.

Mit LARS ANDERSSON verbleiben wir in Norrbotten, gelangen diesmal, sozusagen in Niemis Nachbarschaft, in den Grubendistrikt zwischen Jokkmokk und Kiruna. Der Lehrer Per Ivar kehrt zurück an den Ort seiner Kindheit und Jugend und muss feststellen, dass die großen Flüsse zunehmend durch die Industrie (im Namen der unvermeidlichen Elektrizität) gebändigt werden. Im *Schneelicht* aber beginnen sich Raum und Zeit aufzulösen, und die Ströme fließen rückwärts zu den Ursprüngen. Dahin kehrt auch Per Ivar zurück. Er hängt einem falschen Bild der Natur an, seit er die Heimat verlassen hat. Denn sie ist nach wie vor »ein Stück höllischer Materie«, trotz aller Zähmungsversuche der Zivilisation. Was im Zeitalter der in den Wäldern versteckten Raketenbasen bleibt, ist eine unerschütterliche Stille.

Dazu kommt die Erfahrung, dass im Schneelicht alle Sicherheiten verloren gehen. Die Welt der Flößer und Sägewerksarbeiter an den großen Strömen in Norrbotten, die auch der Nobelpreisträger Eyvind Johnson in seiner autobiografischen Roman-Tetralogie *Hier hast du dein Leben* (siehe Literaturhinweise) eindrucksvoll schildert, gehört der Vergangenheit an. Ein einfaches Leben in der nordischen Landschaft hat es außerdem nie gegeben: keine Idylle, allenfalls eine heile Hölle.

PER OLOV ENQUIST schildert das harte Leben der Holz- und Sägewerksarbeiter in der nordschwedischen Provinz Västerbotten zu Anfang des 20. Jahrhunderts. Es ist die Zeit, in der sich die Folgen der Industrialisierung zeigen und die Arbeiter beginnen, sich zu organisieren. So schickt die Gewerkschaftsbewegung ihre Agitatoren sogar in die entlegensten Gebiete, dorthin also, wo die Unterdrückten vielleicht am meisten der Unterstützung zu ihrer Befreiung bedürften, aber noch nicht verstehen, dass sich ihr Widerstand gegen die falsche Seite richtet. So werden der Agitator Elmblad, dessen gravierendster Fehler in der Tatsache liegt, dass er aus dem fernen naseweisen Stockholm kommt, und sein Helfer Nicanor, dem der Status des Einheimischen auch nicht hilft, von den nicht abgenabelten Burträskern gottsjämmerlich vermöbelt. Wir befinden uns in Enquists Heimat (sein Großvater nahm die beiden Agitatoren gastfreundlich-tolerant auf), also in der Gegend von Skellefteå, Hjoggböle und Burträsk – und die war *Das finsterste Loch in dem finsteren Land*, feindliches Gebiet im Klassenkampf.

Vom Bottnischen Meer fegt ein Schneesturm über das Land. Nunmehr heißt es, Respekt vor dem nordschwedischen Winter zu haben. Wie die Bewohner in eine meterhohe Isolation gedrängt werden, so umgibt die beiden ›Befreier‹ feindseliges eisernes Schweigen. Der Vortrag bei der Versammlung gestaltet sich als einer von jener Sorte, die man der Kategorie ›fortlaufender‹ Erfolg zurechnen kann. Am Ende sind noch fünf von den Eisenkerlen da, und diese Menge reicht aus, um die beiden Sozi-Propheten nach den Regeln Burträsker Kunst zu vermöbeln: Kloppe auf den Quappenkopp! Der mit Engelszungen reden wollte, verliert sein wichtigstes Organ. Dass er dafür mit einem Schluck Schnaps getröstet wird, kann schon als Höchstmaß an Freundlichkeit gelten. Das ist das Ende einer Agitationsreise im Inneren von Västerbotten. Die Arbeiterbewegung aber lässt sich dadurch nicht aufhalten, auch wenn es Winter ist in der Natur und in den Herzen.

Und so endet die zweite Reise im Banne des Polarkreises, mit Blick auf Ultima Thule.

Dritte Reise:
Im kalten Licht des Nordens

Der Roman von CECILIE ENGER führt in den norwegischen Bezirk Finnmark am äußersten Rand des Festlands, mitten hinein in *Das kalte Licht des Nordens.* Die Journalistin Eira begibt sich für eine Reportage auf die Halbinsel Nordkyn, deren nördlichster Punkt, so paradox dies klingen mag, nur minimal südlicher liegt als das Nordkap. Weiter geht es hier auf dem Landweg nicht mehr. Die Reise in das Land der Steine beginnt mit einem Abschied am Holmenkollen in Oslo. Während eines Fluges über Tromsø, Hammerfest und Honningsvåg nach Mehamn bietet sich aus der Vogelschau die Möglichkeit, den Kompass neu einzunorden.

Nördlich der Baumgrenze nur noch unendliche weiße Landschaft, mattes Licht, Ödnis (darunter Öl! Die Konzerngiganten schlafen nicht, überziehen heimlich das Land). Und ein großer, sich teilender Fluss verwandelt sich in eine Rentierherde. Nach der Landung kennt die erste elementare Erfahrung nur ein Wort: Wind. Der droht die Reisende über den Rand der Welt wegzufegen. In der Obhut sicherer Herberge dann doch die Entlohung für die Strapazen: Das Land der Steine strahlt minutenlang in einem hellgrün-gelblichen Schein, dann ist das Nordlicht in der Finsternis verschwunden. Dennoch herrscht nicht vollkommene Dunkelheit, denn am nördlichsten Punkt des Festlandes steht der Polarstern genau im Zenit.

In CHRISTOPH RANSMAYRS Roman *Die Schrecken des Eises und der Finsternis* werden zwei Geschichten miteinander verschränkt, so dass Wirklichkeit und Fiktion sich gegenseitig aufheben. Auch in Tromsø ist die Wirklichkeit geteilt. Denn die Mitglieder der österreichisch-ungarischen Nordpolexpedition von 1873 sind sich uneins in der Datierung ihrer Ankunft in der Hafenstadt, Ausgangspunkt für die Weiterfahrt nach Spitzbergen, zum Nordpol und auf der Suche nach der Nordostpassage. Die Expedition wird kläglich enden, immerhin werden einige Teilnehmer überleben, immerhin wird ein blinder Fleck auf der Landkarte verschwinden: das vollkommen nutzlose Kaiser-Franz-Joseph-Land. Wohl durch Mitternachtssonne und Seegang in der Zeitwahrnehmung getrübt, kommt jeder an einem anderen Tag in Tromsø an. Jeder sucht seinen eigenen Nordpol, hieß es bei Köpf; jeder berichtet »aus einem anderen Eis«, sagt Ransmayrs Erzähler. Wie Payer weiß, besteht der Nordpol nur aus einem Punkt sich schneidender Linien, in der Wirklichkeit ist davon nichts zu sehen: »ein wertloser Punkt, ein Nichts« jenseits der »blauen Ferne« am Ende Europas.

Der moderne Reisende Josef Mazzini begibt sich auf die Spuren der österreichisch-ungarischen Expedition. In Tromsø, wo die Baumgrenze nur ein paar hundert Meter über dem Meer beginnt, bereitet er sich auf Wildnis und Finsternis vor. Eine lange Fußwanderung über die Berge hoch über dem Grøtsund und Ullsfjord steht im Zeichen der ›Entschleunigung‹. Im Eis braucht man einen langen Atem und die Tugend der Langsamkeit. Im Kontrast dazu steht das Reisetempo des Hamburger Touristen: abgehakt an einem Tag Varangerhalbinsel und Nordkap, Enttäuschung garantiert in Nebel und Regen. Dann geht es mit dem Flugzeug weiter nach Spitzbergen (Svalbard). Dort trifft ein bunter Haufen zusammen: die Goretex-Fraktion mit Survival-Kit in der Hoffnung auf die im Prospekt versprochene Portion Wildnis, eine bulgarische Combo auf Gastspielreise, russische Bergleute, und mitten darin Mazzini. Wir werden dem Abenteurer bald wieder begegnen.

Jonas Lie erzählt in *Lappenblut* vom Leben der Samen, in deren Territorium wir uns mittlerweile befinden. Der Autor hat seine Kindheitsjahre in Tromsø verbracht und glaubte selbst, von seiner Mutter samisches Blut in sich zu haben. Für

Lie verkörperten die Samen nordländische Fantasie, die Welt der Trolle und Geister. Sich mit den dunklen, zauberischen Samen zu ›vermischen‹, galt damals als Schande. Dagegen setzt Lie ein Märchen von Toleranz und Liebe, das sowohl den harten Alltag der Fischer im Svartfjord bei Senja (unweit Tromsø) schildert als auch den mythischen Untergrund der samischen Vorstellungswelt. In der fantastischen Unterwelt spiegelt sich das Leben der Küstenbewohner mit ihren Rivalitäten und Ressentiments. In einer langen Traumsequenz, die als Binnenmärchen in das Alltagsgeschehen eingreift und von der Güte und Gastfreundschaft der Meermänner zeugt, wird der junge Eilert wieder auf den rechten Weg gelenkt und seiner Braut Zilla in die Arme geführt. Die verfeindeten Familien teilen sich versöhnt die Fanggründe: Romeo und Julia an dem Fjorde, mit glücklichem Ausgang.

Otto Heinrich Kühner fährt mit dem Zug über den Polarkreis. Da ist die Linie sogar zu hören: als Lokomotivenpfiff. In Abisko am Torneträsk sind sie am Ziel; es liegt auf der Bahnstrecke von Kiruna nach Narvik, auf der das schwedische Erz von den Gruben hinüber zum Meer gerollt wird. Auch hier sollte ein Blick auf die Landkarte helfen. Doch von der Fjällkarte geht Beklemmung aus: keine Orte, keine Straßen, rundherum nichts und »kosmische Angst« des Reisenden. Die Karte nimmt »das Gesicht des noch unbelebten Planeten an«, verloren wirkt der Erdenbewohner inmitten der Leere. Doch es gibt Steine und Wind, Eis und Schnee – und im kurzen arktischen Sommer Milliarden von Plagegeistern: Stechmücken. Mit denen sollte der Nordlandfahrer rechnen, wenn er von der Ursprünglichkeit einer Wildnis und der *Halle der Riesen* träumt. Mit Kühner geht es hinein in das Gebirge, in das Reich des »rätselhaften Volkes« ohne Ursprung und Ziel, der letzten Nomaden. Am Fuße des Kebnekaise (mächtige 2111 Meter hoch, nur ein gutes Dutzend Kilometer vom Meer entfernt) endet die Wanderung durch die Bezirke des Schweigens und der Steine.

Der erfahrene Reisende Kühner weiß Bescheid: Es ist ein großes und einsames Land, eine »Landschaft für die Fantasie«; und beinahe prophetisch klingt seine Erwartung, dass man den Norden einmal entdecken wird, wie einst den Süden. In den letzten Jahrzehnten sind die Regionen des Eises und der Finsternis tatsächlich nicht nur zum Ziel des Pauschaltourismus geworden, sondern vor allem zur Projektionsfläche der Abenteuerfantasien ›südlicher‹ Bewohner (siehe dazu Thomas Kastura: *Flucht ins Eis. Warum wir ans kalte Ende der Welt wollen.* Berlin 2000). Nicht zuletzt weiß der erfahrene Weltenwanderer auch, dass irgendwann elementare Größe und Ursprünglichkeit nicht mehr zu ertragen sind und aus der Überwältigung geflüchtet werden muss. Noch aber sind wir nicht so weit.

Tania Blixens *Geschichte des Schiffsjungen* beginnt auf einer Fahrt von Marseille nach Athen mit der Befreiung eines Wanderfalken. Zwei Jahre später arbeitet der Leichtmatrose Simon, der dem Vogel die Freiheit geschenkt hat, auf einem Schoner, der vor Bodø liegt. Unkundig in Geografie kennt er nicht die mit den nördlichen Breitengraden verknüpften Geheimnisse heller Abende und glaubt, dass ein besonders gütiges Licht aus dem All über ihm scheine. Blixens Geschichte erweckt den Eindruck, als ob wir den Lappenmädchen von Lie und Kühner wieder begegnen würden, und sie birgt zwischen den Zeilen vielleicht einen Hinweis auf die Lösung des Rätsels um die geheimnisvolle Liebe, das Karamsin auf der Insel Bornholm nicht verraten wollte. Denn Simon ist sogar bereit, einen Mann zu töten, um nicht zu spät zu seiner geliebten Nora zu kommen. Da mischen sich die Zauberkräfte der samischen Frauen ins Spiel, und die Geschichte verwandelt sich in ein nordisches Märchen. Denn die alte Samin ist jener Wanderfalke von einst, und sie gibt ihrem Befreier jetzt alles zurück, auch den Hieb auf den Kopf und »ein wenig Weisheit«. Die Häfen der Welt sind voll mit solchen Geschichten; es kommt nur darauf an, dass sie jemand erzählt. Denn im Licht der Mitternachtssonne verbergen sich mehr Geheimnisse, als wir in unserer Schulatlas-Weisheit ahnen können.

Lars Saabye Christensens furioser Roman *Der Alleinunterhalter* spielt auf den Lofoten, jener Inselgruppe nördlich des Polarkreises, die man am schönsten mit der Hurtigruten erreicht, einer Schiffslinie (mit modernstem Komfort), die die gesamte norwegische Westküste von Bergen bis Bodø versorgt und über die Lofoten bis Tromsø und zum äußersten Nordosten bei Kirkenes reicht. Tobias ist auf den Lofoten der *letzte Fährmann.* Er weiß alles über das Meer, manche Schlaumeier behaupten sogar, dass er über das Wasser gehen könne, während andere meinen, er sei doch nur ein Lügenbold und Leimsieder. Womit der unparteiische Erzähler verrät, dass Tobias eine poetische Natur sein muss. Nach dreiundzwanzig Jahren sicherer Seefahrt passiert ihm ein Missgeschick: Angelhaken im Handrücken, einziger Ausweg Amputation. Während das Nordlicht wie ein grüner »Verband um den Bauch des Himmels« liegt, wird Tobias vom schnapsbewehrten Tierarzt versorgt. Ob dieser ihm die Hand mit Axt, Säge oder Messer abgenommen hat, gehört fortan zur lokalen Legende. Tobias schreibt einarmig einen Brief an die ferne Geliebte, der nie beantwortet wird: Das ist der Haken im Herzen.

Tobias erwirbt den Seelenverkäufer ›Nordkap III‹, auf dem ein Fluch liegt (sieben Leichen und ein Überlebender, den der Wind in den Wahnsinn trieb), und wird der letzte Fährmann. Ihn braucht jeder auf der Inselgruppe, um in die Welt hinaus und wieder heim zu gelangen. Dann wird die große Brücke gebaut, sie wirft »ihren Schatten auf den letzten Fährmann«. Tobias ist begraben, schon nistet sich die Touristikbranche nördlich des Polarkreises ein, schon präsentiert man Knut Hamsuns Nachttopf als Attraktion, schon projektiert man einen Golfplatz im Moor, und irgendwann wird eine alte Frau aus dem

Nirgendwo auftauchen mit einem unendlich verspäteten Brief in der Hand …

Das ist das Ende der dritten Reise. Aber wir bleiben auf dem Meer und es geht weit hinaus.

Vierte Reise:
Island und andere Inseln

Weiter als Spitzbergen werden wir nicht in die Polarregion vordringen. Manfred Hausmann schildert den spitzbergischen Archipel als eine unberührte, gottverlassene, stille Welt für sich. Ruhe und Einsamkeit werden nur durchbrochen vom Donnern der Gletscher. Die tausend Meter über das Meer aufragenden Bergzacken sind verantwortlich für den Namen der Hauptinsel. Doch es waren Wikinger, die den Archipel als Erste entdeckten, und daher heißt die Region im Norwegischen Svalbard. Neben wenigen Menschen vieler Nationalitäten, die auf dem Archipel den arktischen Elementen trotzen (Grubenarbeiter, Polarforscher, Einsiedler), gehört das gesamte Gebiet den Vögeln, Walen, Robben, Eisbären und zwei Dutzend blühenden Pflanzenarten, die Würde und Anmut beweisen im Stein. Für den Menschen ist die Region im Grunde nicht vorgesehen; sogar den Toten wird eine Wohnstatt verwehrt. Selbst das High-Tech-Touristenschiff braucht ein wenig Glück, um die Landgänger wieder heil herauszubringen, bevor nicht alles Leben vom Eis umzingelt wird.

Da treffen wir wieder auf Christoph Ransmayrs Reisenden. Auf Spitzbergen vollzieht sich das rätselhafte Schauspiel seines Verschwindens. Vielleicht weil er seinen persönlichen Nordpol hier erreicht hat, »eine Traumlandschaft aus blauem und schwarzem Eis«, geht er mehr oder weniger freiwillig verschollen. Seine Spuren verlieren sich in der Leere eines zeitlosen Raums, als habe es ihn weggerissen »in die Stille, in die Kälte, in das Eis«; als sei er, eins geworden mit dem Hundegespann, über den letzten möglichen Ort immer weiter gezogen ohne Rücksicht auf Rückkehr hinaus in die polare Nacht. Auch wenn die Zivilisation an der »allmählichen Verwandlung der Eiswüsten in Nationalparks« arbeitet und sich diese anzueignen versucht, so bleibt die Arktis feindliches Terrain auch für die modernste Technik. In den *Schrecken des Eises und der Finsternis* mag der Reisende vielleicht, wie Ransmayrs Held, seinen eigenen Ort und zu sich selbst finden, aber nur um den Preis, damit zugleich aus der Welt zu verschwinden.

Michael Köhlmeier schildert in seinem Roman *Spielplatz der Helden* eine spektakuläre Grönland-Durchquerung. Die Vorgeschichte dieser Expedition führt nach Spitzbergen, denn zumindest für einen der Teilnehmer war das erfolgreiche Grönland-Abenteuer eine Art Rache für das gescheiterte Spitzbergen-Unternehmen. Der Südtiroler Extremalpinist sieht im Rückblick ein, dass man den arktischen Archipel als »Nordpolersatz« unterschätzt hatte, dass ungeachtet aller touristischen Erschließungsversuche Spitzbergen nicht zum *Neckermann-Nordpol* verkommen, sondern »die Hölle« geblieben ist. Wenn sich der Expeditionsleiter »wie ein bezahlter Fremdenführer« verhält, dann ist seine Gruppe zum kläglichen Scheitern verurteilt, und er selbst wird prompt von einem Eisbären verspeist. Einen Schuldigen an der Katastrophe hatte man auch gleich ausgemacht, nämlich das Land selbst, die »Himmelsrichtung«, den »Norden« an sich. Die Inselgruppe gehört aber nach wie vor, dem Broschürenhochglanz der Touristikbranche zum Trotz, den Eisbären und der Natur, die sich nicht domestizieren lassen. Vielleicht empfiehlt es sich doch, die eskapistische Sehnsucht nach dem Hohen Norden und die Flucht ins Eis nur in der Fantasie auszuleben: Lesen als Simulation bei verringertem Risiko, die literarische Landschaft als Spielplatz des Lesers als Held.

So setzen wir ohne Mühe und Risiko über nach Island und

gelangen knapp unterhalb des Polarkreises an den westlichen Rand unserer Reise.

Halldór Laxness, Islands berühmtester Autor, erzählt von *Napoleon Bonaparte,* und man mag sich fragen, was der für andere Inseln berüchtigte Kaiser mit Island zu tun haben könnte. In einem entlegenen Gehöft in Kothagi wächst der kleine Nonni auf, und zu seinen Kindheitseindrücken gehört das an der Wand hängende Porträt des großen Eroberers. Dieses Bild und die Erinnerung an das Luxusschiff im Hafen erwecken in dem Jungen die Sehnsucht nach fernen Ländern. Fortan zieht es den Träumer und Tolpatsch in die Welt hinaus, als gäbe es dort eine Art von »Erlösung«. Als blinder Passagier will er die Welt erobern, kommt aber höchstens bis Dänemark. Nach der Rückkehr auf die Heimatinsel nimmt er den Namen des großen Mannes an und richtet sich auf der Insel seine eigene Traumwelt ein, unbeirrbar bei seinem Abenteuer im Kopf.

In den Bergeinöden des Ostlandes findet der fremde Gast auf einem Pfarrhof gnädige Aufnahme. So lebt Napoleon als Viehknecht und Hausfaktotum viele Jahre lang auf dem Gehöft, bis er über Nacht zur Einsicht gelangt und aus der Traumwelt zurückfindet ins Leben. Als sei ein einziger Tag vergangen, bricht der verlorene Sohn auf zu seiner Familie, um endlich sein Versprechen zu erfüllen. In den Hochebenen im Norden verirrt er sich auf dem Heimweg in einem Schneesturm. Wieder einer, der seinen Nordpol am Ende gefunden hat. Die Rückkehr des Wanderers ins wirkliche Leben fällt mit dem Tod zusammen. Der Pilger ist bei sich und den Seinen angekommen.

Einar Kárasons *Teufelsinsel* ist Island, dessen Geschichte und Modernisierung anhand einer pikaresken Familiensaga erzählt wird. Zwar geht es um die Hauptstadt des Landes, aber von den Rändern und von unten her: Die von einer Wahrsagerin (Lina) und dem Herrn der Sieben Meere (Tommi) gegründete Sippe ist eine »Großmacht« in Reykjavik, allerdings an dessen Peripherie, im Baracken- und Glasscherbenviertel. Den Polarwintern, »mit denen der Herr dieses Land beglückte«, trotzt man mit Lügengeschichten, Zechtouren und Familienfesten. Weihnachten und Hochzeitszeremonien sind das *Licht in der Finsternis* der dunklen verräucherten Hütte. An Heiligabend nimmt das die unheilige Familie allzu wörtlich: Nach Magenkrämpfen, Nikotinvergiftung und Boxblessuren wird versehentlich die Kate abgefackelt, fortan gelten Kerzen als Teufelszeug. Beim Hochzeitsfest fließt der Fusel in Strömen, die obligatorische Schlägerei unter den Sturschädeln bleibt nicht aus. Island gewinnt.

Aber brutal und in wenigen Jahrzehnten wird die Insel europäisiert und amerikanisiert. Straßenkreuzer und Kasernen halten Einzug, der Rock'n'Roll triumphiert über die Edda. Dennoch können sich die schelmischen Helden behaupten, mit der Würde der Verlierer. Weil sie ihre Wurzeln in der mythischen Vorzeit nicht verleugnen, sind sie einfach nicht totzukriegen – genau wie die Schwarze Magie, die offensichtlich den gesamten Hohen Norden von Island über die Finnmark und das Land der Samis bis ins Tornedal verzaubert. Auf der Landkarte der Literatur könnte man sich den Polarkreis auch so vorstellen: als unsichtbares Perlenband aus Poesie.

Von einer Welt zwischen Wirklichkeit und Mythos erzählt auch William Heinesen, der erste bedeutende Autor der färingischen Literatur. Seine *Gäste vom Mond* sind seltsame Zwischenwesen, halb Mensch, halb Tier oder Troll, und sie leben auf einem Hof nahe der Färöer-Hauptsadt Thorshavn. In der kindlichen Fantasie ist deren Wohnstatt eine Burg am Meer unterhalb des großen Berges am Anfang und Ende der Welt. Sie singen Volksballaden aus der Heidenzeit, für die Kinder »Offenbarungen einer mystischen Welt«. Auf der Steinburg am Meer wird ein seltsamer Mondkult betrieben: Wenn der Mond tief über dem Meer steht, wird er im Schleppnetz gefangen, an

Land gebracht und gelabt und dann wieder der Freiheit übergeben. In den Zonen der Finsternis ist der Mond zuweilen der einzige Trost im Leben, manchmal aber braucht sogar der Mond den Trost durch die Menschen.

Damit endet die Reise über die Inseln.

Fünfte Reise: Licht über dem Fjord

JOHAN BOJER erzählt vom harten Leben der *Fischer* vor der Westküste Norwegens. Es sind eigentlich Bauern aus einem der vielen Fjorde innen, doch zur Aufbesserung ihres Lebensunterhaltes ziehen sie im Winter zum Fischfang hinaus. Es ist ein Glück, wenn man vier Söhne hat, mit denen sich eine Besatzung für den Kutter zusammenstellen lässt. Bis auf die Haut eingefroren, mit Eiszapfenbärten wie »fantastische Trolle« gehen die Männer an Land. Zunächst muss der Fang versorgt werden, dann erst können sich die Männer auftauen und warme Nahrung zu sich nehmen. Sie sind geübt in dieser Routine, und da sie aus dunklen Häusern an dunklen Wassern stammen, geht ihre Tätigkeit schweigend ab. Sie sind auch zu müde zum Reden, sogar in ihren Träumen arbeiten sie noch.

Da wird der Vater krank, die Kälte hat ihn erwischt, es beginnt ein Kampf ums Überleben, »und ein nackter blauer Frosthimmel spannte sich über der unendlichen Fläche aus«. Doch der Kampf gegen das Meer, das sich tückischerweise so verhält, als handle es sich um ein Geschicklichkeitsspiel, geht verloren. Das Meer, der Wind und das Eis verbünden sich gegen den Menschen. Die drei überlebenden Söhne werden bei der Insel Hitra an Land getrieben, sie können der Mutter nur die traurige Kunde bringen. Erst am Ende des Winters gibt das Meer die Toten den Lebenden zurück. Das unverhoffte Wiedersehen bietet vielleicht einen kleinen Trost, denn der Vater und der sich vergeblich opfernde Sohn blieben zusammen bei ihrer letzten Fahrt.

Auch in JOSTEIN GAARDERS Erzählung geht es um einen Abschied: *Leb wohl, Bergen!* Die sechsunddreißigjährige Diplomchemikerin Jenny wollte eigentlich zu Ostern in Urlaub fahren. Nun erfährt sie, dass sie Krebs hat und nach Oslo in die Radiologie muss, das heißt eigentlich: zum Sterben. Zunächst will sie mit dem Zug fahren, dann entschließt sie sich für einen einfachen Flug, ohne Rückfahrkarte. Jetzt hat sie mehr Zeit, sich von Bergen zu verabschieden, ja sie hat alle Zeit dieser Welt, seit sie vom Karussell mit dem sich immer hektischer drehenden Lebenstanz abgesprungen ist. Sie setzt sich an den Strand, sieht hinüber auf die Insel Askøy und erinnert sich an die Landschaften ihres Lebens.

Jenny begreift die Ewigkeit und die Unendlichkeit von Zeit und Raum und dass sie an all dem immer teilnehmen wird: »An einer Welt aus Tälern und Fjorden und Bergen, aus Wüste, Meer und Dschungel. Mit Pferden und Kühen und Ziegen, Elefanten, Nashörnern und Giraffen. Mit Krokussen, Schneeglöckchen und Hibiskus, Apfelsinen, Pflaumen und Stachelbeeren ... und mit Menschen, Frauen und Männern.« Beim Betrachten dieser Landschaften ist es, »als blättere man in einem Buch«. Im Birkenwald vor dem Flughafen ereignet sich dann ein Moment der Epiphanie, den kaum ein Dichter beschreiben kann (man lese hierzu Per Olov Enquist: *Lewis Reise.* München, Wien 2003. S. 27ff.). Gaarder kommt dem geheimnisvollen Augenblick sehr nahe, wenn er seine Heldin sehen lässt, dass die Bilder dieser Landschaften die Züge ihres eigenen Gesichtes ergeben, dass sie selber die Welt und der Zusammenhang der Dinge ist. Wir werden am Ende noch darauf zurückkommen. Ein »unbeschreibliches Glücksgefühl« breitet sich aus, jetzt wird der Abschied ein Schweben in unendlicher Leichtigkeit. Jenny rettet ihr Leben, indem sie es gerne verliert. Adieu, Bergen!

WOLFGANG HILDESHEIMERS Prosatext *Tynset* besteht aus

dem langen Monolog eines namenlosen Ich-Erzählers oder Reflekteurs, der ob seiner Erinnerungen an die Schrecken der Geschichte an Schlaflosigkeit leidet. In Visionen und Traumfantasien kehrt er immer wieder an die Orte seiner Erinnerungen zurück. Zu seiner bevorzugten Lektüre gehören Telefonbücher und Kursbücher, wegen ihrer Sachlichkeit und Verlässlichkeit. Zwischen den schlichten Zeilen und den exakten Zeiten des Kursbuches der norwegischen Staatsbahnen tun sich Spielräume auf, Möglichkeiten der Fantasie zur Überwindung von Zeit und Raum.

Eine Nebenstrecke führt von Hamar nach Stören. Zwischenstationen sind Elverum, Tynset und Röros. An dieser Stelle stoßen wir wieder, »auf dem Weg zum Ende der Erde« weit über dem Polarkreis, auf die Magie wohlklingender Namen. Und wir begegnen der nördlichen, unerforschten Variante einer Melancholie voller Winter und Wind, voller Mythologie und manchmal sogar mit einem Geheimnis (erinnert sei an Jon Fosses Roman *Melancholie,* siehe Literaturhinweise). Solchen Rätseln ist der Reflekteur mit seinen Erfindungen auf der Spur. So fällt ihm zu den Namen allerhand ein; er hört die Züge der Strecke, sieht sie im Nebel, ja steht selbst im Zug an einem nördlichen Nachmittag, als habe er sich hingezaubert auf diese Strecke mit der Form eines Fragezeichens: Straßenlaternen, Bischofssitz, Nebenlinien, Wagnersängerinnen, Nazimörder?

So wird *Tynset* zu einer Chiffre für das Nirgendwo und den Zwischenraum, für das Unaussprechliche und das Entsetzliche, für die Traumvisionen eines melancholischen Rufers in der Nacht. Bei Wolfgang Hildesheimer führt die Nebenlinie mitten hinein in die Schrecken und Verbrechen der Geschichte, zugleich ins Herz der Weltliteratur.

Zu den magischen Koinzidenzen in der Literatur gehört auch das Phänomen, dass manchmal Texte sich wie zufällig miteinander kreuzen, und sei es nur in der gastfreundlichen Fantasie des Lesers.

Anne Holts Roman *In kalter Absicht* erzählt von einer Irrfahrt, nicht mit der Eisenbahn, sondern im Automobil, das just in dem bei Hildesheimer noch als neutral erscheinenden Elverum an die Nebelgrenze des Lebens prallt. Genauer sind es zwei Fahrzeuge, ein Mazda und ein Opel, und beide werden von gehetzten schlaflosen Männern gesteuert. Beide werden in der entscheidenden Sekunde an dem fatalen Ort zusammentreffen: Frontalkollision und *Endstation Elverum.* Und die TV-Kameras übertragen das Rennen live, Verfolgungsjagd gleich Quotenjagd, amerikanische Rekordrezepte auch im norwegischen Fernsehen. Das Rätsel von Elverum soll hier nicht verraten werden, nur so viel sei – ungeachtet der Frage, ob es einen verdienten Tod geben darf – angedeutet: Möglicherweise hat den Unfall der falsche Mann überlebt.

Die Ich-Erzählerin Igi Heitmann in Pernille Ryggs Roman *Der Schmetterlingseffekt* könnte man als literarische Schwester von Peter Høegs Fräulein Smilla betrachten. Beide kennen sich aus mit Schnee und Eis und in den Abgründen der menschlichen Seele. Wenn Igi einen allzu tiefen Blick hineingetan hat, begibt sie sich auf die Flutlichtloipe. *Langlaufen in Oslo* treibt nicht nur schädliche Gifte aus dem Körper, es lüftet auch das Gehirn aus. Sogar tempobolzende Typen und der alte Exhibitionist können das Vergnügen am eigenen Rhythmus nicht trüben. Nach der letzten Steigung gibt es zur Belohnung einen Prachtblick auf die Stadt, das Dunkel verhüllt die Dunstglocke. Doch zeigt Rygg nicht nur das Postkartenpanorama von Oslo, sondern auch die Hinterhofansichten der Innenstadt voller Unrat, Abschaum und Suff. Sogar die noblen Nachbargemeinden Asker und Bærum haben ihre Problemgebiete, während Stars und Monarchen auf Nesøya oder Skaugum wohnen und thronen. Bei Neuschnee, dem großen Gleichmacher und Zudecker, strahlt die weiße Stadt, verbirgt ihren Dreck im »Lügenlicht«. In Wahrheit aber sind Neon, Halogen und der ganze Talmiglanz niemals so schön wie »schwarze, natürliche Nacht«.

Der berühmteste literarische Text über Oslo dürfte KNUT HAMSUNS *Hunger* sein. Auch hier geht es um die Schattenseite der Stadt, um Armut und Einsamkeit im Elend der Hinterhöfe, um trostlose Seelen in Dachkammern. Die Stadt hieß damals noch Kristiania, nach den Worten des Ich-Erzählers eine seltsame Stadt, »die keiner verlässt, ehe er von ihr gezeichnet worden ist …«. Er selbst wird den schlagenden Beweis dafür liefern. Der angehende, noch erfolglose Schriftsteller fristet sein Dasein zwischen Redaktionsstuben, der Pfandleihe und seinem leeren Zimmer: »ein feuchter, unheimlicher Sarg«. Manchmal ist er bereit, sein letztes Hemd noch Bedürftigeren wegzugeben, manchmal wird er zum bitteren Menschenhasser. Immer tiefer sinkt er hinab, alles läuft verkehrt für ihn. In seinen (psychosomatisch bedingten) ständig schwankenden Gemütszuständen – zwischen Hochgefühl und Zernichtetsein – scheint er sich selbst abhanden zu kommen; es droht der Verlust der Identität. Das entspricht der Ich-Dissoziation in der modernen Großstadterfahrung, die Hamsun als einer der ersten geschildert hat.

So ergibt *Hunger* auch ein Porträt des Künstlers als Hiob in Oslo. Um sich einen Rest von Würde gegenüber dem Pfandleiher zu bewahren, glaubt er ihm eine Erklärung für den ideellen Wert eines Bleistiftstummels schuldig zu sein. Während die anderen durchs Leben tanzen »wie durch einen Ballsaal«, scheint er »zum Probierstein für die Laune der Gnade Gottes ausersehen« zu sein. Dem Herrn im Himmel und seiner merkwürdigen Vorsehung muss ein Fehlgriff unterlaufen sein. Der anonyme Dichter will sich nicht unterkriegen lassen und kündigt Widerstand an.

Als ihn der Hunger endgültig in den Wahnsinn zu treiben beginnt und sich seine Existenz auf das bloße Dahinvegetieren reduziert (von Hamsun meisterhaft geschildert mit den Mitteln der erlebten Rede und des inneren Monologs, noch vor Proust und Joyce), da wird ihm durch einen glücklichen Zufall doch noch eine Art Rettung zuteil. »Die Sonne, das Licht und der salzige Hauch vom Meer« weisen den Weg hinaus aus dem Labyrinth der feindlichen Stadt. Der introvertierte Intellektuelle sucht das Weite, an Bord einer russischen Barke, die ihn als Hilfsmatrosen mitnimmt nach England, vielleicht bis Cadix.

Vom Fjord aus fällt es leicht, der Stadt »Lebewohl« zu sagen, »wo die Fenster so hell in allen Häusern« leuchten. Für den namenlosen Helden, der sich hier mehr erlöst als versöhnt zeigt, bot die Stadt kaum einen Lichtblick, nur ein dumpfes Dahindämmern in der Finsternis. Über die Bewältigung eigener Erfahrungen hinaus hat Hamsun in *Hunger* ein gültiges Porträt der modernen, anonymen Großstadtexistenz geschaffen und einen unvergesslichen Helden (Vorläufer der Blooms, Biberkopfs, Brigges, Ulrichs und Marcels) aus der großen Gemeinschaft der Verlorenen.

So endet die fünfte Reise auf der Suche nach Weite, im Licht über dem Fjord.

Sechste Reise:
Im Land der Mitternachtssonne

Nach all den Schrecken des Eises und der Finsternis, nach der Erfahrung nördlicher Melancholie, nach Wind und Kälte und Tod in *Ultima Thule* beginnen wir unsere Reisen noch einmal neu. Jede Heimkehr ist auch ein Aufbruch, irgendwann reißt es uns wieder hinaus. Diesmal aber im Zeichen der Sonne und des Lichts, des Frühlings und des Sommers in weißen Nächten.

Hans Christian Andersen beginnt seine Reise nach Schweden mit einem Lobgesang auf den Frühling. Ach, wer da mitfliegen könnte! So lautet der alte Traum des Menschen, der sich nach den Flugkünsten der Zugvögel sehnt. Bei Andersen wird der Leser mitgenommen von Möwe, Schwalbe, Schwan und Storch. Der zauberhaften Einladung kann man nur folgen, auch wenn wir der Bodenhaftung nicht entgehen auf den Planken des Schiffes, in der Kutsche oder auf unseren Füßen: letztere ist immer noch die dem ›Flug‹ der Gedanken förderlichste Fortbewegungsart. Fröhlich beschwingt und mit Frühlingsgefühlen erwarten uns Schären und Schonen, und aus der Ferne grüßen die Finnmark und Jämtland, und wir stimmen im säuselnden Sommerwind ein: »Schweden, du herrliches Land«. *Wir reisen.*

Selma Lagerlöf berichtet in *Wunderbare Reise des kleinen Nils Holgersson mit den Wildgänsen*von den beiden größten Feiertagen. Das ist neben Weihnachten die *Walpurgisnacht* (30. April). Da wird der Winter mit mächtigen Feuern vertrieben und dem Frühling ein bisschen nachgeholfen, ja er wird sogar mit Gesängen geweckt. Wenn der kleine Nils von den Wildgänsen an das Ufer des Siljan-Sees geflogen wird, dann will es uns scheinen, als grüßten Andersens Zugvögel aus dem schwedischen Zauberland. Die Kinder warten ungeduldig auf den Einbruch der Dunkelheit. Die Nacht ist jetzt kein Grund zur Angst mehr, sondern rückt erst die Funkenfeuer ins rechte Licht. Hunderte von wärmenden Scheiterhaufen flammen in die Nacht hinauf und umgeben die Ufer des Sees von Mora bis Rättvik und Leksand wie eine »lange Reihe goldener Kleinodien«. Und die geselligen Runden an den Feuern in Dalarna vertreiben nicht nur die Wintergeister, sie halten auch noch eine andere Tradition wach: Es werden Geschichten erzählt von alten Zeiten, denn solange wir erzählen, besiegen wir die Zeit, wie der Frühling den Winter.

Auch Hans Christian Andersen feiert den *Siljan-See* und singt ein hohes Lied auf Dalarna (Dalekarlien). Es ist jetzt Sommer, die Berge leuchten im »reinsten Blau, das Sonnenlicht spiegelt sie auf der klaren blanken Wasserfläche, wie die Fee der Wüste, die Zauberhexe des Mittelländischen Meeres, die Fata Morgana, die plötzlich erscheint und Luftschlösser baut«. Bei Andersen passiert alles ganz unscheinbar. Mit wenigen Worten, in einem einzigen Satz, hat er die Landschaft in ein romantisches Märchenreich verzaubert. Da lassen sich auch die Schönheiten des Winters preisen, wenn der See mit seinem Eisspiegel die rundum wohnenden Menschen verbindet und das Land »im Glanz des Vollmondes und in den roten und blauen Flammen des Nordlichtes« schimmert.

Das ist die romantische Nacht im Dichterherzen, voller Gesang und Tanz, zugleich eine humane Beschwörung von Frieden, Eintracht und guter Nachbarschaft unter den nordischen Völkern. Im Winter scheint Dalarna »außerhalb Europas zu liegen« – Zeit für die Bücher aus dem Zauberschatz der neuen »Literatur Skandinaviens«. Nichts ist Andersens Jubel hinzuzufügen: »Maler und Dichter, reicht euch die Hände, geht hinauf nach Dalekarlien, das arme Land ist reich an Schönheiten und Poesie, am reichsten jedoch am Siljan-See!«

Mit Kerstin Ekman geht die Reise *Geradewegs ins Ungewisse.* Wer einmal bis Mora (Zielort des legendären Vaasalaufs) am Ende des Siljan-Sees gefahren ist und dann weiter bis Östersund, der kann die unendlichen Weiten Schwedens ahnen, wenn er bemerkt, dass er höchstens in der Mitte des Landes angekommen ist. Der Blick auf die Landkarte raubt dem rasenden Automobilisten jegliche Illusion von kurzer Distanz. In Östersund beginnt die Reise der jungen Hebamme Hillevi, die sich entschlossen hat, ihrem heimlichen Verlobten nach Jämtland zu folgen, in jene herbe Landschaft voller schwarzer Seen und dunkler Wälder, wo Aberglaube und Mythen noch zum Alltag der Leute gehören. Wir begleiten die junge Frau auf ihrem Weg in ein neues Leben *Am schwarzen Wasser.*

Ein letztes Mal erleben wir Winter, Schnee und Sturm in der Wildnis. Irgendwo hinter Östersund beginnt für die Fremde unbekanntes, feindlich anmutendes Terrain. Da bedarf es der Geduld, der Beharrlichkeit beim Festhalten am eigenen Entschluss und der Wehrhaftigkeit gegen die Männer aus den Wäldern. Winter heißt warten. Die Ankunft des Fuhrmanns begrüßen Ziehharmonikakreischen und Säufergegröl. Eine Wölfin wird ausgeweidet, das gibt einen wärmenden Wolfspelz. Fremd sind nicht nur Landschaft und Menschen, wunderlich wirkt auch die Sprache (in der Übersetzung schön getroffen), und hinter Schneedunst und grauen Wirbeln wartet ein Rätsel, das mit dem seltsamen Fuhrmann verbunden scheint. Der Winter geht zu Ende, und das neue Leben in einer archaischen Welt voller Geheimnisse kann beginnen, wenn erst der Weg zu den Ursprüngen gefunden ist.

Das Wasser gehört zu den nordischen Ländern wie die Wälder. Das zeigt sich auch in LARS GUSTAFSSONS Geschichte, nicht ohne Grund einfach *Eine Wasser-Erzählung* betitelt. Schauplatz der Handlung ist Gustafssons Heimat Västmanland. Vater und Sohn unternehmen in einem verregneten Sommer eine Bootsfahrt vom See Åmänningen durch den Virsbosee bis zum Nora Nadden, wunderbarerweise begleitet von Wildgänsen und einem Kranichpaar. Jetzt kommt dem Vater der melancholische See seiner Kindheit inmitten der labyrinthischen Schilfwälder klein und eng vor. Er erzählt dem Sohn alte Geschichten von Köhlern und Bergmännern und dem Urfisch, der das Gold in den Tiefen bewacht. Es kommt zu einer jener Begegnungen, bei denen plötzlich ein Fremder sein Leben vor einem öffnet, als sei man längst dessen Vertrauter. Es ist die Geschichte zweier seltsamer Liebender, die in gegenseitiger Abhängigkeit nicht miteinander, aber auch nicht ohne einander leben können: ein merkwürdiges Paar, ähnlich jener topografischen Merkwürdigkeit auf der Karte von Västmanland, nämlich dem Phänomen, dass jeder See einen Schatten oder ein dunkles Doppel besitzt, in Gestalt eines benachbarten Moores aus den Überresten eines früheren Zwillingssees. So scheint es auch mit den Menschen, jeder wird von seinem früheren Schatten begleitet; und das flüchtige Glück liegt in der Suche selbst, nicht im Finden.

Die berühmteste literarische Beschreibung der schwedischen Hauptstadt stammt von AUGUST STRINDBERG, der *Stockholm aus der Vogelschau* schildert. Für das literarische Sightseeing bedarf es nicht der magischen Wildgänse, hier sind es die Zeilen des Textes selbst, die den Leser mitfliegen lassen. An einem Abend Anfang Mai steht der kleine Park oben auf Mosebacke im Zeichen des Frühlings. Die Bewegung des Textes setzt am Boden ein (Schneeglöckchen und Krokusse), führt weiter nach oben (Flieder und Linden) und erreicht mit Spatzen und Finken die Wipfel der Bäume, und schon ist der Leser eingesponnen in das Strahlenbündel des Sonnenlichts bis hin zu der rosenfarbenen Wolke weit in der Ferne über dem Meer. Der Wind weht ihn wieder zurück über die Hügel der Stadt bis in den Park, und es gibt einen »Wirbeltanz«, an dem Finken und Spatzen aller Sorgen enthoben teilnehmen, bis ein junger Herr (Falk mit Namen, als käme er aus der Gesellschaft der Vögel oder der Vogelfreien) aus der Schankstube tritt und seinen Stockholmer Abend beginnt.

Der Blick schweift über die lärmende Stadt, als sei sie eine Feindin, die herausgefordert werden will, während das Abendkonzert der Kirchenglocken friedlicher stimmt. Nach dem Sonnenuntergang steht der Halbmond über dem Horizont und der schöne Traum vom schwerelosen Schweben nimmt ein jähes Ende. Falk kommt sich wie ein zerschmetterter Vogel vor, die Erde hat ihn wieder. Da Falk ein angehender Dichter ist, Kollege also von Hamsuns namenlosem Ich-Erzähler in Oslo, kehrt auch er in die einsame Dachkammer zurück. So beginnt die Odyssee des Künstlers, der – umgeben von Geschäftigkeit, Stumpfsinn und Korruption – nach seiner Bestimmung sucht, festhaltend an seinen Träumen und nicht nachlassend in dem Wunsch, »ins Freie zu fliegen«.

JOHANN GOTTFRIED SEUME hat in der Zwischenzeit in Turku gewartet, bis wir ihn bei der Überquerung des Bottnischen Meerbusens und auf dem anschließenden Weg *Von Turku nach Schonen* begleiten. Will man nicht den weiten Umweg über

Vaasa und Tornio oben herum auf sich nehmen, führt die kürzeste Route von Finnland nach Schweden über die Åland-Inseln, die allerdings doch länger ist als es der zu Seumes Zeit beliebte Reiseführer angab (Joseph Acerbi: *Reisen durch Schweden, Finnland und Lappland zum Nordkap in den Jahren 1798 und 1799*. London 1802). Die angenehme, wenngleich nicht ganz gefahrlose Fahrt über den Meerbusen mit seinen rund zweihundert Inseln führt nach Brändo, Kumlinge, Vardö, vorbei an der Schlossruine Kastelholm (Schauplatz von Leena Landers Roman *Der Schatten des Richters)* und Eckerö, bis man bei Grisslehamn das schwedische Festland erreicht und mit Suppe, Schollen, Knäckebrot und Erdbeeren belohnt wird.

Knapper als Seume kann man sich kaum über Uppsala äußern; es »hat einen großen Namen und ist eine kleine Stadt«. Die Kathedrale dagegen ist so mächtig, dass Seume das Linné-Monument darin nicht finden kann. Auf dem »Steckenpferde der Etymologie« wird die Bedeutung des Namens entschlüsselt, bevor es den Mälaren entlang, vorbei an Sigtuna (wo sich 1964 die Gruppe 47 zu einem legendären Treffen versammelte) ins »Paradies des Nordens« geht: Stockholm. Da Seume Rundblicke mit der »Aussicht ins Freie« bevorzugt, wandert er hinauf nach Mosebacke, von wo sich das reizendste Panorama der Stadt ergebe – ein literarischer Kreuzungspunkt, an dem wir mit Strindberg gesehen haben, wie dem Leser Flügel wachsen können.

Die Weiterreise durch Schweden behält Seume in Erinnerung als »die lieblichste Fahrt, die ich in meinem Leben gemacht habe«. Über Nyköping (Übernachtung auf improvisiertem Matratzen- oder Katzenlager), Norrköping, Linköping und Jonköping und entlang des Vätternsees (Seume verwechselt ihn mit dem Vänern) gestaltet sie sich »höchst romantisch«, ein wenig getrübt nur durch die holprige Karrenfahrt bei Kumla. Je weiter es nach Süden geht, tauchen vermehrt Buchen und Eichen auf, für Seume unverzichtbar für eine paradiesische Vegetation, und vermitteln etwas von dem »dulcis patriae fumus«, dem süßen Duft des Vaterlandes. Stürmisch wird die Fahrt durch den Sund von Helsingborg nach Helsingør. Das kann aber die Freude über das schöne Schonen nicht trüben, überhaupt ist Schweden für Seume »das humanste und freundlichste Land«. Er bedauert nur, dass er Dalekarlien, Karlskrona und die berühmten Wasserfälle Trollhättan (wunderbar beschrieben von Hans Christian Andersen, siehe Quellenangaben) nicht gesehen hat. Offensichtlich drängte es ihn, gegen Ende der Reise, mit Übermacht einfach nach Hause.

HÅKAN NESSERS Romane um den Kommissar Van Veeteren spielen in einem fiktiven Land, das mehr an die Niederlande als an Schweden erinnert. In einigen anderen Romanen erzählt er aber auch von seiner schwedischen Heimat, dem Umland von Kumla (durch das wir eben mit Seume geholpert sind). Nessers *Schrecklich schöne Sommernacht* ist eine Pubertätsgeschichte und eine Erzählung vom Wasser. Am Möckelnsee steht in prächtiger Lage an einer Landzunge das Haus Genezareth, eigentlich eine baufällige Holzhütte ohne Komfort, aber für heranwachsende Jugendliche wie Erik und Edmund der ideale Abenteuerspielplatz im Feriensommer. Die Geschichte eines denkwürdigen Sommers, des letzten vor dem Erwachsenwerden, beginnt mit der neuen Schullehrerin; die heißt Ewa Kaludis und sieht aus wie Kim Novak. Nur leider hat sie ein »Arschloch« von einem Verlobten, den Handballstar Berra, und eine Menge Verehrer. Die beiden Jungen haben noch alle Zeit der Welt, deshalb vertreiben sie sie mit Robinsonspielen auf der Insel im See, an einer Badestelle mit Café, in Laxmans Geschäft mit der drallen Tochter oder auf dem Festplatz im Lackapark mit seinem Sommerduft aus Flieder, Jasmin, Selbstgebranntem und Brunst.

Wie die nordischen Länder, besonders Schweden, in den sechziger und siebziger Jahren zum Reiseziel auf der Suche nach sexueller Freizügigkeit wurden und wie schwer sich selbst die Einheimischen anfänglich taten, das kann man in Eriks und Edmunds Erlebnissen nachfühlen. Ein Rummelplatz zum Tanzen, Knutschen und Saufen und Schwärmen von Kim Novak oder der ewigen Ewa – welcher Jugendliche hat diesen Traum in jenen Jahren nicht geträumt? Die Burschen wollen wenigstens eine Ahnung davon, was »das Leben uns in ein paar Jahren zu bieten haben würde.« Der Wunsch wird erfüllt, wenngleich mit den beiden in der Rolle von Zusehern – bei der obligatorischen Schlägerei – oder Voyeuren – bei dem folgenden Schäferstündchen in der Holzhütte. Der Abkühlung nach dem Schwellen-Blick in »ein anderes Land« dient ein langes Bad: »zwei einsame Vierzehnjährige mitten in der Nacht in einem juliwarmen Sommersee«. Beide wissen, dass sie zum ersten Mal etwas einmalig Schönes und Geheimnisvolles gesehen haben. Die Flucht in Kälte und Finsternis, auf der Suche nach dem eigenen Nordpol, findet ihr Pendant in der schrecklich schönen, hellen Mittsommernacht, der Nacht aller Nächte. Doch das Glück ist bei Nesser selten ohne den Preis des Schreckens zu haben, mehr sei aber nicht verraten.

Warum Henning Mankells Kommissar nach der Lösung eines komplizierten Falles zur Erholung nach Gotland reist, erfahren wir jetzt, weil alles mit dem Wechsel der Jahreszeit beginnt: *Der Sommer kommt nach Schonen.* Mit dem Sommer kommt auch ein schreckliches Verbrechen. In einem Naturreservat in der Nähe des einstigen »Seeräubernests« (August Strindberg) Ystad will eine Gruppe junger Leute Mittsommernacht feiern – auf ganz besondere Art, verkleidet und zurückversetzt in die Zeit des Poeten Bellman.

Nach dem Ende des Regens ein wolkenloser Himmel, Vogelgezwitscher, das ferne Rauschen des Meeres, ein gleitender Übergang in ein »Dämmerungsland« im Stadium der »langsam wachsenden Schatten«. Es wird der letzte Sommer sein, nur eine junge Frau kommt mit dem Leben davon, weil sie zufällig vor dem Fest krank geworden ist. Alle anderen werden von dem Unbekannten in diesem schönen, denkwürdigen Sommer getötet. Auch bei Mankell sind Schönheit und Schrecken benachbart: auf der einen Seite die idyllische Schönheit im Reservat, auf der anderen die schreckliche Brutalität des Mörders. Täter und Opfer verbindet ein Ritual; die einen feiern ein Fest des Lebens, dem anderen gerät das Töten zum Fest. Mit dem Sommer ist der Tod nach Schonen gekommen.

So endet die sechste Reise mit der Flucht aus dem mörderischen Norden, und wir versuchen uns in der Kunst des Zurückkommens. Der glückliche Reisende muss auch heimkehren können.

Siebte Reise:
Heimkehr nach Süden

Johann Gottfried Seumes Sommerreise führt zum Abschluss *Nach Kopenhagen und heim*. Er logiert im feinen Hotel Royal gegenüber dem alten Schloss, lobt die prächtige Vegetation und den weiten Blick in die Ostsee bis Malmö hinüber, klagt aber auch über die »rheumatische Luft«. Eine stürmische Brise bläst dem Schiff entgegen, so dass Seume den geografischen Überblick über Møn, Falster und Langeland zu verlieren droht, während die Damen »bis zur letzten Instanz« von der Seekrankheit gebeutelt werden. Auch für die armen Leute auf dem Verdeck legt der stets human gesinnte Seume ein gutes Wort ein. Schließlich hält er es selbst nicht mehr aus und lässt sich von einem Fischerboot in den lange ersehnten Hafen von Kiel bringen. Damit geht seine »Fischreise« zu Ende. So nennt er im Rückblick ironisch sein Unternehmen, denn von der Elbe bis zur Wolga, von der Ostsee bis zur Nordsee gab es reichlich Fisch in allen Varianten, aber an keinem hat er sich den Magen verdorben.

Auch Manfred Hausmann reist an Bord eines Dampfers

zurück. Die Route führt durch das Skagerrak nach Bremerhaven. Der Reisende will die letzte Nacht auf See nicht schlafend verbringen. Er steht an der Reling, neben ihm eine geheimnisvolle Frau, beide blicken zum Horizont, an dem die Leuchtfeuer an der dänischen Küste aufblinken. Und dann ereignet sich, im richtigen Augenblick, ein Moment des Glücks, der Berührung und Verzauberung. Zur Kunst des Reisens gehört eben auch die gelungene Heimkehr. An Land aber kennt die Liebe kein Erbarmen mehr. Letzter Eintrag im Logbuch: *Journey's end.*

Per Olov Enquist erzählt in seinem Prosatext *Der Kartenzeichner* davon, wie er in seiner Kindheit Karten zeichnete, noch bevor er schreiben konnte. Er zeichnete auf dem Küchenboden, auf Butterbrotpapier (wie später die Erzählerin bei Anja Snellman), zunächst Karten von Schweden, immer mit dem Heimatdorf im Mittelpunkt. Hier können wir die Geburt eines Schriftstellers aus dem Geiste der Geografie miterleben. Nach einigen hundert Schwedenkarten beginnt der Junge Orientierungskarten zu zeichnen, ausgehend von der Landschaft seiner Kindheit den Radius erweiternd, damit den Horizont, bis er schließlich eine Welt kartiert, die es nicht gibt: Landschaften eigener Erfindung, Lügengebilde, Fantasieräume, Imagination.

Enquist bemüht sich um schöne Landschaften, gibt ihnen zunehmend etwas Rätselhaftes. Er bevölkert seine Welt mit Sümpfen, Wiesen und Bächen; mit Häusern, Höfen und Katen; mit Seen, Bergen und Wäldern und mit Pfaden, die durch die Landschaft führen. Die Menschenzeichen werden später, mit dem Schreiben hinzukommen.

An dieser Stelle stoßen wir, ähnlich wie die sterbende Jenny in Jostein Gaarders Erzählung, unverhofft, aber nicht zufällig, auf den Zusammenhang der Dinge.

Geografie des Lesens

Jorge Luis Borges hat in einem seiner genialen Essays die Tätigkeit des Künstlers mit dem Zeichnen der Welt verglichen (siehe das Motto über diesem Nachwort). Im Laufe seines Lebens bevölkert der Kartograf – oder Schriftsteller – diese gezeichneten Fantasielandschaften mit Menschen und Tieren, und kurz vor seinem Tod entdeckt er, dass dieses über Jahre entstandene »Labyrinth aus Linien das Bild seines eigenen Gesichts wiedergibt«.

Wir können versuchen, diesen Gedanken auf das Reisen zu übertragen. Mit jeder unserer Reisen zeichnen wir auf der Landkarte unseres Lebens Pfade ein, die ein Labyrinth aus (sich manchmal kreuzenden) Linien und am Ende unseren Weg ergeben.

Wir können den Gedanken sogar noch weiterspinnen, indem wir das Karten-Bild von Borges und Enquist (weiter gezeichnet bei Gaarder und Snellman) anwenden auf unsere Tätigkeit als Leser. Denn jede Lektüre ist eine Reise ins Reich der Fantasie, wie die vorliegende Sammlung ohne die Existenz einer Landkarte des Imaginären nicht zu denken wäre.

Da nehmen wir uns also vor, lesend die Welt zu zeichnen.

Bei der Lektüre bevölkern wir im Laufe der Jahre unsere Vorstellungswelt mit Bildern von Räumen und Provinzen, von Reichen der Sonne und der Finsternis, von Schönheit und Schrecken, von Gebirgen und Meeren, von Tieren und Menschen.

Kurz bevor der Leser stirbt, entdeckt er in seiner gastfreundlichen Fantasie, dass dieses geduldige Labyrinth aus Linien das Bild seines eigenen Gesichtes wiedergibt: endlich daheim.

Autoren und Quellen

Mit * versehene Überschriften
stammen vom Herausgeber der vorliegenden Ausgabe

Hans Christian Andersen (1805–1875)
Der in ärmlichen Verhältnissen in Odense auf der Insel Fünen geborene Autor wurde durch seine Märchen weltberühmt. Er unternahm zahlreiche Reisen, unter anderem durch Deutschland, Frankreich und Italien sowie nach Schweden. Er starb 1875 in Kopenhagen.
Texte: Wir reisen. / Am Siljan-See. (1878).
Quelle: Hans Christian Andersen: Im Lande der Mitternachtssonne. Eine Reise in Schweden. Aus dem Dänischen von Fritz und Gerda Meichner. © Gustav Kiepenheuer Verlag GmbH, Weimar 1968, 1991.

Lars Andersson (geb. 1954)
Der in Forshaga (Värmland) geborene Autor studierte Medizin und wollte Psychiater werden, bevor er sich für das Schreiben entschied. Er gehört mittlerweile zu den wichtigsten Vertretern der schwedischen Gegenwartsliteratur und wurde mit zahlreichen Preisen ausgezeichnet und in viele Sprachen übersetzt. Zeitweise lebte er in Indien.
Text: Schneelicht (1979), Auszug.
Quelle: Lars Andersson: Schneelicht. Aus dem Schwedischen von Ruprecht Volz. Copyright © 1981 Carl Hanser Verlag, München – Wien.

TANIA BLIXEN (1885–1962)
Die als Tochter der angesehenen Offiziersfamilie Dinesen auf Gut Rungstedlund bei Kopenhagen aufgewachsene Schriftstellerin unternahm zahlreiche Reisen durch Europa, bevor sie 1914 nach Kenia ging und dort den schwedischen Baron von Blixen heiratete. Ihre Erinnerungen an die Zeit als Kaffeefarmerin in Afrika wurden weltberühmt. 1931 kehrte sie auf das elterliche Gut zurück, wo sie bis zu ihrem Tod als freie Autorin lebte.
Text: Die Geschichte des Schiffsjungen (1942).
Quelle: Tania Blixen: Die Geschichte des Schiffsjungen. Aus dem Dänischen von Jürgen Schweier. In: Wintergeschichten. © 1985 Deutsche Verlags-Anstalt GmbH, Stuttgart.

JOHAN BOJER (1872–1959)
Der als Sohn einer Magd in Orkedalsøren bei Trondheim geborene Autor hielt sich ab 1895 mehrfach in Frankreich und Italien auf. Im Mittelpunkt seiner Bücher steht das harte Leben der norwegischen Fischer und Bauern im Kampf mit der Natur. Ab 1919 und bis zu seinem Tod lebte er als freier Schriftsteller auf seinem Landsitz in der Nähe von Oslo.
Text: Die Fischer (1920).
Quelle: Johann Bojer: Der Verstrickte. Aus dem Norwegischen von Julius Sandmeier und Sophie Angermann. München 1932. © C.H. Beck'sche Verlagsbuchhandlung. München und Berlin.

LARS SAABYE CHRISTENSEN (GEB. 1953)
Der in Frogner bei Oslo geborene Autor gehört zu den wichtigsten Vertretern der norwegischen Gegenwartsliteratur. Mit seinen fantasiereich-kauzigen Romanen hat er sich als begnadeter Fabulierer erwiesen, zuletzt in der Familiensaga »Der Halbbruder« (dt. 2004). Christensen lebt in Oslo und in Sortland/Nordland.

Text: *Der letzte Fährmann (1995).

Quelle: Lars Saabye Christensen: Der Alleinunterhalter. Aus dem Norwegischen von Christel Hildebrandt. © Albrecht Knaus Verlag in der Verlagsgruppe Random House GmbH. München 1997.

KERSTIN EKMAN (GEB. 1933)

Die in Risinge in Östergötland geborene und in Katrineholm aufgewachsene Autorin gehört zu den herausragenden Vertreterinnen der schwedischen Gegenwartsliteratur mit Anspruch auf weltliterarischen Rang. Ihre verschiedene Genres umfassenden Werke (Kriminal- und historischer Roman) wurden mit vielen bedeutenden Preisen ausgezeichnet. Der Roman »Am schwarzen Wasser« bildet den Auftakt zu einer geplanten Trilogie über die Provinz Jämtland. Ekman lebt in Roslagen.

Text: *Geradewegs ins Ungewisse (1999).

Quelle: Kerstin Ekman: Am schwarzen Wasser. Aus dem Schwedischen von Hedwig M. Binder. © Piper Verlag GmbH, München 2000.

CECILIE ENGER (GEB. 1963)

Die in Vollen/Norwegen geborene Journalistin und Autorin ist ein vielversprechendes Talent. Für ihr Romandebüt 1994 wurde sie mit dem renommierten norwegischen Nota-bene-Kulturpreis ausgezeichnet. Nach ihrem zweiten Buch, aus dem unser Textauszug stammt, hat sie zwei weitere Romane veröffentlicht, die bisher leider nicht ins Deutsche übersetzt sind. Enger lebt in Oslo.

Text: Das kalte Licht des Nordens (1996), Auszug.

Quelle: Cecilie Enger: Das kalte Licht des Nordens. Aus dem Norwegischen von Gabriele Haefs. © Piper Verlag GmbH, München 1998.

PER OLOV ENQUIST (GEB. 1934)
Der international renommierte Autor eroberte sich seinen Platz in der Weltliteratur aus der Provinz heraus: Er stammt aus dem nordschwedischen Dorf Hjoggböle/Västerbotten, in dessen Umgebung einige seiner Bücher angesiedelt sind. Der weit gereiste Enquist lebte zeitweise in Paris und Kopenhagen, derzeit in Stockholm.
Text: Der Kartenzeichner (1992).
Quelle: Per Olov Enquist: Die Kartenzeichner. Fragile Utopien. Aus dem Schwedischen von Wolfgang Butt. Copyright © 1997 Carl Hanser Verlag, München – Wien.
Text: *Das finsterste Loch in dem finsteren Land (1978).
Quelle: Per Olov Enquist: Auszug der Musikanten. Aus dem Schwedischen von Wolfgang Butt. Copyright © 1982 Carl Hanser Verlag, München – Wien.

JOSTEIN GAARDER (GEB. 1952)
Der in Oslo geborene Autor wurde mit seinem unterhaltsamen philosophischen Roman »Sofies Welt« zu einer internationalen Berühmtheit. Er lebt heute als freier Schriftsteller in Trondheim.
Text: *Leb wohl, Bergen! (1986).
Quelle: Jostein Gaarder: Ein seltener Vogel. Erzählungen. Aus dem Norwegischen von Gabriele Haefs. Copyright © 1998 Carl Hanser Verlag, München – Wien.

LARS GUSTAFSSON (GEB. 1936)
Der in Västerås/Västmanland geborene Kaufmannssohn studierte in Uppsala und Oxford Mathematik und Philosophie und gehört neben seinem Freund Enquist zu den weltliterarisch bedeutenden Gegenwartsautoren aus Schweden. Er unternahm zahlreiche Reisen in allen Kontinenten. 1983 wurde er an die University of Texas berufen. Seither lebt er, als amerikanischer Staatsbürger, in Austin/Texas.

Text: Eine Wasser-Erzählung (1981).

Quelle: Lars Gustafsson: Erzählungen von glücklichen Menschen. Aus dem Schwedischen von Verena Reichel. Copyright © 1981 Carl Hanser Verlag, München – Wien.

KNUT HAMSUN (1859–1952)

Der aus einfachen Verhältnissen im südnorwegischen Lom/Gudbrandsdal kommende Autor verbrachte eine harte Jugend in Nordnorwegen. Es folgte ein unstetes Wanderleben, unter anderem als Straßenbahnschaffner und Farmarbeiter in den USA. Ab 1888 lebte er in Kopenhagen, 1889–99 unternahm er eine Reise in den Vorderen Orient, 1893–95 Aufenthalt in Paris. Für den Bauernroman »Segen der Erde« erhielt er 1920 den Nobelpreis. Unbestritten ist sein Rang in der modernen Literatur, bedenklich bleibt sein Sympathisantentum mit dem Nationalsozialismus. Ab 1918 lebte Hamsun bis zu seinem Tod auf Gut Nørholm bei Grimstadt.

Text: Hunger (1890), Auszug.

Quelle: Knut Hamsun: Hunger. Aus dem Norwegischen von J. Sandmeier und S. Angermann. © List 1997.

MANFRED HAUSMANN (1898–1986)

Der in Kassel geborene Autor nahm am Ersten Weltkrieg teil, studierte danach in Göttingen, Heidelberg und München Philologie und Philosophie. Er unternahm zahlreiche Reisen, u.a. in die USA und in die nordeuropäischen Länder. Von 1950 bis zu seinem Tod lebte er in Bremen.

Texte: Die Gräberhalbinsel. / Journey's end (1978).

Quelle: Manfred Hausmann: Bis nördlich von Jan Mayen, Geschichten zwischen Kopenhagen und dem Packeis, Neukirchener Verlag, Neukirchen-Vluyn, 2. Aufl. 1978.

William Heinesen (1900–1991)
Der in Thorshavn/Färöer geborene Reederssohn absolvierte in Kopenhagen eine kaufmännische Ausbildung. 1932 kehrte er auf die Färöer zurück, arbeitete in der väterlichen Firma, die er zuletzt auch leitete. Zugleich war er Journalist und Schriftsteller. Mit seinem Realistik und Fabulierlust verbindenden Erzählwerk (in dänischer Sprache) ist er neben Hans Jacob Jacobsen (in Färingisch) der bedeutendste Chronist der Färöer. Er starb 1991 in seinem Heimatort.
Text: Gäste vom Mond (o. J.).
Quelle: William Heinesen: Gäste vom Mond. Aus dem Dänischen von Heinz Barüske. In: Barüske, Heinz: Moderne Erzähler der Welt: Dänemark, Lenningen: Edition Erdmann, 1977.

Wolfgang Hildesheimer (1916–1991)
Der Erzähler, Dramatiker, Hörspielautor und bildende Künstler (v. a. Collagen) lebte 1933–36 als Möbeltischler und Innenarchitekt in Palästina, studierte danach Malerei und Graphik in London. 1946–49 war er Simultandolmetscher beim Nürnberger Prozess. Er lebte am Starnberger See und zuletzt in Graubünden.
Text: Tynset (1965), Auszug.
Quelle: Wolfgang Hildesheimer: Tynset. © Suhrkamp Verlag. Frankfurt am Main 1965. S. 10–19, 25–27.

Anne Holt (geb. 1958)
Die in Larvik geborene Autorin arbeitete nach ihrem Studium als Journalistin, Polizistin und Anwältin, bevor sie 1996 vorübergehend als norwegische Justizministerin amtierte. Seit 1993 veröffentlicht sie Kriminalromane und Psychothriller von herausragender Güte. Anne Holt lebt in Oslo.
Text: *Endstation Elverum (2001).

Quelle: Anne Holt: In kalter Absicht. Aus dem Norwegischen von Gabriele Haefs. © Piper Verlag GmbH, München 2002.

PETER HØEG (GEB. 1957)
Der in Kopenhagen geborene und aufgewachsene Autor arbeitete als Seemann, Schauspieler, Tänzer und Lehrer (Abschluss des Literaturstudiums 1984 in Kopenhagen), bevor ihm 1992 mit seinem Roman »Fräulein Smillas Gespür für Schnee« der internationale Durchbruch als Schriftsteller gelang. Er lebt in Kopenhagen.
Text: *Respekt vor dem dänischen Winter (1992).
Quelle: Peter Høeg: Fräulein Smillas Gespür für Schnee. Aus dem Dänischen von Monika Wesemann. Copyright © 1994 Carl Hanser Verlag, München – Wien.

JOHANNES V. JENSEN (1873–1950)
Der Tierarztsohn aus Farsø/Nordjütland brach sein Medizinstudium ab und wurde Journalist und Schriftsteller. Ab 1896 hielt er sich längere Zeit in den USA auf, später unternahm er als Zeitungskorrespondent Reisen nach Frankreich, Spanien und Ostasien. Zum weltliterarischen Bestand gehören seine Novellen und Geschichten über die bäuerlich geprägte Heimat. 1944 erhielt Jensen den Nobelpreis. Er starb in Kopenhagen.
Text: Kirstens letzte Reise (1898/1910).
Quelle: Johannes V. Jensen: Kirstens letzte Reise. Aus dem Dänischen von Elfriede Adelberg. In: Skandinavische Erzähler von Lagerlöf bis Laxness. Herausgegeben von Leopold Magon und Klaus Möllmann. Leipzig: Dieterich'sche Verlagsbuchhandlung 1970.

NIKOLAI MICHAILOWITSCH KARAMSIN (1766–1826)
Der in Michajlovka im ehemaligen Gouvernement Simbirsk geborene Autor ist stark von der englischen und der deutschen

Literatur geprägt und gehört zu den wichtigsten Vertretern der Empfindsamkeit in der russischen Literatur. 1789–91 bereiste er Deutschland, die Schweiz, Frankreich und England. 1816 wurde er zum Staatsrat befördert. Er starb in St. Petersburg.

Text: Die Insel Bornholm (1794/95).

Quelle: Nikolai Michailowitsch Karamsin: Die Insel Bornholm. Deutsch von Martin und Monika Schneider. In: Erzählungen der russischen Romantik. Hrsg. von Martin Schneider. Stuttgart: Reclam 1990.

EINAR KÁRASON (GEB. 1955)

Der in Reykjavik geborene und noch heute dort lebende Autor ist der meistgelesene isländische Autor der Gegenwart. Seine von pikaresker Fabulierlust schier überbordenden Romane haben internationalen Erfolg. »Die Teufelsinsel« ist der erste Band einer Trilogie.

Text: Licht in der Finsternis (1983).

Quelle: Einar Kárason: Die Teufelsinsel. Aus dem Isländischen von Marita Bergsson. Frankfurt: Eichborn, 1993, © Leonhardt & Høier, Literary Agency, Kopenhagen.

ALEXANDER LANGE KIELLAND (1849–1906)

Der einer reichen Kaufmannsfamilie entstammende Autor wurde in Stavanger geboren und studierte Jura in Oslo. 1878 reiste er zur Weltausstellung nach Paris. Ab 1881 lebte und schrieb er in Kopenhagen. Nachdem ihm 1891 ein Dichterstipendium verweigert worden war, stellte er seine literarische Tätigkeit ein. 1888–90 war er Bürgermeister seiner Geburtsstadt, von 1902–06 Bezirksamtmann in Molde. Er starb in Bergen.

Text: Karen (1882).

Quelle: Alexander Lange Kielland: Karen. Deutsch von H. G. Kemlein. In: Skandinavische Erzähler von Andersen bis Strindberg. Herausgegeben von Leopold Magon. Leipzig: Dieterich'sche Verlagsbuchhandlung 1960.

Ilmari Kianto (1874–1970)

Der in Pulkkila/Nordfinnland geborene Pastorensohn zog mit den Eltern 1879 nach Suomussalmi. Er studierte in Helsinki und in Moskau. Anschließend ließ er sich mit seiner Familie in Kajaani nieder, wo er kurze Zeit als Lehrer und Journalist arbeitete, danach als freier Schriftsteller und Übersetzer (russischer Literatur). Seine Werke schildern oft das karge Leben in den Einöden um Kainuu und in Finnisch-Karelien, die er aus zahlreichen Reisen kannte. 1909 kehrte er nach Suomussalmi zurück. Ab 1910 ließ er an seinem Wohnort am Kiantajärvi das Schloss Turjanlinna errichten, in dem er als gefeierte Berühmtheit lebte. Er starb in Helsinki, liegt aber in der Nähe seines Schlosses in Suomussalmi begraben.

Text: Der Verfolgte (1923).

Quelle: Ilmari Kianto: Der Verfolgte. In: Finnen erzählen. Herausgegeben und übersetzt von Heinz Goldberg. Rostock: Hinstorff Verlag 1964.

Aleksis Kivi (1834–1872)

Der in dem Dorf Palojoki bei Nurmijärvi geborene Sohn eines Schneiders ging widerwillig auf Schule und Universität, so dass er sich nach ersten literarischen Erfolgen 1864 entschloss, freier Schriftsteller zu werden. Seit 1863 lebte er auf einem kleinen Landgut im schwedischsprachigen Küstengebiet westlich von Helsinki. Dort schrieb Kivi mit »Die sieben Brüder« den ersten großen finnischen Roman. Doch nach nur zehn Jahren der Kreativität begann der materielle und psychische Niedergang: Kivi starb in geistiger Umnachtung als Dorfarmer in der Hütte seines Bruders in Tuusula bei Helsinki.

Text: *Winterspiele am Impivaara (1870), Auszug.

Quelle: Aleksis Kivi: Winterspiele am Impivaara. (Aus dem Roman »Die sieben Brüder«). In: Finnen erzählen. Herausgegeben und übersetzt von Heinz Goldberg. Rostock: Hinstorff Verlag 1964.

MICHAEL KÖHLMEIER (GEB. 1949)
Mit seinen Romanen und Erzählungen gehört der in Hard am Bodensee geborene Autor zu den wichtigsten und erfolgreichsten Vertretern der österreichischen Gegenwartsliteratur. Er lebt in Hohenems/Vorarlberg.
Text: *Der Neckermann-Nordpol (1988).
Quelle: Michael Köhlmeier: Spielplatz der Helden. © Piper Verlag GmbH, München 1988.

GERHARD KÖPF (GEB. 1948)
Der in Pfronten/Allgäu geborene Autor wurde bekannt durch die Romane »Die Strecke« und »Die Erbengemeinschaft«, die zu dem epischen Zyklus über den fiktiven Ort Thulsern gehören, der in unserem Textauszug die Fühler bis nach Finnland ausstreckt. Köpf lebt in München.
Text: *Die Reise zu den Forellen (1996).
Quelle: Gerhard Köpf: Nurmi oder Die Reise zu den Forellen. Eine Erzählung. © Luchterhand Literaturverlag GmbH. München 1996.

OTTO HEINRICH KÜHNER (1921–1996)
Der in Nimburg-Kaiserstuhl/Baden geborene Schriftsteller und Maler unternahm zahlreiche Reisen, deren Eindrücke er in zwei Büchern zusammen mit seiner Frau Christine Brückner niederschrieb. Beide starben im selben Jahr in ihrem langjährigen Wohnort Kassel.
Text: In der Halle der Riesen (1951).
Quelle: Christine Brückner, Otto Heinrich Kühner: Erfahren und erwandert. © Ullstein 1979.

SELMA LAGERLÖF (1858–1940)
Die auf dem elterlichen Herrenhof Mårbacka/Värmland aufgewachsene Autorin war bis 1895 als Lehrerin tätig. Sie unter-

nahm Reisen nach Italien und Palästina. In ihrem berühmten Buch »Nils Holgerssons wunderbare Reise durch Schweden« schildert sie die Kulturgeschichte aller Landesteile. Sie wurde als erste Frau in die Schwedische Akademie aufgenommen und erhielt 1909 den Nobelpreis. Mit dem Preisgeld konnte sie den vom trunksüchtigen Vater ruinierten Herrenhof in Mårbacka zurückkaufen. Dort lebte sie bis zu ihrem Tod.

Text: Walpurgisnacht (1906/07).

Quelle: Selma Lagerlöf: Wunderbare Reise des kleinen Nils Holgersson mit den Wildgänsen. © 1948 by Nymphenburger in der F. A. Herbig Verlagsbuchhandlung GmbH, München. Einzige berechtigte Übersetzung aus dem Schwedischen von Pauline Klaiber-Gottschau.

LEENA LANDER (GEB. 1955)

Die in Turku geborene Schriftstellerin kann als die interessanteste finnländische Gegenwartsautorin gelten. Mit ihren vielfach preisgekrönten Romanen, die von der Familiensaga über den historischen Roman bis zum mystischen Thriller reichen, tritt sie ebenso unaufdringlich wie wirkungsvoll für Menschlichkeit und die Rechte der Frauen ein und überzeugt mit ihren stimmigen Menschenporträts und den prächtigen Landschaftsschilderungen. Lander lebt in der Nähe von Turku.

Text: *Der Wolf (1986).

Quelle: Leena Lander: Der Schatten des Richters. Aus dem Finnischen von Angela Plöger. München 1998. © Wilhelm Goldmann Verlag.

Text: *Der arktische Frühling (1994).

Quelle: Leena Lander: Mag der Sturm kommen. Aus dem Finnischen von Angela Plöger. München 1997. © Wilhelm Goldmann Verlag in der Verlagsgruppe Random House GmbH.

Halldór Laxness (1902–1998)

Der auf dem Hof Laxnes nahe Reykjavik aufgewachsene Autor trat zum Katholizismus über und wandelte sich nach den Eindrücken menschlichen Elends während einer Amerikareise zum Sozialisten. 1932 und 1938 reiste er in die Sowjetunion, nach der Erfahrung des Stalinismus distanzierte er sich allmählich vom Sozialismus. Mit Laxness bekam 1955 der bedeutendste isländische Autor des 20. Jahrhunderts den Nobelpreis. 1995 begab er sich infolge einer Alzheimer-Erkrankung in ein Pflegeheim bei Reykjavik, wo er 1998 starb.

Text: Napoleon Bonaparte (1935).

Quelle: Halldór Laxness: Sieben Zauberer. Aus dem Isländischen von Bruno Kress. © Steidl Verlag, Göttingen (1990) 2002.

Jonas Lauritz Idemil Lie (1833–1908)

Der in Hokksund bei Drammen in Südnorwegen geborene Dichter wuchs in Tromsö auf. Nach Schuljahren in Bergen studierte er Rechtswissenschaft in Kristiania (Oslo), ab 1860 arbeitete er als Anwalt in Kongsvinger. 1869 entschied er sich endgültig für eine schriftstellerische Laufbahn. Danach unternahm er zahlreiche Reisen, von 1878–1906 hielt er sich nur im Ausland auf, im Winter in Paris und im Sommer in Berchtesgaden, wo er den Großteil seiner Bücher niederschrieb, die meist das Nordland zum Schauplatz haben. Lie starb in Stavern.

Text: Lappenblut (1872).

Quelle: Jonas Lauritz Idemil Lie: Lappenblut. Deutsch von H. G. Kemlein. In: Skandinavische Erzähler von Andersen bis Strindberg. Herausgegeben von Leopold Magon. Leipzig: Dieterich'sche Verlagsbuchhandlung 1960.

Henning Mankell (geb. 1948)

Der in Stockholm geborene und in Härjedalen aufgewachsene Autor gehört zu den international erfolgreichsten und bekanntesten schwedischen Schriftstellern, insbesondere durch seine Kriminalromane um den Kommissar Wallander. 1972 unternimmt er die erste seiner zahlreichen Afrikareisen. Mankell lebt in Schweden und in Maputo/Mosambik, wo er ein Theater leitet.

Texte: *Wo Schweden anfängt und aufhört. / * Der Sommer kommt nach Schonen (1997).

Quelle: Henning Mankell: Mittsommermord. Aus dem Schwedischen von Wolfgang Butt. © Paul Zsolnay Verlag, Wien 2000.

Håkan Nesser (geb. 1950)

Der in Kumla/Örebrolän geborene Autor arbeitete 25 Jahre als Oberstufenlehrer. Mit seinen zehn Polizeiromanen um den Kommissar Van Veeteren, die in einem fiktiven Land spielen, gelang ihm der internationale Durchbruch. Seine übrigen Romane, die oft das Thema des Erwachsenwerdens behandeln, sind in Schweden angesiedelt. Nesser lebt mit seiner Familie in Uppsala.

Text: *Die schrecklich schöne Sommernacht (1998).

Quelle: Håkan Nesser: Kim Novak badete nie im See Genezareth. Aus dem Schwedischen von Christel Hildebrandt. München 2003. © Wilhelm Goldmann Verlag in der Verlagsgruppe Random House GmbH.

Mikael Niemi (geb. 1959)

Der im nordschwedischen Pajala nahe der finnischen Grenze geborene und aufgewachsene Autor (mit samischer Großmutter und tornedal-finnischem Vater) verfasste zunächst Lyrik und Kinderbücher, bevor er mit seinem fulminanten Romandebüt

»Populärmusik aus Vittula« Triumphe bei Kritik und Lesepublikum feierte. Niemi lebt in Luleå.
Text: *Wir waren niemand oder Die Dickschädel (2000).
Quelle: Mikael Niemi: Populärmusik aus Vittula. Aus dem Schwedischen von Christel Hildebrandt. © Wilhelm Goldmann Verlag in der Verlagsgruppe Random House GmbH. München 2002.

ARTO PAASILINNA (GEB. 1942)
Der Autor wurde im lappländischen Kittilä auf einem Lastwagen geboren, als seine Eltern vor den deutschen Besatzern flüchteten. Nach der Vertreibung ließ sich die Familie in Tervola nieder. Paasilinna gehört mit seinen vielfach verfilmten und in viele Sprachen übersetzten Romanen zu den populärsten Unterhaltungsschriftstellern Finnlands. Von 1963–88 arbeitete er als Journalist für verschiedene Zeitungen und Literaturzeitschriften, bevor er zum Erfolgsschriftsteller wurde. Jahrelang ist er im Herbst zum Schreiben nach Portugal gefahren, inzwischen zieht er sich dazu in sein Landhaus in Finnland zurück.
Text: Der Sommer der lachenden Kühe (1991), Auszug.
Quelle: Arto Paasilinna: Der Sommer der lachenden Kühe. Aus dem Finnischen von Regine Pirschel. © 2001 Verlagsgruppe Lübbe GmbH & Co. KG, Bergisch Gladbach.

PER PETTERSON (GEB. 1952)
Der in Oslo geborene Autor ließ sich zum Bibliothekar ausbilden und arbeitete zunächst als Buchhändler, Literaturkritiker und Übersetzer, bevor ihm der Durchbruch als Schriftsteller gelang. Für seine Werke erhielt er zahlreiche Preise. Bisher liegt auf Deutsch nur der Roman »Sehnsucht nach Sibirien« vor. Petterson lebt in Hobøl bei Oslo.
Text: Sehnsucht nach Sibirien (1996), Auszug.
Quelle: Per Petterson: Sehnsucht nach Sibirien. Aus dem Nor-

wegischen von Ina Kronenberger. Copyright © 1999 Carl Hanser Verlag, München – Wien.

CHRISTOPH RANSMAYR (GEB. 1954)
Der in Wels/Oberösterreich geborene Autor studierte in Wien und ist seit 1982 freier Schriftsteller. Mit seinen Büchern »Die letzte Welt« und »Morbus Kitahara« erwies er sich als einer der wichtigsten deutschsprachigen Gegenwartsautoren. Ransmayr lebt in Dublin/Irland.
Texte: *Geteilte Wirklichkeit in Tromsö. / Die Schrecken des Eises und der Finsternis (1984), Auszug.
Quelle: Christoph Ransmayr: Die Schrecken des Eises und der Finsternis. Alle Rechte vorbehalten. S. Fischer Verlag GmbH, Frankfurt am Main 1996.

PERNILLE RYGG (GEB. 1963)
Die in Oslo geborene Autorin studierte Geschichte und Ethnologie und arbeitete lange Zeit für den norwegischen Rundfunk und bei Filmproduktionen. Mit ihrem Roman »Der Schmetterlingseffekt« gelang ihr ein Aufsehen erregendes Debüt. Rygg lebt in Oslo.
Text: *Langlaufen in Oslo (1995).
Quelle: Pernille Rygg: Der Schmetterlingseffekt. Aus dem Norwegischen von Gabriele Haefs. © Wilhelm Goldmann Verlag in der Verlagsgruppe Random House GmbH. München 1999.

JOHANN GOTTFRIED SEUME (1763–1810)
Seume wurde berühmt durch seinen legendären »Spaziergang nach Syrakus«, der ihn quer durch Italien bis auf den Gipfel des Ätnas führte. Nicht minder interessant ist sein Bericht über eine Skandinavienreise »Mein Sommer 1805«. Seume starb im Juni 1810 bei einem Kuraufenthalt im böhmischen Teplitz.
Texte: *Von Karelien bis Turku. / *Von Turku nach Schonen. / *Nach Kopenhagen und heim (1806).

Quelle: Johann Gottfried Seume: Mein Sommer 1805. Leipzig 1806.

Anja Snellman (geb. 1954)

Die in Helsinki geborene Autorin, studierte Psychologin und Philologin, gehört neben Leena Lander zu den bedeutendsten Stimmen der finnischen Gegenwartsliteratur. Mit ihren provokanten Frauenromanen (Gender-Thrillern) erreichte sie nicht nur in ihrem Heimatland Kultstatus. Snellman lebt mit ihrer Familie in Käpylä/Helsinki.

Text: Geografie der Angst (1995), Auszug.

Quelle: Anja Snellman: Geografie der Angst. Aus dem Finnischen von Angela Plöger. München 2001. © Wilhelm Goldmann Verlag in der Verlagsgruppe Random House, München.

August Strindberg (1849–1912)

Der aus dem Stockholmer Kleinbürgertum stammende Autor studierte in Uppsala, war Lehrer und Schauspieler, bevor er freier Schriftsteller wurde. Ab 1883 folgten zahlreiche Aufenthalte im Ausland (Frankreich, Schweiz, Dänemark, Deutschland). Ab 1899 lebte er endgültig in Stockholm. Bei der Verleihung des Nobelpreises wurde er elfmal übergangen. Strindberg starb an Krebs in Stockholm.

Text: Stockholm aus der Vogelschau (1879).

Quelle: August Strindberg: Das rote Zimmer. Schilderungen aus dem Leben der Künstler und Schriftsteller. Aus dem Schwedischen von Hilde Rubinstein. © Rütten & Löning, Berlin 1963.

Kurt Tucholsky (1890–1935)

Der in Berlin geborene Autor verbrachte die Jugend in Stettin und Berlin und schloss das Jurastudium in Berlin 1912 ab, als er bereits als freier Schriftsteller etabliert war. Ab 1924 lebte er als Korrespondent in Paris, 1929 ging er nach Schweden. Nachdem die Nazis seine Bücher verbrannt hatten, schrieb er nichts mehr. 1935 nahm er Gift und starb in einem Krankenhaus in Göteborg.

Text: *Auf dem Weg nach Gripsholm (1931).

Quelle: Kurt Tucholsky: Schloß Gripsholm, aus: Kurt Tucholsky, Gesammelte Werke, Reinbek bei Hamburg: Rowohlt, 1960.

[illegible]

Bibliographische Hinweise

[illegible]

[illegible]

[illegible] Alexandre [illegible]

[illegible]

[illegible]

[illegible] Gedächtnis [illegible]

[illegible] Marianne [illegible] (Hg.) [illegible]

[illegible]

[illegible] und [illegible] München [illegible]

[illegible]

[illegible] und [illegible]

[illegible]

Bibliographische Hinweise

Anthologien

Antkowiak, Alfed (Herausgeber): Erkundungen: 15 dänische Erzähler. Berlin 1970

Derselbe (Herausgeber): Erkundungen: 22 schwedische Erzähler. Berlin 1967

Barüske, Heinz (Herausgeber): Moderne Erzähler der Welt: Dänemark. Lenningen 1977

Derselbe (Herausgeber): Moderne Erzähler der Welt: Island. Lenningen 1974

Derselbe (Herausgeber): Skandinavische Märchen. Frankfurt am Main 1976

Dänische Erzähler der Gegenwart. Stuttgart 1970

Goldberg, Heinz (Herausgeber): Finnen erzählen. Prosa von Aleksis Kivi bis Mika Waltari. Rostock 1964

Haefs, Gabriele (Herausgeberin): Skandinavische Weihnachtsgeschichten. München 2003

Dieselbe und Christel Hildebrandt (Herausgeberinnen): Mord am Fjord. Skandinavische Crime Ladies. München 1994

Dieselben (Herausgeberinnen): Frauen in Skandinavien. Erzählungen. München 1991

Dieselben und Dagmar Mißfeldt (Herausgeberinnen): Heißer Norden. Erotische Geschichten skandinavischer Autorinnen. Zürich 2003

Haraldsdottir, Kolbrun und Hubert Seelow (Herausgeber): Flügelrauschen. Eine Anthologie von Erzählungen zeitgenössischer isländischer Autoren. Göttingen 2003

Hein, Manfred Peter (Herausgeber): Moderne Erzähler der Welt: Finnland. Tübingen und Basel 1974

Island: Wenn das Eisherz schlägt. Isländische Nachkriegsliteratur, Kunst und Kultur. Zusammengestellt von Franz Gylason, Sigurdur A. Magnússon und Wolfgang Schiffer. Bremerhaven 1986 (= die horen 143. Band 3)

Jänicke, Gisbert (Herausgeber): Erkundungen. 22 Erzähler aus Finnland. Berlin 1986

Kähler, Rudolf (Herausgeber): Erkundungen: 31 dänische Erzähler. Berlin 1985

Derselbe (Herausgeber): Erkundungen: 19 norwegische Erzähler. Berlin 1976

Keel, Aldo (Herausgeber): Skandinavische Erzähler. Von »Thorstein Stangenhieb« bis August Strindberg. Zürich 1998

Derselbe (Herausgeber): Skandinavische Erzähler. Von Knut Hamsun bis Lars Gustafsson. Zürich 1999

Kluge, Manfred (Herausgeber): Skandinavische Erzähler des 20. Jahrhunderts. München 1996

Kress, Bruno (Herausgeber): Erkundungen: 27 isländische Erzähler. Berlin 1980

Magon, Leopold (Herausgeber): Skandinavische Erzähler. Von Andersen bis Strindberg. Leipzig 1960

Derselbe und Klaus Möllmann (Herausgeber): Skandinavische Erzähler. Von Lagerlöf bis Laxness. Leipzig 1970

Mankell, Henning und Liza Marklund, Håkan Nesser u. a.: Weihnachtsgeschichten aus Skandinavien. Reinbek 2003

Moderne schwedische Kurzgeschichten. Von Stig Dagermann, Lars Ahlin, Pär Lagerkvist. München 1982

Olof, Per und Christel Marscher (Herausgeber): Moderne schwedische Kurzgeschichten. München 1960

Piper, Henriette und Karin Hoff (Herausgeberinnen): Abgewandte Welten. Erzählungen aus Schweden. Marburg 1992

Rifbjerg, Klaus (Herausgeber): Skandinavien erzählt. 20 Erzählungen. Frankfurt am Main 1964
Sammlung Thule. 24 Bände. Leipzig 1911–1930 [umfassendste deutschsprachige Sammlung altnordischer Literatur]
Sonnenberg, Ulrich (Herausgeber): Dänemark erzählt. Frankfurt am Main 1991
Vogel und das Gesicht. Schwedische Erzählungen. Leipzig 1996
Wolandt, Holger (Herausgeber): Skandinavisches Lesebuch. München, Zürich 2002
Derselbe (Herausgeber): Unter Mördern und Elchen. Neues aus Schweden von Mankell bis Edwardson. München 2003

Allgemeine Literatur und Literaturgeschichten

Barüske, Heinz: Die Nordischen Literaturen. Band 1: Eine Geschichte des skandinavischen Schrifttums von den Runen bis zur Gegenwart. Berlin 1974
Baumgartner, Walter: Die Norwegische Literatur. In: Kindlers Neues Literatur Lexikon. München 1992. Band 20. S. 139–147
Brennecke, Detlef: Von Strindberg bis Lars Gustafsson. 12 Essays zur schwedischen Literatur. Frankfurt am Main und Bern 1989
Derselbe: Von Tegnér bis Tranströmer. Frankfurt am Main und Bern 1991
Brøndsted, Mogens u. a.: Nordische Literaturgeschichte. 2 Bände. München 1982–84
Butt, Wolfgang: Die Dänische Literatur. In: Kindlers Neues Literatur Lexikon. München 1992. Band 20. S. 125–131
Derselbe: Die Schwedische Literatur. In: Kindlers Neues Literatur Lexikon. München 1992. Band 20. S. 132–138
Christiansen, Hjalmar: Norwegische Literaturgeschichte. Von der Edda bis zur Gegenwart. Berlin 1953
Das Drachenei. Autorinnen in Norwegen. Bremen 1987

De Boor, Helmut: Schwedische Literaturgeschichte. Breslau 1924

Die Ostsee. Neue Nachbarschaft im Balticum. Zürich 1996 (= du Nr. 7/1996)

Einarson, Stefán: A History of Icelandic Literature. New York und Baltimore 1957

Friese, Wilhelm: Nordische Literaturen im 20. Jahrhundert. Stuttgart 1971

Derselbe: Neuere Skandinavische Literatur. Erster Bericht 1960–1975. Frankfurt am Main u. a. 1986

Fromm, Hans: Die Finnische Literatur. In: Kindlers Neues Literatur Lexikon. München 1992. Band 20. S. 352–355

Gaski, Harald: Die Samische Literatur. In: Kindlers Neues Literatur Lexikon. München 1992. Band 20. S. 348–351

Heitmann, Annegret und Karin Hoff (Herausgeberinnen): Ästhetik der skandinavischen Moderne. Frankfurt am Main u. a. 1998

Katz, Daniel: Als Großvater auf Skiern nach Finnland kam. Rostock 1972

Laitinen, Kai: Finnlands moderne Literatur. Hamburg 1969

Mogk, Eugen: Norwegisch-Isländische Literatur. In: Grundriß der Germanischen Philologie, Band II/1. Straßburg 1901–1909. S. 555–923

Paul, Fritz (Herausgeber): Grundzüge der neueren skandinavischen Literaturen. Darmstadt 1982

Rajanen, Aini: Of Finnish Ways. Minneapolis 1981 [Kulturgeschichtlicher Überblick]

Reichel, Verena: Widerspruchsgeist statt Waldesrauschen. Über schwedische Literatur. München und Wien 1987 [= Bogen 20]

Rossel, Sven Hakon: Skandinavische Literatur. 1870–1970. Stuttgart u. a. 1973

Ruuth, Alpo: Heimatland. Rostock 1977 [Finnland]

Schoolfield, George C.: A History of Finland's Literature. Lincoln/Nebraska 1998

Seelow, Hubert: Die Neuisländische Literatur. In: Kindlers Neues Literatur Lexikon. München 1992. Band 20. S. 116–119

Sigurdardóttir, Turid: Die Färöische Literatur. In: Kindlers Neues Literatur Lexikon. München 1992. Band 20. S. 120–124

Svendsen, Werner und Hanne Marie: Geschichte der dänischen Literatur. Neumünster und Kopenhagen 1964

Tarkka, Pekka: Finnische Literatur der Gegenwart. Fünfzig Autoren-Porträts. Helsinki 1983

Thisted, Kirsten: Die Grönländische Literatur. In: Kindlers Neues Literatur Lexikon. München 1992. Band 20. S. 343–347

Lektürehinweise

Vorbemerkung: Es handelt sich hier um eine Auswahl aus einer unübersehbaren Fülle von Literatur. Es wurden nur ins Deutsche übersetzte (Prosa-)Werke erfasst; aus Raumgründen sind die jeweiligen Originalausgaben nicht angeführt. In dem vorliegenden Lesebuch vertretene Autorinnen und Autoren wurden hier nicht mehr berücksichtigt. Der Schauplatz der Handlung ist, wenn aus dem Titel nicht ersichtlich, jeweils [in Klammern] angegeben.

Ahlin, Lars: Tobb mit dem Manifest. Roman. Hamburg 1948 [Schweden]

Alfvén, Inger: Vier Töchter. Roman. München 2002 [Huvudstaden, Schweden]

Ambjørnsen, Ingvar: Ausblick auf das Paradies. Roman. München 1998 [Oslo]

Aro, Tuuve: Ärger mit der Heizung. Erzählungen. Frankfurt am Main 2004 [Finnland]

Axelsson, Majgull: Augustas Haus. Roman. München 2002 [Schweden]

Baldursdottir, Kristin M.: Kühl graut der Morgen. Roman. Frankfurt am Main 2003 [Reykjavik]

Bang, Herman: Sommerfreuden. Erzählung. Reinbek 1993 [Ostjütland, Dänemark]

Bergman, Hjalmar: Skandal in Wadköping. Roman. Berlin 1974 [Schweden]

Bergman, Ingmar: Fanny und Alexander. Roman in sieben Bildern. München und Wien 1983 [Schweden]

Bjørnstad, Ketil: Villa Europa. Roman. Frankfurt am Main 2004 [Oslo]

Bjørnsson, Bjørnstjerne: Meisternovellen. Zürich 1963 [Norwegen]

Blómkvist, Stella: Das ideale Verbrechen. Ein Island-Krimi. München 2004

Borgen, Johan: Lillelord-Trilogie. Frankfurt am Main 1983 [Kopenhagen, Oslo]

Branner, Hans Christian: Der Reiter. Roman. Hamburg 1951 [Kopenhagen]

Bremer, Fredrika: Skizzen aus dem Alltagsleben. Leipzig 1841–48 [Schweden]

Canth, Minna: Die Trödel-Lopo. Erzählung. Leipzig 1969 [Finnland]

Collett, Camilla: Die Amtmanns-Töchter. Roman. 2 Bände. Leipzig 1864 [Norwegen]

Crottet, Robert: Verzauberte Wälder. Geschichten und Legenden aus Lappland. München 1976

Dagerman, Stig: Schwedische Hochzeitsnacht. Roman. München 1986 [Uppland, Schweden]

Dahl, Arne: Misterioso. Roman. München 2003 [Stockholm]

Dahl, Kjell Ola: Sommernachtstod. Roman. Bergisch Gladbach 2003 [Norwegen]

Delblanc, Sven: Samuels Buch. Roman. Stuttgart 1984 [Schweden]

Duun, Olav: Der Gang durch die Nacht. Roman. Hamburg 1936 [Namdalen, Norwegen]

Edelfeldt, Inger. Ihr heimlicher Name. Roman. München 2002 [Schweden]

Edwardson, Åke: Allem, was gestorben war. Roman. München 2003 [Göteborg]
Ekelund, Fredrik: Nina und das Meer. Reinbek 2002 [Göteborg]
Eliasson, Gyrdir: Das Schlafrad. Roman. Frankfurt am Main 1996 [Island]
Eriksson, Kjell: Der Tote im Schnee. Roman. Berlin 2003 [Uppsala, Schweden]
Ewo, Jon: Rache. Roman. Zürich 2002 [Oslo]
Fagerholm, Monika: Wunderbare Frauen am Wasser. Ein Roman über Geschwister. Wien 1997 [Finnische Schären]
Fioretos, Aris: Die Seelensucherin. Roman. Köln 2000 [Stockholm]
Fløgstad, Kjartan: Dalen Portland. Roman. Mönkeberg 1988 [Norwegen]
Fosse, Jon: Melancholie. Roman. Berlin 2001 [Norwegen]
Fossum, Karin: Fremde Blicke. Roman. München 1999 [Norwegen]
Fredriksson, Marianne: Mein Schweden. Frankfurt am Main 2002
Fridegård, Jan: Ich Lars Hård. Romantrilogie. Berlin 1972 [Schweden]
Frimansson, Inger: Gute Nacht, mein Geliebter. Roman. München 2003 [Schweden]
Frison-Roche, Roger: Glut unter dem Schnee. Abenteuer in Lappland. München 1964
Grytten, Frode: Was im Leben zählt. Roman Zürich 2001 [Odda, Norwegen]
Guillou, Jan: Niemandsland. Roman. München 1995 [Ivalo/Nordfinnland und Halbinsel Kola]
Gyllembourg, Thomasine: Eine Alltagsgeschichte. Leipzig 1901 [Dänemark]
Haanpää, Pentti: Der Einfall des Gouverneurs. Roman. Rostock 1980 [Nord-Österbottnien, Finnland]
Halberg, Jonny: Über alle Ufer. Roman. München 2004 [Norwegen]

Hallström, Per: Der tote Fall. Roman. Leipzig 1905 [Schweden]
Hånes, Øivind: Permafrost. Roman. Köln 2001 [Norwegen, Russland]
Hansen, Erik Fosnes: Momente der Geborgenheit. Band 1: Die Nacht. Roman. Köln 1999 [Norwegen, Schweden]
Hellberg, Björn: Ehrenmord. Roman. Frankfurt am Main 2003 [Bornholm, Dänemark]
Hermanson, Marie: Muschelstrand. Roman. Frankfurt am Main 2002 [Schweden]
Hoem, Edvard: Fährfahrten der Liebe. Roman. Mönkeberg 1987 [Norwegen]
Indridason, Arnaldur: Todeshauch. Roman. Bergisch Gladbach 2004 [Island]
Isaksen, Jogvan: Mild ist die färöische Sommernacht. Roman. Münster 1995
Jacobsen, Jens Peter: Niels Lyhne. Roman. Stuttgart 1984 [Dänemark]
Jacobsen, Jørgen-Frantz: Barbara und die Männer. Roman. Hamburg 1978 [Färöer]
Jansson, Anna: Und die Götter schweigen. Kriminalroman. Reinbek 2003 [Kronköping, Schweden]
Joensuu, Matti Y.: Der Pyromane. Roman. München 2003 [Helsinki]
Johansson, Kjell: Der Geschichtenmacher. Roman. Düsseldorf 1999 [Stockholm]
Johnson, Eyvind: Hier hast du dein Leben. Roman. Rostock 1967 [Norrbotten, Schweden]
Josefsson, Willy: Das Zeichen des Mörders. Reinbek 2001 [Südschweden]
Kallas, Aino: Der Pfarrer von Roicks. Roman. In: Der tötende Eros. Köln 1929 [Finnland, Estland]
Kinck, Hans Ernst: Auswanderer. Roman. Jena 1906 [Norwegen]
Kirk, Hans Rudolf: Die Fischer. Roman. Rostock 1969 [Jütland, Dänemark]

Kivi, Aleksis: Die sieben Brüder. Roman. Zürich 1988 [Südfinnland]

Kjærstad, Jan: Rand. Roman. München 2003 [Oslo]

Knudsen, Jakob: Der alte Pfarrer. Roman. Neumünster 1910 [Jütland, Dänemark]

Lagerkvist, Pär: Gast bei der Wirklichkeit. Roman. Leipzig 1981 [Schweden]

Lehtolainen, Leena: Alle singen im Chor. Roman. Reinbek 2002 [Helsinki]

Lindell, Unni: Das Mondorchester. Roman. Düsseldorf 1999 [Norwegen]

Lindgren, Astrid: Ferien auf Saltkrokan. Hamburg 1992 [Schären vor Stockholm]

Lindgren, Torgny: Das Höchste im Leben. Roman. München 2003 [Nordschweden]

Linnankoski, Johannes: Die Flüchtlinge. Dresden 1922 [Tavastland, Finnland]

Lønn, Øystein: Maren Gripes notwendige Rituale. Roman. München 2001 [Südwestnorwegen]

Lönnrot, Elias: Kalevala. Stuttgart 1985 [Finnisches Nationalepos]

Lohse, Bernd: Tod in den Lofoten. Roman. Hamburg 2000

Lund, May B.: Fingerübungen. Roman. München 2003 [Norwegen]

Marklund, Lisa: Studio 6. Roman. Hamburg 2001 [Stockholm]

Mårtensson, Bodil: Die Tote im Sund. Roman. München 2004 [Helsingborg, Schweden]

Mazetti, Katarina: Jede Menge Ohrenzeugen. Roman. München 2003 [Nordschweden]

Moberg, Vilhelm: Kamerad Wacker. Roman eines schwedischen Bauernsoldaten. Berlin und Wien 1935 [Südschweden]

Nedreaas, Torborg: Musik aus einem blauen Brunnen. Roman. Rostock 1984 [Norwegen]

Nexø, Martin Andersen: Pelle der Eroberer. Roman. 2 Bände. Berlin 1988 [Dänemark]

Nilsen, Tove: Nachtzuschlag. Roman. München 2003 [Norwegen]

Nilsonne, Asa: Im Verborgenen. Roman. München 2002 [Stockholm]

Oehlenschläger, Adam Gottlob: Waulundur, eine nordische Heldensage. Stuttgart 1911

Östergren, Klas: Gentlemen. Roman. Frankfurt am Main 1985 [Nordschweden]

Olson, Morten H.: Das Kind aus dem Moor. Roman. München 2003 [Nordnorwegen]

Pakkanen, Outi: Aus dem Spiel. Roman. Dortmund 2003 [Helsinki]

Paludan, Jacob: Gewitter von Süd. Roman. Berlin 1985 [Dänemark]

Panduro, Leif: Heuschnupfen. Roman. Berlin 1978 [Dänemark]

Pekkanen, Toivo: Meine Kindheit. Roman. Leipzig 1987 [Kotka, Finnland]

Pontoppidan, Henrik: Hans im Glück. Roman. 2 Bände. Frankfurt am Main 1981 [Dänemark]

Reuter, Bjarne: Das Zimthaus. Roman. Zürich 2003 [Dänemark]

Rifbjerg, Klaus: Unschuld. Roman. Frankfurt am Main 1971 [Kopenhagen]

Rydsjö, Elsi: Der Flug der Schwäne. Roman. München 2003 [Südschweden]

Scheen, Kjersti: Kein Applaus für den Mörder. Roman. München 1999 [Oslo]

Schildt, Runar: Zoja und andere Erzählungen. Geschichten aus Finnland. Zürich 2001

Sigurdardóttir, Steinunn: Gletschertheater. Roman. Reinbek 2003 [Island]

Sillanpää, Frans Eemil: Sterben und Auferstehen. Ein überstandenes Menschenschicksal in Finnland. Frankfurt am Main und Hamburg 1956

Sjöwall, Maj und Per Wahlöö: Die Tote im Götakanal. Roman. Reinbek 2000 [Schweden]

Skagen, Fredrik: Das dritte Opfer. Roman. München 2003 [Trondheim]

Småge, Kim: Die Containerfrau. Roman. Frankfurt am Main 2001 [Trondheim]

Smedberg, Åke: Verschollen. Roman. München 2003 [Nordschweden]

Söderberg, Hjalmar: Martin Bircks Jugend. Roman. Stuttgart 1986 [Stockholm]

Sonnergaard, Jan: Radiator. Geschichten aus der Kopenhagener Provinz. Hamburg u. a. 2000

Staalesen, Gunnar: Dein bis in den Tod. Roman. Frankfurt am Main 2000 [Bergen]

Stefánsson, Jón Kalman: Das Licht auf den Bergen. Roman. Bergisch Gladbach 2003 [Island]

Stigen, Terje: Stunden im Grenzland. Berlin 1969 [Nordnorwegen]

Sundmann, Per Olof: Die Untersuchung. Roman. Berlin 1974 [Jämtland, Schweden]

Svedelid, Olov: Boten des Todes. Roman. München 2003 [Stockholm]

Talvio, Maila: Tochter der Ostsee. Ein Roman aus dem alten Helsingfors. München 1952

Tervo, Jari: Die Geschichte meiner Familie. Roman. München 2003 [Finnland]

Thorson, Gudmundur A.: Nach Island! Roman. Stuttgart 2000

Tikkanen, Märta: Wie vergewaltige ich einen Mann. Roman. Reinbek 1986 [Finnland]

Tunström, Göran: Der Mondtrinker. Roman. München 1998 [Island]

Turi, Johan: Das Buch des Lappen Johan Turi. Erzählung von dem Leben der Lappen. Frankfurt am Main 1912. Neuausgabe Helsinki 1982

Tursten, Helene: Der zweite Mord. Roman. München 2004 [Göteborg]

Undset, Sigrid: Kristin Lavranstochter. Romantrilogie. Freiburg im Breisgau 1990 [Norwegen]

Vall, Emma: Drei Blutschwestern. Roman. München 2003 [Schweden]

Vesaas, Tarjei: Die Vögel. Roman. Einsiedeln und Köln 1961 [Norwegen]

Wahlberg, Karin: Ein plötzlicher Tod. Roman. München 2004 [Lund, Schweden]

Wallquist, Einar: Die schwere Wanderung. 14 Erzählungen vom Leben der Menschen in Lappland. Zürich 1967

Wassmo, Herbjørg: Das Haus mit der blinden Glasveranda. Roman. München 1984 [Nordnorwegen]

Willén, Liselott: Stein um Stein. Roman. München 2004 [Åland, Schweden]

Die nordischen Länder im Internet

www.daenemark.dt.dk
www.feriefritid.dk
www.woco.dk
www.copenhagen-cityguide.com
www.odenseturist.dk
www.sightseeing.fo
www.greenland-guide.gl
www.norway.com
www.visitnorway.com
www.gonorway.no
www.norwegeninfo.com
www.touristguide.no
www.scandinavialinks.com
www.norway.de
www.npolar.no
www.svalbard.net
www.cityguide.se

www.sverigeturism.se
www.gosweden.org
www.schweden-urlaub.de
www.stockholmtown.com
www.ystad.com
www.mek.fi
www.hel.fi
www.goiceland.org
www.icetourist.is
www.tourist.reykjavik.is
www.eyeoniceland.com

[Datenbanken mit umfangreichen Informationen zu den Themen Reisen, Landeskunde, Kultur sowie zahlreichen weiterführenden Links]

Nordische Literatur im Internet

www.kirjasto.sci.fi/nordic/htm
www.bibliografi.dk
www.lysator.liu.se/runeberg
www.schwedenkrimi.de
www.krimi-couch.de
www.norvege-fr.com
www.aftenposten.no/alex/litterat
www.norla.no
www.cappelen.no/main/forfatter.asp
www.nrk.no/litteratur
www.skrift.no/katalog
www.edda.is
www.ijon.de/foroyar
www.rit.fo

[Datenbanken mit biografischen Informationen, Werkverzeichnissen, Rezensionen sowie mit Links zu den Homepages zahlreicher Autorinnen und Autoren]